VINTE MIL LÉGUAS SUBMARINAS

JULES VERNE (1828-1905) viveu e morreu na França, mas desenvolveu uma paixão precoce por viagens. Quando tinha onze anos de idade, o futuro autor tentou, sem sucesso, fugir para o mar. O jovem Jules voltou para casa e prometeu a sua mãe que, no futuro, ele iria se dedicar a imaginar viagens — isso provou ser uma observação profética. No início da década de 1860, começou a escrever histórias que, coletadas, ficaram conhecidas como Voyages Extraordinaires. Gozando de grande fama e prestígio, foi um pioneiro da ficção científica em livros como *A volta ao mundo em oitenta dias*, *Viagem ao centro da Terra* e *Vinte mil léguas submarinas*, marcando gerações de leitores, escritores e até mesmo cientistas.

JULIA DA ROSA SIMÕES nasceu em Porto Alegre, em 1980. É graduada em Música (UIOWA/UFGRS) e História (PUC-RS), e atualmente desenvolve seu doutorado. Desde 2004 é tradutora literária do francês, com mais de trinta títulos publicados, entre romance, conto, biografia, história, filosofia, crítica literária e quadrinhos. É sua a primeira tradução para o português de *O idiota da família*, de Jean-Paul Sartre (L&PM, 2013).

ROBERTO DE SOUSA CAUSO nasceu em São Bernardo do Campo (SP) em 1965. É editor, escritor e um dos maiores especialistas brasileiros em ficção científica, fantasia e horror, autor de numerosos livros, antologias e artigos sobre o tema.

JULES VERNE

Vinte mil léguas submarinas

Tradução de
JULIA DA ROSA SIMÕES

Introdução de
ROBERTO DE SOUSA CAUSO

2ª reimpressão

COMPANHIA DAS LETRAS

Copyright das notas © 2005 by Éditions Gallimard

Grafia atualizada segundo o Acordo Ortográfico da Língua Portuguesa de 1990, que entrou em vigor no Brasil em 2009.

Penguin and the associated logo and trade dress are registered and/or unregistered trademarks of Penguin Books Limited and/or Penguin Group (USA) Inc. Used with permission.

Published by Companhia das Letras in association with Penguin Group (USA) Inc.

TÍTULO ORIGINAL
Vingt mille lieues sous les mers

PREPARAÇÃO
Ieda Lebensztayn

REVISÃO
Thaís Totino Richter
Jane Pessoa

Dados Internacionais de Catalogação na Publicação (CIP)
(Câmara Brasileira do Livro, SP, Brasil)

Verne, Jules, 1828-1905.
 Vinte mil léguas submarinas / Jules Verne; tradução de Julia da Rosa Simões; introdução de Roberto de Sousa Causo. — 1ª ed. — São Paulo : Penguin Classics Companhia das Letras, 2014.

 Título original: Vingt mille lieues sous les mers.
 ISBN 978-85-8285-002-2

 1. Ficção francesa I. Causo, Roberto de Sousa II. Título.

14-07143   CDD-843

Índice para catálogo sistemático:
1. Ficção : Literatura francesa 843

[2021]
Todos os direitos desta edição reservados à
EDITORA SCHWARCZ S.A.
Rua Bandeira Paulista, 702, cj. 32
04532-002 — São Paulo — SP
Telefone: (11) 3707-3500
www.penguincompanhia.com.br
www.blogdacompanhia.com.br
www.companhiadasletras.com.br

Sumário

Introdução — Roberto de Sousa Causo   7

VINTE MIL LÉGUAS SUBMARINAS

PRIMEIRA PARTE

1. Um escolho fugidio   21
2. Prós e contras   29
3. Como o doutor quiser   36
4. Ned Land   43
5. A esmo   51
6. A todo vapor   58
7. Uma baleia de espécie desconhecida   68
8. *Mobilis in mobile*   77
9. A fúria de Ned Land   87
10. O homem das águas   95
11. O *Nautilus*   105
12. Tudo pela eletricidade   114
13. Alguns números   122
14. O rio Negro   130
15. Um convite por carta   143
16. Passeio na planície   153
17. Uma floresta submarina   161
18. Quatro mil léguas sob o Pacífico   169
19. Vanikoro   179
20. O estreito de Torres   190
21. Alguns dias em terra   200

22. O raio do capitão Nemo 213
23. *Aegri somnia* 226
24. O reino do coral 236

SEGUNDA PARTE

1. O oceano Índico 249
2. Uma nova proposta do capitão Nemo 261
3. Uma pérola de dez milhões 272
4. O mar Vermelho 285
5. Arabian Tunnel 299
6. O arquipélago grego 309
7. O Mediterrâneo em quarenta e oito horas 322
8. A baía de Vigo 333
9. Um continente desaparecido 345
10. As minas submarinas 357
11. O mar de Sargaços 369
12. Cachalotes e baleias 380
13. A banquisa 393
14. O polo Sul 406
15. Acidente ou incidente? 421
16. Falta de ar 430
17. Do cabo Horn ao Amazonas 442
18. Os polvos 454
19. A corrente do Golfo 466
20. A 47° 24' de latitude e 17° 28' de longitude 479
21. Hecatombe 488
22. As últimas palavras do capitão Nemo 498
23. Conclusão 506

Introdução

Jules Verne nasceu em 1828 em Nantes, cidade portuária que fora o lar dos duques da Bretanha, e que seria severamente bombardeada na Segunda Guerra Mundial. Hoje, Nantes mantém o Museu Jules Verne e realiza anualmente o Festival Utopiales, um dos principais eventos europeus de ficção científica e fantasia.

Verne morreu em 1905 como um dos autores mais lidos do mundo. Não obstante, no final da vida parecia frustrado com sua carreira, especialmente pela negativa da Academia Francesa de Letras em acolhê-lo. Mais de cem anos depois, sua fama e influência ainda se fazem sentir. E mal nos lembramos de quem eram os beletristas do seu tempo, como pressentiu Raymond Roussel: "Verne continuará a existir, quando todos os outros autores de nossa época já estiverem esquecidos há muito tempo".

Muitos dos sessenta livros que ele escreveu para a coleção Voyages Extraordinaires — num ritmo de dois lançamentos por ano — são hoje incluídos no gênero ficção científica, pelo nosso olhar retrospectivo. O nome da coleção batizou a principal forma do gênero feita na França no século XIX (na Inglaterra, a ficção científica era conhecida como "romance científico"). Sua proposta de "resumir todos os conhecimentos geográficos, geológicos, físicos e astronômicos recolhidos pela ciência moderna e refazer, sob a forma atraente e pitoresca que lhe é própria, a história do universo", parece se dever tanto ao editor Pierre-Jules Hetzel quanto às próprias ambições de Verne. Hetzel, editor de grandes figuras como Honoré de Balzac, Victor Hugo e o filósofo Pierre-Joseph Proudhon, cooptou-o para a sua publicação *Magasin d'Éducation et de Récréation*, quando antes Verne escrevera apenas comédias e operetas para os teatros de Paris.

Em *Viagem ao centro da Terra* (1864), *Da Terra à Lua* e *Ao redor da Lua* (1865 e 1876) e *Vinte mil léguas submarinas* (1869), Verne explorou a ciência da época de maneira cuidadosa e didática, quando não propriamente inventiva. Difundiu as ideias de Charles Darwin no primeiro livro; antecipou a necessidade do posicionamento equatorial das bases de lançamentos de foguetes (o Cabo Kennedy) e a "amerissagem" (pouso na água) das naves que reentram na atmosfera em 1865 e 1870; e finalmente imaginou o submarino como arma de alcance estratégico no último. Já no mais especulativo dos livros *Hector Servadac* (1877), os heróis são arrebatados, juntamente com o terreno sob os seus pés, pela passagem de um cometa que eles começam a habitar enquanto orbitam o Sol. Defendendo o seu método, Verne criticou a fantasia científica de H. G. Wells, *Os primeiros homens na Lua* (1901), que partilha o tema da viagem interplanetária com o romance verniano de 1865. Nascia aí o eterno debate da ficção científica em torno do rigor científico.

Não obstante, uma corrente da crítica atual, liderada pelo pesquisador William Butcher, defende que Verne nunca teria sido exatamente um autor de ficção científica: o escritor não previu ou descobriu o dirigível, o submarino, o foguete, o autômato, ao contrário do que muitos pensam, mas extrapolou — imaginando um desenvolvimento possível — as ideias que já circulavam. Seu mérito talvez esteja mais em dar uma forma tão concreta e palpitante às suas visões, que pareciam mais reais do que a realidade. Quando Santos Dumont, um fã de Verne, foi à Europa in-

INTRODUÇÃO 9

teirar-se dos últimos desenvolvimentos do balão dirigível, surpreendeu-se com o fato de que ele ainda não fora criado, ao contrário do que sugeriam as narrativas do escritor. E dentro do espírito verniano, Santos Dumont arregaçou as mangas para inventar o dirigível e muito mais.

De qualquer modo, a polêmica continua viva e motivou um recente ensaio do proeminente escritor americano de ficção científica Robert Silverberg, que, depois de relatar que foi cativado para o gênero pela obra de Verne, aponta o interesse velado de Butcher e seus colegas de resgatar a obra do pioneiro francês do supostamente pouco respeitável campo da literatura popular, ao qual a ficção científica pertence.

Em termos estritos e na maior parte de sua obra, Verne escreveu aventuras. Mas a "aventura" era então uma expressão guarda-chuva para um número de gêneros que hoje têm um contorno mais específico para o leitor moderno, entre eles, fantasia, ficção militar — e ficção científica. Verne, portanto, não escreveu apenas ficção científica, mas a que ele escreveu teve impacto enorme em nossa cultura.

Ele começou a ser imitado ainda em vida. O visionário artista Albert Robida povoou o futuro com imagens de dirigíveis, escafandristas e submarinos, em obras como *Le Vingtième siècle* (1883), *La Vie électrique* (1890) e *La Guerre au vingtième siècle* (1887), além de ilustrar os *fascicules* escritos por Pierre Giffard, *La Guerre infernale*, explorando um lado mais pessimista da tecnologia.

Os *fascicules* foram publicações populares — os *dime novels* ou *penny dreadfuls* franceses — que circularam especialmente entre 1907 e 1959, muitas vezes explorando o romanesco e a ficção científica de influência verniana, como nas novelas publicadas na coleção *Voyages Lointains et Aventures Étranges*, ou nos seriados *Aventures fantastiques d'un jeune parisien*, de Arnauld Galopin, e *Les Voyages aériens d'un petit parisien à travers le monde*, um recordista de tiragem, escrito por Marcel

Priollet. O incansável pequeno parisiense também esteve no espaço com *Les Aventuriers du ciel*, de R. M. de Nizerolles. Outras séries de aventuras dinâmicas foram *Les Robinsons de l'île volante*, do mesmo de Nizerolles, e *Les Gangsters de l'air*, de José Moselli. Para além do ambiente literário francês, a influência de Verne se fez sentir sobre contemporâneos estrangeiros como Robert Kraft, o "Jules Verne alemão", o dinamarquês Vilhelm Bergsøe, o japonês Ryukei Yaho e o austríaco Ludwig Hevesi.

A maioria desses autores acabou esquecida, mas eles podem ter contribuído para estender a influência de Verne para dentro do século xx, e Ernest Hilbert lista nomes de maior peso influenciados por ele: H. Rider Haggard, de *As minas do Rei Salomão* (1885), H. G. Wells, de *Os primeiros homens na Lua* (1901), e Arthur Conan Doyle, de *O mundo perdido* (1912). Esse processo é, entretanto, mais explicitado pela atividade de Hugo Gernsback, o editor que cunhou a expressão "science fiction" e foi o responsável pela criação do mercado especializado para a ficção científica, com sua revista *Amazing Stories*, de 1926. Para indicar aos autores americanos o tipo de história que desejava imprimir no periódico, republicou textos de Verne (assim como de Poe e Wells).

No Brasil, *O doutor Benignus* (1875), de Augusto Emílio Zaluar, trai a influência de Verne nessa viagem extraordinária pelo interior do país — assim como *A filha do inca* ou *A República 3000* (1927), de Menotti Del Picchia, e um romance tão tardio quanto *O homem que viu o disco voador* (1958), de Rubens Teixeira Scavone. O próprio Verne "andou por aqui" com o romance amazônico de 1881, *A jangada*, embora nunca tivesse de fato colocado os pés no Brasil. Como em muitas das suas aventuras, a jornada se dava pela pesquisa e pela imaginação, inspirada pelos relatos de outros — mas ao falar de uma aldeia flutuante descendo o Amazonas, ele nos sugere a imagem futura da fábrica flutuante do malfadado Projeto Jari.

INTRODUÇÃO 11

Se Verne foi imitado, também imitou. É o caso do helicóptero gigante de *Robur, o conquistador* (1886). Verne o teria aproveitado da obra de um seu imitador, o americano Luis Senarens, que escrevia uma série de *dime novels* estrelada pelo herói inventor Frank Reade (de 1876 a 1913). Pierre Versins, criador da notável *Encyclopédie de l'utopie, des voyages extraordinaires et de la science fiction* (1972), lista extensivamente os temas que Verne teria emprestado de autores franceses e ingleses dos séculos XVIII e XIX. Até mesmo o "plano" de resumir os conhecimentos científicos da época teria sido tentado antes (sem sucesso, ao contrário de Verne), segundo Versins.

É bom lembrar, porém, que essa "interpolinização" é típica dos gêneros populares, e talvez um dos méritos de Verne tenha sido o de ter se posicionado com solidez no centro desse processo. Não obstante, muitos pesquisadores se perguntam no que ele seria único para a ficção científica. Afinal, outros autores, vários dos quais com habilidades literárias ou imaginativas superiores, já faziam viagens extraordinárias antes dele.

Verne escrevia a ficção científica *hard* do seu tempo. "Sou um escritor cujo trabalho é registrar coisas que parecem impossíveis, mas que todavia são incontestavelmente reais", como afirma o professor Aronnax, prisioneiro do capitão Nemo e narrador de *Vinte mil léguas submarinas*.

A ficção científica *hard* representa para muitos o "núcleo em torno do qual gira a ficção científica" (nas palavras do editor americano David G. Hartwell). Nem sempre Verne acertava, porém. O tema da *Terra oca*, que ele herdou de uma de suas principais influências, Edgar Allan Poe, é uma impossibilidade, assim como a sobrevivência dos tripulantes da cápsula espacial disparada de um canhão. O que conta é a *intenção* de extrapolar coerentemente a partir do saber científico de então.

O seu didatismo esconde, contudo, um aspecto particularmente interessante: sua ficção era ancorada no *presente*.

Embora tenha tratado do passado histórico e pré-histórico (os dinossauros de *Viagem ao centro da Terra*), e escrito umas poucas narrativas ambientadas no futuro, Verne referia-se ao *agora*, ao conhecimento fixado pelo ser humano do século XIX. Não importava que falasse de dinossauros ou da Atlântida submersa, sua ficção exsudava uma forte sensação de contemporaneidade, integrando-se ao contexto das publicações populares em que seus romances apareciam. Os interesses do público do século XIX — viagens, descobertas e feitos científico-aventurescos — eram expandidos e tornados maravilhosos pelas suas Viagens Extraordinárias (coleção que, a propósito, foi chamada no Brasil de Viagens Maravilhosas); a ciência e a tecnologia vinham impregnar a experiência do homem de então.

Em termos atuais, o seu método e a sua ancoragem no presente estariam manifestos em um Michael Crichton, que tem uma característica partilhada com Verne — o fato de ser um best-seller. De fato, Crichton foi o primeiro best-seller americano da ficção científica no pós-guerra, com *O enigma de Andrômeda* (1971). Ele, porém, fazia um uso cínico dos temores contemporâneos em torno da ciência e tecnologia — uma estratégia que Verne dificilmente aprovaria.

O *cyberpunk*, movimento surgido dentro da ficção científica, mas que a transcendeu, teve como ideólogo Bruce Sterling, um declarado fã de Verne, que admite: "Partilho a tendência de Verne de escrever viagens fantásticas onde as pessoas vagam rapidamente pelos cantos mais estranhos do mundo. É um bom modo de colocar um bocado de dados em um texto, sem perder o interesse do leitor". Sterling enxerga no *cyberpunk* um tipo de ficção científica hard — chamado de "ficção científica hard radical", antes do substantivo *"cyberpunk"* pegar. Como Verne fazia, o *cyberpunk* extrapola desenvolvimentos imediatos de tecnologias atuais, mas para um futuro próximo. E assim como o escritor francês utilizou muitos personagens

INTRODUÇÃO 13

americanos ou ingleses — países na vanguarda da produção científica no século XIX —, os autores globalistas do *cyberpunk* foram buscar a vanguarda de novas tecnologias e comportamentos no Japão e nos Tigres Asiáticos. A influência verniana está ainda mais presente no *steampunk*, subgênero que Sterling ajudou a sedimentar com o outro guru do *cyberpunk*, William Gibson, com a publicação do romance *A máquina diferencial* (1992). Trata-se de um tipo de ficção científica recursiva, que retorna às raízes do gênero, no século XIX. Sterling recorda: "O nosso plano original para o livro apresentava Verne como um personagem em *A máquina diferencial*. Por sorte recuperamos o juízo e não o usamos. Desde então, escrevi introduções para edições de dois romances de Verne, *A volta ao mundo em oitenta dias* e *A ilha misteriosa*".

O *steampunk* chamou bastante a atenção durante os anos 1990, ainda antes de se tornar muito popular nos quadrinhos e no cinema, especialmente com *A Liga Extraordinária*, uma criação de Alan Moore. No Brasil, entra em voga no começo do século XXI com um número de antologias temáticas precedidas por *Steampunk: histórias de um passado extraordinário* (2009), organizada por Gianpaolo Celli. Já *Homens e monstros: a guerra fria vitoriana* (2013), um romance-mosaico escrito por Flávio Medeiros Jr., relata os lances de um conflito tecnológico entre Verne e Wells, os respectivos ministros da ciência da França e Inglaterra.

Diriam alguns, diante do "problema Verne", termo criado pelo pesquisador Thomas D. Clareson para aquilatar a originalidade e a importância do escritor francês, que essa influência do autor nos séculos XX e XXI é residual e que a sua contemporaneidade hoje é mais uma curiosidade sobre uma época, o século XIX, em que a ficção científica se constituía — distante, portanto, do mundo ultratecnológico em que vivemos. O futuro próximo traria então o esvaziamento da fama duradoura do autor?

Exceto talvez pelo fato de o "problema Verne" parecer mais profundo. Marcel Moré levanta semelhanças entre os escritos de Verne e as ideias de Nietzsche, em particular a posição do capitão Nemo, de *Vinte mil léguas submarinas*, como uma espécie de super-homem nietzschiano, misantropo e disposto a perseguir seus objetivos à parte da humanidade medíocre e vil. "Dize o que tens a dizer e faze-te em pedaços!" (*Assim falou Zaratustra*) poderia ser o lema do aventureiro submarino, um guerreiro indiano que perdera tudo com a tirania colonialista inglesa (odiada por Verne) e que aspirava coletar o conhecimento dos oceanos do mundo para então atirá-los em uma arca selada, como uma mensagem na garrafa, quando de sua morte. Nemo financiava movimentos de libertação com o ouro recuperado de galeões naufragados e atacava o poderio naval das potências colonialistas. "Sou o direito, sou a justiça!", Nemo clama. "Sou o oprimido, e aquele o opressor! Foi por causa dele que vi perecer tudo o que amei, prezei, venerei, pátria, esposa, filhos, pai e mãe!" O super-homem nietzschiano foi mais tarde bisado por Verne com Robur e seu navio aéreo.

Considerado por muitos sua obra-prima, *Vinte mil léguas submarinas* conquista o fundo do mar para o gênero, o tratamento científico afastando esse notável romance das lendas e dos mitos de outrora, mesmo enquanto acena para essas tradições — como quando o *Nautilus* do capitão Nemo visita as ruínas submersas da Atlântida, a cidade utópica citada por Platão. Verne expressa nele seu amor pelo mar e a infinita curiosidade por seus mistérios. A aventura começa quando o dr. Pierre Aronnax é convidado pelo Secretário da Marinha dos Estados Unidos a participar de uma expedição de pesquisa naval a bordo da fragata *Abraham Lincoln*. O objetivo é encontrar um monstro marinho, avistado no oceano Pacífico. Durante

INTRODUÇÃO   15

o confronto, Aronnax, seu criado Conseil e o arpoador
canadense Ned Land são lançados ao mar, para serem
subsequentemente resgatados por Nemo, cujo *Nautilus*,
que funcionaria com eletricidade, possui a desenvoltura
de um dos submarinos nucleares da atualidade.

O livro, narrado por Aronnax, é um vasto passeio pelos oceanos do mundo e suas maravilhas submarinas, des-
critas com certo fervor didático por Verne (o material normalmente extirpado em edições menos fiéis ao original).
Não é apenas a tecnologia que o interessa, mas também a
fauna e a geografia marítimas, tudo reforçado em seu ma-
ravilhamento da imaginação — como no episódio da luta
da tripulação do *Nautilus* contra uma lula gigante. Mas
foi apenas com *A ilha misteriosa* (1874) que Verne revelou
que o misterioso Nemo ("sem nome", em latim) é Dakkar,
um príncipe indiano revoltado com o colonialismo europeu e com a estupidez humana.

Verne, que projetava imagem de burguês e positivista
convicto, tendia, não obstante, para a esquerda. Segundo o
pesquisador Marcel Moré, em "1889 ele se apresenta para
as eleições municipais de Amiens numa lista 'ultravermelha'".
E seu *Paris no século XX*, um romance publicado
postumamente, apenas em 1994, sugere questões sociais e
o questionamento dos rumos da sociedade ocidental como
presentes em Verne desde o início (o texto foi rejeitado por
Hetzel, ainda no começo da carreira do escritor), assim
como o menos conhecido *Os quinhentos milhões da Be-
gun* (1879), em que um francês e um alemão, herdeiros da
enorme fortuna de uma princesa indiana, fundam cidades
rivais — uma destinada a um experimento social benévolo,
a outra a conquistar um poderio industrial bélico, voltado
contra a primeira. Para John Clute, um dos principais crí-
ticos de ficção científica da atualidade, "seu último livro,
L'Étonnante Aventure de la Mission Barsac, é um selvagem ataque à pretensão do progresso ocidental de construir
qualquer coisa que lembre uma sociedade ideal". E Michel

Foucault, fazendo uma análise do discurso verniano, detecta tensão entre certa imobilidade do discurso do saber científico e o desejo da aventura, numa frustrada busca pelo conhecimento do Eu.

Nesse sentido, o invisível mundo submarino devassado apenas pela jornada imaginária do *Nautilus* é também expressão de um oceano de anseios de liberdade reprimidos pela ordem colonialista, imperialista e escravocrata de então. Ou uma Atlântida submersa de ideais de liberdade que viriam à tona apenas na segunda metade do século xx. O "problema Verne" traria embutido, mascarado pelo deslumbre tecnológico, esse dilacerante dilema entre o conhecimento do universo e o conhecimento do humano. Uma questão mais viva agora do que nunca. Viva talvez pelos próximos cem anos.

Roberto de Sousa Causo

Vinte mil léguas submarinas

PRIMEIRA PARTE

1. Um escolho fugidio

O ano de 1866 foi marcado por um acontecimento estranho, fenômeno inexplicado e inexplicável do qual sem dúvida ninguém se esqueceu. Para além dos rumores que agitavam as populações portuárias e inflamavam a opinião pública no interior dos continentes, os homens do mar ficaram particularmente abalados. Os negociantes, armadores, capitães de navios, *skippers* e *masters* da Europa e da América, oficiais das marinhas militares de todos os países e, por fim, os governos dos diversos Estados dos dois continentes se preocuparam no mais alto grau com esse fato.

Com efeito, havia algum tempo vários navios vinham deparando com "uma coisa enorme" no mar, um objeto comprido, fusiforme, por vezes fosforescente, infinitamente maior e mais rápido que uma baleia.

Os fatos relativos a essa aparição, consignados em diversos livros de bordo, coincidiam com bastante exatidão a respeito da estrutura do objeto ou da criatura em questão, da velocidade inaudita de seus movimentos, da força surpreendente de sua locomoção, da vida singular da qual parecia dotada. Se fosse um cetáceo, superava em volume todos os que a ciência havia classificado até então. Nem Cuvier, nem Lacépède, nem M. Dumeril, nem M. de Quatrefages admitiriam a existência de tal monstro — a não ser que o tivessem visto, ou melhor, que o tivessem visto com seus próprios olhos de cientistas.

Considerando a média das observações efetuadas em diversas ocasiões — descartando-se as avaliações tímidas que conferiam ao objeto um comprimento de sessenta metros, e rejeitando as opiniões exageradas que o diziam com uma milha de largura e três milhas de comprimento —, era possível afirmar, entretanto, que aquela criatura fenomenal superava de longe todas as dimensões admitidas até o momento pelos ictiologistas — se porventura existisse.

Ora, existia, o fato em si não podia mais ser negado, e, com a propensão que impele o cérebro humano a buscar o prodigioso, compreende-se a comoção produzida no mundo inteiro por esta sobrenatural aparição. Quanto a relegá-la à categoria das fábulas, era preciso renunciar a isso.

De fato, no dia 20 de julho de 1866, o vapor *Governor Higginson*, da Calcutta and Burnach Steam Navigation Company, havia deparado com essa massa em movimento a cinco milhas de distância, a leste do litoral da Austrália. O capitão Baker pensou estar, a princípio, na presença de um escolho desconhecido; estava mesmo se preparando para determinar sua localização exata, quando duas colunas de água, esguichadas pelo inexplicável objeto, elevaram-se assobiando a quarenta e cinco metros de altura. Portanto, a menos que aquele recife estivesse submetido às expansões intermitentes de um gêiser, o *Governor Higginson* lidava mesmo com algum mamífero aquático, desconhecido até então, que soltava pelos espiráculos colunas de água misturadas a ar e vapor.

Fato semelhante foi igualmente observado em 23 de julho do mesmo ano, nos mares do Pacífico, pelo *Cristóbal Colón*, da West India and Pacific Steam Navigation Company. Portanto, o cetáceo extraordinário podia transportar-se de um lugar a outro com surpreendente velocidade, pois num intervalo de três dias o *Governor Higginson* e o *Cristóbal Colón* o haviam observado em dois pontos do mapa separados por uma distância de mais de setecentas léguas marítimas.

VINTE MIL LÉGUAS SUBMARINAS

Quinze dias depois, a duas mil léguas dali, o *Helvetia*, da Compagnie Nationale, e o *Shannon*, do Royal Mail, navegando em sentido contrário naquela porção do Atlântico compreendida entre os Estados Unidos e a Europa, avisaram um ao outro da posição do monstro a 42° 15' de latitude norte e 60° 35' de longitude a oeste do meridiano de Greenwich, respectivamente. Com essa observação simultânea, julgou-se poder avaliar o comprimento mínimo do mamífero em mais de trezentos e cinquenta pés ingleses,* visto que o *Shannon* e o *Helvetia* eram de dimensão inferior a ele, apesar de medirem cem metros da roda de proa ao cadaste. Ora, as maiores baleias, as que frequentam as paragens das ilhas Aleutas, a Kulammak e a Umgullick, nunca ultrapassaram o comprimento de cinquenta e seis metros — se é que o atingiram.

Após esses relatos sucessivos, novas observações feitas a bordo do transatlântico *Le Pereire*, uma abordagem entre o *Etna*, da linha Inman, e o monstro, um relatório redigido pelos oficiais da fragata francesa *La Normandie*, um importantíssimo levantamento obtido pelo estado-maior do comodoro Fitz-James a bordo do *Lord Clyde*, alarmaram profundamente a opinião pública. Nos países de humor leviano, zombaram do fenômeno, mas nos países austeros e práticos, Inglaterra, América, Alemanha, inquietaram-se vivamente.

Em todos os grandes centros, o monstro entrou em voga; foi cantado nos cafés, ridicularizado nos jornais, representado nos teatros. Os pasquins tiveram uma bela oportunidade de produzir notícias de todo tipo. Viu-se o ressurgimento, nos jornais — por falta de assunto —, de todos os seres imaginários e gigantescos, desde a baleia branca, o terrível Moby Dick das regiões hiperbóreas, até o Kraken descomunal, cujos tentáculos podem enlaçar

---

* Cerca de cento e seis metros. O pé inglês mede apenas 30,40 centímetros.

um navio de quinhentas toneladas e arrastá-lo para os abismos do oceano. Reproduziram até mesmo os relatos dos tempos antigos, as opiniões de Aristóteles e de Plínio, que admitiam a existência desses monstros, depois as narrativas norueguesas do bispo Pontoppidan, os relatos de Paul Heggede e por fim os relatórios de M. Harrington, cuja boa-fé não pode ser posta em dúvida quando ele afirma ter visto, estando a bordo do *Castilian*, em 1857, a enorme serpente que até então só havia frequentado os mares do antigo *Constitutionnel*.

Foi quando eclodiu, nas sociedades científicas e nos jornais de ciências, a interminável polêmica entre crédulos e incrédulos. A "questão do monstro" exaltou os ânimos. Os jornalistas que professam a ciência, em luta contra os que professam o espírito, gastaram litros de tinta durante essa memorável campanha; alguns, inclusive, duas ou três gotas de sangue, pois da serpente marinha passaram a observações pessoais mais ofensivas.

A guerra prosseguiu, com vantagens variadas, ao longo de seis meses. Aos editoriais do Instituto Geográfico do Brasil, da Academia Real de Ciências de Berlim, da British Association, do Smithsonian Institute de Washington, às discussões do *The Indian Archipelago*, do *Cosmos* do abade Moigno, dos *Mitteilungen* de Petermann, às crônicas científicas dos grandes jornais da França e do exterior, a imprensa miúda respondia com uma verve implacável. Seus espirituosos escritores, parodiando uma frase de Lineu, citada pelos adversários do monstro, afirmaram que "a natureza não dá cabeçadas", e exortaram seus contemporâneos a não desmenti-la admitindo a existência dos Krakens, serpentes marinhas, Moby Dick e demais elucubrações de marinheiros delirantes. Por fim, no artigo de um jornal satírico muito temido, o mais adorado de seus redatores, excedendo a todos, repeliu o monstro como Hipólito, deu-lhe o golpe derradeiro e matou-o em meio à gargalhada universal. O humor havia vencido a ciência.

VINTE MIL LÉGUAS SUBMARINAS

Durante os primeiros meses do ano de 1867, a questão parecia ter sido morta e enterrada, e não dava a impressão de que renasceria, quando novos fatos foram trazidos ao conhecimento do público. Não se tratava mais de um problema científico a ser resolvido, mas de um perigo real, a ser evitado com seriedade. A questão assumiu um aspecto completamente diferente. O monstro voltou a ser ilhota, rochedo, escolho, mas escolho fugidio, indefinível, impalpável.

Em 5 de março de 1867, o *Moravian*, da Montreal Ocean Company, encontrando-se, à noite, entre 27° 30' de latitude e 72° 15' de longitude, bateu com a alheta de estibordo num rochedo que nenhum mapa indicava naquelas paragens. Sob o esforço combinado do vento e de seus quatrocentos cavalos-vapor, ele avançava à velocidade de treze nós. Sem a qualidade superior de seu casco, o *Moravian*, perfurado com o choque, sem dúvida alguma teria sido tragado junto com os duzentos e trinta e sete passageiros que trazia do Canadá.

O acidente havia ocorrido por volta das cinco horas da manhã, quando o dia começava a raiar. Os oficiais de guarda correram para a popa da embarcação. Examinaram o oceano com a mais escrupulosa atenção. Não viram nada além de um forte redemoinho que se formara a três amarras de distância, como se os lençóis líquidos tivessem sido violentamente batidos. A posição foi marcada com exatidão, e o *Moravian* seguiu seu caminho sem avarias aparentes. Teria colidido com uma rocha submarina, ou com os enormes destroços de um naufrágio? Impossível saber; porém, após o exame de sua carena nas docas secas, percebeu-se que uma parte da quilha havia sido avariada.

Esse incidente, extremamente grave, talvez tivesse sido esquecido, como tantos outros, se, três semanas depois, não se houvesse repetido em condições idênticas. Graças à nacionalidade do navio vítima dessa nova abordagem, graças à reputação da companhia à qual esse navio pertencia, o acontecimento teve imensa repercussão.

Todos conhecem o nome do famoso armador inglês Cunard. Em 1840, esse inteligente industrial instaurou um serviço postal entre Liverpool e Halifax, com três navios de madeira e rodas de pás com uma força de quatrocentos cavalos, e com capacidade para cento e sessenta e duas toneladas. Oito anos depois, a frota da Companhia era acrescida de quatro navios de seiscentos e setenta e cinco cavalos e mil oitocentas e vinte toneladas, e, dois anos depois, de duas outras embarcações superiores em potência e tonelagem. Em 1853, a companhia Cunard, cujo privilégio do transporte de telegramas acabava de ser renovado, acrescentou sucessivamente à sua frota o *Arabia*, o *Persia*, o *China*, o *Scotia*, o *Java*, o *Russia*, todos navios de grande velocidade, e os maiores que, desde o *Great Eastern*, jamais singraram os mares. Assim, em 1867 a Companhia possuía doze navios, sendo oito com rodas e quatro com hélices.

Se forneço esses detalhes bastante sucintos é para que todos percebam a importância dessa companhia de transportes marítimos, conhecida no mundo inteiro por sua inteligente gestão. Nenhuma empresa de navegação transoceânica foi conduzida com mais habilidade; nenhum negócio foi coroado com maior sucesso. Em vinte e seis anos, os navios Cunard cruzaram duas mil vezes o Atlântico, e nunca uma viagem foi cancelada, nunca um atraso foi registrado, nunca uma única carta, um único homem, um único navio foram perdidos. Por isso, os passageiros ainda preferem a linha Cunard a qualquer outra, apesar da acirrada concorrência da França, conforme se constata em um levantamento nos documentos oficiais dos últimos anos. Dito isto, ninguém se espantará com a repercussão do acidente sofrido por um de seus mais belos vapores.

No dia 13 de abril de 1867, o mar estava bom, a brisa, manejável, o *Scotia* estava a 15° 12' de longitude e 45° 37' de latitude. Navegava a uma velocidade de treze nós e quarenta e três centésimos sob o impulso de mil cavalos-vapor.

VINTE MIL LÉGUAS SUBMARINAS

27

As pás de suas rodas batiam o mar com perfeita regularidade. Seu calado-d'água era de seis metros e sete decímetros e seu deslocamento, seis mil seiscentos e vinte e quatro metros cúbicos.

Às 16h17, durante o *lunch* dos passageiros reunidos no grande salão, um choque, quase imperceptível, produziu-se no casco do *Scotia*, perto da alheta e um pouco atrás da roda de bombordo.

O *Scotia* não colidira, ele havia sido abalroado, e por um instrumento cortante ou perfurante, mais do que contundente. A colisão parecera tão leve que ninguém a bordo se preocuparia não fosse pelo brado dos fiéis do porão, que subiram ao convés gritando: "Estamos afundando! Estamos afundando!".

A princípio, os passageiros ficaram muito assustados; mas o capitão Anderson logo os tranquilizou. Na verdade, o perigo não podia ser iminente. O *Scotia*, dividido em sete compartimentos por anteparas estanques, contornaria impunemente aquela infiltração.

O capitão Anderson seguiu imediatamente para o porão. Constatou que o quinto compartimento fora invadido pela água do mar, e a rapidez da inundação provava que o rombo era considerável. Por muita sorte, aquele compartimento não encerrava as caldeiras, pois o fogo teria se apagado prontamente.

O capitão Anderson mandou parar o navio e um dos marujos mergulhou para estimar a avaria. Alguns instantes depois, constatava-se a existência de um buraco de dois metros na carena do vapor. Um rombo como aquele não tinha como ser fechado, e o *Scotia*, com as rodas semissubmersas, precisou seguir viagem. Estava então a trezentas milhas de Cape Clear, e depois de três dias de um atraso que muito preocupou Liverpool, entrou nas docas da Companhia.

Os engenheiros procederam então à inspeção do *Scotia*, que foi colocado na doca seca. Não acreditaram no que viram. A dois metros e meio abaixo da linha de flutuação, abria-se um buraco regular, em forma de triângulo isósceles. A fenda da chapa era de extrema precisão, e não teria sido cunhada com mais acerto se tirada de um molde. O instrumento perfurante que a produzira devia ser, portanto, de uma têmpera pouco comum — e, depois de lançado com uma força prodigiosa, havendo assim perfurado uma chapa de quatro centímetros, devia ter saído sozinho por um movimento retrógrado e realmente inexplicável.

Tal foi esse último incidente, que teve por resultado arrebatar a opinião pública outra vez. A partir de então, os acidentes marítimos que não tinham uma causa determinada foram imputados ao monstro. O animal fantástico foi responsabilizado por todos os naufrágios, cujo número infelizmente é considerável; pois, dos três mil navios cuja perda é anualmente recenseada pelo Bureau Veritas, o número de navios a vapor ou a vela, supostamente perdidos com bens e equipagens por falta de notícias, se eleva a não menos de duzentos!

Ora, foi o "monstro" que, justa ou injustamente, acusaram pelos desaparecimentos, e, graças a ele, com as comunicações entre os diversos continentes tornando-se cada vez mais perigosas, o público se pronunciou e exigiu categoricamente que os mares fossem enfim livrados, a qualquer preço, do colossal cetáceo.

2. Prós e contras

Na época em que se deram esses acontecimentos, eu voltava de uma exploração científica pelas terras baldias do Nebraska, nos Estados Unidos. Na qualidade de professor suplente do Museu de História Natural de Paris, o governo francês me associara àquela expedição. Depois de passar seis meses no Nebraska, cheguei a Nova York no final de março, trazendo preciosas coleções. Minha partida para a França estava marcada para os primeiros dias de maio. Ocupava-me, nesse ínterim, em classificar minhas riquezas mineralógicas, botânicas e zoológicas, quando ocorreu o incidente do *Scotia*.

Eu estava perfeitamente a par do assunto na ordem do dia, e como não estaria? Tinha lido e relido todos os jornais americanos e europeus, sem avançar na questão. Aquele mistério me intrigava. Na impossibilidade de formar uma opinião, eu oscilava de um extremo a outro. Que algo havia acontecido, era indubitável, e os incrédulos estavam convidados a passar a mão na cicatriz do *Scotia*.

Quando cheguei a Nova York, o assunto fervilhava. A hipótese da pequena ilha flutuante, do escolho inatingível, sustentada por alguns espíritos pouco competentes, fora absolutamente abandonada. E, de fato, a não ser que tivesse uma máquina no ventre, como um escolho poderia deslocar-se com uma velocidade tão prodigiosa?

Da mesma forma, foi rejeitada a existência de um casco flutuante, de uma enorme carcaça de naufrágio, também em função da velocidade do deslocamento.

Restavam, portanto, duas soluções possíveis para a questão, que por sua vez formaram dois clãs bastante distintos de adeptos: de um lado, os que acreditavam num monstro de força colossal; do outro, os que acreditavam num barco "submarino" de extrema potência motriz.

Esta última hipótese, porém, no fundo admissível, não resistiu aos inquéritos que foram conduzidos nos dois mundos. Era pouco provável que um indivíduo qualquer tivesse à sua disposição tal aparelho mecânico. Onde e quando o teria mandado construir, e como teria mantido a construção em segredo?

Somente um governo poderia possuir uma máquina destruidora como aquela, e, nessa época desastrosa em que o homem se empenha em multiplicar a potência das armas de guerra, era possível que um Estado testasse, sem o conhecimento dos outros, aquele engenho aterrador. Depois das espingardas, os torpedos, depois dos torpedos, os aríetes submarinos, depois — o reator. Ao menos é o que espero.

Mas a hipótese de uma máquina de guerra ruiu diante da declaração dos governos. Como se tratava de uma questão de interesse público, pois as comunicações transoceânicas estavam sendo prejudicadas, a franqueza dos governos não podia ser posta em dúvida. Além disso, como admitir que a construção desse barco submarino tivesse escapado aos olhos do público? Guardar segredo, nessas circunstâncias, seria muito difícil para um indivíduo, e com certeza impossível para um Estado, que tem todos os seus atos obstinadamente vigiados pelas potências rivais.

Assim, após inquéritos conduzidos na Inglaterra, na França, na Rússia, na Prússia, na Espanha, na Itália, na América, até mesmo na Turquia, a hipótese de um *monitor* submarino foi definitivamente abandonada.

O monstro voltou então à tona, apesar das incessantes chacotas lançadas pela imprensa miúda, e, seguindo esse curso, as mentes logo se deixaram levar aos mais absurdos devaneios de uma ictiologia fantástica.

Quando cheguei a Nova York, várias pessoas me honraram consultando-me a respeito do fenômeno em questão. Eu publicara na França uma obra in-quarto, em dois volumes, intitulada Os mistérios das grandes profundezas submarinas. Esse livro, particularmente apreciado pela sociedade científica, fazia de mim um especialista dessa parte bastante obscura da história natural. Minha opinião foi solicitada. Enquanto pude evitar a realidade dos fatos, limitei-me a uma absoluta negação. Mas em pouco tempo, posto contra a parede, precisei explicar-me formalmente. E mesmo "o honorável Pierre Aronnax, professor do Museu de Paris" foi intimado pelo New York Herald a emitir uma opinião qualquer.

Obedeci. Falei porque não podia calar. Discuti a questão sob todas as suas facetas, política e cientificamente, e reproduzo aqui um excerto do artigo bastante denso que publiquei no número de 30 de abril.

"Assim", dizia eu, "depois de ter examinado uma a uma as diversas hipóteses, descartando qualquer outra suposição, é preciso necessariamente admitir a existência de um animal marinho de força descomunal.

"As grandes profundezas do Oceano nos são de todo desconhecidas. As sondas não conseguiram atingi-las. O que há nesses abismos remotos? Que criaturas habitam e podem habitar a doze ou quinze milhas abaixo da superfície das águas? Como é o organismo desses animais? Mal saberíamos conjecturar.

"No entanto, a solução do problema que me foi submetido pode modificar a formulação do dilema.

"Ou conhecemos todas as variedades de criaturas que povoam nosso planeta, ou não.

"Se não conhecemos todas, se a natureza ainda guarda segredos para nós em ictiologia, nada mais aceitável que admitir a existência de peixes ou de cetáceos, de espécies ou mesmo de novos gêneros, com estrutura essencialmente 'densa', que vivem nas camadas inacessíveis às sondas, e que um acontecimento qualquer, uma fantasia, um capricho, se quisermos, trazem de volta, após longos intervalos, ao nível superior do oceano.

"Se, pelo contrário, conhecemos todas as espécies vivas, é preciso necessariamente procurar o animal em questão entre as criaturas marinhas já catalogadas, e, nesse caso, eu estaria disposto a admitir a existência de um *narval gigante*.

"O narval comum ou unicórnio-do-mar com frequência atinge dezoito metros de comprimento. Quintupliquem, decupliquem essa dimensão, deem a esse cetáceo uma força proporcional a seu tamanho, aumentem suas armas ofensivas, e obterão o animal desejado. Ele terá as proporções determinadas pelos oficiais do *Shannon*, o instrumento exigido para a perfuração do *Scotia*, e a força necessária para abrir o casco de um vapor.

"De fato, o narval é dotado de uma espécie de espada de marfim, uma alabarda, segundo alguns naturalistas. Trata-se de um dente principal com a dureza do aço. Alguns desses dentes foram encontrados dentro do corpo de baleias, que o narval sempre ataca com sucesso. Outros foram arrancados, não sem dificuldade, das carenas de embarcações que eles haviam perfurado de ponta a ponta, como brocas atravessando um barril. O museu da Faculdade de Medicina de Paris possui uma dessas longas presas de dois metros e vinte e cinco centímetros de comprimento e quarenta e oito centímetros de largura na base!

"Muito bem! Suponham uma arma dez vezes mais forte, e um animal dez vezes mais vigoroso, lancem-no com uma velocidade de vinte milhas por hora, multipliquem sua massa pela velocidade, e obterão um choque capaz de produzir a requerida catástrofe.

"Portanto, até termos mais informações, eu me pronunciaria pelo unicórnio-do-mar, de dimensões colossais, armado não de uma alabarda, mas de um verdadeiro rostro, como o das fragatas encouraçadas ou dos *rams* de guerra, dos quais ele teria tanto a massa quanto a força motriz.

"Assim se explicaria o fenômeno inexplicável — a menos que nunca tenha ocorrido, a despeito do que foi adivinhado, visto, sentido e sofrido —, o que também é possível!"

Estas últimas palavras foram uma covardia de minha parte; mas eu queria, até certo ponto, preservar minha dignidade de professor, e não queria provocar o riso dos americanos, que riem bem, quando riem. Reservava-me uma escapatória. No fundo, eu admitia a existência do "monstro".

Meu artigo foi calorosamente discutido, o que lhe valeu grande repercussão. Granjeou certo número de defensores. A solução que propunha, aliás, deixava livre curso à imaginação. A mente humana gosta dessas concepções grandiosas de criaturas sobrenaturais. Ora, o mar é justamente seu melhor veículo, o único meio em que esses gigantes — perto dos quais os animais terrestres, elefantes ou rinocerontes, não passam de anões — podem se manifestar e se desenvolver. As massas líquidas carregam as maiores espécies conhecidas de mamíferos, e talvez escondam moluscos de tamanho inigualável, crustáceos assustadores de ver, como lagostas de cem metros ou caranguejos de duzentas toneladas! Por que não? Antigamente, os animais terrestres, contemporâneos das épocas geológicas, os quadrúpedes, os quadrúmanos, os répteis, os pássaros eram traçados em tamanhos gigantescos. O Criador colocara-os em moldes colossais que o tempo pouco a pouco foi reduzindo. Por que o mar, em suas profundezas desconhecidas, não teria guardado esses grandes exemplares da vida de outra era, mar esse que nunca se modifica, enquanto o núcleo terrestre muda quase que incessantemente? Por que ele não esconderia em seu ventre os últimos espécimes titânicos, cujos anos são séculos e os séculos, milênios?

Mas estou me deixando levar por devaneios que não tenho mais o direito de alimentar! Chega dessas quimeras que, para mim, o tempo transformou em realidades terríveis. Repito, houve consenso a respeito da natureza do fenômeno, e o público admitiu sem discussão a existência de uma criatura prodigiosa que nada tinha em comum com as fabulosas serpentes marinhas.

Enquanto alguns viam nisso um problema puramente científico a ser resolvido, outros, porém, mais pragmáticos, sobretudo na América e na Inglaterra, achavam que se devia purgar o oceano desse temível monstro, a fim de proteger as comunicações transoceânicas. Os jornais industriais e comerciais abordaram a questão principalmente desse ponto de vista. A *Shipping and Mercantile Gazette*, a *Lloyd's List*, o *Paquebot*, a *Revue Maritime et Coloniale*, todos os periódicos ligados às companhias de seguros, que ameaçavam elevar as taxas de seus prêmios, foram unânimes a esse respeito.

Depois que a opinião pública se pronunciou, os Estados Unidos foram os primeiros a se manifestar. Iniciaram-se em Nova York os preparativos para uma expedição destinada a perseguir o narval. Uma fragata de longo curso, a *Abraham Lincoln*, foi preparada para fazer-se ao mar sem demora. Os arsenais foram abertos ao comandante Farragut, que ardorosamente acelerou o armamento de sua fragata.

Assim que ficou decidida a perseguição, o monstro, como sempre acontece, não apareceu mais. Durante dois meses, ninguém ouviu falar a seu respeito. Nenhum navio o encontrou. O unicórnio parecia ter conhecimento dos complôs que eram tramados contra ele. Foram tão comentados, inclusive por cabo transatlântico! Os trocistas afirmavam que o finório interceptara a transmissão de algum telegrama que agora usava para proveito próprio.

A fragata estava armada para uma campanha distante e provida de formidáveis máquinas de pesca, mas não se sabia mais para onde dirigi-la. A impaciência ia crescendo quando, no dia 2 de julho, soube-se que um vapor da linha de San Francisco, na Califórnia, para Xangai, havia visto o animal três semanas antes, nos mares setentrionais do Pacífico.

A comoção causada pela notícia foi extrema. O comandante Farragut não teve nem vinte e quatro horas para se preparar. Seus víveres estavam a bordo. Seus porões transbordavam de carvão. Não faltava nenhum homem a seu rol de tripulantes. Bastava acender as fornalhas, esquentar e soltar as amarras! Não lhe teria sido perdoado meio turno de atraso! Aliás, o que o comandante Farragut mais queria era partir.

Três horas antes que a *Abraham Lincoln* saísse do píer do Brooklyn, recebi uma carta redigida nos seguintes termos:

Sr. Aronnax,
Professor no Museu de Paris,
Fifth Avenue Hotel
Nova York

Monsieur,
Caso aceite participar da expedição da Abraham Lincoln, *o governo da União verá com prazer a França ser representada pelo senhor nesta operação. O comandante Farragut mantém uma cabine a seu dispor.*
Muito cordialmente, seu

J.-B. Hobson,
Secretário da Marinha.

3. Como o doutor quiser

Três segundos antes da chegada da carta de J.-B. Hobson, eu pensava em perseguir o unicórnio tanto quanto em procurar a Passagem do Noroeste. Três segundos depois de ter lido a carta do honorável secretário da Marinha, finalmente compreendi que minha verdadeira vocação, o único objetivo de minha vida, era caçar aquele monstro alarmante e dele purgar o mundo.

Porém, voltava de uma viagem penosa, cansado, ávido por descanso. Aspirava apenas a rever meu país, meus amigos, minha pequena residência no Jardin des Plantes, minhas queridas e preciosas coleções! Mas nada pôde me deter. Esqueci tudo, fadigas, amigos, coleções, e aceitei sem maiores reflexões a oferta do governo americano.

"Além disso", pensei, "todos os caminhos levam para a Europa, e o unicórnio será gentil o suficiente para me levar ao litoral da França! Esse digno animal se deixará capturar nos mares da Europa — para meu deleite pessoal —, e não quero levar menos de meio metro de sua alabarda de marfim para o Museu de História Natural."

Até lá, porém, eu precisaria procurar esse narval ao norte do oceano Pacífico, o que significava seguir o caminho dos antípodas para voltar à França.

— Conseil! — gritei com impaciência.

Conseil era meu criado. Um rapaz dedicado que me acompanhava em todas as minhas viagens; um bravo flamengo de quem eu gostava e que me correspondia bem; um ser fleumático por natureza, regular por princípio, zeloso por hábito, pouco espantado com as surpresas da vida, muito hábil com as mãos, apto a todo serviço e, apesar de seu nome, nunca dava conselhos — mesmo não solicitados.

De tanto conviver com os cientistas de nosso pequeno universo do Jardin des Plantes, Conseil chegou a aprender alguma coisa. Eu tinha nele um especialista, muito instruído na classificação em história natural, percorrendo com uma agilidade de acrobata toda a escala de divisões, grupos, classes, subclasses, ordens, famílias, gêneros, subgêneros, espécies e variedades. Porém, sua ciência ficava nisso. Classificar era sua vida, e mais não sabia. Muito versado na teoria da classificação, mas pouco em sua prática, creio que não conseguiria diferenciar um cachalote de uma baleia! Mesmo assim, que bravo e digno rapaz!

Até aquele momento, fazia dez anos que Conseil me seguia a todos os lugares a que a ciência me levava. Nunca ouvi alguma reflexão de sua parte sobre a demora ou o cansaço de uma viagem. Nenhuma objeção a respeito de fazer sua mala para um país qualquer, China ou Congo, por mais distante que fosse. Ia para lá ou para cá, sem perguntas. Além disso, tinha uma boa saúde que desafiava todas as doenças; músculos sólidos, mas nenhum nervo, nenhum nervo suscetível — no plano moral, entenda-se.

Esse rapaz tinha trinta anos, e sua idade estava para a de seu patrão como quinze está para vinte. Que me seja desculpado dizer dessa forma que eu tinha quarenta anos.

Mas Conseil tinha um defeito. Formalista fanático, só se dirigia a mim como a uma terceira pessoa — a ponto de ser maçante.

— Conseil! — eu repetia, dando início, com mãos febris, a meus preparativos para a partida.

Certamente poderia contar com aquele rapaz tão dedicado. Em geral, nunca perguntava se lhe convinha ou não seguir-me em minhas viagens; mas daquela vez se tratava de uma expedição que poderia se prolongar indefinidamente, de uma operação arriscada, perseguindo um animal capaz de naufragar uma fragata como uma casca de noz! Havia muito material para reflexão, mesmo para o homem mais impassível do mundo! O que diria Conseil?

— Conseil! — gritei uma terceira vez.

Conseil apareceu.

— O doutor chamou? — perguntou, entrando.

— Sim, meu rapaz. Prepare-me, prepare-se. Partimos dentro de duas horas.

— Como o doutor quiser — Conseil respondeu tranquilamente.

— Nem um segundo a perder. Soque no baú todos os meus utensílios de viagem, roupas, camisas, meias, à vontade, mas o máximo que couber, e se apresse!

— E as coleções do doutor? — observou Conseil.

— Veremos mais tarde.

— O quê?! Os *Archaeotherium*, os *Hyracotherium*, os oreodontes, os queropótamos e outras carcaças do doutor?

— Guardaremos tudo no hotel.

— E a babirrussa viva do doutor?

— Será alimentada durante nossa ausência. Aliás, deixarei ordens para que enviem para a França nossa coleção de animais.

— Não voltaremos para Paris, então? — perguntou Conseil.

— Sim... Com certeza... — respondi evasivamente. — Mas fazendo um desvio.

— O desvio que o doutor quiser.

— Oh! Será pouca coisa! Um caminho um pouco menos direto, apenas isso. Seremos passageiros da *Abraham Lincoln*.

— Como o doutor quiser — respondeu tranquilamente Conseil.

— Você sabe, meu amigo, trata-se do monstro... do famoso narval... Nós o purgaremos dos mares! O autor de uma obra in-quarto em dois volumes sobre *Os mistérios das grandes profundezas submarinas* não pode se eximir de embarcar com o comandante Farragut. Missão gloriosa, mas também... perigosa! Não sabemos para onde vamos! Essas criaturas podem ser muito inconstantes! Mesmo assim, partiremos! Teremos um intrépido comandante!

— O que o doutor fizer, eu farei — respondeu Conseil.

— Mas pense bem! Não quero esconder nada de você. Será uma dessas viagens das quais nem sempre se retorna!

— Como o doutor quiser.

Quinze minutos depois, nossos baús estavam prontos. Conseil os havia preparado num piscar de olhos, e eu tinha certeza de que nada estava faltando, pois aquele rapaz classificava camisas e casacos tão bem quanto pássaros ou mamíferos.

O elevador do hotel nos deixou no grande átrio do mezanino. Desci os poucos degraus que levavam ao térreo. Fechei minha conta naquele amplo balcão sempre assediado por uma grande multidão. Dei ordens para que fossem despachados para Paris (França) minha carga de animais empalhados e plantas secas. Abri um crédito suficiente para a babirrussa, e, seguido por Conseil, saltei para dentro de uma condução.

O veículo, a vinte francos a corrida, desceu a Broadway até a Union Square, seguiu a Quarta Avenida até sua junção com a Bowery Street, pegou a Katrin Street e parou no trigésimo quarto píer.* Ali, o ferryboat *Katrin* transportou-nos, homens, cavalos e condução, até o Brooklyn, o grande anexo de Nova York, situado na margem esquerda do East River, e em poucos minutos chegávamos ao cais onde a *Abraham Lincoln* expelia torrentes de fumaça negra por suas duas chaminés.

Nossas bagagens foram imediatamente transferidas

---

* Espécie de cais especial para cada embarcação.

para o convés da fragata. Subi a bordo com pressa. Perguntei pelo comandante Farragut. Um dos marinheiros me conduziu ao tombadilho, onde me encontrei na presença de um oficial de boa aparência que me estendeu a mão.

— Sr. Pierre Aronnax? — disse ele.

— Ele mesmo — respondi. — Comandante Farragut?

— Em pessoa. Seja bem-vindo, professor. Sua cabine está pronta.

Saudei-o e, deixando o comandante entregue aos preparativos de partida, fui conduzido à cabine a mim destinada.

A *Abraham Lincoln* havia sido muito bem escolhida e equipada para sua nova função. Era uma fragata de longo curso, equipada com máquinas de superaquecimento que permitiam elevar a pressão de vapor a sete atmosferas. Sob essa pressão, a *Abraham Lincoln* atingia uma velocidade média de 18,3 milhas por hora, velocidade considerável, porém insuficiente para lutar contra o gigantesco cetáceo.

As acomodações da fragata correspondiam às suas qualidades náuticas. Fiquei muito satisfeito com minha cabine, situada na popa, que dava para o refeitório dos oficiais.

— Ficaremos bem aqui — disse a Conseil.

— Tão bem, o doutor me perdoe — respondeu Conseil —, quanto um bernardo-eremita na concha de um búzio.

Deixei Conseil arrumando nossos baús como convinha e subi ao convés a fim de acompanhar os preparativos da partida.

Naquele momento, o comandante Farragut soltava as últimas amarras que prendiam a *Abraham Lincoln* ao píer do Brooklyn. Com um atraso de quinze minutos, nem mesmo isso, a fragata teria partido sem mim, e eu perderia aquela expedição extraordinária, sobrenatural, inverossímil, cujo relato verídico mesmo assim poderá encontrar alguns incrédulos.

O comandante Farragut não queria perder um único dia, uma única hora para chegar aos mares em que o animal acabara de ser localizado. Mandou chamar seu engenheiro.

— Temos pressão? — perguntou-lhe.

— Sim, senhor — respondeu o engenheiro.

— *Go ahead* — gritou o comandante Farragut.

Sob essa ordem, que foi transmitida mecanicamente por meio de aparelhos de ar comprimido, os maquinistas acionaram a roda de arranque. O vapor assobiou passando pelas válvulas entreabertas. Os longos pistões horizontais chiaram e empurraram as bielas do eixo. As pás da hélice bateram nas ondas com velocidade crescente, e a *Abraham Lincoln* avançou majestosamente em meio a uma centena de ferryboats e tênderes* repletos de espectadores, que a seguiam em cortejo.

Os cais do Brooklyn e toda a região de Nova York que margeia o East River estavam cheios de curiosos. Três hurras, emitidos por quinhentos mil pulmões, ribombaram sucessivamente. Milhares de lenços foram agitados acima da massa compacta e saudaram a *Abraham Lincoln* até sua chegada às águas do Hudson, na ponta da alongada península da cidade de Nova York.

A fragata, então, seguindo na direção de Nova Jersey — a admirável margem direita do rio, cheia de casas requintadas —, passou por entre os fortes, que a saudaram com seus maiores canhões. A *Abraham Lincoln* respondeu arriando e içando três vezes a bandeira americana, cujas trinta e nove estrelas cintilavam na ponta do mastro da mezena; depois, modificando seu curso para pegar o canal balizado que se arredonda na baía interna formada pela ponta de Sandy Hook, passou rente a essa faixa arenosa em que alguns milhares de espectadores a aclamaram mais uma vez.

O cortejo de ferryboats e tênderes continuava seguindo a fragata, e só a abandonou na altura do navio farol, cujos dois lumes marcavam a entrada dos canais de Nova York.

Soaram as três horas. O piloto desceu para seu bote e chegou à pequena escuna que o esperava a sota-vento. O

---

* Pequenos barcos a vapor que consertam os grandes vapores.

fogo foi atiçado; a hélice bateu as ondas com mais velocidade; a fragata margeou a costa amarela e baixa de Long
Island e, às oito horas da noite, depois de perder de vista
as luzes de Fire Island a noroeste, deslizou a todo vapor
sobre as águas escuras do Atlântico.

4. Ned Land

O comandante Farragut era um bom marinheiro, digno da fragata que comandava. O navio e ele se confundiam. Ele era sua alma. A respeito do cetáceo, nenhuma dúvida brotava em seu espírito, e ele não permitia que a existência do animal fosse discutida a bordo. Acreditava nele da mesma maneira que algumas solteironas acreditam no Leviatã — pela fé, não pela razão. O monstro existia, ele livraria os mares de sua presença, havia jurado fazê-lo. Era uma espécie de cavaleiro de Rodes, um Dieudonné de Gozon, marchando ao encontro da serpente que devastava sua ilha. Ou o comandante Farragut mataria o narval, ou o narval mataria o comandante Farragut. Não haveria meio-termo.

Os oficiais de bordo partilhavam da opinião do chefe. Era possível vê-los conversando, discutindo, debatendo, calculando as diversas chances de um encontro e observando a vasta extensão do oceano. Mais de um, que teria amaldiçoado um trabalho como aquele sob qualquer outra circunstância, ali se impunha a uma guarda voluntária nos mastaréus das gáveas. Enquanto o sol descrevia seu arco diurno, a mastreação ficava cheia de marujos que não aguentavam mais ficar nas pranchas do convés e que não conseguiam parar quietos! No entanto, a *Abraham Lincoln* ainda não havia sulcado as águas suspeitas do Pacífico com sua roda de proa.

Quanto à tripulação, não pedia mais que deparar com

o unicórnio, arpoá-lo, içá-lo a bordo, despedaçá-lo. Vigiava o mar com escrupulosa atenção. Aliás, o comandante Farragut anunciava a quantia de dois mil dólares, reservada àquele que, grumete ou marujo, mestre ou oficial, avistasse o animal. Deixo imaginarem se os olhos se aguçavam a bordo da *Abraham Lincoln*.

De minha parte, eu não ficava atrás dos outros, e não deixaria ninguém levar meu quinhão de observações diárias. Haveria cem motivos para a fragata chamar-se *Argos*. Conseil era o único a protestar com sua indiferença contra o problema que nos fascinava, destoando do entusiasmo geral a bordo.

Eu disse que o comandante Farragut havia cuidadosamente equipado seu navio com aparelhos específicos para a pesca do gigantesco cetáceo. Um baleeiro não teria sido melhor armado. Possuíamos todos os projéteis conhecidos, desde o arpão lançado à mão até as flechas farpadas dos bacamartes e as balas explosivas das espingardas. No castelo da proa alongava-se um canhão aperfeiçoado, carregado pela culatra, de paredes muito espessas e calibre muito estreito, cujo modelo deve figurar na Exposição Universal de 1867. Esse precioso instrumento, de origem americana, disparava sem dificuldade um projétil cônico de quatro quilogramas a uma distância média de dezesseis quilômetros.

Portanto, não faltava à *Abraham Lincoln* nenhum meio de destruição. Mas havia algo melhor que isso. Havia Ned Land, o rei dos arpoadores.

Ned Land era um canadense com uma destreza manual pouco comum e sem rival em seu perigoso ofício. Habilidade e sangue-frio, audácia e artimanha, possuía essas qualidades num grau superior, e era preciso ser uma baleia muito esperta, ou um cachalote singularmente astucioso para escapar a seu arpão.

Ned Land beirava os quarenta anos. Era um homem alto — mais de um metro e oitenta — de constituição vigorosa, ar grave, pouco comunicativo, às vezes violento, e bastante irascível quando contrariado. Sua pessoa chamava atenção, principalmente a força de seu olhar, que intensificava sua fisionomia de modo singular.

A meu ver, o comandante Farragut fora sensato ao recrutar aquele homem a bordo. Por seu olho e seu braço, valia sozinho por toda a tripulação. Eu só poderia compará-lo a um potente telescópio, que ao mesmo tempo fosse um canhão sempre pronto para disparar.

Quem diz canadense diz francês, e, por menos comunicativo que Ned Land fosse, devo confessar que tomou certa afeição por mim. Minha nacionalidade sem dúvida o atraía. Para ele, era uma oportunidade de falar, e, para mim, de ouvir a arcaica língua de Rabelais, ainda em uso em algumas províncias canadenses. A família do arpoador era originária do Québec, e já constituía uma tribo de ousados pescadores na época em que essa cidade pertencia à França.

Pouco a pouco, Ned foi tomando gosto por conversar, e eu gostava de ouvir o relato de suas aventuras nos mares polares. Ele contava suas pescarias e lutas com uma grande poesia natural. Seu relato assumia uma forma épica, e eu pensava ouvir algum Homero canadense cantando a *Ilíada* das regiões hiperbóreas.

Descrevo esse ousado companheiro tal como o conheço agora. É que nos tornamos velhos amigos, unidos pela imutável amizade que nasce e se consolida em meio às circunstâncias mais assombrosas! Ah, bravo Ned! Só peço para viver mais cem anos, para me lembrar de você por mais tempo!

E qual era a opinião de Ned Land sobre a questão do monstro marinho? Devo confessar que ele não acreditava no unicórnio, e que era o único a bordo a não partilhar da convicção geral. Evitava inclusive tocar no assunto, sobre o qual pensei interpelá-lo um dia.

Na magnífica noite de 30 de julho, isto é, três semanas depois de nossa partida, a fragata estava na altura do cabo Blanco, trinta milhas a sota-vento das costas patagônicas. Tínhamos cruzado o trópico de Capricórnio, e o estreito de Magalhães se abria a menos de setecentas milhas ao sul. Em menos de oito dias, a *Abraham Lincoln* singraria as ondas do Pacífico.

Sentados no tombadilho, Ned Land e eu falávamos de tudo um pouco, contemplando o misterioso mar cujas profundezas até então permaneciam inacessíveis ao olhar humano. Eu conduzia naturalmente a conversa para o unicórnio gigante, e analisava as diversas chances de sucesso ou insucesso de nossa expedição. Então, vendo que Ned me deixava falar quase sozinho, provoquei-o mais diretamente.

— Como é possível, Ned — perguntei-lhe —, não estar convencido da existência do cetáceo que perseguimos? Alguma razão específica para se mostrar tão incrédulo?

O arpoador olhou-me por alguns instantes antes de responder, bateu a mão na testa alta com o gesto que lhe era usual, fechou os olhos como que para se concentrar, e por fim disse:

— Talvez muitas, professor Aronnax.

— No entanto, Ned, um baleeiro profissional como você, familiarizado com os grandes mamíferos marinhos, dono de uma imaginação que facilmente aceitaria a existência de cetáceos enormes, deveria ser o último a duvidar de tais circunstâncias!

— É aí que se engana, professor — respondeu Ned. — Que o vulgo acredite em cometas extraordinários cruzando o espaço, ou na existência de monstros antediluvianos povoando o interior do globo, ainda vá, mas nem o astrônomo nem o geólogo admitem tais quimeras. Da mesma forma o baleeiro. Persegui muitos cetáceos, arpoei um grande número, matei vários, mas, por mais possantes e encouraçados que fossem, nem seus rabos nem suas presas poderiam ter aberto as chapas metálicas de um vapor.

— Contudo, Ned, houve casos de navios que foram atravessados de um lado a outro por dentes de narvais.

— Barcos de madeira, até pode ser — respondeu o canadense —, mesmo assim, nunca vi nada disso. Portanto, até prova em contrário, nego que baleias, cachalotes ou unicórnios possam produzir um efeito como esse.

— Veja bem, Ned...

— Não, professor, não. Qualquer coisa, menos isso. Um polvo gigantesco, quem sabe?

— Menos ainda, Ned. O polvo não passa de um molusco, e o próprio nome indica a falta de consistência de sua carne. Embora tivesse cento e cinquenta metros de comprimento, o polvo, que não pertence ao subfilo dos vertebrados, seria totalmente inofensivo para embarcações como o *Scotia* ou a *Abraham Lincoln*. Assim, é preciso devolver para a categoria das fábulas as proezas dos Krakens ou outros monstros do gênero.

— Então, distinto naturalista — retomou Ned Land num tom bastante zombeteiro —, continua admitindo a existência de um enorme cetáceo?

— Sim, Ned, repito-o com uma convicção que se baseia na lógica dos fatos. Acredito na existência de um mamífero, extremamente estruturado, pertencente ao subfilo dos vertebrados, como as baleias, os cachalotes ou os golfinhos, e munido de uma presa córnea com enorme força de penetração.

— Hum! — fez o arpoador, balançando a cabeça como um homem que não quer se deixar convencer.

— Observe, meu digno canadense — continuei —, que caso tal animal exista, caso habite as profundezas do oceano, caso frequente as camadas líquidas situadas a várias milhas abaixo da superfície das águas, ele necessariamente possuirá um corpo cuja resistência desafia qualquer comparação.

— E por que um corpo tão possante? — perguntou Ned.

— Porque é preciso uma força incalculável para manter-se nas camadas profundas e resistir à pressão.

— Mesmo? — disse Ned, que olhava para mim apertando os olhos.

— Mesmo, e alguns números o comprovam sem dificuldade.

— Ora, os números! — replicou Ned. — Fazem qualquer coisa com os números!

— Nos negócios, Ned, mas não em matemática. Preste atenção. Admitamos que a pressão de uma atmosfera seja representada pela pressão de uma coluna de água de dez metros de altura. Na verdade, a coluna de água seria de altura menor, pois se trata de água do mar, cuja densidade é superior à da água doce. Pois bem, ao mergulhar, Ned, a cada dez metros de água acima de você, seu corpo suporta uma pressão equivalente a uma atmosfera, isto é, um quilo por cada centímetro quadrado de sua superfície. Decorre disso que a cem metros essa pressão é de dez atmosferas, de cem atmosferas a mil metros, e de mil atmosferas a dez mil metros, ou cerca de duas léguas e meia. O que equivale dizer que, se você pudesse atingir essa profundidade no oceano, cada centímetro quadrado da superfície de seu corpo sofreria uma pressão de mil quilogramas. Ora, meu bravo Ned, sabe quantos centímetros quadrados você tem de superfície?

— Não faço a menor ideia, professor Aronnax.

— Cerca de dezessete mil.

— Tanto assim?

— E como a pressão atmosférica é na verdade um pouco superior ao peso de um quilograma por centímetro quadrado, os seus dezessete mil centímetros quadrados suportam agora mesmo uma pressão de dezessete mil quinhentos e sessenta e oito quilogramas.

— Sem que eu perceba?

— Sem que você perceba. E você só não é esmagado por essa pressão porque o ar penetra no seu corpo com

VINTE MIL LÉGUAS SUBMARINAS

uma pressão idêntica. Dá-se um equilíbrio perfeito entre o empuxo interno e o empuxo externo, que se neutralizam, o que permite suportá-los sem incômodo. Mas dentro d'água é outra coisa.

— Sim, entendo — respondeu Ned, mais atento —, porque a água me envolve e não me penetra.

— Exatamente, Ned. Assim, portanto, a dez metros abaixo da superfície do mar, você sofreria uma pressão de dezessete mil quinhentos e sessenta e oito quilogramas; a cem metros, dez vezes essa pressão, ou seja, cento e setenta e cinco mil seiscentos e oitenta quilogramas; a mil metros, cem vezes essa pressão, ou seja, um milhão setecentos e cinquenta e seis mil e oitocentos quilogramas; a dez mil metros, por fim, mil vezes essa pressão, ou seja, dezessete milhões quinhentos e sessenta e oito mil quilogramas; o que quer dizer que você seria esmagado como se estivesse dentro de uma máquina hidráulica.

— Diabos! — disse Ned.

— Pois bem, meu digno arpoador, se vertebrados com várias centenas de metros de comprimento e peso proporcional sobrevivem em tais profundezas, com suas superfícies expressas em milhões de centímetros quadrados, devemos estimar em bilhões de quilogramas a pressão que sofrem. Calcule então qual não deve ser a resistência de sua estrutura óssea e a robustez de seu organismo para resistir a tais pressões!

— Precisariam ser feitos de chapas metálicas de vinte centímetros, como as fragatas encouraçadas — respondeu Ned Land.

— Exatamente, Ned, e imagine agora os estragos que tal massa poderia produzir, lançada com a velocidade de um trem expresso contra o casco de um navio.

— Sim... de fato... talvez — respondeu o canadense, abalado por aqueles números, mas sem se render às evidências.

— Muito bem, ficou convencido?

— Convencido de uma coisa, distinto naturalista, de que, se tais animais existem no fundo dos mares, eles necessariamente precisam ser tão fortes quanto o senhor diz.

— Mas se não existem, teimoso arpoador, como explicar o acidente do *Scotia*?

— Talvez seja... — disse Ned, hesitante.

— Vamos, fale!

— Porque... não é verdade! — respondeu o canadense, reproduzindo sem saber uma célebre réplica de Arago.

Mas a resposta provava a obstinação do arpoador e nada mais. Naquele dia, não o provoquei novamente. O acidente do *Scotia* era inegável. O buraco tanto existia que precisara ser tapado, e não creio que a existência de um buraco possa ser demonstrada de maneira mais categórica. Ora, aquele buraco não se fizera sozinho, e, como não havia sido produzido por rochas ou projéteis submarinos, necessariamente fora causado pelo instrumento perfurante de um animal.

Ora, a meu ver, e por todas as razões anteriormente deduzidas, esse animal pertencia ao subfilo dos vertebrados, à classe dos mamíferos, ao grupo dos pisciformes e, por fim, à ordem dos cetáceos. Quanto à família à qual pertencia, baleia, cachalote ou golfinho, quanto ao gênero do qual fazia parte, quanto à espécie na qual conviria classificá-lo, eram questões a serem elucidadas posteriormente. Para respondê-las, seria preciso dissecar o monstro desconhecido, para dissecá-lo, capturá-lo, e para capturá-lo, arpoá-lo — o que dependia de Ned Land —, para arpoá-lo, avistá-lo — o que dependia da tripulação —, e para avistá-lo, encontrá-lo — o que dependia do acaso.

5. A esmo

A viagem da *Abraham Lincoln* ficou um bom tempo sem ser marcada por qualquer incidente. No entanto, apresentou-se uma circunstância que pôs em relevo a maravilhosa habilidade de Ned Land, e mostrou a confiança que podíamos ter nele.

Ao largo das Malvinas, no dia 30 de junho, a fragata se comunicou com baleeiros americanos, e fomos informados de que não haviam tido nenhum contato com o narval. Mas um deles, o capitão do *Monroe*, sabendo que Ned Land embarcara na *Abraham Lincoln*, pediu sua ajuda para caçar uma baleia que estava à vista. O comandante Farragut, desejoso de ver Ned Land em ação, autorizou-o a ir a bordo do *Monroe*. E o acaso serviu tão bem a nosso canadense que, em vez de uma baleia, ele arpoou duas com um tiro duplo, atingindo uma direto no coração e capturando a outra após uma perseguição de alguns minutos!

Decididamente, se um dia o monstro viesse a enfrentar o arpão de Ned Land, eu não apostaria no monstro.

A fragata seguiu a costa sudeste da América com uma velocidade prodigiosa. Em 3 de julho, estávamos na foz do estreito de Magalhães, na altura do cabo das Virgens. Mas o comandante Farragut não quis tomar aquela passagem sinuosa, e manobrou de maneira a contornar o cabo Horn.

A tripulação foi unânime em dar-lhe razão. De fato, qual a probabilidade de encontrar o narval naquela passagem estreita? Um bom número de marinheiros afirmava que o monstro não podia passar por ali, "porque era gordo demais"!

No dia 6 de julho, por volta das três horas da tarde, a *Abraham Lincoln*, quinze milhas ao sul, contornou a ilha solitária, a rocha perdida no extremo do continente americano, à qual os navegadores holandeses deram o nome de sua cidade natal, o cabo Horn. A rota foi desviada para o noroeste, e no dia seguinte a hélice da fragata finalmente bateu as águas do Pacífico.

— Olhos abertos! Olhos abertos! — repetiam os marujos da *Abraham Lincoln*.

E eles os abriam desmesuradamente. Os olhos e as lunetas, um pouco ofuscados, é verdade, pela perspectiva dos dois mil dólares, não ficaram um segundo de repouso. Dia e noite, observava-se a superfície do oceano, e os nictalopes, cuja capacidade de ver na escuridão aumentava em cinquenta por cento suas chances, tinham uma boa vantagem para ganhar o prêmio.

Eu, que não era atraído pelo dinheiro, nem por isso era o menos atento a bordo. Deixando apenas alguns minutos para as refeições, algumas horas para o sono, indiferente ao sol ou à chuva, eu não saía mais do convés do navio. Ora debruçado sobre as amuradas do castelo da proa, ora apoiado na varanda da popa, eu devorava com olhos ávidos o algodoado rasto que esbranquiçava o mar a perder de vista! E quantas vezes partilhei da emoção do estado-maior, da tripulação, quando alguma baleia volúvel elevava seu dorso enegrecido acima das ondas. O convés da fragata se enchia num instante. As escotilhas regurgitavam uma torrente de marujos e oficiais. Todos, peito arfante, olhar desvairado, observavam a marcha do cetáceo. Eu olhava e olhava, até gastar a retina, até ficar cego, enquanto Conseil, sempre fleumático, repetia num tom sereno:

— Se o doutor ao menos fizesse o favor de arregalar menos os olhos, o doutor veria muito mais!

Mas, vã emoção! A *Abraham Lincoln* modificava sua rota, ia atrás do animal avistado, simples baleia ou cachalote comum, que logo desaparecia em meio a um coro de imprecações!

O tempo, porém, continuava favorável. A viagem era realizada sob as melhores condições. Era a pior estação austral, pois o julho daquela zona corresponde a nosso janeiro na Europa; mas o mar se mantinha bonito, e se deixava facilmente observar com vasto perímetro.

Ned Land continuava demonstrando a mais tenaz incredulidade; afetava inclusive não examinar a superfície das ondas fora de seu tempo de serviço — ao menos quando nenhuma baleia estava à vista. Entretanto, sua maravilhosa capacidade de visão teria sido de grande ajuda. Mas o teimoso canadense passava lendo ou dormindo em sua cabine oito de cada doze horas. Mil vezes censurei sua indiferença.

— Bah! — ele respondia — não há nada, professor Aronnax, e, se houvesse algum animal, que chance teríamos de avistá-lo? Não avançamos a esmo? Parece que a besta perdida foi vista de novo nos altos-mares do Pacífico, digamos que sim; mas já se passaram dois meses desde esse encontro, e a dizer pelo temperamento do seu narval, ele não gosta de ficar mofando nessas paragens! Ele é dotado de uma prodigiosa facilidade para deslocar-se. Ora, o senhor sabe melhor que eu, professor, a natureza não cria nada contraditório, e ela não daria a um animal lento por natureza a capacidade de locomover-se rapidamente se ele não precisasse utilizá-la. Portanto, se a besta existe, já deve estar longe!

A isso, eu não sabia o que responder. Era evidente que avançávamos às cegas. Mas como não agir desse modo? Nossas chances eram bastante limitadas. Mesmo assim, ninguém duvidava do sucesso, e nenhum marujo a bordo teria apostado contra a existência do narval e sua iminente aparição.

No dia 20 de julho, o trópico de Capricórnio foi atravessado a 105° de longitude, e no dia 27 do mesmo mês cruzávamos o Equador no meridiano 110. Chegando a essa posição, a fragata tomou um rumo mais decidido para oeste, e entrou nos mares centrais do Pacífico. O comandante Farragut pensava, com razão, que seria melhor navegar por águas profundas e afastar-se dos continentes ou das ilhas que o animal sempre soubera evitar, "sem dúvida porque não havia água suficiente para ele!", dizia o mestre da tripulação. A fragata passou então ao largo das Paumotu, das Marquesas, das Sandwich, cortou o trópico de Câncer a 132° de longitude, e se dirigiu para os mares da China.

Estávamos finalmente no palco das últimas movimentações do monstro! E, para falar a verdade, não havia mais vida a bordo. Os corações palpitavam assustadoramente e se preparavam para um futuro de incuráveis aneurismas. A tripulação inteira padecia de uma superexcitação nervosa, que eu não saberia relatar. Não se comia, não se dormia mais. Vinte vezes por dia, um erro de avaliação, uma ilusão ótica de algum maruco empoleirado nos mastros causavam intoleráveis sustos, e essas emoções, vinte vezes repetidas, nos mantinham num estado de exaltação violento demais para não levar a uma reação iminente.

E, de fato, a reação não tardou a se produzir. Ao longo de três meses — três meses em que cada dia durava um século! —, a *Abraham Lincoln* percorreu todos os mares setentrionais do Pacífico, perseguindo as baleias avistadas, fazendo bruscas mudanças de direção, virando subitamente de um bordo a outro, detendo-se de repente, forçando ou revertendo o vapor, sem interrupção, arriscando-se a desnivelar o motor, e não deixou nenhum ponto inexplorado entre o litoral do Japão e a costa americana. Mas nada! Nada além da imensidão das ondas so-

VINTE MIL LÉGUAS SUBMARINAS

litárias! Nada que se assemelhasse a um narval gigantesco, a uma ilha submarina, a destroços de naufrágio, a um escolho fugidio ou ao que quer que fosse de sobrenatural! Então a reação se instalou. Primeiro, o desânimo invadiu os espíritos e abriu uma brecha para a incredulidade. Um novo sentimento surgiu a bordo, composto de três décimos de vergonha e sete décimos de raiva. Ficamos "bestas" por nos deixarmos enganar por uma quimera, mas estávamos acima de tudo furiosos! As montanhas de argumentos acumulados havia um ano desmoronavam ao mesmo tempo, e todos só pensavam em recuperar, nas horas das refeições ou de sono, o tempo que tão tolamente sacrificaram.

Com a volubilidade natural ao espírito humano, de um excesso nos lançamos a outro. Os mais fervorosos defensores da iniciativa fatalmente se tornaram seus mais ardentes detratores. A reação subiu dos porões do navio, do posto dos carvoeiros até o quadrilátero do estado-maior, e sem a excepcional obstinação do comandante Farragut com certeza a fragata teria definitivamente voltado a proa para o sul.

Aquela busca inútil não poderia prolongar-se por mais tempo. A *Abraham Lincoln* nada tinha a se recriminar, fizera de tudo para obter êxito. Nunca a tripulação de um navio da Marinha americana havia demonstrado mais paciência e mais zelo, seu insucesso não poderia ser-lhe imputado; restava apenas regressar.

Um pedido nesse sentido foi feito ao comandante. Ele não cedeu. Os marujos não dissimularam seu descontentamento, e o trabalho sofreu com isso. Não estou dizendo que houve revolta a bordo, mas depois de um sensato período de obstinação, o comandante Farragut, como outrora Colombo, pediu três dias de paciência. Se ao cabo de três dias o monstro não aparecesse, o homem do leme daria três voltas no timão e a *Abraham Lincoln* rumaria para os mares europeus.

A promessa foi feita no dia 2 de novembro. E teve o resultado imediato de dar novo ânimo à tripulação hesitante. O oceano foi observado com renovada atenção. Cada um queria lançar-lhe o último olhar, em que se resume toda a recordação. As lunetas tiveram uma atividade febril. Era o derradeiro desafio ao narval gigante, e este logicamente não deixaria de responder à intimação "a comparecer"!

Dois dias se passaram. A *Abraham Lincoln* se mantinha em baixa velocidade. Empregavam-se mil maneiras de chamar a atenção ou estimular a apatia do animal, caso ele estivesse naquelas paragens. Enormes pedaços de gordura animal foram colocados a reboque — para grande satisfação dos tubarões, devo dizer. Os botes singraram em todas as direções em torno da *Abraham Lincoln*, enquanto ela era imobilizada, e não deixaram nenhum segmento de mar inexplorado. Mas a noite de 4 de novembro chegou sem que o mistério submarino se tivesse revelado.

No dia seguinte, 5 de novembro, ao meio-dia, expirava o prazo máximo. Depois de determinar sua posição, o comandante Farragut, fiel à sua promessa, deveria rumar para sudeste e abandonar definitivamente as regiões setentrionais do Pacífico.

A fragata se encontrava então a 31° 15' de latitude norte e a 136° 42' de longitude leste. As terras do Japão estavam a menos de duzentas milhas a sota-vento. A noite se aproximava. Acabavam de soar oito horas. Grandes nuvens ocultavam o disco da lua, que estava no primeiro quarto. O mar ondulava serenamente sob o talha-mar da fragata.

Eu estava na proa, apoiado na amurada de estibordo. Conseil, perto de mim, olhava à sua frente. A tripulação, empoleirada nos ovéns, esquadrinhava o horizonte que aos poucos encolhia e escurecia. Os oficiais, armados de seus binóculos noturnos, vasculhavam a escuridão crescente. Às vezes o sombrio oceano cintilava sob um raio que a lua dardejava por entre as franjas de duas nuvens. Depois, todo vestígio luminoso se desvanecia nas trevas.

VINTE MIL LÉGUAS SUBMARINAS   57

Observando Conseil, constatei que o bravo rapaz sofria um pouco a influência geral. Ao menos foi o que pensei. Talvez, e pela primeira vez, seus nervos vibrassem sob a ação de um sentimento de curiosidade.

— Vamos, Conseil — disse-lhe —, é a última chance de embolsar dois mil dólares.

— Que o doutor me permita dizer-lhe — respondeu Conseil — que nunca cobicei esse prêmio, e que o governo da União poderia prometer cem mil dólares que não ficaria mais pobre.

— Você tem razão, Conseil. Uma bobagem, no fim das contas, sobre a qual nos atiramos com demasiada leviandade. Quanto tempo perdido, quantas emoções inúteis! Poderíamos estar na França há seis meses...

— No pequeno apartamento do doutor — continuou Conseil —, no Museu do doutor! E eu já teria classificado os fósseis do doutor! E a babirrussa do doutor seria colocada na jaula do Jardin des Plantes, e atrairia todos os curiosos da capital!

— Exatamente, Conseil, sem contar que agora seremos zombados, imagino!

— De fato — respondeu tranquilamente Conseil —, penso que zombarão do doutor. E, devo dizer...?

— Pode falar, Conseil.

— Ora, o doutor receberá apenas o que merece!

— Verdade!

— Quando se tem a honra de ser um cientista como o doutor, não devemos nos expor...

Conseil não pôde concluir seu elogio. Em meio ao silêncio geral, uma voz acabava de se fazer ouvir. Era a voz de Ned Land, e Ned Land gritava:

— Eh! A coisa em questão, a sota-vento, perpendicular a nós!

6. A todo vapor

Ao ouvir esse grito, toda a tripulação correu na direção do arpoador — comandante, oficiais, mestres, marujos, grumetes, inclusive os engenheiros, que deixaram seus motores, e os foguistas, que abandonaram suas caldeiras. A ordem de parar fora dada, e a fragata se deslocava apenas por inércia.

A escuridão era profunda, e por melhor que fossem os olhos do canadense, eu me perguntava como ele tinha visto e o que vira. Meu coração parecia a ponto de explodir.

Mas Ned Land não se enganara, e todos nós avistamos o objeto que ele indicava com a mão.

A duas amarras de distância da *Abraham Lincoln* e da alheta de estibordo, o mar parecia iluminado por baixo. Não era um simples fenômeno de fosforescência, e era impossível enganar-se a esse respeito. O monstro, submerso a algumas toesas da superfície da água, projetava o brilho muito intenso, mas inexplicável, mencionado nos relatórios de vários capitães. Aquela magnífica irradiação devia ser produzida por uma potente fonte de luz. A parte luminosa descrevia na superfície do mar uma imensa oval bastante alongada, no centro da qual se condensava um foco ardente cujo brilho insuportável diminuía em sucessivas gradações.

— É apenas um aglomerado de moléculas fosforescentes — exclamou um dos oficiais.

— Não, senhor — contestei com convicção. — Fólades

VINTE MIL LÉGUAS SUBMARINAS

ou salpas nunca produzem uma luz tão forte. Esse brilho é de natureza essencialmente elétrica... Além disso, veja, veja! Está se deslocando! Move-se para a frente, para trás! Está arremetendo contra nós!

Um grito geral elevou-se da fragata.

— Silêncio! — pediu o comandante Farragut. — A barlavento, depressa! Marcha a ré!

Os marujos se precipitaram para o timão, os engenheiros para seus motores. O vapor foi imediatamente revertido, e a *Abraham Lincoln*, desviando a bombordo, descreveu um semicírculo.

— Alinhar leme! Marcha a vante!

As ordens foram executadas, e a fragata afastou-se rapidamente do foco luminoso.

Ou melhor, ela tentou se afastar, pois o animal sobrenatural se aproximou numa velocidade duas vezes maior que a sua.

Estávamos sem fôlego. A estupefação, mais do que o medo, nos mantinha mudos e paralisados. O animal nos superava com facilidade. Ele deu a volta na fragata, que corria então a catorze nós, e envolveu-a com suas emanações elétricas como numa poeira luminosa. Depois se afastou duas ou três milhas, deixando um rasto fosforescente comparável aos turbilhões de vapor que a locomotiva de um expresso deixa para trás. De repente, dos obscuros limites do horizonte, onde tinha ido tomar impulso, o monstro avançou bruscamente na direção da *Abraham Lincoln* numa velocidade assustadora, deteve-se de supetão a vinte pés de seus costados, apagou-se — mas não afundando nas águas, pois seu brilho não sofreu nenhum enfraquecimento gradual, e sim de maneira repentina, como se a fonte daquele eflúvio brilhante tivesse secado subitamente! Então reapareceu do outro lado do navio, seja por tê-lo contornado, seja por ter passado por baixo de seu casco. A todo momento podia ocorrer uma colisão, que teria sido fatal para nós.

Enquanto isso, eu me espantava com as manobras da

fragata. Ela fugia e não atacava. Era perseguida, mas devia perseguir, observei ao comandante Farragut. Seu rosto, geralmente tão impassível, estava marcado por um indefinível espanto.

— Professor Aronnax — respondeu-me —, não sei com que criatura fantástica estou lidando, e não quero imprudentemente colocar minha fragata em risco no meio dessa escuridão. Além disso, como atacar o desconhecido, como defender-se dele? Esperemos o dia e os papéis se inverterão.

— O senhor não tem mais nenhuma dúvida, comandante, a respeito da natureza do animal?

— Não, professor, é um narval gigantesco, com certeza, mas também um narval elétrico.

— Talvez — acrescentei — não seja possível aproximar-se dele mais do que de um gimnoto ou de uma raia-elétrica!

— De fato — respondeu o comandante —, e se possuir uma força fulminante, será sem dúvida o animal mais terrível jamais gerado pela mão do Criador. É por isso, professor, que serei precavido.

A tripulação inteira ficou alerta durante a noite. Ninguém pensou em dormir. A *Abraham Lincoln*, sem poder rivalizar em velocidade, havia moderado sua marcha e se mantinha em baixa velocidade. O narval, por sua vez, imitando a fragata, se deixava levar pelas ondas, e parecia decidido a não abandonar o palco da luta.

Por volta da meia-noite, porém, ele desapareceu, ou, para utilizar uma expressão mais exata, ele "se apagou" como um grande vaga-lume. Teria fugido? Não era o que esperávamos, era o que temíamos. Mas faltando sete minutos para uma hora da manhã, um silvo ensurdecedor se fez ouvir, semelhante ao produzido por uma coluna de água expelida com extrema violência.

O comandante Farragut, Ned Land e eu estávamos então no tombadilho, olhando com avidez para as trevas profundas.

— Ned Land — perguntou o comandante —, você já ouviu o rugido das baleias?

— Muitas vezes, senhor, mas nunca baleias que, ao serem avistadas, me tenham rendido dois mil dólares.

— De fato, você tem direito ao prêmio. Mas diga-me uma coisa, esse barulho é o mesmo que fazem os cetáceos ao soltar água pelo espiráculo?

— O mesmo barulho, senhor, mas este é incomparavelmente mais forte. Logo, não restam dúvidas. Temos de fato um cetáceo em nossas águas. Com sua permissão, senhor — acrescentou o arpoador —, daremos uma palavrinha com ele amanhã ao nascer do dia.

— Se ele estiver disposto a ouvir, mestre Land — respondi, pouco convencido.

— Conseguindo me aproximar a uma distância de quatro arpões — revidou o canadense —, será obrigado a ouvir!

— Para aproximar-se — interveio o comandante —, precisarei colocar uma baleeira à sua disposição?

— Sem dúvida, senhor.

— Colocaria em risco a vida de meus homens?

— E a minha! — respondeu com naturalidade o arpoador.

Por volta das duas horas da manhã, o foco luminoso reapareceu, não menos intenso, a cinco milhas a barlavento da *Abraham Lincoln*. Apesar da distância, apesar do barulho do vento e do mar, ouviam-se distintamente as incríveis batidas do rabo do animal, e até sua respiração arquejante. Quando o enorme narval vinha à superfície do oceano para respirar, o ar parecia engolfar-se para dentro de seus pulmões, como o vapor nos amplos cilindros de um motor de dois mil cavalos.

"Hum!", pensei, "uma baleia com a força de um regimento de cavalaria seria uma bela baleia!"

Ficamos de sobreaviso até o amanhecer, e nos preparamos para o combate. Os instrumentos de pesca foram dispostos ao longo das amuradas. O imediato mandou carregar os bacamartes que lançam o arpão a uma distância de uma milha, e longas espingardas de balas explosivas que fazem uma ferida mortal, mesmo nos animais mais possantes. Ned Land se contentou em afiar seu arpão, arma terrível em suas mãos.

Às seis horas, o dia começou a raiar, e com as primeiras luzes da aurora desapareceu o brilho elétrico do narval. Às sete horas, a manhã estava suficientemente clara, mas uma bruma matinal bastante espessa turvava o horizonte, e nem os melhores binóculos conseguiam atravessá-la. Logo, houve desapontamento e raiva.

Icei-me até as barras da mezena. Alguns oficiais já estavam empoleirados no topo dos mastros.

Às oito horas, a bruma rolou pesadamente sobre as ondas, e suas densas espirais pouco a pouco se desanuviaram. O horizonte ao mesmo tempo se abria e purificava.

De repente, como na véspera, a voz de Ned Land se fez ouvir.

— A coisa em questão, a bombordo, à popa! — gritou o arpoador.

Todos os olhares se dirigiram para o ponto indicado.

Lá, a uma milha e meia da fragata, um longo corpo escuro emergia um metro acima da água. Seu rabo, violentamente abanado, produzia um redemoinho considerável. Nunca um aparelho caudal bateu o mar com tal força. Um enorme rasto, de uma brancura ofuscante, marcava a passagem do animal e descrevia uma curva alongada.

A fragata se aproximou do cetáceo. Eu o examinava com a mente totalmente aberta. Os relatos do *Shannon* e do *Helvetia* tinham exagerado um pouco suas dimensões, e estimei seu comprimento em apenas setenta e seis metros. Quanto a seu volume, era difícil avaliá-lo; mas, em suma, o animal me pareceu admiravelmente proporcional nas três dimensões.

Enquanto eu observava aquela criatura fenomenal,

dois jatos de vapor e de água jorraram de seus espiráculos, e subiram a uma altura de quarenta metros, o que me deteve em seu modo de respiração. Concluí definitivamente que pertencia ao subfilo dos vertebrados, classe dos mamíferos, subclasse dos monodélfios, grupo dos pisciformes, ordem dos cetáceos, família... Aqui, ainda não podia me pronunciar. A ordem dos cetáceos compreende três famílias: as baleias, os cachalotes e os golfinhos, e é nesta última que estão classificados os narvais. Cada uma dessas famílias se divide em vários gêneros, cada gênero em espécies, cada espécie em variedades. Variedade, espécie, gênero e família ainda me faltavam, mas eu não tinha dúvida de que completaria minha classificação com a ajuda dos céus e do comandante Farragut.

A tripulação aguardava com impaciência as ordens de seu chefe. Este, depois de observar atentamente o animal, mandou chamar o engenheiro, que veio correndo.

— Temos pressão? — perguntou o comandante.

— Sim, senhor — respondeu o engenheiro.

— Ótimo. Aumente o fogo, e a todo vapor!

Três hurras saudaram sua ordem. A hora do embate havia soado. Alguns instantes depois, as duas chaminés da fragata expeliam nuvens de fumaça negra, e o convés trepidava sob o fremir das caldeiras.

A *Abraham Lincoln*, propelida por sua potente hélice, seguiu reto na direção do animal. Este, indiferente, deixou-a aproximar-se a meia amarra de distância; depois, sem mergulhar, pegou uma pequena velocidade de fuga e contentou-se em manter-se à distância.

A perseguição se prolongou por cerca de quarenta e cinco minutos, sem que a fragata ganhasse sequer duas toesas sobre o cetáceo. Era evidente, portanto, que, continuando assim, nunca o alcançaríamos.

O comandante Farragut torcia com raiva o espesso tufo de pelos que crescia sob seu queixo.

— Ned Land? — gritou ele.

O canadense acorreu ao chamado.

— Então, mestre Land — perguntou o comandante —, ainda me aconselha a colocar os botes no mar?

— Não, senhor — respondeu Ned Land —, pois essa besta só se deixará pegar quando quiser.

— O que fazer, então?

— Aumentar o vapor, se possível, senhor. Quanto a mim, com sua permissão, bem entendido, ficarei no cabresto do gurupés, e se chegarmos ao alcance do arpão, arpoarei.

— Vamos, Ned — assentiu o comandante Farragut. — Engenheiro, faça a pressão subir.

Ned Land foi para seu posto. Os fogos foram alimentados com mais intensidade; a hélice girou a quarenta e três rotações por minuto, e o vapor escapou pelas válvulas. Lançada a barquilha, constatou-se que a *Abraham Lincoln* avançava a dezoito milhas e cinco décimos por hora.

Mas o maldito animal também fugia a uma velocidade de dezoito milhas e cinco décimos.

A fragata se manteve nessa velocidade por ainda uma hora, sem ganhar uma toesa! Era humilhante para um dos navios mais velozes da Marinha americana. Uma raiva surda corria por entre a tripulação. Os marujos insultavam o monstro, que, aliás, não se dignava a responder. O comandante Farragut não se contentava mais em retorcer sua barbicha, ele a mordia.

O engenheiro foi chamado mais uma vez.

— Atingimos o máximo de pressão? — perguntou-lhe o comandante.

— Sim, senhor — confirmou o engenheiro.

— E as válvulas estão fechadas?

— A seis atmosferas e meia.

— Suba para dez atmosferas.

Típica ordem americana, se isso existe. Melhor não se faria no Mississippi para distanciar-se de "uma concorrência"!

— Conseil — eu disse a meu bravo servidor, que estava a meu lado —, sabia que provavelmente vamos explodir?

— Como o doutor quiser! — respondeu Conseil.

Pois bem! Confesso que não me desagradava correr aquele risco.

As válvulas foram fechadas. O carvão consumiu-se nos fornos. As ventoinhas lançaram correntes de ar para os braseiros. A velocidade da *Abraham Lincoln* aumentou. Seus mastros ondulavam até as carlingas, e as nuvens de fumaça mal conseguiam abrir caminho pelas chaminés estreitas demais.

A barquilha foi lançada uma segunda vez.

— Quanto, timoneiro? — perguntou o comandante Farragut.

— Dezenove milhas e três décimos, senhor.

— Aumentem os fogos.

O engenheiro obedeceu. O manômetro marcou dez atmosferas. Mas o cetáceo também "esquentou", sem dúvida, pois facilmente fez suas dezenove milhas e três décimos.

Que perseguição! Não posso descrever a emoção que fazia meu corpo todo vibrar. Ned Land mantinha-se a postos, o arpão na mão. Várias vezes o animal se deixou aproximar.

— Quase! Quase! — gritava o canadense.

Quando ele se preparava para atirar, o cetáceo escapava com uma velocidade que não posso estimar inferior a trinta milhas por hora. Além disso, quando estávamos na velocidade máxima, ele ainda ousou provocar a fragata, contornando-a! Um grito de fúria escapou de todos os peitos!

Ao meio-dia, não tínhamos progredido mais do que às oito horas da manhã.

O comandante Farragut decidiu então empregar meios mais diretos.

— Ah! Esse animal vai mais rápido que a *Abraham Lincoln*! Muito bem! Vamos ver se deixará para trás nossas balas cônicas. Mestre, homens na artilharia da proa.

O canhão do castelo da proa foi imediatamente carregado e apontado. O tiro saiu, mas a bala passou a alguns pés acima do cetáceo, que se mantinha a meia milha de distância.

— Outro, mais habilidoso! — gritou o comandante.

— E quinhentos dólares a quem conseguir ferir essa besta infernal!

Um velho canhoneiro de barba grisalha — ainda o vejo —, olhar calmo, rosto frio, se aproximou da peça, posicionou-a e mirou por um bom tempo. Uma forte detonação ecoou, à qual se mesclaram os hurras da tripulação.

A bala atingira o alvo, batera no animal, mas não como devia, pois deslizou por sua superfície arredondada e foi perder-se a duas milhas no mar.

— Essa agora! — exclamou o velho canhoneiro, irritado. — O patife está blindado com chapas de seis polegadas!

— Maldição! — berrou o comandante Farragut.

A caçada recomeçou, e o comandante Farragut, virando-se para mim, disse:

— Perseguirei esse animal até que minha fragata exploda!

— Sim — respondi —, e o senhor o vencerá!

Seria de esperar que o animal cansasse, e que não seria indiferente à fadiga como uma máquina a vapor. Mas não. As horas passaram sem que desse nenhum sinal de cansaço.

No entanto, é preciso dizer, para honrar a *Abraham Lincoln*, que lutou com incansável tenacidade. Não estimo em menos de quinhentos quilômetros a distância que percorreu durante a malfadada jornada de 6 de novembro! Mas a noite chegou e envolveu com suas sombras o tempestuoso oceano.

Pensei que nossa expedição tivesse chegado ao fim, e que nunca mais voltaríamos a ver o fantástico animal. Estava enganado.

Às dez para as onze da noite, a claridade elétrica reapareceu, a três milhas a barlavento da fragata, tão pura, tão intensa quanto na noite anterior.

VINTE MIL LÉGUAS SUBMARINAS

O narval parecia imóvel. Quem sabe, cansado do dia, dormisse, deixando-se levar pela ondulação das vagas? Havia uma chance, e o comandante Farragut resolveu aproveitá-la.

Passou suas ordens. A *Abraham Lincoln* foi mantida em baixa velocidade, e avançou com prudência para não despertar o adversário. Não é raro encontrar em pleno oceano baleias profundamente adormecidas, que podem então ser atacadas com sucesso, e Ned Land tinha arpoado mais de uma no sono. O canadense voltou a seu posto no cabresto do gurupés.

A fragata se aproximou sem fazer barulho, parou a duas amarras de distância do animal, e se deixou levar pela inércia. Ninguém respirava a bordo. Um silêncio profundo reinava no convés. Não estávamos a cem pés do foco de luz ardente, cujo brilho crescia e ofuscava nossos olhos.

Debruçado na varanda da proa, eu via Ned Land abaixo de mim, segurando com uma das mãos a corda do gurupés, e com a outra brandindo seu terrível arpão. Apenas seis metros o separavam do animal imóvel.

De uma hora para outra, seu braço se retesou e o arpão foi lançado. Ouvi o choque sonoro da arma, que parecia ter atingido um corpo duro.

O brilho elétrico se apagou de repente e duas enormes trombas-d'água invadiram o convés da fragata, correndo da proa para a popa como uma torrente, derrubando homens, rompendo os cordames dos botes.

Houve um choque medonho, e, arremessado por cima da varanda, sem ter tempo de me segurar, fui lançado ao mar.

7. Uma baleia de espécie desconhecida

Embora surpreendido pela queda inesperada, conservei a nítida consciência de minhas sensações.

Primeiro fui mergulhado a uma profundidade de cerca de seis metros. Sou bom nadador, sem pretender igualar Byron e Edgar Poe, que são mestres, mas esse mergulho não me fez perder a calma. Duas vigorosas pernadas me trouxeram de volta à superfície.

Minha primeira preocupação foi buscar a fragata com os olhos. A tripulação percebera meu desaparecimento? A *Abraham Lincoln* mudara de rumo? O comandante Farragut lançara um bote ao mar? Deveria esperar um resgate?

A escuridão era profunda. Entrevi uma massa negra que desaparecia a leste, e cujas luzes de posição se apagaram ao longe. Era a fragata. Senti-me perdido.

— Socorro! Socorro! — gritei, nadando na direção da *Abraham Lincoln* desesperado.

Minhas roupas me incomodavam. A água colava-as a meu corpo, e elas dificultavam meus movimentos. Estava afundando! Sufocando!

— Socorro!

Foi o último grito que dei. Minha boca se encheu de água. Debati-me, afundando no abismo...

De repente, minhas roupas foram agarradas por mão vigorosa, senti-me violentamente levado para a superfície

VINTE MIL LÉGUAS SUBMARINAS 69

e ouvi, sim, ouvi as seguintes palavras pronunciadas em meu ouvido:

— Se o doutor fizer o extremo favor de apoiar-se em meu ombro, o doutor nadará com muito mais facilidade.

Agarrei o braço de meu devotado Conseil.

— Você! — eu disse. — Você!

— Eu mesmo — respondeu Conseil —, e às ordens do doutor.

— O choque o precipitou junto comigo ao mar?

— Absolutamente. Mas estando ao serviço do doutor, segui o doutor!

O digno rapaz achava aquilo muito natural!

— E a fragata? — perguntei.

— A fragata! — lamentou Conseil, virando-se de costas. — Creio que o doutor faria melhor em não contar muito com ela!

— O que quer dizer com isso?

— Quero dizer que no momento em que pulei no mar, ouvi os homens do timão gritarem: "A hélice e o leme foram quebrados...".

— Quebrados?

— Sim! Despedaçados pelo dente do monstro. Foi a única avaria que a *Abraham Lincoln* sofreu, penso eu. Mas, circunstância ruim para nós, não pode mais ser governada.

— Então estamos perdidos!

— Talvez — disse Conseil, tranquilo. — Mas ainda temos algumas horas à nossa frente, e em algumas horas pode-se fazer muita coisa!

O imperturbável sangue-frio de Conseil me reanimou. Nadei mais vigorosamente; porém, incomodado com minhas roupas, que me apertavam como uma placa de chumbo, sentia uma extrema dificuldade para não afundar. Conseil percebeu.

— Que o doutor me permita fazer-lhe uma incisão — disse.

E deslizando por minhas roupas um canivete aberto, rasgou-as de alto a baixo num golpe rápido. Depois, livrou-me delas com desembaraço, enquanto eu nadava pelos dois.

De minha parte, fiz o mesmo para Conseil, e continuamos a "navegar" um ao lado do outro.

Nem por isso a situação deixava de ser terrível. Nosso desaparecimento talvez nem tivesse sido notado, e, mesmo que tivesse, a fragata não podia voltar para sota-vento até onde estávamos, pois seu leme estava danificado. Devíamos contar apenas com seus botes.

Conseil raciocinou com frieza diante dessa hipótese, tecendo um plano de acordo com ela. Espantoso temperamento! O fleumático rapaz parecia sentir-se em casa!

Convencidos, portanto, de que nossa única chance de salvação era sermos resgatados pelos botes da *Abraham Lincoln*, precisávamos nos organizar de maneira a conseguir esperá-los pelo maior tempo possível. Determinei então que devíamos dividir nossas forças, para não esgotá-las ao mesmo tempo, e eis o que ficou combinado: enquanto um de nós, deitado de costas, se mantivesse imóvel, os braços cruzados, as pernas alongadas, o outro nadaria e o puxaria para a frente. O papel de rebocador não deveria ultrapassar dez minutos, e, assim nos revezando, poderíamos nos manter à tona por horas, talvez até o raiar do dia.

Ínfima possibilidade, mas a esperança está tão enraizada no coração do homem! Além disso, éramos dois. Enfim, reconheço que — por mais improvável que pareça — apesar de tentar dissipar qualquer ilusão dentro de mim, apesar de querer "perder as esperanças", eu não conseguia!

A colisão entre a fragata e o cetáceo havia ocorrido por volta das onze horas da noite. Calculei oito horas de nado até o nascer do sol. Operação rigorosamente possível, com nosso revezamento. O mar, bastante tranquilo, nos cansava pouco. Às vezes, eu tentava sondar as trevas espessas rompidas apenas pela fosforescência provocada por nossos movimentos. Olhava para as ondas luminosas que passavam por minhas mãos como um véu cintilante que se tingia de manchas lívidas. Parecíamos mergulhados num banho de mercúrio.

Por volta de uma hora da manhã, fui tomado de extrema fadiga. Meus membros endureceram sob cãibras violentas. Conseil precisou me segurar, e a responsabilidade por nossa sobrevivência recaiu toda sobre ele. Logo ouvi o pobre rapaz ofegar; sua respiração tornou-se curta e rápida. Entendi que ele não aguentaria por muito tempo.

— Deixe-me! Deixe-me! — eu disse.

— Abandonar o doutor? Jamais! — respondeu. — Espero afogar-me antes!

Naquele momento, a lua surgiu por entre as franjas de uma grande nuvem que o vento empurrava para leste. A superfície do mar cintilou sob seus raios. Aquela luz benfazeja reanimou nossas forças. Ergui a cabeça. Meus olhos correram todos os pontos do horizonte. Avistei a fragata. Ela estava a cinco milhas de distância e formava uma massa escura, apenas perceptível. Mas dos botes, nem sinal!

Tentei gritar. Inútil, àquela distância! Meus lábios inchados não emitiam som algum. Conseil conseguiu articular algumas palavras, e ouvi-o repetir várias vezes:

— Socorro! Socorro!

Paramos de nos mover por um instante, para ouvir. E, como se fosse o zumbido do sangue martelando meus ouvidos, pareceu-me que um grito respondia ao grito de Conseil.

— Você ouviu? — murmurei.

— Sim! Sim!

E Conseil lançou ao longe um novo grito desesperado.

Dessa vez, não havia dúvida! Uma voz humana respondia à nossa! Seria a voz de algum infeliz, perdido no meio do oceano, outra vítima do choque sofrido pelo navio? Ou seria um bote da fragata que nos chamava na escuridão?

Conseil fez um esforço supremo e, apoiado em meu ombro, enquanto eu resistia a uma última convulsão, ergueu metade do corpo para fora da água e se deixou cair, extenuado.

— O que você viu?

— Vi... — murmurou —, vi... mas não falemos... guardemos todas as nossas forças!

O que ele tinha visto? Naquele momento, não sei por quê, a lembrança do monstro me voltou à mente pela primeira vez! Mas e aquela voz...? Há muito passara a época em que os Jonas se refugiavam no ventre das baleias!

Conseil continuava me arrastando. Às vezes levantava a cabeça, olhava à frente, e soltava um grito de reconhecimento ao qual uma voz cada vez mais próxima respondia. Eu mal a ouvia. Minhas forças estavam no fim; meus dedos se soltavam; minhas mãos não ofereciam nenhum ponto de apoio; minha boca, convulsivamente aberta, enchia-se de água salgada; o frio me penetrava. Levantei a cabeça uma última vez; depois, afundei...

Foi quando me choquei contra um corpo duro. Agarrei-me a ele. Depois, senti que me puxavam, que me traziam para a superfície, que meu peito se esvaziava, e desmaiei...

Certo é que voltei rapidamente à consciência, graças às vigorosas fricções que percorriam meu corpo. Entreabri os olhos...

— Conseil! — sussurrei.

— O doutor chamou? — respondeu Conseil.

Naquele momento, aos últimos reflexos da lua que se punha no horizonte, vi um rosto que não era o de Conseil, e reconheci-o imediatamente.

— Ned! — exclamei.

— Em pessoa, professor, correndo atrás de seu prêmio! — respondeu o canadense.

— Você foi lançado ao mar com o choque da fragata?

— Sim, professor, mas tive mais sorte que vocês, logo consegui me firmar numa pequena ilha flutuante.

— Numa ilha?

— Ou, para ser mais exato, em nosso narval gigantesco.

— Explique-se, Ned.

— Finalmente consegui entender por que meu arpão não conseguiu perfurá-lo e foi rebotado por sua pele.

— Por quê, Ned, por quê?

— Porque essa besta, professor, é feita de chapas de aço!

Preciso, aqui, recobrar-me, vivificar minhas lembranças, analisar minhas próprias afirmações.

As últimas palavras do canadense produziram uma reviravolta dentro de minha cabeça. Alcei-me rapidamente para o topo da criatura ou do objeto à tona que nos servia de refúgio. Senti-o com o pé. Tratava-se, visivelmente, de um corpo duro, impenetrável, e não da substância mole que forma a massa dos grandes mamíferos marinhos.

Mas aquele corpo duro podia ser uma carapaça óssea, semelhante à dos animais antediluvianos, e eu me daria por satisfeito de classificar o monstro entre os répteis anfíbios, como as tartarugas ou aligátores.

Pois bem, não! O dorso escuro que me sustentava era liso, polido, não fragmentado. Ao ser percutido, produzia um som metálico, e, por mais incrível que pareça, aparentava, ou melhor, era feito de placas aparafusadas.

Não havia a menor dúvida! Era preciso reconhecer que o animal, o monstro, o fenômeno natural que intrigara o mundo científico inteiro, que havia transtornado e seduzido a imaginação dos marinheiros dos dois hemisférios, era um fenômeno muito mais espantoso, um fenômeno da mão do homem.

A descoberta da existência da criatura mais fabulosa, mais mitológica, não teria me atordoado em tão alto grau. Que o que é prodigioso venha do Criador é fácil de admitir. Mas encontrar de repente o impossível, diante dos próprios olhos, misteriosa e humanamente concretizado, era de embaralhar as ideias!

Não havia lugar para hesitações, no entanto. Estávamos deitados no dorso de uma espécie de barco submarino, que apresentava, tanto quanto me era possível dizer, a forma de um imenso peixe de aço. Essa era a firme opinião de Ned Land. Conseil e eu apenas nos alinhamos a ela.

— Nesse caso — ponderei —, esse aparelho encerra dentro de si uma máquina de locomoção e uma tripulação para manobrá-lo!

— Com certeza — disse o arpoador —, apesar de, nas três horas em que estou nessa ilha flutuante, ela não ter dado sinal de vida.

— Não foi posta em marcha?

— Não, professor Aronnax. Deixa-se levar pelas ondas, mas não foi ligada.

— Sabemos, de todo modo, que pode alcançar grandes velocidades. Ora, como é preciso uma máquina para produzir essa velocidade e um maquinista para conduzir essa máquina, concluo que... estamos salvos.

— Hum! — fez Ned Land, com reservas.

Naquele momento, e como para dar razão à minha argumentação, fez-se um turbilhão na parte de trás daquele estranho aparelho, que obviamente tinha como propulsor uma hélice, e ele se pôs em movimento. Tivemos tempo apenas de nos agarrar à sua parte superior, que emergia cerca de oitenta centímetros. Por sorte sua velocidade não era excessiva.

— Enquanto navegar horizontalmente — murmurou Ned Land —, nada tenho a dizer. Mas se sentir vontade de mergulhar, não darei nem dois dólares por minha pele!

Menos ainda, poderia ter dito o canadense. Tornava-se, portanto, urgente comunicar-se com os seres quaisquer encerrados nos costados daquela máquina. Eu pro-

VINTE MIL LÉGUAS SUBMARINAS

curava em sua superfície alguma abertura, algum tampo, "algum portaló", para utilizar a expressão técnica; mas as linhas de parafusos, que acompanhavam solidamente a junção entre as chapas, eram contínuas e uniformes.

Além disso, a lua desaparecera, deixando-nos em meio a uma escuridão profunda. Seria preciso esperar o dia para encontrar algum meio de penetrar no interior daquele barco submarino.

Assim, nossa salvação dependia unicamente do capricho dos misteriosos timoneiros que dirigiam aquele aparelho, e, se decidissem submergir, estaríamos perdidos! Excetuando-se esse risco, eu não duvidava da possibilidade de travar relações com eles. E, de fato, se não produziam seu próprio ar, necessariamente precisavam voltar de tempos em tempos à superfície do oceano para renovar suas reservas de moléculas respiráveis. Portanto, precisavam de uma abertura que colocasse o interior do barco em contato com a atmosfera.

Quanto à esperança de sermos resgatados pelo comandante Farragut, era preciso renunciar completamente a ela. Éramos levados para oeste, e avaliei que nossa velocidade, relativamente moderada, chegava a doze milhas por hora. A hélice batia as ondas com uma regularidade matemática, às vezes emergindo e fazendo a água fosforescente jorrar a grandes alturas.

Por volta das quatro horas da manhã, a velocidade do aparelho aumentou. Ficou difícil resistir àquele arrastamento vertiginoso, quando as ondas nos atingiam em cheio. Felizmente, Ned havia encontrado sob sua mão um largo arganéu fixado à parte superior do dorso metálico, e tínhamos conseguido nos agarrar a ele com firmeza.

A longa noite assim transcorreu. Minha lembrança incompleta não permite retraçar todas as impressões que me causou. Um único detalhe me volta à mente. Durante certas calmarias do mar e do vento, várias vezes pensei ouvir sons indefinidos, uma espécie de harmonia fugidia produzida por acordes longínquos. Qual o mistério daquela navegação submarina sobre a qual o mundo inteiro inutilmente buscava uma explicação? Que seres viviam naquela estranha embarcação? Que agente mecânico lhe permitia deslocar-se com uma velocidade tão prodigiosa?

O dia raiou. As brumas da manhã nos envolviam, mas não tardaram a se dissipar. Eu começava a fazer um exame mais atento do casco que formava em sua parte superior uma espécie de plataforma horizontal, quando senti que afundava pouco a pouco.

— Ei! Por mil diabos! — gritou Ned Land, batendo com o pé no metal sonoro. — Abram agora, navegadores pouco hospitaleiros!

Mas era difícil se fazer ouvir em meio aos batimentos ensurdecedores da hélice. Felizmente, o movimento de imersão foi interrompido.

De repente, um som de ferragens sendo energicamente movimentadas produziu-se dentro do barco. Uma placa foi erguida, um homem apareceu, soltou um grito estranho e desapareceu logo a seguir.

Alguns segundos depois, oito sujeitos robustos, rostos velados, apareceram silenciosamente e nos carregaram para dentro de sua máquina extraordinária.

8. *Mobilis in mobile*

Nossa evacuação, executada com grande brutalidade, foi realizada num relâmpago. Meus companheiros e eu não tivemos tempo de nos orientar. Não sei o que eles sentiram ao se verem introduzidos naquela prisão flutuante; mas, de minha parte, um súbito arrepio me gelou a pele. Com quem estávamos lidando? Sem dúvida com alguns piratas de novo gênero, que a seu modo exploravam o mar.

Assim que a estreita escotilha foi fechada sobre mim, vi-me envolvido por uma profunda escuridão. Meus olhos, impregnados da luz externa, não conseguiam ver absolutamente nada. Senti meus pés nus se firmarem nos degraus de uma escada de ferro. Ned Land e Conseil, agarrados com força, me seguiam. Na base da escada, uma porta se abriu e imediatamente se fechou sobre nós com um estrondo.

Estávamos sozinhos. Onde? Eu não sabia dizer, apenas imaginar. Tudo estava escuro, mas era uma escuridão tão absoluta que depois de alguns minutos meus olhos ainda não tinham conseguido distinguir alguma das claridades indeterminadas que pairam sobre as noites mais profundas.

Ned Land, furioso com aquelas maneiras de agir, dava livre curso à sua indignação.

— Mil diabos! — ele gritava. — Esses aí superam até mesmo os caledônios em hospitalidade! Só falta serem antropófagos! Eu não ficaria surpreso, mas aviso que não serei comido sem protestos!

— Acalme-se, amigo Ned, acalme-se — disse Conseil com tranquilidade. — Não se exalte antes da hora. Ainda não estamos na grelha!

— Na grelha, ainda não — respondeu o canadense —, mas no forno, com certeza! Está bastante escuro. Felizmente ainda tenho minha *bowie-knife*,* e enxergo o suficiente para poder utilizá-la. O primeiro desses bandidos que colocar a mão em mim...

— Não se irrite, Ned — eu disse então ao arpoador —, e não nos comprometa com violências inúteis. E se estiverem nos ouvindo? Melhor tentarmos descobrir onde estamos!

Eu caminhava às apalpadelas. Depois de cinco passos, encontrei uma parede de ferro, feita de chapas aparafusadas. Depois, virando-me, choquei-me contra uma mesa de madeira, perto da qual estavam colocados vários bancos. O assoalho daquela prisão se ocultava embaixo de uma espessa esteira de fórmio que abafava o barulho dos passos. As paredes nuas não revelavam nenhum sinal de porta ou janela. Conseil, dando uma volta em sentido contrário, chegou até mim, e voltamos para o meio daquela cabine, que devia ter seis metros de comprimento por três metros de largura. Quanto à altura, Ned Land, apesar de seu tamanho, não conseguiu avaliá-la.

Meia hora transcorrera sem que a situação tivesse mudado, quando nossos olhos passaram de repente da extrema escuridão para a luz mais intensa. Nossa prisão iluminou-se subitamente, isto é, encheu-se de uma matéria luminosa tão viva que no início não consegui suportar seu brilho. Em sua brancura, em sua intensidade, reconheci a iluminação elétrica que produzia ao redor do barco submarino um magnífico fenômeno de fosforescência. Depois de fechar os olhos involuntariamente, voltei a abri-los e vi

---

* Faca de lâmina larga que um americano sempre leva consigo.

VINTE MIL LÉGUAS SUBMARINAS 79

que a fonte luminosa provinha de uma semiesfera fosca no teto da cabine.

— Até que enfim! Claridade! — gritou Ned Land, que, com a faca na mão, se mantinha na defensiva.

— Sim, mas a situação continua preta — respondi, arriscando uma antítese.

— O doutor precisa ter paciência — manifestou-se o impassível Conseil.

A repentina iluminação da cabine me permitiu examiná-la nos mínimos detalhes. Continha apenas a mesa e os cinco tamboretes. A porta invisível devia estar hermeticamente fechada. Nenhum som chegava a nossos ouvidos. Tudo parecia morto dentro daquele barco. Estava em funcionamento, mantinha-se na superfície do oceano, mergulhava em suas profundezas? Não havia como descobrir.

O globo luminoso, porém, não devia ter acendido sem razão. Eu esperava que os homens da tripulação logo se apresentassem. Quando queremos que as pessoas sejam esquecidas, não iluminamos suas masmorras.

Não me enganei. Ouviu-se um ruído de ferrolho, a porta se abriu e dois homens entraram.

O primeiro tinha baixa estatura, músculos vigorosos, ombros largos, membros robustos, cabeça possante, cabeleira farta e negra, bigode espesso, olhar vivo e penetrante, e toda sua pessoa irradiava a vivacidade meridional que caracteriza, na França, os povos provençais. Diderot com muita pertinência afirmou que o gesto do homem é metafórico, e aquele homem era a prova viva disso. Percebia-se que em sua linguagem habitual devia esbanjar prosopopeias, metonímias e hipálages. O que, aliás, nunca pude verificar, pois comigo sempre empregava um idioma singular e absolutamente incompreensível.

O segundo desconhecido merece uma descrição mais detalhada. Um discípulo de Gratiolet ou de Engel teria lido sua fisionomia como um livro aberto. Reconheci sem hesitação suas qualidades dominantes: a autoconfiança, pois sua cabeça se destacava com nobreza do arco formado pela linha dos ombros, e seus olhos negros encaravam com fria segurança; a serenidade, pois sua pele, mais pálida do que corada, indicava a tranquilidade do sangue; a energia, demonstrada pela rápida contração de seus músculos superciliares; e por fim a coragem, pois sua respiração profunda denotava grande expansão vital.

Eu acrescentaria que aquele homem estava satisfeito, que seu olhar firme e sereno parecia refletir pensamentos elevados, e que de todo aquele conjunto, da homogeneidade de expressões nos gestos do corpo e do rosto, seguindo a observação dos fisionomistas, resultava uma indiscutível franqueza.

Senti-me "involuntariamente" tranquilo em sua presença, e tive um bom pressentimento de nossa conversa.

Aquele personagem teria trinta e cinco ou cinquenta anos, eu não saberia dizer com exatidão. Era alto, tinha a testa larga, o nariz reto, a boca desenhada com nitidez, os dentes magníficos, as mãos finas, alongadas, perfeitamente "psíquicas", para utilizar uma expressão da quirognomonia, isto é, dignas de servir a uma alma elevada e intensa. Aquele homem era com certeza o tipo mais admirável com que eu jamais havia deparado. Detalhe particular, seus olhos, um pouco afastados um do outro, podiam abarcar juntos quase um quarto do horizonte. Essa capacidade — verifiquei-a mais tarde — era reforçada por uma potência de visão superior à de Ned Land. Quando aquele desconhecido fixava um objeto, a linha de suas sobrancelhas se franzia, suas grandes pálpebras se aproximavam de maneira a delimitar a pupila dos olhos e a diminuir a extensão do campo visual, e como ele olhava! Que olhar! Como ampliava os objetos diminuídos pela distância! Como penetrava até a nossa alma! Como atravessava as camadas líquidas, tão opacas a nossos olhos, e lia as grandes profundezas marinhas!

Os dois desconhecidos usavam boinas de pele de lon-

VINTE MIL LÉGUAS SUBMARINAS 81

tra marinha e botas de couro de foca, vestiam roupas de um tecido singular, que desimpediam a cintura e permitiam grande liberdade de movimentos.

O mais alto dos dois — evidentemente o chefe a bordo — nos examinou com extrema atenção, sem pronunciar palavra. Depois, voltando-se para o companheiro, conversou com ele numa língua que não pude reconhecer. Era um idioma sonoro, harmonioso, flexível, em que as vogais pareciam submetidas a uma acentuação muito variada.

O outro respondeu com um aceno de cabeça e acrescentou duas ou três palavras absolutamente incompreensíveis. Depois, pareceu interrogar-me diretamente com o olhar.

Respondi, em bom francês, que não entendia nada de sua língua; mas ele não pareceu entender e a situação se tornou bastante embaraçosa.

— Que o doutor mesmo assim conte nossa história — pediu-me Conseil. — Esses senhores talvez entendam algumas palavras!

Comecei o relato de nossas aventuras, articulando bem todas as sílabas, e sem omitir um único detalhe. Anunciei nossos nomes e ocupações; depois, apresentei formalmente o professor Aronnax, seu criado Conseil e mestre Ned Land, o arpoador.

O homem de olhos doces e serenos me ouviu com tranquilidade, até mesmo com educação, e com notável atenção. Mas nada em sua fisionomia indicava que estivesse entendendo minha história. Quando terminei, não pronunciou uma única palavra.

Ainda era possível recorrer ao inglês. Talvez conseguíssemos nos fazer entender nessa língua que é mais ou menos universal. Eu a conhecia, bem como a língua alemã, o suficiente para ler com fluência, mas não para falá-la corretamente. Ora, ali, era preciso acima de tudo ser entendido.

— Agora é sua vez — eu disse ao arpoador. — Tire da cartola, mestre Land, o melhor inglês jamais falado por um anglo-saxão, e tente se sair melhor do que eu.

Ned não se fez de rogado e repetiu meu relato, que compreendi um pouco. A base foi a mesma, mas a forma diferiu. O canadense, impelido por seu caráter, falou com bastante paixão. Queixou-se violentamente de ter sido aprisionado sem consideração pelo direito dos homens, perguntou em nome de que lei o detinham daquele modo, invocou o habeas corpus, ameaçou processar aqueles que o sequestravam indevidamente, agitou-se, gesticulou, gritou e, por fim, com um gesto expressivo deixou claro que estávamos morrendo de fome.

O que era absolutamente verdade, embora quase o tivéssemos esquecido.

Para sua grande estupefação, o arpoador não pareceu ter sido mais inteligível que eu. Nossos visitantes nem piscaram. Era evidente que não compreendiam nem a língua de Arago nem a de Faraday.

Bastante constrangido, depois de ter esgotado em vão nossos recursos filológicos, eu não sabia mais que decisão tomar, quando Conseil me disse:

— Se o doutor me autorizar, contarei tudo em alemão.

— Como assim? Você sabe alemão? — espantei-me.

— Como um flamengo, se não desagradar ao doutor.

— Isso me agrada, pelo contrário. Prossiga, meu rapaz.

E Conseil, com sua voz tranquila, contou pela terceira vez as diversas peripécias de nossa história. Mas, apesar das frases elegantes e da bela pronúncia do narrador, a língua alemã não obteve sucesso algum.

Por fim, exasperado, reuni tudo o que me restava de meus primeiros estudos, e comecei a narrar nossas aventuras em latim. Cícero teria tapado os ouvidos e me teria mandado de volta para a cozinha, mas consegui me virar. Mesmo resultado negativo.

Depois dessa última tentativa definitivamente frustrada, os dois desconhecidos trocaram algumas palavras em sua língua incompreensível e se retiraram, sem nem mesmo nos dirigirem algum dos gestos tranquilizadores

VINTE MIL LÉGUAS SUBMARINAS

conhecidos em todos os países do mundo. A porta voltou a se fechar.

— Que infâmia! — girou Ned Land, explodindo pela vigésima vez. — Como pode? Falamos em francês, inglês, alemão e latim com esses bandidos, e nenhum teve a decência de nos responder!

— Acalme-se, Ned — eu disse ao impetuoso arpoador —, a raiva não ajudará em nada.

— Mas não vê, professor — retomou nosso irascível companheiro —, que morreremos de fome nessa jaula de ferro?

— Que nada! — disse Conseil com equanimidade. — Ainda podemos aguentar bastante!

— Meus amigos — eu disse —, não devemos nos desesperar. Já estivemos em situações piores. Rogo-lhes que esperem para formar uma opinião sobre o comandante e a tripulação desse navio.

— Minha opinião está formada — revidou Ned Land. — São bandidos...

— Está bem! E de que país?

— Do país dos bandidos!

— Meu caro Ned, esse país ainda não foi satisfatoriamente assinalado no mapa-múndi, e confesso que a nacionalidade desses dois desconhecidos é difícil de determinar! Nem ingleses, nem franceses, nem alemães, é tudo o que podemos afirmar. No entanto, eu estaria tentado a considerar que o comandante e seu imediato nasceram em baixas latitudes. Há algo de meridional neles. Mas se são espanhóis, turcos, árabes ou indianos, seu tipo físico não permite decidir. Quanto à língua que falam, é totalmente incompreensível.

— Eis o dissabor de não saber todas as línguas — disse Conseil —, ou a desvantagem de não haver uma língua única!

— O que não serviria de nada! — refutou Ned Land. — Não viram que esses sujeitos têm uma língua própria,

84

inventada para desesperar os pobres coitados que só querem comer! Por acaso abrir a boca, mexer as mandíbulas, bater os dentes e os lábios, isso não pode ser entendido em todos os países do mundo? Por acaso não quer dizer, seja no Québec, em Paumotu, em Paris ou nos antípodas: estou com fome, quero comida?

— Oh! — exclamou Conseil. — Algumas naturezas são tão ininteligentes!

Enquanto dizia essas palavras, a porta se abriu. Um steward* entrou. Trazia roupas, blusões e calções navais, feitos de um tecido cuja matéria-prima não reconheci. Não tardei a vesti-los, e meus companheiros me imitaram.

Nesse meio-tempo, o steward — mudo, talvez surdo — havia arrumado a mesa e colocado três pratos.

— Algo importante se anuncia — disse Conseil —, e parece promissor.

— Pff! — fez o rancoroso arpoador. — Que diabos vocês pensam comer aqui? Fígado de tartaruga, filé de tubarão, bife de cação?

— Veremos! — respondeu Conseil.

Os pratos, cobertos por uma campânula de prata, foram simetricamente dispostos sobre a toalha, e nos colocamos à mesa. Estávamos definitivamente lidando com pessoas civilizadas, e não fosse a luz elétrica que nos inundava eu teria me sentido na sala de jantar do hotel Adelphi, em Liverpool, ou do Grand Hôtel, em Paris. Devo dizer, porém, que pão e vinho estavam de todo ausentes. A água era fresca e límpida, mas era água — o que não agradou a Ned Land. Entre os pratos que nos foram servidos, reconheci vários peixes preparados com requinte, mas a respeito de certos pratos, aliás excelentes, não pude me pronunciar, e não saberia nem mesmo dizer a qual reino, vegetal ou animal, pertencia seu conteúdo. Quanto ao aparelho de jantar, era elegante e de gosto im-

---

* Criado a bordo de um vapor.

pecável. Cada utensílio, colher, garfo, faca, prato, estava gravado com a mesma letra e uma inscrição circundante, cujo fac-símile exato era:

Móvel dentro do elemento móvel! A divisa convinha perfeitamente àquela máquina submarina, desde que se traduzisse a preposição *in* por *dentro* e não por *sobre*. A letra *n* sem dúvida era a inicial do nome do enigmático personagem que comandava o fundo dos mares!

Ned e Conseil não faziam tantas reflexões. Devoravam a comida, e logo me juntei a eles. Eu estava, aliás, tranquilo por nosso destino, e parecia-me evidente que nossos anfitriões não queriam que morrêssemos de inanição.

Mas tudo acaba nesse mundo, tudo passa, mesmo a fome das pessoas que não comiam havia quinze horas. Satisfeito o nosso apetite, a necessidade de sono se fez sentir imperiosamente. Reação bastante natural, depois da interminável noite ao longo da qual lutamos contra a morte.

— Para falar a verdade, eu bem que dormiria — disse Conseil.

— E eu estou dormindo! — respondeu Ned Land.

Meus dois companheiros deitaram no tapete da cabine, e logo mergulharam num sono profundo.

De minha parte, cedi com menos facilidade à violenta necessidade de dormir. Pensamentos demais se acumulavam em minha mente, perguntas insolúveis se impunham, imagens demais mantinham minhas pálpebras entreabertas! Onde estávamos? Que força extraordinária era aquela que nos carregava? Eu sentia — ou melhor, pensava sentir — a máquina mergulhar para as camadas mais recuadas do mar. Terríveis pensamentos me assaltavam. Eu adivinhava naqueles misteriosos recantos todo um mundo de animais desconhecidos, dos quais aquele navio submarino parecia ser o congênere, vivo, móvel, formidável como eles...! Depois, meu cérebro se acalmou, minha imaginação se desfez numa instável sonolência, e logo caí num sono vazio.

9. A fúria de Ned Land

Ignoro a duração desse sono; mas deve ter sido longo, pois nos deixou completamente restabelecidos de nosso esgotamento. Fui o primeiro a acordar. Meus companheiros ainda não tinham se mexido, e continuavam deitados em seus cantos como massas inertes.

Assim que me levantei daquele leito bastante duro, senti minha mente desanuviada, meu espírito límpido. Voltei então ao exame atento de nossa cela.

Nada mudara na disposição interna. A prisão continuava uma prisão, e os prisioneiros, prisioneiros. No entanto, o steward, aproveitando-se de nosso sono, havia limpado a mesa. Nada indicava uma modificação iminente da situação, portanto, e perguntei-me seriamente se estaríamos fadados a viver indefinidamente naquele cativeiro.

Essa perspectiva me pareceu tanto mais angustiante porque, apesar de minha mente estar livre das obsessões da véspera, eu sentia meu peito muito oprimido. Respirava com dificuldade. O ar pesado não era mais suficiente para o funcionamento de meus pulmões. Embora a cela fosse ampla, era evidente que havíamos consumido grande parte do oxigênio que ela continha. Cada homem utiliza, em uma hora, o oxigênio contido em cem litros de ar, e esse ar, carregado então de uma quantidade quase igual de gás carbônico, torna-se irrespirável.

Tornava-se urgente, portanto, renovar a atmosfera de

nossa prisão e também, sem dúvida, a atmosfera do barco submarino.

Eu me questionava a esse respeito. Como o comandante daquela habitação flutuante procedia? Produzia ar por meios químicos, retirando o oxigênio contido no clorato de potássio através de calor, e absorvendo o gás carbônico com potassa cáustica? Nesse caso, devia ter mantido alguns laços com os continentes, a fim de obter as substâncias necessárias a essas operações. Limitava-se apenas a armazenar o ar em reservatórios, sob altas pressões, depois a emaná-lo conforme as necessidades de sua tripulação? Talvez. Ou, procedimento mais cômodo, mais econômico e, por isso mesmo, mais provável, contentava-se em voltar à superfície para respirar, como um cetáceo, e renovar por vinte e quatro horas seu estoque de ar? De todo modo, e qualquer que fosse seu método, parecia-me prudente recorrer a ele sem demora.

De fato, eu já fora obrigado a aumentar o número de minhas inspirações para extrair daquela cela o pouco de oxigênio que ela continha, quando, de repente, fui refrescado por uma corrente de ar puro e impregnado de emanações salinas. Era uma brisa marítima, revigorante e cheia de iodo! Abri bem a boca, e meus pulmões ficaram saturados de moléculas frescas. Ao mesmo tempo, senti uma oscilação, um pequeníssimo balanço lateral, mas perfeitamente perceptível. O barco, o monstro de metal, sem dúvida acabava de chegar à superfície para respirar à maneira das baleias. O modo de aeração do navio havia sido, portanto, identificado.

Depois que inspirei aquele ar puro a plenos pulmões, procurei o conduto, "o aerífero", se preferirmos, que fazia chegar até nós o salutar eflúvio, e não tardei a encontrá-lo. Acima da porta abria-se um buraco de ventilação que deixava passar uma fresca coluna de ar, que assim renovava o ar viciado da cela.

Eu estava nesse ponto de minhas observações quando

VINTE MIL LÉGUAS SUBMARINAS 89

Ned e Conseil acordaram quase ao mesmo tempo, sob influência daquela aeração revigorante. Esfregaram os olhos, estiraram os braços e levantaram-se num instante.

— O doutor dormiu bem? — perguntou-me Conseil com sua habitual cortesia.

— Muito bem, meu caro rapaz — respondi. — E você, mestre Ned Land?

— Profundamente, professor. Estranho, não sei se me engano, mas parece que sinto o cheiro de uma brisa marítima?

Um marinheiro não poderia se enganar, e expliquei ao canadense o que havia acontecido durante seu sono.

— Certo! — ele aquiesceu. — Isso explica os rugidos que ouvíamos quando o suposto narval estava à vista da *Abraham Lincoln*.

— Exato, mestre Land, era sua respiração!

— A única coisa, professor Aronnax, é que não faço a menor ideia de que horas são, a menos que esteja na hora do jantar?

— Na hora do jantar, digno arpoador? No mínimo na hora do almoço, pois com certeza estamos no dia seguinte ao de ontem.

— O que prova — completou Conseil — que dormimos por vinte e quatro horas.

— É o que penso — eu disse.

— Não vou contestá-los — argumentou Ned Land. — Almoço ou jantar, o steward será bem-vindo trazendo um ou outro.

— Um e outro — disse Conseil.

— Perfeito — concordou o canadense —, temos direito a duas refeições, e, de minha parte, prestarei minhas honras a ambas.

— Pois bem, Ned, aguardemos — falei. — Ficou claro que esses desconhecidos não têm a intenção de nos deixar morrer de fome, pois, nesse caso, o jantar de ontem à noite não faria sentido algum.

— A não ser que estejam nos engordando! — contra-atacou Ned.

— Protesto — eu disse. — Não caímos nas mãos de canibais!

— Uma vez não são vezes — contrapôs o canadense com seriedade. — Quem sabe se essa gente não está privada há muito tempo de carne fresca, e, nesse caso, três sujeitos sadios e bem constituídos como o professor, seu criado e eu...

— Afaste esses pensamentos, mestre Land — eu disse ao arpoador — e, acima de tudo, não parta disso para se exaltar contra nossos anfitriões, o que poderia agravar a situação.

— Seja como for — disse o arpoador —, estou com uma fome dos diabos, e janta ou almoço, a refeição não chega nunca!

— Mestre Land — retomei —, precisamos nos adequar ao regulamento de bordo. Imagino que nossos estômagos estejam adiantados em relação à sineta do cozinheiro.

— Basta ajustá-los — completou Conseil, tranquilamente.

— Não esperaria outra coisa de você, amigo Conseil — disse o impaciente canadense. — Você faz pouco uso da bile e dos nervos! Sempre calmo! Seria capaz de dar graças e dizer uma oração, e morrer de fome em vez de se queixar!

— E para que isso serviria? — perguntou Conseil.

— Serviria para se queixar! Já é alguma coisa. E se esses piratas, e digo piratas por respeito, e para não contrariar o professor, que é contra chamá-los de canibais, se esses piratas pensam que vão me manter nessa jaula sufocante, sem ouvir as imprecações com que tempero minha irritação, estão enganados! Vamos, professor Aronnax, fale com franqueza. Acredita que nos manterão por muito tempo dentro dessa lata de ferro?

— A bem dizer, sei tanto quanto você, amigo Land.

VINTE MIL LÉGUAS SUBMARINAS 91

— Mas o que pensa?

— Penso que o acaso nos fez detentores de um segredo importante. Ora, se a tripulação desse barco submarino tiver interesse em mantê-lo assim, e se esse interesse for mais importante do que a vida de três homens, vejo nossos destinos bastante comprometidos. Caso contrário, à primeira oportunidade, o monstro que nos engoliu nos devolverá ao mundo habitado por nossos semelhantes.

— A não ser que nos convoque para sua tripulação — disse Conseil —, e que nela nos mantenha...

— Até o dia — completou Ned Land — em que alguma fragata, mais rápida ou mais hábil que a *Abraham Lincoln*, capturar essa corja de piratas e colocar essa tripulação, e nós, para dar o último suspiro na ponta da grande verga de seu mastro.

— Bem calculado, mestre Land — eu disse. — Mas ainda não nos fizeram, que eu saiba, nenhuma proposta nesse sentido. Portanto, inútil discutir o que fazer em tais circunstâncias. Vou me repetir: devemos aguardar, avaliar a conjuntura, e não fazer nada, pois não há nada a ser feito.

— Pelo contrário, professor! — devolveu o arpoador, que não queria ceder. — Precisamos fazer alguma coisa.

— Ora! Mas o quê, mestre Land?

— Fugir.

— Fugir de uma prisão "terrestre" já é bastante difícil, de uma prisão submarina, parece-me absolutamente impraticável.

— Vamos, amigo Ned — perguntou Conseil —, o que responde à objeção do doutor? Não posso crer que um americano tenha esgotado seus argumentos!

O arpoador, visivelmente contrariado, se calou. Uma fuga, nas condições em que o acaso nos colocara, era absolutamente impossível. Mas um canadense é meio francês, e mestre Land o demonstrou com sua resposta.

— Professor Aronnax — retomou após alguns segundos de reflexão —, não consegue imaginar o que fazem as pessoas que não conseguem escapar de suas prisões?

— Não, meu amigo.

— É muito simples, precisam dar um jeito de continuar dentro delas.

— Mas é claro! — exclamou Conseil. — Melhor dentro do que em cima ou embaixo!

— Depois de terem se livrado de carcereiros, sentinelas e guardas — acrescentou Ned Land.

— Mesmo, Ned? Você pensaria seriamente em tomar essa embarcação?

— Muito seriamente — respondeu o canadense.

— É impossível.

— Por quê, professor? Alguma ocasião favorável pode se apresentar, e não vejo o que nos impediria de tirar proveito dela. Se eles não passam de uns vinte homens a bordo dessa máquina, não farão recuar dois franceses e um canadense, imagino!

Era melhor admitir a proposta do arpoador do que discuti-la. Assim, contentei-me em responder:

— Deixemos que as circunstâncias se apresentem, mestre Land, e veremos. Mas, até lá, rogo-lhe, contenha sua impaciência. Só poderemos agir por meio de artimanhas, e não será exaltando-se que você propiciará chances favoráveis. Prometa-me, então, que aceitará a situação sem irritar-se demais.

— Prometo, professor — disse Ned Land, num tom pouco convincente. — Nenhuma palavra violenta sairá de minha boca, nenhum gesto brutal me trairá, nem mesmo quando as refeições não forem servidas com toda a regularidade desejada.

— Tenho sua palavra, Ned — avisei ao canadense.

A conversa chegou ao fim e cada um pôs-se a pensar consigo mesmo. Eu confessaria que, de minha parte, e apesar da confiança do arpoador, não alimentava ilusões. Não acreditava nas chances favoráveis de que Ned

VINTE MIL LÉGUAS SUBMARINAS 93

Land havia falado. Para ser guiado com tanta segurança, o barco submarino exigia uma numerosa tripulação e,
consequentemente, no caso de uma luta, enfrentaríamos
um oponente forte demais. Além disso, primeiro precisaríamos estar livres, e não estávamos. Eu não via nenhuma
maneira de fugir daquela cela de metal tão hermeticamente fechada. E se o estranho comandante daquele barco tivesse um segredo a preservar — o que parecia provável —,
por menor que fosse, ele não nos deixaria agir livremente
a bordo. Porventura se livraria de nós com violência, ou
um dia nos depositaria sobre um pedaço de terra? Era essa
a incógnita. Todas essas hipóteses me pareciam extremamente plausíveis, somente um arpoador para ter esperança
de reaver sua liberdade.

Compreendi, também, que os pensamentos de Ned
Land se azedavam com as reflexões que invadiam sua
mente. Aos poucos fui ouvindo palavrões ecoando no
fundo de sua garganta, e vi seus gestos se tornarem amea-
çadores. Ele se levantava, andava em círculos como uma
fera enjaulada, chutava e esmurrava as paredes. Enquanto
isso, o tempo passava, a fome se fazia cruelmente presente e, dessa vez, o steward não aparecia. Nossa posição
de náufragos era esquecida por tempo demais, se de fato
existiam boas intenções a nosso respeito.

Ned Land, atormentado pelos roncos de seu vigoroso
estômago, se exasperava cada vez mais, e, apesar de sua
palavra, eu realmente temia uma explosão quando se visse na presença de um dos tripulantes.

Ao longo de mais duas horas, a fúria de Ned Land
se exaltou. O canadense chamava, gritava, mas em vão.
As paredes de metal eram surdas. Eu não ouvia nenhum
ruído dentro daquele barco, que parecia morto. Ele não
se movia, pois com certeza eu teria sentido as trepidações
do casco sob o impulso da hélice. Mergulhado no abismo
das águas, não pertencia mais ao mundo. Todo aquele silêncio taciturno era assustador.

Quanto a nosso abandono, a nosso isolamento no fundo daquela cela, eu não ousava fazer uma estimativa do quanto poderia durar. As esperanças que eu havia alimentado depois de nosso encontro com o comandante se apagavam pouco a pouco. A doçura do olhar daquele homem, a expressão generosa de sua fisionomia, a nobreza de seu porte, tudo desaparecia de minha lembrança. Voltei a ver aquele personagem enigmático como de fato devia ser, necessariamente impiedoso, cruel. Sentia-o externo à humanidade, inacessível a todo sentimento de misericórdia, implacável inimigo de seus semelhantes, aos quais devia devotar um ódio perene!

Mas aquele homem nos deixaria morrer de inanição, confinados naquela prisão estreita, entregues às horríveis tentações provocadas pela fome atroz? Essa ideia medonha cresceu em minha mente de maneira terrível, e, com a ajuda da imaginação, senti-me começando a entrar em pânico. Conseil continuava sereno, Ned Land rugia.

Naquele momento, um barulho foi ouvido do lado de fora. Passos ecoaram sobre o chão de metal. As fechaduras foram giradas, a porta se abriu, o steward apareceu.

Antes que eu conseguisse esboçar qualquer movimento, o canadense se precipitou sobre o infeliz, derrubou-o e segurou-o pela garganta. O steward sufocava sob sua mão possante.

Conseil tentava tirar a vítima quase asfixiada das mãos do arpoador, e eu ia somar meus esforços aos seus, quando, subitamente, as seguintes palavras, pronunciadas em francês, me pregaram ao chão:

— Acalme-se, mestre Land, e o senhor, professor, tenha a bondade de me ouvir!

10. O homem das águas

Era o comandante de bordo falando.

Ante essas palavras, Ned Land se empertigou brusca-mente. O steward, quase estrangulado, saiu cambaleando a um sinal de seu patrão; a autoridade do comandante era tal que nenhum gesto traiu o ressentimento que aquele homem devia sentir pelo canadense. Conseil, inadvertidamente interessado, e eu, estupefato, esperávamos em silêncio o desfecho da cena.

O comandante, apoiado na quina da mesa, braços cruzados, nos observava com profunda atenção. Hesitava em falar? Arrependia-se das palavras que acabara de pronunciar em francês? Parecia que sim.

Após alguns instantes de um silêncio que nenhum de nós cogitou interromper, disse numa voz calma e penetrante:

— Senhores, também falo francês, inglês, alemão e latim. Portanto, poderia ter lhes respondido desde nosso primeiro encontro. Mas primeiro quis conhecê-los, para poder refletir. Os quatro relatos que fizeram, no fundo absolutamente análogos, confirmaram-me suas identidades. Sei agora que o acaso colocou em minha presença o sr. Pierre Aronnax, professor de história natural no Museu de Paris, encarregado de uma missão científica no exterior, Conseil, seu criado, e Ned Land, de origem canadense, arpoador a bordo da fragata *Abraham Lincoln*, da Marinha nacional dos Estados Unidos da América.

Inclinei-me, indicando meu assentimento. O comandante não estava me fazendo uma pergunta. Assim, nada tinha a responder. Aquele homem se expressava com perfeita desenvoltura, sem nenhum sotaque. Sua frase era clara, suas palavras, corretas, sua facilidade de elocução, notável. Mesmo assim, eu não "sentia" nele um compatriota.

Ele retomou a conversa nos seguintes termos:

— Os senhores sem dúvida julgaram que levei tempo demais para fazer essa segunda visita. É que, conhecida a identidade de vocês, quis pesar com calma o que fazer. Hesitei bastante. As circunstâncias mais execráveis os colocaram em presença de um homem que rompeu com a humanidade. Vocês vieram perturbar minha existência...

— Involuntariamente — aleguei.

— Involuntariamente? — perguntou o desconhecido, alterando um pouco a voz. — Foi involuntariamente que a *Abraham Lincoln* me perseguiu por todos os mares? Foi involuntariamente que vocês subiram a bordo dessa fragata? Foi involuntariamente que suas balas atingiram o casco de meu navio? Foi involuntariamente que mestre Ned Land me atingiu com seu arpão?

Percebi em suas palavras uma contida irritação. Mas eu tinha uma resposta bastante natural para essas recriminações, e apresentei-a:

— Senhor, sem dúvida deve ignorar as discussões que ocorreram a seu respeito na América e na Europa. Não sabe que diversos acidentes, provocados pelo choque de sua máquina submarina, comoveram a opinião pública dos dois continentes. Poupo-lhe das inúmeras hipóteses que tentaram explicar o inexplicável fenômeno cujo segredo o senhor era o único a conhecer. Mas saiba que, ao persegui-lo até os altos-mares do Pacífico, a *Abraham Lincoln* pensava estar caçando algum poderoso monstro marinho do qual era preciso a todo custo livrar o oceano.

Um meio sorriso soltou os lábios do comandante, que disse num tom mais calmo:

— Professor Aronnax, ousaria afirmar que sua fragata não teria perseguido e atirado num barco submarino tanto quanto num monstro?

A pergunta me deixou constrangido, pois o comandante Farragut certamente não teria hesitado em fazer isso. Teria visto como um dever seu destruir uma máquina como aquela, tanto quanto um narval gigantesco.

— Portanto, deve reconhecer, professor — retomou o desconhecido —, meu direito de tratá-los como inimigos.

Não respondi, por motivos óbvios. Para que discutir uma afirmação como aquela, quando a força pode destruir os melhores argumentos?

— Hesitei por um bom tempo — continuou o comandante. — Nada me obrigava a oferecer-lhes minha hospitalidade. Deveria livrar-me de vocês, visto que não tinha o menor interesse em revê-los? Poderia recolocá-los na plataforma deste navio, que lhes serviu de refúgio. Voltaria a mergulhar nos mares e esqueceria que jamais tinham existido. Não seria um direito meu?

— Talvez o direito de um selvagem — respondi —, não o de um homem civilizado.

— Distinto professor — refutou vivamente o comandante —, não sou o que o senhor chama de homem civilizado! Rompi com a sociedade inteira por razões que sou o único a poder avaliar. Não obedeço a suas regras, e aconselho-o a nunca invocá-las na minha presença!

Deixou isso bem claro. Um lampejo de raiva e desdém havia passado pelos olhos do desconhecido, e pressenti, na vida daquele homem, um passado tremendo. Não apenas se colocara fora das leis humanas como se fizera independente, livre na mais rigorosa acepção da palavra, fora de todo alcance! Quem ousaria persegui-lo no fundo dos mares, se podia confundir os esforços empregados contra ele na superfície? Que navio resistiria ao choque de seu encouraçado submarino? Que couraça, por mais espessa que fosse, suportaria os golpes de seu rostro? Nenhum homem podia pedir-lhe explicações de suas obras. Deus, se acreditasse em um, e sua consciência, se tivesse uma, eram os únicos juízes aos quais se sujeitaria.

Essas reflexões passaram rapidamente por meu espírito enquanto o estranho personagem se calava, absorto, como que perdido em si mesmo. Contemplei-o com um misto de pavor e interesse, sem dúvida da mesma forma que Édipo contemplava a Esfinge.

Depois de um silêncio bastante longo, o comandante retomou a palavra.

— Hesitei, portanto, mas julguei que meus interesses poderiam se conformar à piedade natural à qual todo ser humano tem direito. Vocês permanecerão a bordo, porque a fatalidade os trouxe até aqui. Serão libertados e, em troca dessa liberdade, bastante relativa aliás, precisarão aceitar uma única condição. Sua palavra de que se submeterão a ela me bastará.

— Fale, senhor — respondi —, imagino que essa condição seja do tipo que um homem honesto possa aceitar?

— Sim, professor, e aqui está. É possível que alguns acontecimentos imprevistos me obriguem a mantê-los em suas cabines por algumas horas ou alguns dias, conforme o caso. Desejando nunca precisar fazer uso de violência, espero de vocês, nesse caso, mais do que em qualquer outro, uma obediência passiva. Agindo assim, assumo toda a responsabilidade, eximo-os completamente, pois serão impossibilitados de ver o que não deve ser visto. Aceitam essa condição?

Portanto, aconteciam a bordo coisas no mínimo singulares, e que não deviam ser vistas por pessoas que não tinham se colocado fora das leis sociais! Entre as surpresas que o futuro me reservava, esta não seria a menor.

— Aceitamos — respondi. — Mas gostaria de pedir-lhe permissão para fazer uma pergunta, uma única.

— Fale, professor.

— O senhor disse que estaríamos livres a bordo?

VINTE MIL LÉGUAS SUBMARINAS 99

— Completamente.

— Pergunto-lhe então o que entende por essa liberdade.

— Ora, a liberdade de ir e vir, de ver, e mesmo de observar tudo o que acontece aqui, salvo em algumas raras circunstâncias. A mesma liberdade, enfim, de que meus companheiros e eu usufruímos.

Era evidente que não nos entendíamos.

— Perdão, senhor — contrapus —, mas essa liberdade é a mesma que todo prisioneiro tem de percorrer sua prisão! Ela não nos será suficiente.

— Mesmo assim, terá que ser!

— Como! Teremos de renunciar a algum dia voltar a ver nossa pátria, nossos amigos, nossas famílias!

— Sim, senhor. Mas renunciar ao insuportável jugo da terra, que os homens acreditam ser a liberdade, talvez não seja tão difícil quanto pensam!

— Essa agora! — bradou Ned Land. — Nunca darei minha palavra de que não tentarei fugir!

— Não peço a palavra de ninguém, mestre Land — respondeu com frieza o comandante.

— Senhor — respondi, involuntariamente exaltado —, está abusando de sua posição em relação a nós! Isso é crueldade!

— Não, professor, é clemência! Vocês se tornaram meus prisioneiros após um combate! Poupo-os, ao passo que poderia com uma palavra lançá-los nos abismos do oceano! Vocês me atacaram! Vocês descobriram um segredo ao qual nenhum homem no mundo deveria ter acesso, o segredo de toda a minha vida! E ainda querem que os devolva para a terra que não deve mais me conhecer! Jamais! Detendo-os, não é a vocês que poupo, é a mim mesmo!

Essas palavras indicavam, da parte do comandante, uma resolução inflexível contra a qual nenhum argumento adiantaria.

— Então, senhor, pede-nos tão somente para escolher entre a vida ou a morte? — retomei.

— Tão somente.

— Meus amigos — falei —, a uma pergunta como esta, não há o que responder. Mas nenhuma palavra nos liga ao chefe dessa embarcação.

— Nenhuma, professor — confirmou o desconhecido.

Depois, com voz mais suave, prosseguiu:

— Agora, permitam-me concluir o que tenho a dizer. Conheço-o, professor Aronnax. O senhor, ao contrário de seus companheiros, talvez não tenha tanto a se queixar do acaso que o liga a meu destino. Encontrará entre os livros que servem a meus estudos preferidos a obra que publicou sobre as grandes profundezas do mar. Li-a muitas vezes. O senhor levou sua obra o mais longe que a ciência terrestre lhe permitia. Mas não sabe tudo, não viu tudo. Portanto, permita-me dizer-lhe, professor, que não lamentará o tempo passado a bordo. Viajará pelo país das maravilhas. O assombro e a estupefação provavelmente se tornarão o estado habitual de seu espírito. Será difícil ficar indiferente diante do espetáculo incessantemente oferecido a seus olhos. Farei uma nova volta ao mundo submarino — quem sabe a última? —, e repassarei tudo o que pude estudar no fundo desses mares tantas vezes percorridos. O senhor será meu companheiro de estudos. A partir de hoje, entra num novo elemento, verá o que nunca foi visto por homem algum — pois eu e meus homens não contamos mais —, e nosso planeta, graças a mim, lhe revelará seus últimos segredos.

Não posso negar: as palavras do comandante tiveram um grande efeito sobre mim. Ele tocou em meu ponto fraco, e esqueci, por um instante, que a contemplação daquelas coisas sublimes não poderia igualar a liberdade perdida. Além disso, eu contava com o futuro para resolver aquela grave questão. Assim, contentei-me em responder:

— Senhor, apesar de ter rompido com a humanidade, quero crer que não renegou todo sentimento humano. Somos náufragos caridosamente recolhidos a bordo, não nos esqueceremos disso. De minha parte, reconheço que, se os interesses da ciência pudessem dissipar até mesmo a necessidade de liberdade, aquilo que nosso encontro me promete me traria grandes compensações.

Pensei que o comandante me estenderia a mão para selar nosso acordo. Não o fez. Lamentei por ele.

— Uma última pergunta — falei, no momento em que aquele ser inexplicável parecia querer retirar-se.

— Fale, professor.

— Com que nome devo chamá-lo?

— Professor — respondeu o comandante —, para os senhores sou simplesmente o capitão Nemo, e para mim vocês são simplesmente os passageiros do *Nautilus*.

O capitão Nemo chamou alguém. Um steward apareceu. O capitão passou-lhe ordens naquela língua estrangeira que não pude reconhecer. Depois, virando-se para o canadense e para Conseil:

— Uma refeição os aguarda em sua cabine. Queiram seguir este homem.

— Não direi que não! — respondeu o arpoador.

Conseil e ele finalmente saíram daquela cela onde estavam confinados há mais de trinta horas.

— E agora, professor Aronnax, nosso almoço está servido. Permita-me mostrar-lhe o caminho.

— Às suas ordens, capitão.

Segui o capitão Nemo, e assim que atravessei a porta caminhei por uma espécie de corredor eletricamente iluminado, semelhante às coxias de um navio. Depois de um trajeto de uma dezena de metros, uma segunda porta se abriu à minha frente.

Entrei então numa sala de jantar ornada e mobiliada com gosto austero. Altos aparadores de carvalho, incrustados com ornamentos em ébano, se elevavam nos dois extremos da sala, e sobre suas prateleiras de linhas onduladas cintilavam louças, porcelanas e cristais de preço inestimável. As baixelas de prata refletiam os raios de um teto luminoso, cujo brilho era filtrado e suavizado por refinadas pinturas.

No centro da sala havia uma mesa ricamente servida. O capitão Nemo me indicou o lugar que eu devia ocupar:

— Sente-se, e coma como um homem que deve estar morrendo de fome.

O almoço era composto por um certo número de pratos cujos ingredientes haviam saído do mar, e por algumas iguarias cuja natureza e proveniência eu ignorava. Confesso que eram bons, com um gosto característico ao qual facilmente me adaptei. Aqueles alimentos variados me pareceram ricos em fósforo, e pensei que deviam ter uma origem marinha.

O capitão Nemo me observava. Não lhe perguntei nada, mas ele adivinhou meus pensamentos e respondeu por conta própria às perguntas que eu ansiava fazer-lhe.

— A maioria desses pratos lhe é desconhecida — disse ele. — Mas o senhor pode experimentá-los sem medo. Eles são saudáveis e nutritivos. Há muito tempo renunciei aos alimentos da terra, e nem por isso adoeci. Minha tripulação, que é vigorosa, come o mesmo que eu.

— Então todos esses alimentos são produzidos pelo mar?

— Sim, professor, o mar sacia todas as minhas necessidades. Quando lanço minhas redes, retiro-as prestes a arrebentar. Quando vou caçar dentro desse elemento que parece inacessível ao homem, persigo a caça que habita minhas florestas submarinas. Meus rebanhos, como os do velho pastor de Netuno, pastam sem medo nas imensas pradarias do oceano. Tenho uma vasta propriedade que eu mesmo exploro e que é sempre semeada pela mão do Criador de todas as coisas.

Olhei para o capitão Nemo com certo espanto, e disse-lhe:

— Compreendo perfeitamente, capitão, que suas redes forneçam excelentes peixes à sua mesa; compreendo

VINTE MIL LÉGUAS SUBMARINAS 103

menos a caça aquática em suas florestas submarinas; mas não compreendo absolutamente o fato de encontrar, por pouco que seja, um pouco de carne em seu cardápio.

— Nunca utilizo a carne de animais terrestres, professor — disse o capitão Nemo.

— Isto, porém... — refutei, apontando para um prato onde ainda restavam algumas fatias de filé.

— Isto que o senhor pensa ser carne, professor, nada mais é que filé de tartaruga-do-mar. Também tenho aqui um pouco de fígado de golfinho, que o senhor tomaria por porco refogado. Meu cozinheiro é um hábil preparador, excepcional na conservação dos variados produtos do oceano. Experimento todos. Aqui temos uma conserva de holotúrias, que um malaio declararia sem igual no mundo, aqui um creme feito do leite tirado da mama dos cetáceos e do açúcar dos grandes fucos do mar do Norte; por fim, permita-me oferecer-lhe compotas de anêmonas iguais às das frutas mais saborosas.

Eu experimentava tudo, mais como um curioso do que um gourmet, enquanto o capitão Nemo me encantava com seus relatos inverossímeis.

— Mas este mar, professor Aronnax, esta ama prodigiosa, inesgotável, não apenas me alimenta como ainda me veste. As roupas que o vestem são tecidas com o bisso de algumas conchas; são tingidas com a púrpura dos antigos e matizadas com as cores violetas que extraio das aplísias do Mediterrâneo. Os perfumes que o senhor encontrará no toucador de sua cabine são o produto da destilação das plantas marinhas. Sua cama é feita da mais macia zostera do oceano. Sua pluma será uma barba de baleia, sua tinta, o líquido secretado pela siba ou pela lula. Tudo me vem do mar, como tudo a ele retornará um dia!

— O senhor ama o mar, capitão.

— Sim! Amo! O mar é tudo! Ele cobre sete décimos do globo terrestre. Seu sopro é puro e saudável. Ele é um imenso deserto onde o homem nunca está só, pois sente a vida fremir a seu lado. O mar nada mais é que o veículo de uma sobrenatural e prodigiosa existência; é movimento e amor; ele é o infinito vivo, como disse um de seus poetas. E de fato, professor, nele a natureza se manifesta através de seus três reinos, mineral, vegetal e animal. Este último é amplamente representado pelos quatro grupos de zoófitos, por três classes de articulados, por cinco classes de moluscos, por três classes de vertebrados, os mamíferos, os répteis e as inúmeras legiões de peixes, ordem infinita de animais que conta com mais de treze mil espécies, das quais apenas um décimo é de água doce. O mar é o amplo reservatório da natureza. Foi no mar que o mundo por assim dizer começou, e quem sabe se nele não terminará! Aqui reina a suprema tranquilidade. O mar não pertence aos déspotas. Na superfície, eles ainda podem exercer seus direitos iníquos, guerreando, entredevorando-se, exaltando todos os horrores terrestres. Mas a trinta pés abaixo da superfície, seu poder cessa, sua influência se extingue, sua força desaparece! Ah, professor! É preciso viver, viver dentro dos mares! A independência só é possível aqui! Aqui não reconheço senhores! Aqui sou livre!

O capitão Nemo calou-se de repente em meio a seu transbordante entusiasmo. Teria se deixado levar para além de sua habitual reserva? Teria falado demais? Devaneou por alguns instantes, bastante agitado. Depois seus nervos se acalmaram, sua fisionomia voltou à frieza de costume, e, virando-se para mim, anunciou:

— Agora, professor, se o senhor quiser visitar o *Nautilus*, estou à sua disposição.

11. O *Nautilus*

O capitão Nemo se levantou. Segui-o. Uma porta dupla abriu-se nos fundos da sala, e entrei num aposento com as mesmas dimensões daquele que acabava de deixar.

Era uma biblioteca. Móveis altos de jacarandá escuro, com detalhes em cobre, suportavam em suas enormes prateleiras um grande número de livros uniformemente encadernados. Eles seguiam o contorno da sala e terminavam, na parte inferior, em amplos divãs, estofados em couro marrom, que ofereciam as curvas mais confortáveis. Leves consoles móveis, afastados ou aproximados à vontade, permitiam apoiar o livro a ser lido. No centro se erguia uma grande mesa, coberta de brochuras, dentre as quais apareciam alguns jornais velhos. Uma luz elétrica inundava todo aquele conjunto harmonioso, espalhada por quatro globos foscos embutidos nas volutas do teto. Eu contemplava com verdadeira admiração aquela sala tão engenhosamente projetada, e não conseguia acreditar no que via.

— Capitão Nemo — disse a meu anfitrião, que acabava de alongar-se num divã —, esta biblioteca é digna de mais de um palácio dos continentes, e fico deveras maravilhado em pensar que possa segui-lo até as maiores profundezas marinhas.

— Onde encontraríamos maior solidão, maior silêncio, professor? Seu gabinete no museu proporciona-lhe tranquilidade tão completa?

— Não, capitão, e devo acrescentar que é bem desprovido perto do seu. O senhor deve ter aqui seis ou sete mil volumes...

— Doze mil, professor Aronnax. São os únicos laços que me prendem a terra. Mas o mundo acabou para mim no dia em que meu *Nautilus* entrou pela primeira vez sob as águas. Nesse dia, comprei meus últimos volumes, minhas últimas brochuras, meus últimos jornais, e desde então, quero crer que a humanidade não pensou mais, nem escreveu. Esses livros, professor, estão à sua disposição, e o senhor pode utilizá-los livremente.

Agradeci ao capitão Nemo, e aproximei-me das prateleiras da biblioteca. Livros de ciência, de moral e de literatura, escritos em todas as línguas, abundavam, mas não vi uma única obra de economia política; elas pareciam severamente proscritas a bordo. Detalhe curioso, todos aqueles livros estavam classificados sem distinção da língua em que estavam escritos, e essa mistura provava que o capitão do *Nautilus* devia ler com fluência os volumes que sua mão pegava ao acaso.

Entre esses livros, reconheci as obras-primas dos mestres antigos e modernos, ou seja, tudo o que a humanidade produziu de mais belo em história, poesia, romance e ciência, de Homero a Victor Hugo, de Xenofonte a Michelet, de Rabelais a madame Sand. Mas a ciência, mais especificamente, falava por toda a biblioteca; os livros de mecânica, de balística, de hidrografia, de meteorologia, de geografia, de geologia etc. ocupavam um espaço não menos importante que as obras de história natural, e compreendi que constituíam o principal estudo do capitão. Vi ali todo Humboldt, todo Arago, os trabalhos de Foucault, de Henry Sainte-Claire Deville, de Chasles, de Milne-Edwards, de Quatrefages, de Tyndall, de Faraday, de Berthelot, do abade Secchi, de Petermann, do comandante Maury, de Agassiz etc., as memórias da Academia de Ciências, os boletins das diversas sociedades de geografia etc., e, ocupando um bom lugar, os dois volumes que talvez me tivessem valido a acolhida relativamente caridosa do capitão Nemo. Entre as obras de Joseph Bertrand, seu livro intitulado *Os fundadores da astronomia moderna* deu-me inclusive uma data precisa; sabendo que havia sido publicado durante o ano de 1865, pude concluir que a fabricação do *Nautilus* não remontava a uma época anterior. Assim, fazia três anos, no máximo, que o capitão Nemo começara sua vida submarina. Eu esperava, contudo, que obras mais recentes me permitissem datar esse começo com exatidão, mas teria tempo para fazer essa busca, e não quis protelar ainda mais nosso passeio pelas maravilhas do *Nautilus*.

— Capitão — falei —, agradeço-lhe por colocar sua biblioteca a minha disposição. Ela encerra tesouros da ciência, dos quais farei bom uso.

— Este cômodo não é apenas uma biblioteca — disse o capitão Nemo —, também serve de sala de fumo.

— Sala de fumo? — espantei-me. — Então se fuma a bordo?

— Sem dúvida.

— Então, capitão, sou obrigado a concluir que o senhor mantém relações com Havana.

— Nenhuma — objetou o capitão. — Aceite este charuto, professor Aronnax, e, apesar de não vir de Havana, o senhor o apreciará se for um especialista.

Peguei o charuto que me era oferecido, de formato semelhante ao do havana mas que parecia feito com folhas de ouro. Acendi-o num pequeno braseiro sustentado por um elegante pé de bronze e dei as primeiras baforadas com a volúpia de um amador que não fumava havia dois dias.

— Excelente — concordei —, mas não é tabaco.

— Não — assentiu o capitão —, esse tabaco não vem nem de Havana nem do Oriente. É uma espécie de alga, rica em nicotina, que o mar me fornece, mas com certa parcimônia. Sente falta do havana, professor?

— Capitão, desprezo-os a partir desse dia.

— Fume à vontade, e sem discutir a origem desses charutos. Não foram regularizados por nenhum departamento, mas nem por isso são menos saborosos, acredito.

— Pelo contrário.

O capitão Nemo abriu uma porta que ficava em frente à que havíamos usado para entrar na biblioteca, e passei para um salão imenso e esplendidamente iluminado.

Era um amplo quadrilátero, de cantos chanfrados, com dez metros de comprimento, seis de largura e cinco de altura. Um teto luminoso, decorado com delicados arabescos, distribuía uma luz clara e suave por todas as maravilhas acumuladas naquele museu. Pois era de fato um museu, em que uma mão inteligente e pródiga reunira todos os tesouros da natureza e da arte, na mesma barafunda de um ateliê de pintura.

Cerca de trinta quadros dos mestres, em molduras uniformes, separados por armaduras reluzentes, ornavam as paredes cobertas com tapeçarias de desenho austero. Vi telas do mais alto valor, que, em grande parte, eu tinha admirado em coleções particulares da Europa e em exposições de pintura. As diversas escolas dos mestres antigos estavam representadas por uma madona de Rafael, uma Virgem de Leonardo da Vinci, uma ninfa de Correggio, uma mulher de Ticiano, uma adoração de Veronese, uma assunção de Murillo, um retrato de Holbein, um monge de Velázquez, um mártir de Ribera, uma quermesse de Rubens, duas paisagens flamengas de Teniers, três pequenos quadros de gênero de Gérard Dou, Metsu e Paulus Potter, duas telas de Géricault e de Prud'hon, algumas marinhas de Backhuysen e de Vernet. Entre as pinturas modernas, apareciam quadros assinados por Delacroix, Ingres, Decamps, Troyon, Meissonnier, Daubigny etc. e algumas admiráveis reproduções de estátuas de mármore ou bronze, a partir dos mais belos modelos da Antiguidade, se erguiam em pedestais nos cantos desse magnífico

VINTE MIL LÉGUAS SUBMARINAS 109

museu. O estado de estupefação que o comandante do *Nautilus* previra começava a invadir meu espírito.

— Professor — começou então aquele homem estranho —, o senhor perdoará a informalidade com que o recebo, e a desordem que reina neste salão.

— Capitão, sem tentar descobrir sua identidade, posso reconhecer no senhor um artista?

— No máximo um amador, professor. Antigamente, gostava de colecionar as belas obras criadas pela mão do homem. Era um ávido investigador, um infatigável vasculhador, e pude reunir alguns objetos de alto valor. Estas são minhas últimas recordações da terra, que está morta para mim. A meus olhos, seus artistas modernos já são antigos; eles têm dois ou três mil anos de história, e embaralho-os em minha mente. Os mestres não têm idade.

— E esses músicos? — perguntei, apontando para as partituras de Weber, Rossini, Mozart, Beethoven, Haydn, Meyerbeer, Hérold, Wagner, Auber, Gounod e muitos outros, espalhadas sobre um órgão que ocupava um dos painéis do salão.

— Esses músicos — respondeu o capitão Nemo — são contemporâneos de Orfeu, pois as diferenças cronológicas se apagam na memória dos mortos; e eu estou morto, professor, tão morto quanto os seus amigos que repousam a sete palmos abaixo da terra!

O capitão Nemo calou-se e pareceu cair num profundo devaneio. Contemplei-o com viva emoção, analisando em silêncio a singularidade de sua fisionomia. Apoiado no canto de uma preciosa mesa em mosaico, ele não me via mais, esquecido de minha presença.

Respeitei seu recolhimento e continuei passando em revista as curiosidades que enriqueciam aquele salão.

Ao lado das obras de arte, as raridades naturais ocupavam um lugar de grande destaque. Consistiam principalmente em plantas, conchas e demais produções do oceano, que deviam ser achados pessoais do capitão Nemo. No meio do salão, um jato de água, eletricamente iluminado, caía num tanque formado por uma única tridacna. Essa concha, presente no maior dos moluscos acéfalos, tinha uma circunferência de aproximadamente seis metros em suas bordas delicadamente onduladas; superava, portanto, o tamanho das belas tridacnas que foram dadas a Francisco I pela República de Veneza, com as quais a igreja Saint-Sulpice, em Paris, fez duas gigantescas pias de água benta.

Ao redor dessa fonte, sob elegantes vitrines fixadas por armações de cobre, estavam classificados e etiquetados os mais preciosos produtos do mar que jamais foram vistos pelos olhos de um naturalista. Imagine-se minha alegria de professor.

O ramo dos zoófitos apresentava espécies curiosíssimas de seus dois grupos, pólipos e equinodermos. No primeiro grupo, tubíporas, gorgônias dispostas em leque, esponjas doces da Síria, isidelas das Molucas, penátulas, uma admirável virgulária dos mares da Noruega, umbelulárias variadas, alcionários, toda uma série de madréporas que meu professor Milne-Edwards tão sagazmente classificou em seções, e entre as quais vi adoráveis flabelinas, oculinas da ilha Bourbon, o "carro de Netuno" das Antilhas, esplêndidas variedades de corais, enfim todas as espécies desses curiosos polipeiros cujas colônias formam ilhas inteiras que um dia se tornarão continentes. Nos equinodermos, notáveis por seu envoltório espinhoso, as astérias, as estrelas-do-mar, os pentácrinos, as comátulas, os astérofons, os ouriços, as holotúrias etc. representavam a coleção completa dos indivíduos desse grupo.

Um conquiliólogo um pouco nervoso certamente teria se extasiado diante de outras vitrines, mais cheias, onde estavam classificados os espécimes do ramo dos moluscos. Descobri uma coleção de valor inestimável, que me faltaria tempo para descrever por inteiro. Dentre seus itens, citarei, a título de exemplo: a elegante ostra martelo real do oceano Índico, de regulares manchas brancas

VINTE MIL LÉGUAS SUBMARINAS

vivamente realçadas por um fundo vermelho e marrom; um espôndilo imperial de cores vivas, cheio de espinhos eriçados, raro espécime nos museus europeus, cujo valor estimei em vinte mil francos; uma ostra martelo comum nos mares da Nova Holanda, difícil de encontrar; berbigões exóticos do Senegal, frágeis conchas bivalves que um sopro poderia romper como bolhas de sabão; inúmeras variedades de aspergilos de Java, espécies de tubos calcários com bordas de pregas foliáceas e muito disputados pelos amadores; toda uma série de troquídeos, uns amarelo-esverdeados, pescados nos mares da América, outros marrom-avermelhados, amigos das águas da Nova Holanda, alguns, vindos do golfo do México e notáveis por suas conchas imbricadas, outros, esteleroides encontrados nos mares austrais e, por fim, o mais raro de todos, o magnífico esporão da Nova Zelândia; depois, admiráveis telinas sulfuradas, preciosas espécies de citereias e vênus, o troquídeo reticulado de Tranquebar, o sapato-de-vênus marmorizado em madrepérola reluzente, os papagaios verdes dos mares da China, o *conus* quase desconhecido do gênero *Coenodulli*, todas as variedades de porcelanas que servem de moeda na Índia e na África, a "glória do mar", a mais preciosa concha das Índias orientais; e por fim litorinas, delfínulas, turritelas, jantinas, óvulas, volutas, olivas, mitras, capacetes, púrpuras, bucinos, harpas, rochedos, tritões, cerítios, fusos, estrombos, pteróceras, patelas, híalas, cleodoras, conchas delicadas e frágeis, que a ciência batizou com os nomes mais encantadores.

À parte, e em compartimentos especiais, estendiam-se rosários de pérolas da maior beleza, que a luz elétrica cravejava de pontas de fogo, pérolas rosas, arrancadas das pinhas-marinhas do mar Vermelho, pérolas verdes do haliotídeo íris, pérolas amarelas, azuis, pretas, curiosos produtos de moluscos de todos os oceanos e de certos mexilhões dos cursos de água do Norte, bem como vários espécimes de preço inestimável destilados pelas mais raras pintadinas. Algumas daquelas pérolas eram maiores que um ovo de pomba; igualavam, e ultrapassavam, a que o viajante Tavernier vendera por três milhões ao xá da Pérsia, e eram superiores à pérola do imã de Mascate, que eu pensava sem rival no mundo.

Avaliar o preço daquela coleção era, a bem dizer, impossível. O capitão Nemo devia ter gasto milhões para adquirir aqueles exemplares diversificados, e eu me perguntava a que fonte recorria para satisfazer suas fantasias de colecionador, quando fui interrompido por essas palavras:

— Vejo que o senhor está examinando minhas conchas, professor. De fato, podem interessar a um naturalista; mas, para mim, têm um encanto a mais, pois todas foram colhidas por minhas próprias mãos, e não existe mar no planeta que tenha escapado a minhas buscas.

— Entendo muito bem, capitão, a alegria de estar em meio a tais riquezas. O senhor é daqueles que conquistaram pessoalmente seus tesouros. Nenhum museu da Europa possui uma coleção de produtos do oceano igual a esta. Mas se eu gastar toda minha admiração com ela, o que me restará para o navio que a transporta! Não desejo invadir segredos que pertencem ao senhor! No entanto, confesso que esse *Nautilus*, a força motriz que exibe, as máquinas que permitem manobrá-lo, o poderoso agente que o anima, tudo isso excita minha curiosidade no mais alto grau. Vejo suspensos nas paredes desse salão instrumentos cuja finalidade desconheço. Posso saber...?

— Professor Aronnax — respondeu o capitão Nemo.

— Disse-lhe que estaria livre a bordo, nenhuma parte do *Nautilus* lhe está proibida. O senhor pode visitá-lo em detalhe, e será um prazer ser o seu cicerone.

— Não sei como agradecer-lhe, capitão, mas não abusarei de sua gentileza. Perguntarei apenas qual o uso desses instrumentos de física...

— Professor, tenho esses mesmos instrumentos em meu quarto, e lá terei o prazer de explicar-lhe seu uso. Mas antes venha visitar a cabine que lhe foi reservada. O senhor precisa saber como ficará instalado a bordo do *Nautilus*.

Segui o capitão Nemo, que, por uma das portas abertas em cada canto chanfrado, me fez entrar nas coxias do navio. Conduziu-me para a proa e lá encontrei não uma cabine mas um quarto elegante, com cama, toucador e vários outros móveis.

Restava-me apenas agradecer a meu anfitrião.

— Seu quarto é contíguo ao meu — disse ele, abrindo uma porta —, e o meu leva ao salão do qual acabamos de sair.

Entrei no quarto do capitão. Tinha um aspecto austero, quase cenobita. Um catre de ferro, uma mesa de trabalho, alguns móveis de toucador. Tudo iluminado por uma meia-luz. Nada de conforto. Apenas o estritamente necessário.

O capitão Nemo indicou-me uma cadeira:

— Queira sentar-se.

Sentei-me, e ele tomou a palavra nos seguintes termos:

12. Tudo pela eletricidade

— Professor — começou o capitão Nemo, apontando para os instrumentos pendurados nas paredes de seu quarto —, estes são os aparelhos necessários para a navegação do *Nautilus*. Aqui, como no salão, tenho-os sempre diante dos olhos, e eles indicam minha posição e minha direção exata no meio do oceano. Alguns o senhor conhece, como o termômetro, que indica a temperatura interna do *Nautilus*; o barômetro, que mede a pressão atmosférica e prováveis mudanças de tempo; o higrômetro, que marca o grau de umidade do ar; o *storm glass*, cuja mistura, ao se decompor, anuncia a chegada das tempestades; a bússola, que guia minha rota; o sextante, que pela altura do sol informa minha latitude; os cronômetros, que permitem calcular minha longitude; e por fim os binóculos de dia e de noite, que uso para inspecionar todos os pontos do horizonte quando o *Nautilus* sobe à superfície das águas.

— Instrumentos de uso corrente para o navegador — assenti —, conheço seu uso. Mas vejo outros, que devem responder às exigências específicas do *Nautilus*. Aquele mostrador, percorrido por um ponteiro móvel, não seria um manômetro?

— É um manômetro, de fato. Em comunicação com a água, mede sua pressão externa, indicando-me a profundidade em que meu aparelho se mantém.

— E esse, um novo tipo de sonda?

VINTE MIL LÉGUAS SUBMARINAS   115

— São sondas termométricas que calculam a temperatura das diversas camadas de água.

— E aqueles outros instrumentos, cuja função não consigo imaginar?

— Nesse ponto, professor, preciso esclarecer-lhe algumas coisas — disse o capitão Nemo. — Peço-lhe que me ouça.

Manteve-se em silêncio por alguns instantes, depois disse:

— Existe um agente poderoso, manipulável, rápido, fácil, que se adapta a todos os usos e que reina absoluto a bordo. Tudo é feito por ele. Ele me ilumina, ele me esquenta, é a alma de meus aparelhos mecânicos. Esse agente é a eletricidade.

— A eletricidade! — exclamei, bastante surpreso.

— Sim, professor.

— Mas capitão, o senhor atinge uma extrema velocidade de deslocamento, que pouco condiz com o poder da eletricidade. Até o momento, sua potência dinâmica manteve-se muito restrita e só conseguiu gerar pequenas energias!

— Professor — disse o capitão Nemo —, minha eletricidade não é como a dos outros, e isso é tudo que posso dizer-lhe a respeito.

— Não insisto, capitão, e me contento em ficar espantadíssimo com seus resultados. Uma única pergunta, porém, que o senhor responderá se não for indiscreta. Os elementos utilizados para produzir esse maravilhoso agente devem gastar-se rapidamente. O zinco, por exemplo. Como o senhor o substitui, se não mantém nenhuma comunicação com a terra?

— Sua pergunta terá uma resposta — respondeu o capitão Nemo. — Em primeiro lugar, existem no fundo dos mares minas de zinco, de ferro, de prata, de ouro, cuja exploração com certeza seria factível. Mas não utilizo nenhum desses metais da terra, quis tirar somente do próprio mar os meios para produzir minha eletricidade.

— Do mar?

— Sim, professor, e não faltam meios para isso. Eu poderia, por exemplo, estabelecer um circuito entre fios mergulhados em diferentes profundidades para gerar eletricidade por meio da diferença de temperatura por eles captada. Mas preferi empregar um sistema mais prático.

— E qual seria?

— O senhor conhece a composição da água do mar. A cada mil gramas, temos noventa e seis centésimos e meio de água, e cerca de dois centésimos e dois terços de cloreto de sódio; além disso, em pequena quantidade, cloretos de magnésio e de potássio, brometo de magnésio, sulfato de magnésio, sulfato e carbonato de cálcio. Perceba, portanto, que o cloreto de sódio está presente em proporção significativa. Ora, é esse sódio que extraio da água e com o qual componho meus elementos.

— Sódio?

— Sim, senhor. Misturado com mercúrio, ele forma um amálgama que substitui o zinco do dispositivo de Bunsen. O mercúrio nunca se desgasta. Somente o sódio é consumido, mas o próprio mar o fornece. Além disso, informo-lhe que as pilhas de sódio devem ser consideradas mais potentes, e que sua força eletromotriz é duas vezes maior que a das pilhas de zinco.

— Entendo muito bem, capitão, a excelência do sódio nas condições em que o senhor se encontra. O mar o contém. Perfeito. Mesmo assim, é preciso fabricá-lo, ou melhor, extraí-lo. Mas como? Suas pilhas poderiam servir para essa extração; mas, se não me engano, o consumo de sódio necessário para o funcionamento dos aparelhos elétricos seria superior à quantidade extraída. Assim, o senhor consumiria, para produzi-lo, mais do que produziria!

— Por isso, professor, não o extraio usando as pilhas, utilizo apenas o calor do carvão de terra.

— De terra? — insisti.

— Digamos carvão de mar, se o senhor preferir — respondeu o capitão Nemo.

— E o senhor consegue explorar as minas submarinas de hulha?

— Professor Aronnax, o senhor me verá fazê-lo. Peço-lhe apenas um pouco de paciência, já que dispõe de tempo para ser paciente. Lembre-se de uma coisa: devo tudo ao oceano; ele produz a eletricidade, e a eletricidade fornece ao *Nautilus* calor, luz e movimento, ou seja, vida.

— Mas não o ar que respiramos!

— Ah! Eu poderia produzir o ar necessário ao meu consumo, mas isso é dispensável, pois subo à superfície quando me convém. Mas mesmo que a eletricidade não me forneça o ar que respiro, ela movimenta as bombas possantes que o armazenam em reservatórios especiais, o que me permite prolongar, quando preciso, e pelo tempo que eu quiser, minha permanência nas profundezas.

— Capitão, contento-me em admirar — reconheci. — O senhor obviamente descobriu algo que sem dúvida os homens um dia descobrirão, a verdadeira potência dinâmica da eletricidade.

— Não sei se a descobrirão — respondeu com frieza o capitão Nemo. — Seja como for, já conhece a primeira utilização que dei a esse precioso agente. É ele que nos ilumina com uma homogeneidade, uma continuidade que a luz do sol não possui. Agora, olhe para esse relógio; é elétrico, e funciona com uma regularidade que desafia a dos melhores cronômetros. Dividi-o em vinte e quatro horas, como nos relógios italianos, pois para mim não existe nem noite nem dia, nem sol nem lua, apenas a luz artificial que levo até o fundo dos mares! Veja, agora mesmo, são dez horas da manhã.

— Exatamente.

— Outra aplicação da eletricidade. Esse mostrador, suspenso à nossa frente, serve para indicar a velocidade do *Nautilus*. Um fio elétrico o coloca em comunicação com a hélice da barquilha e seu ponteiro me indica o movimento real do aparelho. Veja bem, nesse momento avançamos a uma velocidade moderada de quinze milhas por hora.

— É maravilhoso — eu disse —, e vejo perfeitamente, capitão, que o senhor teve razão em utilizar esse agente, que serve para substituir o vento, a água e o vapor.

— Ainda não acabamos, professor Aronnax — retomou o capitão Nemo, levantando-se —, e, se quiser me acompanhar, visitaremos a popa do *Nautilus*.

De fato, eu já conhecia toda a parte anterior do barco submarino, dividida, do centro ao rostro, da seguinte forma: a sala de jantar de cinco metros, separada da biblioteca por uma divisória estanque, isto é, à prova d'água; a biblioteca de cinco metros; o grande salão de dez metros, separado do quarto do capitão por uma segunda divisória estanque; o quarto do capitão, de cinco metros; o meu, de dois metros e meio; e, por fim, um reservatório de ar de sete metros e meio, que se estendia até o talha-mar. Ao todo, trinta e cinco metros de comprimento. As divisórias estanques eram atravessadas por portas que eram fechadas hermeticamente por meio de obturadores de borracha, e garantiam toda a segurança a bordo do *Nautilus*, caso algum vazamento fosse detectado.

Segui o capitão Nemo pelas coxias ao longo do bordo e cheguei ao centro do navio. Ali ficava uma espécie de poço que se abria entre duas divisórias estanques. Uma escada de ferro, pregada à parede, conduzia à sua extremidade superior. Perguntei qual o uso daquela escada.

— Ela leva ao bote.

— Como! O senhor tem um bote? — perguntei, bastante surpreso.

— Sem dúvida. Uma excelente embarcação, leve e insubmergível, que serve para passear e pescar.

— E quando o senhor quer utilizá-lo, é obrigado a voltar à superfície?

— De modo algum. O bote encaixa na parte superior

VINTE MIL LÉGUAS SUBMARINAS 119

do casco do *Nautilus*, e ocupa uma cavidade construída para recebê-lo. Fica perfeitamente coberto, absolutamente vedado, e preso por sólidos parafusos. Essa escada conduz a um portaló no casco do *Nautilus*, que corresponde a uma abertura idêntica no flanco do bote. É por essa dupla abertura que me introduzo na embarcação. A primeira, a do *Nautilus*, é fechada pela tripulação; a seguir fecho a outra, a do bote, com pinos de pressão; solto os parafusos e a embarcação sobe com velocidade prodigiosa até a superfície. Abro então o tampo do convés, cuidadosamente vedado até então, mastreio, iço a vela ou pego meus remos, e passeio.

— Mas como volta a bordo?

— Não volto, professor Aronnax, é o *Nautilus* que volta.

— Por ordens suas!

— Por minhas ordens. Um fio elétrico me prende a ele. Passo um telegrama, é o que basta.

— Realmente — concordei, extasiado com aquelas maravilhas. — Nada mais simples!

Depois de passar pelo vão da escada que levava à plataforma, vi uma cabine de dois metros de comprimento, na qual Conseil e Ned Land, deliciados com a refeição, estavam ocupados devorando-a com vontade. Depois, uma porta se abria para a cozinha de três metros, situada entre as grandes despensas de bordo.

Ali, a eletricidade, mais intensa e mais manipulável que o gás, era responsável por todas as etapas do cozimento. Os fios, que chegavam por baixo dos fornos, transmitiam a chapas de platina um calor distribuído e mantido de maneira uniforme. Ela também aquecia aparelhos de destilação que, por vaporização, produziam uma excelente água potável. Junto a essa cozinha abria-se um banheiro, confortavelmente equipado, com torneiras de água fria ou quente, a gosto.

Depois da cozinha ficava o alojamento da tripulação,

com cinco metros de comprimento. Mas a porta estava fechada e não pude ver sua disposição, que talvez me tivesse informado a respeito do número de homens necessário para manobrar o *Nautilus*.

Ao fundo elevava-se uma quarta divisória estanque, que separava o alojamento da casa de máquinas. Uma porta se abriu e vi-me no compartimento em que o capitão Nemo — engenheiro de primeira ordem, com toda certeza — havia instalado os equipamentos de locomoção.

A casa de máquinas, muito iluminada, não tinha menos de vinte metros de comprimento. Estava naturalmente dividida em duas partes; a primeira compreendia os elementos que produziam a eletricidade, e a segunda, o mecanismo que transmitia movimento à hélice.

Fiquei surpreso, em primeiro lugar, com o cheiro sui generis que impregnava aquele compartimento. O capitão Nemo percebeu minha reação.

— Há algumas emanações de gás, produzidas pelo uso do sódio — explicou ele. — Mas trata-se de um leve inconveniente. Todas as manhãs, aliás, purificamos o navio ventilando-o ao ar livre.

Enquanto isso, eu examinava a máquina do *Nautilus* com um interesse fácil de imaginar.

— Como o senhor pode ver — disse o capitão Nemo —, utilizo componentes de Bunsen, e não componentes de Ruhmkorff. Estes teriam sido ineficazes. Os componentes de Bunsen são pouco numerosos, mas fortes e possantes, o que acaba sendo melhor. Digo isso por experiência. A eletricidade produzida vai para a popa, onde age por meio de eletroímãs de grande dimensão sobre um sistema próprio de alavancas e engrenagens que transmitem o movimento ao eixo da hélice. Esta, com um diâmetro de seis metros, e sete metros e meio entre as pás, pode chegar a cento e vinte voltas por segundo.

— E o senhor atinge...?

— Uma velocidade de cinquenta milhas por hora.

VINTE MIL LÉGUAS SUBMARINAS 121

Havia algum mistério naquilo, mas não insisti em conhecê-lo. Como a eletricidade podia agir com tanta potência? Onde essa força quase ilimitada se originava? Seria na extrema tensão produzida por bobinas de um novo tipo? Seria na transmissão, que um sistema de alavancas desconhecido* podia aumentar ao infinito? Era o que eu não conseguia entender.

— Capitão Nemo — falei —, constato resultados e não tento explicá-los. Vi o *Nautilus* manobrar diante da *Abraham Lincoln* e sei o que esperar de sua velocidade. Mas avançar não é suficiente. É preciso enxergar para onde se vai! É preciso poder ir para a direita, para a esquerda, para cima, para baixo! Como o senhor consegue chegar às grandes profundezas, onde sofre uma pressão crescente avaliada em centenas de atmosferas? Como sobe à superfície do oceano? Enfim, como se mantém na altura desejada? Estarei sendo indiscreto ao perguntar-lhe isso?

— De modo algum, professor — respondeu o capitão, depois de uma leve hesitação —, visto que nunca sairá desse barco submarino. Venha para o salão, nosso verdadeiro gabinete de trabalho. Lá o senhor saberá tudo o que precisa saber sobre o *Nautilus*!

---

* De fato, fala-se hoje numa descoberta desse tipo, na qual um novo conjunto de alavancas produz forças consideráveis. O inventor teria conhecido, portanto, o capitão Nemo?

13. Alguns números

Pouco depois, estávamos sentados num divã do salão, charuto nos lábios. O capitão colocou sob meus olhos plantas de plano, corte e elevação do *Nautilus*. A seguir, começou a descrevê-las nos seguintes termos:

— Aqui estão, professor Aronnax, as diversas dimensões do barco que nos conduz. Trata-se de um cilindro extremamente alongado, de pontas cônicas. Ele lembra bastante a forma de um charuto, já adotada em Londres para diversas construções do mesmo gênero. O comprimento do cilindro, de ponta a ponta, é de exatos setenta metros, e seu vau, na parte mais larga, tem oito metros. Portanto, não foi construído totalmente na proporção de dez para um, como os vapores de longo curso, mas suas linhas são suficientemente longas e suas curvas suficientemente alongadas para que a água deslocada corra com facilidade e não oponha nenhum obstáculo a seu avanço.

"Essas duas dimensões permitem obter, mediante um cálculo simples, a superfície e o volume do *Nautilus*. Sua superfície compreende mil e onze metros quadrados e quarenta e cinco centésimos; seu volume, mil e quinhentos metros cúbicos e dois décimos — o que significa dizer que, inteiramente submerso, ele desloca ou pesa mil e quinhentos metros cúbicos ou toneladas.

"Quando projetei esse navio, destinado à navegação submarina, pretendi que, em equilíbrio na água, ficas-

VINTE MIL LÉGUAS SUBMARINAS 123

se nove décimos submerso e apenas um décimo emerso. Consequentemente, nessas condições ele só deslocaria nove décimos de seu volume, ou seja, mil trezentos e cinquenta e seis metros cúbicos e quarenta e oito centésimos, e pesaria esse mesmo número de toneladas. Logo, não ultrapassei esse peso ao construí-lo segundo as dimensões supracitadas.

"O *Nautilus* é constituído por dois cascos, um interno e outro externo, reunidos entre si por ferros em T que lhe conferem extrema rigidez. Com efeito, graças a essa disposição celular, ele resiste como um bloco, como se estivesse cheio. Seu costado não cede; firma-se em si mesmo e não pela compressão dos rebites, e a homogeneidade de sua construção, devida ao perfeito amálgama dos materiais, permite-lhe desafiar os mares mais violentos.

"Esses dois cascos são fabricados com chapas de aço cuja densidade em relação à água é de 7,8 décimos. O primeiro não tem menos de cinco centímetros de espessura, e pesa trezentas e noventa e quatro toneladas e noventa e seis centésimos. O segundo envoltório, a quilha, com cinquenta centímetros de altura e vinte e cinco de largura, e pesando, sozinha, sessenta e duas toneladas, o motor, o lastro, os diversos acessórios e equipamentos, as divisórias e escoras internas, tudo isso em um peso de novecentas e sessenta e uma toneladas e sessenta e dois centésimos, que, somadas às trezentas e noventa e quatro toneladas e noventa e seis centésimos, formam o total exigido de mil trezentas e cinquenta e seis toneladas e quarenta e oito centésimos. Entendido?"

— Entendido — respondi.

— Portanto — retomou o capitão —, quando o *Nautilus* flutua nessas condições, ele fica um décimo acima da superfície. Ora, se disponho de reservatórios de capacidade igual a esse décimo, ou seja, de um volume de cento e cinquenta toneladas e setenta e dois centésimos, e se os encho de água, o barco passa a deslocar mil quinhentas e sete toneladas, ou passando a ter esse peso, será completamente imerso. É o que acontece, professor. Esses reservatórios ficam ao longo do bordo, na parte inferior do *Nautilus*. Abro as torneiras, eles se enchem, e o barco, afundando, fica no nível do mar.

— Bem, capitão, chegamos então ao verdadeiro problema. Que o senhor possa manter-se na superfície do oceano, consigo entender. Mas bem no fundo, mergulhando sob essa superfície, seu aparelho submarino não irá encontrar uma pressão e, por isso, sofrer um empuxo de baixo para cima que deve ser avaliado em uma atmosfera a cada trinta pés de água, ou cerca de um quilograma por centímetro quadrado?

— Exatamente, professor.

— Logo, a menos que o *Nautilus* seja enchido por inteiro, não vejo como pode levá-lo para o fundo das massas líquidas.

— Caro professor — respondeu o capitão Nemo —, não devemos confundir a estática com a dinâmica, se não quisermos incorrer em graves erros. Há muito pouco trabalho a ser feito para chegar às regiões profundas do oceano, pois os corpos têm uma tendência a se tornar "densos". Acompanhe meu raciocínio.

— Sou todo ouvidos, capitão.

— Quando determinei o acréscimo de peso necessário para imergir o *Nautilus*, precisei me preocupar apenas com a redução de volume que a água do mar sofre à medida que suas camadas se tornam mais e mais profundas.

— Evidente — assenti.

— Ora, se a água não é absolutamente incompressível, no mínimo é pouquíssimo compressível. Na verdade, segundo os cálculos mais recentes, essa redução é de apenas quatrocentos e trinta e seis décimos de milionésimo por atmosfera, ou a cada dez metros de profundidade. Quando desço a mil metros, levo em conta a redução de volume sob uma pressão equivalente à de uma coluna de água de mil metros, isto é, sob uma pressão de cem atmosferas. Essa redução será então de quatrocentos e trinta e seis centésimos de milésimo. Precisarei aumentar o peso de modo a pesar mil quinhentas e treze toneladas e setenta e sete centésimos, em vez de mil quinhentas e sete toneladas e dois décimos. O aumento, portanto, será de apenas seis toneladas e cinquenta e sete centésimos.

— Apenas?

— Apenas, professor Aronnax, e o cálculo é fácil de ser verificado. Ora, disponho de reservatórios suplementares capazes de armazenar cem toneladas. Posso, por conseguinte, descer a profundidades consideráveis. Quando quero subir à superfície e manter-me em seu nível, basta-me expulsar essa água, e esvaziar completamente todos os reservatórios quando desejo que o *Nautilus* emerja um décimo de seu volume total.

A esses raciocínios, baseados em números, eu nada tinha a objetar.

— Confio em seus cálculos, capitão — eu disse —, e não estaria em posição de contestá-los, pois a experiência comprova-os todos os dias. Mas entrevejo, em contrapartida, uma real dificuldade.

— Qual, professor?

— Quando está a mil metros de profundidade, as paredes do *Nautilus* suportam uma pressão de cem atmosferas. Se nesse momento o senhor quiser esvaziar os reservatórios suplementares para deixar seu barco mais leve e voltar à superfície, será preciso que as bombas vençam essa pressão de cem atmosferas, que é de cem quilogramas por centímetro quadrado. Para isso, seria preciso uma força...

— Que somente a eletricidade poderia me fornecer — apressou-se em dizer o capitão Nemo. — Repito, professor, que a potência dinâmica de meus motores é quase infinita. As bombas do *Nautilus* têm uma força prodigiosa, que o senhor deve ter visto quando suas colunas de água se precipitaram como uma torrente sobre a *Abraham Lin-*

coln. Além disso, só utilizo os reservatórios suplementares para alcançar profundezas médias de mil e quinhentos a dois mil metros, e isso para poupar meus aparelhos. Assim, quando sinto ganas de visitar as profundezas do oceano a duas ou três léguas abaixo da superfície, utilizo manobras mais demoradas, mas não menos infalíveis.

— Quais, capitão? — perguntei.

— Isso inevitavelmente me leva a contar-lhe como se manobra o *Nautilus*.

— Estou impaciente para saber.

— Para dirigir esse barco para estibordo e bombordo, para avançar, em suma, seguindo um plano horizontal, utilizo um leme comum de açafrão largo fixado atrás do cadaste, acionado por uma roda e um sistema de polias. Mas também posso mover o *Nautilus* de baixo para cima e de cima para baixo, num plano vertical, por meio de dois planos inclinados, fixados a seus flancos no centro de flutuação, planos móveis capazes de assumir todas as posições, e que são manobrados de dentro por possantes alavancas. Quando esses planos são mantidos em paralelo ao barco, este se move horizontalmente. Quando são inclinados, o *Nautilus*, seguindo a variação dessa inclinação e sob o impulso de sua hélice, desce descrevendo uma diagonal tão alongada quanto me convier, ou sobe seguindo a mesma diagonal. E, inclusive, quando quero voltar mais rapidamente à superfície, engato a hélice, e a pressão das águas faz o *Nautilus* subir como um balão inflado de hidrogênio que subisse rapidamente aos céus.

— Bravo, capitão! — exclamei. — Mas como o timoneiro pode seguir a rota que o senhor lhe passa no fundo das águas?

— O timoneiro fica numa cabine envidraçada, que forma uma saliência na parte superior do casco do *Nautilus*, revestida de vidros lenticulares.

— Vidros capazes de resistir a tais pressões?

— Perfeitamente. O cristal, frágil ao choque, apresen-

VINTE MIL LÉGUAS SUBMARINAS   127

ta considerável resistência. Nas experiências de pesca à luz elétrica feitas em 1864, nas profundezas dos mares do Norte, vimos lâminas desse material, com apenas sete milímetros de espessura, resistirem a uma pressão de dezesseis atmosferas, mas deixarem passar potentes raios caloríferos que lhe distribuíam o calor de maneira desigual. Os vidros que utilizo não têm menos de vinte e um centímetros no centro, ou seja, trinta vezes essa espessura.

— Está bem, capitão Nemo; mesmo assim, para enxergar, é preciso que a luz expulse as trevas, e me pergunto como no meio da escuridão das águas...

— Atrás da cabine do timoneiro está posicionado um potente refletor elétrico, cujos raios iluminam o mar a meia milha de distância.

— Ah! Bravo, três vezes bravo, capitão! Agora entendo a fosforescência do suposto narval, que tanto intrigou os cientistas! A propósito, eu lhe perguntaria se a abordagem do *Nautilus* e do *Scotia*, que causou tanta repercussão, foi resultado de um encontro fortuito?

— Puramente fortuito, professor. Eu navegava a dois metros abaixo da superfície das águas quando o choque ocorreu. Vi, por sinal, que não houve nenhuma consequência lastimável.

— Nenhuma, capitão. Mas e quanto ao choque com a *Abraham Lincoln*...?

— Professor, fico desolado por um dos melhores navios da brava Marinha americana, mas estava sendo atacado e precisei me defender! Contentei-me, porém, em deixar a fragata sem condições de me prejudicar. Ela não terá dificuldade em consertar suas avarias no porto mais próximo.

— Ah, comandante! — exclamei com convicção. — Seu *Nautilus* é realmente um barco maravilhoso!

— Sim, professor — respondeu o capitão Nemo com verdadeira emoção. — Amo-o como a carne de minha carne! Enquanto tudo é perigo nos seus navios submetidos aos acasos do oceano, enquanto sobre o mar a primeira impressão é a de proximidade do abismo, como tão bem disse o holandês Jansen, abaixo dele e a bordo do *Nautilus* o coração do homem nada tem a temer. Não há deformação, pois o casco duplo dessa embarcação tem a rigidez do ferro; não há equipamento desgastado pelo balanço ou pela arfagem; não há velas carregadas pelo vento; não há caldeiras rebentadas pelo vapor; não há incêndio a temer, pois essa máquina é feita de metal e não de madeira; não há falta de carvão, pois a eletricidade é seu agente mecânico; não há choque a evitar, pois é o único a navegar pelas águas profundas; não há tempestade a enfrentar, pois encontra a alguns metros abaixo das águas uma absoluta tranquilidade! Eis, professor, o navio por excelência! E se é verdade que o engenheiro confia mais na embarcação que o construtor, e o construtor mais que o próprio capitão, compreenda então com que entrega confio em meu *Nautilus*, pois sou ao mesmo tempo capitão, construtor e engenheiro!

O capitão falava com arrebatada eloquência. O ardor de seu olhar e a paixão de seus gestos o transfiguravam. Sim! Ele amava seu navio como um pai ama o filho!

Mas uma pergunta, talvez indiscreta, ocorreu-me naturalmente, e não pude deixar de fazê-la.

— Então o senhor é engenheiro, capitão Nemo?

— Sim, professor — ele respondeu —, estudei em Londres, Paris e Nova York, no tempo em que era um habitante dos continentes terrestres.

— Mas como conseguiu construir, em segredo, esse admirável *Nautilus*?

— Cada uma de suas peças, professor Aronnax, chegou a mim de um ponto diferente do globo e para destinatários variados. Sua quilha foi forjada em Le Creusot, o eixo de sua hélice na Penn & Co., de Londres, as chapas metálicas de seu casco na Laird, de Liverpool, sua hélice na Scott, de Glasgow. Seus reservatórios foram fabricados pela Cail et Cie., de Paris, seu motor pela Krupp, na

VINTE MIL LÉGUAS SUBMARINAS 129

Prússia, seu aríete nos ateliês de Motala, na Suécia, seus instrumentos de precisão na Hart Bros., de Nova York etc., e cada um desses fornecedores recebeu meus projetos sob nomes diversos.

— Mas — insisti —, essas peças pré-fabricadas precisaram ser montadas, ajustadas!

— Caro professor, eu havia estabelecido minhas oficinas numa pequeníssima ilha deserta, em pleno oceano. Ali, eu e meus operários, ou melhor, meus bravos companheiros, que instruí e formei, construímos nosso *Nautilus*. Depois, terminada a operação, o fogo destruiu qualquer vestígio de nossa passagem por aquela ilha que eu teria explodido, se pudesse.

— Assim, sou levado a crer que o custo dessa embarcação foi desmedido.

— Professor Aronnax, um navio de ferro custa mil cento e vinte e cinco francos a tonelada. Ora, o *Nautilus* comporta mil e quinhentas. Chegou, portanto, a um milhão seiscentos e oitenta e sete mil francos, ou dois milhões incluindo seus equipamentos, ou quatro ou cinco milhões com as obras de arte e as coleções que contém.

— Uma última pergunta, capitão Nemo.

— Faça-a, professor.

— O senhor é muito rico?

— Rico ao infinito, professor, e eu poderia, sem problema, pagar os dez bilhões da dívida da França!

Olhei fixamente para o excêntrico personagem que falava daquela maneira. Estaria abusando de minha credulidade? O futuro me diria.

14. O rio Negro

A área do globo terrestre ocupada pelas águas está avaliada em três milhões oitocentos e trinta e dois mil quinhentos e cinquenta e oito miriâmetros quadrados, ou mais de trinta e oito milhões de hectares. Essa massa líquida compreende dois bilhões duzentos e cinquenta milhões de milhas cúbicas, e formaria uma esfera com o diâmetro de sessenta léguas e um peso de três quintilhões de toneladas. Para entender esse número, é preciso dizer que o quintilhão está para o bilhão assim como o bilhão está para a unidade, isto é, que há tantos bilhões em um quintilhão quanto a unidade em um bilhão. Ora, essa massa líquida equivaleria aproximadamente à quantidade de água escoada por todos os rios do planeta ao longo de quarenta mil anos.

Durante os tempos geológicos, a era do fogo foi sucedida pela era da água. Nos primórdios, o oceano era universal. Depois, pouco a pouco, no período siluriano, picos de montanhas apareceram, ilhas emergiram, desapareceram sob dilúvios parciais, se mostraram novamente, se uniram, formaram continentes e por fim as terras se fixaram geograficamente tais como as conhecemos. O sólido conquistou sobre o líquido trinta e sete milhões seiscentas e cinquenta e sete milhas quadradas, ou doze mil novecentos e dezesseis milhões de hectares.

A configuração dos continentes permite dividir as

VINTE MIL LÉGUAS SUBMARINAS 131

águas em cinco grandes oceanos: Glacial Ártico, Glacial Antártico, Índico, Atlântico e Pacífico.

O oceano Pacífico estende-se de norte a sul entre os dois círculos polares, e de oeste a leste entre a Ásia e a América, numa extensão de 145° de longitude. É o mais tranquilo dos mares; suas correntes são amplas e lentas, suas marés, medíocres, suas chuvas, abundantes. Assim era o oceano que o destino me levava a percorrer primeiro, sob as mais estranhas condições.

— Professor — disse-me o capitão Nemo —, vamos agora, se não se importa, determinar com exatidão nossa posição e fixar o ponto de partida de nossa viagem. Faltam quinze minutos para o meio-dia. Vou subir à superfície das águas.

O capitão apertou três vezes uma campainha elétrica. As bombas começaram a expulsar a água dos reservatórios; o ponteiro do manômetro marcou as diferentes pressões do movimento ascensional do *Nautilus*, depois parou.

— Chegamos — disse o capitão.

Dirigi-me à escada central, que levava à plataforma. Subi os degraus de metal e, atravessando as escotilhas abertas, cheguei à parte superior do *Nautilus*.

A plataforma estava apenas oitenta centímetros acima da superfície. A proa e a popa do *Nautilus* tinham a aparência fusiforme que o fazia semelhante a um longo charuto. Reparei que suas chapas metálicas, levemente imbricadas, se pareciam com as placas que revestem o corpo dos grandes répteis terrestres. Entendi por que razão, mesmo com os melhores binóculos, aquela embarcação sempre era tomada por um animal marinho.

No centro da plataforma, o bote, semiembutido no casco do navio, formava uma leve saliência. Na proa e na popa elevavam-se duas cabines de pouca altura, de paredes inclinadas, e parcialmente fechadas por espessos vidros lenticulares: uma destinada ao timoneiro que dirigia o *Nautilus*, a outra onde brilhava o potente farol elétrico que iluminava seu caminho.

O mar estava magnífico, o céu, límpido. O longo veículo mal era afetado pelas amplas ondulações do oceano. Uma leve brisa do leste encrespava a superfície das águas. O horizonte, desanuviado, se prestava às melhores observações.

Não havia nada à vista. Nenhum escolho, nenhuma ilhota. Nenhuma *Abraham Lincoln*. A imensidão vazia.

O capitão Nemo, munido de um sextante, mediu a altura do sol, que lhe daria sua latitude. Esperou alguns minutos até que o astro chegasse ao zênite. Enquanto observava, nenhum de seus músculos estremeceu, e o instrumento não teria ficado mais imóvel numa mão de mármore.

— Meio-dia. Professor, quando quiser...?

Olhei pela última vez para o mar um pouco amarelado das paragens japonesas e desci para o grande salão.

Ali, o capitão determinou sua posição e calculou cronometricamente sua longitude, que controlou por observações anteriores de ângulos horários. Então me disse:

— Professor Aronnax, estamos a cento e trinta e sete graus e quinze minutos de longitude a oeste...

— De que meridiano? — perguntei interessado, esperando que a resposta do capitão quem sabe me indicasse sua nacionalidade.

— Professor — ele respondeu —, tenho vários cronômetros, regulados pelos meridianos de Paris, de Greenwich e de Washington. Mas, em sua homenagem, utilizarei o de Paris.

Sua resposta não me esclareceu nada. Inclinei-me, e o comandante continuou:

— Cento e trinta e sete graus e quinze minutos de longitude a oeste do meridiano de Paris, e trinta e sete graus e sete minutos de latitude norte, ou seja, a cerca de trezentas milhas das costas do Japão. Hoje, dia 8 de novembro, ao meio-dia, tem início nossa viagem de exploração sob as águas.

— Deus nos proteja! — respondi.

— E agora, professor — acrescentou o capitão —, dei-

VINTE MIL LÉGUAS SUBMARINAS 133

xo-o com seus estudos. Determinei uma rota para és-nordeste a cinquenta metros de profundidade. Aqui estão os mapas gerais, onde o senhor poderá segui-la. O salão está à sua disposição. Peço-lhe licença para me retirar.

O capitão Nemo me saudou. Fiquei sozinho, absorto em meus pensamentos. Todos me levavam para o comandante do *Nautilus*. Algum dia eu saberia a que nação pertencia aquele homem estranho que se vangloriava de não pertencer a nenhuma? Quem havia provocado o ódio que ele sentia pela humanidade, um ódio que talvez buscasse terríveis vinganças? Seria ele um desses sábios desconhecidos, um desses gênios "contrariados", segundo a expressão de Conseil, um Galileu moderno, ou então um desses homens da ciência como o americano Maury, que teve a carreira prejudicada por revoluções políticas? Ainda não podia dizê-lo. Eu que acabara de ser lançado a bordo do *Nautilus* pelo destino, que tinha minha vida em suas mãos, era acolhido com frieza, mas com hospitalidade. No entanto, não apertou a mão que lhe estendi. Nunca me estendeu a sua.

Fiquei mergulhado nessas reflexões por uma hora inteira, tentando entender aquele mistério que achava tão interessante. Depois meus olhos se fixaram no vasto planisfério estendido sobre a mesa, e coloquei o dedo no exato ponto em que se cruzavam a longitude e a latitude observadas.

O mar tem seus rios, como os continentes. São correntes especiais, reconhecíveis pela temperatura, pela cor, sendo a mais importante aquela conhecida pelo nome de corrente do Golfo. A ciência determinou, no globo, a direção de cinco correntes principais: uma no Atlântico Norte, uma segunda no Atlântico Sul, uma terceira no Pacífico Norte, uma quarta no Pacífico Sul e uma quinta no oceano Índico. É provável que antigamente uma sexta corrente existisse no oceano Índico Norte, quando o mar Cáspio e o mar de Aral, reunidos aos grandes lagos da Ásia, formavam uma única e mesma extensão de água.

Ora, no ponto indicado no planisfério, passava uma dessas correntes, a Kuro Shivo dos japoneses, o rio Negro, que, saindo do golfo de Bengala, onde o aquecem os raios perpendiculares do sol dos trópicos, atravessa o estreito de Malaca, prolonga a costa da Ásia, segue pelo Pacífico Norte até as ilhas Aleutas, carrega troncos de canforeira e outros produtos indígenas, e contrasta, pelo puro índigo de suas águas quentes, com as ondas do oceano. Era aquela corrente que o *Nautilus* percorreria. Eu a seguia com os olhos, perdendo-se na imensidão do Pacífico, e me sentia carregado por ela, quando Ned Land e Conseil apareceram na porta do salão.

Meus dois bravos companheiros ficaram paralisados quando viram as maravilhas empilhadas diante de seus olhos.

— Onde estamos? Onde estamos? — bradou o canadense. — No museu de Québec?

— Com a licença do doutor — respondeu Conseil —, eu diria que no palacete de Du Sommerard!

— Amigos — respondi, fazendo-lhes sinal para entrar —, vocês não estão nem no Canadá nem na França, mas a bordo do *Nautilus*, e a cinquenta metros abaixo do nível do mar.

— É preciso acreditar no doutor, se o doutor o afirma — disse Conseil —; mas francamente, esse salão surpreende até mesmo um flamengo como eu.

— Surpreenda-se, meu amigo, e olhe com atenção, pois para um classificador com sua capacidade, há com o que se ocupar aqui.

Eu não precisava encorajar Conseil. O bravo rapaz, debruçado sobre as vitrines, já murmurava palavras na língua dos naturalistas: classe dos gastrópodes, família dos bucinídeos, gênero das porcelanas, espécie *Cypraea madagascariensis* etc.

Enquanto isso, Ned Land, que nada tinha de conquiliólogo, me questionava a respeito de minha conversa com o

VINTE MIL LÉGUAS SUBMARINAS 135

capitão Nemo. Eu descobrira quem ele era, de onde vinha, para onde ia, até quais profundezas nos levaria? Enfim, mil perguntas às quais eu não tinha tempo de responder.

Informei-lhe tudo o que sabia, ou melhor, tudo o que não sabia, e perguntei-lhe o que havia ouvido e visto por sua vez.

— Não vi nada, não ouvi nada! — respondeu o canadense. — Nem cheguei a ver a tripulação desse barco. Por acaso ela também seria elétrica?

— Elétrica?

— Claro! É de se pensar. Mas o senhor, professor Aronnax — perguntou-me Ned Land, que perseguia a mesma ideia —, não poderia me dizer quantos homens há a bordo? Dez, vinte, cinquenta, cem?

— Eu não saberia dizer, mestre Land. Aliás, acredite, abandone a ideia de tomar o *Nautilus* ou fugir, ao menos por enquanto. Este barco é uma das obras-primas da indústria moderna, e eu lamentaria se não o tivesse conhecido! Muitos aceitariam a situação em que nos encontramos, mesmo que apenas para passear por essas maravilhas. Logo, mantenha-se calmo, e tentemos ver o que se passa à nossa volta.

— Ver! — exclamou o arpoador. — Mas não vemos nada, nunca veremos nada nesta prisão de metal! Avançamos, navegamos às cegas...

Ned Land pronunciava essas palavras quando a escuridão se fez de repente, uma escuridão absoluta. O teto luminoso se apagou, tão rápido que meus olhos sentiram uma impressão dolorosa, análoga à produzida pela passagem das trevas profundas à luz mais ofuscante.

Ficamos mudos, imóveis, sem saber que tipo de surpresa, agradável ou desagradável, nos esperava. Ouvimos um deslizamento. As chapas metálicas pareciam estar se movimentando nos flancos do *Nautilus*.

— É o fim do fim! — disse Ned Land.

— Ordem das hidromedusas! — murmurou Conseil.

De repente, a luz voltou às laterais do salão, através de duas aberturas oblongas. As massas líquidas apareceram vivamente iluminadas pelas emanações elétricas. Duas placas de cristal nos separavam do mar. Estremeci, a princípio, ao pensar que aquela frágil parede podia se quebrar; mas fortes armações de cobre a sustentavam e conferiam-lhe uma resistência quase infinita.

O mar podia ser visto com nitidez num raio de uma milha em torno do *Nautilus*. Que espetáculo! Que pluma poderia descrevê-lo! Quem saberia pintar os efeitos da luz atravessando aquelas camadas transparentes, e a suavidade de suas gradações sucessivas até as camadas inferiores e superiores do oceano!

A diafaneidade do mar é conhecida. Sabe-se que sua limpidez é superior à da água das nascentes. As substâncias minerais e orgânicas, que ele tem em suspensão, aumentam sua transparência. Em certas partes do oceano, como nas Antilhas, cento e quarenta e cinco metros de água ainda permitem ver o leito de areia com surpreendente nitidez, e a força de penetração dos raios solares só parece diminuir a trezentos metros de profundidade. Ali, porém, no meio fluido percorrido pelo *Nautilus*, o brilho elétrico era produzido dentro das próprias ondas. Não era mais uma água luminosa, era uma luz líquida.

Se aceitarmos a hipótese de Ehrenberg, que admite uma iluminação fosforescente dos fundos submarinos, a natureza por certo reservou aos habitantes do mar um de seus mais prodigiosos espetáculos, que eu podia estimar pelos mil jogos daquela luz. De cada lado, uma janela se abria sobre aqueles abismos inexplorados. A escuridão do salão ressaltava a claridade externa, e nós a contemplávamos como se aquele puro cristal fosse o vidro de um imenso aquário.

O *Nautilus* parecia imóvel. É que faltavam pontos de referência. Às vezes, contudo, as linhas de água, fendidas por seu rostro, passavam diante de nossos olhares a grandes velocidades.

VINTE MIL LÉGUAS SUBMARINAS 137

Extasiados, estávamos debruçados naquelas vitrines, e nenhum de nós havia rompido aquele silêncio de estupefação, quando Conseil disse:

— Você queria ver, amigo Ned, muito bem, agora está vendo!

— Curioso! Curioso! — repetia o canadense, que, esquecendo sua raiva e seus planos de fuga, experimentava uma atração irresistível. — Muitos viriam de longe para admirar esse espetáculo!

— Ah! — exclamei. — Agora entendo a vida desse homem! Criou para si um mundo à parte, que lhe reserva suas mais espantosas maravilhas!

— Mas e os peixes? — observou o canadense. — Não vejo peixes!

— Que importância têm para você, amigo Ned — interveio Conseil —, se nem mesmo os conhece?

— Eu! Um pescador! — esbravejou Ned Land.

E teve início uma discussão entre os dois amigos, pois ambos conheciam os peixes, mas cada um de uma maneira muito específica.

Todos sabem que os peixes formam a quarta e última classe do ramo dos vertebrados. Foram definidos com extrema pertinência: "vertebrados com circulação simples e sangue frio, que respiram por brânquias e vivem na água". Estão divididos em duas séries distintas: a dos peixes ósseos, que têm a espinha dorsal feita de vértebras ósseas, e os peixes cartilaginosos, que têm a espinha dorsal feita de vértebras cartilaginosas.

O canadense talvez conhecesse essas distinções, mas Conseil conhecia muitas mais, e, agora, ligado de amizade com Ned, não podia admitir que este fosse menos instruído que ele. Assim, disse-lhe:

— Amigo Ned, você é um matador de peixes, um pescador extremamente habilidoso. Já pescou grande número desses interessantes animais. Mas eu apostaria que não sabe como são classificados.

— Sei sim — respondeu, sério, o arpoador. — São classificados em peixes comestíveis e peixes não comestíveis!

— Uma classificação de gourmand — respondeu Conseil. — Mas diga-me se sabe qual a diferença entre os peixes ósseos e os peixes cartilaginosos?

— Talvez, Conseil.

— E a subdivisão dessas duas grandes classes?

— Não faço ideia — respondeu o canadense.

— Então, amigo Ned, preste bem atenção! Os peixes ósseos estão subdivididos em seis ordens: *primo*, a dos acantopterígios, de maxila completa, móvel, e brânquias em formato de pente. Essa ordem compreende quinze famílias, ou seja, três quartos dos peixes conhecidos. Exemplo: a perca comum.

— Bastante saborosa — disse Ned Land.

— *Secundo* — continuou Conseil —, os abdominais, que têm nadadeiras ventrais presas ao abdômen e atrás das peitorais, sem estarem presas aos ossos da espádua — ordem que se divide em cinco famílias, e que compreende a maior parte dos peixes de água doce. Exemplo: a carpa, o lúcio.

— Pff! — fez o canadense, com certo desdém. — Peixes de água doce!

— *Tertio* — seguiu Conseil —, os sub-braquiais, com ventrais sob as peitorais, e imediatamente ligadas aos ossos da espádua. Essa ordem contém quatro famílias. Exemplo: azevias, solhas, pregados, rodovalhos, linguados etc.

— Excelentes! Excelentes! — exclamou o arpoador, que só queria considerar os peixes do ponto de vista comestível.

— *Quarto* — retomou Conseil, sem se desconcentrar —, os ápodes, de corpo alongado, desprovidos de nadadeiras ventrais e recobertos por uma pele espessa e geralmente viscosa, ordem com apenas uma família. Exemplo: a enguia, o gimnoto.

— Passável! Passável! — respondeu Ned Land.

— *Quinto* — disse Conseil —, os lofobrânquios, que têm as maxilas completas e livres, mas com brânquias em forma de tufos, dispostas aos pares ao longo dos arcos branquiais. Essa ordem conta com uma única família. Exemplo: os hipocampos, os peixes-dragão.

— Péssimos! Péssimos! — decretou o arpoador.

— *Sexto*, por fim — seguiu Conseil —, os plectógnatos, com osso maxilar preso fixamente no lado do intermaxilar que forma a mandíbula, e com arcada palatina encaixada por sutura ao crânio, o que a torna imóvel, ordem sem ventrais verdadeiras, composta por duas famílias. Exemplo: tetrodonte, peixes-lua.

— Perfeitos para estragar um ensopado! — exclamou o canadense.

— Entendeu bem, amigo Ned? — perguntou o sábio Conseil.

— Absolutamente nada, amigo Conseil — respondeu o arpoador. — Mas continue, pois está sendo muito interessante.

— Quanto aos peixes cartilaginosos — retomou o imperturbável Conseil —, eles só compreendem três ordens.

— Tanto melhor — interveio Ned.

— *Primo*, os ciclostomados, de mandíbulas unidas num anel móvel, e brânquias que se abrem em diversos orifícios, ordem que contém uma única família. Exemplo: a lampreia.

— Há quem goste — disse Ned.

— *Secundo*, os seláquios, com brânquias semelhantes às dos ciclóstomos, mas com mandíbula inferior móvel. Essa ordem, a mais importante da classe, compreende duas famílias. Exemplo: a raia e os esqualos.

— Como! — exclamou Ned. — Raias e tubarões na mesma ordem! Caro Conseil, para o bem das raias, não o aconselho a colocá-los no mesmo aquário!

— *Tertio* — respondeu Conseil —, os esturionianos,

com brânquias abertas, em geral, por uma única abertura fechada por um opérculo, ordem que compreende quatro gêneros. Exemplo: o esturjão.

— Ah, amigo Conseil, você guardou o melhor para o fim, ao menos em minha opinião. E isso é tudo?

— Sim, meu bravo Ned — respondeu Conseil —, e observe que, mesmo quando se sabe isso, ainda não se sabe nada, pois as famílias se subdividem em gêneros, em subgêneros, em espécies, em variedades...

— Veja, amigo Conseil — disse o arpoador, debruçado sobre o vidro do painel —, algumas variedades passando!

— Sim! Peixes! — exclamou Conseil. — Parecemos estar diante de um aquário!

— Não — respondi —, pois um aquário é uma jaula, e esses peixes estão livres como pássaros voando.

— Muito bem, amigo Conseil, nomeie-os, nomeie-os! — repetia Ned Land.

— Não sou capaz de fazê-lo! Isso, só o doutor!

E de fato, o digno rapaz, classificador fanático, não era um naturalista, e não sei se saberia diferenciar um atum de um bonito. Em suma, era o contrário do canadense, que nomeava todos aqueles peixes sem hesitar.

— Um peixe-porco — eu dizia.

— E um peixe-porco chinês! — acrescentava Ned Land.

— Gênero dos balistas, família dos esclerodermes, ordem dos plectógnatos — murmurava Conseil.

Definitivamente, Ned e Conseil, juntos, fariam um brilhante naturalista.

O canadense não se enganara. Um cardume de balistas, de corpos comprimidos, escamas ásperas, armados de um ferrão na nadadeira dorsal, brincava em torno do *Nautilus*, e agitava as quatro fileiras de espinhos que se eriçam de cada lado de suas caudas. Nada mais admirável que seu revestimento, cinza por cima, branco por baixo, com manchas douradas cintilando no escuro redemoinho das águas. Entre eles, ondulavam algumas raias, como lençóis ao vento, e entre elas percebi, para minha grande alegria, a raia chinesa, amarelada na parte superior, rosa-claro sob o ventre, e dotada de três ferrões atrás do olho; espécie rara, e mesmo incerta na época de Lacépède, que só a havia visto numa coleção de desenhos japoneses.

Ao longo de duas horas, um verdadeiro exército aquático escoltou o *Nautilus*. Em meio a suas voltas e oscilações, enquanto rivalizavam em beleza, brilho e velocidade, distingui o bodião-verde, o salmonete-de-listra-e-ponto, marcado por duas listras pretas, o góbio eleotrídeo, de cauda arredondada, branco e manchado de violeta no dorso, o escômbrida japonês, admirável cavala daqueles mares, de corpo azul e cabeça prateada, brilhantes azurores de nome que dispensa toda descrição, pargos listrados, de nadadeiras mescladas em azul e amarelo, pargos faixados, dignificados por uma banda preta na caudal, pargos zoniformes igualmente espartilhados por seis cintos, aulóstomos, verdadeiras bocas tubiformes ou peixes-trombeta, dos quais alguns espécimes atingiam um metro de comprimento, salamandras do Japão, moreias-estreladas, longas serpentes de seis pés, olhos vivos e pequenos, e de grande boca cheia de dentes etc.

Nossa admiração estava sempre no limite. Nossas interjeições não se esgotavam. Ned nomeava os peixes. Conseil os classificava, e eu me extasiava diante da vivacidade de seus movimentos e da beleza de suas formas. Nunca me fora dado surpreender aqueles animais vivos e livres em seu elemento natural.

Não citarei todas as variedades que passaram diante de nossos olhos deslumbrados, toda aquela coleção dos mares do Japão e da China. Os peixes vinham até nós, mais numerosos que os pássaros no ar, sem dúvida atraídos pelo resplandecente brilho da luz elétrica.

De repente, a luz voltou ao salão. As chapas metálicas se fecharam. A encantadora visão desapareceu. Mas ainda fiquei sonhando por um bom tempo, até que meu olhar se fixou nos instrumentos suspensos às paredes. A bússola continuava apontando para nor-nordeste, o manômetro indicava uma pressão de cinco atmosferas, correspondente a uma profundidade de cinquenta metros, e a barquilha elétrica registrava uma velocidade de quinze milhas por hora.

Eu esperava o capitão Nemo. Mas ele não apareceu. O relógio marcava cinco horas.

Ned Land e Conseil voltaram para sua cabine. Voltei para o meu quarto. Meu jantar estava servido. Compunha-se de uma sopa de tartaruga feita com as mais delicadas tartarugas-cabeçudas, um salmonete de carne branca, um pouco folhado, cujo fígado preparado à parte constituía um manjar delicioso, e filés de carne de peixe-anjo real, cujo sabor me pareceu superior ao do salmão.

Passei o resto da noite lendo, escrevendo, pensando. Depois, vencido pelo sono, deitei-me na cama de zostera e dormi profundamente, enquanto o *Nautilus* deslizava pela rápida corrente do rio Negro.

15. Um convite por carta

No dia seguinte, 9 de novembro, acordei depois de um longo sono de doze horas. Seguindo seus hábitos, Conseil veio saber "como o doutor havia passado a noite" e oferecer-lhe seus serviços. Ele deixara o amigo canadense dormindo como um homem que nunca tivesse feito outra coisa na vida.

Deixei o bravo rapaz falando sozinho, sem prestar muita atenção. Estava preocupado com a ausência do capitão Nemo durante nossa sessão da véspera, e esperava revê-lo naquele dia.

Logo vesti minhas roupas de bisso. A natureza do tecido provocou novas reflexões por parte de Conseil. Informei-lhe que eram fabricadas com os filamentos acetinados e sedosos que prendiam às rochas o funil-escamudo, espécie de mexilhão abundante nas costas do Mediterrâneo. Antigamente, faziam-se com eles belos tecidos, meias e luvas, pois além de muito macios eram muito quentes. A tripulação do *Nautilus* podia, portanto, vestir-se sem muitos custos, nada tirando dos algodoeiros, das ovelhas ou dos bichos-da-seda terrestres.

Depois de me vestir, fui para o grande salão. Estava deserto.

Mergulhei no estudo dos tesouros da conquiliologia dispostos sob as vitrines. Também esquadrinhei amplos herbários, repletos das mais raras plantas marinhas, e que, apesar de secas, conservavam suas admiráveis cores. Entre essas preciosas hidrófitas, descobri cladostefos verticiliados, padinas-pavão, caulerpas com folhas de vinha, calitâmnios graníferos, delicados cerâmios com laivos escarlates, agáruns em leque, acetabulárias semelhantes a chapéus de cogumelos bem achatados, que por muito tempo estiveram classificadas entre os zoófitos, e toda uma série de macroalgas.

O dia inteiro passou sem que eu tivesse a honra da visita do capitão Nemo. Os painéis do salão não se abriram. Talvez não quisessem nos fartar com aquelas belas coisas.

A direção do *Nautilus* se mantinha a és-nordeste, sua velocidade era de doze milhas, sua profundidade, entre cinquenta e sessenta metros.

No dia seguinte, 10 de novembro, mesmo abandono, mesma solidão. Não vi ninguém da tripulação. Ned e Conseil passaram a maior parte do dia comigo. Espantaram-se com a inexplicável ausência do capitão. Aquele homem singular estaria doente? Pensaria em modificar seus planos a nosso respeito?

No fim das contas, Conseil observou, gozávamos de plena liberdade, éramos alimentados com bom gosto e abundância. Nosso anfitrião cumpria os termos de seu acordo. Não podíamos nos queixar e, além disso, a singularidade de nossos destinos nos reservava tantas compensações que ainda não tínhamos o direito de acusá-lo.

Naquele dia, comecei o diário dessas aventuras, o que me permitiu registrá-las com a mais escrupulosa exatidão, e, detalhe curioso, escrevia num papel fabricado com a zostera marinha.

No dia 11 de novembro, muito cedo, o ar fresco que se espalhava pelo *Nautilus* informou-me que tínhamos voltado à superfície a fim de renovar nossos estoques de oxigênio. Dirigi-me à escada central e subi à plataforma.

Eram seis horas. O tempo estava encoberto, o mar estava cinza, mas calmo. Apenas ondulava. O capitão

VINTE MIL LÉGUAS SUBMARINAS 145

Nemo, que eu esperava encontrar ali, apareceria? Vi apenas o timoneiro, encerrado em sua cabine de vidro. Sentado na saliência criada pelo corpo do bote, aspirei com deleite as emanações salinas.

Pouco a pouco, a bruma se dissipou sob o efeito dos raios solares. O astro radioso despontava no horizonte oriental. O mar inflamava-se sob seu olhar como um rastilho de pólvora. As nuvens, dispersas nas alturas, se tingiam de cores vivas admiravelmente matizadas, e várias "línguas de gato"* anunciavam vento para o resto do dia.

Porém, o que aquele vento poderia fazer ao *Nautilus*, se nem as tempestades o assustavam?

Assim, eu admirava aquele agradável nascer do sol, tão alegre, tão revigorante, quando ouvi alguém subindo para a plataforma.

Preparei-me para saudar o capitão Nemo, mas foi seu imediato — que eu havia conhecido na primeira visita do capitão — quem apareceu. Ele caminhou pela plataforma e pareceu não notar minha presença. Com uma potente luneta nos olhos, examinou todos os pontos do horizonte com extrema atenção. Depois desse exame, aproximou-se da escotilha e pronunciou uma frase da qual retive todos os termos. Memorizei-a porque todas as manhãs ela era repetida, sob idênticas condições. Era assim construída:

"*Nautron respoc lorni virch.*"

O que significava, eu não saberia dizer.

Tendo pronunciado essas palavras, o imediato voltou a descer. Pensei que o *Nautilus* continuaria sua navegação submarina. Desci pela escotilha e, pelas coxias, regressei a meu quarto.

Cinco dias se passaram, sem que a situação se modificasse. Todas as manhãs, eu subia à plataforma. A mesma frase era pronunciada pelo mesmo indivíduo. O capitão Nemo não aparecia.

* Pequenas e leves nuvens brancas, de bordas dentadas.

Resignei-me a não voltar a vê-lo quando, no dia 16 de novembro, retornando a meu quarto com Ned e Conseil, encontrei em cima da mesa um bilhete a mim dirigido.

Abri-o com impaciência. Estava escrito numa letra firme e clara, um pouco gótica, lembrando os caracteres alemães.

O bilhete estava redigido nestes termos:

Professor Aronnax,
a bordo do Nautilus.
16 de novembro de 1867.

O capitão Nemo convida o professor Aronnax para uma caçada a ser realizada amanhã pela manhã em suas florestas da ilha Crespo. Ele espera que nada impeça o distinto professor de participar, e verá com prazer seus companheiros se juntarem a ele.
O comandante do Nautilus,
Capitão NEMO.

— Uma caçada! — exultou Ned.

— E em suas florestas da ilha Crespo! — acrescentou Conseil.

— Quer dizer que o sujeito vai desembarcar? — retomou Ned Land.

— Parece-me claramente enunciado que sim — eu disse, relendo o bilhete.

— Ora! O senhor precisa aceitar — continuou o canadense. — Uma vez em terra firme, conseguiremos fazer algo. Além disso, eu não me incomodaria de comer alguns pedaços de caça fresca.

Sem tentar entender a contradição entre o manifesto horror do capitão Nemo pelos continentes e ilhas e seu convite para caçar na floresta, limitei-me a dizer:

— Vejamos primeiro em que consiste a ilha Crespo.

Consultei o planisfério e, a 32° 40' de latitude norte e

VINTE MIL LÉGUAS SUBMARINAS 147

167° 50' de longitude oeste, encontrei uma pequena ilha descoberta em 1801 pelo capitão Crespo, que os antigos mapas espanhóis chamavam de Rocca de la Plata, isto é, Rocha de Prata. Estávamos a cerca de mil e oitocentas milhas de nosso ponto de partida, e o curso um pouco modificado do *Nautilus* o levava para sudeste.

Mostrei a meus companheiros aquele pequeno rochedo perdido no meio do Pacífico Norte.

— Quando o capitão Nemo desembarca — disse a eles —, escolhe ilhas absolutamente desertas!

Ned Land assentiu, sem responder, e a seguir ele e Conseil me deixaram. Depois de uma ceia servida pelo steward mudo e impassível, adormeci, não sem um pouco de preocupação.

No dia seguinte, 17 de novembro, ao acordar, senti que o *Nautilus* estava absolutamente imóvel. Vesti-me às pressas e fui para o grande salão.

O capitão Nemo estava lá. Esperava por mim, levantou-se, saudou-me e perguntou se concordava em acompanhá-lo.

Como não fez nenhuma alusão à sua ausência por aqueles oito dias, abstive-me de tocar no assunto, e respondi simplesmente que meus companheiros e eu estávamos prontos para segui-lo.

— Desejo apenas, capitão — acrescentei —, fazer-lhe uma pergunta.

— Faça, professor Aronnax, e, se eu puder, responderei.

— Muito bem, capitão, como é possível que o senhor, que rompeu com todo e qualquer laço com a terra, possua florestas na ilha Crespo?

— Meu caro professor — respondeu-me o capitão —, as florestas que possuo não exigem do sol luz ou calor. Nem leões, nem tigres, nem panteras, nem qualquer outro quadrúpede as frequentam. Sou o único a conhecê-las. Elas crescem apenas para mim. Não são florestas terrestres, mas florestas submarinas.

— Florestas submarinas! — exclamei.

— Sim, professor.

— E se oferece para levar-me até elas?

— Exatamente.

— A pé?

— E sem se molhar.

— Para caçar?

— Para caçar.

— Fuzil na mão?

— Fuzil na mão.

Olhei para o comandante do *Nautilus* com um ar que nada tinha de lisonjeiro para sua pessoa.

"Definitivamente, está doente da cabeça", pensei. "Teve um acesso que durou oito dias, e que ainda continua. Que pena! Admirava-o mais estranho do que louco!"

Esse pensamento podia ser lido com clareza em meu rosto, mas o capitão Nemo contentou-se em convidar-me a segui-lo, e eu segui aquele homem, resignado a tudo.

Chegamos à sala de jantar, onde a refeição estava servida.

— Professor Aronnax — disse-me o capitão —, rogo-lhe que compartilhe de minha mesa sem cerimônias. Conversaremos durante a refeição. Apesar de ter lhe prometido um passeio na floresta, não me comprometi a levá-lo a um restaurante. Alimente-se como um homem que provavelmente jantará bem tarde.

Comi fartamente. A mesa era composta por diversos peixes e fatias de holotúrias, excelentes zoófitos, condimentados por algas muito apetitosas, como a *Porphyria laciniata* e a *Laurencia pinnatifida*. A bebida consistia em água límpida, à qual, a exemplo do capitão, acrescentei algumas gotas de um licor fermentado, extraído, seguindo a moda kamchatkiana, da alga conhecida pelo nome de "Rodimênia palmada".

O capitão Nemo comeu, a princípio sem pronunciar uma única palavra. Depois, manifestou-se:

VINTE MIL LÉGUAS SUBMARINAS 149

— Professor, quando o convidei para caçar em minhas florestas de Crespo, o senhor pensou que eu estivesse sendo contraditório. Quando lhe informei que se tratava de florestas submarinas, o senhor me tomou por louco. Professor, nunca devemos julgar os homens com leviandade.

— Mas, capitão, acredite...

— Primeiro me ouça, e depois decida se deve me acusar de loucura ou contradição.

— Sou todo ouvidos.

— Professor, o senhor sabe tão bem quanto eu que o homem pode sobreviver embaixo d'água desde que carregue consigo sua provisão de ar respirável. Nos trabalhos submarinos, o operário, vestindo uma roupa impermeável da cabeça aos pés, e com a cabeça dentro de uma cápsula de metal, recebe ar do exterior por meio de bombas compressoras e reguladores de fluxo.

— É o dispositivo dos escafandros.

— De fato, mas sob essas condições, o homem não está livre. Fica preso à bomba que lhe envia ar por um tubo de borracha, verdadeira corrente que o prende a terra, e, se tivéssemos de ficar ligados ao *Nautilus* dessa forma, não poderíamos ir longe.

— E como ficar livre? — perguntei.

— Utilizando o dispositivo Rouquayrol-Denayrouze, imaginado por dois compatriotas seus, mas que aperfeiçoei para meu uso, e que permitirá ao senhor arriscar-se nessas novas condições fisiológicas sem que seus órgãos padeçam coisa alguma. Compõe-se de um espesso reservatório de metal, no qual armazeno o ar sob uma pressão de cinquenta atmosferas. Esse reservatório é preso às costas com duas alças, como uma mochila. A parte superior forma uma caixa de onde o ar, mantido por um mecanismo de fole, só pode sair sob pressão normal. No dispositivo de Rouquayrol, tal como normalmente utilizado, dois canos de borracha, saindo dessa caixa, desembocam numa espécie de pavilhão que aprisiona o nariz e a boca do operador; um para o ar inspirado, o outro para a saída do ar expirado, e a língua fecha este ou aquele, segundo as necessidades da respiração. Em meu caso, no entanto, que enfrento pressões consideráveis no fundo dos mares, precisei colocar minha cabeça, como nos escafandros, dentro de uma esfera de cobre, e é a essa esfera que chegam os dois canos, inspirador e expirador.

— Perfeitamente, capitão Nemo, mas o ar que o senhor carrega deve consumir-se logo, e quando passa a conter apenas quinze por cento de oxigênio, torna-se irrespirável.

— Sem dúvida, mas, como já disse, professor Aronnax, as bombas do *Nautilus* me permitem armazená-lo sob uma pressão considerável, e, nessas condições, o reservatório do dispositivo pode fornecer um ar respirável por nove ou dez horas.

— Não tenho mais objeções a fazer — respondi. — Pergunto-lhe apenas, capitão, como consegue iluminar seu caminho no fundo do oceano?

— Com o aparelho de Ruhmkorff, professor Aronnax. Enquanto o primeiro é carregado nas costas, o segundo é preso na cintura. Compõe-se de uma pilha de Bunsen que coloco em atividade não com bicromato de potássio mas com sódio. Uma bobina de indução armazena a eletricidade produzida e a dirige para uma lanterna de fabricação peculiar. Dentro dessa lanterna há uma serpentina de vidro com apenas um resíduo de gás carbônico. Quando o aparelho está funcionando, esse gás se torna luminoso, emitindo uma luz esbranquiçada e contínua. Assim equipado, respiro e vejo.

— Capitão Nemo, a todas minhas objeções o senhor apresenta respostas tão esmagadoras que não ouso mais duvidar. Porém, embora obrigado a aceitar os aparelhos de Rouquayrol e Ruhmkorff, tenho reservas em relação ao fuzil com que o senhor quer me armar.

— Mas não se trata de um fuzil de pólvora — respondeu o capitão.

VINTE MIL LÉGUAS SUBMARINAS

— Um fuzil de ar, então?

— Certamente. Como poderia fabricar pólvora a bordo, sem salitre, enxofre e carvão?

— Além disso — emendei —, para atirar embaixo d'água, num meio oitocentas e cinquenta vezes mais denso que o ar, seria preciso vencer uma enorme resistência.

— Isso não seria problema. Existem canhões, aperfeiçoados depois de Fulton pelos ingleses Phipps Coles e Burley, pelo francês Furcy, pelo italiano Landi, dotados de um sistema especial de fechamento, e que podem atirar nessas condições. Mas repito que, sem pólvora, substituí-a por ar sob altas pressões, que as bombas do *Nautilus* me fornecem em abundância.

— Mas esse ar deve esgotar-se rapidamente.

— Ora, mas não tenho meu reservatório Rouquayrol, que pode, quando necessário, fornecê-lo? Para isso, basta uma torneira ad hoc. Aliás, professor Aronnax, o senhor mesmo verá que, nessas caçadas submarinas, não há grande consumo de ar, nem de balas.

— Mesmo assim, parece-me que nessa semiescuridão, e em meio a esse líquido muito denso em relação à atmosfera, os tiros não devem ir longe e dificilmente devem ser mortíferos.

— Professor, com esse fuzil, todos os tiros são mortíferos, pelo contrário, e assim que um animal é tocado, mesmo de raspão, cai fulminado.

— Por quê?

— Porque esse fuzil não lança balas comuns, mas pequenas cápsulas de vidro, inventadas pelo químico austríaco Leniebrock, das quais possuo um estoque considerável. Essas cápsulas de vidro, cobertas por uma camada de aço, e tornadas pesadas por uma base de chumbo, são verdadeiras garrafinhas de Leyde, nas quais a eletricidade é armazenada a uma tensão altíssima. Ao mais leve toque, elas são descarregadas, e o animal, por mais forte que seja, cai morto. Eu acrescentaria que essas cápsulas não chegam a um calibre 4, e que a carga de um fuzil comum poderia conter dez.

— Não discuto mais — respondi, levantando-me —, e só me resta pegar um fuzil. Aonde o senhor for, irei.

O capitão Nemo me conduziu para a popa do *Nautilus*, e, ao passar pela cabine de Ned e de Conseil, chamei meus dois companheiros, que nos seguiram imediatamente.

Chegamos a uma cela ao longo do bordo, perto da casa de máquinas, na qual devíamos vestir nossos trajes de passeio.

16. Passeio na planície

Aquela cela, a bem dizer, era o arsenal e o vestiário do *Nautilus*. Uma dúzia de aparelhos de escafandros, suspensos à parede, aguardavam os excursionistas.

Ned Land, ao vê-los, manifestou uma clara relutância em ter que vesti-los.

— Mas, meu bravo Ned — eu lhe disse —, as florestas da ilha de Crespo são florestas submarinas!

— Ah! — soltou o arpoador, desapontado, vendo ruir seus sonhos de carne fresca. — E o senhor, professor Aronnax, vai entrar numa roupa dessas?

— É preciso, mestre Ned.

— Como quiser, professor — respondeu o arpoador, encolhendo os ombros. — De minha parte, nunca entrarei num desses, a menos que me forcem.

— Ninguém o forçará, mestre Ned — disse o capitão Nemo.

— E Conseil, vai se arriscar? — perguntou Ned.

— Sigo o doutor onde quer que ele vá — respondeu Conseil.

A um chamado do capitão, dois homens da tripulação vieram nos ajudar a vestir aqueles pesados trajes impermeáveis, feitos de borracha sem costuras, e preparados de modo a suportar pressões consideráveis. Pareciam armaduras macias e ao mesmo tempo resistentes. A roupa consistia em calça e casaco. A calça terminava em sapatos grossos, dotados de pesadas solas de chumbo. O tecido do casaco era preso por lamelas de cobre que couraçavam o peito, protegendo-o do empuxo das águas, e deixando os pulmões funcionarem livremente; suas mangas terminavam em forma de luvas flexíveis, que não impediam nenhum movimento das mãos.

Havia uma grande diferença, visível, entre aqueles escafandros aperfeiçoados e os trajes imperfeitos, tais como as couraças de cortiça, as sobrevestes, as roupas de mar, os cofres etc., que foram inventados e recomendados ao longo do século XVIII.

O capitão Nemo, um de seus companheiros — espécie de Hércules, que devia ter uma força prodigiosa —, Conseil e eu logo tínhamos vestido aquelas roupas de mergulho. Restava apenas inserir nossa cabeça na esfera metálica. Mas antes de proceder a essa operação, pedi ao capitão permissão para examinar os fuzis que nos estavam destinados.

Um dos homens do *Nautilus* me apresentou um fuzil simples, cuja coronha, feita de aço e oca por dentro, era de grandes dimensões. Ela servia de reservatório para o ar comprimido, que uma válvula, controlada por um gatilho, deixava escapar para dentro do tubo de metal. Uma caixa de projéteis, embutida no tubo da coronha, continha vinte balas elétricas, que, por meio de uma mola, posicionavam-se automaticamente no cano do fuzil. Assim que um tiro era dado, o próximo estava preparado.

— Capitão Nemo — eu disse —, essa arma é perfeita e de fácil manuseio. Não desejo outra coisa além de testá-la. Mas como chegaremos ao fundo do mar?

— Neste momento, professor, o *Nautilus* está encalhado a dez metros de profundidade, e só nos resta partir.

— Mas como sairemos?

— O senhor verá.

O capitão Nemo introduziu sua cabeça na calota esférica. Conseil e eu fizemos o mesmo, não sem antes ouvirmos o canadense lançar-nos um irônico "boa caçada". A parte de cima de nosso traje terminava num colarinho de cobre rosqueado, sobre o qual era aparafusado o capacete de metal. Três aberturas, protegidas por vidros espessos, permitiam enxergar em todas as direções, bastando virar a cabeça dentro da esfera. Assim que ela foi posta, os dispositivos de Rouquayrol, colocados em nossas costas, começaram a funcionar, e, quanto a mim, respirei à vontade.

Com a lâmpada Ruhmkorff suspensa à cintura, o fuzil na mão, eu estava pronto para partir. Mas, para ser franco, preso dentro daquelas roupas pesadas e pregado ao chão por minhas solas de chumbo, teria sido impossível dar um passo.

Mas isso havia sido previsto, pois senti que me empurravam para uma pequena câmara contígua ao vestiário. Meus companheiros, também rebocados, me seguiam. Ouvi uma porta, dotada de obturadores, fechar-se sobre nós, e uma escuridão profunda nos envolveu.

Passados alguns minutos, um vivo assobio chegou a meus ouvidos. Tive uma sensação de frio subindo dos pés ao peito. Ao que tudo indicava, de dentro do barco tinham aberto, por meio de uma torneira, a entrada de água externa que nos invadia, e que logo encheu aquela câmara toda. Uma segunda porta, aberta no flanco do *Nautilus*, abriu-se então. Uma meia-luz nos iluminou. Um instante depois, nossos pés tocavam o fundo do mar.

E agora, como retraçar as impressões deixadas em mim por aquele passeio sob as águas? As palavras são impotentes para descrever tais maravilhas! Se até mesmo o pincel é incapaz de reproduzir os efeitos específicos do elemento líquido, como a pluma poderia expressá-los?

O capitão Nemo ia na frente, e seu companheiro nos seguia alguns passos mais atrás. Conseil e eu nos mantínhamos um ao lado do outro, como se uma troca de palavras tivesse sido possível através de nossas carapaças metálicas. Eu já não sentia mais o peso das roupas, dos sapatos, do reservatório de ar, nem o peso da espessa esfera no meio da qual minha cabeça dançava como uma noz dentro da casca. Todos aqueles objetos, mergulhados na água, perdiam uma parte de seu peso igual à do líquido que deslocavam, e me servi muito bem dessa lei física descoberta por Arquimedes. Eu não era mais uma massa inerte, e tinha uma liberdade de movimentos relativamente grande.

A luz, que iluminava o solo até trinta pés abaixo da superfície do oceano, me espantou por sua intensidade. Os raios solares atravessavam com facilidade aquela massa aquosa e espalhavam sua coloração. Eu distinguia perfeitamente os objetos a uma distância de cem metros. Além dela, os contornos se matizavam de finas gradações ultramarinas, depois os fundos se tingiam de azul e se apagavam em meio a um vago negror. Na verdade, aquela água que me cercava não deixava de ser uma espécie de ar, mais denso que a atmosfera terrestre mas quase igualmente diáfano. Acima de mim, eu via a calma superfície do mar.

Caminhávamos sobre uma areia fina, lisa, não enrugada como a das praias, que conserva a marca das ondas. Aquele tapete ofuscante, verdadeiro refletor, devolvia os raios do sol com surpreendente intensidade. Daí a imensa reverberação que penetrava todas as moléculas líquidas. Serei acreditado ao afirmar que, naquela profundidade de trinta pés, enxergava como em plena luz do dia?

Durante quinze minutos avancei por aquela areia ardente, coberta por uma impalpável poeira de conchas. O casco do *Nautilus*, desenhando-se como um longo escolho, aos poucos foi desaparecendo, mas seu fanal, quando a noite chegasse às águas, deveria facilitar nosso retorno a bordo, projetando seus raios com perfeita nitidez. Efeito difícil de compreender para quem só viu em terra esses raios esbranquiçados tão vivamente percebidos. Lá, a poeira que satura o ar lhes dá a aparência de uma névoa luminosa; mas sobre o mar, e sob o mar, essas linhas elétricas se propagam com incomparável pureza.

Continuávamos avançando, e a vasta planície de areia parecia ilimitada. Eu abria com as mãos cortinas líquidas que se fechavam atrás de mim, e a marca de meus passos se apagava de repente sob a pressão da água.

Pouco depois, algumas formas de objetos, esfumaçadas à distância, se delinearam a meus olhos. Reconheci magníficos primeiros planos de rochedos, atapetados de zoófitos do mais belo padrão, e fiquei particularmente espantado com um efeito peculiar àquele meio.

Eram dez horas da manhã. Os raios do sol incidiam sobre a superfície das ondas num ângulo bastante oblíquo, e ao contato de sua luz decomposta pela refração como através de um prisma, flores, rochas, plântulas, conchas e pólipos tinham seus contornos matizados pelas sete cores do espectro solar. Aquele emaranhado de tons coloridos era uma maravilha, uma festa para os olhos, um verdadeiro caleidoscópio de verde, amarelo, laranja, violeta, índigo, azul, em suma, toda a paleta de um entusiasmado colorista! Pena eu não poder comunicar a Conseil as vivas sensações que me subiam ao cérebro, e rivalizar com ele em interjeições admiradas! Pena não saber, como o capitão Nemo e seu companheiro, comunicar meus pensamentos por meio de sinais combinados! Assim, à falta de algo melhor, eu falava sozinho, gritava dentro da caixa de cobre que protegia minha cabeça, talvez gastando com palavras vãs mais ar do que o apropriado.

Diante daquele espetáculo esplêndido, Conseil ficara paralisado, como eu. Evidentemente, o digno rapaz, na presença daqueles exemplares de zoófitos e de moluscos, classificava, sempre classificava. Pólipos e equinodermos abundavam sobre o solo. Isidelas variadas, cornulárias que viviam isoladas, tufos de oculinas virgens, antigamente chamadas de "coral branco", fúngias eriçadas em forma de cogumelos, anêmonas presas por seu disco muscular formando um canteiro de flores, repleto de porpitas ornadas com seu colar de tentáculos azulados, estrelas-do-mar que constelavam a areia e astrófitos verrugosos, finos rendilhados bordados pelas mãos das náiades, cujas grinaldas oscilavam sob as fracas ondulações provocadas por nossa marcha. Era um verdadeiro desgosto, para mim, esmagar com meus passos aqueles brilhantes espécimes de moluscos que juncavam o solo aos milhares, os pentes concêntricos, as ostras-martelo, as donácias, verdadeiras conchas saltitantes, os troquídeos, os capacetes vermelhos, os estrombos asa-de-anjo, as aplísias e tantos outros frutos desse oceano inesgotável. Mas era preciso caminhar, e nós avançávamos, enquanto flutuavam acima de nossas cabeças bandos de fisálias, com seus tentáculos azul-marinho tremulando a reboque, medusas com umbrela opalina ou rosa-claro, bordadas de um filete azul-celeste, que nos protegiam dos raios solares, e pelágicas panópiras que, na escuridão, teriam espalhado por nosso caminho luzes fosforescentes!

Contemplei todas essas maravilhas num espaço de um quarto de milha, mal parando enquanto seguia o capitão Nemo, que me chamava com um gesto. Rapidamente, a natureza do solo se modificou. À planície de areia sucedeu uma cama de lodo viscoso que os americanos chamam *ooze*, composto exclusivamente de conchas silicosas ou calcárias. Depois, percorremos um campo de algas, plantas pelágicas que as águas ainda não haviam arrancado, de vegetação exuberante. Esses relvados de trama cerrada, moles de pisar, teriam rivalizado com o mais macio dos tapetes tecido pela mão dos homens. Mas ao mesmo tempo que a vegetação se estendia sob os nossos passos, ela continuava sobre nossas cabeças. Um delicado caramanchão de plantas marinhas, classificadas na exuberante família das algas, das quais conhecemos mais de duas mil espécies, cobria a superfície das águas. Eu via longas fitas de fucos flutuando, alguns globulosos, outros tubulares, laurências, cladostefos de folhagem muito fina, rodimênias palmadas semelhantes a leques de cacto.

Observei que as plantas verdes se mantinham mais perto da superfície do mar, enquanto as vermelhas ocupavam uma profundidade média, deixando as hidrófitas negras ou marrons encarregadas de formar os jardins e canteiros das camadas mais fundas do oceano.

As algas são de fato um prodígio da criação, uma das maravilhas da flora universal. Essa família produz tanto os menores quanto os maiores vegetais do planeta. Pois assim como já foram contadas quarenta mil dessas invisíveis plântulas num espaço de cinco milímetros quadrados, também já foram recolhidos fucos de comprimento superior a quinhentos metros.

Tínhamos deixado o *Nautilus* havia cerca de uma hora e meia. Era perto do meio-dia. Percebi-o pela perpendicularidade dos raios solares, que não se refratavam mais. A magia das cores foi aos poucos desaparecendo, e os tons de esmeralda e safira se apagaram de nosso firmamento. Caminhávamos num passo regular que ressoava no solo com surpreendente intensidade. Os menores ruídos eram transmitidos numa velocidade à qual o ouvido não está habituado em terra. De fato, a água é um melhor veículo para o som do que o ar, e o faz propagar-se com uma velocidade quatro vezes maior.

Naquele ponto, o solo apresentou um declive acentuado. A luz exibiu um tom uniforme. Atingimos uma profundidade de cem metros, sofrendo então uma pressão de dez atmosferas. Mas meu traje de escafandro estava de tal modo ajustado que eu não sofria aquela pressão em grau algum. Sentia apenas certo incômodo nas articulações dos dedos, e mesmo esse mal-estar não tardou a desaparecer. Quanto ao cansaço que deveria resultar de uma caminhada de duas horas com um equipamento ao qual eu estava tão pouco acostumado, ele era praticamente nulo. Também enxergávamos suficientemente bem para avançar, e ainda não era necessário colocar os dispositivos Ruhmkorff em atividade.

Então o capitão Nemo parou. Esperou que o alcançasse e, com o dedo, mostrou-me alguns volumes escuros que se destacavam na penumbra a uma pequena distância.

"A floresta da ilha Crespo", pensei, e não estava enganado.

17. Uma floresta submarina

Havíamos enfim chegado à orla da floresta, sem dúvida uma das mais belas do imenso domínio do capitão Nemo. Ele a considerava sua, e arrogava-se sobre ela os mesmos direitos dos primeiros homens nos primeiros dias do mundo. Aliás, quem lhe teria contestado a posse daquela propriedade submarina? Que outro pioneiro ousado teria vindo, machado na mão, desbravar suas matas escuras?

A floresta era composta de grandes plantas arborescentes, e, assim que penetramos em suas amplas abóbadas, meus olhos foram surpreendidos pela singular disposição de seus ramos — disposição que até então eu nunca observara.

Nenhuma das plantas que atapetavam o solo e nenhum dos galhos que os arbustos eriçavam ficavam rente ao chão, e tampouco se curvavam ou se estendiam num plano horizontal. Todas subiam para a superfície do oceano. Nenhum filamento, nenhuma fita, por menor que fosse, não se mantinha ereto como uma haste de ferro. Os fucos e as lianas se desenvolviam seguindo uma linha rígida e perpendicular, comandada pela densidade do elemento que os havia produzido. Imóveis, depois que eram afastadas com as mãos, aquelas plantas voltavam imediatamente para sua posição original. Era o reino da verticalidade.

Logo me acostumei àquela estranha disposição, bem como à relativa escuridão que nos envolvia. O solo da floresta estava coberto de pedras pontudas, difíceis de evitar. A flora submarina me pareceu bastante completa, mais rica até do que seria nas zonas árticas ou tropicais, onde seus frutos são menos numerosos. Por alguns minutos, porém, confundi sem querer os reinos, tomando zoófitos por hidrófitos, animais por plantas. E quem não se enganaria? A fauna e a flora têm laços tão estreitos no mundo submarino!

Observei que todos esses frutos do reino vegetal se fixavam ao solo por uma simples intumescência superficial. Desprovidos de raízes, indiferentes ao corpo sólido — areia, concha, carapaça ou seixo — que os sustenta, dele fazem apenas um ponto de apoio, não de vitalidade. Essas plantas dependem apenas de si mesmas, e o princípio de sua existência está na água que as mantém, que as alimenta. Grande parte apresentava, em vez de folhas, lamelas de formatos irregulares, circunscritos a uma gama restrita de cores, que compreendia apenas o rosa, o carmim, o verde, o azeitonado, o ocre e o marrom. Reconheci, não mais ressecadas como as amostras do *Nautilus*, padinas-pavão abertas em leque e parecendo provocar uma brisa, cerâmios escarlates, laminárias alongando seus jovens botões comestíveis, nereocistes filiformes e flexuosas que desabrochavam a uma altura de quinze metros, buquês de acetabulárias com talos que cresciam do topo, e inúmeras outras plantas pelágicas, todas desprovidas de flores. "Curiosa anomalia, insólito elemento", disse um espirituoso naturalista, "onde o reino animal floresce, e o reino vegetal, não!"

Entre esses diversos arbustos, grandes como árvores das zonas temperadas, e sob sua sombra úmida, concentravam-se verdadeiras matas de flores vivas, sebes de zoófitos, sobre os quais se formavam meandrinas zebradas de sulcos tortuosos, cariofílias amareladas de tentáculos diáfanos, tufos relvados de zoantários — e, para completar a ilusão —, peixes-mosca voavam de galho em galho, como um bando de colibris, enquanto lepisacantos amarelos, de mandíbula espinhosa, escamas agudas, dactilópteros e

VINTE MIL LÉGUAS SUBMARINAS 163

monocêntris levantavam-se sob nossos passos, semelhantes a um bando de narcejas.

Por volta da uma hora, o capitão Nemo fez sinal para pararmos. Fiquei bastante satisfeito, e nos alongamos sob um dossel de alariáceas com extensas tiras delgadas que se erguiam como flechas.

Esse momento de repouso me pareceu delicioso. Faltava-nos apenas o encanto da conversação. Mas impossível falar, impossível responder. Apenas aproximei minha grande cabeça de cobre da cabeça de Conseil. Vi os olhos do bravo rapaz brilhando de contentamento, e em sinal de satisfação ele se agitou em sua carapaça com a expressão mais cômica do mundo.

Depois de quatro horas de passeio, fiquei espantado de não sentir uma violenta necessidade de comer. A que se devia essa disposição do estômago, eu não saberia dizer. Em contrapartida, sentia uma insuperável vontade de dormir, como ocorre com todos os mergulhadores. Logo meus olhos se fecharam atrás do vidro espesso, e entrei numa invencível sonolência, que o movimento da marcha havia sido o único a conseguir combater até o momento. O capitão Nemo e seu robusto companheiro, deitados no límpido cristal, nos davam o exemplo adormecendo.

Quanto tempo fiquei mergulhado naquele torpor, não pude avaliar; mas quando acordei, pareceu-me que o sol baixava no horizonte. O capitão Nemo já havia levantado, e eu começava a estirar os membros quando uma inesperada aparição me recolocou bruscamente em pé.

A poucos passos, uma monstruosa aranha-do-mar, com um metro de altura, me encarava com seus olhos turvos, prestes a se lançar sobre mim. Apesar de meu traje de mergulho ser grosso o suficiente para me proteger das mordidas daquele animal, não pude conter um movimento de horror. Conseil e o marujo do *Nautilus* acordaram naquele momento. O capitão Nemo mostrou ao companheiro o hediondo crustáceo, que foi imediatamente abatido por uma coronhada, e vi as medonhas patas do monstro se retorcerem em convulsões terríveis.

Aquele encontro me fez pensar que outros animais, mais temíveis, deviam assombrar aquelas profundezas obscuras, e que meu escafandro não me protegeria de seus ataques. Eu não havia pensado nisso até aquele momento, e resolvi manter-me de sobreaviso. Presumi, aliás, que aquela parada marcava o término de nosso passeio; mas estava enganado, pois, em vez de voltar para o *Nautilus*, o capitão Nemo retomou sua audaciosa excursão.

O solo continuava em declive, cada vez mais acentuado, e nos conduzia a profundidades ainda maiores. Devia ser por volta das três horas quando chegamos a um estreito vale, escavado entre altos paredões escarpados, e situado a uns cento e cinquenta metros de profundidade. Graças à perfeição de nossos equipamentos, ultrapassávamos em noventa metros o limite que a natureza humana parecia ter imposto até então às excursões submarinas do homem.

Eu disse cento e cinquenta metros, apesar de nenhum instrumento me permitir calcular essa altura. Mas eu sabia que, mesmo nos mares mais límpidos, os raios solares não podiam penetrar mais do que isso. Ora, justamente, a escuridão tornou-se espessa. Nenhum objeto era visível a mais de dez passos. Eu caminhava com cautela, portanto, quando subitamente vi o brilho de uma luz branca muito viva. O capitão Nemo acabava de colocar seu aparelho elétrico em atividade. Seu companheiro o imitou. Conseil e eu seguimos seu exemplo. Girando um parafuso, estabeleci a comunicação entre a bobina e a serpentina de vidro, e o mar, iluminado por nossas quatro lanternas, iluminou-se num raio de vinte e cinco metros.

O capitão Nemo continuou enfiando-se nas escuras profundezas da floresta, cujos arbustos rareavam cada vez mais. Observei que a vida vegetal desaparecia mais rápido que a vida animal. As plantas pelágicas desapareciam do solo que se tornava árido mas ainda era pululado

VINTE MIL LÉGUAS SUBMARINAS 165

por um número prodigioso de animais, zoófitos, articulados, moluscos e peixes.

Enquanto avançava, eu calculava que a luz de nossos dispositivos Ruhmkorff necessariamente atrairia alguns habitantes daquelas camadas sombrias. Porém, se chegaram a se aproximar, mantiveram-se a uma distância insuficiente para um caçador. Várias vezes vi o capitão Nemo deter-se e colocar o fuzil em posição; depois de alguns instantes de observação, erguia-se e retomava a marcha.

Por volta das quatro horas, finalmente, a maravilhosa excursão chegou ao fim. Um paredão de rochas espetaculares e de massa imponente se ergueu a nossa frente, empilhamento de pedras gigantescas, enorme falésia de granito, cheia de grutas escuras, mas que não apresentava nenhuma passagem transitável. Eram as escarpas da ilha Crespo. Era a terra firme.

O capitão Nemo parou de repente. Um gesto seu nos deteve, e, por mais desejoso que eu estivesse de transpor aquela muralha, precisei parar. Ali acabavam os domínios do capitão Nemo. Ele não queria ultrapassá-los. Além daquele ponto ficava a porção do globo onde ele nunca mais colocaria os pés.

O regresso teve início. O capitão Nemo retomara a frente da pequena tropa, sempre avançando sem hesitar. Pensei perceber que não seguíamos o mesmo caminho para voltar ao *Nautilus*. A nova rota, muito íngreme, e por isso muito difícil, aproximou-se rapidamente da superfície do mar. Esse retorno às camadas superiores, porém, não foi sentido a ponto de a descompressão ser rápida demais, o que poderia levar nosso organismo a graves distúrbios e provocar as lesões internas tão fatais aos mergulhadores. Muito rapidamente, a luz reapareceu e aumentou, e como o sol já ia baixo no horizonte, a refração voltou a delimitar os vários objetos com um anel espectral.

A dez metros de profundidade, caminhávamos no meio de um cardume de peixes de todo tipo, mais numerosos que os pássaros no ar, mais ágeis também, mas nenhuma caça aquática, digna de um tiro de fuzil, se oferecera a nossos olhares.

Naquele momento, vi a arma do capitão, vivamente apontada, seguir entre as moitas um objeto móvel. O tiro partiu, ouvi um fraco assobio, e um animal caiu fulminado a alguns passos.

Era uma magnífica lontra-do-mar, uma *Enhydra*, o único quadrúpede exclusivamente marinho. Aquela lontra, com um metro e meio de comprimento, devia atingir um preço bastante elevado. Sua pele, castanho-escura por cima e prateada por baixo, constituía uma dessas admiráveis pelagens tão solicitadas nos mercados russo e chinês; a delicadeza e o lustro de seu pelo lhe garantiam um valor mínimo de dois mil francos. Admirei com muita curiosidade aquele mamífero de cabeça arredondada e orelhas curtas, olhos redondos, bigodes brancos e parecidos com os do gato, pés palmados e ungueados, cauda espessa. Esse precioso carnívoro, caçado e perseguido pelos pescadores, torna-se extremamente raro, refugiando-se principalmente nas regiões boreais do Pacífico, onde é provável que sua espécie em breve se extinga.

O companheiro do capitão Nemo foi pegar o animal, colocou-o nos ombros, e seguimos caminho.

Durante uma hora, uma planície de areia se estendeu sob nossos pés. Várias vezes subia a menos de dois metros da superfície. Eu via então nossa imagem, nitidamente refletida, desenhar-se em sentido inverso, fazendo com que, acima de nós, aparecesse um grupo idêntico, que reproduzia nossos movimentos e gestos, em tudo idêntico ao nosso, com a diferença de caminhar com a cabeça para baixo e os pés para cima.

Outro efeito a ser registrado era a passagem de nuvens densas que se formavam e rapidamente desapareciam. Ao ponderar um pouco, contudo, compreendi que aquelas supostas nuvens deviam-se apenas à espessura variável dos vagalhões de alto-mar, e vi mesmo os "carneiros" de espuma que suas cristas desfeitas multiplicavam sobre as águas. Além da sombra dos grandes pássaros que passavam sobre nossas cabeças, cujo rápido toque na superfície do mar eu surpreendia.

Nessa ocasião fui testemunha de um dos mais belos tiros de fuzil que jamais fez vibrar as fibras de um caçador. Um grande pássaro, de ampla envergadura, nitidamente visível, aproximou-se planando. O companheiro do capitão Nemo apontou para ele e atirou no momento em que passava a poucos metros acima das águas. O animal caiu fulminado, e sua queda o levou ao alcance do hábil caçador, que o recolheu. Era um albatroz do mais belo tipo, admirável espécime das aves pelágicas.

Nossa marcha não foi interrompida por esse incidente. Ao longo de duas horas, seguimos ora por planícies arenosas, ora por campos de macroalgas, bastante difíceis de atravessar. Para ser sincero, eu não aguentava mais, quando avistei uma tênue claridade dissipando, a meia légua, a escuridão das águas. Era o fanal do *Nautilus*. Antes de vinte minutos estaríamos a bordo e, ali, eu respiraria à vontade, pois meu reservatório parecia me fornecer um ar bastante pobre em oxigênio. Mas não contava com um encontro que retardou um pouco nossa chegada.

Eu estava uns vinte passos atrás do capitão Nemo quando o vi voltar rapidamente na minha direção. Com sua mão vigorosa, levou-me até o chão, enquanto seu companheiro fazia o mesmo com Conseil. A princípio, não soube o que pensar desse súbito ataque, mas tranquilizei-me ao ver que o capitão se deitava a meu lado e permanecia imóvel.

Eu estava, portanto, deitado no solo, justamente protegido por uma moita de macroalgas, quando, ao erguer a cabeça, percebi formas imensas passando ruidosamente e emitindo luzes fosforescentes.

Meu sangue gelou nas veias! Reconheci os robustos

esqualos que nos ameaçavam. Era um par de tintureiras, terríveis tubarões de cauda enorme, olhar baço e vítreo, que destilam uma matéria fosforescente por orifícios em torno do focinho. Monstruosos pirilampos que trituram um homem inteiro em suas mandíbulas de ferro! Não sei se Conseil se ocupava em classificá-los, pois de minha parte eu observava seus ventres prateados, suas bocarras tremendas, cheias de dentes, sob uma perspectiva pouco científica, mais como vítima do que como naturalista.

Para minha felicidade, esses animais vorazes enxergam mal. Passaram sem nos ver, tocando-nos com suas nadadeiras escurecidas, e por milagre conseguimos escapar a esse perigo, com toda certeza maior que o encontro com um tigre em plena floresta.

Meia hora depois, guiados pelo sinal elétrico, chegamos ao *Nautilus*. A porta externa havia permanecido aberta, e o capitão Nemo a fechou assim que entramos no primeiro compartimento. A seguir, apertou um botão. Ouvi as bombas funcionando dentro do navio, sentia a água abaixar a meu redor e, em alguns instantes, o compartimento foi completamente esvaziado. A porta interna abriu-se, e passamos para o vestiário.

Ali, nossas roupas de mergulho foram retiradas, não sem dificuldade, e, completamente extenuado, caindo de fome e sono, voltei para meu quarto, maravilhado com aquela surpreendente excursão ao fundo dos mares.

18. Quatro mil léguas sob o Pacífico

Na manhã seguinte, 18 de novembro, eu estava perfeitamente recuperado da fadiga da véspera, e subi para a plataforma no momento em que o imediato do *Nautilus* pronunciava sua frase cotidiana. Ocorreu-me, então, que ela se referia à condição do mar, ou melhor, que significava "Nada à vista".

E, de fato, o oceano estava deserto. Nenhuma vela no horizonte. Os picos da ilha Crespo haviam desaparecido durante a noite. O mar, absorvendo as cores do prisma, com exceção dos raios azuis, refletia estes em todas as direções e apresentava um admirável tom índigo. Uma franja, de riscas largas, se desenhava regularmente sobre as vagas ondulosas.

Eu admirava esse magnífico aspecto do oceano quando o capitão Nemo assomou. Ele não pareceu perceber minha presença, e deu início a uma série de observações astronômicas. Depois, terminada a operação, foi debruçar-se sobre a cabine do farol, e seu olhar se perdeu na superfície do oceano.

Enquanto isso, uns vinte marujos do *Nautilus*, todos vigorosos e de boa constituição, subiram para a plataforma. Vinham retirar as redes que tinham sido colocadas a reboque durante a noite. Era patente que aqueles marinheiros pertenciam a nações diferentes, apesar de o tipo europeu ser observado em todos. Reconheci, sem sombra de dúvida, irlandeses, franceses, alguns eslavos, um grego ou um candiota. De resto, aqueles homens eram sóbrios no falar, e utilizavam entre eles apenas o bizarro idioma cuja origem eu não conseguia sequer imaginar. Assim, precisei desistir de interrogá-los.

As redes foram içadas a bordo. Eram um tipo de rede de arrasto, parecidas com as das costas normandas, amplos bolsões que uma verga flutuante e uma corrente entrelaçada aos nós inferiores mantinham entreabertos. Esses bolsões, assim arrastados sobre seus suportes de ferro, varriam o fundo do oceano e recolhiam todos os seus produtos ao passar. Naquele dia, puxaram curiosos espécimes daquelas paragens piscosas, lofiídeos, cujos movimentos cômicos lhes valeram o qualificativo de histriões, antenariídeos negros, com suas antenas, balistas onduladas, com faixas vermelhas, peixes-balões de veneno extremamente sutil, algumas lampreias oliváceas, macrorrincos cobertos de escamas prateadas, triquiurídeos de potência elétrica igual à do gimnoto e da raia-elétrica, notópteros escamosos com faixas marrons e transversais, bacalhaus esverdeados, diversas variedades de gobídeos etc., por fim, alguns peixes de proporções maiores, um xaréu de cabeça proeminente com um metro de comprimento, lindas sardas sarapintadas de azul e prateado, e três magníficos atuns que não tinham sido salvos da rede pela velocidade de seu nado.

Estimei aquele lanço de rede em mais de meia tonelada de peixe. Era uma bela pescaria, mas não surpreendente. Aquelas redes ficavam a reboque por várias horas e encerravam em sua prisão de fios todo um universo aquático. Não nos faltariam víveres de excelente qualidade, portanto, que a rapidez do *Nautilus* e a atração de sua luz elétrica podiam sempre renovar.

Aqueles diversos produtos do mar foram imediatamente descidos pela escotilha até as despensas, destinados, alguns, a serem comidos frescos, outros, a serem armazenados.

VINTE MIL LÉGUAS SUBMARINAS   171

Terminada a pesca, renovada a provisão de ar, pensei
que o *Nautilus* voltaria à excursão submarina, e preparei-me para voltar a meu quarto quando, virando-se para
mim, o capitão Nemo disse sem preâmbulos:

— Veja este oceano, professor, não está dotado de vida
própria? Não tem suas cóleras e suas ternuras? Ontem,
adormeceu como nós, e agora desperta depois de uma noite tranquila!

Nem bom-dia, nem boa-noite! O estranho personagem não parecia retomar uma conversa já iniciada?

— Veja — repetiu —, ele desperta sob as carícias do
sol! Renovará sua existência diurna! É um estudo interessante seguir a atividade de seu organismo. Ele tem um pulso, artérias, apresenta seus espasmos, e dou razão ao sábio
Maury, que lhe descobriu uma circulação tão real quanto a
circulação sanguínea nos animais.

Estava claro que o capitão Nemo não esperava nenhuma resposta de minha parte, e pareceu-me inútil prodi-
galizar-lhe os "Claramente", os "Com toda certeza" e os
"O senhor tem razão". Ele mais falava consigo mesmo,
fazendo grandes pausas entre cada frase. Era uma medi-
tação em voz alta.

— Sim — ele disse —, o oceano possui uma verdadeira circulação, e, para produzi-la, bastou ao Criador de
todas as coisas multiplicar, nele, o fluido calórico, o sal e
os animálculos. O calórico, de fato, cria densidades diferentes, que geram correntes e contracorrentes. A evaporação, nula nas regiões hiperbóreas, muito ativa nas zonas
equatoriais, constitui uma troca permanente das águas
tropicais e das águas polares. Também já surpreendi as
correntes de cima para baixo e de baixo para cima, que
formam a verdadeira respiração do oceano. Vi a molé-
cula de água do mar, aquecida na superfície, descer para
as profundezas, atingir seu máximo de densidade a dois
graus abaixo de zero, depois, esfriando ainda mais, tornar-se leve e voltar a subir. O senhor verá, nos polos, as

consequências desse fenômeno, e entenderá por que, graças a essa previdente lei da natureza, o congelamento se limita à superfície das águas!

Enquanto o capitão Nemo concluía sua frase, eu pensava: "O polo! Será que esse audacioso personagem pretende nos levar até lá?".

O capitão se calara, e olhava para aquele elemento tão completamente, tão incessantemente estudado por ele. Depois, retomou:

— Os sais existem em quantidade considerável no mar, professor, e se retirássemos todos os que nele estão dissolvidos, teríamos um volume de quatro e meio milhões de léguas cúbicas, que, espalhadas sobre o globo, formariam uma camada de mais de dez metros de altura. E não pense que a presença desses sais se deva apenas a um capricho da natureza. Não. Eles tornam as águas marinhas menos evaporáveis, e impedem que os ventos lhes retirem uma quantidade excessiva de vapores, que, precipitando-se, submergiriam as zonas temperadas. Papel imenso, papel de moderador na economia geral do globo!

O capitão Nemo interrompeu-se, levantou, deu alguns passos na plataforma e voltou na minha direção:

— Quanto aos infusórios — continuou —, quanto aos bilhões de animálculos que existem aos milhões numa gotícula, e dos quais são necessários oitocentos mil para pesar um miligrama, seu papel não é menos importante. Eles absorvem os sais marinhos, assimilam os elementos sólidos da água e, verdadeiros construtores de continentes calcários, formam corais e madréporas! E assim a gota d'água, privada de seu alimento mineral, torna-se mais leve, sobe à superfície, absorve os sais abandonados pela evaporação, volta a descer e leva aos animálculos novos elementos absorvíveis. Daí a dupla corrente ascendente e descendente, e sempre o movimento, sempre a vida! A vida, mais intensa que nos continentes, mais exuberante, mais infinita, expandindo-se em todas as parte do ocea-

VINTE MIL LÉGUAS SUBMARINAS

no, elemento mortal para o homem, alguém já disse, elemento vital para miríades de animais, e para mim!

Quando o capitão Nemo falava desse jeito, ele se transfigurava e provocava em mim uma extraordinária emoção.

— Por isso — acrescentou —, aqui está a verdadeira vida! E eu poderia conceber a fundação de cidades náuticas, aglomerados de casas submarinas que, como o *Nautilus*, voltariam à superfície dos mares todas as manhãs para respirar, cidades livres, caso possam existir, cidades independentes. Mesmo assim, algum déspota...

O capitão Nemo concluiu sua frase num gesto violento. Depois, dirigindo-se diretamente a mim, como para afastar um pensamento funesto, perguntou:

— Professor Aronnax, o senhor sabe qual é a profundidade do oceano?

— Conheço o que as principais sondagens apuraram, em todo caso...

— O senhor poderia citá-las, para que eu as retifique, caso necessário?

— Vejamos algumas — respondi — que me surgem à memória. Se não me engano, encontrou-se uma profundidade média de oito mil e duzentos metros no Atlântico Norte, e de dois mil e quinhentos metros no Mediterrâneo. As marcas mais importantes foram encontradas no Atlântico Sul, perto do trigésimo quinto grau, e indicaram doze mil metros, catorze mil e noventa e um metros, e quinze mil cento e quarenta e nove metros. Em suma, estima-se que, se o fundo do mar fosse nivelado, sua profundidade média seria de sete quilômetros.

— Bem, professor — disse o capitão Nemo —, chegaremos mais fundo que isso, espero. Quanto à profundidade média desta parte do Pacífico, informo-lhe que é de apenas quatro mil metros.

Dito isto, o capitão Nemo rumou para a escotilha e desapareceu na escada. Segui-o e voltei para o grande salão. A hélice logo foi colocada em movimento, e a barquilha acusou uma velocidade de vinte milhas por hora.

Durante os dias, durante as semanas que se seguiram, o capitão Nemo foi muito comedido no número de suas visitas. Vi-o em raras ocasiões. Seu imediato regularmente determinava nossa posição, que eu via assinalada no mapa, de modo que era possível reconstituir com exatidão a rota do *Nautilus*.

Conseil e Land passavam longas horas comigo. Conseil havia contado ao amigo as maravilhas de nosso passeio, e o canadense lamentava não nos ter acompanhado. Mas eu esperava que a ocasião de visitar as florestas oceânicas voltasse a se apresentar.

Quase todos os dias, por algumas horas, os painéis do salão eram abertos, e nossos olhos não se cansavam de penetrar os mistérios do mundo submarino.

A direção geral do *Nautilus* era para sudeste, e ele se mantinha entre cem e cento e cinquenta metros de profundidade. Um dia, porém, devido a não sei qual capricho, levado diagonalmente por meio de seus planos inclinados, atingiu as camadas de água localizadas a dois mil metros. O termômetro indicava uma temperatura de 4,25 graus centígrados, temperatura que, naquela profundidade, parece ser comum a todas as latitudes.

No dia 26 de novembro, às três horas da manhã, o *Nautilus* cruzou o trópico de Câncer a 172° de longitude. No dia 27, passou ao largo das Sandwich, onde o ilustre Cook encontrara a morte, em 14 de fevereiro de 1779. Tínhamos percorrido 4860 léguas desde nosso ponto de partida. De manhã, quando cheguei à plataforma, percebi, a duas milhas a sota-vento, Havaí, a mais importante das sete ilhas que formam esse arquipélago. Discerni claramente sua orla cultivada, as diversas cadeias de montanhas que correm paralelas à costa, e seus vulcões dominados pelo Mauna Kea, que se elevava a cinco mil metros acima do nível do mar. Entre outros espécimes

VINTE MIL LÉGUAS SUBMARINAS 175

dessas paragens, as redes trouxeram flabelárias pavonadas, pólipos comprimidos de forma graciosa e específicos daquela parte do oceano.

A direção do *Nautilus* manteve-se a sudeste. Ele cortou o Equador, em 1º de dezembro, a 142° de longitude, e no dia 4 do mesmo mês, depois de uma rápida travessia sem nenhum incidente, avistamos o arquipélago das Marquesas. Avistei, a três milhas, a 8° 57' de latitude sul e 139° 32' de longitude oeste, o cabo Martin de Nuku Hiva, a principal ilha desse arquipélago que pertence à França. Vi apenas as montanhas arborizadas no horizonte, pois o capitão Nemo não gostava de aproximar-se da terra. Ali, as redes trouxeram belos espécimes de peixes, corifenos de nadadeiras azuladas e cauda de ouro, cuja carne não tem igual no mundo, hologimnosos quase desprovidos de escamas, mas de gosto delicado, ostorrincos de mandíbula óssea, cavalas amareladas que pareciam bonitos, todos os peixes dignos de serem utilizados na copa de bordo.

Depois de deixarmos para trás essas encantadoras ilhas protegidas pelo pavilhão francês, o *Nautilus* percorreu cerca de duas mil milhas, entre 4 e 11 de dezembro. Essa navegação foi marcada pelo encontro de um imenso cardume de calamares, moluscos curiosos, muito próximos da siba. Os pescadores franceses os chamam de *encornets*, e eles pertencem à classe dos cefalópodes e à família dos dibranquiais, que compreende além deles as sibas e os argonautas. Esses animais foram particularmente estudados pelos naturalistas da Antiguidade, e forneciam inúmeras metáforas aos oradores da Ágora, bem como um prato excelente na mesa dos ricos cidadãos, a crer em Ateneu, médico grego que viveu antes de Galeno.

Foi durante a noite de 9 para 10 de dezembro que o *Nautilus* encontrou esse exército de moluscos, que são especialmente noturnos. Podiam ser contados aos milhões. Migravam das zonas temperadas para as zonas mais quentes, seguindo o itinerário dos arenques e das sardinhas. Podíamos vê-los através dos espessos vidros de cristal, nadando para trás com extrema velocidade, movendo-se por meio de um tubo locomotor, perseguindo peixes e moluscos, comendo os pequenos e comidos pelos grandes, e agitando com indescritível confusão os dez pés que a natureza lhes implantou na cabeça, como uma cabeleira de serpentes pneumáticas. O *Nautilus*, apesar de sua velocidade, navegou por várias horas no meio daquele bando de animais, e suas redes capturaram uma enorme quantidade, em que reconheci as nove espécies do oceano Pacífico que Orbigny classificou.

Como se pode ver, ao longo daquela travessia o mar estava sempre prodigalizando os espetáculos mais incríveis. Variava-os ao infinito. Mudava o cenário e a montagem para deleite de nossos olhos, e éramos levados não apenas a contemplar as obras do Criador no elemento líquido, mas também a penetrar os mais temíveis mistérios do oceano.

No dia 11 de dezembro, dediquei-me a ler no grande salão. Ned Land e Conseil observavam as águas luminosas pelos painéis entreabertos. O *Nautilus* estava imóvel. Com seus reservatórios cheios, mantinha-se a uma profundidade de mil metros, região pouco habitada dos oceanos, na qual os grandes peixes eram os únicos a fazer raras aparições.

Eu estava lendo um livro encantador de Jean Macé, *Os servidores do estômago*, e saboreava suas engenhosas lições, quando Conseil interrompeu minha leitura.

— O doutor pode vir aqui um instante? — perguntou-me com voz estranha.

— O que houve, Conseil?

— Que o doutor veja.

Levantei-me, coloquei-me diante do vidro e olhei.

Em plena luz elétrica, uma enorme massa enegrecida, imóvel, mantinha-se suspensa no meio das águas. Observei-a com atenção, tentando reconhecer a natureza

VINTE MIL LÉGUAS SUBMARINAS

daquele gigantesco cetáceo. Subitamente, porém, minha mente se iluminou.

— Um navio! — exclamei.

— Sim — respondeu o canadense —, uma embarcação avariada que foi a pique!

Ned Land não se enganava. Estávamos em presença de um navio, cujos cabos cortados ainda pendiam de suas correntes. Seu casco parecia estar em bom estado, e seu naufrágio datava no máximo de algumas horas. Três fragmentos de mastros, ceifados dois pés acima do convés, indicavam que aquele navio comprometido precisara sacrificar sua mastreação. Deitado de lado, porém, fora invadido pela água, e adernava para bombordo. Triste espetáculo o daquela carcaça perdida sob as ondas, mas mais triste ainda a visão de seu convés, onde ainda jaziam alguns cadáveres, presos nos cordames! Contei quatro — quatro homens, dos quais um se mantinha em pé, no leme —, depois uma mulher, com metade do corpo para fora do postigo do tombadilho, segurando uma criança nos braços. Era uma mulher jovem. Pude distinguir, vivamente iluminados pelas luzes do *Nautilus*, seus traços, que a água ainda não havia decomposto. Num esforço extremo, ela erguera a criança acima de sua cabeça, pobre criaturinha cujos braços enlaçavam o pescoço da mãe! A pose dos quatro marinheiros pareceu-me assustadora, retorcidos que estavam em movimentos convulsivos, e fazendo um último esforço para arrancar-se das cordas que os prendiam ao navio. Sozinho, mais calmo, rosto franco e sério, cabelos grisalhos colados à testa, mãos crispadas na roda do leme, o timoneiro ainda parecia conduzir seu três mastros naufragado por entre as profundezas do oceano!

Que cena! Ficamos mudos, corações palpitantes, diante daquele naufrágio em flagrante, e, por assim dizer, fotografado em seu último minuto! Vi enormes tubarões avançando, olhos flamejantes, atraídos por aquela isca de carne humana!

Enquanto isso, o *Nautilus*, avançando, contornou o navio submerso e, rapidamente, pude ler em seu painel traseiro: *Florida, Sunderland.*

19. Vanikoro

Aquele terrível espetáculo inaugurou a série de catástrofes marítimas que o *Nautilus* encontraria no caminho. Assim que seguia por mares mais frequentados, começávamos a ver com mais frequência cascos naufragados que apodreciam entre duas águas, e, mais ao fundo, canhões, projéteis, âncoras, correntes e mil outros objetos de ferro, devorados pela ferrugem.

Enquanto isso, sempre levados pelo *Nautilus*, onde vivíamos como que isolados, naquele dia 11 de dezembro chegamos às ilhas Paumotu, antigo "arquipélago perigoso" de Bougainville, que se estende por uma área de quinhentas léguas de és-sudeste a oés-noroeste, entre 13° 30' e 23° 50' de latitude sul, e 125° 30' e 151° 30' de longitude oeste, desde a ilha Ducie até a ilha Lazareff. Esse arquipélago cobre uma superfície de trezentos e setenta léguas quadradas, e é formado por cerca de sessenta grupos de ilhas, dentre as quais encontramos o arquipélago de Gambier, ao qual a França impôs seu protetorado. Essas ilhas são coralígenas. Uma lenta porém contínua elevação, causada pelo trabalho dos pólipos, irá interligá-las um dia. Então, essa nova ilha se unirá aos arquipélagos vizinhos, e um quinto continente se estenderá da Nova Zelândia e da Nova Caledônia até as Marquesas.

No dia em que desenvolvi essa teoria diante do capitão Nemo, ele me respondeu com frieza:

— Não precisamos de novos continentes no planeta, mas de novos homens!

O acaso de sua navegação havia justamente conduzido o *Nautilus* para a ilha Clermont-Tonnerre, uma das mais curiosas do arquipélago, que foi descoberto em 1822 pelo capitão Bell, do *Minerve*. Pude então estudar esse sistema madrepórico que formou as ilhas desse oceano.

As madréporas, que não devem ser confundidas com os corais, têm o tecido revestido por uma crosta calcária, e as modificações de sua estrutura levaram o sr. Milne-Edwards, meu ilustre professor, a classificá-las em cinco grupos. Os pequenos animálculos que secretam esse polipeiro vivem aos bilhões no fundo de suas celas. Seus depósitos calcários é que se tornam rochedos, recifes, ilhotas, ilhas. Ali, formavam um anel circular, cercando uma laguna ou pequeno lago interior, que se comunicava com o mar por pequenas fendas. Acolá, produzem barreiras de recifes semelhantes aos das costas da Nova Caledônia e de diversas ilhas de Paumotu. Em outros lugares, como na Reunião e em Maurício, elevam recifes franjados, altas muralhas verticais, junto às quais as profundezas do oceano são consideráveis.

Costeando a poucas amarras de distância as escarpas da ilha Clermont-Tonnerre, eu admirava a obra gigantesca daqueles operários microscópicos. Eram muralhas especificamente construídas por madreporários designados pelos nomes de miléporas, porites, astreias e meandrinas. Esses pólipos se desenvolvem em especial nas camadas agitadas da superfície do mar, e, por isso, é pela parte superior que começam esses alicerces, que aos poucos vão afundando com os resíduos das secreções que os suportam. Tal é, ao menos, a teoria do sr. Darwin, que assim explica a formação dos atóis — teoria superior, a meu ver, à que atribui como substrato para as atividades madrepóricas picos de montanhas ou vulcões submersos a alguns pés abaixo do nível do mar.

Pude observar bem de perto aquelas curiosas muralhas, pois, na vertical, a sonda indicava mais de trezentos me-

VINTE MIL LÉGUAS SUBMARINAS 181

tros de profundidade, e nossas emanações elétricas faziam aquele calcário brilhante cintilar.

Respondendo a uma pergunta que Conseil me fez, sobre o tempo de crescimento daquelas barreiras colossais, surpreendi-o bastante ao dizer que os cientistas avaliavam esse crescimento em um oitavo de polegada por século.

— Então, para elevar essas muralhas — disse ele —, foram necessários...?

— Cento e noventa e dois mil anos, meu bravo Conseil, o que prolonga consideravelmente os dias bíblicos. Além disso, a formação da hulha, isto é, a mineralização das florestas cobertas pelos dilúvios, exigiu um tempo maior ainda. Mas eu acrescentaria que os dias da Bíblia equivalem a eras, e não ao intervalo que decorre entre duas auroras, pois segundo a própria Bíblia o sol não data do primeiro dia da Criação.

Quando o *Nautilus* voltou à superfície do oceano, pude apreender em todo seu desenvolvimento a ilha de Clermont-Tonnerre, baixa e arborizada. Suas rochas madrepóricas claramente haviam sido fertilizadas por trombas-d'água e tempestades. Um dia, alguma semente, carregada por um furacão das terras vizinhas, caíra sobre as camadas calcárias, misturada a detritos decompostos de peixes e plantas marinhas, formando o húmus vegetal. Um coco, carregado pelas ondas, chegara àquele novo litoral. O fruto criara raízes. A árvore, ao crescer, retivera o vapor d'água. O riacho nascera. A vegetação aos poucos se alastrara. Alguns animálculos, vermes, insetos, chegaram sobre troncos arrancados de outras ilhas pelo vento. Tartarugas puseram seus ovos. Pássaros fizeram ninhos nas jovens árvores. Desse modo, a vida animal se desenvolvera, e, atraído pela vegetação e pela fertilidade, o homem aparecera. Assim se formaram aquelas ilhas, obras imensas de animais microscópicos.

Ao anoitecer, Clermont-Tonnerre se dissipou na distância, e a rota do *Nautilus* se modificou de maneira sensível. Depois de chegar ao trópico de Capricórnio a 135° de longitude, ele se dirigiu para o oés-noroeste, percorrendo toda a zona intertropical. Apesar de o sol do verão estar pródigo em seus raios, nada sofríamos com o calor, pois a trinta ou quarenta metros abaixo da superfície a temperatura não se elevava acima de dez ou doze graus.

No dia 15 de dezembro, deixamos a leste o encantador arquipélago da Sociedade, e a graciosa Taiti, rainha do Pacífico. Avistei, pela manhã, a algumas milhas a sota-vento, os picos elevados dessa ilha. Suas águas forneceram à nossa mesa peixes excelentes, cavalas, bonitos, albacoras e variedades de uma serpente marinha chamada murenofis.

O *Nautilus* percorrera oito mil e cem milhas. Nove mil setecentas e vinte milhas foram assinaladas na barquilha quando passou entre o arquipélago de Tongatapu, onde pereceram as tripulações do *Argo*, do *Port-au-Prince* e do *Duke of Portland*, e o arquipélago dos Navegadores, onde foi morto o capitão De Langle, amigo de La Pérouse. Depois, encontrou o arquipélago Viti, onde os selvagens massacraram os marujos do *Union* e o capitão Bureau, de Nantes, comandante do *Aimable Joséphine*.

Esse arquipélago, que se prolonga por uma extensão de cem léguas de norte a sul, e de noventa léguas de leste a oeste, está localizado entre 6° e 2° de latitude sul, e 174° e 179° de longitude oeste. Compõe-se de certo número de ilhas, ilhotas e escolhos, dentre os quais se destacam as ilhas de Viti Levu, Vanua Levu e Kandabon.

Foi Tasman quem descobriu esse arquipélago em 1643, no mesmo ano em que Torricelli inventou o barômetro, e em que Luís XIV subiu ao trono. Medite-se sobre qual desses feitos foi o mais útil para a humanidade. A seguir vieram Cook, em 1774, e D'Entrecasteaux, em 1793, e finalmente Dumont d'Urville, em 1827, que desenredou todo o caos geográfico daquelas ilhas. O *Nautilus* se aproximou da baía de Wailea, palco das terríveis aventuras do capitão Dillon, que foi o primeiro a elucidar o mistério do naufrágio de La Pérouse.

Essa baía, várias vezes percorrida, forneceu-nos abundância de ostras excelentes. Comemos sem moderação, depois de abri-las sobre a própria mesa, seguindo o preceito de Sêneca. Os moluscos pertenciam à espécie conhecida pelo nome de *Ostrea lamellosa*, muito comum na Córsega. O viveiro de Wailea devia ser grande, e com certeza suas aglomerações, sem múltiplos fatores de destruição, acabariam cobrindo as baías, pois um único indivíduo produz até dois milhões de ovos.

E mestre Ned Land não precisou se arrepender de sua glutonaria naquela circunstância, pois a ostra é a única iguaria que nunca causa indigestão. De fato, são necessárias no mínimo dezesseis dúzias desses moluscos acéfalos para fornecer os trezentos e quinze gramas de substância azotada necessários à alimentação diária de um único homem.

Em 25 de dezembro, o *Nautilus* navegou pelo arquipélago das Novas Hébridas, que Quiros descobriu em 1606, que Bougainville explorou em 1768, e ao qual Cook deu seu nome atual em 1773. Esse grupo compõe-se essencialmente de nove grandes ilhas, e forma uma faixa de cento e vinte léguas de nor-noroeste a su-sudeste, compreendida entre 15° e 2° de latitude sul, e entre 164° e 168° de longitude. Passamos bem perto da ilha de Aru, que, durante as observações do meio-dia, pareceu-me uma compacta mata verde dominada por um pico de grande altura.

Era o dia de Natal, e Ned Land parecia sentir muita falta da celebração do *Christmas*, a verdadeira festa familiar pela qual os protestantes são fanáticos.

Eu não via o capitão Nemo havia oito dias quando, no dia 27, pela manhã, ele entrou no grande salão, sempre com o ar de quem nos vira havia cinco minutos. Eu estava concentrado determinando no planisfério a rota do *Nautilus*. O capitão se aproximou, colocou um dedo num ponto do mapa e disse uma única palavra:

— Vanikoro.

Nome mágico. Designava as pequenas ilhas nas quais

184 JULES VERNE

vieram a se perder os navios de La Pérouse. Retesei-me imediatamente.

— O *Nautilus* nos leva a Vanikoro? — perguntei.

— Sim, professor — respondeu o capitão.

— E poderei visitar as célebres ilhas em que a *Boussole* e a *Astrolabe* soçobraram?

— Se for do seu agrado, professor.

— Quando chegaremos a Vanikoro?

— Já chegamos, professor.

Seguido do capitão Nemo, subi à plataforma e, dali, meus olhos percorreram com avidez o horizonte.

A nordeste emergiam duas ilhas vulcânicas de tamanho desigual, cercadas por um recife de corais numa linha de quarenta milhas. Estávamos diante da ilha de Vanikoro propriamente dita, à qual Dumont d'Urville impôs o nome de ilha de La Recherche, e justamente na pequena enseada de Vanu, situada a 16° 4' de latitude sul, e 164° 32' de longitude leste. As terras pareciam cobertas de vegetação desde a praia até os cumes do interior, dominados pelo monte Kapogo, com quatrocentas e setenta e seis toesas.

O *Nautilus*, depois de cruzar pelo cinturão externo de rochas por uma passagem estreita, encontrou-se dentro de um quebra-mar onde o mar tinha uma profundidade de trinta a quarenta braças. Sob a verdejante sombra dos mangues, avistei alguns selvagens que demonstraram extrema surpresa com nossa aproximação. Não veriam naquele longo corpo enegrecido, avançando sobre as águas, algum cetáceo fantástico do qual deviam desconfiar?

Naquele momento, o capitão Nemo me perguntou o que eu sabia a respeito do naufrágio de La Pérouse.

— O que todo mundo sabe, capitão — respondi.

— E o senhor poderia me informar o que todo mundo sabe? — perguntou-me num tom bastante irônico.

— Naturalmente.

Relatei-lhe o que os últimos trabalhos de Dumont

VINTE MIL LÉGUAS SUBMARINAS 185

d'Urville haviam divulgado, trabalhos cuja súmula bastante sucinta faço a seguir.

La Pérouse e seu imediato, o capitão De Langle, foram encarregados por Luís XVI, em 1785, de realizar uma viagem de circum-navegação. Eles conduziam as corvetas *Boussole* e *Astrolabe*, que nunca mais foram vistas.

Em 1791, o governo francês, justificadamente preocupado com o destino das duas corvetas, armou dois grandes *fluyt*, o *Recherche* e o *Espérance*, que saíram de Brest em 28 de setembro, sob as ordens de Bruni d'Entrecasteaux. Dois meses depois, descobriu-se através do depoimento de um certo Bowen, comandante do *Albermale*, que destroços dos navios naufragados tinham sido vistos nas costas da Nova Geórgia. Mas D'Entrecasteaux, desconsiderando essa informação — bastante incerta, por sinal —, dirigiu-se para as ilhas do Almirantado, apontadas num relatório do capitão Hunter como sendo o local do naufrágio de La Pérouse.

Suas buscas foram infrutíferas. O *Espérance* e o *Recherche* chegaram a passar por Vanikoro, sem se deter, e, em suma, essa viagem foi muito desafortunada, pois custou a vida de D'Entrecasteaux, de dois imediatos e de vários marujos de sua tripulação.

Foi um experiente navegador do Pacífico, o capitão Dillon, quem primeiro encontrou os vestígios indubitáveis dos naufrágios. No dia 15 de maio de 1824, seu navio, o *Saint Patrick*, passou perto da ilha de Tikopia, uma das Novas Hébridas. Ali, um lascar,* abordando-o de uma piroga, vendeu-lhe uma empunhadura de espada de prata com caracteres gravados com buril. O lascar também afirmava ter visto, seis anos antes, durante uma estada em Vanikoro, dois europeus pertencentes a navios encalhados havia muitos anos nos recifes da ilha.

Dillon suspeitou tratar-se das embarcações de La Pé-

---

* Marinheiro hindu. (N.E.)

186 JULES VERNE

rouse, cujo desaparecimento comovera o mundo todo. Tentou chegar a Vanikoro, onde, segundo o lascar, havia vários destroços do naufrágio; mas foi impedido pelos ventos e pelas correntes.

Dillon voltou a Calcutá. Lá, conseguiu interessar a Sociedade Asiática e a Companhia das Índias por sua descoberta. Um navio, ao qual foi dado o nome de *Recherche*, foi colocado à sua disposição, e ele partiu, no dia 23 de janeiro de 1827, acompanhado por um agente francês.

O *Recherche*, depois de fazer escala em vários pontos do Pacífico, ancorou em Vanikoro no dia 7 de julho de 1827, na mesma enseada de Vanu onde o *Nautilus* flutuava naquele momento.

Lá, recolheu inúmeros restos do naufrágio, utensílios de ferro, âncoras, estropos de polias, roqueiras, uma bala de calibre 18, fragmentos de instrumentos astronômicos, um pedaço de balaustrada e um sino de bronze com a inscrição "Bazin me fez", marca da fundição do arsenal de Brest por volta de 1785. Não havia possibilidade de dúvida.

Dillon, complementando essas informações, permaneceu no local da catástrofe até o mês de outubro. Depois, deixou Vanikoro, dirigiu-se para a Nova Zelândia, ancorou em Calcutá, no dia 7 de abril de 1828, e voltou para a França, onde foi calorosamente recebido por Carlos x.

Enquanto isso, porém, Dumont d'Urville, sem ser informado dos avanços de Dillon, partira para procurar o palco do naufrágio em outro lugar. E, de fato, um baleeiro havia informado que algumas medalhas e uma cruz de São Luís estavam nas mãos dos selvagens das Lusíadas e da Nova Caledônia.

Dumont d'Urville, portanto, partira no comando da *Astrolabe*, e dois meses depois de Dillon deixar Vanikoro, ancorava em Hobart Town. Lá, tomara conhecimento dos resultados obtidos por Dillon e, além disso, fora informado de que um certo James Hobbs, imediato do *Union*, de Calcutá, havia aportado numa ilha situada a

8° 18' de latitude sul e 156° 30' de longitude leste, onde tinha visto barras de ferro e tecidos vermelhos usados pelos nativos daquelas paragens.

Dumont d'Urville, bastante perplexo, e sem saber se devia dar fé a esses relatos feitos por jornais pouco dignos de confiança, decidiu, contudo, seguir os passos de Dillon.

Em 10 de fevereiro de 1828, a *Astrolabe* chegou a Tikopia, tomou como guia e intérprete um desertor estabelecido naquela ilha, rumou para Vanikoro, avistou-a no dia 12 de fevereiro, costeou seus recifes até o dia 14, e somente no dia 20 ancorou dentro de suas barreiras, na enseada de Vanu.

No dia 23, vários oficiais contornaram a ilha, trazendo alguns destroços pouco importantes. Os nativos, adotando a estratégia da denegação e do subterfúgio, se recusavam a levá-los para o local do desastre. Essa conduta, bastante suspeita, insinuava que haviam maltratado os náufragos e, de fato, eles pareciam temer que Dumont d'Urville quisesse vingar La Pérouse e seus desafortunados companheiros.

No entanto, no dia 26, convencidos com presentes, e compreendendo que não precisavam temer nenhuma represália, conduziram o imediato, sr. Jacquinot, ao local do naufrágio.

Lá, a três ou quatro braças de profundidade, entre os recifes Pacu e Vanu, jaziam âncoras, canhões, lingotes de ferro e chumbo, intumescidos de depósitos calcários. A chalupa e a baleeira da *Astrolabe* foram dirigidas para aquele local, e, não sem demorados esforços, suas tripulações conseguiram retirar uma âncora pesando mil e oitocentas libras, um canhão de ferro fundido com oito, um lingote de chumbo e duas roqueiras de cobre.

Dumont d'Urville, interrogando os nativos, também descobriu que La Pérouse, depois de ter perdido seus dois navios nos recifes da ilha, havia construído uma embarcação menor, para desaparecer uma segunda vez... Onde? Ninguém sabia.

O comandante da *Astrolabe* mandou então erigir, sob os galhos do manguezal, um cenotáfio em memória do célebre navegador e de seus companheiros. Era uma simples pirâmide quadrangular, colocada sobre uma base de corais, e na qual não foi colocado nenhum metal que pudesse instigar a cobiça dos nativos.

Depois disso, Dumont d'Urville quis partir; mas sua tripulação estava debilitada pelas febres daquelas costas malsãs, e, estando ele próprio muito doente, só conseguiu zarpar no dia 17 de março.

Nesse meio-tempo, o governo francês, temendo que Dumont d'Urville não estivesse a par dos feitos de Dillon, enviou a Vanikoro a corveta *Bayonnaise*, comandada por Legoarant de Tromelin, que estava ancorada na costa oeste da América. A *Bayonnaise* ancorou em Vanikoro alguns meses depois da partida da *Astrolabe*, não encontrou nenhum novo indício, mas constatou que os selvagens haviam respeitado o mausoléu de La Pérouse.

Tal foi a essência do relato que fiz ao capitão Nemo.

— Então — disse-me ele —, ninguém sabe onde foi naufragar esse terceiro navio construído pelos náufragos na ilha de Vanikoro?

— Ninguém.

O capitão Nemo não disse nada, e me fez sinal para segui-lo até o grande salão. O *Nautilus* desceu alguns metros abaixo das ondas, e seus painéis se abriram.

Precipitei-me para o vidro, e sob as camadas de corais, cobertos por fúngias, sifonóforos, alcionários, cariofílias, por entre miríades de peixes encantadores, girelas, glifidodontes, penferídeos, diacopes, holocentros, identifiquei alguns destroços que as dragas não tinham conseguido arrancar, estribos de ferro, âncoras, canhões, balas, uma peça de cabrestante, um talha-mar, vários objetos provenientes de navios naufragados e agora atapetados com flores vivas.

E enquanto eu olhava para aqueles restos devastados, o capitão Nemo me disse numa voz grave:

VINTE MIL LÉGUAS SUBMARINAS 189

— O comandante La Pérouse partiu no dia 7 de dezembro de 1785 com as corvetas *Boussole* e *Astrolabe*. Primeiro, ancorou em Botany Bay, visitou o arquipélago dos Amigos, a Nova Caledônia, dirigiu-se para Santa Cruz e fez escala em Nomuka, uma das ilhas do grupo Ha'apai. Depois, seus navios chegaram aos recifes desconhecidos de Vanikoro. A *Boussole*, que ia na frente, submergiu na costa meridional. A *Astrolabe* foi a seu socorro e também naufragou. O primeiro navio foi quase imediatamente destruído. O segundo, encalhado a sota-vento, resistiu alguns dias. Os nativos receberam bastante bem os náufragos. Estes se instalaram na ilha e construíram uma embarcação menor com os destroços das duas grandes. Alguns marujos ficaram voluntariamente em Vanikoro. Os outros, enfraquecidos, doentes, partiram com La Pérouse. Eles se dirigiram para as ilhas Salomão, e afundaram, bens e tripulação, na costa ocidental da principal ilha do arquipélago, entre os cabos Decepção e Satisfação!

— E como sabe disso? — exclamei.

— Veja o que encontrei no local desse último naufrágio!

O capitão Nemo mostrou-me uma caixa de latão gravada com as armas da França, toda corroída pelas águas salinas. Abriu-a, e vi um maço de papéis amarelados, mas ainda legíveis.

Eram as instruções do próprio ministro da Marinha ao comandante La Pérouse, com anotações nas margens do punho de Luís XVI!

— Ah! Bela morte para um marinheiro! — disse então o capitão Nemo. — Uma cova de coral é um túmulo tranquilo, e queiram os céus que meus companheiros e eu nunca tenhamos outro!

20. O estreito de Torres

Durante a noite de 27 para 28 de dezembro, o *Nautilus* abandonou as paragens de Vanikoro a toda a velocidade. Seguia para sudoeste, e, em três dias, percorreu as setecentas e cinquenta léguas que separam o arquipélago de La Pérouse da ponta sudeste da Papuásia.

Em 10 de janeiro de 1868, bem cedo, Conseil foi a meu encontro na plataforma.

— Doutor — disse o bravo rapaz —, permita-me desejar-lhe um bom Ano-Novo?

— Mas é claro, Conseil, e exatamente como se eu estivesse em Paris, em meu gabinete do Jardin des Plantes. Aceito seus votos e agradeço. Pergunto-lhe apenas o que entende por "um bom Ano-Novo" nas circunstâncias em que estamos. Será este o ano que trará o fim de nossa prisão, ou o ano que verá a continuação dessa estranha viagem?

— Na verdade — respondeu Conseil —, não sei direito o que dizer ao doutor. É certo que vemos coisas curiosas, e que, há dois meses, não tivemos tempo de nos entediar. A última maravilha é sempre a mais surpreendente, e se essa progressão se mantiver, não sei como tudo terminará. Minha opinião é que nunca teremos outra ocasião como esta.

— Nunca, Conseil.

— Além disso, o dr. Nemo, que justifica bem seu nome latino, incomoda menos do que se não existisse.

— Exatamente, Conseil.

VINTE MIL LÉGUAS SUBMARINAS   191

— Acredito, portanto, com todo o respeito ao doutor, que um bom Ano-Novo seja um ano que nos permita ver tudo...

— Ver tudo, Conseil? Talvez levemos bastante tempo para isso. Mas o que pensa Ned Land?

— Ned Land pensa exatamente o contrário de mim — respondeu Conseil. — Tem um espírito prático e um estômago autoritário. Observar e comer peixes não lhe bastam. A falta de vinho, de pão, de carne, não convém a um digno saxão acostumado a bifes, e que não se assusta com conhaque ou gim tomados com moderação!

— De minha parte, Conseil, não é isso que me preocupa, adaptei-me muito bem ao regime de bordo.

— Eu também — respondeu Conseil. — Penso em ficar tanto quanto mestre Land pensa em fugir. Assim, se o ano que começa não for bom para mim, será para ele, e vice-versa. Sempre haverá alguém satisfeito, portanto. Enfim, para concluir, desejo ao doutor tudo o que agrade ao doutor.

— Obrigado, Conseil. Eu pediria apenas que deixasse para mais tarde a questão das gratificações de fim de ano, e que aceitasse substituí-las provisoriamente por um bom aperto de mão. É tudo que tenho.

— O doutor nunca foi tão generoso — agradeceu Conseil.

E, com isso, o bravo rapaz se foi.

No dia 2 de janeiro, tínhamos percorrido onze mil trezentas e quarenta milhas, ou seja, cinco mil duzentas e cinquenta léguas, desde nosso ponto de partida nos mares do Japão. À frente do rostro do *Nautilus* estendiam-se as perigosas paragens do mar de Coral, na costa nordeste da Austrália. Nosso barco acompanhava a uma distância de algumas milhas o temível banco de areia no qual os navios de Cook por pouco não tinham soçobrado, em 10 de junho de 1770. A embarcação comandada por Cook atingira um rochedo, e se não afundou, foi graças ao pedaço de coral que, arrancado com o choque, ficou preso ao casco perfurado.

Eu teria desejado vivamente visitar aquele recife de trezentas e sessenta léguas de comprimento, contra o qual o mar, sempre agitado, quebrava com incrível intensidade, comparável ao ribombar do trovão. Mas naquele momento os planos inclinados do *Nautilus* nos levavam para uma grande profundidade, e nada pude ver daquelas altas muralhas coralígenas. Precisei contentar-me com os diversos espécimes de peixes trazidos por nossas redes. Encontrei, entre outros, albacoras, espécies de escombrídeos grandes como atuns, de laterais azuladas e raiadas com faixas transversais que desaparecem com a morte do animal. Esses peixes nos acompanhavam em cardumes e abasteciam nossa mesa com uma carne extremamente delicada. Capturamos também grande número de bodiões de cinco centímetros de comprimento, com gosto de dourado, e peixes-voadores, verdadeiras andorinhas submarinas, que, nas noites escuras, riscam sucessivamente os ares e as águas com suas cores fosforescentes. Entre os moluscos e os zoófitos, descobri nas malhas da rede diversas espécies de alcionários, ouriços-do-mar, martelos, esporões, troquídeos, cerites, hiáleas. A flora era representada por belas algas flutuantes, laminárias e sargaços, impregnados da mucilagem que transudava de seus poros, e entre os quais recolhi uma admirável *Nemastoma geliniaroide*, que foi classificada entre as curiosidades naturais do museu.

Dois dias depois de ter cruzado o mar de Coral, em 4 de janeiro, avistamos as costas da Papuásia. Na ocasião, o capitão Nemo me informou que sua intenção era chegar ao oceano Índico pelo estreito de Torres. Seu informe limitou-se a isso. Ned viu com prazer aquela rota que o aproximava dos mares europeus.

O estreito de Torres é considerado perigoso tanto pelos escolhos que o encrespam quanto pelos selvagens ha-

VINTE MIL LÉGUAS SUBMARINAS 193

bitantes que frequentam suas costas. Ele separa a Nova Holanda da grande ilha da Papuásia, também chamada de Nova Guiné.

A Papuásia tem quatrocentas léguas de comprimento por cento e trinta léguas de largura, e uma superfície de quarenta mil léguas geográficas. Está situada, na latitude, entre 0° 19' e 10° 2' sul, e, na longitude, entre 128° 23' e 146° 15'. Ao meio-dia, enquanto o imediato media a altura do sol, percebi os cumes dos montes Arfak, escalonados e terminados em picos agudos.

Descobertas em 1511 pelo português Francisco Serrão, essas terras foram sucessivamente visitadas por d. Jorge de Meneses em 1526, por Grijalva em 1527, pelo general espanhol Alvar de Saavedra em 1528, por Íñigo Ortiz em 1545, pelo holandês Schouten em 1616, por Nicholas Struyck em 1753, por Tasman, Dampier, Funnell, Carteret, Edwards, Bougainville, Cook, Forrest, McCluer, por D'Entrecasteaux em 1792, por Duperrey em 1823, e por Dumont d'Urville em 1827. "É a terra natal dos negros que ocupam toda a Malásia", disse o sr. De Rienzi, e eu nem suspeitava que os acasos daquela navegação me colocariam diante dos temíveis andamaneses.

O *Nautilus* chegava, portanto, à entrada do mais perigoso estreito do globo, aquele que os mais audaciosos navegadores sequer ousavam cruzar, o estreito com o qual Luís Vaz de Torres se deparou ao voltar dos mares do sul para a Melanésia, e no qual, em 1840, as corvetas extraviadas de Dumont d'Urville estiveram a ponto de perder bens e equipagens. O próprio *Nautilus*, superior a todos os perigos do mar, se defrontaria com os recifes coralinos.

O estreito de Torres tem cerca de trinta e quatro léguas de largura, mas está obstruído por uma enorme quantidade de ilhas, ilhotas, recifes, rochedos, que tornam sua navegação quase impraticável. Por isso, o capitão Nemo tomou todas as precauções necessárias para atravessá-lo. O *Nautilus*, flutuando na superfície, avançava a uma velocidade moderada. Sua hélice, como uma cauda de cetáceo, batia as ondas com vagar.

Aproveitando-nos da situação, meus dois companheiros e eu nos instalamos na plataforma ainda deserta. Diante de nós erguia-se a cabine do timoneiro e, ou muito me engano, o capitão Nemo devia estar ali dentro, conduzindo em pessoa seu *Nautilus*.

Eu tinha sob os olhos os excelentes mapas do estreito de Torres, estabelecidos e desenhados pelo engenheiro hidrógrafo Vincendon-Dumoulin e pelo alferes naval, hoje almirante, Coupvent-Desbois, que faziam parte do estado-maior de Dumont d'Urville durante sua última viagem de circum-navegação. Aqueles eram, junto com os do capitão King, os melhores mapas que desenredavam o imbróglio daquela estreita passagem, e eu os consultava com escrupulosa atenção.

Ao redor do *Nautilus*, o mar se agitava com furor. A corrente, que ia de sudeste para noroeste a uma velocidade de duas milhas e meia, quebrava sobre os corais cujo topo emergia aqui e ali.

— Temos um mar ruim! — disse Ned Land.

— Detestável — concordei —, pouco apropriado para uma embarcação como o *Nautilus*.

— Espero — continuou o canadense — que esse maldito capitão conheça bem seu trajeto, pois estou vendo blocos de corais que fariam seu casco em pedaços apenas por roçá-lo!

A situação era de fato perigosa, mas o *Nautilus* parecia deslizar como que por magia por entre aqueles furiosos escolhos. Ele não seguia exatamente a rota da *Astrolabe* e da *Zélée*, fatal para Dumont d'Urville. Seguiu mais para o norte, passou perto da ilha Murray e voltou para sudoeste, rumo à passagem de Cumberland. Pensei que fosse atravessá-la resolutamente, quando, subindo para noroeste, dirigiu-se, por entre uma grande quantidade de ilhas e ilhotas pouco conhecidas, rumo à ilha Tound e o canal Mauvais.

VINTE MIL LÉGUAS SUBMARINAS

Perguntei-me se o capitão Nemo, loucamente imprudente, queria levar seu navio por aquela passagem onde as duas corvetas de Dumont d'Urville tinham encalhado, quando, modificando sua direção pela segunda vez e cortando reto para oeste, ele se dirigiu para a ilha Gueboroar.

Eram três horas da tarde. As ondas quebravam, a maré estava quase cheia. O *Nautilus* aproximou-se dessa ilha que ainda vejo com sua notável fileira de pandanos. Estávamos a menos de duas milhas de suas costas.

De repente, um choque me derrubou. O *Nautilus* acabara de atingir um escolho, e manteve-se imóvel, dando uma leve adernada para bombordo.

Quando me reergui, vi o capitão Nemo e seu imediato na plataforma. Eles examinavam o estado da embarcação, trocando algumas palavras em seu idioma incompreensível.

A situação era a seguinte. A duas milhas a estibordo víamos a ilha Gueboroar, com sua costa arqueada de norte para oeste como um imenso braço. Ao sul e a leste, apareciam algumas extremidades de corais que a vazante começava a expor. Tínhamos encalhado durante a cheia num mar em que as marés são insignificantes, circunstância inoportuna para o desencalhe do *Nautilus*. O navio, porém, não havia sofrido nenhum dano, tanto seu casco fora construído numa liga sólida. Mas se não podia nem afundar, nem ser fendido, corria o forte risco de ficar preso para sempre naqueles escolhos, e então seria o fim do aparelho submarino do capitão Nemo.

Meu pensamento ia assim quando o capitão, frio e calmo, sempre senhor de si, não parecendo nem comovido nem contrariado, aproximou-se:

— Um acidente? — perguntei.

— Não, um incidente — respondeu ele.

— Mas um incidente que talvez o obrigue a voltar a ser um habitante dessas terras que o põem em fuga!

O capitão Nemo encarou-me de modo singular e fez um gesto negativo. Expressava com bastante clareza que nada jamais o forçaria a recolocar os pés num continente. Depois, disse:

— A propósito, professor Aronnax, o *Nautilus* não está em perigo. Ele ainda o transportará pelas maravilhas do oceano. Nossa viagem está apenas começando, e não desejo ser privado tão rapidamente da honra de sua companhia.

— Mesmo assim, capitão Nemo — retomei, sem acentuar o tom irônico da frase —, o *Nautilus* encalhou durante a maré alta. Ora, as marés não são grandes no Pacífico, e se o senhor não conseguir deslastrar o *Nautilus*, o que me parece impossível, não vejo como ele será salvo.

— As marés não são grandes no Pacífico, o senhor tem razão, professor — respondeu o capitão Nemo —, mas no estreito de Torres ainda encontramos uma diferença de um metro e meio entre o nível das marés altas e baixas. Hoje é dia 4 de janeiro, dentro de cinco dias teremos lua cheia. Ora, ficarei bastante surpreso se esse bondoso satélite não erguer suficientemente as massas de água e não me prestar um favor que quero dever somente a ele.

Dito isto, o capitão Nemo, seguido de seu imediato, voltou a descer para o interior do *Nautilus*. Quanto à embarcação, não oscilava mais, mantendo-se tão imóvel quanto se os pólipos coralinos já a tivessem revestido com seu indestrutível cimento.

— E agora, professor? — perguntou-me Ned Land, que veio até mim após a saída do capitão.

— Agora, amigo Ned, esperaremos tranquilamente a maré do dia 9, pois parece que a lua terá a bondade de nos fazer flutuar.

— E era isso?

— Era isso.

— E o capitão não vai soltar as âncoras, ligar os motores e fazer de tudo para se soltar?

— Mas se a maré bastará! — respondeu Conseil.

O canadense fitou Conseil, mas deu de ombros. Era o marinheiro que falava dentro dele.

VINTE MIL LÉGUAS SUBMARINAS   197

— Professor — replicou ele —, o senhor pode não acreditar em mim quando digo que esse pedaço de ferro nunca mais navegará, sobre ou sob os mares. Só serve para o ferro-velho. Penso ter chegado o momento de deixar o capitão Nemo.

— Amigo Ned — objetei —, ainda não perdi as esperanças no valente *Nautilus*, e em quatro dias saberemos até onde chegam as marés do Pacífico. Além disso, o conselho de fugir poderia ser oportuno se estivéssemos avistando o litoral da Inglaterra ou da Provence, mas nas paragens da Papuásia é outra coisa, e ainda teremos tempo de chegar a esse extremo se o *Nautilus* não conseguir se soltar, o que verei como um fato grave.

— Mas não poderíamos ao menos sondar o terreno? — emendou Ned Land. — É uma ilha. Nesta ilha, há árvores. Sob essas árvores, animais terrestres, com costeletas e rosbifes nos quais eu de bom grado cravaria os meus dentes.

— Aqui, o amigo Ned tem razão — interveio Conseil —, e compartilho de sua opinião. O doutor não pode pedir a seu amigo capitão Nemo que nos leve até a praia, ainda que apenas para não perder o hábito de pisar nas partes sólidas de nosso planeta?

— Posso perguntar — eu disse —, mas ele recusará.

— Que o doutor corra esse risco — pediu Conseil —, assim saberemos até onde chega a amabilidade do capitão.

Para minha grande surpresa, o capitão Nemo me concedeu a permissão que lhe pedi, e o fez com bastante gentileza e diligência, sem nem mesmo exigir de mim a promessa de regressar a bordo. Mesmo assim, uma fuga pelas terras da Nova Guiné seria muito perigosa, e eu não aconselharia Ned Land a tentá-la. Melhor ser prisioneiro a bordo do *Nautilus* do que cair nas mãos dos nativos da Papuásia.

O bote seria colocado à nossa disposição na manhã seguinte. Não procurei saber se o capitão Nemo nos acompanharia. Pensei inclusive que nenhum homem da tripulação nos guiaria, e que Ned Land seria o único encarregado de conduzir a embarcação. A praia, aliás, estava a no máximo duas milhas, e seria uma brincadeira para o canadense conduzir aquele bote leve por entre as linhas de recifes tão fatais para os grandes navios.

No dia seguinte, 5 de janeiro, o bote, sem a cobertura, foi retirado de sua cavidade e lançado ao mar do alto da plataforma. Bastaram dois homens para realizar essa operação. Os remos estavam dentro da embarcação, e só nos restava entrar nela.

Às oito horas, armados de fuzis e machados, desembarcamos do *Nautilus*. O mar estava bastante sereno. Uma leve brisa soprava da ilha. Conseil e eu remávamos vigorosamente, e Ned nos guiava pelas estreitas passagens que os recifes formavam entre si. O bote era fácil de manejar e avançava com velocidade.

Ned Land não conseguia conter a alegria. Era um prisioneiro que escapara de sua prisão, e não pensava mais que precisaria voltar.

— Carne! — ele repetia. — Vamos comer carne, e que carne! Caça de verdade! Nada de pão, ora! Não digo que peixe não seja bom, mas não devemos abusar, e um pedaço de caça fresca, grelhada sobre carvão ardente, será uma agradável variação para nós.

— Glutão! — dizia Conseil. — Está me dando água na boca.

— Resta saber — eu disse — se essas florestas são abundantes, e se a caça não é de tamanho a caçar o caçador.

— Bom, professor Aronnax — respondeu o canadense, cujos dentes pareciam afiados como o fio de um machado —, comerei um tigre, um lombo de tigre, se não houver outro quadrúpede nesta ilha.

— O amigo Ned me preocupa — disse Conseil.

— Seja como for — continuou Ned Land —, qualquer animal de quatro patas e sem penas, ou de duas patas com penas, será saudado por meu primeiro tiro de fuzil.

VINTE MIL LÉGUAS SUBMARINAS

— Pronto — eu disse —, recomeçam as imprudências do mestre Land.

— Não tema, professor Aronnax — respondeu o canadense —, e reme com força! Em menos de vinte e cinco minutos apresento-lhe um prato à minha maneira.

Às oito e meia, o bote do *Nautilus* tocou suavemente um banco de areia, depois de vencer a travessia do anel coralígeno que cercava a ilha de Gueboroar.

21. Alguns dias em terra

Fiquei bastante comovido ao pisar em terra firme. Ned Land experimentava o solo com os pés, como para tomar posse dele. Fazia apenas dois meses que éramos, segundo a expressão do capitão Nemo, "passageiros do *Nautilus*", ou melhor, prisioneiros de seu comandante.

Em poucos minutos, estávamos a um tiro de fuzil da costa. O solo era quase que exclusivamente madrepórico, mas alguns leitos de rios, secos e entremeados de restos graníticos, demonstravam que a ilha se originara de uma formação geológica primordial. O horizonte estava totalmente escondido atrás de uma cortina de florestas admiráveis. Árvores enormes, que às vezes chegavam a sessenta metros de altura, ligavam-se umas às outras por guirlandas de cipós, verdadeiras redes naturais embaladas por uma suave brisa. Havia mimosas, fícus, casuarinas, tecas, hibiscos, pandanos, palmeiras, misturados em profusão, e sob suas copas verdejantes, ao pé de seus caules gigantescos, cresciam orquídeas, leguminosas e samambaias.

Sem olhar para todos esses belos espécimes da flora papuasiana, o canadense trocava o agradável pelo útil. Avistou um coqueiro, derrubou alguns de seus frutos e quebrou-os; bebemos seu leite e comemos sua polpa, com uma satisfação que protestava contra a comida do *Nautilus*.

— Excelente! — repetia Ned Land.

VINTE MIL LÉGUAS SUBMARINAS 201

— Primoroso! — respondia Conseil.

— Não creio que seu capitão Nemo — disse o canadense — se oponha a levarmos uma carga de cocos a bordo?

— Creio que não — respondi —, mas não irá prová-los!

— Azar o dele! — disse Conseil.

— E melhor para nós! — emendou Ned Land. — Mais nos tocará.

— Uma única coisa, mestre Land — eu disse ao arpoador, que se preparava para derrubar outro coqueiro —, cocos são bons, mas antes de encher o bote com eles, parece-me mais sensato ver se a ilha não produz outra coisa não menos útil. Legumes frescos seriam bem recebidos na despensa do *Nautilus*.

— O doutor tem razão — atalhou Conseil —, e proponho reservar três lugares em nossa embarcação: o primeiro para frutas, o segundo para legumes, e o terceiro para caças, de que ainda não vi o menor sinal.

— Conseil, não devemos perder as esperanças — exortou o canadense.

— Continuemos nossa excursão — retomei —, mas sempre à espreita. Apesar de parecer desabitada, a ilha pode abrigar alguns indivíduos menos exigentes que nós a respeito da natureza de sua caça!

— He, he! — zombou Ned Land, com um significativo movimento de mandíbula.

— É verdade, Ned! — exclamou Conseil.

— Claro que sim — respondeu o canadense. — Começo a entender os encantos da antropofagia!

— Ned, Ned! O que está dizendo? — disse Conseil.

— Você, antropófago! Não me sentirei mais seguro a seu lado, pois dividimos uma cabine! Um dia acordarei semidevorado?

— Amigo Conseil, gosto muito de você, mas não o suficiente para jantá-lo sem necessidade.

— Não sei, não — respondeu Conseil. — Vamos caçar! Precisamos urgentemente encontrar alguma caça para saciar esse canibal, ou uma manhã o doutor encontrará apenas restos de criado para servi-lo.

Enquanto assim conversavam, penetrávamos sob as sombrias abóbadas da floresta, que percorremos em todos os sentidos por duas horas.

O acaso serviu a contento à busca de vegetais comestíveis, e um dos mais úteis produtos das zonas tropicais nos forneceu um alimento precioso que faltava a bordo.

Estou falando da fruta-pão, muito abundante na ilha Gueboroar, onde encontrei principalmente a variedade sem sementes, que em malaio é chamada de *rima*.

Essa árvore se distinguia das outras árvores pelo tronco ereto e pela altura de doze metros. Sua copa, graciosamente arredondada e formada por grandes folhas multilobadas, logo possibilita ao naturalista identificar o artocarpo, aclimatado com bastante êxito nas ilhas Mascarenhas. Em sua densa folhagem sobressaíam grandes frutos globulosos com dez centímetros de largura e casca com rugosidades hexagonais. Útil vegetal com que a natureza presenteou as regiões em que não há trigo, e que, sem exigir cultivo algum, dá frutos durante oito meses do ano.

Ned Land os conhecia bem. Já os havia comido em várias viagens, e sabia preparar sua polpa comestível. Assim, vê-los atiçou seu desejo, e ele não conseguiu se conter.

— Professor — disse ele —, prefiro morrer a não provar um pouco da polpa da fruta-pão.

— Prove, amigo Ned, prove à vontade. Estamos aqui para ter experiências, façamos isso.

— Não demorarei — respondeu o canadense.

Com uma pequena lente, acendeu um fogo de lenha seca que crepitou alegremente. Enquanto isso, Conseil e eu escolhíamos os melhores frutos do artocarpo. Alguns ainda não haviam atingido um grau suficiente de maturação, e sua pele espessa cobria uma polpa branca mas pouco fibrosa. Outros, bastante numerosos, amarelados e gelatinosos, esperavam o momento de serem colhidos.

VINTE MIL LÉGUAS SUBMARINAS

Aqueles frutos não tinham caroço. Conseil carregou uma dúzia deles até Ned Land, que os dispôs sobre um braseiro depois de cortá-los em fatias grossas, sempre repetindo:

— O senhor verá, professor, como é bom esse pão!

— Principalmente quando não é comido há muito tempo — disse Conseil.

— Não é mais pão — acrescentou o canadense. — É uma iguaria delicada. O senhor nunca comeu, professor?

— Não, Ned.

— Muito bem, então prepare-se para experimentar algo suculento. Se não repetir, não sou mais o rei dos arpoadores!

Após alguns minutos, a parte dos frutos exposta ao fogo ficou completamente carbonizada. Dentro, aparecia uma massa branca, espécie de miolo macio de sabor que lembrava o da alcachofra.

Preciso admitir que era um pão excelente, e comi-o com grande prazer.

— Infelizmente — eu disse —, uma massa como essa não pode ser mantida fresca, e parece-me inútil estocá-la a bordo.

— Aí é que se engana, professor! — exclamou Ned Land. — O senhor fala como um naturalista, mas farei como um padeiro. Conseil, colha alguns frutos para levarmos.

— E como serão preparados? — perguntei ao canadense.

— Fabricando com sua polpa uma massa fermentada que pode ser conservada indefinidamente e sem se degradar. Quando quiser utilizá-la, mandarei assá-la na cozinha de bordo, e apesar de seu sabor um pouco ácido, vai achá-la excelente.

— Então, mestre Ned, vejo que não falta nada a esse pão...

— Falta sim, professor — respondeu o canadense —, faltam algumas frutas ou, no mínimo, alguns legumes!

— Procuremos as frutas e os legumes.

Terminada a colheita inicial, fomos atrás do resto daquele jantar "terrestre".

Nossas buscas não foram infrutíferas, e, por volta do meio-dia, tínhamos uma ampla provisão de bananas. Essa fruta deliciosa da zona tórrida amadurece ao longo de todo o ano, e os malaios, que lhes deram o nome de *pisang*, comem-nas cruas. Junto com essas bananas, colhemos jacas enormes de gosto bastante acentuado, mangas saborosas e abacaxis de tamanho inverossímil. Mas a colheita gastou grande parte de nosso tempo que, aliás, não precisávamos poupar.

Conseil estava sempre de olho em Ned. O arpoador ia na frente, e, durante a caminhada pela floresta, juntava com mão firme frutas excelentes para completar sua provisão.

— E então — perguntou Conseil —, falta-lhe mais alguma coisa, amigo Ned?

— Hum! — fez o canadense.

— Como! Está se queixando?

— Todos esses vegetais juntos não fariam uma refeição — respondeu Ned. — São o fim de uma, uma sobremesa. E o ensopado? E o assado?

— É verdade — eu disse. — Ned nos prometeu costeletas que me parecem bastante incertas.

— Professor — respondeu o canadense —, além de não ter terminado, a caça nem começou. Paciência! Acabaremos encontrando algum animal com penas ou pelos, se não aqui, em outro lugar...

— E se não hoje, amanhã — acrescentou Conseil —, pois não devemos nos afastar demais. Proponho inclusive que voltemos ao bote.

— O quê? Já? — protestou Ned.

— Precisamos voltar antes que escureça — eu disse.

— Mas que horas são? — perguntou o canadense.

— Duas horas, no mínimo — respondeu Conseil.

— Como o tempo passa rápido em terra firme! — exclamou mestre Ned Land com um suspiro nostálgico.

— Vamos — concluiu Conseil.

Regressamos pela floresta e completamos nossa colheita arrancando palmitos, colhidos do alto das árvores, pequenos feijões, que reconheci como os *abru* dos malásios, e inhames de qualidade superior.

Estávamos sobrecarregados quando chegamos ao bote. Ned Land, porém, ainda não achava seu sortimento suficiente. Mas o acaso o ajudou. No momento de embarcar, avistou várias árvores de altura variando entre oito e nove metros, pertencentes à família das palmeiras. Essas árvores, tão importantes quanto o artocarpo, contavam justamente entre os produtos mais úteis da Malásia.

Eram sagueiros, vegetais que crescem sem precisar de cultivo, reproduzindo-se, como as amoreiras, por meio de brotos e sementes.

Ned Land conhecia a maneira de lidar com aquelas árvores. Pegou seu machado e, manejando-o com grande vigor, logo derrubou dois ou três sagueiros maduros, a julgar pela poeira branca que salpicava suas palmas.

Observei-o mais com olhos de naturalista que de homem esfomeado. Ele começou retirando de cada tronco uma camada de casca, de dois centímetros e meio, que recobria um entrelaçado de fibras alongadas que formavam nós inextricáveis, coladas por uma espécie de farinha gomosa. Essa farinha é o sagu, substância comestível que serve sobretudo à alimentação das populações melanésias.

Ned Land contentou-se, naquele momento, em cortar os troncos em pedaços, como se cortasse lenha, deixando para extrair a farinha mais tarde, quando a faria passar por um filtro de pano para separá-la de seus ligamentos fibrosos, a colocaria para secar ao sol e a deixaria endurecer em formas.

Finalmente, às cinco horas, carregados com todas as

nossas riquezas, deixamos a costa da ilha e, meia hora depois, acostamos no *Nautilus*. Ninguém veio a nosso encontro. O enorme cilindro de metal parecia deserto. Embarcadas as provisões, desci para meu quarto. Encontrei minha ceia servida. Comi e depois adormeci.

No dia seguinte, 6 de janeiro, nada de novo a bordo. Nenhum ruído lá dentro, nenhum sinal de vida. O bote continuava ao longo do bordo, no mesmo lugar em que o havíamos deixado. Decidimos voltar à ilha Gueboroar. Ned Land esperava ter mais sorte que na véspera, do ponto de vista do caçador, e queria visitar outra parte da floresta.

Ao nascer do sol, estávamos a caminho. A embarcação, levada pela corrente que conduzia à terra firme, chegou à ilha em poucos instantes.

Desembarcamos e seguimos Ned Land, julgando que seria melhor seguir o instinto do canadense, cujas pernas compridas ameaçavam distanciar-se.

Ned Land contornou a costa rumo a oeste, depois, passando a vau alguns leitos de rios, chegou ao planalto cercado por admiráveis florestas. Alguns martins-pescadores rondavam os cursos de água, mas não se deixavam aproximar. Sua cautela me provou que aquelas aves sabiam o que esperar de bípedes de nossa espécie, e concluí que, se a ilha não fosse habitada, pelo menos devia ser frequentada por seres humanos.

Após atravessarmos uma densa campina, chegamos à orla de um pequeno bosque animado pelo canto e pelo voo de um grande número de pássaros.

— De novo, apenas pássaros — disse Conseil.

— Mas alguns são comestíveis! — respondeu o arpoador.

— Nenhum desses, amigo Ned — decretou Conseil —, pois vejo apenas simples papagaios.

— Amigo Conseil — anunciou gravemente Ned —, o papagaio é o faisão daqueles que não têm outra coisa para comer.

VINTE MIL LÉGUAS SUBMARINAS

— Eu também diria — concordei — que esse pássaro, preparado de maneira adequada, faz jus à garfada dada.

Com efeito, sob a espessa vegetação daquele bosque, uma verdadeira turba de papagaios voejava de galho em galho, à espera apenas de uma educação mais zelosa para falar a língua humana. Naquele momento, tagarelavam na companhia de periquitos de todas as cores e sisudas cacatuas, que pareciam meditar algum problema filosófico, enquanto lóris de um vermelho flamejante passavam pedaços de pano carregados pela brisa, em meio a calaus de voo ruidoso, papuas pintados nas mais sutis nuanças de azul, e toda uma variedade de aves fascinantes, mas em geral pouco comestíveis.

No entanto, um pássaro típico daquelas terras, que nunca ultrapassou o limite das ilhas Aru e das ilhas da Papua, faltava àquela coleção. Mas o destino me reservava admirá-la em breve.

Depois de atravessarmos uma mata pouco densa, encontramos uma planície coberta de arbustos. Vi magníficos pássaros alçando voo, obrigados pela disposição de suas longas plumas a se orientarem contra o vento. Seu voo ondulado, a graça de suas curvas aéreas, a iridescência de suas cores atraíam e deleitavam o olhar. Não tive dificuldade para reconhecê-los.

— Aves-do-paraíso!

— Ordem dos passeriformes, seção dos clistómoros — especificou Conseil.

· — Família das perdizes? — perguntou Ned Land.

— Não creio, mestre Land. Mesmo assim, conto com sua habilidade para capturar um desses encantadores espécimes da natureza tropical!

— Tentaremos, professor, embora eu esteja mais acostumado a manejar o arpão que o fuzil.

Os malaios, que fazem grande comércio dessas aves com os chineses, têm diversas maneiras de capturá-las que não podíamos empregar. Ora armam laços no topo das árvores mais altas, onde os paradiseídeos preferencialmente habitam. Ora os capturam com uma cola aderente que paralisa seus movimentos. Chegam inclusive a envenenar as nascentes onde esses pássaros costumam beber. De nossa parte, estávamos reduzidos a alvejá-los em pleno voo, o que nos deixava com poucas chances de atingi-los. E, de fato, gastamos em vão uma parte de nossas munições.

Por volta das onze horas da manhã, o primeiro patamar das montanhas que formavam o centro da ilha havia sido transposto, e ainda não tínhamos caçado nada. A fome nos aguilhoava. Os caçadores haviam confiado no produto de sua caça, e se equivocaram. Por pura sorte, Conseil, para sua grande surpresa, deu um tiro duplo e garantiu o almoço. Acertou um pombo branco e um torcaz, que, prontamente desemplumados e enfiados num espeto, assaram num fogo ardente de lenha seca. Enquanto aqueles interessantes animais tostavam, Ned preparou alguns frutos do artocarpo. Depois, o pombo e o torcaz foram devorados até os ossos e declarados excelentes. A noz-moscada com que costumam se empanturrar perfuma suas carnes e torna-os um manjar delicioso.

— É como se esses frangos se alimentassem de trufas — disse Conseil.

— E agora, Ned, o que lhe falta? — perguntei ao canadense.

— Uma caça de quatro patas, professor Aronnax — respondeu Ned Land. — Todos esses pombos não passam de entradas e aperitivos para o paladar! Enquanto não matar um animal com costeletas, não sossegarei!

— Nem eu, Ned, se não pegar uma ave-do-paraíso.

— Continuemos a caça — disse Conseil —, mas voltando para o mar. Chegamos às primeiras encostas das montanhas, melhor voltarmos para a região das florestas.

Era uma opinião sensata, e foi seguida. Depois de uma hora de caminhada, tínhamos chegado a uma verdadei-

VINTE MIL LÉGUAS SUBMARINAS 209

ra floresta de sagueiros. Algumas cobras inofensivas fugiam sob nossos passos. As aves-do-paraíso se escondiam quando nos aproximávamos, e eu estava realmente pouco esperançoso de capturá-las, quando Conseil, que ia na frente, abaixou-se de repente, deu um grito de triunfo e voltou até mim, trazendo um magnífico paradiseídeo.

— Ah, bravo, Conseil! — exclamei.

— O doutor é muito gentil — disse Conseil.

— Claro que não, meu rapaz. Você deu um golpe de mestre. Capturar vivo um desses pássaros, e com a mão!

— Se o doutor quiser examiná-lo de perto, verá que não tive grande mérito.

— E por quê, Conseil?

— Porque este pássaro está bêbado como um gambá.

— Bêbado?

— Sim, doutor, bêbado da noz-moscada que estava devorando sob a moscadeira onde o capturei. Veja, amigo Ned, veja os terríveis efeitos da intemperança!

— Diabos! — grunhiu o canadense. — Se for pelo que bebi de gim nos últimos dois meses, não tenho por que ser censurado!

Enquanto isso, eu examinava o curioso pássaro. Conseil estava certo. O paradiseídeo, embriagado pelo sumo capitoso, estava reduzido à impotência. Não conseguia voar. Apenas caminhava. Mas pouco me preocupei com isso e deixei-o digerir sua noz-moscada.

O pássaro pertencia à mais bela das oito espécies encontradas na Papuásia e nas ilhas vizinhas. Era o paradiseídeo "grande esmeralda", um dos mais raros. Media trinta centímetros de comprimento. Sua cabeça era relativamente pequena, seus olhos, também pequenos, ficavam perto da abertura do bico. Mas apresentava um admirável conjunto de matizes, era amarelo no bico, marrom nas patas e nas garras, cor de avelã nas asas púrpuras nas extremidades, amarelo-claro na cabeça e atrás do pescoço, cor de esmeralda na garganta, marrom-escuro no ventre e no peito. Dois fios córneos e penugentos se erguiam acima da cauda, prolongada por longas plumas muito leves, de admirável delicadeza, e aperfeiçoavam o todo dessa ave maravilhosa que os nativos poeticamente chamaram de "pássaro do sol".

Almejei vivamente poder levar para Paris aquele magnífico espécime de paradiseídeo para doá-lo ao Jardin des Plantes, que não possuía nenhum com vida.

— Então é muito raro? — perguntou o canadense, com o tom de um caçador que pouco considera a caça do ponto de vista da arte.

— Muito raro, meu bravo companheiro, e, acima de tudo, muito difícil de ser capturado vivo. Mesmo mortos, esses pássaros continuam sendo objeto de um comércio intenso. Por isso, os nativos passaram a produzi-los, assim como produzimos pérolas ou diamantes.

— Como? — espantou-se Conseil. — Fabricam aves-do-paraíso?

— Sim, Conseil.

— E o doutor conhece o procedimento utilizado pelos nativos?

— Perfeitamente. Os paradiseídeos, durante as monções leste, perdem as magníficas plumas que cercam sua cauda, e que os naturalistas chamam de plumas subalares. Essas plumas são recolhidas pelos falsificadores de aves, que as adaptam com perfeição a algum pobre periquito previamente mutilado. A seguir, pintam a sutura, envernizam o pássaro, e enviam aos museus e colecionadores da Europa esses produtos de sua singular indústria.

— Ótimo! — disse Ned Land. — Mesmo não sendo o pássaro, as penas continuam sendo suas, e como a mercadoria não se destina à alimentação, não vejo muito problema nisso!

Se meus desejos haviam sido saciados pela posse daquele paradiseídeo, os do caçador canadense ainda não. Felizmente, por volta das duas horas, Ned Land derru-

VINTE MIL LÉGUAS SUBMARINAS

bou um magnífico porco-do-mato, do tipo que os nativos chamam de *babi hutan*. O animal veio muito a calhar, proporcionando-nos verdadeira carne de quadrúpede, e foi bem recebido. Ned Land ficou muito orgulhoso de seu tiro de fuzil. O porco, tocado pela bala elétrica, havia caído duro no chão. O canadense tirou sua pele e limpou-o bem, retirando meia de dúzia de costeletas para grelhar durante a refeição noturna. A seguir, a caça foi reiniciada e seria marcada por mais proezas de Ned e Conseil.

De fato, os dois amigos, batendo nos arbustos, afugentaram um bando de cangurus, que saíram pulando sobre suas patas elásticas. Mas esses animais não eram tão rápidos que a cápsula elétrica não pudesse interromper sua corrida.

— Ah, professor! — gritou Ned Land, com a exaltação do caçador subindo à cabeça. — Carne excelente, sobretudo quando estufada! Que provisão para o *Nautilus*! Dois, três, cinco no chão! E quando penso que devoraremos toda essa carne, da qual os imbecis a bordo não terão nem migalhas!

Creio que, em seu excesso de alegria, o canadense, se não tivesse falado tanto, teria massacrado o bando todo! Mas ele se contentou com uma dúzia daqueles interessantes marsupiais, que formam a primeira ordem de mamíferos aplacentários — informou-nos Conseil.

Eram animais de pequeno porte. Uma espécie de "canguru-coelho", que geralmente vive no oco das árvores e corre a grandes velocidades; mas, se têm um tamanho insignificante, fornecem, no entanto, a carne mais apreciada.

Estávamos muito satisfeitos com os resultados de nossa caçada. O alegre Ned se propunha a voltar no dia seguinte àquela ilha encantada, que queria despovoar de todos os seus quadrúpedes comestíveis. Mas não contava com o desenrolar dos fatos.

Às seis horas da tarde, estávamos de volta à praia. Nosso bote estava encalhado no lugar de sempre. O *Nautilus*, parecendo um longo escolho, emergia das ilhas a duas milhas da costa.

Ned Land, sem se demorar, ocupou-se da grande questão do jantar. Entendia de toda aquela cozinha admiravelmente bem. As costeletas *babi hutan*, grelhadas no carvão, logo espalharam um delicioso odor que perfumou a atmosfera!

Mas vejo que me tornei como o canadense. Em êxtase diante de um porco grelhado! Perdoem-me, assim como perdoei a mestre Land, e pelos mesmos motivos!

Enfim, o jantar foi excelente. Dois torcazes completaram nosso cardápio extraordinário. A massa de sagu, o pão do artocarpo, algumas mangas, meia dúzia de abacaxis e o licor fermentado de alguns cocos fizeram nossa alegria. Creio mesmo que as ideias de meus dignos companheiros não tinham toda a clareza desejável.

— E se não voltássemos para o *Nautilus* hoje à noite? — sugeriu Conseil.

— E se nunca mais voltássemos? — acrescentou Ned.

Naquele momento, uma pedra caiu a nossos pés, dando um ponto final à proposta do arpoador.

22. O raio do capitão Nemo

Olhamos para os lados da floresta sem nos levantarmos, minha mão interrompeu seu movimento até a boca, a de Ned Land chegou a seu destino.

— Pedras não caem do céu — disse Conseil —, ou então se chamam aerólitos.

Uma segunda pedra, de formato meticulosamente arredondado, que derrubou da mão de Conseil uma saborosa coxa de torcaz, deu ainda mais peso à sua observação.

Levantamo-nos os três, fuzis nos ombros, prontos para responder a qualquer ataque.

— Macacos? — perguntou Ned Land.

— Mais ou menos — respondeu Conseil —, são selvagens.

— Para o bote! — gritei, dirigindo-me para o mar.

Era preciso, de fato, bater em retirada, pois cerca de vinte nativos, armados de arcos e fundas, apareciam na orla da mata que cobria o horizonte à direita, a apenas cem passos.

Nosso bote estava encalhado a dez toesas de onde estávamos.

Os selvagens se aproximavam, sem correr, mas esbanjavam as demonstrações mais hostis. Choviam pedras e flechas.

Ned Land não quisera abandonar suas provisões, e, com um porco de um lado, os cangurus do outro, apesar da iminência do perigo, corria com certa velocidade.

Em dois minutos, chegamos à praia. Carregar o bote com as provisões e as armas, empurrá-lo para o mar, armar os dois remos, isso foi questão de instantes. Não estávamos a cem amarras de distância quando cem selvagens, gritando e gesticulando, entraram na água até a cintura. Eu cuidava para ver se aquela aparição atraía alguns homens do *Nautilus* à plataforma. Mas não. A enorme máquina, deitada ao largo, continuava absolutamente deserta.

Vinte minutos depois, subíamos a bordo. As escotilhas estavam abertas. Depois de atracarmos o bote, entramos no *Nautilus*.

Desci até o salão, de onde subiam alguns acordes. O capitão Nemo estava ali, curvado sobre seu órgão e mergulhado num êxtase musical.

— Capitão! — chamei-o.

Ele não me ouviu.

— Capitão! — repeti, tocando-o.

Ele estremeceu, virando-se:

— Ah, é o senhor, professor? — disse ele. — Então, fez boa caçada, herborizou com sucesso?

— Sim, capitão — respondi —, mas infelizmente trouxemos junto um bando de bípedes cuja proximidade me parece preocupante.

— Que bípedes?

— Selvagens.

— Selvagens! — repetiu o capitão Nemo num tom irônico. — E o senhor se espanta, professor, de ter colocado os pés numa das terras desse planeta e ter encontrado selvagens? Onde eles não estão? A propósito, serão piores que os outros, esses que o senhor chama de selvagens?

— Mas, capitão...

— De minha parte, professor, encontrei-os em toda parte.

— Então — respondi —, se não quiser recebê-los a bordo do *Nautilus*, melhor tomar algumas precauções.

— Acalme-se, professor, não há com que se preocupar.

— Mas esses nativos são numerosos.

— Quantos o senhor contou?

— Uns cem, no mínimo.

— Professor Aronnax — respondeu o capitão Nemo, cujos dedos tinham voltado para as teclas do órgão —, nem se todos os indígenas da Papuásia estivessem reunidos nesta praia, o *Nautilus* teria algo a temer de seus ataques! Os dedos do capitão corriam pelo teclado do instrumento, e notei que tocava apenas as teclas pretas, o que dava a suas melodias uma cor essencialmente escocesa. Logo se esqueceu de minha presença e mergulhou num devaneio que procurei não interromper novamente.

Voltei à plataforma. A noite havia chegado, pois naquela baixa latitude o sol se põe rapidamente e sem crepúsculo. Eu via a ilha Gueboroar apenas indistintamente. Mas inúmeras fogueiras, na praia, atestavam que os nativos não pensavam em abandoná-la.

Fiquei sozinho ali por várias horas, ora pensando naqueles indígenas — mas sem mais temê-los, pois a imperturbável confiança do capitão me invadia —, ora esquecendo-os para admirar os esplendores daquela noite dos trópicos. Minha mente me levava para a França, seguindo as estrelas zodiacais que em algumas horas a iluminariam. A lua brilhava no meio das constelações do zênite. Lembrei naquele momento que o fiel e bondoso satélite voltaria depois de amanhã, àquele mesmo lugar, para levantar as águas e arrancar o *Nautilus* de seu leito de corais. Por volta da meia-noite, vendo que tudo estava tranquilo sobre as ondas escuras, bem como sob as árvores da costa, regressei à minha cabine e adormeci sossegadamente.

A noite transcorreu sem intercorrências. A simples visão do monstro encalhado na baía devia assustar os papuas, sem dúvida, pois as escotilhas, que continuavam abertas, teriam permitido um fácil acesso ao interior do *Nautilus*.

Às seis horas da manhã — 8 de janeiro —, subi à plataforma. As sombras da manhã se erguiam. A ilha logo despontou por entre as brumas dissipadas, primeiro suas praias, depois seus picos.

Os indígenas continuavam na praia, mais numerosos que na véspera — quinhentos ou seiscentos, talvez. Alguns, aproveitando a maré baixa, tinham avançado por cima dos corais, chegando a menos de duas amarras do *Nautilus*. Eu os distinguia com facilidade. Eram verdadeiros papuas, de corpo atlético, homens de bela raça, fronte larga e alta, narizes grossos mas não achatados, dentes brancos. Sua cabeleira lanosa, pintada de vermelho, contrastava com um corpo negro e luzidio como o dos núbios. Nos lobos de suas orelhas, cortados e estirados, pendiam contas de ossos. Aqueles selvagens estavam, quase todos, nus. Entre eles, vi algumas mulheres vestidas, da cintura aos joelhos, com uma verdadeira saia de folhas presa por um cinto vegetal. Alguns chefes tinham ornado seus pescoços com um crescente e colares de miçangas vermelhas e brancas. Quase todos, armados de arcos, flechas e escudos, carregavam no ombro uma espécie de rede contendo as pedras arredondadas lançadas com habilidade por suas fundas.

Um desses chefes, bastante perto do *Nautilus*, examinava-o com atenção. Devia ser um *mado* da alta hierarquia, pois se enrolava numa esteira de folhas de bananeiras, denteada nas bordas e realçada por cores vibrantes.

Eu facilmente poderia ter abatido aquele indígena, que estava a uma pequena distância; mas julguei que seria melhor esperar demonstrações verdadeiramente hostis. Entre europeus e selvagens, convém que os europeus respondam e não ataquem.

Durante todo o período da maré baixa, os nativos rondaram o *Nautilus*, mas não se mostraram ruidosos. Eu os ouvia repetir com frequência a palavra "assai", e por seus gestos entendi que me convidavam para ir à praia, convite que achei melhor declinar.

Naquele dia, portanto, o bote não desatracou, para

VINTE MIL LÉGUAS SUBMARINAS 217

grande desprazer de mestre Land, que não pôde completar seus estoques. O habilidoso canadense passava o tempo preparando as carnes e farinhas que havia trazido da ilha Gueboroar. Os selvagens, por sua vez, regressaram à praia por volta das onze horas da manhã, assim que o topo dos corais começou a desaparecer sob as águas da maré montante. Mas vi seu número crescer consideravelmente na praia. Era provável que viessem das ilhas vizinhas ou da Papuásia propriamente dita. No entanto, eu não tinha visto uma única piroga indígena.

Não tendo nada melhor para fazer, pensei em dragar aquelas belas águas límpidas, que deixavam ver uma profusão de conchas, zoófitos e plantas pelágicas. Aquele era, além disso, o último dia que o *Nautilus* passaria naquelas paragens, se conseguisse flutuar na maré cheia do dia seguinte, conforme a promessa do capitão Nemo.

Chamei Conseil, portanto, que me trouxe uma pequena e leve rede, mais ou menos parecida com as que servem para pescar ostras.

— E os selvagens? — perguntou-me Conseil. — Que o doutor me perdoe, mas não me parecem muito maus!

— Mas são antropófagos, meu rapaz.

— É possível ser antropófago e homem de valor — respondeu Conseil —, assim como é possível ser guloso e honesto. Um não exclui o outro.

— Muito bem, Conseil, aceito que sejam valorosos antropófagos, e que devorem honestamente seus prisioneiros. Porém, como não quero ser devorado, mesmo que honestamente, mantenho-me de sobreaviso, pois o comandante do *Nautilus* não parece tomar nenhuma precaução. E agora, mãos à obra.

Por duas horas, nossa pesca foi conduzida com energia, mas sem apanhar nenhuma raridade. A rede se enchia de orelhas-do-mar de Midas, harpas, melânias e, em especial, das mais belas ostras-martelo que eu jamais vira até então. Capturamos também algumas holotúrias, ostras perlíferas e uma dúzia de pequenas tartarugas que foram reservadas para a despensa de bordo.

Quando eu menos esperava, contudo, coloquei a mão numa maravilha, ou melhor, numa deformidade natural, raríssima de encontrar. Conseil acabara de atirar a rede, e o aparato subia carregado de várias conchas bastante comuns, quando, de repente, ele me viu mergulhar rapidamente o braço na rede, retirar um marisco e soltar um grito de conquiliólogo, isto é, o grito mais penetrante que uma goela humana possa dar.

— Opa! O doutor está com alguma coisa? — perguntou Conseil, muito surpreso. — Foi mordido?

— Não, meu rapaz, mas daria de bom grado um dedo por minha descoberta!

— Que descoberta?

— Esta concha — eu disse, mostrando o objeto de minha vitória.

— Mas é apenas uma oliva-porfíria, gênero oliva, ordem dos pectinibrânquios, classe dos gastrópodes, ramos dos moluscos...

— Sim, Conseil, mas com espiral invertida, esta oliva curva-se da esquerda para a direita!

— Será possível? — exclamou Conseil.

— Sim, meu rapaz, é uma concha sinistrógira!

— Uma concha sinistrógira! — repetia Conseil, com o coração acelerado.

— Veja a espiral!

— Ah, o doutor pode ter certeza — disse Conseil, pegando a preciosa concha com a mão trêmula —, nunca senti emoção como esta!

E havia motivo para comoção! Sabe-se, de fato, conforme observado pelos naturalistas, que o destrismo é uma lei da natureza. Os astros e seus satélites, nos movimentos de translação e rotação, se movem da direita para a esquerda. O homem usa mais comumente a mão direita do que a mão esquerda e, consequentemente, seus

VINTE MIL LÉGUAS SUBMARINAS

instrumentos e seus aparelhos, escadas, fechaduras, mecanismos de relógios etc. são construídos de modo a serem utilizados da direita para a esquerda. Ora, a natureza em geral seguiu essa lei ao espiralar suas conchas. Todas são dextrógiras, com raras exceções, e quando por acaso têm espiral sinistrógira, os colecionadores as compram a peso de ouro.

Conseil e eu, portanto, estávamos embevecidos na contemplação de nosso tesouro, com o qual eu pensava enriquecer o Museu, quando uma pedra, desgraçadamente lançada por um nativo, veio quebrar o precioso objeto na mão de Conseil.

Soltei um grito de desespero! Conseil avançou até meu fuzil e mirou no selvagem que balançava sua funda a dez metros de distância. Tentei detê-lo, mas o tiro foi dado e rompeu o bracelete de amuletos que pendia do braço do indígena.

— Conseil — gritei —, Conseil!

— O que foi? O doutor não viu que esse canibal foi quem começou o ataque?

— Uma concha não vale a vida de um homem! — sentenciei.

— Ah, miserável! — gritou Conseil. — Teria preferido que me quebrasse o ombro!

Conseil estava sendo sincero, mas não concordei com ele. A situação mudara em poucos instantes, e não tínhamos percebido. Umas vinte pirogas cercavam o *Nautilus*. Essas pirogas, escavadas em troncos de árvores, compridas, estreitas, perfeitamente construídas para o deslocamento, se equilibravam graças a um flutuador de bambu que se mantinha na superfície da água. Eram conduzidas por hábeis remadores seminus, e não foi sem preocupação que os vi avançar.

Era evidente que aqueles papuas já haviam tido contato com os europeus, e que conheciam seus navios. Mas o que deviam pensar daquele longo cilindro de ferro adormecido na baía, sem mastro, sem chaminé? Nada de bom, pois no início tinham se mantido a uma distância respeitosa. No entanto, vendo-o imóvel, aos poucos recuperavam a confiança e procuravam se familiarizar com ele. Ora, era justamente essa familiaridade que precisávamos impedir. Nossas armas, que não produziam estampido, causavam pouca impressão sobre os nativos, que só respeitam os instrumentos ruidosos. O relâmpago pouco assustaria os homens sem o ribombar do trovão, embora o perigo esteja no raio, não no barulho.

Naquele momento, as pirogas se aproximaram do *Nautilus*, e uma nuvem de flechas caiu sobre ele.

— Diabos! Uma saraivada! — gritou Conseil. — E talvez de flechas envenenadas!

— Preciso avisar o capitão Nemo — eu disse, passando pela escotilha.

Desci até o salão. Não encontrei ninguém. Ousei bater na porta que dava para o quarto do capitão.

Um "entre" me respondeu. Entrei e encontrei o capitão Nemo mergulhado num cálculo em que não faltavam x e demais signos algébricos.

— Estou atrapalhando? — perguntei por educação.

— Sim, professor Aronnax — respondeu-me o capitão —, mas acredito que tenha sérios motivos para querer me ver?

— Seríssimos. Estamos sendo cercados pelas pirogas dos nativos e, em poucos minutos, certamente seremos atacados por algumas centenas de selvagens.

— Ah! — expirou com tranquilidade o capitão Nemo. — Eles vieram com as pirogas?

— Sim, capitão.

— Então, professor, basta fecharmos as escotilhas.

— Exatamente, vim avisar-lhe...

— Nada mais fácil — disse o capitão Nemo.

E, apertando um botão elétrico, transmitiu uma ordem à cabine da tripulação.

— Pronto, professor — disse ele, após alguns minutos.

— O senhor não teme, imagino, que aqueles senhores arrombem o casco que os projéteis de sua fragata não puderam sequer arranhar?

— Não, capitão, mas ainda existe um perigo.

— Qual, professor?

— Amanhã, na mesma hora, precisaremos reabrir as escotilhas para renovar o ar do *Nautilus*...

— Sem dúvida, professor, pois nossa embarcação respira à maneira dos cetáceos.

— Ora, se os papuas estiverem na plataforma, não vejo como impedi-los de entrar.

— Então acredita que subirão a bordo?

— Tenho certeza.

— Muito bem, professor, que subam. Não vejo razão alguma para impedi-los. No fundo, esses papuas são uns pobres-diabos, e não quero que minha visita à ilha Gueboroar custe a vida de um único desses infelizes!

Dito isto, comecei a me retirar; mas o capitão Nemo me deteve e convidou-me a sentar a seu lado. Interrogou-me com interesse sobre nossas excursões em terra firme, sobre nossas caçadas, e não pareceu compreender aquela necessidade de carne que movia o canadense. Em seguida, a conversa abordou assuntos variados e, mesmo não sendo mais comunicativo, o capitão Nemo se mostrou mais amável.

Entre outras coisas, chegamos a falar da situação do *Nautilus*, encalhado no mesmo estreito em que Dumont d'Urville esteve a ponto de naufragar. O capitão disse a esse respeito:

— Esse D'Urville foi um dos grandes marinheiros de vocês, um dos mais inteligentes navegadores. Ele é o capitão Cook dos franceses. Pobre cientista! Enfrentar os bancos de gelo do polo Sul, os corais da Oceania, os canibais do Pacífico, para morrer miserável dentro de um trem numa estrada de ferro! Se esse homem enérgico pôde refletir durante os últimos segundos de sua vida, imagine quais não devem ter sido seus supremos pensamentos!

Falando daquela maneira, o capitão Nemo parecia comovido, e atribuí essa emoção a um mérito seu.

Depois, com o mapa na mão, revisitamos os feitos do navegador francês, suas viagens de circum-navegação, sua dupla investida no polo Sul, que levou ao descobrimento das terras Adélia e Luís Filipe, e por fim seus levantamentos hidrográficos das principais ilhas da Oceania.

— O que D'Urville fez na superfície dos mares — disse o capitão Nemo —, eu fiz no fundo do oceano, e com mais facilidade e abrangência do que ele. A *Astrolabe* e a *Zélée*, constantemente sacudidas pelas tempestades, não poderiam se igualar o *Nautilus*, tranquilo gabinete de trabalho e verdadeiro sedentário das águas!

— Mesmo assim, capitão, há um ponto em comum entre as corvetas de Dumont d'Urville e o *Nautilus*.

— Qual, professor?

— O *Nautilus* encalhou como elas!

— O *Nautilus* não encalhou, professor — respondeu com frieza o capitão Nemo. — O *Nautilus* foi feito para repousar no leito dos mares, e não precisarei empreender os penosos trabalhos e manobras que o desencalhe das corvetas impôs a D'Urville. A *Astrolabe* e a *Zélée* quase naufragaram, mas meu *Nautilus* não corre perigo algum. Amanhã, no dia certo, na hora certa, a maré o erguerá calmamente, e ele retomará sua navegação através dos mares.

— Capitão — eu disse —, não tenho dúvida...

— Amanhã — acrescentou o capitão Nemo, levantando-se —, amanhã às duas horas e quarenta minutos da tarde, o *Nautilus* flutuará e partirá incólume do estreito de Torres.

Depois de pronunciar essas palavras num tom bastante lacônico, o capitão Nemo inclinou-se levemente. Estava se despedindo, e voltei para o meu quarto.

Lá, encontrei Conseil, que queria saber o resultado de minha conversa com o capitão.

— Meu rapaz — expliquei-lhe —, quando demonstrei

VINTE MIL LÉGUAS SUBMARINAS 223

acreditar que seu *Nautilus* estava ameaçado pelos nativos da Papuásia, o capitão respondeu-me com bastante ironia. Tenho, portanto, uma única coisa a dizer: confie nele, e vá dormir em paz.

— O doutor não precisa de meus serviços?

— Não, meu amigo. O que Ned Land está fazendo?

— Com todo respeito, doutor — respondeu Conseil —, o amigo Ned está preparando um patê de canguru que ficará uma maravilha!

Fiquei sozinho, deitei, mas dormi bastante mal. Podia ouvir o barulho dos selvagens, que pisavam na plataforma e soltavam gritos ensurdecedores. A noite passou assim, e sem que a tripulação saísse de sua inércia habitual. Ela não se preocupava com a presença dos canibais mais do que os soldados de um forte blindado se preocupam com as formigas que percorrem suas fortificações.

Às seis horas da manhã, levantei-me. As escotilhas não haviam sido abertas. O ar não fora renovado no interior, mas os reservatórios, cheios para qualquer eventualidade, funcionaram na hora certa e lançaram alguns metros cúbicos de oxigênio na atmosfera viciada do *Nautilus*.

Trabalhei em meu quarto até o meio-dia, sem avistar, sequer por um instante, o capitão Nemo. Não parecia haver a bordo nenhum preparativo para a partida.

Esperei ainda algum tempo e depois fui para o grande salão. O pêndulo marcava duas e meia. Em dez minutos, a maré chegaria ao máximo de altura, e, se o capitão Nemo não tivesse feito uma promessa temerária, o *Nautilus* se soltaria imediatamente. Senão, muitos meses se passariam antes que ele pudesse deixar seu leito de coral.

Enquanto isso, algumas vibrações prenunciadoras logo se fizeram sentir no casco do navio. Ouvi o rangido de sua bordagem contra as asperezas calcárias do fundo coralino.

Às duas e trinta e cinco, o capitão Nemo chegou ao salão.

— Vamos partir — anunciou.

— Ah!

— Dei ordens para abrirem as escotilhas.

— E os papuas?

— Os papuas? — respondeu o capitão Nemo, encolhendo levemente os ombros.

— Eles não vão entrar no *Nautilus*?

— E como o fariam?

— Passando pelas escotilhas que o senhor mandou abrir.

— Professor Aronnax — respondeu calmamente o capitão Nemo —, não se entra tão fácil pelas escotilhas do *Nautilus*, mesmo quando estão abertas.

Eu encarava o capitão.

— O senhor não entendeu? — perguntou ele.

— Nada.

— Muito bem! Venha e veja.

Dirigi-me para a escada central. Ali, Ned Land e Conseil, muito intrigados, olhavam alguns homens da tripulação abrindo as escotilhas, enquanto gritos de raiva e medonhas vociferações vinham do exterior.

Os postigos foram abaixados no lado de fora. Vinte figuras horríveis apareceram. Mas o primeiro desses indígenas que colocou a mão no corrimão da escada foi lançado para trás por não sei que força invisível e fugiu dando gritos terríveis e pulos exorbitantes.

Dez companheiros seus o sucederam. Os dez tiveram a mesma sorte.

Conseil estava em êxtase. Ned Land, arrebatado por seus instintos violentos, correu para a escada. Mas assim que tocou no corrimão com as duas mãos, foi derrubado por sua vez.

— Mil diabos! — gritou. — Fui fulminado!

Isso explicou tudo. Aquele não era mais um corrimão, mas um cabo de metal, carregado com a eletricidade de bordo, subindo até a plataforma. Quem o tocasse sentiria um tremendo choque — e esse choque poderia ser mortal, se o capitão Nemo transmitisse àquele condutor toda a corrente de seus aparelhos! Podemos de fato dizer que entre seus agressores e ele havia uma rede elétrica que ninguém podia transpor impunemente.

Os papuas, apavorados, batiam em retirada, tomados de pânico. Nós, meio rindo, consolávamos e massageávamos o pobre Ned Land, que praguejava como um possesso.

Naquele momento, o *Nautilus*, levantado pelas últimas ondulações da maré, deixou seu leito de coral exatamente no quadragésimo minuto indicado pelo capitão. Sua hélice bateu as águas com majestosa lentidão. Sua velocidade aos poucos foi aumentando e, navegando pela superfície do oceano, deixou, são e salvo, as perigosas passagens do estreito de Torres.

23. *Aegri somnia**

No dia seguinte, 10 de janeiro, o *Nautilus* retomou sua marcha entre duas águas, mas com uma velocidade notável, que não pude avaliar em menos de trinta e cinco milhas por hora. A rapidez de sua hélice era tal que eu não conseguia seguir suas voltas ou contá-las.

Quando eu pensava que aquele maravilhoso agente elétrico, depois de gerar o movimento, o calor e a luz do *Nautilus*, ainda o protegia dos ataques externos, e o transformava numa arca santa em que nenhum profanador podia tocar sem ser fulminado, minha admiração crescia sem limites, e do aparelho passava imediatamente para o engenheiro que o havia criado.

Navegávamos diretamente para o oeste e, no dia 11 de janeiro, cruzamos o cabo Wessel, situado a 135° de longitude e 10° de latitude norte, que forma a ponta leste do golfo de Carpentária. Os recifes ainda eram numerosos, mas mais espalhados, e assinalados no mapa com extrema precisão. O *Nautilus* evitou com facilidade os quebra-mares de Money a bombordo, e os recifes Victoria a estibordo, localizados a 130° no décimo paralelo que seguíamos com rigor.

No dia 13 de janeiro, o capitão Nemo, chegando ao

---

* "Sonhos de um doente", citação do verso 7 da *Arte poética*, de Horácio. (N.E.)

VINTE MIL LÉGUAS SUBMARINAS

mar de Timor, avistou a ilha com esse nome a 122° de longitude. Essa ilha, cuja superfície é de mil seiscentas e vinte e cinco léguas quadradas, é governada por rajás. Esses príncipes se dizem filhos de crocodilos, isto é, filhos da mais alta estirpe a que um ser humano pode aspirar. Por isso, seus ancestrais escamosos abundam nos rios da ilha e são objeto de singular veneração. Eles são protegidos, mimados, adulados, alimentados, recebem donzelas para comer, e ai do estrangeiro que atentar contra os lagartos sagrados.

Mas o *Nautilus* não precisou lidar com esses infames animais. Timor ficou visível apenas por um instante, ao meio-dia, enquanto o imediato determinava sua posição. Da mesma forma, apenas entrevi a pequena ilha Roti, que faz parte do arquipélago, e cujas mulheres têm uma sólida reputação de beleza nos mercados malaios.

A partir daquele ponto a direção do *Nautilus*, na latitude, pendeu para sudoeste. Rumávamos para o oceano Índico. Para onde o capricho do capitão Nemo nos levaria? Subiríamos para as costas da Ásia? Nós nos aproximaríamos das praias da Europa? Resoluções pouco prováveis da parte de um homem que fugia dos continentes habitados. Desceríamos então para o sul? Cruzaríamos o cabo da Boa Esperança, depois o cabo Horn, e chegaríamos ao polo Antártico? Voltaríamos aos mares do Pacífico, onde o *Nautilus* navegava de maneira fácil e independente? O futuro nos diria.

Depois de passarmos pelos recifes Cartier, Hibernia, Seringapatam e Scott, últimos esforços do elemento sólido contra o elemento líquido, no dia 14 de janeiro estávamos longe de todas as terras. A velocidade do *Nautilus* foi sensivelmente diminuída e, muito inconstante em seus modos, ele ora navegava no meio das águas, ora flutuava na superfície.

Durante esse período da viagem, o capitão Nemo fez interessantes experiências com as diversas temperaturas do mar em diferentes profundidades. Em condições normais, esses levantamentos são feitos por meio de instrumentos bastante complicados cujas medições são no mínimo dúbias, sejam eles sondas termométricas, cujos vidros geralmente se partem sob a pressão das águas, ou aparelhos baseados na variação de resistência dos metais às correntes elétricas. Os resultados assim obtidos não podem ser satisfatoriamente verificados. Já o capitão Nemo, pelo contrário, media pessoalmente essa temperatura nas profundezas dos mares, e seu termômetro, colocado em contato com as diversas camadas líquidas, lhe mostrava imediata e certeiramente o grau mensurado.

Foi assim que, ora enchendo seus reservatórios, ora descendo obliquamente por meio de seus planos inclinados, o *Nautilus* atingiu profundidades sucessivas de três, quatro, cinco, sete, nove e dez mil metros, e o resultado definitivo dessas experiências foi que o mar apresentava uma temperatura constante de quatro graus e meio a uma profundidade de mil metros, em todas as latitudes.

Eu seguia essas experiências com o mais vivo interesse. O capitão Nemo demonstrava uma verdadeira paixão. Muitas vezes eu me perguntava com que objetivo fazia essas observações. Seria para o proveito de seus semelhantes? Era pouco provável, pois um dia seus trabalhos pereceriam com ele naquele mar ignorado! A não ser que me destinasse o resultado de suas experiências. Mas isso seria admitir que minha estranha viagem chegaria ao fim, fim esse que eu ainda não vislumbrava.

De todo modo, o capitão Nemo também levou a meu conhecimento os diversos números obtidos por ele e que estabeleciam a relação das densidades da água nos principais mares do globo. Com esse dado, obtive uma informação pessoal que nada tinha de científica.

Foi durante a manhã do dia 15 de janeiro. O capitão, com quem eu caminhava pela plataforma, perguntou-me se eu conhecia as diferentes densidades que as águas do mar apresentam. Respondi que não, e acrescentei que faltavam à ciência observações rigorosas sobre esse aspecto.

— Eu realizei essas observações — disse-me ele —, e posso afirmar sua veracidade.

— Bom — respondia —, mas o *Nautilus* é um mundo à parte, e seus segredos científicos não chegam à terra firme.

— O senhor tem razão, professor — assentiu ele, depois de alguns instantes de silêncio. — É um mundo à parte. Ele é tão estrangeiro à Terra quanto os planetas que acompanham esse globo em torno do Sol. Nunca conheceremos os trabalhos dos cientistas de Saturno ou de Júpiter. Porém, como o acaso uniu nossas vidas, posso comunicar-lhe o resultado de minhas observações.

— Sou todo ouvidos, capitão.

— O senhor sabe, professor, que a água do mar é mais densa que a água doce, mas essa densidade não é uniforme. Na verdade, se represento a densidade da água doce pelo número 1, terei 1,028 para as águas do Atlântico, 1,026 para as águas do Pacífico, 1,030 para as águas do Mediterrâneo...

Ah!, pensei, ele se aventura pelo Mediterrâneo?

— Terei 1,018 para as águas do mar Jônico e 1,029 para as águas do Adriático.

Definitivamente, o *Nautilus* não fugia dos mares frequentados da Europa, e concluí que acabaria nos levando — talvez em breve — aos continentes mais civilizados. Pensei em Ned Land, que ouviria esse pormenor com franca satisfação.

Ao longo de vários dias, nossa viagem transcorreu em meio a experiências de todo tipo, sobre os graus de salinidade das águas em diferentes profundidades, sobre sua eletrização, sua coloração, sua transparência, e, em todas essas circunstâncias, o capitão Nemo demonstrava uma engenhosidade que só se igualava à sua boa vontade para comigo. Depois, por alguns dias, não o vi mais, e de novo fiquei como que isolado a bordo.

No dia 16 de janeiro, o *Nautilus* pareceu adormecer a poucos metros abaixo da superfície. Seus aparelhos elétricos não estavam funcionando, e sua hélice imóvel o deixava vagar ao sabor das correntes. Imaginei que a tripulação se dedicava a reparos internos, exigidos pela violência dos movimentos mecânicos do maquinário.

Meus companheiros e eu testemunhamos então um curioso espetáculo. Os painéis do salão estavam abertos, e como o fanal do *Nautilus* não estava ligado, uma vaga escuridão reinava no meio das águas. O céu tempestuoso e coberto por nuvens espessas dava às primeiras camadas do oceano uma escassa claridade.

Eu observava o estado do mar sob aquelas condições, em que os maiores peixes pareciam sombras apenas esboçadas, quando o *Nautilus* se viu subitamente em plena luz. Pensei a princípio que o fanal tivesse sido ligado e que projetava seu brilho elétrico pela massa líquida. Enganei-me e, depois de uma rápida observação, reconheci meu erro.

O *Nautilus* flutuava em meio a uma camada fosforescente, que naquela escuridão se tornava ofuscante. Ela era produzida por miríades de animálculos luminosos, cujo brilho aumentava ao deslizar pelo casco metálico do aparelho. Eu vislumbrava clarões naquelas camadas luminosas, como chumbo fundido numa fornalha ardente, ou massas metálicas levadas à incandescência; tanto que, por oposição, algumas partes luminosas faziam sombra naquele meio ígneo do qual toda sombra parecia ter sido banida. Não! Não era mais a calma irradiação de nossa iluminação habitual! Havia ali uma energia e um movimento insólitos! Sentíamos vida naquela luz!

De fato, era um aglomerado infinito de infusórios pelágicos, de noctilucas miliares, verdadeiros glóbulos de gelatina diáfana providos de um tentáculo filiforme, que já foram contados em vinte e cinco mil a cada trinta centímetros cúbicos de água. E seu brilho ainda era multiplicado pela luz singular das medusas, das astérias, das aurélias,

VINTE MIL LÉGUAS SUBMARINAS

das fólades-dáctilas e outros zoófitos fosforescentes, impregnados da espuma de matérias orgânicas decompostas pelo mar, e talvez pelo muco secretado pelos peixes.

Durante várias horas o *Nautilus* flutuou por aquelas ondas cintilantes, e nossa admiração crescia ante a visão de grandes animais marinhos passando por elas como salamandras. Vi, dentro daquele fogo que não queimava, marsuínos elegantes e rápidos, incansáveis palhaços dos mares, e marlins de três metros, inteligentes anunciadores de tufões, cujo formidável gládio às vezes batia no vidro do salão. Depois apareceram peixes menores, balistas variados, escômbridas-saltadores, peixes-unicórnios, e cem outros que com seus nados raiavam a luminosa atmosfera.

Aquele espetáculo deslumbrante foi mágico! Alguma condição atmosférica aumentava a intensidade do fenômeno? Alguma tempestade se desencadeava na superfície das ondas? Naquela profundidade de alguns metros, o *Nautilus* não sentia sua fúria, e oscilava tranquilamente em meio às águas mansas.

Assim navegávamos, constantemente encantados por alguma nova maravilha. Conseil observava e classificava seus zoófitos, seus articulados, seus moluscos, seus peixes. Os dias passavam rápido, e eu não os contava mais. Ned, seguindo sua rotina, procurava variar a comida de bordo. Verdadeiros caramujos, estávamos afeitos a nossas conchas, e posso dizer que é fácil tornar-se um autêntico molusco.

A vida, portanto, parecia-nos fácil, natural, e não pensávamos mais que houvesse uma vida diferente na superfície do globo terrestre, quando um incidente veio nos lembrar a estranheza de nossa situação.

No dia 18 de janeiro, o *Nautilus* se encontrava a 105° de longitude e 15° de latitude meridional. O céu estava ameaçador, o mar, difícil e revolto. O vento soprava do leste com força. O barômetro, que baixava a alguns dias, anunciava uma iminente fúria dos elementos.

Subi à plataforma no momento em que o imediato fazia suas medições dos ângulos horários. Esperei, como de costume, que a frase diária fosse pronunciada. Mas, naquele dia, foi substituída por outra, não menos incompreensível. Quase que imediatamente, vi surgir o capitão Nemo, cujos olhos, munidos de outro par de binóculos, contemplaram o horizonte.

O capitão permaneceu imóvel por alguns minutos, sem perder o ponto enfocado por suas objetivas. Depois, abaixou as lentes e trocou uma dezena de palavras com seu imediato. Este parecia tomado por uma emoção que tentava em vão conter. O capitão Nemo, mais senhor de si, mantinha sua frieza. Parecia, além disso, estar fazendo algumas objeções às quais o imediato respondia com afirmativas categóricas. Ao menos foi assim que entendi, pela diferença no tom e nos gestos dos dois.

De minha parte, havia olhado detidamente para a direção observada, sem nada perceber. O céu e a água se confundiam numa linha do horizonte absolutamente nítida.

Enquanto isso, o capitão Nemo caminhava de um extremo a outro da plataforma sem olhar para mim, talvez sem me ver. Seu passo era firme, mas menos regular que de hábito. Ele às vezes se detinha, braços cruzados ao peito, e observava o mar. O que poderia procurar naquela imensidão? O *Nautilus* estava a algumas centenas de milhas da costa mais próxima!

O imediato pegara o binóculo e interrogava o horizonte com obstinação, indo e vindo, batendo o pé, contrastando com o chefe em sua agitação nervosa.

O mistério, aliás, logo se elucidaria, e muito em breve, pois, a uma ordem do capitão Nemo, a máquina, aumentando sua força propulsiva, imprimiu à hélice uma rotação mais rápida.

Naquele momento, o imediato atraiu de novo a atenção do capitão. Este interrompeu sua caminhada e dirigiu seu binóculo para o ponto indicado. Observou-o por um

VINTE MIL LÉGUAS SUBMARINAS   233

longo tempo. De minha parte, muitíssimo intrigado, desci
ao salão e voltei com a excelente luneta que costumava
usar. Apoiando-a sobre a cabine do fanal, que formava
uma saliência na proa da plataforma, dispus-me a percorrer toda a linha do céu e do mar.

Mas meu olho nem mesmo havia encostado na ocular
quando o instrumento foi vivamente arrancado de minhas mãos.

Virei-me. O capitão Nemo estava à minha frente, mas
não o reconheci. Sua fisionomia estava transfigurada.
Seus olhos, brilhando de maneira sombria, não paravam
sob o cenho franzido. Os dentes apareciam um pouco. O
corpo tenso, os punhos fechados, a cabeça afastada dos
ombros atestavam o ódio violento que exalava de toda a
sua pessoa. Ele não se movia. Minha luneta, caindo de
sua mão, havia rolado a seus pés.

Eu por acaso provocara, sem querer, aquela atitude
colérica? Aquele incompreensível personagem pensava
que eu havia descoberto algum segredo proibido aos hóspedes do *Nautilus*?

Não! Aquele ódio não se dirigia a mim, pois ele não
me olhava; seus olhos permaneciam fixos num impenetrável ponto do horizonte.

Por fim, o capitão Nemo voltou a si. Sua fisionomia,
tão profundamente alterada, retomou a calma habitual.
Ele dirigiu a seu imediato algumas palavras na língua estrangeira, depois se voltou para mim.

— Professor Aronnax — disse-me num tom bastante
imperioso —, exijo do senhor a observância de um dos
compromissos que o ligam a mim.

— De que se trata, capitão?

— O senhor e seus companheiros precisam concordar
em ficar confinados até o momento que eu considerar
conveniente devolver-lhes a liberdade.

— O senhor é quem manda — respondi-lhe, encaran-
do-o fixamente. — Mas posso fazer-lhe uma pergunta?

— Nenhuma, professor.

Dito isto, eu nada tinha a arguir, mas a obedecer, visto que qualquer resistência teria sido impossível.

Desci até a cabine ocupada por Ned Land e Conseil, e comuniquei-lhes a ordem do capitão. Deixo que imaginem como esse comunicado foi recebido pelo canadense. Não houve tempo, aliás, para qualquer explicação. Quatro homens da tripulação nos esperavam à porta, e nos conduziram até a cela onde havíamos passado nossa primeira noite a bordo do *Nautilus*.

Ned Land quis reclamar, mas a porta se fechou sobre ele em resposta.

— O doutor poderia me dizer o que isso significa? — perguntou-me Conseil.

Contei a meus companheiros o que tinha acontecido. Eles ficaram tão perplexos quanto eu, e igualmente confusos.

Mergulhei num abismo de reflexões, e a estranha inquietação da fisionomia do capitão Nemo não me saía da cabeça. Incapaz de concatenar meus pensamentos, perdia-me nas hipóteses mais absurdas, quando fui tirado de minha concentração pelas palavras de Ned Land:

— Vejam! O almoço está servido!

De fato, a mesa estava posta. Com certeza o capitão Nemo dera aquela ordem ao mesmo tempo que mandara aumentar a velocidade do *Nautilus*.

— O doutor me permite fazer-lhe uma recomendação? — perguntou-me Conseil.

— Sim, meu rapaz — respondi-lhe.

— Bem, o doutor deve comer! É mais prudente, pois não sabemos o que pode acontecer.

— Tem razão, Conseil

— Infelizmente — disse Ned Land —, serviram apenas o cardápio de bordo.

— Amigo Ned — argumentou Conseil —, o que diria se nem almoço houvesse!

VINTE MIL LÉGUAS SUBMARINAS

Seu argumento calou as recriminações do arpoador. Pusemo-nos à mesa. A refeição foi feita em silêncio. Comi pouco. Conseil "se forçou", sempre por prudência, e Ned Land, apesar de tudo, não perdeu uma única garfada. Depois do almoço, cada um descansou a seu canto.

Naquele momento, o globo luminoso que iluminava a cela se apagou e nos deixou numa profunda escuridão. Ned Land não demorou a adormecer e, o que me espantou, Conseil também se deixou levar a uma pesada sonolência. Perguntava-me o que poderia ter lhe provocado essa imperiosa necessidade de sono, quando senti meu cérebro impregnar-se de um denso torpor. Meus olhos, que queria manter abertos, se fecharam sozinhos. Caí numa incômoda alucinação. Obviamente, substâncias soporíferas haviam sido misturadas aos alimentos que acabáramos de ingerir! Portanto, a prisão não era suficiente para nos ocultar os planos do capitão Nemo, o sono também era necessário!

Ouvi então as escotilhas se fecharem. As ondulações do mar, que provocavam uma leve oscilação lateral, cessaram. O *Nautilus* havia abandonado a superfície do oceano? Teria voltado às camadas imóveis das águas?

Tentei resistir ao sono. Foi impossível. Minha respiração se acalmou. Senti um frio mortal gelar meus membros entorpecidos e como que paralisados. Minhas pálpebras, verdadeiras calotas de chumbo, caíram sobre meus olhos. Não consegui mais abri-las. Um sono mórbido, cheio de alucinações, apoderou-se de meu ser. Depois, as visões desapareceram e mergulhei numa absoluta inconsciência.

24. O reino do coral

No dia seguinte, acordei com a mente singularmente desanuviada. Para minha grande surpresa, estava em meu quarto. Meus companheiros sem dúvida haviam sido devolvidos à sua cabine, sem que o tivessem percebido mais do que eu. Assim como eu, eles ignoravam o que acontecera durante a noite, e para desvendar esse mistério contávamos apenas com os acasos do futuro.

Pensei em sair do quarto. Estaria livre ou continuaria prisioneiro? Completamente livre. Abri a porta, segui pelas coxias e subi a escadaria central. As escotilhas, fechadas na véspera, estavam abertas. Cheguei à plataforma.

Ned Land e Conseil me esperavam. Interroguei-os. Não sabiam de nada. Depois de dormirem um sono pesado que não lhes deixou nenhuma lembrança, ficaram muito surpresos de acordar em sua cabine.

Quanto ao *Nautilus*, parecia-nos tranquilo e misterioso como sempre. Flutuava na superfície das ondas a uma velocidade moderada. Nada parecia diferente a bordo.

Ned Land, com seus olhos penetrantes, esquadrinhou o mar. Estava deserto. O canadense não avistou nada de novo no horizonte, nem vela, nem terra. Uma brisa oeste soprava ruidosamente, e longas ondas, encrespadas pelo vento, imprimiam ao aparelho um perceptível balanço.

O *Nautilus*, depois de renovar seu ar, manteve-se a uma profundidade média de quinze metros, de modo a poder voltar rapidamente à superfície. Operação que, ao contrário do usual, foi praticada várias vezes ao longo daquele dia 19 de janeiro. O imediato subia então à plataforma, e a frase de sempre ecoava no interior do navio. O capitão Nemo, por sua vez, não apareceu. Dos homens de bordo, vi apenas o impassível steward, que me serviu com a pontualidade e o mutismo habituais.

Por volta das duas horas, eu estava no salão, ocupado em classificar minhas anotações, quando o capitão abriu a porta e apareceu. Fez-me uma saudação quase imperceptível, sem dirigir-me a palavra. Voltei ao trabalho, esperando que talvez me desse explicações sobre os acontecimentos que marcaram a noite anterior. Mas não. Observei-o. Seu rosto me pareceu cansado; seus olhos avermelhados não tinham sido refrescados pelo sono; sua fisionomia manifestava uma tristeza profunda, um verdadeiro pesar. Ele ia e vinha, sentava e levantava, pegava um livro ao acaso, abandonava-o logo, consultava seus instrumentos sem fazer as anotações de costume, e parecia não conseguir manter-se um segundo no lugar.

Por fim, veio até mim e perguntou-me:

— O senhor é médico, professor Aronnax?

A pergunta era tão inesperada que o fitei por um momento sem responder.

— O senhor é médico? — repetiu ele. — Vários colegas seus fizeram estudos de medicina, Gratiolet, Moquin-Tandon e outros.

— De fato — respondi —, sou médico e fiz residência nos hospitais. Pratiquei a medicina por vários anos antes de entrar no Museu.

— Ótimo, professor.

Minha resposta havia visivelmente deixado o capitão Nemo satisfeito. Mas não sabendo aonde ele queria chegar, esperei novas perguntas, deixando para responder segundo as circunstâncias.

— Professor Aronnax — tornou o capitão —, o senhor

consentiria em dispensar seus cuidados a um de meus homens?

— Alguém está doente?

— Sim.

— Estou à sua disposição.

— Venha.

Confesso que meu coração se acelerou. Não sei por quê, vi certa ligação entre a doença de um homem da tripulação e os acontecimentos da véspera, e aquele mistério me preocupava no mínimo tanto quanto o doente.

O capitão Nemo me conduziu para a popa do *Nautilus* e me fez entrar numa cabine perto do alojamento da tripulação.

Ali, sobre uma cama, descansava um homem de uns quarenta anos, de rosto enérgico, um verdadeiro tipo anglo-saxão.

Inclinei-me sobre ele. Não estava apenas doente, estava ferido. Sua cabeça, enfaixada com lenços ensanguentados, repousava sobre dois travesseiros. Retirei os panos e o ferido, encarando-me com grandes olhos fixos, me deixou agir, sem proferir uma única queixa.

O ferimento era horrível. O crânio, partido por um instrumento contundente, expunha o cérebro, e a matéria cinzenta havia sofrido um grande afundamento. Coágulos sanguíneos tinham se formado na massa liquefeita, apresentando uma cor de borra de vinho. Era ao mesmo tempo uma contusão e uma concussão cerebral. A respiração do doente era lenta, e alguns movimentos espasmódicos dos músculos agitavam seu rosto. A flegmasia cerebral era total e levaria a uma paralisia da sensação e do movimento.

Tomei o pulso do ferido. Estava intermitente. As extremidades do corpo começavam a esfriar, e vi que a morte se aproximava, sem que me parecesse possível evitá-la. Depois de fechar o curativo do infeliz, recolei os panos em sua cabeça e virei-me para o capitão Nemo.

VINTE MIL LÉGUAS SUBMARINAS 239

— O que causou esse ferimento? — perguntei-lhe.

— Que importa! — respondeu evasivamente o capitão.

— Um choque do *Nautilus* quebrou uma das alavancas da máquina, que atingiu esse homem. Qual sua opinião sobre seu estado?

Hesitei em pronunciar-me.

— O senhor pode falar — disse-me o capitão. — Esse homem não entende francês.

Olhei uma última vez para o ferido, e disse:

— Ele morrerá em duas horas.

— Nada pode salvá-lo?

— Nada.

A mão do capitão se crispou, e algumas lágrimas correram de seus olhos, que não pensei feitos para chorar.

Observei por mais alguns instantes aquele moribundo cuja vida aos poucos se esvaía. Sua palidez aumentava sob o brilho elétrico que banhava seu leito de morte. Contemplei sua cabeça inteligente, sulcada por rugas prematuras, que o infortúnio e, talvez, a miséria vinham aprofundando havia tempo. Tentei apreender o segredo de sua vida nas últimas palavras que escapassem de seus lábios!

— O senhor pode se retirar, professor Aronnax — disse-me o capitão Nemo.

Deixei o capitão na cabine do moribundo e voltei para o meu quarto, comovido com aquela cena. No restante do dia, fui agitado por sinistros pressentimentos. À noite, dormi mal e, entre meus sonhos frequentemente interrompidos, pensei ouvir suspiros distantes e como que uma cantilena fúnebre. Seria a oração dos mortos, murmurada naquela língua que eu não conseguia entender?

Na manhã seguinte, subi à plataforma. O capitão Nemo me precedera. Assim que me viu, veio até mim.

— Professor — disse-me ele —, aceitaria fazer uma excursão submarina hoje?

— Com meus companheiros? — perguntei.

— Se for do agrado deles.

— Estamos às suas ordens, capitão.

— Queiram vestir seus escafandros, então.

Não se falou do moribundo ou do morto. Reuni-me a Ned Land e Conseil. Comuniquei-lhes a proposta do capitão Nemo. Conseil logo aceitou e, dessa vez, o canadense mostrou-se disposto a seguir-nos.

Eram oito horas da manhã. Às oito e meia, estávamos vestidos para aquele novo passeio, e munidos de dois aparelhos, de iluminação e de respiração. A porta dupla foi aberta e, acompanhados do capitão Nemo seguido por uma dúzia de homens da tripulação, tocamos o chão a uma profundidade de dez metros, no solo firme onde repousava o *Nautilus*.

Um leve declive levou a um fundo acidentado, a cerca de quinze braças de profundidade. Esse fundo era completamente diferente do que eu havia visitado durante minha primeira excursão sob as águas do oceano Pacífico. Ali, nenhuma areia fina, nenhuma pradaria submarina, nenhuma floresta pelágica. Reconheci imediatamente a região maravilhosa que, naquele dia, o capitão Nemo nos apresentava. Era o reino do coral.

No ramo dos zoófitos e na classe dos alcionários, encontramos a ordem dos gorgonáceos, que contém três grupos, o das gorgônias, o das isidelas e das coralinas. É a este último que pertence o coral, curiosa substância que foi sucessivamente classificada nos reinos mineral, vegetal e animal. Remédio para os antigos, joia para os modernos, foi somente em 1694 que o marselhês Peysonnel classificou-o definitivamente no reino animal.

O coral é uma colônia de animálculos reunidos num polipeiro de natureza frágil e pétrea. Esses pólipos têm um único genitor que os produziu por brotamento, e eles têm uma existência própria, mas participam da vida da colônia. Trata-se de uma espécie de socialismo natural, portanto. Eu conhecia os últimos trabalhos a respeito desse estranho zoófito, que se mineraliza ao arborizar-se, segundo

VINTE MIL LÉGUAS SUBMARINAS 241

a justíssima observação dos naturalistas, e nada podia me interessar mais do que visitar uma dessas florestas petrificadas que a natureza plantou no fundo dos mares.

Os aparelhos de Ruhmkorff foram colocados em atividade, e começamos a seguir um banco de coral em vias de formação que, com o passar do tempo, um dia fechará aquela porção do oceano Índico. A trilha era bordejada por inextricáveis moitas formadas pelo emaranhado de arbustos que cobriam pequenas flores estreladas de raios brancos. Mas ao contrário das plantas da terra, aquelas arborizações, fixadas aos rochedos do solo, estavam todas orientadas de cima para baixo.

A luz produzia mil efeitos fascinantes ao dançar por entre aqueles ramos tão intensamente coloridos. Eu tinha a impressão de ver tubos membranosos e cilíndricos tremeluzindo sob a ondulação das águas. Fiquei tentado a colher suas viçosas corolas ornadas de delicados tentáculos, umas recém-desabrochadas, outras prestes a germinar, enquanto pequenos peixes, de rápidas nadadeiras, roçavam-nas ao passar como uma revoada de pássaros. Porém, quando minha mão se aproximava daquelas flores brilhantes, daquelas sensitivas animadas, o alerta era transmitido para toda a colônia. As corolas brancas entravam em suas cápsulas vermelhas, as flores desvaneciam diante de meus olhos, e o arbusto se transformava num bloco de protuberâncias rochosas.

O acaso havia me colocado na presença dos mais preciosos espécimes desse zoófito. Aquele coral era semelhante ao que é pescado no Mediterrâneo, nas costas da França, da Itália e da Berbéria. Com seus tons vivos, justificava os nomes poéticos de "flor de sangue", "espuma de sangue" que o comércio dá a seus mais belos exemplares. O coral chega a ser vendido por quinhentos francos o quilo, e, naquele lugar, as camadas líquidas encobriam a fortuna de uma infinidade de pescadores de corais. Essa matéria preciosa, muitas vezes misturada com outros polipeiros, formava conjuntos compactos e inextricáveis chamados *macciota*, sobre os quais vi admiráveis espécimes de coral rosa.

Mas logo os arbustos se adensaram, as arborizações cresceram. Verdadeiros bosques petrificados e longas arcadas de uma arquitetura fantasiosa se abriram à nossa frente. O capitão Nemo seguiu por uma galeria escura cujo declive suave nos conduziu a uma profundidade de cem metros. A luz de nossas serpentinas às vezes produzia efeitos extraordinários ao deter-se nas rugosas asperezas desses arcos naturais e nos pendentes dispostos como lustres, que ela salpicava com pontas de fogo. Entre os arbustos coralinos, observei outros pólipos não menos curiosos, melitas, íris de ramificações articuladas, depois alguns tufos de coralinas, umas verdes, outras vermelhas, legítimas algas incrustadas em seus sais calcários, que os naturalistas, após longas discussões, definitivamente classificaram no reino vegetal. Contudo, segundo um notável pensador, "talvez seja este o verdadeiro ponto em que a vida imperceptivelmente desperta do sono de pedra, sem ainda se desprender desse rude ponto de partida".

Por fim, depois de duas horas de caminhada, chegamos a uma profundidade de cerca de trezentos metros, isto é, o limite extremo no qual o coral começa a se formar. Ali, porém, não havia arbustos isolados, nem o modesto bosque de baixo porte. Havia uma floresta imensa, grandes vegetações minerais, enormes árvores petrificadas, reunidas por guirlandas de elegantes plumárias, os cipós do mar, exibindo muitas nuanças e reflexos. Passávamos livremente sob sua alta ramagem, perdida na penumbra das ondas, enquanto sob nossos pés os tubiporíneos, as meandrinas, as astreias, as funginas, as cariofílias formavam um tapete de flores, coberto de gemas deslumbrantes.

Que espetáculo indescritível! Ah, se pudéssemos comunicar nossas sensações! Por que estávamos presos sob aquela máscara de metal e vidro? Por que a troca de pa-

VINTE MIL LÉGUAS SUBMARINAS 243

lavras nos estava proibida? Por que não experimentávamos, ao menos, a vida dos peixes que povoam o elemento líquido, ou, melhor ainda, a dos anfíbios que, por longas horas, podem percorrer, ao sabor de seu capricho, o duplo domínio da terra e das águas!

O capitão Nemo havia parado. Meus companheiros e eu interrompemos nossa marcha e, virando-me, vi que seus homens formavam um semicírculo ao redor de seu chefe. Olhando-os com mais atenção, vi que quatro deles carregavam nos ombros um objeto de forma oblonga.

Ocupávamos, naquele lugar, o centro de uma ampla clareira, cercada pelas altas arborizações da floresta submarina. Nossas lâmpadas projetavam naquele espaço uma espécie de luz crepuscular que alongava desmesuradamente as sombras no solo. No extremo da clareira, a escuridão voltava a ser profunda, e repercutia apenas pequenas faíscas captadas pelas vivas arestas do coral.

Ned Land e Conseil estavam a meu lado. Observávamos, e ocorreu-me que assistiríamos a uma cena incomum. Fitando o solo, vi que estava inchado, em certos pontos, por leves intumescências incrustadas de depósitos calcários, e dispostas com uma regularidade que traía a mão do homem.

No meio da clareira, sobre um pedestal de pedras descuidadamente empilhadas, erguia-se uma cruz de coral, que estendia seus longos braços que pareciam feitos de sangue petrificado.

A um sinal do capitão Nemo, um de seus homens avançou e, a poucos passos da cruz, começou a cavar um buraco com uma picareta que desamarrou do cinto.

Compreendi tudo! Aquela clareira era um cemitério, aquele buraco, uma cova, aquele objeto oblongo, o corpo do homem morto durante a noite! O capitão Nemo e os seus vinham enterrar o companheiro naquela sepultura comum, no fundo do inacessível oceano!

Não! Nunca meu espírito ficou tão exaltado! Nunca

pensamentos tão impressionantes invadiram minha mente! Eu não conseguia acreditar no que meus olhos viam!

Enquanto isso, a cova era lentamente aberta. Os peixes fugiam aqui e ali de seu repouso interrompido. Eu ouvia o eco, no solo calcário, do ferro da picareta que às vezes faiscava ao chocar-se com algum sílex perdido no fundo das águas. O buraco se estendia, se alargava, e logo seria fundo o suficiente para receber o corpo.

Então os carregadores se aproximaram. O corpo, envolto num tecido de bisso branco, desceu para a cova molhada. O capitão Nemo, braços cruzados ao peito, e todos os amigos daquele que havia partido se ajoelharam numa postura de oração... Meus dois companheiros e eu nos inclinamos religiosamente.

O túmulo foi então coberto com fragmentos arrancados do solo, que formaram uma leve tumefação.

Concluída a operação, o capitão Nemo e seus homens se levantaram; em seguida, aproximando-se do túmulo, todos dobraram o joelho, e todos estenderam a mão num último adeus...

Então o cortejo fúnebre começou a voltar para o *Nautilus*, passando pelas arcadas da floresta, pelo meio dos bosques, pelos arbustos de coral, sempre subindo.

Por fim, as luzes de bordo finalmente apareceram. Seu rasto luminoso nos guiou até o *Nautilus*. À uma hora estávamos de volta.

Assim que troquei minhas roupas, subi para a plataforma. Tomado por terríveis pensamentos obsessivos, fui sentar-me perto do fanal.

O capitão Nemo se juntou a mim. Levantei-me e disse-lhe:

— Então aquele homem morreu durante a noite, conforme previ?

— Sim, professor Aronnax — respondeu o capitão.

— E agora repousa com seus companheiros, naquele cemitério de coral?

— Sim, esquecidos por todos, mas não por nós! Cavamos os túmulos, e os pólipos se encarregam de selar nossos mortos para a eternidade!

Num gesto brusco, escondendo o rosto com as mãos crispadas, o capitão tentou em vão conter um soluço. E acrescentou:

— Aquele é nosso pacífico cemitério, algumas centenas de pés abaixo da superfície das ondas!

— Pelo menos seus mortos dormem tranquilos, capitão, fora do alcance dos tubarões!

— Sim, professor — assentiu gravemente o capitão Nemo. — Dos tubarões e dos homens!

SEGUNDA PARTE

1. O oceano Índico

Aqui tem início a segunda parte desta viagem submarina. A primeira chegou ao fim com a comovente cena do cemitério de coral, que me causou profunda impressão. A vida do capitão Nemo desenrolava-se por inteiro em pleno mar sem fim, e até mesmo seu túmulo fora preparado no mais impenetrável dos abismos. Lá, nenhum dos monstros do oceano viria perturbar o derradeiro sono dos hóspedes do *Nautilus*, daqueles amigos presos uns aos outros tanto na vida quanto na morte! "E nenhum homem, tampouco!", havia acrescentado o capitão.

Sempre a mesma desconfiança feroz, implacável, para com as sociedades humanas!

De minha parte, eu não me contentava mais com as hipóteses que satisfaziam Conseil. O bravo rapaz continuava vendo o comandante do *Nautilus* apenas como um desses cientistas ignorados que retribuem a indiferença com desprezo pela humanidade. Para ele, era outro gênio incompreendido que, cansado das decepções da terra, precisara se refugiar naquele ambiente inacessível onde seus instintos se manifestavam livremente. Em minha opinião, porém, essa hipótese só explicava uma das faces do capitão Nemo.

De fato, o mistério daquela última noite, durante a qual havíamos sido relegados à prisão e ao sono, a violenta precaução do capitão de arrancar de meus olhos o binóculo prestes a percorrer o horizonte, o ferimento mortal daquele homem causado por um choque inexplicável do *Nautilus*, tudo isso me abria novas perspectivas. Não! O capitão Nemo não se contentava em fugir dos homens! Seu formidável aparelho servia não apenas a seus instintos de liberdade, mas talvez também aos interesses de não sei que terríveis represálias.

Nesse momento, nada é evidente para mim, vislumbro nessas trevas apenas alguns clarões, e preciso limitar-me a escrever, por assim dizer, sob o ditado dos acontecimentos.

Além disso, nada nos liga ao capitão Nemo. Ele sabe que escapar do *Nautilus* é impossível. Não somos prisioneiros nem mesmo de nossa palavra. Nenhum compromisso de honra nos acorrenta. Não passamos de cativos, de prisioneiros disfarçados sob o nome de hóspedes por um simulacro de cortesia. Ned Land, contudo, não renunciou à esperança de reaver sua liberdade. Com certeza tirará proveito da primeira ocasião que o acaso lhe oferecer. Farei como ele, sem dúvida. Mesmo assim, não será sem uma espécie de nostalgia que levarei comigo o que a generosidade do capitão nos permitir conhecer dos mistérios do *Nautilus*! Pois, afinal, esse homem deve ser odiado ou admirado? É uma vítima ou um algoz? E, para ser franco, antes de abandoná-lo para sempre eu bem que gostaria de poder completar essa volta ao mundo submarino, que teve um início tão magnífico. Gostaria de poder observar a completa série das maravilhas acumuladas sob os mares do globo. Gostaria de poder ver o que nenhum homem jamais viu, mesmo que tivesse que pagar com minha vida por essa insaciável necessidade de saber! O que descobri até agora? Nada, ou quase nada, pois percorremos apenas seis mil léguas do Pacífico!

No entanto, sei muito bem que o *Nautilus* se aproxima de terras habitadas, e que, se alguma chance de salvação se apresentar, seria cruel sacrificar meus companheiros à minha paixão pelo desconhecido. Precisarei segui-los, tal-

VINTE MIL LÉGUAS SUBMARINAS 251

vez até guiá-los. Mas essa ocasião algum dia se apresentará? O homem privado à força de seu livre-arbítrio deseja essa ocasião, mas o cientista, o curioso, a teme.

Naquele dia 21 de janeiro de 1868, ao meio-dia, o imediato veio medir a altura do sol. Subi à plataforma, acendi um charuto e segui a operação. Parecia-me evidente que aquele homem não entendia francês, pois várias vezes eu fizera em voz alta algumas observações que deveriam ter lhe arrancado algum sinal involuntário de atenção, se as tivesse compreendido, mas ele se mantivera impassível e mudo.

Enquanto fazia observações com um sextante, um dos marujos do *Nautilus* — o homem vigoroso que nos acompanhara quando de nossa primeira excursão submarina à ilha Crespo — veio limpar os vidros do fanal. Examinei então o mecanismo daquele aparelho cuja potência era centuplicada por anéis lenticulares dispostos como os dos faróis, e que mantinham sua luz na direção correta. A lâmpada elétrica estava disposta de maneira a produzir sua máxima potência de iluminação. Sua luz, de fato, era gerada no vácuo, o que garantia tanto sua regularidade quanto sua intensidade. Esse vácuo também economizava as ponteiras de grafite entre as quais se expandia o arco luminoso. Economia importante para o capitão Nemo, que não poderia renová-las com facilidade. Sob aquelas condições, no entanto, seu desgaste era quase imperceptível.

Enquanto o *Nautilus* se preparava para retomar a viagem submarina, desci ao salão. As escotilhas foram fechadas, e rumamos diretamente para o oeste.

Sulcávamos as águas do oceano Índico, vasta planície líquida com uma capacidade de quinhentos e cinquenta milhões de hectares, e de águas tão transparentes que causam vertigens a quem se debruça sobre sua superfície. O *Nautilus* avançava a uma profundidade entre cem e duzentos metros. Foi assim por alguns dias. Para qualquer outra pessoa, tomada de um imenso amor pelo mar, as horas teriam parecido longas e monótonas; para mim, os passeios diários sobre a plataforma, onde me fortalecia com o ar revigorante do oceano, o espetáculo daquelas ricas águas através dos vidros do salão, a leitura dos livros da biblioteca, a redação de minhas memórias preenchiam todo o meu tempo e não me causavam nenhum momento de lassidão ou tédio.

A saúde de todos mantinha-se num estado bastante satisfatório. A dieta de bordo nos agradava totalmente e, de minha parte, eu teria dispensado as variantes que Ned Land, por espírito de oposição, se empenhava em apresentar. Além do mais, naquela temperatura constante, não era preciso temer sequer um resfriado. Aliás, a madrépora *Dendrophyllia*, conhecida na Provence pelo nome de "funcho do mar", da qual havia certa reserva a bordo, teria fornecido com a polpa tenra de seus pólipos uma pasta excelente contra a tosse.

Durante alguns dias, vimos uma grande quantidade de pássaros aquáticos, palmípedes, gaivotas ou alcatrazes. Alguns foram certeiramente atingidos e, preparados de determinada maneira, apresentaram uma carne marinha bastante aceitável. Entre as grandes aves, levadas a longas distâncias de todas as terras, e que repousam sobre as ondas das fadigas do voo, avistei magníficos albatrozes de grito dissonante como um zurro de asno, pássaros que pertencem à família dos longipenes. A família dos totipalmados era representada por fragatas rápidas que pescavam com presteza os peixes da superfície, e por numerosos faetontes ou rabos-de-palha, entre outros, como os faetontes de bicos vermelhos, grandes como pombos, e de plumagem branca matizada por tons róseos que realçam a cor negra das asas.

As redes do *Nautilus* trouxeram vários tipos de tartarugas marinhas, do gênero *Caretta*, de dorso abaulado e casco muito valioso. Esses répteis, que mergulham com facilidade, podem se manter longo tempo sob a água fechando a válvula carnuda situada no orifício externo de seu canal nasal. Algumas dessas *Carettas*, quando capturadas, ainda dormiam dentro de suas carapaças, ao abrigo dos animais marinhos. A carne dessas tartarugas era passável, mas seus ovos constituíam um excelente regalo.

Os peixes, por sua vez, continuavam despertando nossa admiração quando surpreendíamos, por entre os painéis abertos, os segredos de sua vida aquática. Encontrei várias espécies que nunca havia conseguido observar até então.

Citarei em especial os ostraciões típicos do mar Vermelho, do mar das Índias e da parte do oceano que banha as costas da América equinocial. Esses peixes, como as tartarugas, os tatus, os ouriços, os crustáceos, são protegidos por uma couraça que não é nem gredosa, nem pétrea, mas realmente óssea. Ora ela apresenta a forma de um sólido triangular, ora a forma de um sólido quadrangular. Dentre os triangulares, vi alguns com cinco centímetros de comprimento, carne salubre, gosto delicado, marrons na cauda, amarelos nas nadadeiras, e cuja aclimatação recomendo inclusive em águas doces, às quais certo número de peixes marinhos se acostuma com facilidade. Citarei também os ostraciões quadrangulares, encimados no dorso por quatro grandes tubérculos; os ostraciões salpicados de pintas brancas na parte inferior do corpo, domesticados como pássaros; os ostraciões trígonos, providos de agulhões formados pelo prolongamento de sua crosta óssea, cujo singular grunhido lhes valeu o apelido de "porcos-do-mar"; depois, os ostraciões dromedários, com grandes corcovas em forma de cova, carne dura e coriácea.

Destaco, ainda, dos apontamentos diários de mestre Conseil, certos peixes do gênero tetrodonte, específicos daqueles mares, espenglérios de peito rubro e peito branco, que se distinguem por três fileiras longitudinais de filamentos, e peixes-elétricos com sete polegadas de comprimento, enfeitados com as mais vivas cores. A seguir, como espécimes de outros gêneros, ovoides semelhantes a um ovo marrom-escuro, sulcados por faixas brancas e desprovidos de cauda; diodontes, verdadeiros porcos-espinhos do mar, providos de espinhos e que podem inflar de maneira a formar uma bola eriçada de dardos; hipocampos comuns a todos os oceanos; pégasos voadores, de focinho alongado, cujas nadadeiras peitorais, bastante estendidas e dispostas na forma de asas, permitem, se não voar, ao menos lançar-se nos ares; pombos espatulados, com a cauda coberta de inúmeros anéis escamosos; macrógnatos de longas mandíbulas, excelentes peixes de vinte e cinco centímetros de comprimento que brilham nas cores mais agradáveis; calionimídeos lívidos, com a cabeça rugosa; miríades de blênios-saltadores, listrados de preto, de longas nadadeiras peitorais, deslizando pela superfície das águas com prodigiosa velocidade; deliciosos velíferos, que podem usar suas nadadeiras como velas abertas às correntes favoráveis; kurtus esplêndidos, nos quais a natureza esbanjou o amarelo, o azul-celeste, o prata e o dourado; tricópteros com asas formadas por filamentos; cotídeos, sempre sujos de lodo, que produzem um certo sussurro; triglas, cujo fígado é considerado um veneno; bodiões, que têm nos olhos uma viseira móvel; por fim, peixes foles, de focinho comprido e tubular, verdadeiros papa-moscas do oceano, armados de um fuzil não previsto por nenhum Chassepot ou Remington, e que matam os insetos atingindo-os com uma simples gota d'água.

No octogésimo nono gênero de peixes classificados por Lacépède, que pertencem à segunda subclasse dos ósseos, caracterizados por um opérculo e uma membrana branquial, observei a escorpena, de cabeça cheia de espinhos e que possui uma única nadadeira dorsal; esses animais são revestidos por pequenas escamas ou privados delas, dependendo do subgênero a que pertencem. O segundo subgênero nos apresentou amostras de didáctilas com trinta ou quarenta centímetros de comprimento, rajadas

VINTE MIL LÉGUAS SUBMARINAS   255

de amarelo, e cabeça de aparência fantástica. Quanto ao primeiro subgênero, forneceu vários espécimes desse peixe estranho merecidamente chamado de "sapo-do-mar", de cabeça grande, ora escavada por sínus profundos, ora inchada de protuberâncias; eriçado por espinhos e cheio de tubérculos, apresentando cornos irregulares e medonhos, corpo e cauda cheios de calosidades, espinhos que causam ferimentos perigosos, repugnantes e horríveis.

De 21 a 23 de janeiro, o *Nautilus* avançou a uma razão de duzentas e cinquenta léguas a cada vinte e quatro horas, isto é, quinhentas e quarenta milhas, ou vinte e duas milhas por hora. Reconhecíamos ao passar as diversas variedades de peixes porque estes, atraídos pelo brilho elétrico, tentavam nos acompanhar; a maioria, distanciados por essa velocidade, logo ficava para trás; alguns, porém, conseguiam manter-se por certo tempo nas mesmas águas do *Nautilus*.

Na manhã do dia 24, a 12° 5' de latitude sul e 94° 33' de longitude, avistamos a ilha Keeling, elevação madrepórica coberta por coqueiros, que foi visitada pelo sr. Darwin e pelo capitão Fitz-Roy. O *Nautilus* acompanhou a uma pequena distância as escarpas dessa ilha deserta. Suas redes trouxeram inúmeros espécimes de pólipos e de equinodermos, e invólucros curiosos do ramo dos moluscos. Alguns produtos preciosos da espécie das delfínulas aumentaram os tesouros do capitão Nemo, aos quais acrescentei uma astreia punctífera, espécie de polipeiro parasita muitas vezes fixado numa concha.

A ilha Keeling logo desapareceu no horizonte, e a direção foi mudada para noroeste, rumo à ponta da península Indiana.

— Terras civilizadas — disse-me Ned Land naquele dia. — Melhor do que as ilhas da Papuásia, onde há mais selvagens que corças! Nesta terra indiana, professor, há estradas, ferrovias, cidades inglesas, francesas e hindus. Não se percorrem cinco milhas sem encontrar um compatriota. Então! Não terá chegado o momento de deixar o capitão Nemo para trás?

— Não, Ned, não — respondi, determinado. — Deixe correr, como vocês marujos dizem. O *Nautilus* se aproxima dos continentes habitados. Está voltando para a Europa, que nos leve até lá. Uma vez em nossos mares, veremos o que a prudência nos aconselhará a tentar. Aliás, não imagino que o capitão Nemo nos autorize a caçar nas costas de Malabar ou Coromandel da mesma forma que nas florestas da Nova Guiné.

— Ora, professor! Não podemos dispensar sua autorização?

Não respondi ao canadense, não queria discutir. No fundo, estava decidido a aproveitar completamente todos os acasos do destino que me havia lançado a bordo do *Nautilus*.

A partir da ilha Keeling, nossa marcha ralentou. Também se tornou mais irregular e às vezes nos levava a grandes profundidades. Utilizamos várias vezes os planos inclinados, que podiam ser posicionados obliquamente à linha de flutuação por alavancas internas. Chegamos assim a dois e três quilômetros, sem nunca tocarmos o fundo desse mar indiano que não pôde ser alcançado nem por sondas de treze mil metros. Quanto à temperatura das camadas profundas, o termômetro marcava sempre, invariavelmente, quatro graus abaixo de zero. Notei apenas que, nas camadas superiores, a água era sempre mais fria nos baixios do que em alto-mar.

Em 25 de janeiro, o oceano estava absolutamente deserto, o *Nautilus* passou o dia na superfície, fustigando as ondas com sua potente hélice e fazendo-as esguichar a grandes alturas. Como não tomá-lo, naquelas condições, por um cetáceo gigantesco? Passei três quartos desse dia na plataforma, contemplando o mar. Nada no horizonte, a não ser, por volta das quatro horas, um longo vapor que navegava a oeste em sentido contrário ao nosso. Sua mas-

VINTE MIL LÉGUAS SUBMARINAS 257

treação foi visível por um instante, mas ele não podia ver o *Nautilus*, rente demais à água. Pensei que aquele barco a vapor podia pertencer à linha peninsular e oriental que faz o trajeto entre a ilha do Ceilão e Sydney, passando pela King George Sound e por Melbourne.

Às cinco horas, antes do rápido crepúsculo que liga o dia à noite nas zonas tropicais, Conseil e eu ficamos maravilhados com um curioso espetáculo.

Existe um fascinante animal cujo encontro, segundo os antigos, pressagia boa ventura. Aristóteles, Ateneu, Plínio e Oppiano haviam estudado seus gostos e esgotado a seu respeito toda a poética dos sábios da Grécia e da Itália. Chamavam-no de náutilo e pompílio. A ciência moderna não ratificou o nome que lhe deram, e esse molusco é hoje conhecido pelo nome de argonauta.

Quem consultasse Conseil teria aprendido desse bravo rapaz que o ramo dos moluscos se divide em cinco classes; que a primeira classe, a dos cefalópodes, cujos indivíduos podem ser testáceos ou não, compreende duas famílias, a dos dibrânquios e a dos tetrabrânquios, que se distinguem pelo número de brânquias; que a família dos dibrânquios contém três gêneros, o argonauta, o calamar e a siba, e que a família dos tetrabrânquios contém um único, o náutilo. Após essa nomenclatura, se um espírito rebelde confundisse o argonauta, que é acetabulífero, isto é, possuidor de ventosas, com o náutilo, que é tentaculífero, isto é, portador de tentáculos, não poderia ser desculpado.

Ora, um cardume desses argonautas viajava pela superfície do oceano. Podíamos contá-los às centenas. Eles pertenciam à espécie de argonautas tuberculados típica dos mares da Índia.

Esses graciosos moluscos se moviam de costas por meio de um tubo locomotor que expulsava a água aspirada. De seus oito tentáculos, seis, alongados e delgados, flutuavam sobre a água, enquanto os dois outros, arredondados em formato de palmas, se estendiam ao vento como velas. Eu via perfeitamente suas conchas espiraladas e onduladas que Cuvier compara com razão a elegantes chalupas. Autênticos barcos, de fato. Elas transportam o animal que as secretou, sem que o animal esteja preso a elas.

— O argonauta é livre para deixar sua concha — informei a Conseil —, mas nunca o faz.

— Como o capitão Nemo — respondeu o perspicaz Conseil. — Seu navio deveria se chamar *Argonauta*.

O *Nautilus* flutuou no meio daquele cardume de moluscos por cerca de uma hora. De repente, algo os assustou. Como a um sinal de alarme, todas as velas foram subitamente arriadas; os tentáculos se dobraram, os corpos se contraíram, as conchas viraram e mudaram seu centro de gravidade, e toda a frota desapareceu sob as ondas. Foi instantâneo, e nunca navios de uma esquadra manobraram com maior sincronia.

A noite caiu de uma só vez, e as ondas, levemente erguidas pela brisa, se alongavam, serenas, sob o casco do *Nautilus*.

No dia seguinte, 26 de janeiro, cortamos o Equador no meridiano 82 e entramos no hemisfério boreal.

Naquele dia, um enorme cardume de esqualos seguiu-nos em cortejo. Terríveis animais que pululam naqueles mares e os tornam bastante perigosos. Vimos o tubarão-de-port-jackson de dorso marrom e ventre esbranquiçado, armado de onze fileiras de dentes, o tubarão-epaulette, que tem no pescoço uma grande mancha negra de contorno branco que parece um olho, o tubarão-isabela de focinho arredondado e sarapintado de pontos escuros. Muitas vezes, esses fortes animais se lançavam contra o vidro do salão com uma violência pouco tranquilizadora. Ned Land ficava possesso. Queria subir à superfície e arpoar aqueles monstros, principalmente alguns cações com dentes dispostos em mosaico, e grandes tubarões-tigres de cinco metros, que o provocavam com particular insistência. Mas logo o *Nautilus*, aumentando a velocidade, deixou para trás os mais velozes desses tubarões.

Em 27 de janeiro, ao largo do vasto golfo de Bengala, encontramos várias vezes — espetáculo sinistro! — cadáveres flutuando na superfície. Eram os mortos das cidades indianas, carregados pelo Ganges até o alto-mar, que os abutres, únicos coveiros do país, não tinham acabado de devorar. Mas não faltavam esqualos para ajudá-los em sua fúnebre tarefa.

Por volta das sete horas da noite, o *Nautilus*, semi-imerso, navegou por um mar de leite. Parecíamos cruzar um oceano lactiforme a perder de vista. Seria um efeito dos raios lunares? Não, pois a lua, com apenas dois dias, ainda estava perdida abaixo da linha do horizonte em meio aos raios solares. Todo o céu, apesar de iluminado pelo raio sideral, parecia negro ao contrastar com a brancura das águas.

Conseil não acreditava nos próprios olhos, e me interrogou a respeito das causas daquele singular fenômeno. Felizmente, eu estava em condições de responder-lhe.

— É o que chamamos de mar de leite — eu disse —, vasta extensão de ondas brancas, vistas com frequência nas costas da Amboina e nestas paragens.

— Mas o doutor pode me dizer o que causa semelhante efeito — pediu-me Conseil —, pois esta água não se transformou em leite, decerto!

— Não, meu rapaz, e essa brancura que o surpreende deve-se simplesmente à presença de miríades de infusórios, semelhantes a pequenos vermes luminosos, de aspecto gelatinoso e incolor, da espessura de um fio de cabelo, e de comprimento que não ultrapassa um quinto de milímetro. Algumas dessas criaturas aderem umas às outras numa extensão de várias léguas.

— Várias léguas! — exclamou Conseil.

— Sim, meu rapaz, e nem tente calcular o número desses infusórios! Não conseguiria, pois, se não me engano, alguns navegadores atravessaram esses mares de leite por mais de quarenta milhas.

Não sei se Conseil levou em conta minha recomendação, pois pareceu mergulhar em profundas reflexões, sem dúvida tentando avaliar quantos quintos de milímetros cabem em quarenta milhas quadradas. De minha parte, continuei observando o fenômeno. Ao longo de várias horas, o *Nautilus* rasgou com seu rostro aquelas ondas esbranquiçadas, e percebi que deslizava sem fazer barulho por aquela água saponácea, como se flutuasse pela espuma turbilhonante que as correntes e contracorrentes das baías formam ao se chocar.

Perto da meia-noite, o mar voltou à coloração habitual, mas atrás de nós, até os limites do horizonte, o céu, refletindo a brancura das ondas, manteve-se por longo tempo impregnado dos mutáveis fulgores de uma aurora boreal.

2. Uma nova proposta do capitão Nemo

No dia 28 de janeiro, quando ao meio-dia o *Nautilus* voltou à superfície a 9° 4' de latitude norte, estava à vista de uma terra distante oito milhas a oeste. Observei primeiro uma aglomeração de montanhas, com cerca de seiscentos metros de altura, e com contornos muito irregulares. Determinada nossa posição, voltei para o salão e, depois da marcação no mapa, percebi que estávamos diante da ilha do Ceilão, a pérola que pende do lobo interior da península Indiana.

Fui procurar na biblioteca algum livro relativo àquela ilha, uma das mais férteis do globo. Encontrei justamente um volume de H. C. Sirr, *Ceylon and the Cingalese*. Ao voltar ao salão, comecei copiando as coordenadas do Ceilão, ao qual a Antiguidade atribuíra tantos nomes diferentes. Localizava-se entre 5° 55' e 9° 49' de latitude norte, e entre 79° 42' e 82° 4' de longitude a leste do meridiano de Greenwich; seu comprimento era de quatrocentos e quarenta e dois quilômetros; sua largura máxima, duzentos e quarenta quilômetros; sua circunferência, mil e quinhentos quilômetros; sua área, cerca de sessenta e cinco mil quilômetros quadrados, isto é, um pouco inferior à da Irlanda.

O capitão Nemo e seu imediato apareceram naquele momento.

O capitão lançou um olhar para o mapa. Depois, virando-se para mim:

— A ilha do Ceilão, terra célebre por seus bancos de

pérolas. Gostaria, professor Aronnax, de visitar um desses bancos?

— Sem dúvida alguma, capitão.

— Ótimo. Será bem fácil. Veremos os bancos de pérolas, mas não veremos os pescadores. A extração anual ainda não começou. Não importa. Darei ordens para rumarmos ao golfo de Mannar, aonde chegaremos à noite.

O capitão disse algumas palavras ao imediato, que saiu logo a seguir. Dali a pouco, o *Nautilus* entrou em seu elemento líquido e o manômetro indicou que ele se mantinha a uma profundidade de trinta pés.

Com o mapa sob os olhos, procurei então o golfo de Mannar. Encontrei-o no nono paralelo, na costa noroeste do Ceilão. Era um prolongamento da pequena ilha Mannar. Para chegar até ele, era preciso contornar toda a costa ocidental do Ceilão.

— Professor — disse-me então o capitão Nemo —, as pérolas são pescadas no golfo de Bengala, no mar das Índias, nos mares da China e do Japão, nos mares do sul da América, no golfo do Panamá, no golfo da Califórnia. Mas é no Ceilão que essa pesca consegue os mais belos produtos. Chegamos um pouco cedo, sem dúvida. Os pescadores se reúnem no golfo de Mannar somente no mês de março, e ali, ao longo de trinta dias, seus trezentos barcos se dedicam a essa lucrativa extração dos tesouros do mar. Cada barco é conduzido por dez remadores e dez pescadores. Estes, divididos em dois grupos, mergulham alternadamente e descem a uma profundidade de doze metros por meio de uma pesada pedra que colocam entre os pés e é presa ao barco por uma corda.

— Então esse método primitivo continua sendo empregado? — perguntei.

— Continua — respondeu-me o capitão Nemo —, apesar de esses bancos de pérolas pertencerem ao povo mais industrioso do globo, os ingleses, que os receberam pelo tratado de Amiens, em 1802.

VINTE MIL LÉGUAS SUBMARINAS 263

— Parece-me, contudo, que o escafandro, tal como utilizado pelo senhor, seria de grande auxílio nessa operação.

— Sim, pois esses pobres pescadores não conseguem ficar muito tempo embaixo d'água. O inglês Perceval, em sua viagem ao Ceilão, fala de um cafre que ficava cinco minutos sem subir à superfície, mas o fato me parece pouco crível. Sei que alguns mergulhadores chegam a cinquenta e sete segundos, e os mais hábeis, oitenta e sete; estes são raros, porém, e, ao voltarem a bordo, esses infelizes vertem pelo nariz e pelas orelhas água tingida de sangue. Creio que a média de tempo que os pescadores aguentam é de trinta segundos, durante os quais se apressam a amontoar numa pequena rede todas as ostras perlíferas que conseguem arrancar; mas, em geral, esses pescadores não vivem muito: a vista enfraquece, ulcerações surgem nos olhos; chagas se formam na pele, e com frequência sofrem uma apoplexia no fundo do mar.

— Sim, triste ofício, e que serve apenas para satisfazer alguns caprichos. Mas, diga-me, capitão, qual a quantidade de ostras que um barco pesca por dia?

— Entre quarenta e cinquenta mil, aproximadamente. Dizem até que, em 1814, quando o governo inglês fez uma pescaria por conta própria, seus mergulhadores trouxeram, em vinte dias de trabalho, setenta e seis milhões de ostras.

— Esses pescadores são ao menos bem remunerados?

— Dificilmente, professor. No Panamá, recebem um único dólar por semana. Na maioria das vezes, recebem um centavo por cada ostra com pérola, e quantas não trazem sem nenhuma!

— Um centavo aos pobres coitados que enriquecem seus patrões! É odioso.

— Enfim, professor — disse o capitão Nemo —, seus companheiros e o senhor visitarão o banco de ostras de Mannar, e se porventura algum pescador apressado lá se encontrar, pois bem, nós o veremos trabalhar.

— Certo, capitão.

— A propósito, professor Aronnax, o senhor tem medo de tubarões?

— De tubarões? — exclamei.

Sua pergunta me pareceu no mínimo bastante desnecessária.

— Então? — insistiu o capitão Nemo.

— Confesso, capitão, que ainda não estou muito familiarizado com esse gênero de peixe.

— Nós nos acostumamos a eles — refutou o capitão Nemo —, com o tempo o senhor também se acostumará. Aliás, estaremos armados e, ao longo do caminho, poderemos quem sabe caçar algum esqualo. Trata-se de uma caça interessante. Portanto, até amanhã, professor, e bem cedo.

Após dizer isso num tom descontraído, o capitão Nemo deixou o salão.

Se o convidassem para caçar ursos nas montanhas da Suíça, o senhor diria: "Muito bem! Amanhã caçaremos ursos". Se o convidassem a caçar leões nas planícies do Atlas, ou tigres nas selvas da Índia, o senhor diria: "Ah! Parece que caçaremos tigres ou leões!". Mas se o convidassem a caçar tubarões em seu elemento natural, o senhor talvez pedisse para pensar um pouco antes de aceitar o convite.

De minha parte, passei a mão na testa, onde brotavam algumas gotas de suor frio.

"Preciso pensar", disse para mim mesmo, "e com calma. Caçar lontras nas florestas submarinas, como fizemos nas florestas da ilha Crespo, ainda vai. Mas percorrer o fundo dos mares estando quase certo de encontrar esqualos, é outra coisa! Bem sei que em alguns países, em especial nas ilhas Andamão, os negros não hesitam em atacar os tubarões com um punhal numa mão e um laço na outra, mas também sei que muitos dos que enfrentam esses formidáveis animais não voltam com vida! Além disso, não sou um negro, e mesmo que eu fosse um, creio que uma leve hesitação de minha parte não seria despropositada."

E eis-me sonhando com tubarões, imaginando suas grandes mandíbulas armadas com múltiplas fileiras de dentes e capazes de cortar um homem em dois. Eu já sentia certa dor em torno dos rins. Ademais, não conseguia assimilar a indiferença com que o capitão havia feito esse convite deplorável! Não parecia estar se referindo a alguma raposa inofensiva dos bosques?

"Bom!", calculei, "Conseil nunca aceitará ir, e isso me dispensará de acompanhar o capitão."

Quanto a Ned Land, confesso que não me sentia tão seguro de sua sensatez. Um perigo, por maior que fosse, sempre era um atrativo para sua natureza combativa.

Retomei a leitura do livro de Sirr, mas folheei-o maquinalmente. Enxergava, nas entrelinhas, mandíbulas assustadoramente abertas.

Naquele momento, Conseil e o canadense entraram, parecendo tranquilos e mesmo alegres. Não sabiam o que os esperava.

— Palavra de honra, professor — disse Ned Land —, seu capitão Nemo, diabo o carregue!, acaba de nos fazer uma proposta muito simpática.

— Ah — hesitei —, vocês sabem...

— Se convier ao doutor — respondeu Conseil —, o comandante do *Nautilus* nos convidou para visitar amanhã, na companhia do doutor, os magníficos bancos de pérolas do Ceilão. Fez o convite em ótimos termos e portou-se como um verdadeiro cavalheiro.

— Ele não disse mais nada?

— Não, professor — respondeu o canadense —, apenas que havia falado com o senhor sobre esse pequeno passeio.

— De fato — eu disse. — E não deu nenhum detalhe sobre...

— Nenhum, senhor naturalista. O senhor nos acompanhará, não é mesmo?

— Eu... sem dúvida! Vejo que toma gosto pela coisa, mestre Land.

— Sim! É curioso, curiosíssimo.

— Perigoso, talvez! — acrescentei, num tom insinuante.

— Perigo — respondeu Ned Land —, numa simples excursão a um banco de ostras!

Definitivamente, o capitão Nemo julgara inútil trazer tubarões à mente de meus companheiros. De minha parte, eu os fitava um pouco perplexo, como se já lhes faltasse algum membro. Devia avisá-los? Sim, sem dúvida, mas não sabia direito como fazê-lo.

— Doutor — pediu-me Conseil —, poderia nos fornecer alguns detalhes da pesca de pérolas?

— Sobre a pesca em si — perguntei —, ou sobre os incidentes que...

— Sobre a pesca — respondeu o canadense. — Antes de pisar o terreno, convém conhecê-lo.

— Muito bem! Sentem-se, meus amigos, vou ensinar-lhes tudo o que o inglês Sirr acaba de me ensinar.

Ned e Conseil se sentaram num divã, e o canadense começou perguntando:

— Professor, o que é uma pérola?

— Meu bravo Ned — respondi —, para o poeta, a pérola é uma lágrima do mar; para os orientais, é uma gota de orvalho solidificada; para as damas, é uma joia de forma oblonga, de brilho hialino, matéria nacarada, que elas usam no dedo, no pescoço ou nas orelhas; para o químico, é uma mistura de fosfato e carbonato de cal com um pouco de gelatina; para os naturalistas, finalmente, é uma simples secreção anormal do órgão que produz o nácar em certos bivalves.

— Ramo dos moluscos — disse Conseil —, classe dos acéfalos, ordem dos testáceos.

— Exatamente, sábio Conseil. Ora, entre esses testáceos, a abalone-arco-íris, os turbilhos, as tridacnas, as pinhas-marinhas, resumindo, todos os que secretam o nácar, isto é, a substância azul, azulada, violeta ou branca, que reveste o interior de suas valvas, podem produzir pérolas.

— Os mexilhões também? — perguntou o canadense.

— Sim! Os mexilhões de alguns cursos de água da Escócia, do país de Gales, da Irlanda, da Saxônia, da Boêmia, da França.

— Bom! Prestaremos atenção a partir de agora — respondeu o canadense.

— Porém — retomei —, o molusco por excelência que secreta a pérola é a ostra perlífera, a *Meleagrina margaritifera*, a preciosa pintadina. A pérola é apenas uma concreção nacarada que se configura em formato globular. Ou ela adere à concha da ostra, ou ela se incrusta nos tecidos do animal. Nas valvas, a pérola está fixa; na carne, ela fica solta. Mas ela sempre tem como núcleo um pequeno corpo duro, seja um óvulo estéril, seja um grão de areia, em torno do qual a matéria nacarada se deposita ao longo dos anos, sucessivamente e em finas camadas concêntricas.

— Podemos encontrar várias pérolas na mesma ostra? — perguntou Conseil.

— Sim, meu rapaz. Certas pintadinas formam um verdadeiro porta-joias. Já foi inclusive mencionada uma ostra, da qual me permito duvidar, que continha não menos que cento e cinquenta tubarões.

— Cento e cinquenta tubarões! — exclamou Ned Land.

— Eu disse tubarões? — perguntei prontamente. —Quero dizer cento e cinquenta pérolas. Tubarões não faria sentido algum.

— Verdade — assentiu Conseil. — Mas o doutor nos ensinaria agora como essas pérolas são extraídas?

— Há vários métodos, e muitas vezes, inclusive, quando as pérolas aderem às valvas, os pescadores as arrancam com pinças. Mas o mais comum é estender as pintadinas em esteiras de fibra vegetal na praia. Elas morrem ao ar livre e, após dez dias, entram num estado adequado de putrefação. São então mergulhadas em amplos reservatórios de água do mar, depois abertas e lavadas. É nesse momento que tem início o duplo trabalho dos pescadores. Primeiro, eles separam as placas de nácar conhecidas no comércio sob o nome de *franche argentée*, *bâtarde blanche* e *bâtarde noire*, que são colocadas em caixas de cento e vinte e cinco quilos a cento e cinquenta quilos. Depois, eles retiram o parênquima da ostra, fazem-no ferver e peneiram-no, para extrair até as menores pérolas.

— O preço das pérolas varia segundo o tamanho? — perguntou Conseil.

— Não apenas segundo o tamanho, mas também segundo o formato, segundo a "água", isto é, a cor, e segundo o "oriente", isto é, o brilho furta-cor e cambiante que as torna tão encantadoras. As mais belas pérolas são chamadas de pérolas virgens ou parangonas; elas se formam isoladamente no tecido do molusco; são esbranquiçadas, muitas vezes opacas, mas às vezes com uma transparência opalina, e em geral esféricas ou piriformes. Quando esféricas, são usadas em braceletes; piriformes, são usadas em pingentes e, sendo as mais preciosas, são vendidas por unidade. As outras pérolas aderem à concha da ostra e, mais irregulares, são vendidas por peso. Por fim, numa ordem inferior estão classificadas as pérolas pequenas, conhecidas como "sementes"; são vendidas a granel e mais especificamente utilizadas nos bordados dos paramentos de igreja.

— Mas esse trabalho, que consiste em separar as pérolas segundo o tamanho, deve ser demorado e difícil — disse o canadense.

— Não, meu amigo. Esse trabalho é feito por onze peneiras ou crivos com número variável de buracos. As pérolas que ficam na peneira com vinte e quatro buracos são de primeira ordem. As que não escapam dos crivos de cento e oito buracos são de segunda ordem. E as pérolas que ficam na peneira de novecentos ou mil buracos formam as sementes.

— Engenhoso — disse Conseil —, e vejo que a divisão, a classificação das pérolas, é operada mecanicamente. E o

VINTE MIL LÉGUAS SUBMARINAS

doutor poderia nos dizer quanto rende a exploração dos bancos de ostras perlíferas?

— Segundo o livro de Sirr — respondi —, os bancos de ostras do Ceilão são arrendados por três milhões de esqualos.

— De francos! — corrigiu-me Conseil.

— Sim, francos! Três milhões de francos — retifiquei--me. — Mas creio que esses viveiros não rendem tanto quanto antigamente. O mesmo ocorre com os viveiros americanos, que, sob o reinado de Carlos V, produziam quatro milhões de francos, e agora estão reduzidos a dois terços. Em suma, podemos avaliar em nove milhões de francos o rendimento geral da extração de pérolas.

— No entanto — perguntou Conseil —, não existem algumas pérolas famosas que dizem terem sido cotadas a um altíssimo preço?

— Sim, meu rapaz. Dizem que César ofereceu a Servília uma pérola avaliada, hoje, em cento e vinte mil francos.

— Ouvi, inclusive, falar, — contou o canadense —, que certa dama antiga bebia pérolas em seu vinagre.

— Cleópatra — concordou Conseil.

— Devia ser ruim — acrescentou Ned Land.

— Horrível, amigo Ned — disse Conseil. — Mas um copinho de vinagre que custe um milhão e quinhentos mil francos vale o esforço.

— Lamento não ter casado com essa dama — disse o canadense, movimentando o braço com ar pouco animado.

— Ned Land marido de Cleópatra! — exclamou Conseil.

— Mas quase me casei, Conseil — respondeu com seriedade o canadense —, e não foi culpa minha que não tenha dado certo. Eu tinha inclusive comprado um colar de pérolas para Kat Tender, minha noiva, que, diga-se, casou com outro. E veja bem, esse colar não tinha me custado mais de um dólar e meio e, no entanto, o professor pode acreditar em mim, as pérolas que o compunham não teriam passado pela peneira de vinte buracos.

— Meu caro Ned — respondi, rindo —, eram pérolas artificiais, simples esferas de vidro enchidas com essência do Oriente.

— Então essência do Oriente deve custar bem caro! — respondeu o canadense.

— O mesmo que nada! É a mesma substância prateada da escama do alburnete, retirada da água e conservada em amoníaco. Não tem valor algum.

— Talvez tenha sido por isso que Kat Tender casou com outro — respondeu mestre Land, filosoficamente.

— Mas voltando às pérolas de alto valor — eu disse —, não creio que soberano algum jamais tenha possuído uma superior à do capitão Nemo.

— Esta — disse Conseil, apontando para a magnífica joia exposta numa vitrine.

— Com certeza não me engano atribuindo-lhe um valor de dois milhões de...

— Francos! — disse rapidamente Conseil.

— Sim, dois milhões de francos, e não deve ter custado ao capitão mais que o esforço de recolhê-la.

— Ei! — exclamou Ned Land. — E quem disse que amanhã não encontraremos uma igual durante nossa caminhada?

— Ora! — disse Conseil.

— E por que não?

— O que fazer com milhões a bordo do *Nautilus*?

— A bordo, nada — respondeu Ned Land —, mas alhures...

— Sei, alhures! — disse Conseil, balançando a cabeça.

— Na verdade — intervim —, mestre Land está certo. Se um dia levássemos para a Europa ou para a América uma pérola de alguns milhões, isso ao menos nos daria grande credibilidade, e, ao mesmo tempo, grande valor ao relato de nossas aventuras.

— É o que penso — concordou o canadense.

— Mas — interpôs Conseil, que sempre voltava para

VINTE MIL LÉGUAS SUBMARINAS   271

o lado instrutivo das coisas —, a pesca de pérolas será perigosa?

— Não — respondi vivamente —, principalmente se tomarmos certas precauções.

— Qual o risco desse ofício? — perguntou Ned Land.

— Engolir alguns litros de água do mar!

— Isso mesmo, Ned. A propósito — eu disse, tentando assumir o tom despreocupado do capitão Nemo —, tem medo de tubarões, bravo Ned?

— Eu — respondeu o canadense —, um arpoador profissional! Meu ofício é fazer pouco deles!

— Não vamos — esclareci — pescá-los com um anzol, içá-los para o convés de um navio, cortar suas caudas a machadadas, abrir-lhes a barriga, arrancar-lhes o coração e lançá-lo ao mar!

— Então vamos...?

— Sim, exatamente.

— Dentro d'água?

— Dentro d'água.

— Ora, com um bom arpão! Tubarões, professor, são animais bastante imperfeitos. Precisam ficar de dorso para abocanhá-lo, e, enquanto se viram...

Ned Land pronunciava a palavra "abocanhar" de uma maneira a dar frio na espinha.

— Muito bem, e você, Conseil, o que pensa dos esqualos?

— Serei franco com o doutor.

"Até que enfim", pensei.

— Se o doutor vai enfrentar tubarões — disse Conseil —, não vejo por que seu fiel criado não os enfrentará a seu lado!

3. Uma pérola de dez milhões

A noite chegou. Fui deitar-me. Dormi muito mal. Os tubarões tiveram um papel importante em meus sonhos, e achei ao mesmo tempo muito justa e muito injusta a etimologia que faz a palavra tubarão derivar de "réquiem".*

No dia seguinte, às quatro horas da manhã, fui acordado pelo steward, que o capitão pusera especialmente a meu serviço. Levantei-me rapidamente, vesti-me e fui para o salão.

O capitão Nemo estava à minha espera.

— Professor Aronnax, está pronto para partir?

— Estou pronto.

— Queira me seguir.

— E meus companheiros, capitão?

— Foram avisados e nos aguardam.

— Não vamos vestir nossos escafandros? — perguntei.

— Ainda não. Não deixei o *Nautilus* aproximar-se demais da costa, estamos bastante distantes do banco de Mannar. Mas mandei prepararem o bote que nos conduzirá ao ponto exato de desembarque e nos poupará um trajeto bastante longo. Foi carregado com nossos aparelhos de mergulho, que vestiremos assim que a exploração submarina começar.

* Jules Verne se refere à palavra francesa para tubarão, "requin". (N.T.)

O capitão Nemo me conduziu à escadaria central, cujos degraus levavam à plataforma. Ned e Conseil já estavam lá, encantados com o "passeio recreativo" que se preparava. Cinco marujos do *Nautilus*, remos nas mãos, nos esperavam dentro do bote que havia sido amarrado ao costado.

A noite continuava escura. Placas de nuvens cobriam o céu e descortinavam apenas algumas raras estrelas. Levei os olhos para o lado da terra, mas não vi mais que uma linha difusa que fechava três quartos do horizonte de sudoeste a noroeste. O *Nautilus*, tendo contornado durante a noite a costa ocidental do Ceilão, se encontrava a oeste da baía, ou melhor, do golfo formado por este território e a ilha de Mannar. Ali, sob as águas escuras, estendia-se o banco de pintadinas, inesgotável campo de pérolas com mais de vinte milhas de comprimento.

O capitão Nemo, Conseil, Ned Land e eu nos posicionamos na popa do bote. O condutor da embarcação se posicionou ao leme; seus quatro companheiros instalaram os remos; as amarras foram soltas e nos afastamos.

O bote se dirigiu para o sul. Os remadores não tinham pressa. Observei que as remadas, vigorosas, se sucediam apenas a cada dez segundos, de acordo com o método geralmente empregado pelas marinhas de guerra. Enquanto a embarcação seguia seu ritmo, as gotículas salpicadas crepitavam no fundo negro das ondas como manchas de chumbo derretido. Uma leve marola vinda de alto-mar imprimia ao bote um leve balanço lateral, e algumas cristas marulhavam na proa.

Estávamos em silêncio. Em que pensava o capitão Nemo? Talvez naquela terra de onde se aproximava e que considerava perto demais, ao contrário do canadense, para quem ela ainda parecia distante demais. Conseil, por sua vez, estava ali como simples curioso.

Por volta das cinco e meia, as primeiras luzes no horizonte acusaram com maior nitidez a linha superior da costa. Bastante plana a leste, ela subia um pouco ao sul. Cinco milhas ainda nos separavam, e sua praia se confundia com as águas brumosas. Entra ela e nós, o mar estava deserto. Nenhum barco, nenhum mergulhador. Uma solidão profunda reinava naquele ponto de encontro dos pescadores de pérolas. Como avisara o capitão Nemo, chegávamos àquelas paragens com um mês de antecedência.

Às seis horas, o dia clareou subitamente, com a rapidez particular das regiões tropicais, que não conhecem aurora ou crepúsculo. Os raios solares atravessaram a cortina de nuvens que se acumulavam no horizonte oriental, e o astro radioso elevou-se rapidamente.

Distingui claramente a terra, com árvores esparsas aqui e ali.

O bote avançou na direção da ilha Mannar, que se arredondava ao sul. O capitão Nemo se levantara e observava o mar.

A um sinal seu, a âncora foi lançada, e a corrente correu pouco, pois o fundo estava a não mais de um metro, formando naquele local um dos pontos mais altos do banco de pintadinas. O bote aproou sob o empuxo da maré vazante, que levava ao largo.

— Chegamos, professor Aronnax — disse o capitão Nemo. — Observe esta baía estreita. Aqui mesmo, dentro de um mês, estarão reunidos os vários barcos de pesca dos extratores, e essas mesmas águas serão audaciosamente vasculhadas por seus mergulhadores. A disposição da baía é perfeita para esse tipo de pesca. Ela está ao abrigo dos ventos mais fortes, e o mar nunca fica muito agitado, circunstância muito favorável para o trabalho dos mergulhadores. Agora colocaremos nossos escafandros, e daremos início a nosso passeio.

Não respondi nada e, olhando para aquelas águas suspeitas, auxiliado pelos marujos da embarcação, comecei a vestir meu pesado traje de mergulho. O capitão Nemo e meus dois companheiros também se vestiam. Nenhum dos homens do *Nautilus* nos acompanharia nessa nova excursão.

Logo estávamos presos até o pescoço na roupa de borracha, e correias fixaram em nossas costas os aparelhos de ar. Quanto aos aparelhos Ruhmkorff, não os vi. Antes de colocar minha cabeça na cápsula de cobre, mencionei o fato ao capitão.

— Os aparelhos nos seriam inúteis — respondeu o capitão. — Não iremos a grandes profundidades, os raios solares bastarão para iluminar nossa caminhada. Além disso, é pouco prudente levar uma lanterna elétrica nessas águas. Seu brilho poderia atrair inopinadamente algum perigoso habitante dessas paragens.

Quando o capitão Nemo pronunciou essas palavras, virei-me para Conseil e Ned Land. Mas os dois amigos já tinham acondicionado a cabeça na calota metálica, e não podiam nem ouvir nem responder.

Restava-me uma última pergunta ao capitão Nemo:

— E nossas armas, nossos fuzis?

— Fuzis? Para quê? Os montanheses não enfrentam ursos com um punhal na mão? O aço não é mais certeiro que o chumbo? Tome esta sólida lâmina. Coloque-a na cintura e partamos.

Olhei para meus companheiros. Estavam armados como nós e, além disso, Ned Land brandia um enorme arpão que havia colocado no bote antes de sair do *Nautilus*.

Depois, seguindo o exemplo do capitão, deixei que colocassem a pesada esfera de cobre, e nossos reservatórios de ar foram imediatamente acionados.

Um instante depois, os marujos nos desembarcavam um por um, e, a um metro e meio de profundidade, pisamos numa areia lisa. O capitão Nemo nos fez um sinal com a mão. Nós o seguimos, e desaparecemos sob as águas num suave declive.

Ali, as ideias que obcecavam minha mente me abandonaram. Voltei a ficar surpreendentemente calmo. O desembaraço de meus movimentos aumentou minha confiança e a estranheza do espetáculo cativou minha imaginação.

O sol lançava uma luz suficiente sob as águas. Os mínimos objetos eram percebidos. Após dez minutos de caminhada, estávamos a cinco metros de profundidade, e o terreno tornava-se mais plano.

A cada passo que dávamos erguiam-se, como bandos de narcejas num banhado, revoadas de peixes curiosos do gênero *Monopterus*, que não têm outra nadadeira além da caudal. Reconheci o javanês, verdadeira serpente de oitenta centímetros de comprimento, ventre lívido, facilmente confundida com o congro sem as linhas douradas dos flancos. No gênero dos estromateídeos, cujo corpo é muito achatado e oval, identifiquei o paru de cores vibrantes, com a nadadeira dorsal como uma foice, peixes comestíveis que, secos e marinados, compõem um prato excelente conhecido como *karawade*; depois, vi o tranquebar, que pertence ao gênero dos aspidóforos, cujo corpo é recoberto por uma couraça escamosa com oito abas longitudinais.

A elevação progressiva do sol iluminava cada vez mais a massa de água. O solo mudava aos poucos. À areia fina sucedeu-se um verdadeiro pavimento de rochas arredondadas, revestidas por um tapete de moluscos e zoófitas. Entre os espécimes desses dois ramos, identifiquei placunas de valvas finas e desiguais, ostráceos típicos do mar Vermelho e do oceano Índico, lucinídeos alaranjados com concha orbicular, terebrídeos pontiagudos, algumas púrpuras pérsicas que forneciam ao *Nautilus* uma tintura admirável, múrices de quinze centímetros que se erguiam nas águas como mãos prestes a nos agarrar, turbinelas cornígeras cheias de espinhos, língulas hiantes, anatinas, conchas comestíveis que abastecem os mercados do Hindustão, pelágias panópiras levemente luminosas e, por fim, admiráveis oculinas flabeliformes, magníficos leques que formam uma das mais ricas arborizações daqueles mares.

VINTE MIL LÉGUAS SUBMARINAS 277

Em meio a essas plantas vivas e sob o caramanchão dos hidrófitos corriam desajeitadas legiões de articulados, especialmente raninas dentadas, cuja carapaça tem o formato de um triângulo um pouco arredondado, birgos exclusivos daquelas paragens, partênopes horríveis cujo aspecto repugnava a vista. Um animal não menos hediondo que encontrei várias vezes foi o enorme caranguejo observado pelo sr. Darwin, ao qual a natureza deu o instinto e a força necessários para se alimentar de cocos; ele sobe nas árvores da praia, derruba o coco, que se parte ao cair, e o abre com suas poderosas pinças. Ali, sob as águas claras, esse caranguejo corria com uma agilidade sem igual, enquanto tartarugas-verdes, da espécie que frequenta as costas de Malabar, se deslocavam lentamente entre as rochas soltas.

Por volta das sete horas, finalmente percorremos o banco de pintadinas, sobre o qual as ostras perlíferas se reproduziam aos milhões. Esses moluscos preciosos aderiam às rochas e estavam fixos sobre elas pelo bisso de cor castanha que não permite seu deslocamento. Nesse aspecto essas ostras são inferiores aos próprios mexilhões, aos quais a natureza não negou toda faculdade de locomoção.

A pintadina *Meleagrina*, a pérola mãe, de valvas quase iguais, tem a forma de uma concha arredondada, de paredes espessas, extremamente rugosa na face externa. Algumas dessas conchas estavam cobertas e sulcadas por faixas esverdeadas que irradiavam de seu topo. Eram as ostras jovens. As outras, de superfície dura e escura, com dez anos ou mais, chegavam a quinze centímetros de largura.

O capitão Nemo apontou para aquele amontoado prodigioso de pintadinas, e compreendi que aquela mina era realmente inesgotável, pois a força criadora da natureza prevalece sobre o instinto destruidor do homem. Ned Land, fiel a esse instinto, apressou-se em encher uma rede que trazia consigo com os mais belos moluscos.

Mas não podíamos nos deter. Precisávamos seguir o

capitão, que parecia seguir por trilhas que só ele conhecia. O solo subiu sensivelmente e, às vezes, meu braço, quando elevado, chegava à superfície. Depois o nível do banco voltou a baixar imprevisivelmente. Contornávamos elevados rochedos de pontas piramidais. Em suas escuras sinuosidades, grandes crustáceos, rijos sobre suas altas patas como máquinas de guerra, nos olhavam com seus olhos fixos, e sob nossos pés rastejavam mirianas, glicérios, arícias e anelídeos, que alongavam desmesuradamente suas antenas e seus cirros tentaculares.

Deparamos então com uma extensa gruta, que se formara numa pitoresca elevação de rochedos cobertos por todas as tapeçarias da flora submarina. A princípio, a gruta aparentava ser extremamente escura. Os raios solares pareciam sumir em sucessivas gradações. Sua vaga transparência não passava de uma luz afogada.

O capitão Nemo entrou. Nós o seguimos. Meus olhos logo se acostumaram àquela escuridão relativa. Distingui os arcos irregularmente traçados da abóbada sustentada por pilares naturais, firmemente assentes numa base granítica, como as pesadas colunas da arquitetura toscana. Por que nosso insondável guia nos levava para o fundo daquela cripta submarina? Eu logo saberia.

Depois de descermos um declive bastante acentuado, nossos pés tocaram o fundo de uma espécie de poço circular. O capitão se deteve e, com a mão, indicou-nos um objeto que eu ainda não tinha percebido.

Era uma ostra de tamanho extraordinário, uma tridacna gigantesca, uma pia batismal com capacidade para um lago de água benta, um tanque com mais de dois metros de largura e, portanto, maior do que a que ornava o salão do *Nautilus*.

Aproximei-me daquele molusco fenomenal. Seu bisso o fixava a uma mesa de granito e, ali, ele se desenvolvia isolado nas águas tranquilas da gruta. Estimei o peso daquela tridacna em trezentos quilogramas. Ora, uma ostra como essa contém quinze quilos de carne, e seria preciso o estômago de um Gargântua para ingerir algumas dúzias delas.

O capitão Nemo evidentemente sabia da existência daquele bivalve. Não era a primeira vez que o visitava e supus que, ao conduzir-nos até ali, queria apenas mostrar-nos uma curiosidade natural. Eu estava enganado. O capitão Nemo tinha um interesse particular em verificar o estado atual daquela tridacna.

As duas valvas do molusco estavam entreabertas. O capitão aproximou-se e introduziu seu punhal entre as conchas para impedi-las de fechar; a seguir, com a mão, ergueu a túnica membranosa e franjada nas bordas que formava o manto do animal.

Ali, entre as dobras foliáceas, vi uma pérola livre com o tamanho de um coco. Sua forma globulosa, sua perfeita limpidez e seu admirável oriente faziam dela uma joia de preço inestimável. Levado pela curiosidade, estendi a mão para pegá-la, para pesá-la, para senti-la! Mas o capitão me deteve, fez um sinal negativo e, retirando o punhal com um movimento rápido, deixou as duas valvas se fecharem subitamente.

Compreendi então seu objetivo. Deixando a pérola dentro do manto da tridacna, permitia que crescesse suavemente. Cada ano a secreção do molusco acrescentava-lhe novas camadas concêntricas. O capitão era o único a conhecer a gruta onde aquele admirável fruto da natureza "amadurecia"; era o único a cultivá-lo, por assim dizer, a fim de um dia levá-lo a seu precioso museu. Quem sabe até, seguindo o exemplo dos chineses e dos indianos, tivesse provocado o surgimento daquela pérola introduzindo sob as dobras do molusco algum pedaço de vidro e de metal, que pouco a pouco fora recoberto pelo nácar. Em todo caso, comparando aquela pérola com as que eu conhecia, que brilhavam na coleção do capitão, estimei seu valor em no mínimo dez milhões de francos. Esplêndida curiosidade natural, e não uma joia de luxo, pois não conheço orelhas femininas que a pudessem carregar.

A visita à opulenta tridacna chegara ao fim. O capitão Nemo saiu da gruta, e todos voltamos ao banco de pintadinas, para as águas claras que o trabalho dos mergulhadores ainda não turvara.

Caminhávamos separados, como verdadeiros flanadores, cada um parando ou se afastando segundo sua vontade. De minha parte, já não me preocupava com nenhum dos perigos que minha imaginação havia exagerado com tanta ênfase. O baixio se aproximava sensivelmente da superfície do mar e minha cabeça logo ficou um metro acima do nível oceânico. Conseil juntou-se a mim e, colando sua grossa cápsula à minha, fez com os olhos uma saudação amistosa. Mas aquele planalto elevado media apenas algumas toesas, pois logo voltamos para nosso elemento. Creio que agora já tenho o direito de chamá-lo assim.

Dez minutos depois, o capitão Nemo parou de repente. Pensei que se detinha para dar meia-volta. Não. Com um gesto, ordenou que nos escondêssemos a seu lado dentro de uma ampla anfractuosidade. Sua mão dirigiu-se a um ponto da massa líquida, para onde olhei atentamente.

A cinco metros de mim, uma sombra apareceu e tocou o solo. A inquietante imagem de tubarões atravessou minha mente. Mas eu estava enganado, ainda não precisaríamos lidar com os monstros do oceano.

Era um homem, um homem vivo, um indiano, um negro, um pescador, sem dúvida um pobre-diabo que vinha ceifar antes da colheita. Vi o fundo de seu bote alguns pés acima de sua cabeça. Ele mergulhava e voltava à tona, sucessivamente. Uma pedra talhada em cone, que segurava entre os pés, presa ao barco por uma corda, o ajudava a descer mais rápido para o fundo do mar. Esse era todo o seu equipamento. Chegando ao solo, a cerca de cinco metros de profundidade, colocava-se de joelhos e enchia uma bolsa com pintadinas colhidas ao acaso. Depois, su-

VINTE MIL LÉGUAS SUBMARINAS 281

bia, esvaziava a bolsa, puxava a pedra e começava a operação, que durava apenas trinta segundos.

O mergulhador não nos via. A sombra do rochedo nos ocultava. Além disso, como aquele pobre indiano poderia imaginar que homens, seus semelhantes, estivessem ali, sob as águas, espiando seus movimentos, sem perder um detalhe de sua pescaria?

Por várias vezes, subiu e voltou a mergulhar. Pescava não mais que uma dezena de pintadinas a cada mergulho, pois era preciso arrancá-las do banco no qual se fixavam com seu bisso robusto. Quantas daquelas ostras não estariam desprovidas das pérolas pelas quais arriscava sua vida!

Eu o observava com profunda atenção. Seus gestos eram regulares e, ao longo de meia hora, nenhum perigo pareceu ameaçá-lo. Eu estava me familiarizando com o espetáculo daquele interessante tipo de pesca quando, de repente, num momento em que o indiano estava ajoelhado no solo, vi-o esboçar um gesto de pavor, erguer-se e impulsionar-se para voltar à superfície.

Entendi seu medo. Uma sombra gigantesca surgia acima do infeliz mergulhador. Era um tubarão enorme que avançava na diagonal, olhos em brasa, mandíbulas abertas!

Fiquei mudo de horror, incapaz de me mover.

O voraz animal, com um vigoroso golpe de nadadeira, avançou sobre o indiano, que desviou para o lado e evitou a mordida do tubarão, mas não o golpe de sua cauda, pois a cauda, atingindo-o no peito, derrubou-o no chão.

A cena havia durado apenas alguns segundos. O tubarão voltou e, virando-se de costas, estava prestes a cortar o indiano em dois, quando senti o capitão Nemo, perto de mim, erguer-se subitamente. Com seu punhal na mão, avançou reto até o monstro, pronto a enfrentá-lo corpo a corpo.

O esqualo, quando ia abocanhar o infeliz pescador, avistou seu novo adversário e, colocando-se novamente sobre o ventre, dirigiu-se rapidamente contra este.

Ainda vejo a pose do capitão Nemo. Encolhido, esperava com admirável sangue-frio o formidável esqualo, e quando este avançou sobre ele, o capitão, atirando-se para o lado com prodigiosa agilidade, evitou o choque e enfiou--lhe o punhal no ventre. Mas não era o fim. Um combate terrível teve início.

O tubarão havia rugido, por assim dizer. O sangue saía aos jorros de seus ferimentos. O mar se tingiu de vermelho e, por entre aquele líquido opaco, não distingui mais nada.

Mais nada, até que, num átimo, vi o audacioso capitão agarrado a uma das nadadeiras do animal, lutando corpo a corpo com o monstro, crivando de punhaladas o ventre do inimigo, sem conseguir, no entanto, dar um golpe definitivo, isto é, atingi-lo em pleno coração. O esqualo, debatendo-se, agitava a massa de água com fúria, e seu rebuliço ameaçava derrubar-me.

Gostaria de ter podido socorrer o capitão. Mas, paralisado de pavor, não conseguia me mexer.

Eu fixava nele meu olhar desvairado. Via as fases da luta se sucederem. O capitão caiu no chão, derrubado pela massa enorme que pesava sobre ele. As mandíbulas do tubarão se abriram desmesuradamente, como uma cisalha industrial, e aquele seria o fim do capitão se, rápido como o pensamento, arpão nas mãos, Ned Land não se tivesse precipitado na direção do tubarão, atingindo-o com sua terrível ponta.

As águas foram impregnadas por uma massa de sangue. Agitaram-se sob os movimentos do esqualo que se debatia com indescritível furor. Ned Land não errara o alvo. O monstro agonizava. Atingido no coração, ele se contorcia em espasmos assustadores, cujo contragolpe derrubou Conseil.

Enquanto isso, Ned Land levantava o capitão. Este, derrubado sem ferimentos, foi até o indiano, cortou prontamente a corda que o prendia à pedra, pegou-o nos braços e, com um vigoroso impulso, subiu à superfície.

Nós três o seguimos e, em poucos instantes, milagrosamente salvos, chegamos à embarcação do pescador.

VINTE MIL LÉGUAS SUBMARINAS 283

O primeiro cuidado do capitão Nemo foi trazer o infeliz de volta à vida. Eu não sabia se conseguiria. Esperava que sim, pois a imersão do pobre-diabo não havia sido longa. Mas a rabanada do tubarão podia tê-lo atingido mortalmente.

Por sorte, sob as vigorosas fricções de Conseil e do capitão, vi, pouco a pouco, o afogado voltar a si, abrindo os olhos. Qual não deve ter sido sua surpresa, quem sabe seu terror, ao ver as quatro grandes cabeças de cobre debruçadas sobre ele!

E o que não deve ter pensado quando o capitão Nemo, tirando de um bolso de seu traje um pacotinho de pérolas, colocou-o em suas mãos? Essa magnífica esmola do homem das águas ao pobre indiano do Ceilão foi aceita por este com mão trêmula. Seus olhos assustados indicavam, de resto, que não sabia a que criaturas sobre-humanas devia ao mesmo tempo a fortuna e a vida.

A um sinal do capitão, voltamos para o banco de pintadinas e, seguindo o trajeto já percorrido, depois de meia hora de caminhada encontramos a âncora que prendia ao solo o bote do *Nautilus*.

Uma vez embarcados, cada um de nós, com a ajuda dos marujos, livrou-se de sua pesada carapaça de cobre.

A primeira palavra do capitão Nemo foi para o canadense.

— Obrigado, mestre Land.

— Foi uma retribuição, capitão — respondeu Ned Land. — Eu lhe devia isso.

Um pálido sorriso se insinuou nos lábios do capitão, e isso foi tudo.

— Ao *Nautilus* — ele disse.

A embarcação voou sobre as ondas. Alguns minutos depois, encontramos o corpo do tubarão boiando.

Pela cor negra da extremidade de suas nadadeiras reconheci o terrível melanóptero do mar das Índias, da espécie dos tubarões propriamente ditos. Tinha quase oito metros de comprimento; sua boca enorme ocupava um terço do corpo. Era um adulto, o que se via pelas seis fileiras de dentes em forma de triângulo isósceles na maxila superior.

Conseil contemplava-o com interesse absolutamente científico, e tenho certeza de que o classificava, não sem razão, na classe dos cartilaginosos, ordem dos condropterígios de brânquias fixas, família dos seláquios, gênero dos esqualos.

Enquanto eu considerava aquela massa inerte, uma dúzia de vorazes melanópteros apareceu de repente em volta da embarcação; sem se preocuparem conosco, porém, lançaram-se sobre o cadáver e disputaram seus pedaços.

Às oito e meia, estávamos de volta a bordo do *Nautilus*.

Ali, peguei-me refletindo sobre os incidentes de nossa excursão ao viveiro de Mannar. Dois traços fatalmente se evidenciavam. Primeiro, a audácia sem igual do capitão Nemo. Depois, seu devotamento por um ser humano, um representante da raça da qual ele fugia sob os mares. Não importava o que dissesse, aquele homem estranho ainda não havia conseguido calar totalmente seu coração.

Quando lhe fiz esta observação, ele me respondeu num tom ligeiramente comovido:

— Aquele indiano, professor, é um habitante do país dos oprimidos. Ainda pertenço, e até meu último suspiro pertencerei, a esse mesmo país!

4. O mar Vermelho

Durante o dia 29 de janeiro, a ilha do Ceilão desapareceu no horizonte, e o *Nautilus*, a uma velocidade de vinte milhas por hora, penetrou no labirinto de canais que separam as Maldivas das Laquedivas. Passou ao largo da ilha Kiltan, terra de origem madrepórica descoberta por Vasco da Gama em 1499, e uma das dezenove principais ilhas do arquipélago das Laquedivas, situada entre 10° e 14° 30' de latitude norte, e 69° e 50° 72' de longitude leste.

Havíamos percorrido dezesseis mil duzentas e vinte milhas, ou sete mil e quinhentas léguas desde o ponto de partida nos mares do Japão.

No dia seguinte — 30 de janeiro —, quando o *Nautilus* subiu à superfície do Oceano, não havia mais nenhuma terra à vista. Ele rumava para nor-noroeste e se dirigia para o mar de Omã, que se abre entre a Arábia e a península Indiana, onde desemboca o golfo Pérsico.

Aquele era um estreito cego, sem saída possível. Aonde nos conduzia o capitão Nemo? Eu não sabia dizer, o que deixou insatisfeito o canadense que, naquele dia, me perguntou para onde estávamos indo.

— Estamos indo, mestre Ned, para onde nos levar a fantasia do capitão.

— Essa fantasia — respondeu o canadense — não nos levará muito longe. O golfo Pérsico não tem saída, se entrarmos nele, em breve teremos que voltar sobre nossos passos.

— Então voltaremos, mestre Land! E se depois do golfo Pérsico o *Nautilus* quiser visitar o mar Vermelho, o estreito de Bab-el-Mandeb estará lá para abrir-lhe passagem.

— Não preciso lhe dizer, professor — retomou Ned Land —, que o mar Vermelho não está menos fechado que o golfo, pois o istmo de Suez ainda não foi aberto e, ainda que tivesse sido, um barco misterioso como o nosso não se arriscaria por canais cheios de eclusas. O mar Vermelho, portanto, ainda não é o percurso que nos levará à Europa.

— Mas eu nunca disse que voltaríamos à Europa.

— O que imagina, então?

— Imagino que depois de visitar as curiosas paragens da Arábia e do Egito o *Nautilus* volte a descer pelo oceano Índico, talvez pelo canal de Moçambique, talvez ao largo das Mascarenhas, de modo a alcançar o cabo da Boa Esperança.

— E uma vez no cabo da Boa Esperança? — perguntou o canadense, com singular insistência.

— Ora, adentraremos no Atlântico, que ainda não conhecemos. Vamos, amigo Ned! Cansou da viagem sob os mares? Enjoou do espetáculo incessantemente variado das maravilhas submarinas? De minha parte, verei com extremo pesar o fim dessa viagem que tão poucos homens jamais poderão fazer.

— Mas o senhor percebeu, professor Aronnax — respondeu o canadense —, que logo fará três meses que estamos presos a bordo do *Nautilus*?

— Não, Ned, não percebi, não quero perceber, não conto nem os dias, nem as horas.

— E o fim da viagem?

— O fim virá a seu tempo. Além disso, não podemos fazer nada, nossa discussão é inútil. Quando vier me dizer, meu bravo Ned, que "uma chance de fuga se apresentou", eu a discutirei com você. Mas este não é o caso e, para ser franco, não creio que o capitão Nemo um dia se aventure pelos mares europeus.

Esse breve diálogo mostra que, fanático pelo *Nautilus*, eu começava a encarnar seu comandante.

Ned Land, por sua vez, encerrou a conversa com as seguintes palavras, num monólogo:

— Tudo isso é muito bonito, mas, para mim, onde não há concordância, todos saem perdendo.

Ao longo de quatro dias, até o dia 3 de fevereiro, o *Nautilus* visitou o mar de Omã, com diversas velocidades e a profundidades variadas. Parecia seguir ao acaso, como se hesitasse a respeito do rumo a seguir, mas sem nunca cruzar o trópico de Câncer.

Quando saímos desse mar, avistamos por um instante a cidade de Mascate, a mais importante do país de Omã. Admirei seu estranho aspecto, cercada por rochas negras, sobre as quais se destaca o branco das casas e fortificações. Vi o domo arredondado de suas mesquitas, a ponta elegante dos minaretes, seus frescos e verdejantes terraços. Mas foi apenas uma visão, pois logo o *Nautilus* mergulhou sob as ondas escuras daquelas paragens.

Depois, percorremos uma distância de seis milhas nas costas arábicas de Mahra e do Hadramaute, e sua linha ondulada de montanhas em que se elevavam algumas ruínas antigas. No dia 5 de fevereiro, enfim chegamos ao golfo de Áden, verdadeiro funil no gargalo de Bab-el-Mandeb, que despeja as águas indianas no mar Vermelho.

Em 6 de fevereiro, o *Nautilus* flutuava à vista de Áden, encarapitada num promontório unido por um istmo ao continente, espécie de Gibraltar inacessível, cujas fortalezas foram reconstruídas pelos ingleses após serem conquistadas em 1839. Divisei os minaretes octogonais dessa cidade que outrora foi o entreposto mais rico e mercantil da costa, nas palavras do historiador Edrisi.

Eu estava convencido de que o capitão Nemo, depois de chegar àquele ponto, daria marcha a ré; mas estava enganado e, para minha grande surpresa, não foi o que fez.

No dia seguinte, 7 de fevereiro, embocamos no estreito

de Bab-el-Mandeb, cujo nome significa, em árabe, "a porta das lágrimas". Com trinta e dois quilômetros de largura, tem apenas cinquenta e dois quilômetros de extensão. Para o *Nautilus*, a toda a velocidade, atravessá-lo foi questão de apenas uma hora. Mas não pude ver nada, nem mesmo a ilha de Perim, com que o governo britânico fortificou a posição de Áden. Havia vapores demais, ingleses ou franceses, das linhas de Suez a Bombaim, a Calcutá, a Melbourne, a Bourbon, a Maurício, singrando aquela estreita passagem para que o *Nautilus* pensasse em se mostrar. Preferiu manter-se prudentemente entre duas águas.

Ao meio-dia, finalmente, sulcávamos as ondas do mar Vermelho.

O mar Vermelho, célebre lago das tradições bíblicas, que as chuvas nunca refrescam, que nenhum rio importante irriga, que uma excessiva evaporação sorve incessantemente e que a cada ano perde uma fatia líquida de um metro e meio de altura! Singular golfo, que, fechado e nas condições de um lago, talvez ficasse completamente seco; inferior, nesse aspecto, a seus vizinhos Cáspio e Asfaltite, cujo nível baixou apenas até o ponto em que a evaporação igualou a soma das águas recebidas.

O mar Vermelho tem dois mil e seiscentos quilômetros de comprimento por uma largura média de duzentos e cinquenta quilômetros. No tempo dos Ptolomeus e dos imperadores romanos, ele foi a grande artéria comercial do mundo, e a abertura do istmo lhe restituirá essa antiga importância que as *railways* de Suez em parte já lhe devolveram.

Não tentei sequer começar a entender qual capricho do capitão Nemo poderia fazê-lo decidir a nos levar para aquele golfo. Porém, aprovei sem reservas a entrada do *Nautilus* em suas águas. Ele assumiu uma velocidade mediana, ora mantendo-se na superfície, ora mergulhando para evitar algum navio, o que me possibilitou observar a parte interna e externa desse mar tão curioso.

VINTE MIL LÉGUAS SUBMARINAS

No dia 8 de fevereiro, desde as primeiras horas do dia, pudemos ver Moca, cidade agora arruinada, cujas muralhas desabam ao simples som do canhão e que abrigam aqui e ali algumas tamareiras floridas. Cidade importante, antigamente, que abrigava seis mercados públicos, vinte e seis mesquitas, e cujas muralhas, protegidas por catorze fortes, formavam um cinturão de três quilômetros.

Depois, o *Nautilus* se aproximou das costas africanas, onde a profundidade do mar é consideravelmente maior. Ali, entre águas de uma limpidez cristalina, com os painéis abertos, ele nos permitiu contemplar admiráveis arbustos de corais resplandecentes, e vastos paredões de rocha cobertos por uma esplêndida capa verde de algas e fucos. Que espetáculo indescritível, e que variedade de vistas e paisagens rentes aos escolhos e às pequenas ilhas vulcânicas próximas da costa líbia! Mas o lugar em que essas arborizações mais revelaram toda a sua beleza foi perto do litoral oriental, que o *Nautilus* não tardou a alcançar, nas costas do Tihama, pois, além de os arranjos de zoófitos florescerem abaixo do nível do mar, eles também formavam entrelaçamentos pitorescos que se desenvolviam dez braças acima; sendo estes mais extravagantes, mas menos coloridos do que aqueles, cujo frescor era mantido pela úmida vitalidade das águas.

Quantas horas encantadoras não passei ao vidro do salão! Quantos espécimes novos da flora e da fauna submarina não admirei sob a luz de nosso fanal elétrico! Funginas agariciformes, actínias cor de ardósia, entre outras a *Thalassianthus aster*, tubíporas como flautas à espera do sopro do deus Pã, conchas exclusivas daquele mar, que se estabeleciam nas cavidades madrepóricas e tinham a base retorcida numa curta espiral, por fim mil espécimes de um polipeiro que eu ainda não havia visto, a vulgar esponja.

A classe dos espongiários, primeira do grupo dos pólipos, foi justamente concebida para abrigar esse curioso produto de inegável utilidade. A esponja não é um vegetal, como ainda acreditam alguns naturalistas, mas um animal da última ordem, um polipeiro inferior ao coral. Sua animalidade é inquestionável, e não se pode sequer partilhar da opinião dos antigos, que a consideravam um ser intermediário entre as plantas e os animais. Preciso dizer, no entanto, que os naturalistas não estão de acordo quanto à estrutura da esponja. Para alguns, trata-se de um polipeiro, para outros, como o sr. Milne-Edwards, trata-se de um indivíduo isolado e único.

A classe dos espongiários contém cerca de trezentas espécies encontradas em grande número de mares, e mesmo em alguns cursos de água onde recebem o nome de fluviais. Mas suas águas de predileção são as do Mediterrâneo, do arquipélago grego, da costa da Síria e do mar Vermelho. Nelas se reproduzem e se desenvolvem as esponjas finas e macias cujo preço chega a cento e cinquenta francos, a esponja amarela da Síria, a esponja dura da Berbéria etc. Mas como eu não podia estudar esses zoófitos nos portos do Levante, dos quais estávamos separados pelo intransponível istmo de Suez, contentava-me em observá-los nas águas do mar Vermelho.

Chamei Conseil para junto de mim, enquanto o *Nautilus*, a uma profundidade média de oito a nove metros, passava lentamente por cada um dos belos rochedos da costa oriental.

Ali cresciam esponjas de todas as formas, esponjas pediculadas, foliáceas, globulosas, palmadas. Elas justificavam com bastante exatidão os nomes de cesta, cálice, fuso, chifre de alce, pata de leão, cauda de pavão, luva de Netuno, que lhes deram os pescadores, mais poetas que os cientistas. De seus tecidos fibrosos, cobertos por uma substância gelatinosa semifluida, escapavam incessantes pequenos filetes de água, que depois de levarem vida a cada célula eram expulsos por um movimento contrátil. Essa substância desaparece depois da morte do pólipo e

VINTE MIL LÉGUAS SUBMARINAS 291

se putrefaz liberando amoníaco. Restam apenas as fibras córneas ou gelatinosas que compõem a esponja doméstica, que adquire uma cor avermelhada e tem usos variados, dependendo de seu grau de elasticidade, permeabilidade ou resistência à saturação.

Esses polipeiros aderiam às rochas, às conchas dos moluscos e mesmos aos caules dos hidrófitos. Preenchiam as menores anfractuosidades, uns se esparramando, outros se erguendo ou pendendo como excrescências coralígenas. Ensinei a Conseil que essas esponjas podiam ser pescadas de duas maneiras, com redes ou à mão. Este último método, que precisa ser executado por mergulhadores, é preferível, pois preserva o tecido do polipeiro e confere-lhe um valor muito superior.

Os outros zoófitos que pululavam junto aos espongiários consistiam principalmente em medusas de uma espécie muito elegante; os moluscos estavam representados por variedades de calamares, que, segundo D'Orbigny, são típicos do mar Vermelho, e os répteis por tartarugas *virgata*, pertencentes ao gênero dos quelônios, que abasteceram nossa mesa com um prato nutritivo e delicado.

Quanto aos peixes, eram numerosos e quase sempre extraordinários. Eis os que as redes do *Nautilus* traziam com mais frequência a bordo: raias, dentre as quais a *lymma* de forma oval, cor de telha e corpo cheio de manchas azuis irregulares, reconhecida por seu duplo agulhão denteado, *arnacks* de dorso prateado, *pastenagues* de cauda pontilhada, e *bockats*, amplos mantos de dois metros que ondulavam entre as águas, aodontes, absolutamente desprovidos de dentes, cartilaginosos que se aproximam do esqualo, ostraciões dromedários com a corcovada terminada num agulhão curvo de um pé e meio de comprimento, ofídios, verdadeiras moreias de cauda prateada, dorso azulado, peitorais marrons com bordas cinza, fiatolas, uma espécie de estromateídeo, zebradas com estreitas listras douradas e com as três cores da França, blênios-garamit de quarenta centímetros, magníficos cáranx decorados com sete faixas transversais de um lindo preto, nadadeiras azuis e amarelas e escamas douradas e prateadas, centrópodes, salmonetes auriflamantes de cabeça amarela, escarídeos, lábridas, balistas, gobídeos etc., e mil outros peixes comuns nos outros oceanos que havíamos percorrido.

No dia 9 de fevereiro, o *Nautilus* flutuava pela parte mais larga do mar Vermelho, compreendida entre Suaquém, na costa oeste, e Al Qunfudhah, na costa leste, num diâmetro de trezentos quilômetros.

Nesse dia, após a medição do meio-dia, o capitão Nemo subiu à plataforma, onde eu me encontrava. Prometi a mim mesmo que não o deixaria descer sem ao menos sondá-lo a respeito de seus projetos futuros. Ele veio até mim assim que me viu, gentilmente ofereceu-me um charuto e disse:

— Então, professor, gostou do mar Vermelho? Conseguiu contemplar as maravilhas que ele contém, seus peixes e zoófitos, seus tapetes de esponjas e suas florestas de coral? Conseguiu avistar as cidades construídas em suas margens?

— Sim, capitão Nemo — respondi —, e o *Nautilus* prestou-se maravilhosamente bem a esse estudo. Que barco inteligente!

— Sim, professor, inteligente, audacioso e invulnerável! Não teme nem as terríveis tempestades do mar Vermelho, nem suas correntes, nem seus escolhos.

— De fato — eu disse —, esse mar é citado entre os piores e, se não me engano, no tempo dos antigos, gozava de péssima reputação.

— Péssima, professor Aronnax. Os historiadores gregos e latinos não falam a seu favor, e Estrabão diz que ele é particularmente impiedoso na época dos ventos etésios e na estação das chuvas. O árabe Edrisi, que o descreve sob o nome de golfo de Colzum, conta que os navios se perdiam

VINTE MIL LÉGUAS SUBMARINAS   293

em grande número em seus bancos de areia, e que ninguém se arriscava a navegar à noite. Segundo ele, é um mar sujeito a terríveis furacões, cheio de inóspitas ilhas dispersas e que "nada oferece de bom", nem em suas profundezas nem na superfície. E esta é a mesma opinião que encontramos em Arriano, Agatárquides e Artemidoro.

— Bem se vê que esses historiadores não navegaram a bordo do *Nautilus* — repliquei.

— De fato — respondeu, sorrindo, o capitão —, e nesse aspecto os modernos não estão muito à frente dos antigos. A força mecânica do vapor levou séculos para ser descoberta! Quem sabe se, em cem anos, veremos um segundo *Nautilus*! Os progressos são lentos, professor Aronnax.

— É verdade — respondi —, e seu navio está um século, se não mais, à frente de seu tempo. É uma pena que um segredo como este deva morrer com seu inventor!

O capitão Nemo não me respondeu. Depois de alguns minutos de silêncio, disse:

— Falávamos da opinião dos antigos historiadores sobre os perigos da navegação no mar Vermelho?

— Exatamente — respondi —, mas esses temores não seriam excessivos?

— Sim e não, professor Aronnax — ponderou o capitão Nemo, que me pareceu conhecer a fundo o "seu" mar Vermelho. — O que deixou de ser perigoso para um navio moderno, bem equipado, solidamente construído, soberano de sua direção graças à obediência do vapor, representava perigos de todos os tipos às embarcações dos antigos. É preciso imaginar esses primeiros navegadores se aventurando em barcas feitas de tábuas unidas com cordames de palmeira, calafetadas com resina batida e revestidas com gordura de tubarão. Eles não tinham sequer instrumentos para medir sua direção, e avançavam a esmo por correntes que mal conheciam. Nessas condições, os naufrágios eram e deviam ser numerosos. Mas em nossa época, os vapores que navegam entre Suez e os mares do Sul nada têm a temer das cóleras desse golfo, apesar das monções contrárias. Seus capitães e passageiros não precisam mais se preparar para a partida com sacrifícios propiciatórios e, na volta, não vão, ornados com guirlandas e faixas douradas, agradecer aos deuses no templo vizinho.

— Concordo — eu disse —, mas o vapor parece ter apagado a gratidão do coração dos marujos. A propósito, capitão, visto que o senhor parece ter estudado esse mar a fundo, poderia me informar a origem de seu nome?

— Existem várias explicações, professor Aronnax. Gostaria de conhecer a opinião de um cronista do século XIV?

— Com prazer.

— Esse fantasista afirma que o nome foi dado depois da travessia dos israelitas, quando o faraó morreu em suas águas, que se fecharam ante a voz de Moisés:

Anunciando esse feito espetacular,
Tornaram-se as águas carmim.
Não puderam denominá-las por fim
Outra coisa que vermelho mar.

— Explicação de poeta, capitão Nemo — respondi —, mas que não me satisfaz. Gostaria de conhecer sua opinião pessoal.

— Aqui está. A meu ver, professor Aronnax, devemos ver no nome mar Vermelho uma tradução para a palavra hebraica "edom", e se os antigos lhe deram esse nome, foi devido à coloração singular de suas águas.

— Até agora, no entanto, vi apenas águas límpidas e sem nenhuma cor peculiar.

— Sem dúvida, mas quando avançarmos para o fundo do golfo, o senhor notará esse aspecto singular. Lembro-me de ter visto a baía de El Tur completamente vermelha, como um lago de sangue.

VINTE MIL LÉGUAS SUBMARINAS

— E essa coloração, o senhor a atribui à presença de alguma alga microscópica?

— Sim. Uma substância mucilaginosa púrpura produzida por insignificantes plântulas conhecidas pelo nome de *trichodesmium*, que em número de quarenta mil ocupam uma área de um milímetro quadrado. Talvez o senhor as veja quando chegarmos a El Tur.

— Assim, capitão Nemo, não é a primeira vez que o senhor percorre o mar Vermelho a bordo do *Nautilus*?

— Não, professor.

— Então, como o senhor mencionou a travessia dos israelitas e a catástrofe dos egípcios, gostaria de perguntar-lhe se reconheceu sob as águas vestígios desse grande acontecimento histórico.

— Não, professor, e isso por uma excelente razão.

— Qual?

— O lugar exato em que Moisés passou com seu povo está tão assoreado, hoje, que os camelos mal conseguem molhar as pernas. Meu *Nautilus* não teria água suficiente, veja bem.

— E esse lugar...? — perguntei.

— Esse lugar está situado um pouco acima de Suez, no braço que antigamente formava um profundo estuário quando o mar Vermelho se estendia até os Lagos Amargos. Dito isto, com travessia miraculosa ou não, os israelitas não deixaram de passar por ali para chegar à Terra Prometida, e o exército do faraó de fato pereceu naquele local. Acredito, portanto, que escavações naquelas areias colocariam a descoberto um grande número de armas e instrumentos de origem egípcia.

— Obviamente — concordei —, e esperemos que os arqueólogos cedo ou tarde deem início a essas buscas, enquanto novas cidades se estabelecem nesse istmo, depois da abertura do canal de Suez. Um canal bastante inútil para um navio como o *Nautilus*!

— Sem dúvida, mas útil para o mundo inteiro — disse o capitão. — Os antigos viam com clareza a utilidade, para seus interesses comerciais, de estabelecer uma comunicação entre o mar Vermelho e o Mediterrâneo; mas não pensaram em abrir um canal direto, usavam o Nilo como intermediário. É muito provável que o canal que unia o Nilo ao mar Vermelho tenha sido iniciado sob Sesóstris, a crermos na tradição. Certo é que, seiscentos e quinze anos antes de Jesus Cristo, Neco começou as obras de um canal alimentado pelas águas do Nilo, atravessando a planície do Egito que faz face à Arábia. Esse canal era percorrido em quatro dias, e sua largura era tal que duas trirremes podiam passar lado a lado. Foi continuado por Dario, filho de Histaspes, e provavelmente concluído por Ptolomeu II. Estrabão o viu utilizado para a navegação; mas a suavidade do declive entre seu ponto de partida, perto de Bubástis, e o mar Vermelho, só o tornava navegável por alguns meses do ano. Esse canal serviu ao comércio até o século dos Antoninos; abandonado, assoreado, e depois reconstituído por ordem do califa Omar, foi definitivamente fechado em 761 ou 762 pelo califa Al-Mansur, que queria impedir a remessa de víveres a Mohammed ben Abdallah, amotinado contra ele. Durante a expedição ao Egito, o general Bonaparte encontrou os vestígios dessas obras no deserto de Suez e, surpreendido pela maré, quase pereceu antes de chegar a Hazeroth, no mesmo local onde Moisés havia acampado três mil e trezentos anos antes.

— Pois bem, capitão, a junção que os antigos não ousaram fazer entre os dois mares, que abreviou em nove mil quilômetros a rota de Cádiz às Índias, o senhor De Lesseps a realizou, e dentro em pouco terá transformado a África numa imensa ilha.

— Sim, professor Aronnax, e o senhor tem o direito de estar orgulhoso de seu compatriota. É um homem que honra uma nação mais do que os maiores capitães! Enfrentou no início, como tantos outros, dificuldades e portas fechadas, mas triunfou, pois tem força de vontade. É

VINTE MIL LÉGUAS SUBMARINAS

triste pensar que essa obra, que deveria ter sido uma obra internacional, suficiente para ilustrar um reinado, só tenha se tornado possível pela energia de um único homem. Portanto, saudações ao senhor De Lesseps!

— Sim, saudações a um grande cidadão — respondi, surpreso com a ênfase com que o capitão acabava de falar.

— Infelizmente — continuou —, não posso conduzi-lo pelo canal de Suez, mas o senhor poderá ver os longos molhes de Port Said depois de amanhã, quando estivermos no Mediterrâneo.

— No Mediterrâneo! — exclamei.

— Sim, professor. Isso o espanta?

— O que me espanta é pensar que lá estaremos depois de amanhã.

— Realmente?

— Sim, capitão, ainda que eu já devesse ter me acostumado a não me espantar com mais nada desde que estou a bordo!

— Mas qual o motivo dessa surpresa?

— O motivo é a assombrosa velocidade que o senhor precisará imprimir ao *Nautilus* para ele estar depois de amanhã em pleno Mediterrâneo, depois de contornar a África e dobrar o cabo da Boa Esperança!

— E quem disse que contornarei a África, professor? Quem falou em dobrar o cabo da Boa Esperança?

— Mas a menos que o *Nautilus* navegue em terra firme e passe por cima do istmo...

— Ou por baixo, professor Aronnax.

— Por baixo?

— Exatamente — respondeu tranquilamente o capitão Nemo. — Há muito tempo a natureza fez sob esta língua de terra o que os homens hoje fazem na superfície.

— Como? Existe uma passagem?

— Sim, uma passagem subterrânea que denominei Arabian Tunnel. Começa em Suez e desemboca no golfo de Pelúsio.

— Mas esse istmo não está exclusivamente formado por areias movediças?

— Até certa profundidade. Mas a apenas cinquenta metros há um inabalável alicerce de rocha.

— E foi por acaso que o senhor descobriu essa passagem? — perguntei, cada vez mais surpreso.

— Acaso e raciocínio, professor, e inclusive mais raciocínio do que acaso.

— Capitão, não consigo acreditar no que estou ouvindo

— Ah, professor! *Aures habent et non audient* é uma máxima eterna. Não apenas essa passagem existe como me beneficiei dela várias vezes. Não fosse por ela, eu não teria me aventurado por esse braço sem saída em pleno mar Vermelho.

— Seria indiscreto perguntar-lhe como descobriu esse túnel?

— Professor — respondeu-me o capitão —, não deve haver segredos entre pessoas que nunca mais se separarão.

Não acusei a insinuação e esperei pelo relato do capitão.

— Caro professor, uma simples lógica de naturalista me levou a descobrir essa passagem, que sou o único a conhecer. Eu havia observado que no mar Vermelho e no Mediterrâneo existia certo número de peixes de espécies absolutamente idênticas, ofídios, pâmpanos, girelas, percas, aterinas, peixes-voadores. A certeza desse fato me levou a cogitar a existência de uma comunicação entre os dois mares. Caso existisse, a corrente subterrânea necessariamente iria do mar Vermelho ao Mediterrâneo, devido à diferença de nível. Pesquei, então, grande número de peixes nos arredores de Suez. Coloquei-lhes na cauda um anel de cobre e devolvi-os ao mar. Alguns meses depois, no litoral da Síria, repesquei alguns desses peixes ornados com os anéis indicadores. A comunicação entre os dois estava comprovada. Procurei-a com meu *Nautilus* e descobri-a, aventurei-me por ela e, em pouco tempo, professor, o senhor também terá atravessado o túnel arábico!

5. Arabian Tunnel

Naquele mesmo dia, relatei a Conseil e a Ned Land a parte dessa conversa que lhes interessava diretamente. Quando os informei de que dentro de dois dias estaríamos nas águas do Mediterrâneo, Conseil bateu palmas, mas o canadense deu de ombros.

— Um túnel submarino! — exclamou. — Uma comunicação entre os dois mares! Quem jamais ouviu falar nisso?

— Amigo Ned — contra-atacou Conseil —, você alguma vez ouviu falar no *Nautilus*? Não! Mesmo assim, ele existe. Portanto, não dê de ombros tão levianamente, e não rejeite as coisas pretextando nunca ter ouvido falar nelas.

— Veremos! — replicou Ned Land, sacudindo a cabeça. — Afinal, adoraria acreditar na passagem desse capitão, e queiram os céus que ele de fato nos conduza ao Mediterrâneo.

À noite, a 21° 30' de latitude norte, flutuando na superfície das águas, o *Nautilus* se aproximou da costa árabe. Avistei Djedda, importante entreposto do Egito, da Síria, da Turquia e das Índias. Distingui com bastante clareza o conjunto de suas construções, os navios atracados ao longo dos cais, e aqueles cujo calado fundeava. O sol, bem baixo no horizonte, atingia em cheio as casas da cidade e ressaltava sua brancura. Mais adiante, algumas cabanas de madeira ou junco indicavam o bairro habitado pelos beduínos.

Djedda logo desapareceu nas sombras da noite, e o *Nautilus* mergulhou nas águas ligeiramente fosforescentes.

No dia seguinte, 10 de fevereiro, vimos vários navios navegando em sentido contrário ao nosso. O *Nautilus* voltou à navegação submarina; ao meio-dia, porém, no momento de medir a posição, o mar estava deserto, e ele voltou à linha de flutuação.

Acompanhado por Ned e Conseil, fui sentar-me na plataforma. A costa leste se elevava como uma massa esfumaçada em meio a uma neblina úmida.

Apoiados nas laterais do bote, falávamos disso e daquilo quando Ned Land, apontando a mão para um ponto no mar, disse:

— Está vendo aquilo, professor?

— Não, Ned — respondi —, mas não tenho olhos como os seus, bem sabe.

— Olhe bem — insistiu Ned —, lá, a estibordo na proa, mais ou menos na altura do fanal! Não vê algo se mexendo?

— De fato — concordei, depois de uma atenta observação —, vejo como que um longo corpo escuro na superfície das águas.

— Outro *Nautilus*? — perguntou Conseil.

— Não — respondeu o canadense —, ou muito me engano, ou se trata de um animal marinho.

— Existem baleias no mar Vermelho? — perguntou Conseil.

— Sim, meu rapaz — respondi —, às vezes são encontradas.

— Não é uma baleia — retomou Ned Land, que não perdia o objeto dos olhos. — Baleias e eu somos velhos conhecidos, eu não me enganaria diante de uma.

— Esperemos — disse Conseil. — O *Nautilus* se dirige para lá, em breve saberemos o que esperar.

Realmente, o objeto escuro logo estava a uma milha de nós. Assemelhava-se a um enorme escolho perdido em pleno mar. O que seria? Eu ainda não saberia pronunciar-me.

VINTE MIL LÉGUAS SUBMARINAS   301

— Ah! Está se mexendo! Mergulhou! — gritou Ned Land. — Com mil diabos! Que animal pode ser este? Não tem a cauda bifurcada das baleias ou dos cachalotes, e suas nadadeiras parecem membros amputados.

— Mas então... — comecei.

— Bom — continuou o canadense —, agora está de costas, e ergue as mamilas para o ar!

— É uma sereia — gritou Conseil —, uma verdadeira sereia, que o doutor me perdoe.

A palavra sereia me indicou o caminho, entendi que aquele animal pertencia à ordem de seres marinhos que a fábula transformou em sereias, metade mulheres e metade peixes.

— Não — eu disse a Conseil —, não é uma sereia, mas uma criatura curiosa da qual só sobraram alguns espécimes no mar Vermelho. É um dugongo.

— Ordem dos sirênios, grupo dos pisciformes, subclasse dos monodélfios, classe dos mamíferos, ramo dos vertebrados — completou Conseil.

E depois que Conseil disse isso, não havia mais nada a ser dito.

Mas Ned Land continuava observando. Seus olhos faiscavam de ambição diante daquele animal. Sua mão parecia prestes a arpoá-lo. Dava a impressão de estar à espera do momento de atirar-se ao mar para atacá-lo em seu elemento.

— Oh, professor! — disse com uma voz trêmula de emoção. — Nunca matei um "desses".

O arpoador poderia ser resumido nessa frase.

Foi quando o capitão Nemo chegou à plataforma. Ele viu o dugongo, entendeu o estado de espírito do canadense e, dirigindo-se diretamente a ele, perguntou:

— Se estivesse segurando um arpão, mestre Land, ele não estaria queimando suas mãos?

— E como, capitão.

— E não gostaria de retomar por um dia seu ofício

de pescador, e acrescentar esse cetáceo à lista dos que já derrubou?

— Isso não me desagradaria nem um pouco.

— Pois bem, pode tentar.

— Obrigado, capitão — respondeu Ned Land, com os olhos injetados.

— Recomendo-lhe apenas — continuou o capitão — não perder esse animal, e isso para o seu próprio bem.

— É perigoso atacar um dugongo? — perguntei, apesar do desdém do canadense.

— Sim, às vezes — respondeu o capitão. — Esse animal persegue seus agressores e derruba suas embarcações. Com mestre Land, porém, esse perigo não deve ser temido. Seu olhar é rápido, seu braço é certeiro. Recomendo apenas que não perca o dugongo porque o considero uma caça refinada, e sei que mestre Land aprecia um bom prato.

— Ah! — exclamou o canadense. — Então essa criatura também se dá ao luxo de ser saborosa?

— Sim, mestre Land. Sua carne, verdadeiro alimento, é extremamente apreciada, e reservada em toda a Malásia para a mesa dos príncipes. Assim, esse excelente animal é caçado com tanto afinco que, como o peixe-boi, seu congênere, está se tornando cada vez mais raro.

— Então, capitão — disse Conseil com seriedade —, se porventura aquele fosse o último de sua raça, não seria melhor poupá-lo, no interesse da ciência?

— Talvez — contestou o canadense —, mas no interesse da cozinha, melhor caçá-lo.

— Vá em frente — respondeu o capitão Nemo.

Sete homens da tripulação, mudos e impassíveis como sempre, subiram à plataforma. Um carregava um arpão e uma linha parecida com a que é utilizada pelos pescadores de baleias. O bote foi descoberto, retirado de sua cavidade e lançado ao mar. Seus remadores se posicionaram nos assentos, e o condutor se pôs ao leme. Ned, Conseil e eu nos sentamos à popa.

VINTE MIL LÉGUAS SUBMARINAS 303

— O senhor não vem, capitão? — perguntei.

— Não, professor, mas desejo-lhes uma boa caçada.

O bote desatracou e, impulsionado por seus seis remos, dirigiu-se veloz ao dugongo, que flutuava então a duas milhas do *Nautilus*.

Chegando a algumas amarras do cetáceo, ralentamos, e os remos mergulharam sem ruído nas águas tranquilas. Ned Land, arpão na mão, foi colocar-se em pé na proa do bote. O arpão utilizado para atingir uma baleia é em geral preso a uma longuíssima corda que se desenrola rapidamente quando o animal ferido o carrega consigo. Ali, porém, a corda não media mais que uma dezena de braças, e sua extremidade estava apenas amarrada a um pequeno barril que, flutuando, indicaria o avanço do dugongo sob as águas.

Eu me levantei e observava detidamente o adversário do canadense. O dugongo, também chamado de *halicore*, lembrava muito o peixe-boi. Seu corpo oblongo terminava numa nadadeira caudal muito alongada, e suas nadadeiras laterais, em verdadeiros dedos. Sua diferença com o peixe-boi consistia em que sua maxila superior estava armada com dois dentes compridos e pontiagudos, que formavam de cada lado presas divergentes.

O dugongo que Ned Land estava prestes a atacar era de dimensões colossais, e seu comprimento era de no mínimo sete metros. Ele não se mexia e parecia dormir na superfície das ondas, circunstância que tornava sua captura mais fácil.

O bote chegou com cuidado a três braças do animal. Os remos ficaram suspensos em seus suportes. Levantei-me parcialmente. Ned Land, o corpo um pouco inclinado para trás, brandia o arpão com mão treinada.

De repente, ouviu-se um assobio, e o dugongo desapareceu. O arpão, lançado com força, aparentemente atingira apenas a água.

— Mil diabos! — bradou o canadense, furioso. — Perdi-o!

— Não — eu disse —, o animal está ferido, veja seu sangue, mas a arma não ficou presa em seu corpo.

— Meu arpão! Meu arpão! — gritou Ned Land.

Os marujos começaram a remar, e o piloto dirigiu a embarcação para o barril flutuante. Repescado o arpão, o bote começou a perseguir o animal.

Ele voltava de tempos em tempos à superfície para respirar. Seu ferimento não o havia enfraquecido, pois ele fugia com extrema velocidade. O bote, manobrado por braços vigorosos, voava a seu encalço. Várias vezes aproximou-se a algumas braças, e o canadense mantinha-se pronto para atirar; mas o dugongo escapava com um mergulho súbito, e tornava-se impossível alcançá-lo.

Imagine-se a raiva que consumia o impaciente Ned Land. Ele lançava ao infeliz animal os mais enérgicos palavrões da língua inglesa. De minha parte, estava apenas desapontado por ver o dugongo frustrando todos os nossos ardis.

Foi perseguido sem trégua por uma hora, e comecei a acreditar que seria muito difícil capturá-lo, quando o animal foi tomado pela infeliz ideia de vingança, da qual se arrependeria. Voltou até o bote para atacá-lo por sua vez.

A manobra não passou despercebida pelo canadense.

— Cuidado! — gritou.

O piloto pronunciou algumas palavras em sua língua estranha, e sem dúvida avisou seus homens para se manterem de sobreaviso.

Chegando a vinte pés do bote, o dugongo parou, aspirou bruscamente o ar com suas grandes narinas, abertas não na extremidade mas na parte superior do focinho. Depois, tomando impulso, precipitou-se contra nós.

O bote não pôde evitar o choque; adernado, deixou entrar um ou dois tonéis de água que precisamos retirar; mas, graças à habilidade do piloto, atingido de viés e não em cheio, não virou. Ned Land, agarrado ao talha-mar, crivava de golpes de arpão o gigantesco animal, que, com os dentes incrustados na borda da amurada, levantava a

VINTE MIL LÉGUAS SUBMARINAS   305

embarcação para fora d'água como um leão faz com uma corça. Estávamos uns sobre os outros, e não sei como acabaria a aventura se o canadense, sempre obstinado contra o animal, não o tivesse por fim atingido no coração. Ouvi o rangido de dentes sobre o metal e o dugongo desapareceu, levando o arpão consigo. Mas logo o barril voltou à superfície, e poucos instantes depois o corpo do animal apareceu, de barriga para cima. O bote o alcançou e dirigiu-se para o *Nautilus* com ele a reboque.

Foi preciso utilizar roldanas de grande força para içar o dugongo à plataforma. Ele pesava cinco mil quilogramas. Foi cortado em pedaços sob os olhos do canadense, que quis seguir todos os detalhes da operação. No mesmo dia, o steward serviu-me no jantar algumas fatias daquela carne habilmente preparada pelo cozinheiro de bordo. Achei-a excelente, e mesmo superior à de vitela, se não de vaca.

No dia seguinte, 11 de fevereiro, a copa do *Nautilus* foi enriquecida com outra caça delicada. Um bando de andorinhas-do-mar pousou no *Nautilus*. Era a espécie *Sterna nilotica*, característica do Egito, com o bico preto, a cabeça cinza e pontilhada, o olho cercado por pintas brancas, as costas, as asas e a cauda acinzentadas, o ventre e o pescoço brancos, as patas vermelhas. Também foram capturadas algumas dúzias de patos-do-nilo, pássaros selvagens de gosto pronunciado, com o pescoço e o topo da cabeça brancos e cheios de manchas pretas.

A velocidade do *Nautilus* era moderada. Ele avançava quase flanando, por assim dizer. Observei que a água do mar Vermelho tornava-se menos salina à medida que nos aproximávamos de Suez.

Por volta das cinco horas da tarde, avistamos ao norte o cabo de Ras Mohamed. É esse cabo que forma o extremo da Arábia Pétrea, compreendida entre o golfo de Suez e o golfo de Aqaba.

O *Nautilus* entrou no estreito de Jubal, que conduz ao golfo de Suez. Vi nitidamente uma alta montanha dominando o Ras Mohamed entre os dois golfos. Era o monte Horeb, o Sinai, em cujo topo Moisés viu Deus frente a frente, e que a mente sempre imagina aureolado por relâmpagos.

Às seis horas, o *Nautilus*, ora flutuando, ora submerso, passou ao largo de El Tur, construída ao fundo de uma baía cujas águas pareciam tingidas de vermelho, observação já feita pelo capitão Nemo. Depois a noite caiu, em meio a um pesado silêncio às vezes quebrado pelo grito de um pelicano e de alguns pássaros noturnos, o barulho da ressaca batendo nas rochas ou o gemido distante de um vapor batendo as águas do golfo com suas sonoras pás.

Entre as oito e as nove horas, o *Nautilus* manteve-se alguns metros abaixo da superfície. Segundo meus cálculos, devíamos estar muito perto de Suez. Pelos painéis do salão, vi fundos rochosos vivamente iluminados por nossa luz elétrica. O estreito parecia reduzir-se cada vez mais.

Às nove e quinze, o barco voltou à superfície e subi à plataforma. Bastante impaciente para atravessar o túnel do capitão Nemo, eu não conseguia ficar parado, e fui em busca do ar fresco da noite.

Logo percebi, na penumbra, uma luz fraca, um pouco desbotada pela bruma, brilhando a uma milha de nós.

— Um farol flutuante — alguém disse atrás de mim.

Virei-me e reconheci o capitão.

— É o farol flutuante de Suez — informou-me. — Não tardaremos a chegar à entrada do túnel.

— Ela não deve ser fácil de encontrar.

— Não, professor. Por isso tenho o costume de ficar na cabine do timoneiro e dirigir eu mesmo a manobra. Agora, se fizer a gentileza de descer, professor Aronnax, o *Nautilus* mergulhará sob as ondas, e só voltará à superfície depois de ter atravessado o Arabian Tunnel.

Segui o capitão Nemo. A escotilha se fechou, os reservatórios de água se encheram, e o aparelho submergiu uma dezena de metros.

VINTE MIL LÉGUAS SUBMARINAS 307

No momento em que me preparava para voltar ao meu quarto, o capitão me deteve.

— Professor, gostaria de me acompanhar à cabine do piloto?

— Não ousei pedir-lhe — respondi.

— Então venha. Poderá ver tudo o que pode ser visto dessa navegação ao mesmo tempo subterrânea e submarina.

O capitão Nemo me conduziu até a escadaria central. No meio da subida, abriu uma porta, seguiu as coxias superiores e chegou à cabine do piloto, que, como sabemos, elevava-se na ponta da plataforma.

Era um compartimento de quatro metros quadrados, bastante parecido com o dos timoneiros dos vapores do Mississippi ou do Hudson. No centro era manobrada uma grande roda disposta verticalmente e engrenada nos cabos do leme que corriam até a popa do *Nautilus*. Quatro postigos de vidros lenticulares, abertos nas paredes da cabine, permitiam ao timoneiro olhar em todas as direções.

A cabine estava no escuro; logo, porém, meus olhos se acostumaram à escuridão e vi o piloto, um homem vigoroso, com as mãos apoiadas nos aros da roda. Lá fora, o mar era vivamente iluminado pelo fanal, que brilhava atrás da cabine, na outra extremidade da plataforma.

— Agora — disse o capitão Nemo —, procuremos nossa passagem.

Fios elétricos ligavam a cabine do timoneiro à casa de máquinas e, dali, o capitão podia transmitir ao *Nautilus* tanto sua direção quanto seu movimento. Assim que apertou um botão de metal, a velocidade da hélice foi bastante reduzida.

Eu olhava em silêncio para a alta muralha escarpada que margeávamos naquele momento, inabalável base do maciço arenoso da costa. Nós a seguimos por uma hora, a poucos metros de distância. O capitão Nemo não tirava os olhos dos dois círculos concêntricos da bússola pendurada na cabine. A um simples gesto seu, o timoneiro modificava a direção do *Nautilus*.

Eu estava colocado no postigo de bombordo, e contemplava magníficas construções de corais, zoófitos, algas e crustáceos agitando suas patas enormes, que se estendiam para fora das anfractuosidades da rocha.

Às dez e quinze, o capitão Nemo assumiu o leme. Uma ampla galeria, escura e profunda, abria-se à nossa frente. O *Nautilus* corajosamente penetrou-a. Um zumbido fora do comum se fez ouvir em seus flancos. Eram as águas do mar Vermelho que o declive do túnel precipitava para o Mediterrâneo. O *Nautilus* seguia a corrente, rápido como uma flecha, apesar dos esforços de seu motor que, para resistir, batia as águas em contra-hélice.

Sobre as muralhas estreitas da passagem, eu via apenas riscos fulgurantes, linhas retas, sulcos de fogo traçados pela velocidade sob o brilho da eletricidade. Meu coração palpitava, e eu o pressionava com a mão.

Às dez horas e trinta e cinco minutos, o capitão abandonou a roda do leme e, virando-se para mim, disse:

— O Mediterrâneo.

Levado pela corrente, em menos de vinte minutos o *Nautilus* havia atravessado o istmo de Suez.

6. O arquipélago grego

Na manhã seguinte, 12 de fevereiro, ao raiar do dia, o *Nautilus* voltou à superfície. Precipitei-me à plataforma. A três milhas ao sul desenhavam-se os vagos contornos de Pelúsio. Uma torrente havia nos levado de um mar a outro. Aquele túnel, fácil de descer, devia ser impossível de subir.

Por volta das sete horas, Ned e Conseil se juntaram a mim. Os dois inseparáveis companheiros tinham dormido tranquilos, sem tomar conhecimento das proezas do *Nautilus*.

— E então, senhor naturalista — perguntou o canadense, com um tom levemente zombeteiro —, e o tal Mediterrâneo?

— Estamos flutuando em suas águas, amigo Ned.

— Hein? — espantou-se Conseil. — Na noite passada...?

— Sim, na noite passada, em poucos minutos, atravessamos o istmo intransponível.

— Não acredito em nada disso — tornou o canadense.

— E muito se engana, mestre Land — continuei. — Esta costa baixa que se arredonda para o sul é a costa egípcia.

— Não sou bobo, professor — replicou o teimoso canadense.

— Mas se o doutor está dizendo — disse-lhe Conseil —, é preciso acreditar no doutor.

— Fique sabendo, Ned, que o capitão Nemo me fez as

honras do túnel, fiquei a seu lado na cabine do timoneiro enquanto ele próprio dirigia o *Nautilus* pela estreita passagem.

— Ouviu bem, Ned? — perguntou Conseil.

— E com sua excelente visão, Ned — acrescentei —, pode ver os molhes de Port Said projetando-se no mar.

O canadense observou com atenção.

— É verdade — disse ele —, o senhor tem razão, professor, e seu capitão é um gênio. Estamos no Mediterrâneo. Ótimo. Falemos, agora, de nossas pequenas coisas, mas de modo que ninguém possa nos ouvir.

Bem vi aonde o canadense queria chegar. De todo modo, pensei que não haveria mal em falar, já que ele assim queria, e os três fomos sentar perto do fanal, onde estávamos menos expostos ao úmido chuvisco das ondas.

— Estamos ouvindo, Ned — eu disse. — O que tem a nos dizer?

— O que tenho a dizer é muito simples — respondeu o canadense. — Estamos na Europa, e antes que os caprichos do capitão Nemo nos levem para o fundo dos mares polares ou de volta à Oceania, digo que devemos deixar o *Nautilus*.

Confesso que essa discussão com o canadense sempre me deixava constrangido. Eu não queria de modo algum obstruir a liberdade de meus companheiros, mas não sentia a menor vontade de abandonar o capitão Nemo. Graças a ele, graças a seu aparelho, a cada dia eu aprofundava meus estudos submarinos, e refazia meu livro sobre as profundezas dentro de seu próprio elemento. Algum dia teria outra ocasião de observar as maravilhas do oceano? Com certeza não! Eu não conseguia, portanto, cogitar abandonar o *Nautilus* antes do término de nosso ciclo de investigações.

— Amigo Ned — declarei —, responda com franqueza. Está entediado a bordo? Lamenta o destino que o colocou nas mãos do capitão Nemo?

VINTE MIL LÉGUAS SUBMARINAS   311

O canadense ficou alguns instantes sem responder.
Depois, cruzando os braços:

— Para ser franco — disse ele —, não lamento essa
viagem sob os mares. Ficarei contente de tê-la feito; mas
para isso, é preciso que chegue ao fim. É o que penso.

— Ela chegará ao fim, Ned.

— Onde e quando?

— Onde? Não faço a mínima ideia. Quando? Não
posso dizer, ou melhor, imagino que chegará ao fim,
quando esses mares não tiverem mais nada a nos ensinar.
Nesse mundo, tudo o que começa precisa ter um fim.

— Concordo com o doutor — interveio Conseil —, é
muito provável que, depois de termos percorrido todos os
mares do globo, o capitão Nemo nos solte.

— Soltar! — gritou o canadense. — Açoitar, quer dizer?

— Não exageremos, mestre Land — eu disse. — Nada
precisamos temer do capitão, apesar de eu não partilhar
das ideias de Conseil. Somos detentores dos segredos do
Nautilus, e não tenho esperanças de que seu comandante,
devolvendo nossa liberdade, aceite vê-los correr o mundo
conosco.

— Mas então o que está esperando? — perguntou o
canadense.

— Que circunstâncias propícias, das quais poderemos,
ou melhor, deveremos tirar proveito, se apresentem, seja
em seis meses, seja agora.

— Sei! — desdenhou Ned Land. — E onde estaremos
em seis meses, por favor, senhor naturalista?

— Talvez aqui, talvez na China. Como sabe, o *Nautilus* avança com rapidez. Cruza os oceanos como uma
andorinha cruzando os ares, ou um expresso cruzando os
continentes. Ele não teme os mares frequentados. Quem
disse que não percorrerá as costas da França, da Inglaterra ou da América, onde uma fuga poderá ser tentada com
tanto proveito quanto aqui?

— Professor Aronnax — respondeu o canadense —,

seus argumentos pecam na base. O senhor está falando no futuro: "Estaremos ali! Estaremos aqui!". Eu falo no presente: "Estamos aqui, precisamos aproveitar".

Eu, pressionado pela lógica de Ned Land, me sentia vencido nesse terreno. Não sabia mais que argumentos usar a meu favor.

— Professor — retomou Ned —, suponhamos, por mais impossível que pareça, que o capitão Nemo lhe ofereça hoje mesmo a liberdade. Aceitaria?

— Não sei — respondi.

— E se ele acrescentasse que a oferta de hoje nunca mais seria renovada, o senhor aceitaria?

Não respondi.

— E o que pensa o amigo Conseil? — perguntou Ned Land.

— O amigo Conseil — respondeu tranquilamente o digno rapaz — não tem nada a dizer. Não tem interesse algum na questão. Como seu patrão, como seu camarada Ned, é celibatário. Nem mulher, nem pais, nem filhos o esperam em casa. Ele está a serviço do doutor, e pensa como o doutor, fala como o doutor. Queiram desculpá-lo, mas não devem contar com ele para obter a maioria. Apenas duas pessoas estão em confronto: o doutor de um lado, Ned Land do outro. Dito isto, o amigo Conseil escuta, e está pronto para marcar os pontos.

Não pude deixar de sorrir ao ver Conseil anulando tão completamente sua personalidade. No fundo, o canadense devia estar aliviado de não tê-lo contra si.

— Então, professor — disse Ned Land —, como Conseil não existe, continuemos entre nós dois. Falei, o senhor me ouviu. O que tem a dizer?

Era preciso encerrar a questão, evidentemente, e os subterfúgios me repugnavam.

— Amigo Ned, ouça minha resposta — eu disse. — Você está com a razão, meus argumentos não se sustentam diante dos seus. Não devemos contar com a boa

VINTE MIL LÉGUAS SUBMARINAS 313

vontade do capitão Nemo. A prudência mais comum o impede de colocar-nos em liberdade. Em contrapartida, a prudência diz que devemos aproveitar a primeira ocasião de deixar o *Nautilus*.

— Muito bem, professor Aronnax, falou com sensatez.

— Mas quero fazer uma observação — acrescentei —, uma única. A ocasião precisa ser concreta. Nossa primeira tentativa de fuga precisa ser a vitoriosa, pois, se for abortada, não teremos outra chance, e o capitão Nemo não nos perdoará.

— Tudo isso é verdade — concordou o canadense.

— Mas sua observação se aplica a qualquer tentativa de fuga, ocorra ela em dois anos ou em dois dias. Portanto, a questão continua sendo: se uma ocasião favorável se apresentar, é preciso agarrá-la.

— Está certo. E agora me diga, Ned, o que entende por ocasião favorável?

— Aquela que, numa noite escura, levasse o *Nautilus* a uma pequena distância da costa europeia.

— E você tentaria se salvar a nado?

— Sim, se estivéssemos suficientemente próximos do litoral, e se o navio flutuasse na superfície. Não se estivéssemos longe, e se o navio navegasse sob as águas.

— E nesse caso?

— Nesse caso, eu tentaria tomar o bote. Sei como manobrá-lo. Bastaria entrar nele, soltar os parafusos e subir à superfície. Nem mesmo o timoneiro, que fica na proa, perceberia nossa fuga.

— Bom, Ned. Espreite essa ocasião; mas não esqueça que um erro nos perderia.

— Não esquecerei, professor.

— E agora, Ned, gostaria de saber o que penso de seu plano?

— Com prazer, professor Aronnax.

— Muito bem, penso, não estou dizendo que espero, penso que essa ocasião favorável não se apresentará.

314 JULES VERNE

— Por quê?

— Porque o capitão Nemo tem consciência de que não perdemos a esperança de reaver nossa liberdade, e ele se manterá de sobreaviso, principalmente nos mares à vista das costas europeias.

— Sou da opinião do doutor — disse Conseil.

— Veremos — respondeu Ned Land, que balançava a cabeça com ar determinado.

— E agora, Ned Land — acrescentei —, paremos por aqui. Nenhuma palavra mais sobre tudo isso. No dia em que estiver pronto, avise-nos e nós o seguiremos. Confio totalmente em seu julgamento.

Essa conversa, que mais tarde teria consequências tão graves, acabou ali. Preciso dizer, agora, que os fatos pareceram confirmar minhas previsões, para grande desespero do canadense. O capitão Nemo não se fiava em nós naqueles mares frequentados, ou queria apenas evitar os numerosos navios de todas as nações que singram o Mediterrâneo? Não sei, mas quase sempre se mantinha entre duas águas e ao largo das costas. Ou o *Nautilus* emergia, deixando apenas a cabine do timoneiro à tona, ou alcançava grandes profundidades, pois entre o arquipélago grego e a Ásia Menor não víamos o fundo a dois mil metros.

Assim, tomei conhecimento da ilha de Cárpatos, uma das Espórades do Sul, somente pelos versos de Virgílio que o capitão Nemo declamou, pousando o dedo num ponto do planisfério:

Est in Carpathio Neptuni gurgite vates
*Coeruleus Proteus...**

Era, de fato, a antiga morada de Proteu, o velho pastor dos rebanhos de Netuno, hoje a ilha de Escarpanto,

---

* "Há, no abismo netunino de Cárpatos, um vate, o celestial Proteu", *Geórgicas*, IV, 387-8, de Virgílio. (N. E.)

VINTE MIL LÉGUAS SUBMARINAS

situada entre Rodes e Creta. Vi apenas suas fundações graníticas pelo vidro do salão.

No dia seguinte, 14 de fevereiro, decidi dedicar algumas horas ao estudo dos peixes do arquipélago, mas por algum motivo qualquer os painéis se mantiveram hermeticamente fechados. Ao determinar a posição do *Nautilus*, percebi que ele avançava na direção de Candia, a antiga ilha de Creta. Na época em que eu havia embarcado na *Abraham Lincoln*, essa ilha acabara de se insurgir contra o despotismo turco. Mas o que aconteceu desde então com aquela insurreição eu ignorava absolutamente, e não seria o capitão Nemo, privado de qualquer comunicação com a terra, que poderia me informar.

Não fiz menção alguma a esse acontecimento, portanto, quando, à noite, vi-me sozinho com ele no salão. De todo modo, ele me pareceu taciturno, preocupado. Depois, contrariando seus hábitos, ordenou que os dois painéis do salão fossem abertos e, indo de um a outro, observou atentamente a massa de água. Com que objetivo? Impossível adivinhar. De minha parte, empregava meu tempo no estudo dos peixes que passavam diante de meus olhos.

Entre outros, vi os góbios afísios citados por Aristóteles e comumente conhecidos pelo nome de "cadoz-do-mar", encontrados principalmente nas águas salgadas próximas ao delta do Nilo. Perto deles, passavam pargos semifosforescentes, esparídeos que os egípcios consideravam animais sagrados, e cuja chegada às águas do rio, anunciando seu fecundo transbordamento, era festejada em cerimônias religiosas. Também vi quilinas de trinta centímetros, peixes ósseos de escamas transparentes, de cor lívida e entremeada de manchas vermelhas; elas são grandes comedoras de vegetais marinhos, o que lhes confere um gosto requintado; e essas quilinas eram bastante apreciadas pelos gourmets da Roma antiga, e suas entranhas, preparadas com esperma de moreia, cérebros de pavões e línguas de fenicóptero, compunham um prato divino que deliciava Vitélio.

Outro habitante daqueles mares chamou minha atenção e me trouxe à mente todas as lembranças da Antiguidade, a rêmora, que nada agarrada ao ventre dos tubarões. Para os antigos, esse pequeno peixe, preso à carena de um navio, podia deter sua marcha, e um deles, parando o navio de Marco Antônio durante a batalha de Áccio, acabara facilitando a vitória de Augusto. A tão pouco devem os destinos das nações! Também observei admiráveis *anthias* pertencentes à ordem dos lutjanídeos, peixes sagrados para os gregos, que lhes atribuíam o poder de expulsar os monstros marinhos das águas que frequentavam; seu nome significa *flor*, e eles o justificavam com suas cores cambiantes, suas nuanças compreendidas na gama do vermelho desde a palidez do rosa até o brilho do rubi, e os fugidios reflexos que irisavam sua nadadeira dorsal. Meus olhos não conseguiam desgrudar dessas maravilhas do mar quando, subitamente, foram surpreendidos por uma aparição inesperada.

No meio das águas, surgiu um homem, um mergulhador carregando na cintura uma bolsa de couro. Não era um corpo ao sabor das águas. Era um homem vivo que nadava vigorosamente, e que às vezes desaparecia para ir respirar na superfície e logo voltava a mergulhar.

Virei-me para o capitão Nemo, com voz embargada.

— Um homem! Um náufrago! — gritei. — Precisamos salvá-lo a qualquer preço!

O capitão não me respondeu e veio se encostar no vidro.

O homem se aproximara e, com o rosto colado no painel, nos encarava.

Para minha enorme estupefação, o capitão Nemo fez-lhe um sinal. O mergulhador respondeu-lhe com a mão, subiu imediatamente à superfície e não voltou mais.

— Não se preocupe — disse-me o capitão. — É Nicolas, do cabo Matapan, apelidado Pesce. Ele é bem conhecido em todas as Cíclades. Ousado mergulhador! A água

VINTE MIL LÉGUAS SUBMARINAS 317

é seu elemento, onde vive mais do que em terra firme, sempre passando de uma ilha a outra, até Creta.

— Conhece-o, capitão?

— Por que não, professor Aronnax?

Dito isto, o capitão se dirigiu para um móvel instalado junto ao painel esquerdo do salão. Perto desse móvel, vi um cofre com aros de ferro, cuja tampa trazia uma placa de cobre com o monograma do *Nautilus* e sua divisa, *Mobilis in mobile.*

O capitão, sem se preocupar com minha presença, abriu o móvel, espécie de caixa-forte que continha um grande número de lingotes.

Eram lingotes de ouro. De onde vinha o precioso metal, que representava uma soma enorme? Onde o capitão recolhia esse ouro, e o que faria com ele?

Não pronunciei uma palavra. Observei. O capitão Nemo pegou um por um aqueles lingotes e guardou-os metodicamente no cofre, que ficou completamente cheio. Calculei que devia conter mais de mil quilos de ouro, ou seja, cerca de cinco milhões de francos.

O cofre foi solidamente fechado, e o capitão escreveu em seu tampo um endereço com caracteres que deviam pertencer ao grego moderno.

Feito isso, apertou um botão cujo fio chegava à cabine da tripulação. Quatro homens apareceram, e não sem dificuldade empurraram o cofre para fora do salão. Depois, ouvi-o sendo içado pela escada de ferro por meio de roldanas.

Então o capitão Nemo virou-se para mim:

— Estava dizendo, professor? — perguntou-me.

— Não disse nada, capitão.

— Sendo assim, professor, permita-me desejar-lhe uma boa noite.

E, com isso, o capitão Nemo deixou o salão.

Voltei para o meu quarto muito intrigado, como se pode imaginar. Em vão tentei dormir. Eu procurava uma

318   JULES VERNE

relação entre a aparição do mergulhador e aquele cofre cheio de ouro. Dali a pouco senti, por certos movimentos de balanço lateral e longitudinal, que o *Nautilus* saía das camadas inferiores e voltava para a superfície.

Depois, ouvi um som de passos na plataforma. Entendi que o bote era desatracado e lançado ao mar. Ele se chocou por alguns instantes com os flancos do *Nautilus* e, a seguir, todo ruído cessou.

Duas horas depois, o mesmo barulho, as mesmas idas e vindas. A embarcação, içada a bordo, era recolocada em sua cavidade, e o *Nautilus* voltava a mergulhar sob as águas.

Então aqueles milhões haviam sido remetidos para o seu endereço. Em que ponto do continente? Quem era o correspondente do capitão Nemo?

No dia seguinte, contei a Conseil e ao canadense os acontecimentos da noite, que atiçavam minha curiosidade no mais alto grau. Meus companheiros não ficaram menos surpresos que eu.

— Mas de onde tira esses milhões? — perguntou Ned Land.

Para isso, não havia resposta possível. Dirigi-me ao salão depois do almoço e comecei a trabalhar. Até cinco horas da tarde, escrevi minhas notas. Foi quando — atribuí o fato a uma disposição pessoal — senti um calor extremo e precisei tirar minha roupa de bisso. Efeito incompreensível, pois não estávamos em altas latitudes e, além disso, o *Nautilus*, submerso, não deveria sofrer nenhuma elevação de temperatura. Olhei para o manômetro. Marcava uma profundidade de dezoito metros, que o calor atmosférico não poderia atingir.

Continuei meu trabalho, mas a temperatura subiu a ponto de se tornar insuportável.

"Haverá algum fogo a bordo?", perguntei-me.

Estava prestes a deixar o salão quando o capitão Nemo entrou. Ele se aproximou do termômetro, consultou-o e virou-se para mim, dizendo:

VINTE MIL LÉGUAS SUBMARINAS

— Quarenta e dois graus.

— Percebi, capitão, e se esse calor aumentar o mínimo que seja, não conseguiremos suportá-lo

— Ora, professor! Esse calor só aumentará se assim quisermos.

— Então pode moderá-lo?

— Não, mas posso me afastar do fogo que o produz.

— Está vindo de fora?

— Sem dúvida. Seguimos uma corrente de água em ebulição.

— Não pode ser! — exclamei.

— Veja.

Os painéis se abriram e vi o mar completamente branco ao redor do *Nautilus*. Uma fumaça de vapores sulfurosos subia no meio das águas que borbulhavam como a água de uma caldeira. Apoiei a mão sobre um dos vidros, mas o calor era tal que tive que retirá-la.

— Onde estamos? — perguntei.

— Perto da ilha de Santorini, professor — respondeu-me o capitão —, exatamente no canal que separa Nea Kameni de Palea Kameni. Quis apresentar-lhe o curioso espetáculo de uma erupção submarina.

— Pensei que a formação dessas ilhas novas havia cessado.

— Nada cessa nas paragens vulcânicas — disse o capitão Nemo —, e o globo está sempre sendo trabalhado por fogos subterrâneos. Já no ano 19 de nossa era, segundo Cassiodoro e Plínio, uma nova ilha, Teia, a divina, apareceu no exato lugar em que recentemente se formaram essas pequenas ilhas. Depois, ela submergiu sob as ondas, para voltar a subir no ano 69 e afundar uma segunda vez. Dessa época até nossos dias, o trabalho plutônico foi suspenso. Mas, em 3 de fevereiro de 1866, uma nova ilhota, que foi chamada de George, emergiu em meio a vapores sulfurosos, perto de Nea Kameni e a ela se uniu, no dia 6 do mesmo mês. Sete dias depois, em 13 de fevereiro, a ilha Afroessa surgiu, deixando entre ela e Nea Kameni um canal de dez metros. Eu estava nesses mares quando o fenômeno ocorreu, e pude observar todas as suas fases. A ilha Afroessa, de forma arredondada, tinha noventa metros de diâmetro por nove metros de altura. Era composta por lavas negras e vítreas, misturadas a fragmentos feldspáticos. Por fim, em 10 de março, uma ilhota menor, chamada Reka, apareceu perto de Nea Kameni e, desde então, essas três ilhotas, unidas umas às outras, formam uma única e mesma ilha.

— E o canal em que estamos nesse momento? — perguntei.

— Aqui está — respondeu o capitão, mostrando-me um mapa do arquipélago. — Pode ver que acrescentei as novas ilhas.

— Mas esse canal um dia se fechará?

— Provavelmente, professor Aronnax, pois desde 1866 oito pequenas ilhas de lava surgiram em frente ao porto Saint Nicolas de Palea Kameni. É evidente que Nea e Palea Kameni se unirão num tempo não muito distante. Se no meio do Pacífico são os infusórios que formam os continentes, aqui são os fenômenos eruptivos. Veja, professor, veja o trabalho que ocorre sob as águas.

Voltei ao vidro. O *Nautilus* não avançava mais. O calor se tornava insuportável. De branco que estava, o mar se tornava vermelho, coloração devida à presença de um sal de ferro. Apesar do isolamento hermético do salão, um cheiro sulfuroso insuportável se fazia sentir, e avistei labaredas escarlates cuja intensidade extinguia o brilho da eletricidade.

Eu estava coberto de suor, sufocava, assava. Sim, na verdade, me sentia assar!

— Não podemos ficar por mais tempo nessas águas ferventes — eu disse ao capitão.

— Não, seria pouco prudente — respondeu o impassível Nemo.

Uma ordem foi dada. O *Nautilus* virou de bordo e afastou-se daquela fornalha que não podia enfrentar impunemente. Quinze minutos depois, respirávamos na superfície.

Ocorreu-me então que, se Ned Land tivesse escolhido aquelas paragens para efetuar nossa fuga, não teríamos saído com vida daquele mar de fogo.

No dia seguinte, 16 de fevereiro, deixamos aquela bacia que, entre Rodes e Alexandria, chegava a três mil metros de profundidade, e o *Nautilus*, passando ao largo de Cérigo, abandonou o arquipélago grego, depois de dobrar o cabo Matapan.

7. O Mediterrâneo
em quarenta e oito horas

O Mediterrâneo, o mar azul por excelência, "o grande mar" dos hebreus, o "mar" dos gregos, o *mare nostrum* dos romanos, bordejado de laranjeiras, aloés, cactos, pinheiros-marítimos, perfumado com o aroma dos mirtos, cercado por montanhas escarpadas, saturado de um ar puro e transparente, mas constantemente agitado pelos fogos da terra, é um verdadeiro campo de batalha em que Netuno e Plutão ainda disputam o império do mundo. É ali, em suas margens e em suas águas, diz Michelet, que o homem se revigora junto a um dos mais energéticos climas do globo.

Mas por mais bela que fosse, tive apenas uma rápida visão daquela bacia, cuja superfície abrange dois milhões de quilômetros quadrados. Até os conhecimentos do capitão Nemo me foram negados, pois o enigmático personagem não se mostrou uma única vez ao longo dessa travessia em grande velocidade. Calculo em cerca de seiscentas léguas o trajeto percorrido pelo *Nautilus* sob as águas daquele mar, e a viagem foi concluída em duas etapas de vinte e quatro horas. Tendo partido na manhã de 16 de fevereiro das paragens da Grécia, no dia 18, ao nascer do sol, cruzávamos o estreito de Gibraltar.

Ficou evidente para mim que o Mediterrâneo, comprimido entre aquelas terras das quais ele queria fugir, desagradava ao capitão Nemo. Suas ondas e brisas lhe traziam

VINTE MIL LÉGUAS SUBMARINAS   323

excessivas recordações, senão tristezas. Ele não tinha, ali, a liberdade de velocidade e a independência de movimentos que os oceanos lhe permitiam, e seu *Nautilus* se sentia contido entre os litorais vizinhos da África e da Europa.

Nossa velocidade era de vinte e cinco milhas por hora, ou doze léguas de quatro quilômetros. Desnecessário dizer que Ned Land, para seu grande pesar, precisou renunciar aos planos de fuga. Ele não poderia utilizar o bote arrastado à razão de doze ou treze metros por segundo. Deixar o *Nautilus* nessas condições seria o mesmo que pular de um trem movendo-se a essa velocidade, manobra no mínimo imprudente. Além disso, nosso aparelho só subia até a superfície à noite, para renovar seu estoque de ar, e seguia estritamente as indicações da bússola e as marcações da barquilha.

Portanto, vi do interior do Mediterrâneo apenas o que o passageiro de um expresso consegue avistar da paisagem que foge diante de seus olhos, isto é, horizontes longínquos, e nada dos primeiros planos que passam como um raio. Mesmo assim, Conseil e eu nos dedicamos a observar alguns dos peixes mediterrâneos que com a força de suas nadadeiras conseguiam se manter por alguns instantes nas águas do *Nautilus*. Ficávamos à espreita na frente dos vidros do salão, e nossas anotações me permitem reconstruir em poucas palavras a ictiologia desse mar.

Dos diversos peixes que o habitam, vi alguns, entrevi outros, sem falar daqueles que a velocidade do *Nautilus* privou de meu olhar. Que me permitam classificar, portanto, segundo essa distribuição fantasista. Ela reproduzirá melhor minhas rápidas observações.

Em meio à massa de água vivamente iluminada pelas emanações elétricas, serpenteavam algumas lampreias de um metro de comprimento, comuns a todos os climas. Oxirrincos, um tipo de raia, com cento e cinquenta centímetros de largura, ventre branco, dorso cinza-prateado e com pintas, evoluíam como grandes xales levados pelas correntes. Outras raias passavam tão rápido que eu não conseguia decidir se mereciam o nome de águia, dado pelos gregos, ou os qualificativos de rato, sapo e morcego, imputados pelos pescadores modernos. Tubarões-vitamínicos, com trezentos e sessenta centímetros de comprimento e particularmente temidos pelos mergulhadores, competiam em velocidade entre si. Tubarões-raposa, de duzentos e cinquenta centímetros e dotados de um olfato extremamente aguçado, surgiam como grandes sombras azuladas. Douradas, da família dos esparídeos, que chegavam a medir cento e trinta centímetros, apareciam em seus mantos de prata e azul circundados por faixas que se destacavam sobre o tom escuro de suas nadadeiras, peixes consagrados a Vênus, de olhos protegidos por um sobrolho dourado, que constituem uma espécie preciosa, amiga de todas as águas, doces ou salgadas, moradora de rios, lagos e oceanos, que vivem em todos os climas, suportam todas as temperaturas, e cuja raça, que remonta às eras geológicas da Terra, conservou toda a beleza dos primeiros dias. Esturjões magníficos, de nove a dez metros de comprimento, animais velozes, atingiam com sua cauda potente o vidro dos painéis, mostrando seu dorso azulado com pequenas pintas marrons; eles se parecem com os esqualos, cuja força não igualam, e são encontrados em todos os mares; na primavera, gostam de subir os grandes rios, lutando contra as correntezas do Volga, do Danúbio, do Pó, do Reno, do Loire, do Oder, e se alimentam de arenques, cavalas, salmões e bacalhaus; apesar de pertencerem à classe dos cartilaginosos, são delicados; podem ser comidos frescos, secos, marinados ou salgados e, antigamente, eram vistos triunfalmente à mesa de Lúculo. Mas desses diversos habitantes do Mediterrâneo, os que pude observar com mais eficácia, quando o *Nautilus* se aproximava da superfície, pertenciam ao sexagésimo terceiro gênero de peixes ósseos. Eram os escombrídeos atuns, de dorso preto-azulado, ventre couraçado de prata,

VINTE MIL LÉGUAS SUBMARINAS

e de linhas dorsais que lançavam brilhos dourados. Eles têm a reputação de seguir o avanço dos navios, buscando sua sombra fresca sob os raios do céu tropical, e não a desmentiram ao acompanhar o *Nautilus* como outrora acompanharam os navios de La Pérouse. Ao longo de várias horas, competiram em velocidade com nosso aparelho. Eu não cansava de admirar esses animais verdadeiramente talhados para a corrida, cabeça pequena, corpo liso e fusiforme que em alguns superava os três metros, nadadeiras peitorais dotadas de notável vigor e nadadeiras caudais bifurcadas. Eles nadavam em formação triangular, como alguns bandos de pássaros, cuja velocidade igualavam, o que fez os antigos dizerem que conheciam a geometria e a estratégia. E, no entanto, não escapam dos provençais, que os estimam como os estimavam os habitantes da Propôntida e da Itália, pois é às cegas e desavisadamente que esses preciosos animais se atiram e morrem aos milhares nas redes marselhesas.

Citarei, de memória, alguns dos peixes mediterrâneos que Conseil ou eu apenas vislumbramos. Havia gimnotos-fierásfers esbranquiçados que passavam como vapores impalpáveis, moreias-congros, serpentes de três a quatro metros ornadas de verde, azul e amarelo, pescadas com três pés de comprimento, cujo fígado constitui uma carne delicada, cépolas que flutuavam como finas algas, triglos que os poetas chamam de peixe-lira e os marinheiros de peixe-assobiador, cujo focinho é ornado por duas lâminas triangulares e denteadas que lembram o instrumento do velho Homero, triglos-andorinhas que nadavam com a velocidade do pássaro de quem herdaram o nome, holocentros-garoupas, de cabeça vermelha, com a nadadeira dorsal cheia de filamentos, savelhas ornadas de pintas negras, cinza, marrons, azuis, amarelas, verdes, que são sensíveis à voz argêntea das sinetas, e esplêndidos pregados, faisões do mar, espécies de losangos com nadadeiras amareladas, pontilhados de marrom, e cujo lado superior, o esquerdo, é em geral marmoreado de marrom e amarelo, e por fim cardumes de admiráveis salmonetes-de-vasa, verdadeiros paradiseídeos do oceano, que os romanos compravam por até dez mil sestércios a unidade, e que matavam à mesa, para seguir com olho cruel sua mudança de coloração do vermelho cinábrio da vida ao branco pálido da morte.

E se não pude observar raias-de-dois-olhos, balistas, tetrodontes, hipocampos, *jouans*, robalos, blênios, salmonetes, lábridas, eperlanos, peixes-voadores, anchovas, gorazes, bogas, orfias, nem todos os principais representantes da ordem dos pleuronectos, limandas, linguados, patruças, azevias, solhas, comuns no Atlântico e no Mediterrâneo, é preciso culpar a vertiginosa velocidade que levava o *Nautilus* através daquelas águas opulentas.

Quanto aos mamíferos marinhos, creio ter reconhecido, ao passarmos na boca do Adriático, dois ou três cachalotes dotados de uma nadadeira dorsal do gênero dos fisetérios, alguns golfinhos do gênero dos globicéfalos, próprios do Mediterrâneo e cuja parte anterior da cabeça é zebrada por pequenas linhas claras, e também uma dúzia de focas de barriga branca e pelagem preta, conhecidas como focas-monge e que têm todo o ar de dominicanos com três metros de comprimento.

Conseil, por sua vez, pensou ter visto uma tartaruga de dois metros de largura, ornada com três cristas longitudinais salientes. Lamentei não ter visto esse réptil, pois, pela descrição de Conseil, pensei reconhecer a tartaruga-de-couro, uma espécie muito rara. De minha parte, avistei apenas algumas tartarugas comuns de carapaça alongada.

Dos zoófitos, pude admirar, por alguns instantes, uma notável galeolária alaranjada que se fixou no vidro do painel de bombordo; tinha um longo e sutil filamento, arborizando-se em ramos infinitos e terminados na mais fina renda jamais bordada pelas rivais de Aracne. Infelizmente, não pude pescar esse admirável exemplar,

VINTE MIL LÉGUAS SUBMARINAS 327

e nenhum outro zoófito mediterrâneo teria sido avistado por mim se o *Nautilus*, na noite do dia 16, não tivesse singularmente diminuído sua velocidade. Eis em quais circunstâncias.

Passávamos então entre a Sicília e a costa de Túnis. Nesse exíguo espaço entre o cabo Bon e o estreito de Messina, o fundo do mar sobe quase que de repente. Ali se forma uma verdadeira crista, sobre a qual restam apenas dezessete metros de água, ao passo que antes e depois dela a profundidade é de cento e setenta metros. O *Nautilus* precisou manobrar com cuidado para não se chocar contra aquela barreira submarina.

Mostrei a Conseil, no mapa do Mediterrâneo, o lugar ocupado por esse longo recife.

— Com todo o respeito, doutor — observou Conseil —, mas é como um istmo que une a Europa à África.

— Sim, meu rapaz — respondi —, ele obstrui totalmente o estreito da Líbia, e as sondagens de Smith provaram que os continentes antigamente estavam unidos entre o cabo Boco e o cabo Farina.

— Acredito — disse Conseil.

— Eu acrescentaria — retomei — que uma barreira semelhante existe entre Gibraltar e Ceuta, e que esta, nas eras geológicas, fechava completamente o Mediterrâneo.

— Ah! — exclamou Conseil. — E se algum acesso vulcânico um dia elevasse essas duas barreiras acima das águas!

— É pouco provável, Conseil.

— Enfim, que o doutor me permita concluir, se esse fenômeno ocorresse, seria ruim para o sr. De Lesseps, que passa tanto trabalho para furar seu istmo!

— Concordo, mas repito, Conseil, esse fenômeno não ocorrerá. A violência das forças subterrâneas está constantemente diminuindo. Os vulcões, tão numerosos nos primeiros dias do mundo, se apagam pouco a pouco; o calor interno se reduz, a temperatura das camadas infe-

riores do globo cai consideravelmente a cada século, e
para prejuízo de nosso planeta, pois esse calor é sua vida.

— Mas o sol...

— O sol não é suficiente, Conseil. Ele pode devolver o
calor a um cadáver?

— Não que eu saiba.

— Pois bem, meu amigo, a terra um dia será esse cadáver frio. Ela se tornará inabitável e será erma como a lua,
que há muito perdeu seu calor vital.

— Dentro de quantos séculos? — perguntou Conseil.

— Dentro de algumas centenas de milhares de anos,
meu rapaz.

— Então — respondeu Conseil — teremos tempo para
concluir nossa viagem, isso se Ned Land não se intrometer!

E Conseil, apaziguado, voltou a estudar o baixio que o
Nautilus quase roçava em velocidade moderada.

Ali, sob um solo rochoso e vulcânico, desenvolvia-se
toda uma flora viva, esponjas, holotúrias, cidipes hialinas ornadas com cirros avermelhados e que emitiam uma
leve fosforescência, beróis, vulgarmente conhecidos como
pepinos-do-mar e banhados pelo reflexo de um espectro
solar, comátulas ambulantes com um metro de largura e
que avermelhavam as águas com sua púrpura, euríalos
arborescentes da maior beleza, pavonáceas com caules
compridos, um grande número de ouriços comestíveis de
espécies variadas, e actínias verdes de tronco acinzentado
e disco marrom que se perdiam em sua cabeleira olivácea
de tentáculos.

Conseil se dedicara com mais afinco a observar os moluscos e os articulados, e apesar de sua nomenclatura ser
um pouco árida, não quero desmerecer esse bravo rapaz
omitindo suas observações pessoais.

No ramo dos moluscos, citou numerosos petúnculos
pectiniformes, espôndilos pé-de-burro amontoados uns sobre os outros, conquilhas triangulares, híalas tridentadas
de nadadeiras amarelas e conchas transparentes, pleuro-

brânquios alaranjados, ovos pontilhados ou cheios de pontos esverdeados, aplísias também conhecidas como lesmas--do-mar, dolabelas, áceros carnudos, umbrelas típicas do Mediterrâneo, orelhas-do-mar cuja concha produz um nácar muito procurado, petúnculos flamulados, anomias que os habitantes do Languedoc, dizem, preferem às ostras, amêijoas tão caras aos marselheses, pés-de-burro duplos, brancos e grandes, alguns dos *clams* que abundam nas costas da América do Norte e tão consumidos em Nova York, vieiras operculadas de cores variadas, litófagos enfiados em seus buracos cujo forte gosto apimentado eu apreciava, venericárdias sulcadas cuja concha de topo abaulado apresentava nervuras salientes, cíntias eriçadas de tubérculos escarlates, carniárias de ponta recurva e semelhantes a pequenas gôndolas, férulas coroadas, atlantes de conchas espiraliformes, tétis cinzentas, manchadas de branco e cobertas por um manto franjado, eolídias semelhantes a pequenas lesmas, cavolinas rastejando sobre o dorso, aurículas, dentre as quais a aurícula miosótis, de concha oval, escalárias fulvas, litorinas, jantinas, cinerárias, petrícolas, lamelárias, cabochões, pandoras etc.

Quanto aos articulados, Conseil dividiu-os com propriedade, em suas anotações, em seis classes, das quais três pertencem ao mundo marinho. São as classes dos crustáceos, dos cirrípedes e dos anelídeos.

Os crustáceos estão divididos em nove ordens, e a primeira dessas ordens compreende os decápodes, isto é, os animais cuja cabeça e tórax geralmente formam um único segmento, e cujo aparelho bucal está composto por vários pares de apêndices, e que possuem quatro, cinco ou seis pares de patas torácicas ou ambulatórias. Conseil havia seguido o método de nosso mentor Milne-Edwards, que fala em três seções de decápodes: os braquiúros, os macruros e os anomuros. Nomes um tanto bárbaros, mas adequados e precisos. Entre os braquiúros, Conseil citou amatias de fronte armada com duas grandes pontas divergentes, o ínaco escorpião, que — não sei por quê — simbolizava a sabedoria para os gregos, o *Lambrus massena*, o *Lambrus spinimanus*, provavelmente perdidos naquele baixio, pois em geral vivem em grandes profundidades, xantos, pilumnos, romboides, calapídeos granulosos — facílimos de digerir, observou Conseil —, coristos sem espinhos, ebálias, cimopólias, doripídeos lanosos etc. Entre os macruros, subdivididos em cinco famílias, os couraçados, os escavadores, os ástacos, os salicóquios e os oquizópodes, ele citou lagostas comuns, cuja carne da fêmea é tão apreciada, cílaros ou cigarras-do-mar, gébias ribeirinhas e todo tipo de espécies comestíveis, mas não disse nada sobre a subdivisão dos ástacos, que compreende os lavagantes, pois as lagostas são as únicas do Mediterrâneo. Por fim, entre os anomuros, ele viu drômias comuns, escondidas atrás da concha abandonada que tomam para si, hômolos de fronte espinhosa, bernardos-eremitas, porcelanas etc.

Aqui chegava ao fim o trabalho de Conseil. Faltara-lhe tempo para completar a classe dos crustáceos com o exame dos estomatópodes, dos anfípodes, dos homópodes, dos isópodes, dos trilobites, dos branquiápodes, dos ostracódeos e dos entomostráceos. E, para concluir o estudo dos articulados marinhos, ele precisaria citar a classe dos cirrípedes, que contém os ciclopes e os argulídeos, e a classe dos anelídeos, que não teria deixado de dividir em tubículos e dorsibrânquios. Mas o *Nautilus*, tendo cruzado o baixio do estreito da Líbia, retomou nas águas mais profundas sua velocidade habitual. Os moluscos, os articulados e os zoófitos, então, não foram mais vistos. Apenas alguns peixes grandes que passavam como sombras.

Durante a noite de 16 para 17 de fevereiro, entramos naquela segunda bacia mediterrânea, cujas maiores profundezas chegam a três mil metros. O *Nautilus*, impulsionado por sua hélice, deslizando seus planos inclinados, mergulhou até as últimas camadas do mar.

Ali, apesar da falta de maravilhas naturais, a massa de

VINTE MIL LÉGUAS SUBMARINAS   331

água me apresentou muitas cenas comoventes e terríveis.
De fato, atravessávamos a parte do Mediterrâneo tão fe-
cunda em desastres marítimos. Da costa argelina até o
litoral da Provence, quantos navios não naufragaram,
quantas embarcações não desapareceram! O Mediterrâneo não passa de um lago, comparado às grandes exten-
sões líquidas do Pacífico, mas um lago caprichoso, de correntes instáveis, hoje propício e afagando a frágil tartana
que parece flutuar entre o duplo azul ultramar das águas
e do céu, amanhã colérico, tormentoso, enfurecido pelos
ventos, partindo os mais fortes navios com suas ondas
curtas que os fustigam com golpes rápidos.

Assim, durante aquele rápido passeio às profundezas,
quantos destroços não vi jazendo no fundo, alguns já
cobertos pelos corais, outros apenas revestidos por uma
camada de ferrugem, âncoras, canhões, projéteis, ador-
nos de ferro, pás de hélices, peças de máquinas, cilindros
quebrados, caldeiras sem fundo, além de cascos flutuando
entre duas águas, uns em pé, outros deitados.

Desses navios naufragados, alguns afundaram por colisão, outros por terem se chocado com algum escolho
de pedra. Vi alguns que foram a pique com a mastreação
ereta, o massame enrijecido pela água. Pareciam ter ancorado numa imensa enseada aberta, à espera da partida.
Quando o *Nautilus* passava entre eles e os envolvia com
suas emanações elétricas, aqueles navios pareciam saudá-
-lo com suas bandeiras e passar-lhe seu número de matrí-
cula! Mas não, não havia nada além de silêncio e morte
naquele campo de catástrofes!

Observei que as profundezas mediterrâneas ficavam
mais atravancadas de sinistros destroços à medida que
o *Nautilus* se aproximava do estreito de Gibraltar. As
costas da África e da Europa se aproximam e, naquele
exíguo espaço, as colisões são frequentes. Vi ali numerosas carenas de ferro, ruínas fantásticas de vapores, alguns
deitados, outros de pé, parecendo animais extraordiná-

rios. Um desses barcos de flancos abertos, com a chaminé curvada, as rodas de que só restava a armação, o leme separado do cadaste e ainda sustentado por uma corrente de ferro, o quadro traseiro corroído pelos sais marinhos, tinha um aspecto terrível! Quantas vidas perdidas em seu naufrágio! Quantas vítimas levadas pelas águas! Algum marujo teria sobrevivido para contar aquele horrível desastre, ou as águas ainda guardavam seu segredo? Não sei por que me ocorreu que aquele barco sepultado pelo mar podia ser o *Atlas*, desaparecido há cerca de vinte anos e do qual nunca mais se ouviu falar! Ah! Que sinistro seria escrever a história desses fundos mediterrâneos, desse grande ossuário, onde tantas riquezas se perderam, onde tantas vítimas encontraram a morte!

O *Nautilus*, porém, indiferente e rápido, corria a toda no meio dessas ruínas. No dia 18 de fevereiro, por volta das três horas da manhã, chegou às portas do estreito de Gibraltar.

Nele, existem duas correntes: uma corrente superior, conhecida há um bom tempo, que leva as águas do oceano para dentro da bacia do Mediterrâneo; e uma contracorrente inferior, cuja existência foi atualmente demonstrada pela lógica. De fato, a soma das águas do Mediterrâneo, constantemente alimentada pelas ondas do Atlântico e pelos rios que nele desembocam, deveria elevar a cada ano o nível desse mar, pois sua evaporação é insuficiente para restabelecer o equilíbrio. Ora, isso não acontece, e somos obrigados a admitir a existência de uma corrente inferior que, pelo estreito de Gibraltar, leva para o Atlântico o excesso do Mediterrâneo.

Cálculo exato, de fato. Foi dessa contracorrente que o *Nautilus* se beneficiou, avançando rapidamente pela estreita passagem. Por um instante pude vislumbrar as admiráveis ruínas do templo de Hércules, engolfado, segundo Plínio e Avieno, junto com a ilha que o abrigava. Alguns minutos depois, navegávamos nas ondas do Atlântico.

8. A baía de Vigo

O Atlântico! Vasta extensão de água que cobre uma área de vinte e cinco milhões de milhas quadradas, com nove mil milhas de comprimento por uma largura média de duas mil e setecentas milhas. Importante mar, quase ignorado dos antigos, exceto talvez dos cartagineses, os holandeses da Antiguidade, que em suas peregrinações comerciais seguiam o litoral oeste da Europa e da África! Oceano cujas praias de sinuosidades paralelas formam um perímetro imenso, irrigado pelos maiores rios do mundo, o Saint Lawrence, o Mississippi, o Amazonas, o Prata, o Orinoco, o Níger, o Senegal, o Elba, o Loire, o Reno, que a ele levam as águas dos países mais civilizados e das regiões mais selvagens! Magnífica planície, constantemente sulcada por navios de todas as nações, protegida pelas bandeiras do mundo, e que termina em duas pontas terríveis, temidas pelos navegadores, o cabo Horn e o cabo das Tormentas!

O *Nautilus* fendia as águas com a ponta de seu rostro, após percorrer cerca de dez mil léguas em três meses e meio, percurso superior a um dos círculos máximos da terra. Aonde íamos, e o que nos reservava o futuro?

O *Nautilus* saíra do estreito de Gibraltar e estava em alto-mar. Voltou à superfície, e nossos passeios diários na plataforma nos foram restituídos.

Subi assim que possível, acompanhado por Ned Land e

Conseil. A uma distância de doze milhas surgia indistinto o cabo de São Vicente, que forma a ponta sudoeste da península Ibérica. Soprava um vento sul muito forte. O mar estava agitado, encapelado. Ele fazia o *Nautilus* balançar com violência. Era quase impossível manter-se na plataforma, atingida por ondas enormes a todo momento. Depois de aspirarmos algumas golfadas de ar, resolvemos descer.

Regressei a meu quarto. Conseil voltou à sua cabine; o canadense, porém, com ar bastante preocupado, me seguiu. Nossa rápida passagem pelo Mediterrâneo não lhe permitira colocar seus planos em ação, e ele não conseguia dissimular seu desapontamento.

Quando a porta de meu quarto se fechou, ele se sentou e me encarou em silêncio.

— Amigo Ned — eu disse —, compreendo o que deva estar pensando, mas não deve se culpar. Nas condições em que o *Nautilus* navegava, cogitar deixá-lo teria sido loucura!

Ned Land não respondeu. Seus lábios contraídos e suas sobrancelhas franzidas indicavam a violenta obsessão de uma ideia fixa.

— Vejamos — continuei —, nada está perdido ainda. Estamos subindo a costa de Portugal. Não muito longe estão a França e a Inglaterra, onde facilmente encontraríamos refúgio. Ah, se o *Nautilus*, saindo do estreito de Gibraltar, tivesse rumado para o sul, se tivesse nos levado para as regiões onde não há continentes, eu partilharia de sua inquietação. Mas agora sabemos que o capitão Nemo não foge dos mares civilizados, e em alguns dias creio que você poderá agir com mais segurança.

Ned Land me encarou com mais insistência ainda e, finalmente descerrando os lábios, disse:

— Será hoje à noite.

Retesei-me subitamente. Estava, confesso, pouco preparado para aquela notícia. Tentei responder ao canadense, mas me faltaram palavras.

VINTE MIL LÉGUAS SUBMARINAS   335

— Tínhamos concordado em esperar uma circunstância — prosseguiu Ned. — A circunstância surgiu. Esta noite estaremos a poucas milhas da costa espanhola. A noite é escura. O vento está soprando do mar. Tenho sua palavra, professor Aronnax, e conto com o senhor.

Como continuei calado, o canadense se levantou e, aproximando-se de mim, murmurou:

— Hoje à noite, às nove horas. Avisei Conseil. A essa hora, o capitão Nemo estará fechado em seu quarto e provavelmente deitado. Nem os maquinistas, nem os homens da tripulação poderão nos ver. Conseil e eu iremos à escadaria central. O senhor, professor Aronnax, ficará na biblioteca, a dois passos de nós, à espera de meu sinal. Os remos, o mastro e a vela estão no bote. Consigo inclusive colocar algumas provisões. Consegui uma chave inglesa para afrouxar os parafusos que prendem o bote ao casco do *Nautilus*. Está tudo pronto. Até a noite.

— O mar está agitado — eu disse.

— Concordo — replicou o canadense —, mas precisamos correr esse risco. A liberdade vale a pena. Além disso, o bote é sólido, e algumas milhas a favor do vento não serão grande coisa. Quem sabe amanhã não estaremos a cem léguas daqui? Se as circunstâncias forem favoráveis, entre dez e onze horas estaremos desembarcando em algum ponto da terra firme, ou mortos. Portanto, estamos nas mãos de Deus e nos vemos à noite!

Dito isto, o canadense se retirou, deixando-me estupefato. Eu havia imaginado que, chegada a hora, teria tempo de refletir, de discutir. Meu obstinado companheiro não me permitira isso. Mas o que eu teria dito, no fim das contas? Ned Land estava mais do que certo. Era uma ocasião, e ele a estava aproveitando. Eu poderia voltar atrás e assumir a responsabilidade de comprometer, por um interesse absolutamente pessoal, o futuro de meus companheiros? Amanhã o capitão Nemo não poderia nos levar para longe de todas as terras?

Naquele momento, um silvo muito forte me informou que os reservatórios se enchiam, e o *Nautilus* mergulhou nas águas do Atlântico.

Permaneci em meu quarto. Queria evitar o capitão, para ocultar a seus olhos a excitação que me dominava. Triste dia aquele, que passei assim, entre o desejo de voltar ao controle de meu livre-arbítrio e o pesar por abandonar o maravilhoso *Nautilus*, deixando incompletos meus estudos submarinos! Deixar daquele modo aquele oceano, o "meu Atlântico", como gostava de chamá-lo, sem ter observado suas camadas mais profundas, sem ter lhe arrancado os segredos que os mares das Índias e do Pacífico tinham me revelado! Meu romance caía das mãos no primeiro volume, meu sonho se interrompia no mais belo momento! Quantas horas difíceis se passaram assim, ora me vendo em segurança, em terra firme, com meus companheiros, ora desejando, contrariamente ao que me dizia a razão, que algum imprevisto impedisse a realização dos planos de Ned Land.

Fui duas vezes ao salão. Queria consultar o compasso. Queria ver se a direção do *Nautilus* nos aproximava, de fato, ou nos afastava da costa. Mas não. O *Nautilus* continuava em águas portuguesas. Rumava para o norte, seguindo o litoral.

Era preciso tomar partido e me preparar para fugir. Minha bagagem não era pesada: minhas anotações, nada mais.

Quanto ao capitão Nemo, perguntei-me o que ele pensaria de nossa fuga, que apreensões, que danos lhe causaria, e o que faria nos dois casos, se ela desse certo ou errado! Eu não tinha nenhuma queixa a seu respeito, pelo contrário. Nunca houve hospitalidade mais franca que a sua. Deixando-o, só poderia ser tachado de ingrato. Nenhuma promessa nos ligava a ele. Era com a força das circunstâncias que ele contava, e não com nossa palavra, para nos manter para sempre a seu lado. Mas essa pre-

VINTE MIL LÉGUAS SUBMARINAS 337

tensão abertamente confessada de nos ter como eternos prisioneiros de seu barco justificava qualquer tentativa.

Eu não via o capitão desde nossa visita à ilha de Santorini. O acaso me colocaria em sua presença antes de nossa partida? Era o que eu ao mesmo tempo desejava e temia. Tentei ouvir se não o ouvia caminhar em seu quarto, contíguo ao meu. Nenhum ruído chegou a meus ouvidos. Seu quarto estava deserto.

Então comecei a me perguntar se aquele estranho personagem estaria a bordo. Depois daquela noite durante a qual o bote havia desatracado do *Nautilus* para um serviço misterioso, minhas ideias a seu respeito tinham se modificado ligeiramente. Apesar do que ele dizia, comecei a pensar que o capitão Nemo devia manter algum tipo de relação com a terra. Ele nunca saía do *Nautilus*? Semanas se passavam sem que eu o visse. O que fazia nesse meio-tempo? Enquanto eu o acreditava dominado por um sentimento de misantropia, ele não realizaria ao longe algum ato secreto cuja natureza até então me escapava?

Tudo isso e mais mil outras coisas me ocorriam ao mesmo tempo. O campo de conjecturas só podia ser infinito na estranha situação em que nos encontrávamos. Eu sentia um profundo mal-estar. Aquele dia de espera me parecia interminável. As horas passavam lentas demais para minha impaciência.

Meu jantar, como sempre, foi servido no quarto. Comi mal, pois estava ansioso demais. Deixei a mesa às sete horas. Cento e vinte minutos — eu os contava — me separavam do momento em que iria até Ned Land. Minha agitação aumentava. Meu pulso batia acelerado. Eu não conseguia ficar parado. Ia e vinha, tentando acalmar a agitação de meu espírito com algum movimento. A ideia de morrer em nossa temerária iniciativa era a menor de minhas preocupações; mas meu coração palpitava diante da ideia de ver nosso plano descoberto antes de deixarmos o *Nautilus*, diante da ideia de sermos levados a um irritado capitão Nemo, ou, o que seria pior, a um capitão entristecido com meu abandono.

Eu queria ver o salão uma última vez. Segui pelas coxias e cheguei ao museu onde havia passado tantas horas agradáveis e úteis. Contemplei todas as suas riquezas, todos os seus tesouros, como um homem às vésperas de um exílio perpétuo, que partisse para nunca mais voltar. Aquelas maravilhas da natureza, aquelas obras-primas da arte, entre as quais minha vida se concentrava havia tantos dias, nunca mais seriam vistas. Eu queria deixar meu olhar nadar pelas águas do Atlântico através do vidro do salão, mas os painéis estavam hermeticamente fechados e uma chapa de metal me separava daquele oceano que eu ainda não conhecia.

Percorrendo o salão, cheguei perto da porta, aberta num dos cantos chanfrados, que se abria para o quarto do capitão. Para meu grande espanto, essa porta estava entreaberta. Instintivamente, recuei. Se o capitão Nemo estivesse no quarto, poderia me ver. Como não ouvi ruído algum, porém, aproximei-me. O quarto estava deserto. Empurrei a porta. Avancei alguns passos. Sempre o mesmo aspecto austero, cenobita.

Então meus olhos depararam com algumas águas-fortes penduradas na parede que eu não havia notado durante minha primeira visita. Eram retratos, retratos dos grandes homens históricos cuja vida nada mais foi que um constante devotamento às grandes causas da humanidade: Kosciusko, o herói tombado ao grito de *Finis Poloniae*, Botzaris, o Leônidas da Grécia moderna, O'Connell, o defensor da Irlanda, Washington, o fundador da União americana, Manin, o patriota italiano, Lincoln, caído sob o tiro de um escravagista, e, por fim, o mártir da libertação da raça negra, John Brown, pendurado na forca, tal como o desenhou tão terrivelmente o lápis de Victor Hugo.

Que laço haveria entre aquelas almas heroicas e a alma do capitão Nemo? Poderia eu finalmente, a partir dessa reunião de retratos, descobrir o mistério de sua vida? Seria

VINTE MIL LÉGUAS SUBMARINAS

ele um defensor dos povos oprimidos, um libertador das raças escravas? Teria participado das últimas comoções políticas ou sociais daquele século? Teria sido um dos heróis da terrível guerra americana, guerra lamentável e para sempre gloriosa...?

De repente, o relógio soou oito horas. A batida da primeira martelada na sineta me arrancou de meus devaneios. Estremeci como se um olho invisível tivesse adentrado meus pensamentos mais íntimos, e precipitei-me para fora do quarto.

No salão, meus olhos se detiveram sobre a bússola. Nossa direção continuava sendo o norte. A barquilha indicava uma velocidade moderada, o manômetro, uma profundidade de aproximadamente dezoito metros. As circunstâncias ainda eram favoráveis aos planos do canadense.

Voltei a meu quarto. Vesti uma roupa quente, botas de mar, gorro de lontra, casaco de bisso forrado com pele de foca. Estava pronto. Esperei. O tremor da hélice era a única coisa a perturbar o silêncio profundo que reinava a bordo. Eu escutava, ouvidos atentos. Alguma gritaria viria me informar que Ned Land acabara de ser flagrado em sua tentativa de fuga? Uma agitação insuportável me invadiu. Tentei em vão recuperar meu sangue-frio.

Poucos minutos antes das nove horas, colei meu ouvido à porta do capitão. Nenhum som. Deixei meu quarto e voltei ao salão, que estava mergulhado numa semiescuridão, mas deserto.

Abri a porta comunicante com a biblioteca. Mesma luz insuficiente, mesma solidão. Fui me postar perto da porta que dava para o vão da escadaria central. Esperei o sinal de Ned Land.

Naquele momento, o frêmito da hélice diminuiu sensivelmente, depois cessou totalmente. Por que essa mudança na velocidade do *Nautilus*? Se essa parada favorecia ou dificultava o desígnio de Ned Land, eu não saberia dizer.

O silêncio só era rompido pelas batidas de meu coração.

De repente, um leve choque se fez sentir. Entendi que o *Nautilus* acabava de tocar no fundo do oceano. Minha agitação duplicou. O sinal do canadense não vinha. Minha vontade era ir até Ned Land para convencê-lo a adiar sua tentativa. Eu sentia que nossa navegação não se dava mais sob condições normais...

Naquele momento, a porta do grande salão se abriu, e o capitão Nemo apareceu. Ele me viu e, sem mais preâmbulos, perguntou num tom amável:

— Ah! Professor, estava à sua procura. Conhece a história da Espanha?

Nas condições em que me encontrava, mente agitada, cabeça nos ares, mesmo quem conhecesse a fundo a história de seu próprio país não poderia citar uma palavra a respeito.

— Professor? — insistiu o capitão Nemo. — Ouviu minha pergunta? Conhece a história da Espanha?

— Muito pouco — respondi.

— Como sempre — disse o capitão —, os cientistas não a conhecem. Então sente-se, vou lhe contar um curioso episódio dessa história.

O capitão estendeu-se sobre um divã e, maquinalmente, sentei-me a seu lado, na penumbra.

— Professor, preste atenção. Um aspecto dessa história lhe interessará, pois responderá a uma questão à qual sem dúvida o senhor não conseguiu responder.

— Estou ouvindo, capitão — eu disse, sem saber aonde meu interlocutor queria chegar, e me perguntando se esse incidente tinha relação com nossos planos de fuga.

— Professor — retomou o capitão Nemo —, se quiser me acompanhar, voltaremos a 1702. O senhor bem sabe que nessa época seu rei Luís xiv, acreditando bastar um gesto de potentado para conquistar os Pirineus, impusera o duque de Anjou, seu neto, aos espanhóis. Esse príncipe, que reinou bastante mal sob o nome de Filipe v, precisou lidar, externamente, com um forte adversário.

"De fato, no ano anterior, as casas reais da Holanda, da Áustria e da Inglaterra haviam assinado em Haia um tratado de aliança, com o objetivo de arrancar a coroa da Espanha de Filipe v, para colocá-la na cabeça de um arquiduque, ao qual deram prematuramente o nome de Carlos iii.

"A Espanha precisou resistir a essa coalizão. Mas tinha poucos soldados e marinheiros. No entanto, não lhe faltava dinheiro, desde que seus galeões, carregados com o ouro e a prata da América, entrassem em seus portos. Ora, no fim de 1702, esperava-se um rico comboio que a França escoltava com uma frota de vinte e três navios comandados pelo almirante de Château-Renaud, pois as marinhas coligadas percorriam o Atlântico.

"Esse comboio deveria ir a Cádiz, mas o almirante, tendo sido informado de que a frota inglesa passava por aquelas paragens, decidiu rumar para um porto na França.

"Os comandantes espanhóis do comboio protestaram contra essa decisão. Queriam ser conduzidos a um porto espanhol, se não Cádiz, então à baía de Vigo, situada na costa noroeste da Espanha, que não estava bloqueada.

"O almirante de Château-Renaud cometeu a fraqueza de obedecer a essa injunção, e os galeões entraram na baía de Vigo.

"Infelizmente, essa baía forma uma enseada aberta que não tem como ser protegida. Era preciso, assim, apressar o descarregamento dos galeões, antes da chegada das frotas coligadas, e não faltaria tempo a esse desembarque se uma mísera questão de rivalidade não tivesse surgido de repente.

"Está seguindo o encadeamento dos fatos?" — perguntou-me o capitão Nemo.

— Perfeitamente — respondi, ainda sem saber o motivo daquela aula de história.

— Continuo. Eis o que aconteceu. Os comerciantes de Cádiz gozavam de um privilégio segundo o qual de-

342 JULES VERNE

viam receber todas as mercadorias que viessem das Índias ocidentais. Ora, desembarcar os lingotes dos galeões no porto de Vigo era ir contra esse direito. Eles se queixaram a Madri, e obtiveram do fraco Filipe v uma ordem para que o comboio, sem efetuar o descarregamento, ficasse sob custódia na enseada de Vigo até o momento em que as frotas inimigas se afastassem.

"Ora, enquanto essa decisão era tomada, no dia 22 de outubro de 1702, as naus inglesas chegaram à baía de Vigo. O almirante de Château-Renaud, apesar de suas forças inferiores, combateu corajosamente. Mas quando viu que as riquezas do comboio cairiam nas mãos dos inimigos, incendiou e afundou os galeões, que foram a pique com seus imensos tesouros."

O capitão Nemo se interrompeu. Confesso que ainda não conseguia ver em que sentido aquela história poderia me interessar.

— Então? — perguntei-lhe.

— Então, professor Aronnax — respondeu-me o capitão Nemo —, estamos na baía de Vigo, e só lhe resta penetrar seus mistérios.

O capitão se levantou e me rogou que o seguisse. Eu tivera tempo de me recompor. Obedeci. O salão estava escuro, mas pelos vidros transparentes o mar cintilava. Observei.

Em torno do *Nautilus*, num raio de meia milha, as águas pareciam impregnadas de luz elétrica. O fundo arenoso estava claro e nítido. Homens da tripulação, vestindo escafandros, se dedicavam a desenterrar tonéis apodrecidos, caixotes quebrados, em meio a destroços ainda enegrecidos. Desses caixotes e desses barris escapavam lingotes de ouro e prata, cascatas de moedas e joias, que cobriam a areia. Depois, carregando esse precioso butim, os homens voltavam ao *Nautilus*, nele depositavam seu fardo e reiniciavam aquela inesgotável pescaria de prata e ouro.

Compreendi. Aquele era o palco da batalha de 22 de outubro de 1702. Ali afundaram os galeões carregados do

VINTE MIL LÉGUAS SUBMARINAS

governo espanhol. Ali o capitão Nemo vinha recolher, de acordo com suas necessidades, os milhões com que enchia seu *Nautilus*. Fora para ele, e para ele apenas, que a América havia enviado seus metais preciosos. Ele era o herdeiro direto e exclusivo daqueles tesouros arrancados dos incas e dos vencidos de Hernán Cortez!

— O senhor sabia, professor — perguntou-me sorrindo o capitão —, que o mar continha tantas riquezas?

— Eu sabia que se avalia em dois milhões de toneladas a prata em suspensão nessas águas.

— Sem dúvida, mas para extrair essa prata as despesas superariam os lucros. Aqui, pelo contrário, basta recolher aquilo que os homens perderam, e não apenas na baía de Vigo como em vários outros palcos de naufrágios, assinalados em meu mapa submarino. Compreende agora por que sou bilionário?

— Compreendo, capitão. Permita-me, porém, dizer-lhe que ao explorar a baía de Vigo, nada mais fez que adiantar-se aos trabalhos de uma sociedade rival.

— E qual seria esta?

— Uma sociedade que recebeu do governo espanhol o privilégio de procurar os galeões naufragados. Os acionistas são atraídos pela enormidade dos lucros, pois se avalia em quinhentos milhões o valor dessas riquezas perdidas.

— Quinhentos milhões! — exclamou o capitão Nemo.

— Estavam ali, mas não mais.

— De fato — concordei. — Sendo assim, um aviso a esses acionistas seria um ato de caridade. Difícil dizer, no entanto, se seria bem recebido. Os apostadores em geral lamentam, acima de tudo, menos a perda do dinheiro do que suas loucas esperanças. Sinto menos por eles, afinal, do que pelos milhares de infelizes aos quais tanta riqueza bem compartilhada poderia ter ajudado, enquanto agora continuarão estéreis!

Assim que proferi esse lamento percebi que devia ter ferido o capitão Nemo.

— Estéreis! — ele respondeu, animando-se. — Então acredita, professor, que essas riquezas estejam perdidas, se sou eu a recolhê-las? Será para mim, a seu ver, que me dou ao trabalho de juntar esses tesouros? Quem disse que não faço um bom uso deles? Acredita que ignoro que existem indivíduos que sofrem e raças oprimidas na terra, miseráveis a consolar, vítimas a vingar? Não compreende...?

O capitão Nemo interrompeu o que dizia, talvez lamentando ter falado demais. Mas eu tinha adivinhado. Quaisquer que fossem os motivos que o haviam forçado a buscar sua independência sob os mares, acima de tudo ele continuava sendo um homem! Seu coração ainda batia diante dos sofrimentos da humanidade, e sua imensa caridade se dirigia às raças e aos indivíduos subjugados!

E assim compreendi a quem haviam sido destinados os milhões expedidos pelo capitão Nemo quando o *Nautilus* navegava pelas águas da insurgente Creta!

9. Um continente desaparecido

Na manhã seguinte, 19 de fevereiro, o canadense entrou em meu quarto. Estava à espera de sua visita. Ele parecia bastante desapontado.

— Então, professor? — perguntou-me.

— Então, Ned, o acaso agiu a nosso desfavor, ontem.

— Sim! Aquele maldito capitão precisava parar justamente na hora em que íamos fugir de seu barco.

— Sim, Ned, precisava visitar seu banqueiro.

— Seu banqueiro!

— Ou melhor, sua casa bancária. Quero dizer com isso o oceano, onde suas riquezas estão em maior segurança do que estariam nos cofres de um Estado.

Contei então ao canadense os incidentes da véspera, com a secreta esperança de levá-lo à ideia de não abandonar o capitão; mas meu relato não teve outro resultado que o lamento energicamente expresso por Ned de não ter podido fazer por sua conta um passeio pelo campo de batalha de Vigo.

— Enfim — disse ele —, nem tudo está perdido! Foi apenas uma arpoada gorada! Da próxima vez conseguiremos, e hoje mesmo se for preciso...

— Qual a direção do *Nautilus*? — perguntei.

— Ignoro — respondeu Ned.

— Muito bem! Ao meio-dia veremos sua posição.

O canadense voltou para junto de Conseil. Assim que

346 JULES VERNE

me vesti, passei ao salão. O compasso não me tranquilizou. O *Nautilus* seguia para su-sudeste. Dávamos as costas à Europa.

Esperei com certa impaciência que o posicionamento fosse demarcado no mapa. Por volta das onze e meia, os reservatórios se esvaziaram e nosso aparelho subiu à superfície do oceano. Precipitei-me para a plataforma. Ned Land me precedera.

Nenhuma terra à vista. Apenas o mar imenso. Algumas velas no horizonte, sem dúvida das que vão buscar no cabo São Roque os ventos favoráveis para dobrar o cabo da Boa Esperança. O tempo estava encoberto. Uma ventania se armava.

Ned, furioso, tentava sondar o horizonte enevoado. Ele ainda esperava que, atrás de toda aquela névoa, se estendesse a tão desejada terra.

Ao meio-dia, o sol se mostrou por um instante. O imediato aproveitou para medir sua altura. Depois, o mar tornando-se mais encrespado, voltamos a descer, e a escotilha foi fechada.

Uma hora depois, enquanto consultava o mapa, vi que a posição do *Nautilus* fora assinalada a 16° 17' de longitude e 33° 22' de latitude, a cento e cinquenta léguas da costa mais próxima. Não havia meio de cogitar uma fuga, e deixo que imaginem a cólera do canadense quando lhe comuniquei nossa situação.

De minha parte, não me incomodei muito. Senti-me um pouco aliviado do peso que me oprimia, e pude retomar meus trabalhos habituais com relativa tranquilidade.

À noite, por volta das onze horas, recebi a visita muito inesperada do capitão Nemo. Ele me perguntou com bastante gentileza se me sentia cansado por ter passado a noite anterior em claro. Respondi que não.

— Então, professor Aronnax, vou lhe propor uma curiosa excursão.

— Proponha, capitão.

VINTE MIL LÉGUAS SUBMARINAS   347

— O senhor só visitou o fundo submarino durante o dia e sob a luz do sol. Gostaria de vê-lo numa noite escura?

— Muito.

— Esse passeio será cansativo, aviso-o. Será preciso caminhar por longo tempo e subir uma montanha. As trilhas não estão muito conservadas.

— O que está dizendo, capitão, aumenta mais ainda a minha curiosidade. Estou pronto para segui-lo.

— Então venha, professor, vestiremos nossos escafandros.

Chegando ao vestiário, vi que nem meus companheiros nem nenhum homem da tripulação nos seguiriam naquela excursão. O capitão Nemo não havia proposto que levássemos Ned ou Conseil.

Em poucos instantes, tínhamos vestido nossos aparelhos. Colocamos nas costas os reservatórios repletos de ar, mas as lâmpadas elétricas não estavam prontas. Chamei a atenção do capitão para esse fato.

— Elas seriam inúteis — ele respondeu.

Pensei ter ouvido mal, mas não pude reiterar minha observação, pois a cabeça do capitão já havia desaparecido sob seu envoltório metálico. Acabei de me aparelhar, senti que me colocavam na mão um bastão de ferro, e alguns minutos depois, após a manobra habitual, pisávamos no fundo do Atlântico, a trezentos metros de profundidade.

A meia-noite se aproximava. As águas estavam extremamente escuras, mas o capitão Nemo me mostrou ao longe um ponto avermelhado, como um grande lume, que brilhava a cerca de duas milhas do *Nautilus*. O que era aquele fogo, que matérias o alimentavam, por que e como não morria na massa líquida, eu não saberia dizer. Em todo caso, nos iluminava, vagamente é verdade, mas logo me acostumei àquelas trevas singulares, e entendi, naquela circunstância, a inutilidade dos aparelhos Ruhmkorff.

O capitão Nemo e eu caminhávamos um ao lado do outro, diretamente para o fogo avistado. O solo plano subia imperceptivelmente. Dávamos amplas passadas, auxiliados pelo bastão; mas nossa marcha era lenta, pois nossos pés se enfiavam numa espécie de limo de algas cheio de pedras lisas.

Enquanto avançávamos, eu ouvia uma espécie de crepitar acima de minha cabeça. Esse ruído às vezes aumentava e produzia como que um chiado contínuo. Logo entendi o que o causava. Era a chuva que caía violentamente na superfície. Instintivamente, ocorreu-me que ficaria encharcado! Pela água, no meio da água! Não pude deixar de rir diante dessa ideia estapafúrdia. A verdade é que, sob o espesso traje do escafandro, não sentimos mais o elemento líquido, e pensamos estar no meio de uma atmosfera um pouco mais densa que a atmosfera terrestre, só isso.

Após meia hora de caminhada, o solo se tornou pedregoso. As medusas, os crustáceos microscópicos e as penátulas o iluminavam levemente com seu brilho fosforescente. Divisei pilhas de pedras cobertas por milhões de zoófitos e emaranhados de algas. Meu pé seguidamente escorregava sobre aquele viscoso tapete de macroalgas, e sem meu bastão de ferro teria caído mais de uma vez. Quando me virava, ainda via o fanal esbranquiçado do *Nautilus* que começava a empalidecer na distância.

As pilhas de pedras de que acabo de falar estavam dispostas no fundo oceânico segundo certa regularidade que eu não conseguia entender. Eu via fendas gigantescas que se perdiam ao longe na escuridão e cujo comprimento escapava a qualquer avaliação. Outras particularidades também se apresentavam, e eu não poderia admitir. Minhas pesadas solas de chumbo pareciam esmagar um leito de ossos que estalavam com um ruído seco. O que era aquela ampla planície que percorríamos? Eu queria perguntar ao capitão, mas sua linguagem de sinais, que lhe permitia conversar com os companheiros quando estes o seguiam em excursões submarinas, ainda era incompreensível para mim.

Enquanto isso, a luz avermelhada que nos guiava au-

VINTE MIL LÉGUAS SUBMARINAS 349

mentava e inflamava o horizonte. A presença daquele fogo sob as águas me intrigava no mais alto grau. Seria alguma efluência elétrica que se manifestava? Eu veria um fenômeno natural ainda ignorado pelos cientistas da terra? Ou seria — pois essa ideia me passou pela cabeça — a mão do homem que intervinha naquele clarão? Provocava aquele incêndio? Estávamos indo ao encontro, naquelas camadas profundas, de companheiros e amigos do capitão Nemo, que viviam como ele aquela vida estranha, e aos quais fazia visita? Porventura encontraríamos uma verdadeira colônia de exilados que, cansados das misérias da terra, tinham buscado e encontrado a independência nas profundezas do oceano? Todas essas ideias tresloucadas, inadmissíveis, me atormentavam, e com essa disposição de espírito, constantemente excitado pela série de maravilhas que passavam sob meus olhos, eu não teria ficado surpreso de encontrar, no fundo daquele mar, uma das cidades submarinas com que o capitão Nemo sonhava!

Nossa trilha se iluminava cada vez mais. Uma luz esbranquiçada irradiava-se do topo de uma montanha de aproximadamente oitocentos pés. Mas o que eu via não passava de uma simples reverberação desenvolvida pelo cristal das camadas de água. O fogo, fonte daquela inexplicável claridade, ocupava a vertente oposta da montanha.

Em meio ao labirinto de pedras que sulcavam o fundo do Atlântico, o capitão Nemo avançava sem hesitação. Ele conhecia aquela trilha escura. Ele a percorrera muitas vezes, sem dúvida, e não se perderia ali. Eu o seguia com inabalável confiança. Ele me parecia um dos gênios do mar, e quando caminhava à minha frente, eu admirava sua alta estatura que se delineava em negro sobre o fundo luminoso do horizonte.

Era uma hora da manhã. Estávamos chegando às primeiras encostas da montanha. Mas para alcançá-las seria preciso aventurar-se por trilhas difíceis de uma ampla mata.

Sim! Uma mata de árvores mortas, sem folhas, sem seiva, árvores mineralizadas pela ação das águas, em que se destacavam aqui e ali pinheiros gigantescos. Era como uma hulheira ainda de pé, com raízes fixas ao solo desmoronado, e galhos que se desenhavam nitidamente sobre o teto das águas, como finos recortes em papel negro. Imagine-se uma floresta do Harz nos flancos de uma montanha, mas de uma floresta submersa. As trilhas estavam atravancadas de algas e fucos, entre os quais fervilhava uma multidão de crustáceos. Eu avançava subindo em pedras, passando por cima de troncos deitados, rompendo os cipós do mar que se balançavam de uma árvore a outra, assustando os peixes que voavam de galho em galho. Arrebatado, não sentia mais o cansaço. Seguia meu guia incansável.

Que espetáculo! Como reproduzi-lo? Como descrever o aspecto daquele bosque e daquelas rochas no meio líquido, suas bases escuras e rústicas, seus topos coloridos de tons vermelhos sob aquela luz que multiplicava a força reverberante das águas? Escalávamos rochedos que a seguir desmoronavam em fragmentos enormes com um surdo estrondo de avalanche. À direita, à esquerda, abriam-se tenebrosas galerias onde o olhar se perdia. Aqui se abriam vastas clareiras, que pareciam ter sido abertas pela mão do homem, e às vezes eu me perguntava se algum habitante daquelas regiões submarinas de repente não surgiria à minha frente.

Mas o capitão Nemo continuava subindo. Eu não queria ficar para trás. Seguia-o bravamente. Meu bastão me prestava um auxílio valioso. Um passo em falso teria sido perigoso naquelas passagens estreitas recortadas no flanco dos despenhadeiros; mas eu caminhava com passo firme e sem sentir a embriaguez da vertigem. Ora eu saltava uma fenda cuja profundidade me faria recuar se a encontrasse nas geleiras da terra; ora eu me aventurava pelo tronco vacilante de árvores que levavam de um abismo a

VINTE MIL LÉGUAS SUBMARINAS 351

outro, sem olhar para baixo, tendo olhos apenas para admirar as paisagens selvagens daquela região. Adiante, rochas monumentais, pendendo sobre suas bases irregularmente recortadas, pareciam desafiar as leis do equilíbrio. Entre seus joelhos de pedra, árvores cresciam como um jato sob uma pressão formidável, e sustentavam aquelas que as sustentavam por sua vez. Depois, torres naturais, amplas paredes talhadas a pique como cortinas, se inclinavam num ângulo que as leis da gravitação não teriam autorizado na superfície das regiões terrestres.

E eu mesmo não sentia a diferença causada pela potente densidade da água, apesar das roupas pesadas, do capacete de cobre, das solas de metal, e subia os aclives de impraticável inclinação, transpondo-os, por assim dizer, com a leveza da camurça ou da cabra-montês!

Ao fazer o relato dessa excursão sob as águas percebo quão difícil é ser verossímil! Sou o historiador das coisas de aparência impossível que, no entanto, são reais, incontestáveis. Não sonhei. Vi e senti!

Duas horas depois de ter deixado o *Nautilus*, tínhamos transposto a linha das árvores. Cem pés acima de nossas cabeças se elevava o pico da montanha que projetava sua sombra na brilhante irradiação da encosta oposta. Alguns arbustos petrificados corriam aqui e ali em zigue-zague, crispados. Os peixes fugiam em bando sob nossos passos, como pássaros surpreendidos na grama alta. A massa rochosa era escavada por impenetráveis anfractuosidades, grutas profundas, buracos insondáveis, no fundo dos quais eu ouvi o movimento de coisas formidáveis. Meu coração batia forte quando eu via uma antena enorme me barrando o caminho, ou alguma pinça assustadora se fechando com barulho na escuridão das cavidades! Milhares de pontos luminosos brilhavam em meio às trevas. Eram os olhos de crustáceos gigantescos que se retesavam como alabardeiros e remexiam suas patas com um tilintar de ferragens, caranguejos titânicos, apontando como canhões sobre seus suportes, e polvos horríveis entrelaçando seus tentáculos como uma moita de serpentes.

Que mundo exorbitante era aquele que eu ainda não conhecia? A que ordem pertenciam aqueles articulados em que a rocha formava uma segunda carapaça? Onde a natureza havia encontrado o segredo para sua existência vegetativa, e há quantos séculos eles viviam daquele modo nas últimas camadas do oceano?

Mas eu não podia parar. O capitão Nemo, familiarizado com aqueles terríveis animais, não reparava mais neles. Chegávamos a um primeiro patamar, onde outras surpresas me aguardavam. Ali se delineavam ruínas pitorescas, que traíam a mão do homem, e não mais a do Criador. Eram grandes amontoados de pedras onde distinguíamos vagas formas de castelos, de templos, revestidos por um mundo de zoófitos em flor, e os quais, como uma hera, as algas e os fucos cobriam com um espesso manto vegetal.

Que porção do globo era aquela, engolida por algum cataclismo? Quem havia disposto aquelas rochas e aquelas pedras como dólmens de tempos ante-históricos? Onde estávamos, para onde havia me levado a fantasia do capitão Nemo?

Queria poder interrogá-lo. Sem poder fazê-lo, detive-o. Agarrei seu braço. Mas ele, sacudindo a cabeça, e apontando para o último pico da montanha, pareceu dizer-me:

— Venha! Mais um pouco! Continue!

Segui-o num impulso derradeiro, e em poucos minutos escalei o pico que se elevava em uma dezena de metros acima de toda aquela massa rochosa.

Olhei para o lado que acabávamos de transpor. A montanha erguia-se apenas duzentos ou duzentos e cinquenta metros acima da planície; mas a partir de sua outra encosta ela se elevava a uma altura duas vezes maior sobre o fundo daquela porção do Atlântico. Meu olhar

VINTE MIL LÉGUAS SUBMARINAS 353

seguiu até bem longe e abrangeu um amplo espaço iluminado por um intenso fulgor. Na verdade, aquela montanha era um vulcão. Quinze metros abaixo do pico, em meio a uma chuva de pedras e escórias, uma grande cratera expelia torrentes de lava que se dispersavam numa cascata de fogo no seio da massa líquida. Naquele lugar, o vulcão, como uma tocha imensa, iluminava a planície inferior até os últimos limites do horizonte.

Eu disse que a cratera submarina expelia lava, mas não chamas. Chamas precisam do oxigênio do ar, e não poderiam ocorrer sob as águas; mas torrentes de lava, que contêm em si o princípio de sua incandescência, podem ficar em brasa, lutar vitoriosamente contra o elemento líquido e vaporizar-se a seu contato. Rápidas correntes carregavam todos esses gases em difusão, e as torrentes de lava deslizavam até a base da montanha, como as dejeções do Vesúvio sobre outra Torre del Greco.

De fato, ali, sob meus olhos, arruinada, submersa, demolida, surgia uma cidade destruída, com tetos desabados, templos desmoronados, arcos desmantelados, com suas colunas jazendo no chão, onde ainda podiam ser sentidas as sólidas proporções de uma espécie de arquitetura toscana; mais adiante, alguns restos de um gigantesco aqueduto; aqui, a elevação incrustada de uma acrópole, com as formas flutuantes de um Partenon; ali, vestígios de um cais, como se algum porto antigo tivesse outrora abrigado às margens de um oceano desaparecido as naus mercantes e as trirremes de guerra; ao longe, longas linhas de muralhas ruídas, amplas ruas desertas, toda uma Pompeia submersa que o capitão Nemo ressuscitava diante de meus olhos!

Onde eu estava? Onde? Eu queria saber a todo custo, queria falar, queria arrancar a esfera de cobre que aprisionava minha cabeça.

Mas o capitão Nemo veio até mim e deteve-me com um gesto. Depois, juntando um pedaço de pedra gredosa,

354   JULES VERNE

seguiu até uma rocha de basalto negro e escreveu uma
única palavra:

ATLÂNTIDA.

Um raio cruzou minha mente! A Atlântida, a antiga
Merópida de Teopompo, a Atlântida de Platão, o continente negado por Orígenes, Porfírio, Jâmblico, D'Anville,
Malte-Brun, Humboldt, que consideravam seu desaparecimento um relato lendário, admitido por Posidônio, Plínio,
Ammien-Marcellin, Tertuliano, Engel, Schérer, Tourne-
fort, Buffon, D'Avezac, estava diante de meus olhos, exibindo as irrefutáveis provas de sua catástrofe! Era, portanto, a região submersa que existia fora da Europa, da Ásia,
da Líbia, para além das colunas de Hércules, onde vivia o
poderoso povo dos atlantes, contra o qual foram travadas
as primeiras guerras da antiga Grécia!

O historiador que consignou em seus escritos os grandes feitos desses tempos heroicos foi o próprio Platão.
Seus diálogos de Timeu e Crítias foram, por assim dizer,
compostos sob a inspiração de Sólon, poeta e legislador.

Um dia, Sólon conversava com alguns sábios anciãos
de Sais, cidade que já tinha oitocentos anos, conforme
atestado pelos anais gravados no muro sagrado de seus
templos. Um desses anciãos contou a história de outra
cidade, mil anos mais antiga. Essa primeira cidade ate-
niense, de novecentos séculos, havia sido invadida e em
parte destruída pelos atlantes. Esses atlantes, dizia ele,
ocupavam um continente imenso maior que a África e a
Ásia juntas, cobrindo uma superfície compreendida entre
o décimo segundo grau de latitude e o quadragésimo grau
norte. Seu domínio se estendia até o Egito. Eles quiseram
impô-lo à Grécia, mas tiveram que se retirar diante da
indomável resistência dos helenos. Séculos se passaram.
Houve um cataclismo, inundações, tremores de terra.
Uma noite e um dia foram suficientes para a extinção da

Atlântida, cujos picos mais altos, Madeira, Açores, Canárias, Cabo Verde, ainda emergem.

Tais eram as recordações históricas que a inscrição do capitão Nemo fazia palpitar em meu espírito. Assim, portanto, conduzido pelo mais estranho dos destinos, eu pisava uma das montanhas daquele continente! Tocava as ruínas mil vezes seculares, contemporâneas das eras geológicas! Caminhava no mesmo lugar onde haviam caminhado os contemporâneos do primeiro homem! Esmagava sob minhas pesadas solas esqueletos de animais dos tempos fabulosos, que aquelas árvores, agora mineralizadas, antigamente cobriam com sua sombra!

Ah! Por que não tínhamos mais tempo? Queria poder descer os declives abruptos daquela montanha, percorrer todo aquele imenso continente que sem dúvida ligava a África à América, e visitar as grandes cidades antediluvianas. Quem sabe ali, sob meus olhos, estendiam-se Makkimos, a guerreira, Eusebios, a piedosa, cujos habitantes gigantescos viveram séculos inteiros, e a quem não faltavam forças para empilhar aqueles blocos que ainda resistiam à ação das águas. Um dia, talvez, algum fenômeno eruptivo levará aquelas ruínas submersas de volta à superfície das águas! Foram assinalados vários vulcões submarinos nessa parte do oceano, e muitos navios sentiram tremores extraordinários ao passarem por essas profundezas turbulentas. Alguns ouviram ruídos surdos que anunciavam a luta profunda dos elementos; outros recolheram cinzas vulcânicas projetadas para fora do mar. Todo esse solo, até o Equador, ainda é trabalhado pelas forças plutônicas. E quem sabe numa época distante, elevados pelas dejeções vulcânicas e pelas sucessivas camadas de lava, os picos das montanhas ignívomas não despontarão na superfície do Atlântico?

Enquanto eu assim sonhava, tentando fixar na memória todos os detalhes daquela paisagem grandiosa, o capitão Nemo, apoiado numa estela coberta de limo, mantinha-se imóvel e como que petrificado em surdo êxtase. Estaria pensando naquelas gerações desaparecidas, perguntando-lhes o segredo do destino humano? Seria ali que aquele homem estranho vinha se reabastecer das recordações da história e reviver aquela vida antiga, ele que não queria a vida moderna? O que eu não daria para conhecer seus pensamentos, partilhá-los, compreendê-los!

Permanecemos naquele ponto por uma hora inteira, contemplando a vasta planície sob o esplendor da lava que às vezes adquiria uma intensidade surpreendente. A efervescência interna fazia rápidos tremores percorrerem a crosta da montanha. Ruídos profundos, transmitidos com clareza pelo meio líquido, repercutiam com majestosa amplidão.

Naquele momento, a lua surgiu por um instante através da massa das águas e lançou alguns pálidos raios sobre o continente submerso. Foi apenas um clarão, mas de indescritível efeito. O capitão se levantou, lançou um último olhar para a imensa planície; depois, fez-me um sinal com a mão para segui-lo.

Descemos rapidamente a montanha. Uma vez atravessada a floresta mineral, avistei o fanal do *Nautilus* brilhando como uma estrela. O capitão avançou reto em sua direção, e estávamos a bordo quando as primeiras luzes da aurora clarearam a superfície do oceano.

10. As minas submarinas

No dia seguinte, 20 de fevereiro, acordei bem tarde. O esforço da noite anterior prolongou meu sono até as onze horas. Vesti-me prontamente. Estava ansioso para conhecer a direção do *Nautilus*. Os instrumentos me indicaram que continuava seguindo para o sul, a uma velocidade de vinte milhas por hora e uma profundidade de cem metros. Conseil entrou. Contei-lhe nossa excursão noturna e, estando os painéis abertos, ele ainda pôde vislumbrar uma parte do continente submerso.

De fato, o *Nautilus* passava a apenas dez metros do solo da planície da Atlântida. Corria como um balão carregado pelo vento acima das campinas terrestres; mas seria mais exato dizer que estávamos naquele salão como no vagão de um trem expresso. Os primeiros planos que passavam diante de nossos olhos eram rochas com cortes fantásticos, florestas de árvores que passaram do reino vegetal para o reino animal e cuja imóvel silhueta se retorcia sob as águas. Havia também massas pétreas soterradas por tapetes de ascídias e de anêmonas, eriçadas com longos hidrófitos verticais, e blocos de lava extraordinariamente modelados, atestando a fúria das expansões plutônicas.

Enquanto aqueles sítios curiosos resplandeciam sob nossas luzes elétricas, eu contava a Conseil a história dos atlantes, que, de um ponto de vista puramente imaginário, inspiraram a Bailly tantas páginas fascinantes. Eu relatava as guerras daqueles povos heroicos. Discutia a questão da Atlântida como um homem que não duvida mais de sua existência. Mas Conseil, distraído, pouco me ouvia, e sua indiferença para com aquele fato histórico logo ficou clara.

Na verdade, inúmeros peixes atraíam sua atenção, e quando peixes passavam, Conseil, levado para os abismos da classificação, saía do mundo real. Nesse caso, só me restava segui-lo e retomar com ele nossos estudos ictiológicos.

De resto, os peixes do Atlântico não diferiam notavelmente dos que tínhamos observado até então. Havia raias de tamanho gigantesco, com cinco metros de comprimento e dotadas de grande força muscular, que lhes permitia pular acima das ondas, esqualos de espécies variadas, entre outros um glauco de quinze pés de dentes triangulares e pontudos, cuja transparência o tornava quase invisível no meio das águas, tubarões-lanterna marrons, oxinotos em forma de prisma e couraçados com uma pele tuberculosa, esturjões semelhantes a seus congêneres do Mediterrâneo, síngnatos-trombetas de um pé e meio de comprimento, amarelo-acastanhados, dotados de pequenas nadadeiras cinzas, sem dentes nem língua, que desfilavam como finas e flexíveis serpentes.

Dentre os peixes ósseos, Conseil observou marlins-negros de três metros, armados, na maxila superior, de uma espada afiada, peixes-aranha conhecidos na época de Aristóteles pelo nome de dragões-marinhos, perigosíssimos de serem capturados devido aos agulhões de sua dorsal, e também corifenos de dorso marrom rajado de pequenas listras azuis de contornos dourados, belas douradas, peixes-cravos como discos com reflexos azulados, que, iluminados por cima pelos raios solares, formavam manchas prateadas, por fim xífias-espadas de oito metros, nadando em cardumes, com nadadeiras amarelas em forma de foice e longos gládios de seis pés, intrépidos animais, mais herbí-

VINTE MIL LÉGUAS SUBMARINAS

voros do que piscívoros, que obedeciam ao menor sinal de suas fêmeas como maridos bem treinados.

Porém, enquanto observávamos os diversos espécimes da fauna marinha, eu não deixava de examinar as longas planícies da Atlântida. Por vezes, súbitas irregularidades no terreno obrigavam o *Nautilus* a diminuir sua velocidade, e ele então deslizava com a habilidade de um cetáceo por exíguos estreitamentos entre colinas. Quando o labirinto se tornava inextricável, o aparelho se elevava como um aeróstato e, transposto o obstáculo, retomava seu curso rápido a poucos metros do fundo. Admirável e fascinante navegação, que lembrava as manobras de um passeio aerostático, com a diferença de que o *Nautilus* obedecia passivamente à mão de seu timoneiro.

Por volta das quatro horas da tarde, o terreno, em geral composto por um lodo espesso e entremeado de galhos mineralizados, começou a se modificar; tornou-se mais pedregoso e parecia salpicado de conglomerados, tufos basálticos com alguns caroços de lava e de obsidianas sulfurosas. Imaginei que uma região montanhosa logo se sucederia às longas planícies e, de fato, em certas manobras do *Nautilus* percebi o horizonte meridional interrompido por uma alta muralha que parecia fechar todas as saídas. Seu topo ultrapassava, evidentemente, o nível do oceano. Devia ser um continente, ou no mínimo uma ilha, uma das Canárias ou uma das ilhas de Cabo Verde. Como a posição não tinha sido medida — talvez de propósito —, eu desconhecia nossas coordenadas. De todo modo, uma muralha como aquela parecia marcar o fim da Atlântida, da qual havíamos percorrido, na verdade, uma pequena parte.

A noite não interrompeu minhas observações. Eu estava sozinho. Conseil voltara para sua cabine. O *Nautilus*, diminuindo a velocidade, movia-se acima das massas confusas do solo, ora roçando-as como se quisesse atracar, ora subindo imprevisivelmente à superfície. Eu então vislumbrava algumas vívidas constelações através do cristal das águas, e em especial as cinco ou seis das estrelas zodiacais que ficam no prolongamento de Órion.

Eu teria ficado muito mais tempo à frente do vidro, admirando as belezas do mar e do céu, se os painéis não tivessem sido fechados. O *Nautilus* havia chegado à sobranceira muralha. Como manobraria, eu não saberia adivinhar. Retornei a meu quarto. O *Nautilus* não se mexia mais. Adormeci com a firme intenção de acordar depois de poucas horas de sono.

No dia seguinte, porém, eram oito horas quando voltei ao salão. Examinei o manômetro, que me informou que o *Nautilus* flutuava na superfície. Eu ouvia, aliás, um som de passos na plataforma, apesar de nenhuma oscilação revelar a ondulação das vagas superiores.

Subi à escotilha, que estava aberta. Mas em vez da luminosidade que esperava, deparei-me com uma escuridão profunda. Onde estávamos? Teria me enganado? Ainda era noite? Não! Nenhuma estrela brilhava, e a noite não conhece trevas absolutas.

Eu não sabia o que pensar, quando uma voz me disse:

— É o senhor, professor?

— Ah, capitão Nemo! — respondi. — Onde estamos?

— Embaixo da terra, professor.

— Embaixo da terra! — exclamei. — E o *Nautilus* continua flutuando?

— Continua.

— Mas, como assim?

— Espere um pouco, nosso fanal será aceso. Se gosta das coisas às claras, ficará satisfeito.

Pisei na plataforma e esperei. A escuridão era tão completa que eu não enxergava o capitão Nemo. Entretanto, mirando o zênite, exatamente acima de minha cabeça, pensei entrever uma claridade indefinida, uma espécie de meia-luz que preenchia um buraco circular. Naquele momento, o fanal brilhou de repente e seu vivo fulgor fez com que essa fraca luminosidade desaparecesse.

VINTE MIL LÉGUAS SUBMARINAS   361

Depois de fechar um pouco os olhos ofuscados pelo jato elétrico, observei. O *Nautilus* estava parado. Flutuava numa praia disposta como um cais. O mar que o suportava naquele momento era um lago aprisionado por um cinturão de muralhas com duas milhas de diâmetro, ou seis milhas de circunferência. Seu nível — indicado pelo manômetro — só podia ser o nível externo, pois necessariamente haveria uma comunicação entre aquele lago e o mar. Os altos paredões, inclinados sobre a base, se arredondavam numa abóbada e formavam um imenso funil invertido de quinhentos ou seiscentos metros de altura. No topo, abria-se um orifício circular pelo qual eu havia flagrado aquela leve claridade, com certeza causada pela luz do dia.

Antes de examinar mais detidamente as disposições internas daquela enorme caverna, antes de me perguntar se era obra da natureza ou do homem, fui até o capitão Nemo.

— Onde estamos? — perguntei.

— Dentro de um vulcão extinto — respondeu-me o capitão —, um vulcão que foi invadido pelo mar depois de alguma convulsão do solo. Enquanto o senhor dormia, professor, o *Nautilus* penetrou nessa laguna por um canal natural aberto a dez metros abaixo da superfície. Este é seu porto de abrigo, um porto seguro, cômodo, misterioso, protegido de todos os rumos do vento! Procure em alguma costa de seus continentes ou de suas ilhas uma enseada que se iguale a esse refúgio garantido contra a fúria dos tufões.

— É verdade — respondi —, aqui o senhor está em segurança, capitão Nemo. Quem poderia alcançá-lo no centro de um vulcão? Mas creio ter percebido uma abertura no topo?

— Sim, sua cratera, uma cratera outrora cheia de lava, vapor e chamas, e que agora dá passagem a esse ar revigorante que respiramos.

— Mas que montanha vulcânica é esta?

— Ela pertence a uma das numerosas ilhotas que semeiam esse mar. Simples escolho para os navios, caverna imensa para nós. O acaso me fez descobri-la e, nesse ponto, o acaso me foi muito favorável.

— Mas não seria possível descer por aquele orifício que forma a cratera do vulcão?

— Não mais do que eu poderia subir até ele. Até uma centena de pés, a base interna dessa montanha é transponível, mas acima dessa altura os paredões se escarpam e seus aclives não podem ser ultrapassados.

— Vejo, capitão, que a natureza o serve em toda parte, e sempre. O senhor está em segurança neste lago e ninguém mais pode visitar suas águas. Mas para que esse refúgio? O *Nautilus* não precisa de um porto.

— Não, professor, mas ele precisa de eletricidade para se mover, de elementos para produzir sua eletricidade, de sódio para alimentar seus elementos, de carvão para fazer seu sódio, e de minas de hulha para extrair seu carvão. Ora, justamente neste ponto o mar encobre florestas inteiras que submergiram nas eras geológicas; hoje mineralizadas e transformadas em hulha, constituem para mim uma fonte inesgotável.

— Então seus homens, capitão, trabalham aqui como mineradores?

— Exatamente. Essas minas se estendem sob as águas como as hulheiras de Newcastle. É aqui que, usando o escafandro, picaretas e enxadas na mão, meus homens extraem essa hulha, que não preciso pedir às minas da terra. Quando queimo esse combustível para a fabricação do sódio, a fumaça que escapa pela cratera dessa montanha lhe dá mais ainda a aparência de um vulcão em atividade.

— E veremos seus companheiros em ação?

— Não dessa vez, ao menos, pois estou com pressa, quero continuar nossa volta ao mundo submarino. Posso limitar-me a recorrer às reservas de sódio que possuo.

VINTE MIL LÉGUAS SUBMARINAS   363

Ficaremos aqui o tempo de embarcá-las, isto é, apenas
um dia, e retomaremos nossa viagem. Se quiser, portanto,
percorrer essa caverna e contornar a laguna, aproveite o
dia de hoje, professor Aronnax.

Agradeci ao capitão e fui buscar meus companheiros,
que ainda não tinham saído de sua cabine. Convidei-os a
me seguirem sem dizer-lhes onde estávamos.

Subimos à plataforma. Conseil, que não se espantava
com nada, considerou perfeitamente natural acordar embaixo de uma montanha após ter adormecido embaixo
das águas. Ned Land, no entanto, não pensou em outra
coisa que descobrir se a caverna tinha alguma saída.

Depois do almoço, por volta das dez horas, descemos
para a margem.

— Então aqui estamos, de novo em terra firme — disse Conseil.

— Eu não chamaria isso de terra firme — replicou o
canadense. — Além disso, não estamos "em", mas "sob".

Entre o sopé dos paredões da montanha e as águas do
lago abria-se uma margem arenosa que, na parte mais
larga, media cento e cinquenta metros. Por aquela praia,
era possível contornar o lago com facilidade. Mas a base
dos altos paredões formava um solo irregular, sobre o
qual jaziam, em pilhas pitorescas, blocos vulcânicos e
enormes pedras-pomes. Todas aquelas massas desinte-
gradas, recobertas por um esmalte polido pela ação dos
fogos subterrâneos, cintilavam sob os jatos elétricos do
fanal. A poeira micácea da orla, levantada por nossos
passos, subia como uma nuvem de faíscas.

O solo se elevou sensivelmente quando nos afastamos
do vaivém das ondas, e logo chegamos a rampas longas
e sinuosas, verdadeiras ladeiras que permitiam subir pouco a pouco. Mas era preciso avançar com prudência por
aqueles conglomerados, que não estavam unidos por nenhum cimento, e nossos pés escorregavam nos traquitos
vítreos de cristais de feldspato e quartzo.

A natureza vulcânica daquela enorme escavação se revelava em toda parte. Comentei-a com meus companheiros.

— Conseguem imaginar — perguntei-lhes — o que não devia ser esse funil cheio de lava borbulhante, quando o nível desse líquido incandescente subia ao orifício da montanha, como ferro fundido nas paredes de uma fornalha?

— Consigo perfeitamente — respondeu Conseil. — Mas o doutor pode me dizer por que o grande fundidor suspendeu suas operações, e como pode a fornalha ter sido substituída pelas águas serenas de um lago?

— É muito provável, Conseil, que alguma convulsão tenha produzido abaixo da superfície do oceano a abertura que serviu de passagem ao *Nautilus*. As águas do Atlântico se precipitaram para o interior da montanha. Houve uma luta terrível entre os dois elementos, luta que se concluiu em benefício de Netuno. Porém, muitos séculos se passaram desde então, e o vulcão submerso se transformou numa gruta tranquila.

— Muito bem — interveio Ned Land. — Aceito a explicação, mas lamento, para nosso interesse, que a abertura mencionada pelo professor não tenha sido produzida acima do nível do mar.

— Mas, amigo Ned — contestou Conseil —, se a passagem não fosse submarina, o *Nautilus* não poderia adentrá-la!

— E eu acrescentaria, mestre Land, que as águas não teriam se precipitado para dentro da montanha, e que o vulcão teria continuado um vulcão. Portanto, seu lamento é infundado.

Nossa ascensão continuou. As rampas se tornavam cada vez mais íngremes e estreitas. Às vezes eram cortadas por buracos profundos, que precisávamos transpor. Massas escarpadas deviam ser contornadas. Deslizávamos de joelhos, rastejávamos sobre o ventre. Mas, com a ajuda da habilidade de Conseil e da força do canadense, todos os obstáculos foram superados.

A uma altura de cerca de trinta metros, a natureza do terreno se modificou, sem que se tornasse mais praticável. Aos conglomerados e aos traquitos sucederam-se basaltos negros; alguns se estendendo por camadas grumadas de bolhas de ar; outros formando prismas regulares, dispostos como colunas sustentando os arcos daquela imensa abóbada, admirável exemplo de arquitetura natural. Entre esses basaltos, serpenteavam longas torrentes de lava resfriada, incrustadas de listras betuminosas e, em alguns lugares, largos tapetes de enxofre. Uma luz mais forte, que entrava pela cratera superior, inundava com uma vaga claridade todas aquelas dejeções vulcânicas, para sempre sepultadas dentro da montanha extinta.

No entanto, nossa marcha ascensional logo foi interrompida, mais ou menos a uma altura de setenta e seis metros, por obstáculos intransponíveis. A curvatura interna da abóbada se inclinava para dentro, e a subida se transformou num passeio circular. Nesse último plano, o reino vegetal começava a lutar com o reino mineral. Alguns arbustos e mesmo algumas árvores surgiam das anfractuosidades da rocha. Reconheci eufórbios dos quais escorria um suco cáustico. Heliótropos, de nome muito inadequado porque os raios solares não chegavam até eles, inclinavam tristemente seus cachos de flores com cores e perfumes envelhecidos. Aqui e ali, alguns crisântemos brotavam timidamente ao pé de aloés de longas folhas tristes e enfraquecidas. Entre as torrentes de lava, contudo, percebi pequenas violetas ainda exalando um leve odor, e confesso que o aspirei com prazer. O perfume é a alma da flor, e as flores do mar, esplêndidos hidrófitos, não têm alma!

Havíamos chegado ao pé de um arbusto de robustos dragoeiros, que afastavam as rochas com a força de suas musculosas raízes, quando Ned Land exclamou:

— Ah, professor, uma colmeia!

— Uma colmeia! — repeti, fazendo um gesto de perfeita incredulidade.

— Sim, uma colmeia! — tornou o canadense. — Com abelhas zumbindo em volta.

Aproximei-me e precisei me render aos fatos. Havia ali, no orifício de um tronco de dragoeiro, alguns milhares desses engenhosos insetos, tão comuns em todas as Canárias, onde seus produtos são particularmente apreciados.

Como era de esperar, o canadense quis fazer uma provisão de mel, e eu não tinha nenhuma razão para me opor. Uma pequena quantidade de folhas secas misturadas a enxofre se acendeu sob a faísca de seu isqueiro, e ele começou a defumar as abelhas. O zumbido foi cessando aos poucos, e a colmeia partida liberou vários litros de um mel perfumado. Ned Land encheu com ele seu embornal.

— Depois que eu misturar esse mel à massa do artocarpo — disse ele —, poderei oferecer-lhes um bolo suculento.

— Céus! — exclamou Conseil. — Teremos pão de mel.

— Aceito o pão de mel — eu disse —, mas continuemos a interessante caminhada.

Em certas voltas da trilha que seguíamos, o lago aparecia em toda a sua extensão. O fanal iluminava por inteiro sua superfície serena, que não conhecia rugas ou ondulações. O *Nautilus* mantinha-se em perfeita imobilidade. Sobre sua plataforma e na praia, os homens da tripulação se movimentavam, sombras escuras nitidamente delineadas naquela luminosa atmosfera.

Naquele momento, contornávamos a crista mais elevada dos primeiros planos de rochas que sustentavam a abóbada. Vi então que as abelhas não eram os únicos representantes do reino animal dentro do vulcão. Aves de rapina planavam e voavam em círculos na penumbra, ou fugiam de seus ninhos construídos nas pontas das rochas. Havia gaviões de ventre branco e falcões estridentes. Das encostas também fugiam, com toda a velocidade de suas longas patas, belas e gordas abetardas. Deixo que imaginem se a cobiça do canadense não foi despertada pela visão dessa caça saborosa, e se ele não lamentou estar

VINTE MIL LÉGUAS SUBMARINAS 367

sem um fuzil nas mãos. Ele tentou substituir o chumbo por pedras, e após várias tentativas infrutíferas, conseguiu ferir uma daquelas magníficas abetardas. Dizer que arriscou vinte vezes a vida para pegá-la não é mais que a pura verdade, mas foi tão exitoso que o animal foi parar no embornal ao lado dos nacos de mel.

Precisamos descer até a margem, pois a crista se tornava impraticável. Acima de nós, a cratera aberta parecia uma larga abertura de poço. Daquele lugar, o céu podia ser divisado com clareza, e eu via a passagem de nuvens desgrenhadas pelo vento oeste, e que deixavam um rasto brumoso sobre o cume da montanha. Prova inequívoca de que aquelas nuvens estavam a baixíssima altura, pois o vulcão não se elevava a mais de duzentos e cinquenta metros acima do nível do oceano.

Meia hora depois da última façanha do canadense, tínhamos voltado à praia. Ali, a flora era representada por amplos tapetes de perrexil-do-mar, pequena planta umbelífera muito boa para conservas, que também é chamada de fura-pedras, passa-pedras e funcho-marinho. Conseil colheu alguns ramos. Quanto à fauna, incluía milhares de crustáceos de todos os tipos, lavagantes, caranguejos, palemones, mísis, opiliões, galateias e um número prodigioso de conchas, porcelanas, rochedos e lapas.

Naquele lugar se abria uma magnífica gruta. Meus companheiros e eu nos demos o prazer de deitar em sua areia fina. O fogo havia polido suas paredes esmaltadas e brilhantes, todas salpicadas pela poeira da mica. Ned Land tateava as muralhas e tentava descobrir sua espessura. Não pude conter um sorriso. A conversa versou então sobre seus eternos planos de fuga, e pensei poder, sem adiantar-me demais, dar-lhe a seguinte boa notícia: o capitão Nemo descera ao sul apenas para renovar seus estoques de sódio. Eu esperava, portanto, que agora rumássemos para as costas da Europa e da América, o que permitiria ao canadense dar seguimento à tentativa abortada.

Estávamos deitados havia uma hora dentro daquela gruta encantadora. A conversa, animada no início, agora afrouxava. Uma sonolência nos invadiu. Como eu não via motivo algum para resistir ao sono, deixei-me levar a uma profunda sonolência. Sonhei — não escolhemos nossos sonhos — que minha existência se reduzia à vida vegetativa de um simples molusco. Aquela gruta parecia formar as duas valvas de minha concha...

De repente, fui despertado pela voz de Conseil.

— Alerta! Alerta! — gritava o digno rapaz.

— O que houve? — perguntei, soerguendo-me.

— A água está subindo!

Levantei-me. O mar se precipitava como uma torrente em nosso abrigo e, decididamente, como não éramos moluscos, precisávamos fugir.

Instantes depois, estávamos a salvo no topo da mesma gruta.

— O que está acontecendo? — perguntou Conseil. — Algum novo fenômeno?

— Não, amigos — respondi —, é a maré. Foi apenas a maré que quase nos surpreendeu como ao herói de Walter Scott! O oceano sobe lá fora e, por uma lei de equilíbrio, o nível do lago também sobe. Tomamos um banho. Vamos nos trocar no *Nautilus*.

Quarenta e cinco minutos depois, concluíamos nossa caminhada circular e voltávamos a bordo. Os homens da tripulação encerravam naquele momento o embarque do estoque de sódio, e o *Nautilus* poderia partir imediatamente.

No entanto, o capitão Nemo não deu nenhuma ordem. Talvez quisesse esperar a noite para sair secretamente por sua passagem submarina? Pode ser.

De todo modo, no dia seguinte, tendo deixado seu porto seguro, o *Nautilus* navegava ao largo de todas as terras, e poucos metros abaixo das ondas do Atlântico.

11. O mar de Sargaços

A direção do *Nautilus* não havia sido modificada. Qualquer esperança de voltar para mares europeus precisou ser momentaneamente abandonada. O capitão Nemo continuava rumando para o sul. Para onde nos levava? Eu não ousava imaginar.

Naquele dia, o *Nautilus* atravessou uma singular região do oceano Atlântico. Ninguém ignora a existência da grande corrente de água quente conhecida por corrente do Golfo. Depois de sair dos canais da Flórida, ela se dirige para Spitsbergen. Mas antes de entrar no golfo do México, perto do quadragésimo quarto grau de latitude norte, essa corrente se divide em dois braços; o principal se dirige às costas da Irlanda e da Noruega, enquanto o segundo cai para o sul na altura dos Açores; depois de fustigar as praias africanas e descrever uma oval alongada, ela retorna às Antilhas.

Ora, esse segundo braço — antes um colar que um braço — cerca com seus anéis de água quente essa região fria do oceano, tranquila, imóvel, chamada de mar de Sargaços. Verdadeiro lago em pleno Atlântico, as águas da grande corrente não levam menos de três anos para circundá-lo.

O mar de Sargaços propriamente dito cobre toda a parte submersa da Atlântida. Alguns autores chegaram a admitir que as inúmeras plantas que o cobrem foram arrancadas dos prados desse antigo continente. É mais provável, porém, que essas pastagens, algas e fucos, arrancados das costas da Europa e da América, sejam carregados até essa região pela corrente do Golfo. Foi essa uma das razões que levaram Colombo a conceber a existência de um novo mundo. Quando os navios desse ousado explorador chegaram ao mar de Sargaços, navegaram com dificuldade por aquela vegetação que detinha seu avanço, para grande temor das tripulações, e perderam três longas semanas tentando atravessá-lo.

Era esta a região que o *Nautilus* visitava naquele momento, um verdadeiro prado, um tapete cerrado de algas, fucos, sargaços, tão espesso, tão compacto, que o talha--mar de uma embarcação não o abriria sem dificuldade. O capitão Nemo, não querendo comprometer sua hélice naquela massa vegetal, manteve-se alguns metros abaixo da superfície.

O nome sargaço vem da palavra espanhola "sargazo", que significa alga. Essa macroalga, alga-nadadora ou porta-bagas, é o principal elemento desse imenso banco. E é por isso que, segundo Maury, autor de *A geografia física do mar*, esses hidrófitos se reúnem naquela serena bacia do Atlântico:

"A explicação que podemos dar", afirma ele, "parece--me resultar de uma experiência conhecida por todo mundo. Se colocarmos num recipiente fragmentos de rolha ou corpos flutuantes quaisquer, e imprimirmos à agua desse recipiente um movimento circular, veremos os fragmentos esparsos se reunirem num grupo ao centro da superfície líquida, isto é, no ponto menos agitado. No fenômeno que nos interessa, o recipiente é o Atlântico, a corrente do Golfo é a corrente circular, e o mar de Sargaços é o ponto central onde se reúnem os corpos flutuantes."

Partilho da opinião de Maury, e pude estudar o fenômeno nesse meio especial em que os navios raramente penetram. Acima de nós flutuavam corpos de todas

VINTE MIL LÉGUAS SUBMARINAS 371

as procedências, empilhados no meio daquela vegetação amarronzada; troncos de árvores arrancados nos Andes ou nas montanhas Rochosas e carregados pelo Amazonas ou pelo Mississippi, numerosos destroços, restos de quilhas ou carenas, costados destroçados e tão impregnados de conchas e cracas que não conseguiam subir à superfície. E o tempo um dia justificará outra opinião de Maury, a de que essas matérias, assim acumuladas por séculos, se mineralizarão sob a ação das águas e formarão hulheiras inesgotáveis. Reserva preciosa que a previdente natureza prepara para o momento em que os homens tiverem esgotado as minas dos continentes.

No meio daquela inextricável teia de plantas e fucos, percebi encantadores alcionários estrelados de cores róseas, actínias que deixavam cair suas longas cabeleiras de tentáculos, medusas verdes, vermelhas, azuis e, em especial, as grandes rizóstomas de Cuvier, de umbela azulada e bordejada por uma grinalda violeta.

Passamos todo o dia 22 de fevereiro no mar de Sargaços, onde os peixes, apreciadores de plantas marinhas e de crustáceos, encontram alimento em abundância. No dia seguinte, o oceano havia recuperado seu aspecto habitual.

A partir de então, e ao longo de dezenove dias, de 23 de fevereiro a 12 de março, o *Nautilus*, mantendo-se no meio do Atlântico, transportou-nos a uma velocidade constante de cem léguas por vinte e quatro horas. O capitão Nemo queria, ao que tudo indicava, cumprir seu programa submarino, e não duvidei de que pensasse, após dobrar o cabo Horn, em voltar para os mares austrais do Pacífico.

Ned Land tivera razão em se preocupar, portanto. Naqueles mares extensos, privados de ilhas, não havia como tentar fugir. Tampouco como opor-se às vontades do capitão Nemo. A única opção era submeter-se; mas eu gostava de pensar que aquilo que não podíamos mais esperar da força ou da astúcia poderia ser obtido pela persuasão. Terminada a viagem, o capitão Nemo não consentiria em nos devolver a liberdade, sob juramento de nunca revelarmos sua existência? Juramento de honra que teríamos cumprido. Mas seria preciso abordar essa delicada questão com o capitão. Ora, eu seria bem-vindo se exigisse essa liberdade? Ele não havia declarado, desde o início e de modo categórico, que o segredo de sua vida exigia nosso aprisionamento perpétuo a bordo do *Nautilus*? Meu silêncio de quatro meses não deveria parecer-lhe uma aceitação tácita da situação? Voltar ao assunto não levantaria suspeitas que poderiam prejudicar nossos planos, se alguma circunstância favorável se apresentasse mais adiante? Eu pesava todos esses fatores e os revolvia em minha mente, submetia-os a Conseil, que não estava menos indeciso do que eu. Em suma, apesar de não ser facilmente desencorajado, eu compreendia que as chances de rever meus semelhantes diminuíam dia após dia, sobretudo naquele momento em que o capitão Nemo corria temerariamente para o sul do Atlântico!

Ao longo dos dezenove dias que mencionei anteriormente, nenhum incidente singular marcou nossa viagem. Pouco vi o capitão. Ele trabalhava. Muitas vezes encontrava na biblioteca livros que ele deixara entreabertos, em especial livros de história natural. Minha obra sobre as profundezas submarinas, folheada por ele, estava cheia de anotações nas margens, que às vezes contradiziam minhas teorias e meus sistemas. Mas o capitão se contentava em assim aperfeiçoar meu trabalho, e era raro que discutisse comigo. Algumas vezes ouvi-o tirar sons melancólicos de seu órgão, que tocava com muita expressividade, mas somente à noite, em meio à mais secreta escuridão, enquanto o *Nautilus* dormia nos desertos do oceano.

Durante essa parte da viagem, navegamos dias inteiros na superfície das águas. O mar parecia abandonado. Apenas alguns navios a vela, carregados para as Índias, se dirigiam ao cabo da Boa Esperança. Um dia fomos perseguidos pelos botes de um baleeiro que sem dúvida nos

VINTE MIL LÉGUAS SUBMARINAS 373

tomavam por alguma enorme baleia de muito valor. Mas
o capitão Nemo não quis que aqueles bravos pescadores
perdessem seu tempo e encerrou a caça mergulhando sob
as águas. Esse incidente pareceu interessar Ned Land vivamente. Não creio me enganar dizendo que o canadense
deve ter lamentado que nosso cetáceo de metal não pudesse ser mortalmente atingido pelo arpão daqueles homens.

Os peixes observados por Conseil e por mim, durante
esse período, diferiam pouco dos que já havíamos estudado em outras latitudes. Os principais foram alguns exemplares do terrível gênero dos cartilaginosos, dividido em
três subgêneros, que comportam nada menos que trinta e
duas espécies: tubarões-gatos-listrados de cinco metros de
comprimento, cabeça achatada e mais larga que o corpo,
nadadeira caudal arredondada e dorso com sete grandes
listras pretas paralelas e longitudinais; também tubarões-
-de-sete-guelras, cinza-perolados, com sete fendas branquiais e dotados de uma única nadadeira dorsal mais ou
menos no meio do corpo.

Também passavam grandes cães-do-mar, peixes muito vorazes. Podemos não acreditar nas histórias dos pescadores, mas eis o que eles contam. Foi encontrado no
corpo de um desses animais uma cabeça de búfalo e um
bezerro inteiro; em outro, dois atuns e um marujo de uniforme; em outro, um soldado com seu sabre; e em outro
ainda, um cavalo com seu cavaleiro. Tudo isso, a bem dizer, não é artigo de fé. O certo é que nenhum desses animais se deixou capturar pelas redes do *Nautilus*, por isso
não pude verificar sua voracidade.

Cardumes elegantes e brincalhões de golfinhos nos
acompanharam por dias inteiros. Andavam em grupos de
cinco ou seis, caçando em matilha como os lobos nos campos; aliás, não menos vorazes que os cães-do-mar, a crer
num professor de Copenhague que retirou do estômago de
um golfinho treze marsuínos e quinze focas. Era, é verdade, uma orca, pertencente à maior espécie conhecida, de

comprimento que chega a ultrapassar os sete metros. Essa família de delfinídeos conta com dez gêneros, e os que avistei pertenciam ao gênero dos delfinorrincos, reconhecíveis pelo focinho extremamente estreito e quatro vezes maior que o crânio. Seus corpos, medindo três metros, negros na parte superior, eram de um branco rosado salpicado de pequenas pintas esparsas na parte inferior.

Citarei também, daqueles mares, curiosos espécimes dos peixes da ordem dos acantopterígios e da família dos cienídeos. Alguns autores — mais poetas que naturalistas — afirmam que esses peixes cantam melodiosamente, e que suas vozes reunidas formam uma harmonia que um coro de vozes humanas não poderia igualar. Não digo que não, mas as cienas que vimos não nos fizeram nenhuma serenata ao passarmos, o que lamento.

Para concluir, Conseil classificou uma grande quantidade de peixes-voadores. Nada mais curioso do que ver a admirável precisão com que os golfinhos os caçavam. Qualquer que fosse o alcance de seu voo, a trajetória que descrevia, mesmo por cima do *Nautilus*, o desafortunado peixe sempre encontrava a boca do golfinho aberta para recebê-lo. Eram pirabebes ou triglos de boca luminosa que, durante a noite, depois de terem traçado listras de fogo na atmosfera, mergulhavam nas águas escuras como estrelas cadentes.

Nossa navegação manteve-se nessas condições até 13 de março. Nesse dia, o *Nautilus* foi utilizado para experiências de sondagem que me interessaram ao extremo.

Havíamos percorrido treze mil léguas desde nossa partida nos altos-mares do Pacífico. Nossa posição foi marcada a 45° 37' de latitude sul e 37° 53' de longitude oeste. Eram as mesmas paragens em que o capitão Denham, do *Herald*, lançara catorze mil metros de sonda sem encontrar o fundo. Ali também o tenente Parker da fragata americana *Congress* não conseguira alcançar o solo submarino a quinze mil cento e quarenta metros.

VINTE MIL LÉGUAS SUBMARINAS 375

O capitão Nemo decidiu levar seu *Nautilus* à máxima profundidade para averiguar as diferentes sondagens. Preparei-me para anotar todos os resultados da experiência. Os painéis do salão foram abertos e foram iniciadas as manobras para atingir as camadas tão prodigiosamente recuadas.

Não se cogitou em mergulhar enchendo os reservatórios. Talvez eles não pudessem aumentar suficientemente o peso específico do *Nautilus*. Além disso, para subir, seria preciso expulsar o excesso de água, e as bombas não teriam força suficiente para vencer a pressão externa.

O capitão Nemo decidiu chegar ao fundo oceânico por meio de uma diagonal bastante alongada, entre seus planos laterais, que foram posicionados num ângulo de quarenta e cinco graus com a linha-d'água do *Nautilus*. A seguir, a hélice foi levada à velocidade máxima, e suas quatro pás bateram as águas com indescritível violência.

Sob esse impulso violento, o casco do *Nautilus* vibrou como uma corda sonora e afundou gradativamente sob as águas. O capitão e eu, postados no salão, seguimos o ponteiro do manômetro girar com rapidez. Logo ultrapassamos a zona habitável onde vive a maior parte dos peixes. Enquanto alguns desses animais só podem viver na superfície dos mares ou rios, outros, menos numerosos, suportam profundidades bastante grandes. Entre estes últimos, divisei o albafar, espécie de cão-do-mar dotado de seis fendas respiratórias, o telescópio de olhos enormes, o armado africano, de barbatanas cinzentas e peitorais pretos, protegidos por uma couraça de placas ósseas vermelho-claras, e por fim o granadeiro que, vivendo a mil e duzentos metros de profundidade, suportava uma pressão de cento e vinte atmosferas.

Perguntei ao capitão Nemo se ele havia observado peixes a profundidades mais consideráveis.

— Peixes? Raramente. Mas no estado atual da ciência, o que presumimos, o que sabemos?

— O seguinte, capitão. Sabemos que indo para as camadas mais baixas do oceano a vida vegetal desaparece mais rápido que a vida animal. Sabemos que lá onde ainda se encontram alguns seres animados, não vegeta um único hidrófito. Sabemos que as vieiras e as ostras vivem a dois mil metros de profundidade, e que McClintock, o herói dos mares polares, recolheu uma estrela viva a dois mil e quinhentos metros. Sabemos que a tripulação do *Bulldog*, da Royal Navy, pescou uma astéria a duas mil seiscentas e vinte braças, ou seja, mais de uma légua de profundidade. Mas, capitão Nemo, o senhor talvez ainda diga que nada sabemos?

— Não, professor — respondeu o capitão —, eu não cometeria essa indelicadeza. Mesmo assim, gostaria de saber como explicaria o fato de criaturas poderem viver a tais profundidades?

— Explico-o de duas formas. Primeiro, porque as correntes verticais, determinadas pelas diferenças de salinidade e densidade das águas, produzem um movimento suficiente para manter a vida rudimentar dos crinoides e das astérias.

— Exato — disse o capitão.

— Segundo, porque, sendo o oxigênio a base da vida, sabemos que a quantidade de oxigênio dissolvido na água do mar aumenta com a profundidade, em vez de diminuir, e que a pressão das camadas baixas contribui para comprimi-lo.

— Ah! Sabemos isso? — exclamou o capitão Nemo, com um tom levemente surpreso. — Muito bem, professor, com boas razões, pois é a verdade. Eu acrescentaria, de fato, que a bexiga natatória dos peixes contém mais nitrogênio do que oxigênio quando esses animais são pescados na superfície das águas, e mais oxigênio do que nitrogênio quando capturados nas grandes profundidades. O que confirma esse sistema. Mas continuemos nossas observações.

Meus olhos procuraram o manômetro. O instrumen-

VINTE MIL LÉGUAS SUBMARINAS 377

to indicava uma profundidade de seis mil metros. Nossa imersão durava mais de uma hora. O *Nautilus*, deslizando por seus planos inclinados, continuava descendo. As águas desertas eram admiravelmente transparentes e de uma diafaneidade impossível de descrever. Uma hora depois, estávamos a treze mil metros — três léguas e um quarto, aproximadamente —, e o fundo do oceano não se fazia pressentir.

A catorze mil metros, porém, avistei picos escuros surgindo no meio das águas. Mas aqueles cumes podiam pertencer a montanhas altas como o Himalaia ou o Mont Blanc, inclusive mais altas, e a profundidade daqueles abismos continuava incalculável.

O *Nautilus* desceu mais ainda, apesar das grandes pressões que suportava. Eu senti suas chapas tremerem no encaixe dos parafusos; suas vigas se arqueavam; suas divisórias gemiam; os vidros do salão pareciam abaulados sob a pressão das águas. E aquele sólido aparelho sem dúvida teria cedido se, como havia dito seu capitão, não fosse capaz de resistir como um bloco compacto.

Passando rente às encostas daqueles rochedos perdidos sob as águas, ainda vi algumas conchas, sérpulas, spirorbis vivas, e alguns exemplares de astérias.

Mas logo estes últimos representantes da vida animal desapareceram e, abaixo de três léguas, o *Nautilus* cruzou os limites da vida submarina, como faz o balão ao subir nos ares acima das zonas respiráveis. Havíamos atingido uma profundidade de dezesseis mil metros — quatro léguas — e os costados do *Nautilus* suportavam uma pressão de mil e seiscentas atmosferas, ou seja, mil e seiscentos quilogramas para cada centímetro quadrado de sua superfície!

— Que situação! — exclamei. — Percorrer essas regiões profundas que o homem nunca alcançou! Veja, capitão, veja essas rochas magníficas, essas grutas desabitadas, esses últimos receptáculos do globo, onde a vida não é mais possível! Quantos lugares desconhecidos, por que estamos reduzidos a conservar deles apenas a lembrança?

— Gostaria — perguntou o capitão Nemo — de conservar mais que lembranças?

— O que quer dizer com essas palavras?

— Quero dizer que não há nada mais fácil do que conservar uma vista fotográfica dessa região submarina!

Não tive tempo de expressar a surpresa que me causava essa nova proposta, pois, a um chamado do capitão Nemo, uma objetiva foi trazida para o salão. Pelos painéis amplamente abertos, o meio líquido iluminado eletricamente se apresentava sob uma luminosidade perfeita. Nenhuma sombra, nenhuma degradação de nossa luz artificial. O sol não teria sido mais favorável a uma operação dessa natureza. O *Nautilus*, sob o empuxo de sua hélice, controlado pela inclinação de seus planos, mantinha-se imóvel. O instrumento foi apontado para as paisagens do fundo oceânico e, em alguns segundos, havíamos obtido um negativo perfeito.

Tenho comigo uma cópia em positivo. Podemos ver as rochas primordiais que nunca viram a luz do céu, granitos inferiores que formam o poderoso alicerce do globo, grutas profundas escavadas na massa rochosa, cortes de incomparável nitidez e de contornos realçados em preto, como se feitos pelo pincel de certos artistas flamengos. Depois, ao longe, um horizonte de montanhas, admirável linha ondulada compondo o fundo da paisagem. Não posso descrever esse conjunto de rochas lisas, negras, polidas, sem um limo, sem uma mancha, de formas estranhamente recortadas e solidamente fundadas sobre um tapete de areia que cintilava sob os feixes de luz elétrica.

Terminada a operação, o capitão Nemo me disse:

— Vamos subir, professor. Não devemos abusar das condições nem expor o *Nautilus* por tempo demais a essas pressões.

— Subamos! — respondi.

VINTE MIL LÉGUAS SUBMARINAS

— Segure-se bem.

Não tive tempo de entender por que o capitão me fazia tal recomendação, quando caí no tapete.

A um sinal do capitão a hélice havia sido engatada, os planos, colocados na vertical, e o *Nautilus*, levado como um balão pelos ares, subia a uma velocidade fulminante. Ele cortava a massa das águas com um frêmito sonoro. Nenhum detalhe era visível. Em quatro minutos, tinha atravessado as quatro léguas que o separavam da superfície do oceano, e, depois de emergir como um peixe-voador, caiu fazendo a água jorrar a uma altura prodigiosa.

12. Cachalotes e baleias

Durante a noite de 13 para 14 de março, o *Nautilus* voltou a rumar para o sul. Pensei que na altura do cabo Horn ele se voltaria para o oeste, a fim de chegar aos mares do Pacífico e concluir sua volta ao mundo. Não foi o que fez, e continuou a seguir para as regiões austrais. Aonde queria chegar? Ao polo? Seria uma insensatez. Comecei a acreditar que as temeridades do capitão justificavam as apreensões de Ned Land.

O canadense, havia algum tempo, não me falava mais de seus planos de fuga. Tornara-se menos comunicativo, quase silencioso. Eu via o quanto aquele aprisionamento prolongado lhe pesava. Percebia toda a cólera que se acumulava dentro dele. Quando encontrava o capitão, seus olhos se acendiam com um fogo escuro, e eu sempre temia que sua violência natural o levasse a algum extremo.

Naquele dia, 14 de março, Conseil e ele vieram a meu encontro em meu quarto. Perguntei-lhes o motivo da visita.

— Uma simples pergunta, professor — respondeu-me o canadense.

— Fale, Ned.

— Quantos homens o senhor acha que há a bordo do *Nautilus*?

— Eu não saberia dizer, meu amigo.

— Parece-me — retomou Ned Land — que manobrá-lo não necessita de uma tripulação muito numerosa.

— De fato — respondi —, nas condições em que se encontra, uma dezena de homens, no máximo, deve bastar para manobrá-lo.

— Muito bem — assentiu o canadense —, por que haveria mais?

— Por quê? — repeti.

Olhei fixamente para Ned Land, cujas intenções eram fáceis de adivinhar.

— Porque — respondi —, a crer em meus pressentimentos, se bem entendi a existência do capitão, o *Nautilus* não é apenas um navio. Deve ser um refúgio para aqueles que, como seu comandante, romperam todo laço com a terra.

— Talvez — disse Conseil —, mas mesmo assim o *Nautilus* só pode abrigar um certo número de homens. O doutor não poderia estimar esse montante?

— De que modo, Conseil?

— Pelo cálculo. Dada a capacidade do navio, que o doutor conhece, e, consequentemente, a quantidade de ar que ele encerra; sabendo, por outro lado, o que cada homem consome no ato de respirar, e comparando esses resultados com a necessidade do *Nautilus* de subir à tona a cada vinte e quatro horas...

A frase de Conseil não havia acabado, mas vi claramente aonde ele queria chegar.

— Compreendo — eu disse —, mas esse cálculo, fácil de fazer, aliás, dará um número bastante impreciso.

— Não importa — retomou Ned Land, insistindo.

— Este é o cálculo — respondi. — Cada homem consome em uma hora o oxigênio contido em cem litros de ar, ou seja, em vinte e quatro horas o oxigênio contido em dois mil e quatrocentos litros. Assim, é preciso descobrir quantas vezes dois mil e quatrocentos litros de ar o *Nautilus* contém.

— Exatamente — disse Conseil.

— Ora — continuei —, se a capacidade do *Nautilus*

é de mil e quinhentas toneladas, e a da tonelada é de mil litros, o *Nautilus* encerra um milhão e quinhentos mil litros de ar, que, divididos por dois mil e quatrocentos...

Calculei rapidamente ao lápis:

— Dão um cociente de seiscentos e vinte e cinco. O que equivale dizer que o ar contido no *Nautilus* poderia rigorosamente bastar para seiscentos e vinte e cinco homens por vinte e quatro horas.

— Seiscentos e vinte e cinco! — repetiu Ned.

— Mas pode ter certeza — acrescentei — que entre passageiros, marujos e oficiais, não chegamos a um décimo desse número.

— Ainda é muito para três homens! — murmurou Conseil.

— Portanto, meu pobre Ned, posso apenas recomendar-lhe paciência.

— E mesmo mais que paciência — respondeu Conseil —, resignação.

Conseil havia empregado a palavra certa.

— Afinal — continuou —, o capitão não pode ir para o sul eternamente! Um dia precisará parar, ainda que diante da banquisa, e voltar para mares mais civilizados! Então será o momento de retomar os planos de Ned Land.

O canadense balançou a cabeça, passou a mão na testa, não respondeu e se retirou.

— Que o doutor me permita uma observação — disse-me Conseil. — O pobre Ned está sempre pensando em tudo o que não pode ter. Lembra tudo de sua vida passada. Tudo que nos é proibido parece lhe fazer falta. Suas antigas recordações o oprimem e seu coração sofre. É preciso compreendê-lo. O que há para fazer aqui? Nada. Ele não é um cientista como o doutor, e não sente o mesmo gosto que nós pelas coisas admiráveis do mar. Arriscaria tudo para poder entrar numa taberna de seu país!

É inegável que a monotonia a bordo devia parecer insuportável ao canadense, acostumado a uma vida livre

VINTE MIL LÉGUAS SUBMARINAS 383

e ativa. Os acontecimentos que podiam animá-lo eram muito raros. Naquele dia, porém, um incidente veio lembrar-lhe seus belos dias de arpoador.

Por volta das onze horas da manhã, estando na superfície, o *Nautilus* se deparou com um grupo de baleias. Encontro que não me surpreendeu, pois eu sabia que esses animais, caçados ao extremo, se refugiavam nas bacias das altas latitudes.

O papel desempenhado pela baleia no mundo marinho e sua influência sobre as descobertas geográficas foram consideráveis. Foi ela que, arrastando atrás de si primeiro os bascos, depois os asturianos, os ingleses e os holandeses, preparou-os contra os perigos do oceano e conduziu-os de um extremo ao outro da Terra. As baleias gostam de frequentar os mares austrais e boreais. Antigas lendas chegam a afirmar que esses cetáceos levaram os pescadores a apenas sete léguas do polo Norte. Se o fato for falso, um dia será verdadeiro, e provavelmente será assim, caçando baleias nas regiões árticas e antárticas, que os homens chegarão a esse ponto desconhecido do globo.

Estávamos sentados na plataforma, sobre um mar sereno. O mês de outubro naquelas latitudes nos dava belos dias de outono. O canadense — ele não se enganaria — avistou uma baleia no horizonte, a leste. Olhando atentamente, víamos seu dorso escuro subindo e descendo acima das ondas, a cinco milhas do *Nautilus*.

— Ah! — exclamou Ned Land. — Se eu estivesse a bordo de uma baleeira, eis um encontro que me daria prazer! É um animal de grande porte! Vejam com que potência seus espiráculos expelem as colunas de ar e vapor! Mil diabos! Por que continuo preso a esse pedaço de metal?!

— Ora, Ned! — eu disse. — Ainda não perdeu seus antigos impulsos de pesca?

— Por acaso um pescador de baleias, professor, pode esquecer seu antigo ofício? Será possível cansar das emoções de uma caça como esta?

— Nunca pescou nesses mares, Ned?

— Nunca, professor. Somente nos mares boreais, e tanto no estreito de Bering como no de Davis.

— Então a baleia austral ainda lhe é desconhecida. Até então você caçou a baleia-franca, e ela não ousaria cruzar as águas quentes do Equador.

— Ah, professor, o que acabou de dizer? — disse o canadense, num tom incrédulo.

— Disse a verdade.

— Essa agora! Eu mesmo, em 1865, há dois anos e meio, abordei, perto da Groenlândia, uma baleia que ainda carregava no flanco o arpão esculpido de um baleeiro de Bering. Agora lhe pergunto como, depois de ter sido atingida no oeste da América, a criatura viria a ser atingida a leste, se não tivesse, depois de dobrar o cabo Horn, ou o cabo da Boa Esperança, cruzado o Equador?

— Penso como o amigo Ned — disse Conseil —, e aguardo a resposta do doutor.

— A resposta do doutor, meus amigos, é que as baleias ficam, dependendo da espécie, em certos mares dos quais nunca saem. E se um desses animais veio do estreito de Bering ao de Davis, é simplesmente porque existe uma passagem de um mar ao outro, seja nas costas da América, seja nas da Ásia.

— Posso acreditar no senhor? — perguntou o canadense, fechando um olho.

— Devemos acreditar no doutor — respondeu Conseil.

— Sendo assim — retomou o canadense —, como nunca pesquei nessas paragens, não conheço as baleias que as frequentam?

— Foi o que eu disse, Ned.

— Razão a mais para conhecê-las — disse Conseil.

— Vejam! Vejam! — gritou o canadense, com a voz embargada. — Está se aproximando! Está vindo até nós! Está me provocando! Ela sabe que não posso nada contra ela!

VINTE MIL LÉGUAS SUBMARINAS

385

Ned batia os pés. Sua mão tremia brandindo um arpão imaginário.

— Esses cetáceos são tão grandes quanto os dos mares boreais?

— Mais ou menos, Ned.

— Porque já vi grandes baleias, professor, baleias que mediam até trinta metros de comprimento! Ouvi dizer que a Umgullick e a das ilhas Aleutas às vezes ultrapassam os quarenta e cinco metros.

— Isso me parece um exagero — respondi. — Esses animais não passam de balenopterídeos, dotados de nadadeiras dorsais, e, como os cachalotes, em geral são menores que a baleia-franca.

— Ah! — exclamou o canadense, cujos olhos não desgrudavam do oceano. — Está se aproximando, está vindo para as águas do *Nautilus*!

Depois, retomando a conversa:

— O senhor fala do cachalote como de um pequeno animal! No entanto, fala-se de cachalotes gigantescos. São cetáceos inteligentes. Dizem que alguns se cobrem de algas e fucos. As pessoas os confundem com pequenas ilhas. Desembarcam, se instalam, fazem um fogo...

— Constroem casas — disse Conseil.

— Sim, engraçadinho — respondeu Ned Land. — Depois, um belo dia, o animal mergulha e carrega tudo para o fundo do abismo.

— Como nas viagens de Simbad, o Marujo — eu disse, rindo. — Então, mestre Land, parece gostar de histórias extraordinárias! Que cachalotes, os seus! Espero que não acredite nisso!

— Senhor naturalista — respondeu, muito sério, o canadense —, deve-se acreditar em tudo, quando se trata de baleias! Veja como esta avança! Como se esquiva! Dizem que esses animais podem dar a volta ao mundo em quinze dias.

— Não digo que não.

386 JULES VERNE

— Mas o que o senhor sem dúvida não sabe, professor Aronnax, é que no início do mundo as baleias nadavam mais rápido ainda.

— Ah, é mesmo, Ned? E por quê?

— Porque naquela época tinham a cauda atravessada como os peixes, ou seja, essa cauda comprimida verticalmente batia as águas da esquerda para a direita e da direita para a esquerda. Mas o Criador, percebendo que avançavam rápido demais, torceu-lhes o rabo, e desde então elas batem as ondas de cima para baixo, com menor velocidade.

— Bom, Ned — eu disse, arremedando o canadense —, posso acreditar em você?

— Não muito — respondeu Ned Land —, e não mais do que se eu dissesse que existem baleias de noventa metros de comprimento e pesando quarenta e cinco toneladas.

— É bastante, de fato — eu disse. — No entanto, é preciso admitir que alguns cetáceos adquirem um tamanho considerável, pois dizem que chegam a fornecer cento e vinte toneladas de óleo.

— Isso eu já vi — disse o canadense.

— Acredito, Ned, da mesma forma que acredito que o tamanho de certas baleias iguala o de cem elefantes. Imagine os efeitos produzidos por tal massa avançando a toda a velocidade!

— É verdade — perguntou Conseil — que elas podem afundar navios?

— Navios, creio que não — respondi. — Mas conta-se que em 1820, justamente nos mares do sul, uma baleia avançou sobre o *Essex* e o fez recuar com uma velocidade de quatro metros por segundo. As águas entraram pela popa e o *Essex* naufragou quase que imediatamente.

Ned me encarava com ar trocista.

— De minha parte — disse ele — levei uma rabanada de baleia, em meu bote, desnecessário dizer. Meus companheiros e eu fomos lançados a uma altura de seis metros. Mas perto da baleia do professor, a minha não passava de um baleote.

— Esses animais vivem bastante? — perguntou Conseil.

— Mil anos — respondeu o canadense, sem hesitar.

— E como sabe, Ned?

— Porque é o que dizem.

— E por que dizem isso?

— Porque sabem.

— Não, Ned, não sabem, supõem, e eis o argumento sobre o qual se baseiam. Há quatrocentos anos, quando os pescadores caçaram baleias pela primeira vez, essas criaturas tinham um tamanho superior ao que adquiriram nos dias de hoje. Supõe-se, portanto, com muita lógica, que a inferioridade das baleias atuais decorra do fato de não terem atingido seu desenvolvimento completo. Foi isso que fez Buffon dizer que esses cetáceos podiam e inclusive deviam viver mil anos. Está ouvindo?

Ned Land não ouvia. Não escutava mais nada. A baleia continuava se aproximando. Ele a devorava com os olhos.

— Ah! — exclamou. — Não é uma baleia, são dez, vinte, é um bando inteiro! E não posso fazer nada! Estou com pés e mãos atados!

— Mas, amigo Ned — disse Conseil —, por que não pedir ao capitão Nemo permissão para caçar...?

Conseil não havia terminado a frase e Ned Land já se precipitava pela escotilha e corria à procura do capitão. Alguns instantes depois, os dois voltavam à plataforma.

O capitão Nemo observou o bando de cetáceos que brincava nas águas a uma milha do *Nautilus*.

— São baleias-austrais — disse. — Há o suficiente para fazer a fortuna de uma frota de baleeiras.

— Bem, senhor — perguntou o canadense —, eu não poderia caçá-las, ainda que apenas para não esquecer meu antigo ofício de arpoador?

— Para que caçar unicamente para matar? — contrapôs o capitão Nemo. — Não precisamos de óleo de baleia a bordo.

— No entanto, senhor — retomou o canadense —, no mar Vermelho fomos autorizados a perseguir um dugongo!

— Tratava-se de conseguir carne fresca para a tripulação. Aqui, seria matar por matar. Sei que este é um privilégio reservado ao homem, mas não admito passatempos homicidas. Destruindo a baleia-austral, bem como a baleia-franca, criaturas inofensivas e boas, mestre Land, seus semelhantes cometem uma ação censurável. Foi assim que já despovoaram toda a baía de Baffin, e que extinguirão uma classe de animais úteis. Deixe esses infelizes cetáceos em paz. Eles já têm inimigos naturais suficientes, cachalotes, espadartes e peixes-serra, sem que você precise se intrometer.

Deixo que imaginem a cara do canadense durante esse discurso de moral. Argumentar daquele jeito com um caçador era perda de tempo. Ned Land olhava para o capitão Nemo e evidentemente não entendia o que este queria dizer. No entanto, o capitão tinha razão. A perseguição bárbara e irrefletida dos pescadores fará com que a última baleia do oceano um dia desapareça.

Ned Land assobiou por entre os dentes seu *"Yankee doodle"*, enfiou as mãos nos bolsos e deu-nos as costas.

Enquanto isso, o capitão Nemo observava o grupo de cetáceos, e dirigindo-se a mim:

— Estava falando a verdade ao afirmar que, sem contar com o homem, as baleias têm suficientes inimigos naturais. Estas em breve enfrentarão um forte adversário. Consegue ver, professor Aronnax, a oito milhas a sotavento, pontos negros em movimento?

— Sim, capitão.

— São cachalotes, animais terríveis que já encontrei em bandos de duzentos ou trezentos! Estes sim, criaturas cruéis e maldosas, temos razão de exterminar.

VINTE MIL LÉGUAS SUBMARINAS

O canadense virou-se rapidamente ao ouvir essas últimas palavras.

— Muito bem, capitão — eu disse —, ainda há tempo, para o bem das baleias...

— Inútil expor-se, professor. O *Nautilus* sozinho dispersará os cachalotes. Está armado com um rostro de aço que bem vale o arpão de mestre Land, imagino.

O canadense não hesitou em dar de ombros. Atacar cetáceos a golpes de rostro! Quem jamais ouvira falar naquilo?

— Espere, professor Aronnax — disse o capitão Nemo.

— Será apresentado a uma caça que ainda não conhece. Nada de piedade por esses ferozes cetáceos. Não passam de bocas e dentes!

Bocas e dentes! A melhor descrição do cachalote macrocéfalo, que às vezes chega a mais de vinte e cinco metros de comprimento. A cabeça enorme desse cetáceo ocupa aproximadamente um terço de seu corpo. Melhor armado que a baleia, cuja maxila superior tem apenas barbas de queratina, ele é dotado de vinte e cinco dentes enormes, de vinte centímetros, cilíndricos e cônicos no topo, e que pesam novecentos gramas cada. É na parte superior dessa cabeça enorme e em grandes cavidades separadas por cartilagens, que podem ser encontrados até cem quilogramas do óleo precioso chamado de "espermacete". O cachalote é um animal desgracioso, mais girino que peixe, como observou Frédol. Parece malfeito, sendo por assim dizer "defeituoso" em toda a parte esquerda de sua estrutura, enxergando apenas com o olho direito.

O bando monstruoso continuava se aproximando. Havia percebido as baleias e se preparava para atacar. Era possível aceitar de antemão a vitória dos cachalotes, não apenas porque estão mais preparados para o ataque do que seus inofensivos adversários, mas também porque podem manter-se por mais tempo sob as águas, sem precisar voltar à superfície para respirar.

Era chegado o momento de ir ao socorro das baleias. O *Nautilus* postou-se entre duas águas. Conseil, Ned e eu nos posicionamos diante dos vidros do salão. O capitão Nemo foi juntar-se ao timoneiro para manobrar seu aparelho como uma máquina de destruição. Logo senti o batimento da hélice acelerar, e nossa velocidade crescer.

O combate já havia começado entre cachalotes e baleias quando o *Nautilus* chegou. Ele manobrou de modo a dividir o bando de macrocéfalos. Estes, a princípio, mostraram-se indiferentes ao novo monstro que se juntava à batalha. Mas logo precisaram se proteger de seus golpes.

Que luta! O próprio Ned Land, entusiasmado, acabou aplaudindo. O *Nautilus* se transformara num terrível arpão, brandido pela mão de seu capitão. Lançava-se contra aquelas massas de carne e as dilacerava de lado a lado, deixando atrás de si duas fervilhantes metades de animal. As extraordinárias rabanadas que atingiam seus flancos não eram sentidas. Os choques que causava, menos ainda. Exterminado um cachalote, ele corria até o próximo, girava para não perder sua presa, ia para a frente ou para trás, obediente a seu leme, mergulhando quando o cetáceo se enfiava nas camadas profundas, subindo com ele quando voltava à superfície, atingindo em cheio ou de viés, cortando ou rasgando, e em todas as direções e todas as velocidades, perfurando com seu poderoso arpão.

Que carnificina! Que ruído estrondoso na superfície das águas! Que estalidos agudos e roncos característicos naqueles animais apavorados! No meio daquelas águas em geral tão serenas, suas caudas criavam verdadeiros vagalhões.

O homérico massacre do qual os macrocéfalos não podiam fugir prolongou-se por uma hora. Várias vezes, um grupo de dez ou doze tentou esmagar o *Nautilus* com seu peso. Víamos, pelo vidro, suas bocarras enormes repletas de dentes, seus olhos tremendos. Ned Land, que não se continha mais, ameaçava-os e injuriava-os. Sentíamos que se atracavam a nosso aparelho, como cães atrás de um javali

VINTE MIL LÉGUAS SUBMARINAS   391

na mata. Mas o *Nautilus*, forçando sua hélice, carregava-
-os, arrastava-os, ou levava-os à superfície, indiferente a
seus pesos enormes ou suas potentes mandíbulas.

Por fim, a massa de cachalotes se dispersou. As águas
voltaram à serenidade. Senti que subíamos à superfície.
A escotilha foi aberta, e nos dirigimos com pressa à plataforma.

O mar estava coberto de cadáveres mutilados. Uma
explosão de grandes proporções não teria cortado, di-
lacerado e retalhado com mais violência aquelas massas
de carne. Flutuávamos em meio a corpos gigantescos,
de dorso azulado, ventre esbranquiçado e com enormes
corcovas protuberantes. Alguns cachalotes assustados fugiam no horizonte. As águas estavam manchadas de vermelho numa área de várias milhas, e o *Nautilus* flutuava
em meio a um mar de sangue.

O capitão Nemo veio a nosso encontro.

— Então, mestre Land? — perguntou.

— Então, senhor — respondeu o canadense, cujo entusiasmo arrefecera —, que espetáculo medonho, realmente. Mas não sou um carniceiro, sou um caçador, e isto
aqui não passa de um matadouro.

— Foi um massacre de animais malignos — respondeu
o capitão —, o *Nautilus* não é um cutelo de açougue.

— Prefiro meu arpão — respondeu o canadense.

— Cada um com sua arma — disse o capitão, olhando
fixamente para Ned Land.

Eu temia que este se deixasse levar a alguma violência
que poderia ter consequências deploráveis. Mas sua raiva
foi desviada pela visão de uma baleia que se aproximava
do *Nautilus* naquele momento.

O animal não conseguira escapar do dente dos cachalotes. Reconheci a baleia-austral, de cabeça achatada,
completamente negra. Anatomicamente, ela se distingue
da baleia-branca e da *nordcaper* pela união das sete vértebras cervicais, e possui duas costelas a mais que seus

congêneres. O desgraçado cetáceo, deitado de lado, o ventre aberto por mordidas, estava morto. Na ponta de sua nadadeira mutilada ainda pendia um pequeno filhote, que não conseguira salvar do massacre. Sua boca aberta deixava a água correr por suas barbas com um murmúrio de ressaca.

O *Nautilus* foi conduzido pelo capitão Nemo ao cadáver do animal. Dois de seus homens subiram no flanco da baleia e pude ver, não sem espanto, que retiravam de suas mamas todo o leite que continham, isto é, o equivalente a dois ou três tonéis.

O capitão me ofereceu um copo daquele leite ainda quente. Não pude deixar de demonstrar minha repugnância por aquela bebida. Ele me garantiu que era um leite excelente, em nada diferente do leite de vaca.

Provei-o e tive que concordar. Foi para nós, portanto, uma reserva útil, pois aquele leite, na forma de manteiga salgada ou queijo, traria uma agradável mudança a nosso cardápio.

A partir daquele dia, constatei preocupado que os sentimentos de Ned Land pelo capitão Nemo se tornavam cada vez mais amargos, e decidi vigiar de perto a conduta do canadense.

13. A banquisa

O *Nautilus* retomara seu imperturbável curso para o sul. Seguia o quinquagésimo meridiano a uma velocidade considerável. Pretendia atingir o polo? Eu pensava que não, pois até então todas as tentativas de se chegar até esse ponto do globo haviam fracassado. A estação, além disso, já ia bastante adiantada, pois o dia 13 de março nas terras antárticas corresponde ao dia 13 de setembro das regiões boreais, que dá início ao período equinocial.

Em 14 de março, vi gelos flutuantes a 55° de latitude, simples fragmentos encardidos de sete metros, formando escolhos sobre os quais o mar quebrava. O *Nautilus* se mantinha na superfície. Ned Land, já tendo pescado em mares árticos, estava familiarizado com o espetáculo dos icebergs. Conseil e eu o admirávamos pela primeira vez.

No céu, para os lados do horizonte sul, estendia-se uma faixa branca de aspecto deslumbrante. Os baleeiros ingleses lhe deram o nome de *ice blink*. Por mais espessas que sejam as nuvens, não conseguem escurecê-la. Ela anuncia a presença de um *pack* ou banquisa.

De fato, logo surgiram blocos maiores, cujo brilho se modificava seguindo os caprichos da bruma. Algumas dessas massas apresentavam veios esverdeados, como linhas onduladas de sulfato de cobre. Outras, semelhantes a enormes ametistas, se deixavam penetrar pela luz, reverberando os raios nas mil facetas de seus cristais.

Aquelas, matizadas pelos vivos reflexos do calcário, teriam bastado para a construção de toda uma cidade de mármore.

Quanto mais ao sul descíamos, mais essas ilhas flutuantes aumentavam em número e proeminência. Os pássaros polares nelas faziam seus ninhos aos milhares. Havia petréis, pardelas e cagarras que nos ensurdeciam com seus gritos. Alguns, confundindo o *Nautilus* com o cadáver de uma baleia, vinham pousar sobre ele e bicar sua chapa sonora.

Durante essa navegação pelo gelo, o capitão Nemo vinha com frequência à plataforma. Observava com atenção aquelas paragens abandonadas. Às vezes eu via seu olhar sereno se animar. Acaso pensava que naqueles mares polares proibidos ao homem estava em casa, senhor daqueles espaços intransponíveis? Talvez. Mas não falava. Mantinha-se imóvel, voltando a si somente quando seus instintos náuticos de manobrista prevaleciam. Dirigindo então seu *Nautilus* com consumada destreza, evitava habilmente o choque com aquelas massas que chegavam a ter várias milhas de comprimento por alturas que variavam de setenta a oitenta metros. O horizonte quase sempre parecia totalmente fechado. Na altura do sexagésimo grau de latitude, todas as passagens haviam desaparecido. Mas o capitão Nemo, procurando com cuidado, logo encontrava alguma estreita abertura pela qual deslizava com audácia, sabendo muito bem, no entanto, que ela se fecharia atrás dele.

Foi assim que o *Nautilus*, guiado por aquela mão hábil, passou por todos os blocos de gelo, classificados segundo sua forma ou tamanho com uma precisão que deleitava Conseil: icebergs ou montanhas, *icefields* ou campos unidos e sem limites, *drift ice* ou gelo flutuante, *packs* ou placas rachadas, chamadas *palchs* quando circulares e *streams* quando alongadas.

A temperatura estava bastante baixa. O termômetro,

VINTE MIL LÉGUAS SUBMARINAS 395

exposto ao ar externo, marcava entre dois e três graus abaixo de zero. Mas estávamos vestidos com roupas quentes de pele, pelas quais focas ou leões-marinhos haviam pagado o preço. O interior do *Nautilus*, regularmente aquecido por seus aparelhos elétricos, desafiava os frios mais intensos. Além disso, bastaria mergulhar a alguns metros da superfície para encontrar uma temperatura suportável.

Dois meses antes, teríamos desfrutado sob aquela latitude de um dia constante; mas agora a noite começava a surgir ao longo de três ou quatro horas, e mais tarde deixaria aquelas regiões circumpolares na sombra por seis meses.

Em 15 de março, a latitude das ilhas Shetland do Sul e das Órcades do Sul foi ultrapassada. O capitão me informou que outrora vários bandos de focas habitavam aquelas terras; mas os baleeiros ingleses e americanos, em sua ânsia de destruição, massacraram os adultos e as fêmeas prenhes, e onde antes existia o frêmito da vida haviam deixado, atrás de si, o silêncio da morte.

No dia 16 de março, por volta das oito horas da manhã, o *Nautilus*, seguindo o quinquagésimo quinto meridiano, cortou o círculo polar Antártico. O gelo nos cercava por todos os lados e fechava o horizonte. Mesmo assim, o capitão Nemo avançava de passagem em passagem e continuava subindo.

— Mas aonde vai? — perguntei.

— Em frente — respondeu Conseil. — No fim, quando não puder ir mais longe, vai parar.

— Não tenho tanta certeza! — duvidei.

Para ser franco, confesso que aquela temerária excursão não me desagradava nem um pouco. Eu não saberia expressar a que ponto me extasiavam as belezas daquelas novas regiões. O gelo adquirira formas esplêndidas. Aqui, seu conjunto formava uma cidade oriental, com inúmeros minaretes e mesquitas. Ali, uma cidade em ruínas e derrubada por alguma convulsão do solo. Aspectos incessantemente variados pelos oblíquos raios solares, ou perdidos nas brumas cinzentas em meio aos turbilhões de neve. Depois, por todos os lados, estrondos, desabamentos, grandes desmoronamentos de icebergs, que alteravam o cenário como a paisagem de um diorama.

Quando o *Nautilus* estava imerso e aqueles equilíbrios se rompiam, o barulho se propagava sob as águas com assustadora intensidade, e a queda das massas criava temíveis redemoinhos que chegavam às camadas profundas do oceano. Nesses momentos o *Nautilus* balançava e oscilava como um navio à mercê da fúria dos elementos.

Muitas vezes, não vendo mais nenhuma saída, eu pensava que estávamos definitivamente presos; tendo o instinto como guia, porém, ao mais leve indício o capitão Nemo descobria novas passagens. Ele nunca se enganava quando observava os pequenos filetes de água azulada que sulcavam os *icefields*. Por isso eu não duvidava de que já havia aventurado o *Nautilus* por mares antárticos.

No dia 16 de março, entretanto, os campos de gelo barraram todo e qualquer avanço. Ainda não era a banquisa, mas grandes *icefields* cimentados pelo frio. Um obstáculo como aquele não deteria o capitão Nemo, e ele se lançou contra o *icefield* com assustadora violência. O *Nautilus* entrou como uma cunha naquela massa friável, e esfacelou-a causando terríveis estalidos. Parecia um antigo aríete propulsionado por uma força infinita. Os fragmentos do gelo, projetados para o alto, caíam à nossa volta como granizo. Exclusivamente movido por sua força de impulsão, nosso aparelho abria seu próprio canal. Algumas vezes, lançado por esse impulso, subia no campo de gelo e o esmagava com seu peso, ou então, enfurnado sob o *icefield*, rompia-o com um simples movimento longitudinal que produzia grandes rachaduras.

Durante aqueles dias, fomos assaltados por violentas rajadas de vento. Brumas espessas não deixavam ver de uma ponta à outra da plataforma. O vento virava brusca-

VINTE MIL LÉGUAS SUBMARINAS

mente para todos os quadrantes. A neve se acumulava em camadas tão duras que era preciso ser quebrada a golpes de picareta. Uma temperatura de cinco graus abaixo de zero já era suficiente para cobrir de gelo todas as partes externas do *Nautilus*. Embarcações a vela seriam impossíveis de manobrar, pois todos os cordames emperrariam dentro das polias. Somente uma embarcação sem velas e movida por um motor elétrico que não precisava de carvão podia enfrentar tão altas latitudes.

Sob tais condições, o barômetro manteve-se quase sempre bem baixo. Chegou a cair a setenta e três centímetros e meio. As marcações da bússola tornaram-se inconfiáveis. Seus ponteiros desgovernados marcavam direções contraditórias diante da aproximação do polo magnético meridional, que não corresponde ao sul do globo. De fato, segundo Hansteen, esse polo está localizado aproximadamente a 70° de latitude e 130° de longitude, e segundo as observações de Duperrey, a 135° de longitude e 70° 30' de latitude. Assim, era preciso fazer numerosas observações com as bússolas levadas a diferentes partes do navio e fazer uma média. Mas com frequência fazíamos apenas uma estimativa para determinar a rota percorrida, método pouco satisfatório em meio a passagens sinuosas com pontos de referência que mudavam a toda hora.

Por fim, no dia 18 de março, após vinte tentativas infrutíferas, o *Nautilus* se viu definitivamente bloqueado. Não eram mais *streams*, *palks* ou *icefields*, era uma interminável e imóvel barreira formada por montanhas unidas entre si.

— A banquisa! — disse-me o canadense.

Compreendi que, para Ned Land e todos os navegadores que nos haviam precedido, aquele era o obstáculo intransponível. Tendo o sol aparecido por um instante por volta do meio-dia, o capitão Nemo obteve uma marcação bastante exata, que dava nossa localização a 51° 30' de longitude e 67° 39' de latitude meridional. Era um ponto avançado das regiões antárticas.

De mar e superfície líquida não havia nem sinal. Sob o rostro do *Nautilus* estendia-se uma ampla planície turbulenta e emaranhada, de blocos confusos, com toda a barafunda imprevisível que caracteriza a superfície de um rio um pouco antes de seu descongelamento, mas em proporções gigantescas. Aqui e ali, picos agudos, pontas finíssimas elevando-se a uma altura de duzentos pés; mais adiante, uma sequência de falésias talhadas a pique e de tons acinzentados, grandes espelhos que refletiam alguns raios solares afogados pelas brumas. Ao longe, naquela natureza desolada, um silêncio feroz, apenas rompido pelo bater das asas dos petréis ou das cagarras. Tudo estava congelado, até o som.

O *Nautilus* precisou interromper, portanto, seu temerário avanço pelos campos de gelo.

— Professor — me disse Ned Land naquele dia —, se o seu capitão for em frente...

— Sim?

— Será um gênio.

— Por quê, Ned?

— Porque ninguém pode atravessar a banquisa. Ele é poderoso, o seu capitão; mas, por mil diabos!, não mais que a natureza, e ali onde ela colocou limites, precisamos parar, querendo ou não.

— Verdade, Ned Land, mas bem que eu gostaria de saber o que há atrás dessa banquisa! Um muro, isso é o que mais me irrita!

— O doutor tem razão — disse Conseil. — Os muros foram inventados para irritar os cientistas. Não deveria haver muros em lugar algum.

— Ora! — disse o canadense. — Sabemos muito bem o que existe atrás da banquisa.

— E o que seria?

— Gelo, gelo e mais gelo!

— Você tem certeza disso, Ned, mas eu não. Por isso gostaria de atravessá-la.

— Bom, professor — respondeu o canadense —, de-

VINTE MIL LÉGUAS SUBMARINAS 399

sista dessa ideia. O senhor chegou à banquisa, o que já é muito, e não irá além, nem o seu capitão, nem o *Nautilus*. E queira ele ou não, voltaremos para o norte, ou seja, para os países dos homens civilizados.

Devo convir que Ned Land tinha razão, e que, enquanto os navios não fossem feitos para navegar sobre os campos congelados, precisariam parar diante da banquisa. De fato, apesar de seus esforços, apesar dos potentes meios empregados para romper o gelo, o *Nautilus* foi reduzido à imobilidade. Em geral, quem não pode ir adiante se contenta em voltar atrás. Ali, porém, retroceder era tão impossível quanto avançar, pois as passagens tinham se fechado atrás de nós, e por menos que nosso aparelho permanecesse estacionário, não tardaria a ficar bloqueado. Foi exatamente o que aconteceu às duas horas da tarde, e um gelo novo se formou em seus flancos com impressionante rapidez. Precisei admitir que a conduta do capitão Nemo era mais que imprudente.

Naquele momento eu estava na plataforma. O capitão, que observava a situação havia alguns instantes, me perguntou:

— Então, professor, o que pensa?

— Penso que estamos presos, capitão.

— Presos! E o que quer dizer com isso?

— Quero dizer que não podemos ir nem para a frente nem para trás, nem para os lados. Acredito que seja isso que "preso" signifique, ao menos nos continentes habitados.

— Portanto, professor Aronnax, pensa que o *Nautilus* não conseguirá se soltar?

— Dificilmente, capitão, pois a estação já vai adiantada demais para contarmos com o degelo.

— Ah, professor! — respondeu o capitão Nemo com um tom irônico. — O senhor nunca mudará! Vê apenas impedimentos e obstáculos! Afirmo que, além de o *Nautilus* se soltar, irá mais longe ainda!

— Mais longe para o sul? — perguntei, fixando o capitão.

— Sim, professor, chegará ao polo.

— Ao polo! — exclamei, não contendo um gesto de incredulidade.

— Sim! — disse com frieza o capitão. — Ao polo Antártico, ao ponto desconhecido em que se cruzam todos os meridianos do globo. Como sabe, faço o que quero com o *Nautilus*.

Sim, eu sabia! Eu sabia que sua audácia beirava a temeridade! Mas vencer os obstáculos que despontavam no polo Sul, mais inacessível que o polo Norte ainda não alcançado pelos mais ousados navegadores, era um experimento absolutamente insensato, e que somente a mente de um louco poderia conceber!

Ocorreu-me então perguntar ao capitão Nemo se ele já havia descoberto aquele ponto jamais pisado por um ser humano.

— Não, professor, nós o descobriremos juntos. Onde outros fracassaram, não fracassarei. Nunca levei meu *Nautilus* tão longe nos mares austrais; mas repito que irá mais adiante ainda.

— Quero acreditar, capitão — retomei num tom um pouco irônico. — Acredito! Avancemos! Não existem obstáculos para nós! Rompamos essa banquisa! Que exploda e, se resistir, coloquemos asas no *Nautilus*, para que possa passar por cima!

— Por cima, professor? — indagou tranquilamente o capitão Nemo. — Não por cima, mas por baixo.

— Por baixo! — exclamei.

Uma súbita revelação dos planos do capitão acabava de iluminar meu espírito. Eu enfim compreendia. As maravilhosas qualidades do *Nautilus* iriam auxiliá-lo de novo naquele experimento sobre-humano!

— Vejo que começamos a nos entender, professor — disse o capitão, com um meio sorriso. — O senhor começa

VINTE MIL LÉGUAS SUBMARINAS 401

a entrever a possibilidade, eu diria o sucesso, dessa tentativa. O que seria impraticável com um navio comum torna-se fácil para o *Nautilus*. Se houver um continente no polo, ele se deterá diante desse continente. Mas se, pelo contrário, o mar livre o banhar, alcançará o próprio polo!

— É mesmo — eu disse, arrebatado pelo raciocínio do capitão. — Se a superfície do mar estiver solidificada pelo gelo, suas camadas inferiores estarão livres, pela razão providencial que determinou a um grau superior ao do congelamento a densidade máxima da água do mar. E, se não me engano, a parte submersa dessa banquisa está para a parte emersa na proporção de quatro para um?

— Aproximadamente, professor. Para cada altura de um pé que os icebergs apresentam acima da superfície, eles têm três abaixo. Ora, como essas montanhas de gelo não ultrapassam uma altura de cem metros, afundam apenas trezentos. E o que são trezentos metros para o *Nautilus*?

— Nada, capitão.

— Ele poderá inclusive procurar a uma maior profundidade a temperatura uniforme das águas marinhas, e ali enfrentaremos impunemente os trinta ou quarenta graus negativos da superfície.

— Correto, capitão, corretíssimo — respondi, animando-me.

— A única dificuldade — retomou o capitão Nemo — será ficarmos vários dias submersos sem renovar nossa provisão de ar.

— Só isso? — indaguei. — O *Nautilus* tem amplos reservatórios, nós os encheremos e eles nos fornecerão todo o oxigênio de que precisaremos.

— Bem pensado, professor Aronnax — respondeu o capitão, sorrindo. — Mas não quero que me acuse de temeridade, então submeto-lhe de antemão todas as minhas objeções.

— Ainda tem alguma?

— Uma única. É possível, se existir um mar no polo

Sul, que esse mar esteja totalmente congelado e, consequentemente, que não possamos voltar à superfície!

— Bom, capitão, está esquecendo que o *Nautilus* está armado com um temível rostro. Não poderíamos lançá-lo diagonalmente contra esses campos de gelo, que se romperão com o impacto?

— Ah, professor, o senhor está cheio de ideias, hoje!

— Aliás, capitão — acrescentei, entusiasmando-me mais ainda —, por que não encontraríamos o mar livre no polo Sul como no polo Norte? Os polos do frio e os polos da terra não coincidem nem no hemisfério austral nem no hemisfério boreal, e, até prova em contrário, devemos supor a existência ou de um continente ou um oceano livre de gelo nesses dois pontos.

— Também creio, professor Aronnax — respondeu o capitão Nemo. — Lembro-lhe apenas que depois de levantar tantas objeções contra o meu projeto, o senhor agora me esmaga com argumentos a favor.

O capitão Nemo estava certo. Eu chegava a superá-lo em audácia! Era eu quem o arrastava até o polo! Eu me antecipava a ele, deixava-o para trás... Mas claro que não, pobre tolo! O capitão Nemo conhecia melhor que eu os prós e os contras da questão, e se divertia vendo-me tão arrebatado pelos devaneios do impossível!

Ele não tinha perdido um instante sequer. A um sinal, o imediato apareceu. Os dois homens conversaram rapidamente em sua incompreensível linguagem, e ou o imediato havia sido previamente avisado, ou achava o projeto exequível, pois não deixou transparecer surpresa alguma.

Porém, por mais impassível que fosse, não demonstrou uma impassibilidade mais perfeita que a de Conseil, quando anunciei a esse digno rapaz nossa intenção de seguir até o polo Sul. Um "como o doutor quiser" recebeu minha comunicação, e precisei me contentar com isso. Quanto a Ned Land, se jamais ombros levantaram tão alto, foram os do canadense.

— Saiba, professor — disse-me ele —, que o senhor e o capitão Nemo me dão pena!

— Mas iremos ao polo, mestre Ned.

— É possível, mas não voltaremos!

E Ned Land voltou para sua cabine, "para não fazer uma asneira", como disse ao se despedir.

Enquanto isso, os preparativos para a audaciosa tentativa começavam. As poderosas bombas do *Nautilus* sugavam o ar para os reservatórios e o armazenavam a altas pressões. Por volta das quatro horas, o capitão Nemo anunciou-me que as escotilhas da plataforma seriam fechadas. Lancei um último olhar para a espessa banquisa que transporíamos. O céu estava claro, o ar, razoavelmente puro, o frio, muito intenso, doze graus abaixo de zero; mas como o vento havia acalmado, essa temperatura não parecia tão insuportável.

Cerca de dez homens subiram nos flancos do *Nautilus* e, com picaretas, quebraram o gelo ao redor da carena, que logo foi liberada. Operação rapidamente concluída, pois o gelo recente ainda estava fino. Todos voltamos para dentro. Os reservatórios habituais foram enchidos com aquela água na linha de flutuação. O *Nautilus* não demorou a descer.

Eu havia sentado no salão com Conseil. Pelo vidro aberto, víamos as camadas inferiores do oceano austral. O termômetro voltava a subir. O ponteiro do manômetro movia-se no mostrador.

A trezentos metros, mais ou menos, como previra o capitão Nemo, passamos por baixo da superfície ondulada da banquisa. Mas o *Nautilus* desceu mais baixo ainda. Atingiu uma profundidade de oitocentos metros. A temperatura da água, que era de doze graus na superfície, não passava de onze. Dois graus já haviam sido ganhos. Desnecessário dizer que a temperatura do *Nautilus*, elevada por seus aparelhos de calefação, mantinha-se bem mais alta. Todas as manobras eram realizadas com extraordinária precisão.

— Ao que tudo indica, doutor, passaremos — disse-me Conseil.

— Estou contando com isso! — respondi, com profunda convicção.

Sob aquele mar livre, o *Nautilus* rumava direto para o polo, sem afastar-se do quinquagésimo segundo meridiano. De 67° 30' a 90°, restavam 22° 30' de latitude a percorrer, ou seja, um pouco mais de quinhentas léguas. O *Nautilus* atingiu uma velocidade média de vinte e seis milhas por hora, a velocidade de um trem expresso. Se a mantivesse, bastariam quarenta horas para alcançar o polo.

Durante uma parte da noite, a novidade da situação nos manteve, Conseil e eu, ao lado do vidro do salão. O mar se iluminava sob a irradiação elétrica do fanal. Mas estava deserto. Os peixes não habitavam aquelas águas aprisionadas. Encontravam ali apenas uma passagem para ir do oceano Antártico ao mar aberto do polo. Nosso avanço era rápido. Sentíamos isso pela vibração do longo casco de aço.

Por volta das duas horas da manhã, fui descansar por algumas horas. Conseil fez o mesmo. Atravessando as coxias, não encontrei o capitão Nemo. Imaginei que estaria na cabine do timoneiro.

No dia seguinte, 19 de março, às cinco horas da manhã, voltei a meu posto no salão. A barquilha elétrica indicava que a velocidade do *Nautilus* havia sido moderada. Ele agora subia para a superfície, mas com prudência, esvaziando lentamente seus reservatórios.

Meu coração batia. Emergiríamos e encontraríamos o ar livre do polo?

Não. Um choque me informou que o *Nautilus* tocara a superfície inferior da banquisa, ainda muito espessa, a julgar pelo som abafado produzido. De fato, havíamos "tocado o fundo", para empregar o termo náutico, mas em sentido inverso e a mil pés de profundidade. O que significava dois mil pés de gelo acima de nós, dos quais mil pés emergiam. A banquisa apresentava, ali, uma al-

VINTE MIL LÉGUAS SUBMARINAS   405

tura superior à que tínhamos detectado em suas bordas. Circunstância pouco tranquilizadora.

Ao longo daquele dia, o *Nautilus* repetiu várias vezes a mesma experiência, e sempre se chocava contra a muralha que o encobria. Em certos momentos, encontrava-a a novecentos metros, o que acusava mil e duzentos metros de espessura, dos quais duzentos metros acima da superfície. Era o dobro da altura do início da imersão do *Nautilus*.

Eu anotava cuidadosamente as diversas profundidades, e assim obtive o perfil submarino daquela cordilheira que se erguia sob as águas.

À noite, nenhuma mudança em nossa situação. O gelo se mantinha entre quatrocentos metros e quinhentos metros de profundidade. Diminuição evidente, mas que barreira ainda entre nós e a superfície do oceano!

Eram oito horas. Fazia quatro horas que o ar já devia ter sido renovado no interior do *Nautilus*, segundo o costume de bordo. Mas eu não padecia muito, embora o capitão Nemo ainda não tivesse retirado de seus reservatórios um suplemento de oxigênio.

Foi difícil dormir naquela noite. Esperança e temor me invadiam alternadamente. Levantei várias vezes. As sondagens do *Nautilus* continuavam. Por volta de três horas da manhã, observei que a superfície inferior da banquisa estava a apenas cinquenta metros de profundidade. Cento e cinquenta pés nos separavam da superfície das águas. A banquisa voltava a ser *icefield*. A montanha transformava-se em planície.

Meus olhos não abandonavam o manômetro. Subíamos seguindo, na diagonal, a superfície brilhante que cintilava sob os raios elétricos. A banquisa diminuía por cima e por baixo, em rampas alongadas. Afinava de milha em milha.

Finalmente, às seis horas da manhã do memorável dia 19 de março, a porta do salão se abriu. O capitão Nemo surgiu, anunciando:

— Mar aberto!

14. O polo Sul

Precipitei-me para a plataforma. Sim! Mar aberto. Apenas alguns pedaços de gelo esparsos, icebergs móveis; ao longe, um mar extenso; um mundo de pássaros nos ares, e miríades de peixes sob aquelas águas que, dependendo da profundidade, variavam do azul intenso ao verde-oliva. O termômetro marcava três graus centígrados acima de zero. Era como se uma primavera relativa se escondesse atrás daquela banquisa, cujas massas distantes se perfilavam no horizonte norte.

— Estamos no polo? — perguntei ao capitão, coração acelerado.

— Não sei — respondeu-me. — Ao meio-dia determinaremos nossa posição.

— Mas o sol aparecerá por entre as brumas? — perguntei, mirando o céu acinzentado.

— Por menos que apareça, será suficiente — afirmou o capitão.

A dez milhas do *Nautilus*, ao sul, uma pequena ilha solitária se elevava a uma altura de duzentos metros. Avançávamos na sua direção, mas com cuidado, pois aquele mar podia estar cheio de escolhos.

Uma hora depois, chegávamos à ilhota. Duas horas depois, concluíamos uma volta completa a seu redor. Ela media entre quatro e cinco milhas de circunferência. Um estreito canal a separava de uma extensão considerável de terra, quem sabe um continente, cujos limites não podíamos perceber. A existência daquela terra parecia corroborar as hipóteses de Maury. O engenhoso americano observara, de fato, que entre o polo Sul e o sexagésimo paralelo, o mar está coberto de blocos de gelo flutuantes, de dimensões enormes, que nunca são encontrados no Atlântico Norte. A partir disso, concluiu que o círculo Antártico encerra terras consideráveis, visto que os icebergs não podem se formar em pleno mar, mas somente nas costas. Segundo seus cálculos, a massa de gelo que envolve o polo Austral forma uma grande calota cuja largura deve chegar a quatro mil quilômetros.

O *Nautilus*, enquanto isso, temendo encalhar, havia parado a três amarras de uma praia dominada por um espetacular empilhamento de rochas. O bote foi lançado ao mar. O capitão, dois de seus homens levando equipamentos, Conseil e eu embarcamos. Eram dez horas da manhã. Eu não tinha visto Ned Land. O canadense sem dúvida não queria se retratar diante do polo Sul.

Algumas remadas levaram o bote até a areia, onde ancorou. No momento em que Conseil ia saltar em terra firme, retive-o.

— Capitão — eu disse —, ao senhor a honra de ser o primeiro a pôr os pés nesta terra.

— Sim, professor — respondeu o capitão —, e se não hesito em pisar neste solo é porque, até agora, nenhum ser humano deixou nele a marca de seus passos.

Dito isto, saltou com leveza para a areia. Estava muito comovido. Escalou uma rocha inclinada que terminava num pequeno promontório, e ali, braços cruzados, olhar ardente, imóvel, mudo, pareceu tomar posse daquelas regiões austrais. Depois de cinco minutos naquele êxtase, virou-se para nós.

— Quando quiser, professor — gritou.

Desembarquei, seguido de Conseil, deixando os dois homens no bote.

O solo era formado, numa grande extensão, por uma rocha porosa de cor avermelhada, como se fosse feito de fragmentos de tijolo. Era coberto por fragmentos de lava, tufos vulcânicos e pedras-pomes. Impossível ignorar sua origem vulcânica. Em certos pontos, algumas leves fumarolas exalavam um cheiro sulfuroso, atestando que os fogos interiores ainda conservavam seu poder de expansão. No entanto, ao escalar um alto paredão, não vi nenhum vulcão num raio de várias milhas. É sabido que naquelas regiões antárticas James Ross encontrou as crateras do Érebo e do Terror em plena atividade no meridiano 167 e a 77° 32' de latitude.

A vegetação desse continente desolado me pareceu extremamente restrita. Alguns líquens da espécie *Usnea melanoxantha* se espalhavam pelas rochas negras. Algumas plântulas microscópicas, diatomáceas rudimentares, espécies de células dispostas entre duas conchas de quartzíferas, longos fucos púrpuras e carmesins, sustentados por pequenas bexigas natatórias lançadas na costa pela ressaca, compunham toda a minguada flora da região.

A praia estava constelada de moluscos, pequenos mariscos, patelas, bucárdias lisas em forma de coração e sobretudo clios de corpo oblongo e membranoso, com a cabeça formada por dois lobos arredondados. Vi também miríades de clios boreais, de três centímetros de comprimento, engolidos aos milhares a cada bocada da baleia. Os encantadores pterópodes, verdadeiras borboletas do mar, animavam as águas livres na beira da praia.

Entre outros zoófitos, apareciam nos baixios algumas arborescências coralígenas, as mesmas que, segundo James Ross, vivem nos mares antárticos até mil metros de profundidade; depois, pequenos alcionários pertencentes à espécie *Procellaria pelagica*, bem como um grande número de astérias típicas daqueles climas, e estrelas-do-mar que constelavam o solo.

Porém, onde a vida superabundava era nos ares. Ali

voavam e planavam milhares de aves de espécies variadas, que nos ensurdeciam com seus gritos. Outras ocupavam as rochas, vendo-nos passar sem medo e correndo familiarmente atrás de nós. Eram araus tão ágeis e flexíveis dentro d'água, onde às vezes são confundidos com rápidos bonitos, quanto desajeitados e pesados em terra. Soltavam gritos inesperados e formavam assembleias numerosas, sóbrias em gestos mas pródigas em grasnidos.

Entre os pássaros, observei quionidídeos, da família dos pernaltas, grandes como pombas, de cor branca, bico curto e cônico, olho enquadrado por um círculo vermelho. Conseil fez provisão dessas aves que, bem preparadas, fazem um prato agradável. Pelos ares passavam albatrozes fuliginosos com uma envergadura de quatro metros, com razão chamados de abutres do oceano, petréis gigantescos, *quebrante-huesos* de asas arqueadas, que são grandes comedores de focas, cagarras, que são como pequenos patos de dorso preto e branco, por fim toda uma série de petréis, uns brancos de asas amarronzadas, outros azuis e específicos dos mares antárticos, sendo estes "tão oleosos", eu disse a Conseil, "que os habitantes das ilhas Féroe se contentam em adaptar-lhes uma mecha antes de acendê-los".

— Mais um pouco — completou Conseil — e seriam lâmpadas perfeitas! Depois, basta exigir que a natureza os faça já dotados de uma mecha!

Oitocentos metros depois, o solo estava crivado de ninhos de pinguim, como tocas para a postura dos ovos, dos quais escapavam várias aves. O capitão Nemo mandou caçar algumas centenas mais tarde, pois sua carne escura é bastante agradável. Zurravam como asnos. Esses animais, do tamanho de um ganso, o corpo da cor de ardósia, brancos embaixo e com um colarinho cor de limão, se deixavam matar a pedradas sem tentar fugir.

Enquanto isso, a bruma não subia, e às onze horas o sol ainda não tinha surgido. Sua ausência não deixava de me inquietar. Sem ele, não poderíamos saber nossa posição. Como determinar se havíamos atingido o polo?

Quando fui ao encontro do capitão Nemo, achei-o em silêncio, apoiado num pedaço de rocha e olhando para o céu. Parecia impaciente, contrariado. Mas o que fazer? Aquele homem audacioso e poderoso não controlava o sol como controlava o mar.

O meio-dia chegou sem que o astro do dia tivesse aparecido por sequer um instante. Impossível reconhecer o lugar que ocupava atrás da cortina de bruma, que logo se precipitou em neve.

— Até amanhã — limitou-se a dizer o capitão, e voltamos ao *Nautilus* em meio aos turbilhões da atmosfera.

As redes haviam sido lançadas durante nossa ausência, e observei com interesse os peixes que acabavam de ser içados a bordo. Os mares antárticos serviam de refúgio a um grande número de migradores, que fogem das tempestades das zonas menos elevadas para caírem, na verdade, nas presas dos marsuínos e das focas. Vi alguns cotídeos austrais, com dez centímetros de comprimento, espécie de cartilaginosos esbranquiçados rajados com faixas lívidas e dotados de agulhões, quimeras-antárticas com três pés de comprimento, corpo muito alongado, pele branca, prateada e lisa, cabeça arredondada, dorso com três nadadeiras, o focinho terminado numa tromba que se curva até a boca. Experimentei sua carne, mas achei-a insípida, ao contrário de Conseil, que se adaptou bem ao gosto.

A tempestade de neve se prolongou até o dia seguinte. Era impossível ficar na plataforma. Do salão, onde eu registrava os incidentes daquela excursão ao continente polar, ouvia os gritos dos petréis e dos albatrozes que brincavam no meio da tormenta. O *Nautilus* não permaneceu imóvel e, contornando a costa, avançou mais uma dezena de milhas para o sul, em meio à meia-luz que o sol criava ao passar rente ao horizonte.

No dia seguinte, 20 de março, a neve havia cessado. O

VINTE MIL LÉGUAS SUBMARINAS 411

frio era um pouco mais intenso. O termômetro marcava dois graus abaixo de zero. A neblina se ergueu e, naquele dia, tive esperança de que nossa posição poderia ser determinada.

Como o capitão Nemo ainda não tinha aparecido, o bote pegou Conseil e eu e nos deixou em terra. A natureza do solo era a mesma, vulcânica. Em toda parte havia rastros de lava, escórias, basaltos, sem que eu avistasse a cratera que os expelira. Aqui, como ontem, miríades de aves animavam essa parte do continente polar. Mas dividiam esse império com grandes bandos de mamíferos marinhos que nos olhavam com seus olhos doces. Eram focas de espécies variadas, algumas estendidas no solo, outras deitadas em blocos de gelo à deriva, várias saindo do mar ou nele entrando. Não fugiam quando nos aproximávamos, pois nunca tinham visto um homem, e contei ali número suficiente para abastecer algumas centenas de navios.

— Palavra! — exclamou Conseil. — Ainda bem que Ned Land não nos acompanhou!

— Por quê, Conseil?

— Porque o fanático caçador teria acabado com tudo.

— Tudo é um pouco demais, mas acredito, de fato, que não conseguiríamos impedir nosso amigo canadense de arpoar alguns desses magníficos cetáceos. O que teria enraivecido o capitão Nemo, que não derrama inutilmente o sangue de criaturas indefesas.

— Com razão.

— Certamente, Conseil. Mas, diga-me, já classificou esses magníficos espécimes da fauna marinha?

— O doutor bem sabe — respondeu Conseil — que não sou muito bom na prática. Quando o doutor me disser o nome desses animais...

— São focas e morsas.

— Dois gêneros, que pertencem à família dos pinípedes — apressou-se em dizer meu sábio Conseil —, ordem dos

carnívoros, grupo dos unguiculados, subclasse dos monodélfios, classe dos mamíferos, ramo dos vertebrados.

— Muito bem, Conseil — elogiei —, mas esses dois gêneros, focas e morsas, se dividem em espécies, e se não me
engano, teremos aqui a ocasião de observá-las. Vamos.

Eram oito horas da manhã. Tínhamos quatro horas
até o momento em que o sol pudesse ser observado com
proveito. Dirigi nossos passos para uma vasta baía que se
recortava na falésia granítica da praia.

Ali, posso dizer que, a perder de vista ao nosso redor,
a terra e o gelo estavam tomados de mamíferos marinhos.
Instintivamente procurei o velho Proteu, o mitológico pastor que guardava os imensos rebanhos de Netuno. Eram
focas em sua maioria, que formavam grupos distintos, machos e fêmeas, o pai cuidando de sua família, a mãe alei-
tando os filhotes, alguns jovens, já fortes, se emancipando
com alguns passos. Quando esses mamíferos queriam se
deslocar, davam pequenos saltos contraindo o corpo, e se
ajudavam desajeitadamente com sua imperfeita nadadeira que, no peixe-boi, seu congênere, forma um verdadeiro antebraço. Devo dizer que, na água, seu elemento por
excelência, esses animais de espinha dorsal móvel, bacia
estreita, pelo curto e cerrado, pés palmados, nadam admiravelmente. Em repouso e em terra, tomam posturas extremamente graciosas. Por isso os antigos, observando sua
fisionomia suave, seu olhar expressivo, como o mais belo
olhar feminino, seus olhos aveludados e límpidos, suas po-
ses charmosas, poetizando-os à sua maneira, metamorfo-
searam os machos em tritões e as fêmeas em sereias.

Chamei a atenção de Conseil para o considerável desenvolvimento dos lobos cerebrais desses inteligentes cetáceos.
Nenhum mamífero, à exceção do homem, tem matéria cerebral tão rica. Assim, as focas podem receber certo treina-
mento; são domesticadas com facilidade e acredito, como
certos naturalistas, que adequadamente treinadas poderiam prestar grandes serviços como cães de pesca.

VINTE MIL LÉGUAS SUBMARINAS   413

A maioria dessas focas dormia sobre as pedras ou na areia. Entre as focas propriamente ditas, que não têm orelhas externas — diferentes, nesse aspecto, das otárias de orelhas salientes —, observei diversas variedades de foca-leopardo, com três metros de comprimento, pelo branco, cabeça de buldogue, dotadas de dez dentes em cada mandíbula, quatro incisivos em cima e embaixo dois grandes caninos em forma de flor-de-lis. Entre elas arrastavam-se elefantes-marinhos, um tipo de foca com tromba curta e móvel, os gigantes da espécie, que tinham dez metros de comprimento por uma circunferência de vinte pés. Não esboçavam nenhum movimento ante nossa aproximação.

— Esses animais não são perigosos? — perguntou-me Conseil.

— Não — respondi —, a não ser que os ataquem. Quando uma foca defende seu filhote, sua fúria é terrível, e não é raro despedaçarem embarcações.

— Está no seu direito — replicou Conseil.

— Não digo que não.

Duas milhas adiante, fomos interrompidos pelo promontório que protegia a baía dos ventos do sul. Ele caía verticalmente até o mar e cobria-se com a espuma da rebentação. Para além daquele ponto, sobrevinham rugidos formidáveis, como de uma manada de ruminantes.

— Ora — interessou-se Conseil —, um concerto de touros?

— Não, um concerto de morsas.

— Estão brigando?

— Brigando ou brincando.

— Com a licença do doutor, precisamos ver isso.

— Precisamos, Conseil.

E lá estávamos, escalando as rochas escuras, passando por desmoronamentos imprevistos e por pedras que o gelo deixava muito escorregadias. Caí mais de uma vez, para grande prejuízo de minhas costas. Conseil, mais prudente ou mais robusto, não tropeçava e me reerguia, dizendo:

— Se o doutor fizer a gentileza de afastar as pernas, conservará melhor o seu equilíbrio.

Chegando à aresta superior do promontório, avistei uma ampla planície branca, coberta de morsas. Os animais brincavam. Eram rugidos de contentamento, não de fúria.

As morsas se assemelham às focas na forma do corpo e na disposição dos membros. Mas não têm caninos e incisivos na mandíbula inferior, e seus caninos superiores são duas longas presas de oitenta centímetros que, na circunferência do alvéolo bucal, medem trinta e três centímetros. Esses dentes, feitos de um marfim compacto e sem estrias, mais duro que o dos elefantes, e menos propensos a amarelar, são muito procurados. Por isso as morsas são alvo de uma caça inconsiderada que logo não deixará mais nenhuma, pois os caçadores, massacrando indistintamente fêmeas prenhes e jovens, exterminam a cada ano mais de quatro mil.

Passando ao lado desses curiosos animais, pude examiná-los à vontade, pois não se incomodavam. Tinham a pele espessa e rugosa, de um tom fulvo puxando para o ruivo, pelos curtos e esparsos. Algumas tinham quatro metros de comprimento. Mais tranquilas e menos temerosas que seus congêneres do norte, não confiavam a sentinelas escolhidas o cuidado de vigiar os arredores de seu acampamento.

Depois de examinar essa cidade de morsas, decidi voltar. Eram onze horas, e se o capitão Nemo encontrasse condições favoráveis para fazer suas marcações, eu queria estar presente. No entanto, não esperava que o sol se mostrasse naquele dia. Nuvens compactas no horizonte o ocultavam. O astro cioso parecia não querer revelar a seres humanos aquele ponto inabordável do globo.

Mesmo assim, decidi regressar ao *Nautilus*. Seguimos uma trilha estreita que corria no topo da falésia. Às onze e meia, chegamos ao ponto de desembarque. O bote ancorado havia trazido o capitão à praia. Vi-o de pé em

VINTE MIL LÉGUAS SUBMARINAS   415

cima de um bloco de basalto. Seus instrumentos estavam a
seu lado. Seu olhar se fixava no horizonte norte, perto do
qual o sol descrevia então sua curva alongada.

Posicionei-me a seu lado e aguardei, sem falar. O meio-
-dia chegou e, como na véspera, o sol não se mostrou.

Era uma fatalidade. Ainda não tínhamos visto o sol. Se
amanhã ele não aparecesse, seria preciso renunciar definitivamente ao cálculo de nossa posição.

De fato, estávamos justamente no dia 20 de março. No
dia seguinte, 21, dia do equinócio, sem contar a refração,
o sol desaparecia do horizonte por seis meses, e com seu
desaparecimento teria início a longa noite polar. Depois
do equinócio de setembro, ele havia despontado no horizonte setentrional, elevando-se em espirais alongadas até o
dia 21 de dezembro. A partir desse dia, solstício de verão
nas regiões boreais, ele voltara a descer, e amanhã deveria
emitir seus últimos raios.

Comuniquei minhas observações e meus temores ao
capitão Nemo.

— Tem razão, professor Aronnax — ele concordou —,
se amanhã eu não puder medir a altura do sol, não poderei
retomar essa operação antes de seis meses. Contudo, justamente porque os acasos de minha navegação me trouxeram, no dia 21 de março, a esses mares, minha posição será
fácil de ser determinada se, ao meio-dia, o sol se mostrar.

— Por quê, capitão?

— Porque, quando o astro do dia descreve espirais tão
alongadas é difícil medir com precisão sua altura acima
do horizonte, e os instrumentos podem ser levados a co-
meter graves erros.

— Como fará, então?

— Usarei apenas meu cronômetro — respondeu o capitão Nemo. — Se amanhã, 21 de março, ao meio-dia, o
disco solar, levando-se em conta a refração, for cortado
pelo horizonte norte exatamente no meio, será porque estou no polo Sul.

— É verdade. No entanto, essa afirmação não é matematicamente rigorosa, pois o equinócio não ocorre necessariamente ao meio-dia.

— Sem dúvida, professor, mas o erro será de menos de cem metros, o que está mais que bom. Até amanhã, então.

O capitão Nemo voltou a bordo. Conseil e eu ficamos até as cinco horas percorrendo a praia, observando e estudando. Não coletei nenhum objeto curioso, apenas um ovo de arau, de espessura notável, pelo qual um colecionador pagaria mais de mil francos. Sua cor branco-amarelada, as listras e os caracteres, que o ornavam como hieróglifos, faziam dele um raro bibelô. Coloquei-o nas mãos de Conseil, e o prudente rapaz, com pé firme, carregando-o como uma preciosa porcelana chinesa, levou-o intacto ao *Nautilus*.

Guardei esse raro ovo sob uma das vitrines do museu. Jantei com apetite um excelente pedaço de fígado de foca, cujo gosto lembrava o da carne de porco. Depois fui me deitar, não sem antes invocar, como um hindu, os favores do astro radioso.

No dia seguinte, 21 de março, às cinco horas da manhã subi à plataforma, onde encontrei o capitão Nemo.

— O tempo está limpando um pouco — disse ele. — Estou esperançoso. Depois de comer, iremos a terra escolher um posto de observação.

Decidido esse ponto, fui procurar Ned Land. Gostaria de levá-lo comigo. O teimoso canadense recusou o convite, e vi que seu humor taciturno e contrariado aumentava a cada dia. Naquela circunstância, não lamentei tanto sua teimosia. Havia realmente focas demais em terra e era melhor não submeter o impulsivo pescador àquela tentação.

Terminada a refeição, fui à praia. O *Nautilus* avançara mais algumas milhas durante a noite. Estava ao largo, a uma boa légua da costa, em que se elevava um pico agudo de quatro a cinco metros. Além de mim, o bote levava o ca-

VINTE MIL LÉGUAS SUBMARINAS 417

pitão Nemo, dois homens da tripulação e os instrumentos, isto é, um cronômetro, uma luneta e um barômetro.

Durante a travessia, vi muitas baleias pertencentes a três espécies típicas dos mares austrais, a baleia-franca ou *right whale* dos ingleses, que não tem nadadeira dorsal, a *humpback*, balenopterídeo de ventre plissado, grandes nadadeiras brancas, e que, apesar do nome, não tem asas, e a *finback*, marrom-amarelada, o mais esperto dos cetáceos. Esse poderoso animal se faz ouvir de longe, quando projeta a grandes alturas suas colunas de ar e vapor, que parecem turbilhões de fumaça. Todos esses diferentes mamíferos se divertiam aos bandos nas águas tranquilas, e entendi que a bacia do polo Antártico servia naquele momento de refúgio aos cetáceos incansavelmente perseguidos pelos caçadores.

Também observei longos cordões esbranquiçados de salpas, um tipo de molusco em colônias, e medusas de grande porte que se balançavam no redemoinho das ondas.

Às nove horas, atracamos. O céu começava a clarear. As nuvens fugiam para o sul. As brumas abandonavam a fria superfície das águas. O capitão Nemo se dirigiu para o pico onde sem dúvida faria seu observatório. Foi uma subida difícil por lavas pontiagudas e pedras-pomes, em meio a uma atmosfera bastante saturada por emanações sulfurosas de fumarolas. O capitão, para um homem desacostumado a pisar em terra, transpunha os aclives mais inclinados com uma leveza e uma agilidade que eu não conseguia igualar, e que daria inveja a um caçador de camurças.

Levamos duas horas para chegar ao cume daquele pico de pórfiro e basalto. De lá nossos olhares abarcavam um vasto mar que, para o norte, demarcava nitidamente seus limites sobre o fundo do céu. A nossos pés, campos ofuscantes de tão brancos. Sobre nossa cabeça, um pálido azul, livre de neblina. Ao norte, o disco do sol como uma bola de fogo já desbastada pelo gume do horizonte. De dentro das águas elevavam-se centenas de esguichos magníficos. Ao longe, o *Nautilus* como um cetáceo adormecido. Atrás de nós, para o sul e para o leste, uma terra imensa, um amontoado caótico de rochedos e blocos de gelo cujos limites não avistávamos.

O capitão Nemo, chegando ao cume do pico, mediu cuidadosamente sua altura por meio do barômetro, pois precisava considerá-la em sua observação.

Faltando quinze minutos para o meio-dia, o sol, visto apenas por refração, mostrou-se como um disco de ouro e dispersou seus últimos raios sobre aquele continente abandonado, sobre aqueles mares que o homem nunca antes navegara.

O capitão Nemo, usando uma luneta reticulada, que, por meio de um espelho, corrigia a refração, observou o astro que aos poucos caía abaixo da linha do horizonte, seguindo uma diagonal muito alongada. Eu segurava o cronômetro. Meu coração batia com força. Se o desaparecimento do semidisco do sol coincidisse com o meio-dia do cronômetro, estávamos mesmo no polo.

— Meio-dia! — gritei.

— O polo Sul! — respondeu o capitão Nemo com uma voz grave, passando-me a luneta que mostrava o astro do dia cortado exatamente em duas partes iguais pelo horizonte.

Contemplei os últimos raios coroarem o pico e as sombras começarem a subir por suas encostas.

Naquele momento, o capitão Nemo, apoiando sua mão em meu ombro, declarou:

— Professor, em 1600, o holandês Gerritsz, levado por correntes e tempestades, atingiu 64° de latitude sul e descobriu as New Shetland. Em 1773, no dia 17 de janeiro, o ilustre Cook, seguindo o trigésimo oitavo meridiano, chegou a 67° 30' de latitude, e em 1774, no dia 30 de janeiro, no centésimo nono meridiano, ele atingiu 71° 15' de latitude. Em 1819, o russo Bellingshausen encontrou-se no sexagésimo nono paralelo, e em 1821, no

VINTE MIL LÉGUAS SUBMARINAS

sexagésimo sexto a 111° de longitude oeste. Em 1820, o inglês Bransfield deteve-se no sexagésimo quinto grau. No mesmo ano, o americano Morrel, cujos relatórios são dúbios, subiu o quadragésimo segundo meridiano e descobriu o mar aberto a 70° 14' de latitude. Em 1825, o inglês Powell não pôde ultrapassar o sexagésimo segundo grau. No mesmo ano, um simples pescador de focas, o inglês Weddell, chegou até 72° 14' de latitude no trigésimo quinto meridiano, e até 74° 15' no trigésimo sexto. Em 1829, o inglês Forster, comandante do *Chanticleer*, tomava posse do continente antártico a 63° 26' de latitude e 66° 26' de longitude. Em 1831, o inglês Biscoe descobria, em 10 de fevereiro, a Terra de Enderby a 68° 50' de latitude, em 1832, no dia 5 de fevereiro, a ilha Adelaide a 67° de latitude, e em 21 de fevereiro, a Terra de Graham a 64° 45' de latitude. Em 1838, o francês Dumont d'Urville, detendo-se diante da banquisa a 62° 57' de latitude, demarcava a terra Luís Felipe; dois anos depois, em novo levantamento ao sul, batizava a 66° 30', em 21 de janeiro, a terra Adélia, e oito dias depois, a 64° 40', a costa Clarie. Em 1838, o americano Wilkes avançava até o sexagésimo nono paralelo no centésimo meridiano. Em 1839, o inglês Balleny descobria a terra Sabrina, no limite do círculo polar. Por fim, em 1842, o inglês James Ross, à frente do *Erebus* e do *Terror*, no dia 12 de janeiro, a 76° 56' de latitude e 171° 7' de longitude leste, descobria a Terra de Vitória; no dia 23 do mesmo mês, atingia o septuagésimo quarto paralelo, o ponto mais distante atingido até então; no dia 27, chegava a 76° 8', no dia 28, a 77° 32', no dia 2 de fevereiro, a 78° 4', e em 1843 voltava ao septuagésimo primeiro grau, que não pôde ultrapassar. Pois bem, neste 21 de março de 1868, eu, capitão Nemo, atingi o polo Sul no nonagésimo grau, e tomo posse desta parte do globo que equivale a um sexto dos continentes conhecidos.

— Em nome de quem, capitão?

— No meu, professor!

Dizendo isso, o capitão Nemo desdobrou uma bandeira negra com um N em ouro esquartelado sobre o tecido. Depois, voltando-se para o astro do dia, cujos últimos raios roçavam o horizonte do mar, exclamou:

— Adeus, sol! Desapareça, astro radioso! Ponha-se sob este mar aberto, e deixe que uma noite de seis meses estenda suas sombras sobre meu novo domínio!

15. Acidente ou incidente?

No dia seguinte, 22 de março, às seis horas da manhã, os preparativos para a partida foram iniciados. As últimas luzes do crepúsculo se dissolviam na escuridão. O frio era intenso. As constelações cintilavam com surpreendente intensidade. No zênite brilhava o admirável Cruzeiro do Sul, a estrela polar das regiões antárticas.

O termômetro marcava doze graus abaixo de zero, e quando o vento zunia, chegava a doer. Blocos de gelo se multiplicavam sobre as águas. O mar começava a congelar em toda parte. Inúmeras placas escuras, espalhadas por sua superfície, anunciavam a iminente formação de gelo recente. A bacia austral, congelada durante os seis meses do inverno, obviamente tornava-se inacessível. Para onde iam as baleias durante aquele período? Sem dúvida passavam por baixo da banquisa à procura de mares mais habitáveis. As focas e as morsas, acostumadas a viver sob os climas mais rigorosos, ficavam naquelas gélidas paragens. Esses animais têm o instinto de cavar buracos nos *icefields* e mantê-los sempre abertos. É nesses buracos que vêm respirar; depois que os pássaros, expulsos pelo frio, migram para o norte, esses mamíferos marinhos se tornam os únicos senhores do continente polar.

Assim que os reservatórios foram abastecidos, o *Nautilus* começou a descer lentamente. A uma profundidade de trezentos metros, parou. Sua hélice bateu as águas e ele avançou para o norte com uma velocidade de quinze milhas por hora. Ao anoitecer, já navegava sob a imensa carapaça congelada da banquisa.

Os painéis do salão foram fechados por prudência, pois o casco do *Nautilus* podia chocar-se com algum bloco submerso. Assim, fiquei naquele dia passando a limpo meus apontamentos. Minha mente estava completamente impregnada das recordações do polo. Havíamos atingido esse ponto inacessível sem fadigas, sem perigo, como se nosso vagão flutuante tivesse deslizado pelos trilhos de um caminho de ferro. Agora sim se iniciava o nosso regresso. Ainda me reservaria surpresas como aquela? Eu pensava que sim, tão inesgotável era aquela série de maravilhas submarinas! Fazia cinco meses e meio que o acaso nos lançara a bordo, e nesse tempo havíamos percorrido catorze mil léguas, e nesse trajeto mais extenso que o Equador terrestre, quantos incidentes curiosos ou terríveis não haviam embelezado nossa viagem: a caçada nas florestas de Crespo, o encalhe no estreito de Torres, o cemitério de coral, as pescarias no Ceilão, o túnel arábico, os fogos de Santorini, os milhões da baía de Vigo, a Atlântida, o polo Sul! À noite, essas lembranças todas, passando de sonho em sonho, não deixaram meu cérebro descansar por um instante sequer.

Às três horas da manhã, fui despertado por um choque violento. Estava sentado na cama e tentava ouvir em meio à escuridão, quando fui precipitado para o meio do quarto. O *Nautilus* adernava consideravelmente depois de tocar alguma coisa.

Encostei nas paredes e arrastei-me pelas coxias até o salão com o teto luminoso aceso. Os móveis haviam sido derrubados. Felizmente, as vitrines, de pés firmes, resistiram. Os quadros de estibordo, sob o deslocamento vertical, se colavam às tapeçarias, enquanto os de bombordo tinham suas bordas inferiores a trinta centímetros de distância dessas. O *Nautilus*, portanto, pendia para estibordo, e além disso estava completamente imóvel.

VINTE MIL LÉGUAS SUBMARINAS 423

Ouvi sons de passos, vozes confusas. Mas o capitão Nemo não apareceu. No momento em que eu ia deixar o salão, Ned Land e Conseil entraram.

— O que houve? — perguntei-lhes imediatamente.

— Viemos perguntar o mesmo ao doutor — respondeu Conseil.

— Mil diabos! — gritou o canadense. — Eu sei muito bem o que aconteceu! O *Nautilus* tocou algo, a julgar por sua inclinação, não creio que se livre como da primeira vez, no estreito de Torres.

— Mas ao menos voltou à superfície?

— Não sabemos — respondeu Conseil.

— É fácil de descobrir — lembrei.

Consultei o manômetro. Para minha grande surpresa, indicava uma profundidade de trezentos e sessenta metros.

— O que isso quer dizer? — exclamei.

— É preciso perguntar ao capitão Nemo — disse Conseil.

— Mas onde encontrá-lo? — perguntou Ned Land.

— Sigam-me — eu disse a meus dois companheiros.

Saímos do salão. Na biblioteca, ninguém. Na escadaria central, no posto da tripulação, ninguém. Imaginei que o capitão Nemo estivesse na cabine do timoneiro. O melhor era esperar. Voltamos os três ao salão.

Omitirei as recriminações do canadense. Ele tinha bons motivos para se exaltar. Deixei-o extravasar seu mau humor à vontade, sem responder.

Estávamos assim havia vinte minutos, tentando adivinhar os menores ruídos que ocorriam dentro do *Nautilus*, quando o capitão Nemo entrou. Não pareceu nos ver. Sua fisionomia, em geral tão impassível, revelava certa inquietude. Em silêncio observou a bússola, o manômetro, e veio colocar o dedo sobre um ponto do planisfério, na parte que representava os mares austrais.

Não quis interrompê-lo. Alguns minutos depois, quando se voltou para mim, devolvi-lhe a mesma expressão que ele havia utilizado no estreito de Torres:

— Um incidente, capitão?

— Não, professor — ele respondeu —, um acidente, dessa vez.

— Grave?

— Talvez.

— O perigo é iminente?

— Não.

— O *Nautilus* encalhou?

— Sim.

— E esse encalhe decorreu...?

— De um capricho da natureza, não da imperícia dos homens. Nenhum erro foi cometido em nossas manobras. No entanto, impossível impedir o equilíbrio de produzir seus efeitos. Podemos desafiar as leis humanas, mas não resistir às leis da natureza.

Inusitado momento escolhido pelo capitão Nemo para aquela reflexão filosófica. Em suma, sua resposta não me dizia nada.

— Posso saber, capitão, qual foi a causa do acidente?

— Um enorme bloco de gelo, uma montanha inteira desabou. Quando os icebergs são erodidos na base por águas mais quentes ou por choques reiterados, seu centro de gravidade sobe. O que os faz virar, e eles desabam. Foi o que aconteceu. Um desses blocos, ao virar, chocou-se com o *Nautilus*, que navegava sob as águas. Depois, deslizando sob seu casco e erguendo-o com uma força irresistível, levou-o para camadas menos densas, onde se encontra deitado de lado.

— Mas não podemos soltar o *Nautilus* esvaziando seus reservatórios, de maneira a recolocá-lo em equilíbrio?

— É o que está sendo feito neste momento, professor. Podemos ouvir as bombas funcionando. Observe o ponteiro do manômetro, indicando que o *Nautilus* está subindo, mas o bloco de gelo está subindo com ele, e até que um obstáculo detenha seu movimento ascensional, nossa posição não mudará.

VINTE MIL LÉGUAS SUBMARINAS   425

De fato, o *Nautilus* continuava pendendo para estibordo. Sem dúvida se endireitaria quando o bloco parasse. Mas como saber se não nos chocaríamos com a parte inferior da banquisa, se não ficaríamos terrivelmente presos entre as duas superfícies geladas?

Eu refletia sobre todas as consequências daquela situação. O capitão Nemo não tirava os olhos do manômetro. O *Nautilus*, depois da queda do iceberg, havia subido cerca de quarenta e cinco metros, mas continuava no mesmo ângulo com a perpendicular.

De repente, um leve movimento fez-se sentir no casco. O *Nautilus* se endireitou um pouco. Os objetos suspensos no salão voltaram visivelmente à posição normal. As paredes se aproximaram da vertical. Nenhum de nós falava. Alarmados, observávamos, sentíamos o realinhamento. O chão voltou à horizontal sob nossos pés. Dez minutos se passaram.

— Finalmente, estamos alinhados! — exclamei.

— Sim — disse o capitão Nemo —, dirigindo-se para a porta do salão.

— Mas seguiremos em frente? — perguntei-lhe

— Certamente — ele respondeu —, pois os reservatórios ainda não estão vazios. Quando estiverem, o *Nautilus* precisará subir à superfície.

O capitão saiu. Logo vi que, sob suas ordens, o movimento ascendente do *Nautilus* havia sido interrompido. De fato, logo teríamos atingido a parte inferior da banquisa, e melhor seria manter-se entre duas águas.

— Escapamos por pouco! — disse então Conseil.

— Sim. Podíamos ficar esmagados entre esses blocos de gelo, ou no mínimo presos. E então, sem poder renovar o ar... Sim! Escapamos por pouco!

— Ou não! — murmurou Ned Land.

Não quis dar início a uma discussão inútil com o canadense, e não respondi. Além disso, os painéis foram abertos naquele momento, e a luz externa irrompeu pelos vidros desimpedidos.

Estávamos entre duas águas, como eu disse; mas a uma distância de dez metros, de cada lado do *Nautilus*, elevava-se uma ofuscante muralha de gelo. Acima e abaixo, a mesma muralha. Acima, porque a superfície inferior da banquisa se estendia como um teto imenso. Abaixo, porque o bloco invertido, tendo aos poucos deslizado, encontrara nas muralhas laterais dois pontos de apoio que o mantinham naquela posição. O *Nautilus* estava aprisionado num verdadeiro túnel de gelo, de cerca de vinte metros de largura, preenchido por águas calmas. Seria fácil sair dali indo para a frente ou para trás, e depois, a algumas centenas de metros mais abaixo, seguir uma passagem livre sob a banquisa.

O teto luminoso fora apagado, mas mesmo assim o salão brilhava com uma luz intensa, pois a vigorosa reverberação das paredes de gelo refletia com força as emanações do fanal. Eu não saberia descrever o efeito dos raios voltaicos sobre aqueles grandes blocos irregularmente recortados, em que cada ângulo, cada aresta, cada faceta lançava uma claridade diferente, dependendo da natureza das veias que percorriam o gelo. Mina resplandecente de gemas, e em especial de safiras, que cruzavam seus raios azuis com os raios verdes das esmeraldas. Aqui e ali, matizes opalinos de infinita suavidade corriam em meio a pontos ardentes como diamantes de fogo cujo brilho os olhos não podiam suportar. A potência do fanal era centuplicada, como a de uma lanterna pelas lâminas lenticulares de um grande farol.

— Mas que bonito! Que bonito! — exclamava Conseil.

— Sim! — eu disse. — Um espetáculo admirável. Não é mesmo, Ned?

— Com mil diabos, sim! — respondeu Ned Land. — É magnífico! Fico furioso por ter que concordar. Nunca se viu nada igual. Mas esse espetáculo poderá nos custar caro. A bem da verdade, penso que estamos vendo coisas que Deus quis que homem nenhum jamais visse!

VINTE MIL LÉGUAS SUBMARINAS

Ned tinha razão. Era belo demais. De repente, um grito de Conseil fez com que eu me virasse.

— O que houve? — perguntei.

— Que o doutor feche os olhos! Não veja isso!

Ao dizer isso, Conseil colocava suas mãos sobre minhas pálpebras.

— Mas o que você viu, meu rapaz?

— Fui ofuscado, fiquei cego!

Meus olhos se dirigiram involuntariamente para o vidro, mas não pude suportar a luz que o devorava.

Compreendi o que estava acontecendo. O *Nautilus* acabara de pôr-se em movimento a grande velocidade. Todo o tranquilo cintilar das muralhas de gelo havia se transformado em riscos fulgurantes. Os reflexos daquela miríade de diamantes se confundiam. O *Nautilus*, impulsionado por sua hélice, viajava dentro de um invólucro de raios.

Os painéis do salão foram fechados. Mantínhamos as mãos sobre os olhos, impregnados por luzes concêntricas que flutuavam diante da retina, como quando os raios solares a atingem com muita intensidade. Foi preciso algum tempo para que o turvamento de nossa visão passasse.

Por fim, abaixamos as mãos.

— Palavra de honra, eu nunca teria acreditado em algo assim — disse Conseil.

— E eu, ainda não acredito! — emendou o canadense.

— Quando voltarmos a terra — acrescentou Conseil —, cansados de tantas maravilhas da natureza, o que pensaremos dos míseros continentes e das pequenas obras vindas das mãos dos homens! O mundo habitado não é mais digno de nós, definitivamente!

Palavras como essas na boca de um impassível flamengo mostram a que grau de euforia havia subido nosso entusiasmo. Mas o canadense não deixou de jogar seu balde de água fria.

— O mundo habitado! — disse ele, sacudindo a cabeça.

— Não se preocupe, amigo Conseil, nunca mais o veremos!

Eram cinco horas da manhã. Foi quando se sentiu um choque na proa do *Nautilus*. Compreendi que seu rostro acabara de bater contra um bloco de gelo. Devia ser um erro de manobra, pois o túnel submarino, obstruído por blocos, não era de fácil navegação. Imaginei, portanto, que o capitão Nemo, modificando sua rota, contornaria os obstáculos ou seguiria as sinuosidades do túnel. Em todo caso, o avanço não seria totalmente desimpedido. Contrariando minha expectativa, porém, o *Nautilus* entrou em pronunciado movimento retrógrado.

— Estamos voltando? — perguntou Conseil.

— Sim — respondi. — O túnel não deve ter saída deste lado.

— E então...?

— Então, a manobra será bem simples. Voltaremos sobre nossos passos, e sairemos pelo orifício sul. Só isso.

Ao dizer isso, tentei parecer mais confiante do que estava de fato. Enquanto isso, o movimento retrógrado do *Nautilus* se acelerava e, propulsionando a contra-hélice, levava-nos com grande velocidade.

— Isso significará um atraso — disse Ned.

— O que são umas horas a mais ou a menos, se conseguirmos sair?

— Sim — repetiu Ned Land —, se conseguirmos sair!

Caminhei por alguns instantes entre o salão e a biblioteca. Meus companheiros, sentados, estavam quietos. Logo me deitei num divã, e peguei um livro que meus olhos percorreram maquinalmente.

Quinze minutos depois, Conseil, aproximando-se de mim, perguntou:

— O que o doutor está lendo é de fato interessante?

— Interessantíssimo — respondi.

— Acredito. O doutor está lendo o livro do doutor!

— Meu livro?

Com efeito, eu estava segurando o volume sobre *As grandes profundezas submarinas*. Eu nem havia percebido. Fechei o livro e voltei a caminhar. Ned e Conseil levantaram para se retirar.

— Fiquem, amigos — eu disse, retendo-os. — Fiquemos juntos até sairmos desse impasse.

— Como o doutor preferir — respondeu Conseil.

Passaram-se algumas horas. Olhei várias vezes para os instrumentos suspensos na parede do salão. O manômetro indicava que o *Nautilus* se mantinha a uma profundidade constante de trezentos metros; a bússola continuava se dirigindo para o sul; a barquilha avançava a uma velocidade de vinte milhas por hora, velocidade excessiva para um espaço tão exíguo. Mas o capitão Nemo sabia que naquele momento não havia pressa excessiva, os minutos equivaliam a séculos.

Às oito e vinte e cinco, um segundo choque ocorreu. Na popa, dessa vez. Empalideci. Meus companheiros se aproximaram de mim. Segurei a mão de Conseil. Falávamos com o olhar, com mais franqueza do que se as palavras tivessem interpretado nosso pensamento.

Naquele instante, o capitão entrou no salão. Fui até ele.

— A rota está bloqueada ao sul? — perguntei-lhe.

— Sim, professor. O iceberg, virando, fechou a saída.

— Estamos presos?

— Sim.

16. Falta de ar

Assim, em torno do *Nautilus*, acima, abaixo, havia um impenetrável muro de gelo. Éramos prisioneiros da banquisa! O canadense dera um estrondoso soco na mesa. Conseil se calava. Eu olhei para o capitão. Seu rosto havia recuperado a habitual impassibilidade. Estava de braços cruzados. Refletia. O *Nautilus* não se mexia.

O capitão tomou então a palavra:

— Senhores — disse com voz calma —, existem duas maneiras de morrer nas condições em que nos encontramos.

O inexplicável personagem parecia um professor de matemática fazendo uma demonstração aos alunos.

— A primeira — continuou — é morrer esmagados. A segunda, morrer asfixiados. Não cogito a possibilidade de morrer de fome, pois as provisões do *Nautilus* com certeza durarão mais que nós. Preocupemo-nos, portanto, com as chances de esmagamento ou asfixia.

— Quanto à asfixia, capitão — intervim —, não deve ser temida, pois nossos reservatórios estão cheios.

— Correto — retomou o capitão Nemo —, mas suprirão apenas dois dias de ar. Ora, estamos mergulhados nas águas há trinta e seis horas, e a atmosfera viciada do *Nautilus* começa a precisar de renovação. Em quarenta e oito horas, nossa reserva se esgotará.

— Muito bem, capitão, temos quarenta e oito horas para nos soltar!

VINTE MIL LÉGUAS SUBMARINAS 431

— É o que tentaremos fazer, perfurando a muralha que nos cerca.

— De que lado? — perguntei.

— A sonda nos dirá. Vou encostar o *Nautilus* no banco inferior, e meus homens, vestindo escafandros, atacarão a parede menos espessa do iceberg.

— Os painéis do salão podem ser abertos?

— Sem inconvenientes. Não estamos em movimento.

O capitão Nemo saiu. Um assobio logo me informou que a água entrava nos reservatórios. O *Nautilus* desceu lentamente e repousou no fundo de gelo a uma profundidade de trezentos e cinquenta metros, onde o banco de gelo inferior imergia.

— Meus amigos — eu disse —, a situação é grave, mas conto com sua coragem e energia.

— Professor — respondeu-me o canadense —, não o incomodarei com minhas recriminações num momento como esse. Estou disposto a fazer qualquer coisa pelo bem comum.

— Ótimo, Ned — eu disse, estendendo a mão ao canadense.

— Acrescento — ele retomou — que sou tão hábil na picareta quanto no arpão, e que se puder ser útil ao capitão, estou a seu dispor.

— Ele não recusará sua ajuda. Venha, Ned.

Conduzi o canadense à câmara onde os homens do *Nautilus* vestiam os escafandros. Comuniquei ao capitão a oferta de Ned, que foi aceita. O canadense vestiu seu traje de mergulho e se aprontou com seus companheiros de trabalho. Todos carregavam nas costas aparelhos de Rouquayrol, que haviam sido abastecidos com amplo contingente de ar puro. Empréstimo considerável, mas necessário, às reservas do *Nautilus*. Quanto às lâmpadas Ruhmkorff, tornavam-se inúteis naquelas águas luminosas e saturadas de raios elétricos.

Depois que Ned se vestiu, voltei ao salão, cujos vidros

estavam desimpedidos, e, ao lado de Conseil, examinei as camadas ambientes que suportavam o *Nautilus*.

Alguns instantes depois, vimos uma dúzia de homens da tripulação pisarem no banco de gelo, e entre eles Ned Land, reconhecível por sua alta estatura. O capitão Nemo estava com eles.

Antes de dar início à perfuração das muralhas, ele indicou o lugar das sondagens que deviam garantir a boa direção dos trabalhos. Longas sondas foram inseridas nas paredes laterais, mas após quinze metros ainda eram detidas pela espessa muralha. Era inútil atacar a superfície do teto, que era a própria banquisa com mais de quatrocentos metros de altura. O capitão Nemo sondou então a superfície inferior. Ali, dez metros de gelo nos separavam da água. Aquela era a espessura daquele *icefield*. A partir de então, tratava-se de recortar um pedaço de superfície igual à linha de flutuação do *Nautilus*. Eram cerca de seis mil e quinhentos metros cúbicos a desprender, a fim de cavar um buraco pelo qual desceríamos abaixo do campo de gelo.

O trabalho foi imediatamente iniciado e conduzido com incansável obstinação. Em vez de cavar em torno do *Nautilus*, o que traria dificuldades ainda maiores, o capitão Nemo fez com que se desenhasse o imenso fosso a oito metros da alheta de bombordo. Os homens o perfuraram simultaneamente em vários pontos de sua circunferência. As picaretas logo atacaram com força aquela matéria compacta, e grandes blocos foram separados da massa. Por um curioso efeito de gravidade específica, esses blocos, menos densos que a água, voavam por assim dizer até a abóbada do túnel, que crescia em cima o mesmo que diminuía embaixo. Mas isso não importava, contanto que a parede inferior se adelgaçasse na mesma proporção.

Depois de duas horas de trabalho enérgico, Ned Land voltou exaurido. Seus companheiros e ele foram substituídos por novos trabalhadores, aos quais Conseil e eu nos reunimos. O imediato do *Nautilus* nos dirigia.

VINTE MIL LÉGUAS SUBMARINAS

A água me pareceu singularmente fria, mas logo me aqueci manejando a picareta. Meus movimentos eram bastante livres, apesar de ocorrerem sob uma pressão de trinta atmosferas.

Quando regressei, após duas horas de trabalho, para comer alguma coisa e descansar, percebi uma notável diferença entre o fluido puro fornecido pelo aparelho Rouquayrol e a atmosfera do *Nautilus*, já viciada de gás carbônico. O ar não era renovado havia quarenta e oito horas, e suas qualidades revigorantes estavam consideravelmente mais fracas. No entanto, num intervalo de doze horas, tínhamos retirado da superfície desenhada uma camada de gelo com um metro de espessura, ou seja, cerca de seiscentos metros cúbicos. Admitindo que o mesmo trabalho fosse realizado em doze horas, ainda faltavam cinco noites e quatro dias para levar a cabo aquela empreitada.

— Cinco noites e quatro dias! — expus a meus companheiros. — E só temos o suficiente para dois dias de ar nos reservatórios.

— Sem contar — contrapôs Ned —, que uma vez saídos dessa maldita prisão, ainda estaremos presos embaixo da banquisa e sem comunicação possível com a atmosfera!

Observação certeira. Quem poderia prever o mínimo de tempo necessário para nossa libertação? A asfixia não nos sufocaria antes que o *Nautilus* pudesse voltar à superfície das ondas? Seria seu destino perecer naquele túmulo de gelo, com todos a bordo? A situação parecia terrível. Mas todos a encaravam, decididos a cumprir seu dever até o fim.

De acordo com minhas previsões, à noite uma nova camada de um metro foi retirada de seu imenso compartimento. Pela manhã, porém, vestindo meu escafandro, quando percorri a massa líquida a uma temperatura entre seis e sete graus abaixo de zero, observei que as muralhas laterais começavam a se aproximar. As camadas de água distantes do fosso, que não eram aquecidas pelo trabalho dos homens e pelo golpe das ferramentas, apresentavam uma tendência à solidificação. Diante desse novo e iminente perigo, quais seriam nossas chances de salvação, e como impedir a solidificação daquele meio líquido, que estilhaçaria como vidro as paredes do *Nautilus*?

Não comuniquei o novo perigo a meus dois companheiros. Para que correr o risco de abater a energia que colocavam no difícil trabalho de salvamento? Assim que voltei a bordo, no entanto, mencionei essa grave complicação ao capitão Nemo.

— Eu sei — respondeu-me com o mesmo tom calmo que não era abalado nem pelas mais terríveis conjunturas.

— É um perigo a mais, mas não vejo nenhuma maneira de evitá-lo. A única chance de salvação é sermos mais rápidos que a solidificação. Precisamos chegar primeiro. Só isso.

Chegar primeiro! Eu já deveria estar acostumado a essa maneira de falar!

Naquele dia, por várias horas, manejei a picareta com obstinação. O trabalho me revigorava. Além disso, trabalhar significava sair do *Nautilus*, respirar diretamente o ar puro retirado de seus reservatórios e fornecido pelos aparelhos, e abandonar uma atmosfera empobrecida e viciada.

Ao anoitecer, o fosso fora aumentado em um metro. Quando voltei a bordo, quase fui asfixiado pelo gás carbônico que saturava o ar. Ah, por que não tínhamos os meios químicos que teriam permitido expulsar esse gás deletério! Oxigênio era o que não faltava. Toda aquela água continha uma quantidade considerável e, decompondo-a com nossas potentes pilhas, ela nos restituiria o fluido vivificante. Eu havia pensado naquilo, mas era impossível, pois o gás carbônico, produto de nossa respiração, invadira todas as partes do navio. Para absorvê-lo, seria necessário encher recipientes de potássio cáustico e agitá-los incessantemente. Ora, essa substância não existia a bordo, e nada poderia substituí-la.

Naquela noite, o capitão Nemo precisou abrir as tor-

VINTE MIL LÉGUAS SUBMARINAS   435

neiras de seus reservatórios e lançar algumas colunas de
ar puro para dentro do *Nautilus*. Sem essa precaução, não
teríamos acordado.

No dia seguinte, 26 de março, voltei ao ofício de mi-
nerador cortando o quinto metro. As paredes laterais e
a superfície inferior da banquisa se avolumavam a olhos
vistos. Era evidente que se uniriam antes que o *Nautilus*
conseguisse soltar-se. Por um instante fui tomado pelo
desespero. Minha picareta quase me escapou das mãos.
Para que cavar, se morreria sufocado, esmagado por aquela água que se fazia pedra, um suplício que a ferocidade
dos selvagens não poderia inventar. Eu me sentia entre as
tremendas mandíbulas de um monstro que se fechavam
irresistivelmente.

Naquele momento, o capitão Nemo, dirigindo os trabalhos, ele mesmo trabalhando, passou a meu lado. To-
quei-o com a mão e mostrei-lhe as paredes de nossa prisão. A muralha de estibordo avançara até menos de quatro
metros do casco do *Nautilus*.

O capitão compreendeu e fez-me um sinal para segui-
-lo. Voltamos a bordo. Retirado o escafandro, acompa-
nhei-o até o salão.

— Professor Aronnax — disse-me —, precisamos tentar algum meio heroico, ou seremos emparedados nesta
água solidificada como em cimento.

— Sim! Mas o que fazer?

— Ah — exclamou —, se meu *Nautilus* fosse forte o
suficiente para suportar essa pressão sem ser esmagado!

— Como? — perguntei, sem entender a ideia do capitão.

— Não percebe? — continuou. — O congelamento da
água nos ajudaria! Com sua solidificação, explodiria os
campos de gelo que nos aprisionam, assim como faz, ao
congelar, explodirem as pedras mais duras! Não pensa que
ela seria um agente de salvação em vez de um agente de
destruição?

— Sim, capitão, talvez. Mas seja qual for a resistência do *Nautilus* ao esmagamento, ele não poderá suportar esta incalculável pressão e se achatará como uma folha de metal.

— Eu sei, professor. Não devemos contar com o auxílio da natureza, portanto, apenas com nós mesmos. É preciso opor algo a essa solidificação. É preciso interrompê-la. Não apenas as paredes laterais se estreitam como restam somente dez pés de água na proa e na popa do *Nautilus*. O congelamento se aproxima de todos os lados.

— Por quanto tempo — perguntei — o ar dos reservatórios nos permitirá respirar a bordo?

O capitão me encarou.

— Depois de amanhã — disse ele —, os reservatórios estarão vazios!

Um suor frio me invadiu. Mas devia me espantar com sua resposta? No dia 22 de março, o *Nautilus* havia submergido sob as águas livres do polo. Estávamos no dia 26. Fazia cinco dias que vivíamos das reservas de bordo! E o que restava de ar respirável devia ser guardado para os trabalhadores. No momento em que escrevo estas coisas, minha impressão continua tão viva que um terror involuntário se apodera de todo o meu ser, e parece faltar ar a meus pulmões!

Enquanto isso, o capitão Nemo pensava, silencioso, imóvel. Visivelmente, uma ideia cruzava-lhe a mente. Mas ele parecia rechaçá-la. Respondia que não para si mesmo. Por fim, as seguintes palavras escaparam de seus lábios:

— Água fervente! — murmurou.

— Água fervente? — exclamei.

— Sim, professor. Estamos encerrados dentro de um espaço relativamente restrito. Se jatos de água fervente forem constantemente injetados pelas bombas do *Nautilus*, não elevariam a temperatura desse meio e não retardariam seu congelamento?

— Precisamos tentar — eu disse, decidido.

— Tentemos, professor.

VINTE MIL LÉGUAS SUBMARINAS 437

O termômetro marcava então menos sete graus no exterior. O capitão Nemo me conduziu às cozinhas, onde funcionavam grandes aparelhos destilatórios que forneciam água potável por evaporação. Foram enchidos de água, e todo o calor elétrico das pilhas foi lançado para as serpentinas banhadas pelo líquido. Em poucos minutos, aquela água havia atingido cem graus e era dirigida para as bombas, enquanto uma água nova a substituía e assim por diante. O calor gerado pelas pilhas era tal que a água fria, retirada do mar, apenas passava pelo aparelho e chegava em ebulição ao centro da bomba.

O processo de injeção foi iniciado. Três horas depois, o termômetro marcava seis graus abaixo de zero do lado de fora. Um grau havia sido conquistado. Duas horas depois, o termômetro marcava apenas menos quatro.

— Conseguiremos — eu disse ao capitão, depois de ter seguido e controlado com numerosas inspeções os progressos da operação.

— Penso que sim — respondeu ele. — Não seremos esmagados. Resta-nos apenas o risco da asfixia.

Durante a noite, a temperatura da água subiu a um grau abaixo de zero. As injeções não conseguiram elevá-la a um grau mais elevado. Mas como o congelamento da água do mar só se dá a menos dois graus, finalmente me tranquilizei quanto aos perigos da solidificação.

No dia seguinte, 27 de março, seis metros de gelo foram arrancados da cavidade. Restavam apenas quatro metros, o que equivalia a mais quarenta e oito horas de trabalho. O ar não podia mais ser renovado dentro do *Nautilus*. Ao longo do dia foi piorando, portanto.

Um peso intolerável me prostrou. Por volta das três horas da tarde, esse sentimento de opressão chegou a um grau exacerbado. Bocejos me deslocavam as mandíbulas. Meus pulmões arfavam em busca do fluido comburente indispensável à respiração, que se rarefazia cada vez mais. Fui invadido por um torpor. Estava deitado sem forças,

438   JULES VERNE

quase inconsciente. Meu bravo Conseil, atacado pelos mesmos sintomas, sofrendo as mesmas dificuldades, não me deixava. Ele pegava minha mão, me encorajava, e eu ainda o ouvia murmurar:

— Ah, se eu pudesse parar de respirar para deixar mais ar para o doutor!

Lágrimas me vinham aos olhos ao ouvi-lo falar assim.

Se nossa situação, de todos, era intolerável ali dentro, com que pressa, com que alegria, não vestíamos nossos escafandros para trabalhar em nosso turno! As picaretas retiniam sobre a camada congelada. Os braços cansavam, as mãos se esfolavam, mas o que importavam essas fadigas, que diferença faziam esses ferimentos? O ar vital chegava aos pulmões! Respirávamos! Respirávamos!

Ainda assim, ninguém ficava mais do que o tempo necessário a seu trabalho sob as águas. Cumprida a tarefa, todos entregavam aos companheiros ofegantes o reservatório que o enchia de vida. O capitão Nemo dava o exemplo e era o primeiro a se submeter a essa severa disciplina. Chegada a hora, cedia seu aparelho a um outro e voltava para a atmosfera viciada de bordo, sempre calmo, sem um vacilo, sem um murmúrio.

Naquele dia, o trabalho foi cumprido com ainda mais vigor. Restavam apenas dois metros a serem retirados de toda a superfície. Apenas dois metros nos separavam do mar livre. Mas os reservatórios estavam quase vazios. O pouco que restava precisava ser guardado para os trabalhadores. Nenhum átomo para o *Nautilus*!

Quando voltei a bordo, quase sufoquei. Que noite! Impossível representá-la. Sofrimentos como aquele são indescritíveis. No dia seguinte, eu respirava com dificuldade. Às dores de cabeça se somavam atordoantes vertigens que faziam de mim um homem embriagado. Meus companheiros tinham os mesmos sintomas. Alguns homens da tripulação estertoravam.

Naquele dia, o sexto de nosso confinamento, o capi-

VINTE MIL LÉGUAS SUBMARINAS 439

tão Nemo considerou que a pá e a picareta estavam lentas demais e decidiu esmagar a camada de gelo que ainda nos separava dos lençóis líquidos. Aquele homem conservava seu sangue-frio e sua energia. Domava as dores físicas com sua força moral. Pensava, maquinava, agia.

Sob suas ordens, a embarcação foi aliviada, isto é, levantada da camada de gelo por meio de uma mudança de gravidade específica. Assim que flutuou, foi rebocada até ficar acima do imenso fosso desenhado seguindo sua linha de flutuação. Depois, seus reservatórios de água foram enchidos, e ela desceu e encaixou-se na cavidade.

Então toda a tripulação entrou a bordo e a dupla porta de comunicação foi vedada. O *Nautilus* repousava sobre a camada de gelo de apenas um metro de espessura e perfurada pelas sondas em mil pontos diferentes.

As torneiras dos reservatórios foram totalmente abertas e cem metros cúbicos de água entraram, aumentando em cem mil quilogramas o peso do *Nautilus*.

Aguardávamos, ouvíamos, esquecendo nossos sofrimentos, sempre esperançosos. Apostávamos nossa salvação naquela última cartada.

Apesar dos zumbidos que enchiam minha cabeça, logo ouvi estremecimentos sob o casco do *Nautilus*. Houve um desnivelamento. O gelo rachou com um estrépito singular, semelhante ao de papel sendo rasgado, e o *Nautilus* desceu.

— Passamos! — murmurou Conseil em meu ouvido.

Não pude responder. Peguei sua mão. Apertei-a numa convulsão involuntária.

De repente, levado por sua espantosa sobrecarga, o *Nautilus* afundou como uma bala de canhão sob as águas, ou seja, caiu como se estivesse no vazio!

Então toda a força elétrica foi acionada nas bombas, que imediatamente começaram a expulsar a água dos reservatórios. Depois de alguns minutos, nossa queda foi interrompida. A seguir, o manômetro indicou um movimento ascendente. A hélice, funcionando a toda a velocidade, fazia o casco de metal vibrar até nos parafusos, e nos levava para o norte.

Mas quanto duraria aquela navegação sob a banquisa até o mar aberto? Mais um dia? Eu morreria antes!

Recostado no divã da biblioteca, eu sufocava. Meu rosto estava violeta, meus lábios, azuis, minhas faculdades, suspensas. Eu não via mais, não ouvia mais. A noção do tempo havia desaparecido de meu espírito. Meus músculos não conseguiam se contrair.

Eu não saberia avaliar quantas horas se passaram assim. Mas tive consciência de que minha agonia começava. Compreendi que estava morrendo.

De repente, voltei a mim. Algumas lufadas de ar entravam em meus pulmões. Havíamos subido à superfície? Havíamos atravessado a banquisa?

Não! Eram Ned e Conseil, meus dois bravos amigos, que se sacrificavam para me salvar. Restavam alguns átomos de ar no fundo de um aparelho. Em vez de respirá-lo, eles o haviam guardado para mim, e, enquanto sufocavam, me insuflavam a vida gota por gota! Tentei empurrar o aparelho. Eles seguraram minhas mãos, e por alguns instantes respirei com volúpia.

Meus olhos procuraram o relógio. Eram onze horas da manhã. Devíamos estar no dia 28 de março. O *Nautilus* avançava à perigosa velocidade de quarenta milhas por hora. Zunia sob as águas.

Onde estava o capitão Nemo? Teria sucumbido? Seus companheiros teriam morrido com ele?

Então o manômetro indicou que estávamos a apenas seis metros da superfície. Um simples campo de gelo nos separava da atmosfera. Não poderíamos rompê-lo?

Talvez! Em todo caso, o *Nautilus* faria uma tentativa. Senti, de fato, que assumia uma posição oblíqua, abaixando a traseira e erguendo o rostro. A entrada de um pouco de água fora suficiente para romper seu equilíbrio. Depois, impulsionado por sua potente hélice, atacou o

VINTE MIL LÉGUAS SUBMARINAS   441

icefield por baixo como um formidável aríete. Aos poucos o perfurava, retirava-se, arremetia com toda velocidade contra o campo que se abria, e finalmente, propelido com um impulso supremo, abriu a superfície gélida que esmagou com seu peso.

A escotilha foi aberta, poderíamos dizer arrancada, e golfadas de ar puro se propagaram por todas as partes do *Nautilus*.

17. Do cabo Horn ao Amazonas

Como cheguei à plataforma, não saberia dizer. Talvez o canadense tivesse me carregado até lá. Mas eu respirava, sorvia o vivificante ar marinho. Meus dois companheiros se embriagavam a meu lado com aquelas frescas moléculas. Os infelizes, por longo tempo privados de alimento, não devem se atirar inconsideradamente sobre os primeiros alimentos que lhes são oferecidos. Nós, em contrapartida, podíamos aspirar a plenos pulmões os átomos daquela atmosfera, e era a brisa, a própria brisa que nos enchia daquela voluptuosa embriaguez!

— Ah! — inspirava Conseil. — Como é bom, o oxigênio! Que o doutor não tema respirar. Há o suficiente para todo mundo.

Ned Land, por sua vez, não falava, mas suas mandíbulas abertas teriam assustado um tubarão. E que possantes aspirações! O canadense "baforava" como uma estufa em plena combustão.

Prontamente recuperamos nossas forças, e, quando olhei em volta, vi que éramos os únicos na plataforma. Não havia nenhum homem da tripulação. Nem mesmo o capitão Nemo. Os estranhos marujos do *Nautilus* se contentavam com o ar que circulava em seu interior. Ninguém viera se deleitar ao ar livre.

As primeiras palavras que pronunciei foram de agradecimento e gratidão a meus dois companheiros. Ned e

VINTE MIL LÉGUAS SUBMARINAS 443

Conseil haviam prolongado minha existência durante as últimas horas daquela longa agonia. Nem todo o meu reconhecimento poderia pagar tal dedicação.

— Vamos, professor — respondeu-me Ned Land —, não falemos sobre isso! Qual o nosso mérito? Nenhum. Era uma questão de aritmética. Sua vida valia mais que a nossa. Portanto, precisava ser preservada.

— Não, Ned, ela não valia mais. Ninguém pode ser superior a um homem generoso e bom como você!

— Chega! Chega! — repetia o canadense, constrangido.

— E você, meu bravo Conseil, sofreu bastante.

— Mas não muito, para ser franco com o doutor. Faltou-me um pouco de ar, mas creio que teria sobrevivido. Além disso, via que o doutor perdia os sentidos e isso não me dava a menor vontade de respirar. Aquilo me cortava, como se diz, a respir...

Envergonhado por cair em trivialidades, Conseil não concluiu a frase.

— Meus amigos — respondi, extremamente comovido —, estamos ligados uns aos outros para sempre, e seus direitos sobre mim...

— Dos quais abusarei — interveio o canadense.

— Hein? — disse Conseil.

— Sim — retomou Ned Land —, o direito de levá-lo comigo quando eu deixar esse infernal *Nautilus*.

— A propósito — perguntou Conseil —, estamos indo na direção certa?

— Sim — respondi —, pois seguimos para o lado do sol, e aqui o sol fica no norte.

— Sem dúvida — retomou Ned Land —, mas resta saber se retornaremos ao Pacífico ou ao Atlântico, ou seja, a mares frequentados ou desertos.

A isso eu não podia responder, e temia que o capitão Nemo nos levasse para o vasto oceano que banha tanto as costas da Ásia quanto as da América. Ele completaria assim sua volta ao mundo submarino, e voltaria aos mares onde o *Nautilus* tinha a mais total independência. Mas se regressássemos ao Pacífico, longe de todas as terras habitadas, o que seria dos planos de Ned Land?

Em breve seríamos esclarecidos sobre esse ponto importante. O *Nautilus* avançava rapidamente. O círculo polar logo foi cruzado, e rumamos para o promontório de Horn. No dia 31 de março, às sete horas da noite, passávamos pela ponta americana.

Então todos os nossos sofrimentos passados foram esquecidos. A lembrança daquele confinamento sob o gelo se apagou de nossas mentes. Pensávamos apenas no futuro. O capitão Nemo não apareceu mais, nem no salão, nem na plataforma. Nossa posição era marcada todos os dias no planisfério pelo imediato, e me permitia determinar a direção exata do *Nautilus*. Ora, naquela noite tornou-se evidente, para minha grande satisfação, que voltávamos ao norte pela rota do Atlântico.

Informei ao canadense e a Conseil o resultado de minhas observações.

— Boa notícia — respondeu o canadense —, mas para onde vai o *Nautilus*?

— Eu não saberia dizer, Ned.

— Seu capitão desejará, depois do polo Sul, enfrentar o polo Norte, e regressar ao Pacífico pela famosa passagem do noroeste?

— Melhor não desafiá-lo a fazer isso — respondeu Conseil.

— Pois bem — disse o canadense —, nós o teremos abandonado antes disso.

— Seja como for — acrescentou Conseil —, esse capitão Nemo é um gênio, e não lamentaremos tê-lo conhecido.

— Principalmente depois de o deixarmos para trás! — respondeu Ned Land.

No dia seguinte, 1º de abril, quando o *Nautilus* voltou à superfície das águas, alguns minutos antes do meio-dia, avistamos uma costa a oeste. Era a Terra do Fogo, à qual

VINTE MIL LÉGUAS SUBMARINAS 445

os primeiros navegadores haviam dado esse nome ao ver as inúmeras fumaças que se elevavam das cabanas indígenas. A Terra do Fogo forma um vasto aglomerado de ilhas que se estende por trinta léguas de comprimento e oitenta léguas de largura, entre 53° e 56° de latitude austral, e 67° 50' e 77° 15' de longitude oeste. A costa me pareceu baixa, mas ao longe se erguiam altas montanhas. Pensei inclusive ter vislumbrado o monte Sarmiento, elevado a dois mil e setenta metros acima do nível do mar, bloco piramidal de xisto e com um pico muito agudo, que, conforme esteja encoberto ou livre de vapores, "anuncia o bom ou o mau tempo", me disse Ned Land.

— Um excelente barômetro, meu amigo.

— Sim, professor, um barômetro natural, que nunca me enganou quando naveguei pelas passagens do estreito de Magalhães.

O pico, naquele momento, nos apareceu nitidamente recortado sobre o fundo azul do céu. Era um presságio de bom tempo. Que se realizou.

O *Nautilus*, voltando para baixo das ondas, se aproximou da costa, acompanhando-a a uma distância de poucas milhas. Pelos vidros do salão, vi compridas lianas, fucos gigantescos, macroalgas, de que o mar aberto do polo abrigava alguns espécimes; com seus filamentos viscosos e polidos, chegavam a medir trezentos metros de comprimento; verdadeiros cabos, mais grossos que a polegada, muito resistentes, com frequência servem de amarra aos navios. Outra planta, conhecida como kelp, com folhas de quatro pés de comprimento, grudadas nas concreções coralígenas, recobria as profundezas. Servia de ninho e alimento a miríades de crustáceos e moluscos, caranguejos, sibas. Ali, focas e lontras se deliciavam com esplêndidas refeições, que mesclavam a carne dos peixes com os legumes do mar, seguindo o costume inglês.

Naqueles fundos ricos e luxuriantes, o *Nautilus* passava com extrema velocidade. Ao anoitecer, ele se aproximou do arquipélago das Malvinas, cujos escarpados cumes pude reconhecer no dia seguinte. A profundidade do mar era insignificante, o que me levou a pensar, não sem razão, que essas duas ilhas, cercadas por um grande número de ilhotas, antigamente deviam fazer parte das terras do estreito de Magalhães. As Malvinas provavelmente foram descobertas pelo célebre John Davis, que lhes deu o nome de Davis Southern Islands. Mais tarde, Richard Hawkins chamou-as de Maiden Islands, ilhas da Virgem. A seguir foram nomeadas Malvinas, no início do século XVIII, por pescadores de Saint-Malo, e finalmente Falklands pelos ingleses, aos quais pertencem hoje em dia.

Naquelas paragens, nossas redes trouxeram belos espécimes de algas, e em especial certo fuco cujas raízes vinham carregadas dos melhores mexilhões do mundo. Gansos e patos pousavam às dúzias na plataforma e logo foram parar na cozinha de bordo. Quanto aos peixes, vi especialmente os ósseos pertencentes ao gênero dos gobídeos, e sobretudo os cadozes-negros, com vinte centímetros de comprimento, cheios de pintas brancas e amarelas.

Também admirei numerosas medusas, e as mais belas do gênero, as chrysaoras exclusivas dos mares das Malvinas. Ora elas pareciam uma sombrinha semiesférica muito lisa, rajada de linhas de um vermelho-amarronzado e terminada em doze festões regulares; ora se transformavam em cestas deitadas de onde saíam graciosamente largas folhas e longos ramos vermelhos. Nadavam agitando seus quatro braços foliáceos e deixavam à deriva sua opulenta cabeleira de tentáculos. Eu bem que gostaria de ter conservado alguns exemplares desses delicados zoófitos; mas parecem nuvens, sombras, aparições, que derretem e se evaporam fora de seu elemento natural.

Quando as últimas elevações das Malvinas desapareceram no horizonte, o *Nautilus* manteve-se entre vinte e vinte e cinco metros de profundidade e seguiu a costa americana. O capitão Nemo não se apresentava.

VINTE MIL LÉGUAS SUBMARINAS   447

Ficamos nas paragens da Patagônia até o dia 3 de abril, ora embaixo do oceano, ora na superfície. O *Nautilus* atravessou o largo estuário formado pela foz do rio da Prata, e, no dia 4 de abril, costeou o Uruguai, mas a cinquenta milhas de distância. Continuava se dirigindo para o norte, e seguia as longas sinuosidades da América meridional. Havíamos percorrido dezesseis mil léguas desde nosso embarque nos mares do Japão.

Por volta das onze horas da manhã, o trópico de Capricórnio foi cortado no trigésimo sétimo meridiano, e passamos ao largo de Cabo Frio. O capitão Nemo, para grande desprazer de Ned Land, não apreciava a vizinhança das costas habitadas do Brasil, pois avançava a uma velocidade vertiginosa. Nenhum peixe, nenhuma ave, por mais rápidos que fossem, podiam nos seguir, e as curiosidades naturais desses mares escaparam completamente a qualquer observação.

Essa velocidade foi mantida por vários dias, e em 9 de abril, ao anoitecer, avistamos a ponta mais oriental da América do Sul, que forma o cabo de São Roque. Mas então o *Nautilus* se afastou novamente, e foi procurar em maiores profundidades o vale submarino que se abre entre esse cabo e Serra Leoa, na costa africana. Esse vale se bifurca na altura das Antilhas e termina ao norte numa enorme depressão de nove mil metros. Nesse ponto, o corte geológico do oceano forma até as Pequenas Antilhas uma falésia de seis quilômetros, talhada a pique, e, na altura das ilhas de Cabo Verde, outra muralha, não menos considerável, que, juntas, encerram todo o continente submerso da Atlântida. O fundo desse imenso vale é acidentado por algumas montanhas que conferem aspectos pitorescos a essas profundezas submarinas. Baseio-me principalmente nos mapas manuscritos da biblioteca do *Nautilus*, mapas evidentemente feitos pela mão do capitão Nemo a partir de suas observações pessoais.

Durante dois dias, aquelas águas desertas e profundas

foram visitadas por meio dos planos inclinados. O *Nautilus* descrevia longas curvas diagonais que o levavam a todas as alturas. Em 11 de abril, porém, elevou-se subitamente, e a terra voltou a ser avistada na foz do rio Amazonas, vasto estuário de escoamento tão grande que chega a dessalinizar o mar por uma extensão de várias léguas.

O Equador foi atravessado. A vinte milhas a oeste ficavam as Guianas, terras francesas nas quais teríamos encontrado fácil refúgio. Mas o vento soprava uma forte brisa, e as ondas furiosas não teriam permitido que um simples bote as enfrentasse. Ned Land sem dúvida assim compreendeu, pois não me disse nada. De minha parte, não fiz nenhuma alusão a seus planos de fuga, pois não queria levá-lo a alguma tentativa que teria infalivelmente fracassado.

Foi fácil compensar aquele atraso com interessantes estudos. Durante aqueles dois dias de 11 e 12 de abril, o *Nautilus* não saiu da superfície do mar, e sua rede de arrasto trouxe-lhe uma pescaria simplesmente maravilhosa em zoófitos, peixes e répteis.

Alguns zoófitos ficaram presos na corrente da rede. Eram, em sua maioria, belas anêmonas pertencentes à família das actínias. Entre outras espécies, a *Phyllactis praetexta*, originária daquela parte do oceano, pequeno tronco cilíndrico, paramentado com linhas verticais e cheio de pontos vermelhos que coroam uma magnífica ramificação de tentáculos. Quanto aos moluscos, consistiam em exemplares que eu já havia observado: turritelas, olivas-porfírias de linhas regularmente entrecruzadas com manchas avermelhadas que se destacavam intensamente sobre um fundo cor de carne, fantásticas pteróceras semelhantes a escorpiões petrificados, híalas translúcidas, argonautas, sibas de excelente paladar, e algumas espécies de calamares que os naturalistas da Antiguidade classificavam entre os peixes-voadores e que servem de isca na pesca do bacalhau.

VINTE MIL LÉGUAS SUBMARINAS 449

Dos peixes daquelas paragens que eu ainda não tivera oportunidade de estudar, encontrei várias espécies. Entre os cartilaginosos: lampreias-dos-rios, parecidas com enguias, com quinze polegadas de comprimento, cabeça esverdeada, nadadeiras violetas, dorso cinza-azulado, ventre marrom-prateado cheio de manchas vívidas, íris dos olhos de contorno dourado, curioso animal que a corrente do Amazonas devia ter levado até o mar, pois habitam as águas doces; raias tuberculadas, de focinho pontudo, cauda longa e fina, armadas com um longo agulhão denteado; pequenos esqualos de um metro, de pele cinza e esbranquiçada, cujos dentes, dispostos em várias fileiras, se curvavam para dentro, e que são vulgarmente conhecidos como martelos; o tamboril-americano, semelhante a um triângulo isósceles avermelhado de meio metro de comprimento, em que as nadadeiras peitorais formam prolongamentos carnudos que lhes dão uma aparência de morcego, mas cujo apêndice córneo, situado perto das narinas, os fez serem chamados de unicórnios-do-mar; por fim, algumas espécies de balistas, o *curassavicus*, cujos flancos pontilhados brilham com uma ofuscante cor dourada, e o *capriscus* violeta-claro com nuanças furta-cor como o pescoço de um pombo.

Encerro essa nomenclatura um pouco árida, mas muito exata, com a série de peixes ósseos que observei: ituís--cavalos, pertencentes ao gênero dos apteronotídeos, com o focinho muito obtuso e branco como a neve, o corpo tingido de um belo tom de negro, e que são dotados de uma franja carnuda muito longa e ondulada; odontógnatos aguilhoados, longas sardinhas de trinta centímetros, cintilando um intenso brilho prateado; carapaus-torpedos, providos de duas nadadeiras anais; centronotos-negros, de tons pretos, pescados com tochas, longos peixes de dois metros, carne gorda, branca e firme que, fresca, tem gosto da enguia e, seca, gosto de salmão defumado; lábridas quase vermelhos, revestidos por escamas apenas

na base das nadadeiras dorsais e anais; peixes-palhaços-
-crisópteros, nos quais o ouro e o prata mesclavam seu
brilho ao do rubi e do topázio; guaiubas de rabo amarelo
e carne extremamente delicada, que são traídos no meio
das águas por suas propriedades fosforescentes; bogas de
língua fina e cor alaranjada; corcorocas de caudais douradas, acanturos morenos, anablepídeos do Suriname etc.

Este *et cetera* não me impedirá de citar mais um peixe,
do qual Conseil se lembrará por muito tempo, e por uma
boa razão.

Uma de nossas redes havia trazido uma espécie de raia
muito achatada que, sem a cauda, teria formado um disco
perfeito, e que pesava cerca de vinte quilos. Era branca
embaixo, avermelhada em cima, com grandes manchas
redondas em azul-escuro e de contorno preto, com a pele
muito lisa e terminada numa nadadeira bilobada. Esten-
dida na plataforma, ela se debatia, tentava virar-se com
movimentos convulsivos, e fazia tanto esforço que um último sobressalto logo a devolveria ao mar. Mas Conseil,
que prezava seu peixe, se precipitou sobre ele, e, antes que
eu pudesse impedi-lo, agarrou-o com as duas mãos.

Foi imediatamente derrubado, pernas para o ar, com a
metade do corpo paralisado, e gritava:

— Ah! Meu senhor, senhor! Acuda.

Era a primeira vez que o pobre rapaz não se dirigia a
mim como a uma terceira pessoa.

O canadense e eu o reerguemos e friccionamos com
força, e quando recuperou os sentidos, esse eterno classificador murmurou com uma voz entrecortada:

— Classe dos cartilaginosos, ordem dos condropterígios, de brânquias fixas, subordem dos seláquios, família
das raias, gênero dos torpedos!

— Sim, meu amigo — declarei —, foi uma raia-elétrica que o deixou nesse estado deplorável.

— Ah, o doutor pode ter certeza que me vingarei desse
animal — avisou Conseil.

VINTE MIL LÉGUAS SUBMARINAS

451

— E como?

— Comendo-o.

Foi o que fez naquela mesma noite, mas por pura represália, pois, francamente, era duríssimo.

O azarado Conseil havia tocado uma raia-elétrica da espécie mais perigosa, a de Cumaná. Esse estranho animal, em um meio condutor como a água, fulmina peixes a vários metros de distância, tal é a potência de seu órgão elétrico, cujas duas superfícies não medem menos de dois e meio metros quadrados.

No dia seguinte, 12 de abril, o *Nautilus* se aproximou da costa holandesa, perto da foz do Maroni. Ali viviam em família vários grupos de peixe-boi. Eram manatis que, como o dugongo e a vaca-marinha de Steller, pertencem à ordem dos sirenídeos. Esses belos animais, pacatos e inofensivos, que chegavam a seis ou sete metros, deviam pesar no mínimo quatro toneladas. Comuniquei a Ned Land e a Conseil que a previdente natureza havia atribuído a esses mamíferos um papel importante. São eles, de fato, que, como as focas, pastam nas pradarias submarinas e assim eliminam as aglomerações de plantas que obstruem a foz dos rios tropicais.

— Sabem — acrescentei — o que aconteceu depois que os homens quase extinguiram essas raças úteis? As plantas putrefatas envenenaram o ar, e esse ar envenenado é a febre amarela que assola essas admiráveis regiões. As vegetações venenosas se multiplicaram nesses mares tórridos, e o mal se espalhou irresistivelmente da foz do rio da Prata até a Flórida!

E se Toussenel estiver certo, esse flagelo não é nada ao lado daquele que atingirá nossos descendentes quando os mares estiverem despovoados de baleias e focas. Saturados de polvos, medusas, calamares, eles se tornarão grandes focos de infecção, pois suas águas não possuirão mais "os grandes estômagos, que Deus havia encarregado de depurarem a superfície dos mares".

No entanto, sem desdenhar dessas teorias, a tripulação do *Nautilus* capturou uma meia dúzia de manatis. Estava-se, na verdade, abastecendo a despensa de bordo com uma carne excelente, superior à de vaca e de vitela. A caça não foi interessante. Os manatis se deixavam golpear sem se defender. Toneladas de quilos de carne, que seriam secas, foram armazenadas a bordo.

Naquele dia, uma pescaria, praticada de modo singular, também veio ampliar as reservas do *Nautilus*, tanto aqueles mares se mostravam abundantes. A rede havia trazido em suas malhas um certo número de peixes com a cabeça terminada numa placa oval, com rebordos carnudos. Eram equeneídeos, da terceira família dos malacopterígios sub-braquianos. Seu disco achatado é composto por lâminas cartilaginosas transversais móveis, entre as quais o animal pode criar um vácuo, o que lhe permite aderir aos objetos à maneira de uma ventosa.

A rêmora que eu observara no Mediterrâneo pertencia a essa espécie. Mas o peixe de que estamos falando aqui era o *Echeneis osteochir*, típico daquele mar. Nossos marujos os depositavam, à medida que eram capturados, em tinas cheias de água.

Encerrada a pesca, o *Nautilus* se aproximou da costa. Naquele local, um certo número de tartarugas marinhas dormia na superfície das águas. Teria sido difícil capturar esses preciosos répteis, pois o mínimo ruído os desperta, e sua sólida carapaça é à prova de arpão. Mas o equeneídeo possibilitaria a captura com certeza e precisão extraordinárias. Esse animal, de fato, é um anzol vivo, que faria a felicidade e a fortuna do ingênuo pescador com linha.

Os homens do *Nautilus* prenderam à cauda desses peixes um anel largo o suficiente para não prejudicar seus movimentos, e a esse anel, uma comprida corda amarrada a bordo na outra ponta.

Os equeneídeos, lançados ao mar, logo cumpriram seu papel e foram se fixar à couraça das tartarugas, com uma

VINTE MIL LÉGUAS SUBMARINAS 453

tenacidade tão grande que teriam sido dilacerados antes de largarem sua presa. Foram içados a bordo e, com eles, as tartarugas às quais aderiam.

Assim foram capturadas várias tartarugas comuns, que chegavam a um metro de comprimento e pesavam duzentos quilos. Sua carapaça, coberta de grandes placas córneas, finas, transparentes, castanhas, com manchas brancas e amarelas, tornava-as preciosas. Além disso, eram excelentes do ponto de vista comestível, como as tartarugas-francas, de sabor requintado.

Essa pescaria encerrou nossa estada nas paragens do Amazonas e, chegada a noite, o *Nautilus* voltou ao alto-mar.

18. Os polvos

Por vários dias o *Nautilus* continuou se afastando da costa americana. Claramente não queria frequentar o golfo do México ou o mar das Antilhas. Mas não teria faltado água sob sua quilha, pois a profundidade média desses mares é de mil e oitocentos metros. Essas paragens, semeadas de ilhas e percorridas por vapores, provavelmente não convinham ao capitão Nemo.

Em 16 de abril, avistamos a Martinica e Guadalupe, a uma distância de cerca de trinta milhas. Avistei por alguns instantes seus picos elevados.

O canadense, que contava pôr seus planos em prática no golfo, fosse atingindo um pedaço de terra, fosse acostando um dos inúmeros barcos que fazem cabotagem de uma ilha a outra, ficou extremamente desconcertado. A fuga teria sido possível se Ned Land tivesse conseguido se apoderar do bote sem o conhecimento do capitão. Mas em pleno oceano, era preciso abandonar essa ideia.

O canadense, Conseil e eu tivemos uma longa conversa a esse respeito. Fazia seis meses que éramos prisioneiros a bordo do *Nautilus*. Tínhamos percorrido dezessete mil léguas e, como dizia Ned Land, não havia motivo para esperar que algo mudasse. Assim, fez-me uma proposta inesperada: perguntar categoricamente ao capitão Nemo se ele planejava manter-nos indefinidamente a bordo.

Uma iniciativa como aquela me desagradava. A meu

VINTE MIL LÉGUAS SUBMARINAS

ver, não tinha como dar certo. Não devíamos esperar nada do comandante do *Nautilus*, somente de nós mesmos. Além disso, fazia algum tempo que aquele homem se tornava mais sombrio, mais distante, menos sociável. Parecia evitar-me. Eu só o via em raras ocasiões. Antes, ele gostava de me explicar as maravilhas submarinas; agora, deixava-me a meus próprios estudos e não vinha mais ao salão.

Que mudança se operara nele? Por qual motivo? Eu nada tinha a me censurar. Nossa presença a bordo talvez lhe pesasse? Mesmo assim, eu não devia esperar que fosse o tipo de homem que nos devolvesse a liberdade.

Pedi a Ned que me deixasse pensar antes de tomar uma decisão. Se a tentativa não obtivesse nenhum resultado, poderia reavivar suas suspeitas, tornar nossa situação difícil e prejudicar os planos do canadense. Eu também diria que de modo algum poderia argumentar algo em relação à nossa saúde. Com exceção da dura provação da banquisa do polo Sul, nunca estivéramos melhor, Ned, Conseil e eu. A comida saudável, o ar salubre, a regularidade do cotidiano e a constância da temperatura não davam chance às doenças, e para um homem no qual as recordações da terra firme não deixavam nenhuma saudade, para um capitão Nemo, que estava em casa, que ia aonde queria, que por vias misteriosas para os outros, não para si mesmo, perseguia seu objetivo, eu compreendia uma existência como aquela. Mas nós não havíamos rompido com a humanidade. De minha parte, não queria enterrar comigo estudos tão curiosos e originais. Eu agora estava em pleno direito de escrever o verdadeiro livro sobre o mar, e queria que esse livro pudesse ser publicado o mais cedo possível.

Nas águas das Antilhas, dez metros abaixo da superfície, através dos painéis abertos, quantos produtos interessantes mais uma vez não pude registrar em minhas anotações diárias! Eram, entre outros zoófitos, caravelas conhecidas como fisálias-pelágicas, como grandes bexigas oblongas de reflexos nacarados, estendendo sua membrana ao vento e deixando seus tentáculos azuis flutuarem como fios de seda, medusas encantadoras ao olhar, mas verdadeiras urtigas ao toque, pois destilam um líquido corrosivo. Havia, entre os articulados, anelídeos com um metro e meio de comprimento, armados de uma tromba rosada e dotados de mil e setecentos órgãos locomotores, que serpenteavam sob as águas e refletiam, ao passar, as cores do espectro solar. Havia, no ramo dos peixes, raias-mantas, enormes peixes cartilaginosos com dez pés de comprimento e pesando seiscentas libras, nadadeira peitoral triangular, o meio das costas um pouco inchado, os olhos nas extremidades da face anterior da cabeça, e que, flutuando como um destroço de navio, às vezes grudavam em nosso vidro como uma opaca veneziana. Havia balistas-americanos, para os quais a natureza reservara apenas o branco e o preto, o *Gobius plumieri*, alongado e carnudo, de nadadeiras amarelas, mandíbula proeminente, escombrídeos de cento e sessenta centímetros, dentes curtos e agudos, cobertos de pequenas escamas, pertencentes à espécie das albacoras. Depois, apareciam nuvens de salmonetes, com linhas douradas na cabeça e na cauda, agitando suas resplandecentes nadadeiras, verdadeiras obras-primas da bijuteria, antigamente dedicados a Diana, especialmente procurados pelos ricos romanos, cujo provérbio dizia: "Não os come quem os pesca". Por fim, pomacantos-dourados, ornados de faixas esmeralda, vestidos de veludo e seda, passavam diante de nossos olhos como senhores de Veronese; *Sparus calcaratus* disparavam com sua rápida nadadeira torácica; clupânodons de quarenta centímetros envoltos em sua própria luz fosforescente; tainhas batiam o mar com sua grossa cauda carnuda; coregonídeos vermelhos que pareciam ceifar as ondas com sua cortante peitoral, e selenes prateadas, dignas do nome, nasciam no horizonte das águas como luas de reflexos esbranquiçados.

Quantos outros espécimes maravilhosos e novos eu teria ainda observado, se o *Nautilus* aos poucos não ti-

VINTE MIL LÉGUAS SUBMARINAS

457

vesse descido a camadas mais profundas! Seus planos inclinados o levaram até profundezas de dois mil e três mil e quinhentos metros. Ali a vida animal era representada apenas por crinoides, estrelas-do-mar, encantadores pentacrinos cabeça-de-medusa, cujo pedúnculo ereto terminava num pequeno cálice, troquídeos, neritas e fissurelas, moluscos litorâneos de tamanho grande.

Em 20 de abril, havíamos subido novamente a uma altura média de mil e quinhentos metros. A terra mais próxima era então o arquipélago das ilhas Lucaias, espalhadas como seixos na superfície das águas. Ali se elevavam altas falésias submarinas, muralhas eretas feitas de blocos rugosos dispostos sobre amplas bases, entre as quais se abriam buracos negros que nossos raios elétricos não iluminavam até o fundo.

Essas rochas estavam cobertas por plantas enormes, laminárias gigantes, fucos grandiosos, uma verdadeira espaldeira de hidrófitos digna de um mundo de Titãs.

Das plantas colossais de que falávamos Conseil, Ned e eu, passamos aos animais gigantescos do mar, pois as primeiras são evidentemente destinadas à alimentação dos segundos. No entanto, pelos vidros do *Nautilus* quase imóvel, eu via sobre aqueles longos filamentos apenas os principais articulados da divisão dos braquiúros, lambros de longas patas, caranguejos violáceos, clios típicos dos mares das Antilhas.

Eram cerca de onze horas quando Ned Land chamou minha atenção para uma extraordinária agitação por entre as grandes algas.

— Ora — pronunciei-me —, estas são verdadeiras cavernas de polvos, e não me espantarei de ver alguns desses monstros.

— Como? — interveio Conseil. — Calamares, simples calamares da classe dos cefalópodes?

— Não — eu disse —, polvos de grande dimensão. Mas o amigo Land deve ter se enganado, pois não vejo nada.

— Pena — lamentou-se Conseil. — Gostaria de contemplar face a face um desses polvos de que tanto ouvi falar e que podem carregar navios inteiros para o fundo dos abismos. Essas criaturas são chamadas de Krak...

— Cracas — completou ironicamente o canadense.

— Krakens — corrigiu Conseil, terminando a frase sem perceber a gozação do companheiro.

— Nunca vou acreditar — disse Ned Land — na existência desses animais.

— Por que não? — perguntou Conseil. — Bem que acreditamos no narval do doutor.

— Erramos, Conseil.

— Sem dúvida! Mas muitos ainda acreditam.

— É provável, Conseil, mas de minha parte estou decidido a só admitir a existência desses monstros depois que os tiver dissecado com minhas próprias mãos.

— Então — perguntou-me Conseil — o doutor não acredita em polvos gigantes?

— E quem jamais acreditou? — exclamou o canadense.

— Muita gente, amigo Ned.

— Pescadores, não. Cientistas, talvez!

— Sinto muito, Ned. Pescadores e cientistas!

— Mas eu mesmo — disse Conseil, com o ar mais sério do mundo — lembro perfeitamente de ter visto uma grande embarcação carregada sob as águas pelos braços de um cefalópode.

— Você viu isso? — perguntou o canadense.

— Sim, Ned.

— Com seus próprios olhos?

— Com meus próprios olhos.

— Onde, por favor?

— Em Saint-Malo — respondeu o imperturbável Conseil.

— No porto? — perguntou Ned Land, irônico.

— Não, dentro de uma igreja — respondeu Conseil.

— Dentro de uma igreja! — esbravejou o canadense.

VINTE MIL LÉGUAS SUBMARINAS

— Sim, amigo Ned. Um quadro que representava o polvo em questão!

— Ah! — exclamou Ned Land, soltando uma gargalhada. — O senhor Conseil está zombando de mim!

— Na verdade — intervim —, ele tem razão. Ouvi falar desse quadro; mas o tema que ele representa foi tirado de uma lenda, e bem sabemos o que esperar das lendas em matéria de história natural! Além disso, quando se trata de monstros, a imaginação facilmente se exalta. Não somente se afirmou que esses polvos podiam arrastar navios, como um certo Olaus Magnus fala de um cefalópode com uma milha de comprimento que mais parecia uma ilha do que um animal. Conta-se também que o bispo de Nidaros um dia ergueu um altar sobre um rochedo imenso. Terminada a missa, o rochedo começou a andar e voltou para o mar. O rochedo era um polvo.

— Isso é tudo? — perguntou o canadense.

— Não — respondi. — Outro bispo, Pontoppidan de Berghem, também fala de um polvo sobre o qual um regimento de cavalaria podia manobrar!

— Criativos, os bispos de antigamente! — disse Ned Land.

— Enfim, os naturalistas da Antiguidade citam monstros cuja boca se assemelhava a um golfo, e que eram grandes demais para passar pelo estreito de Gibraltar.

— Ainda bem! — comentou o canadense.

— Mas o quanto há de verdade em todos esses relatos? — perguntou Conseil.

— Nada, meus amigos. Nada daquilo que vai além do limite da verossimilhança e se torna fábula ou lenda. Mesmo assim, a imaginação dos contistas precisa, se não de uma causa, ao menos de um pretexto. Não podemos negar que existem polvos e calamares enormes, apesar de inferiores aos cetáceos. Aristóteles constatou as dimensões de um calamar de cinco côdeas, ou seja, três metros e dez. Nossos pescadores com frequência encontram alguns com mais de um metro e oitenta de comprimento. Os museus de Trieste e Montpellier conservam os esqueletos de polvos que mediam dois metros. Além disso, segundo o cálculo dos naturalistas, um animal desses, de apenas dois metros, teria tentáculos com mais de oito metros. O suficiente para transformá-lo num monstro formidável.

— E são pescados hoje em dia? — perguntou o canadense.

— Se não são pescados, são vistos pelos marujos. Um de meus amigos, o capitão Paul Bos, do Havre, muitas vezes me relatou o seu encontro com um desses monstros de tamanho colossal nos mares da Índia. Mas o fato mais surpreendente, e que não nos permite negar a existência desses animais gigantescos, ocorreu há poucos anos, em 1861.

— Qual seria? — perguntou Ned Land.

— O seguinte. Em 1861, no nordeste de Tenerife, mais ou menos na latitude em que estamos neste momento, a tripulação do aviso* *Alecton* avistou um monstruoso calamar nadando naquelas águas. O comandante Bouguer se aproximou do animal e o atacou a golpes de arpão e tiros de fuzil, sem grande sucesso, pois balas e arpões atravessavam suas carnes moles como uma geleia sem consistência. Após inúmeras tentativas infrutíferas, a tripulação conseguiu passar um nó corredio em volta do corpo do molusco. Esse nó deslizou até as nadadeiras caudais e ficou preso. Tentaram içar o monstro a bordo, mas seu peso era tão grande que o animal perdeu a cauda sob a tração da corda e, privado desse ornamento, desapareceu sob as águas.

— Finalmente um fato, então — disse Ned Land.

— Um fato indiscutível, meu bravo Ned. Por isso decidiram chamar esse polvo de "calamar de Bouguer".

— E qual era o seu comprimento? — perguntou o canadense.

---

* Navio de tonelagem pequena. (N.T.)

VINTE MIL LÉGUAS SUBMARINAS 461

— Ele não media cerca de seis metros? — perguntou Conseil, que, postado ao vidro, examinava as anfractuosidades da falésia.

— Exatamente — respondi.

— Sua cabeça — retomou Conseil — não era coroada por oito tentáculos, que se agitavam na água como um ninho de serpentes?

— Exatamente.

— Seus olhos, salientes, não eram bastante desenvolvidos?

— Sim, Conseil.

— E sua boca não era um verdadeiro bico de papagaio, mas enorme?

— De fato, Conseil.

— Muito bem! Que o doutor me perdoe — avisou tranquilamente Conseil —, mas se este não é o calamar de Bouguer, então deve ser um de seus irmãos.

Olhei para Conseil. Ned Land correu até o vidro.

— A criatura terrível! — gritou.

Vi-o por minha vez, e não pude conter um gesto de repulsa. Diante de meus olhos se agitava um monstro horrível, digno de figurar nas lendas teratológicas.

Era um calamar de dimensões colossais, com oito metros de comprimento. Locomovia-se para trás com extrema velocidade, na direção do *Nautilus*. Olhava fixamente com seus enormes olhos glaucos. Seus oito braços, ou melhor, seus oito pés, implantados na cabeça, que valeram a esses animais o nome de cefalópodes, tinham o dobro do tamanho de seu corpo e se retorciam como a cabeleira das Fúrias. Podíamos ver com clareza as duzentas e cinquenta ventosas, no formato de cápsulas semiesféricas, dispostas na face interna dos tentáculos. Às vezes essas ventosas tocavam no vidro do salão e criavam um vácuo. A boca do monstro — um bico córneo como o bico de um papagaio — abria e fechava verticalmente. Sua língua, substância igualmente córnea, ela própria armada com várias fileiras de dentes pontudos, saía trepidante daquela verdadeira cisalha. Que excentricidade da natureza! Um bico de pássaro num molusco! Seu corpo, fusiforme e inchado na região média, formava uma massa carnuda que devia pesar de vinte a vinte e cinco toneladas. Sua cor, inconstante, mudava com extrema rapidez, seguindo a irritação do animal, passando sucessivamente do cinza lívido ao marrom-avermelhado.

O que irritava aquele molusco? Sem dúvida a presença do *Nautilus*, mais formidável que ele, e sobre o qual seus braços sugadores ou suas mandíbulas não tinham poder algum. Porém, que monstros aqueles polvos, que vitalidade o Criador lhes conferiu, que vigor em seus movimentos, visto que possuem três corações!

O acaso havia nos colocado diante daquele calamar, e eu não quis perder a ocasião de poder estudar cuidadosamente aquele espécime dos cefalópodes. Superei o horror que sua aparência me inspirava e, pegando um lápis, comecei a desenhá-lo.

— Talvez seja o mesmo do *Alecton* — cogitou Conseil.

— Não — respondeu o canadense —, este está inteiro, e o outro perdeu a cauda!

— Não necessariamente — eu disse. — Os braços e a cauda desses animais renascem por regeneração. Em sete anos, a cauda do calamar de Bouguer sem dúvida teve tempo de crescer de novo.

— Aliás — completou Ned —, se não for este, talvez seja um daqueles!

De fato, outros polvos surgiam no vidro de estibordo. Contei sete deles. Faziam cortejo ao *Nautilus*, e eu ouvia os rangidos de seus bicos no casco de metal. Estávamos muito bem servidos.

Continuei meu trabalho. Os monstros se mantinham em nossas águas com tanta naturalidade que pareciam imóveis, e eu poderia decalcá-los pelo vidro. A propósito, avançávamos a uma velocidade moderada.

VINTE MIL LÉGUAS SUBMARINAS 463

De repente, o *Nautilus* parou. Um choque fez estremecer toda sua armação.

— Encalhamos? — perguntei.

— Em todo caso já nos soltamos, pois estamos flutuando — respondeu o canadense.

O *Nautilus* de fato flutuava, mas não estava funcionando. As pás de sua hélice não batiam as ondas. Um minuto se passou. O capitão Nemo, seguido por seu imediato, entrou no salão.

Eu não o via fazia algum tempo. Pareceu-me sombrio. Sem falar conosco, talvez sem nos ver, ele foi até o painel, olhou para os polvos e disse algumas palavras ao imediato.

Este saiu. Os painéis logo foram fechados. O teto se iluminou.

Fui até o capitão.

— Uma curiosa coleção de polvos — disse-lhe, no tom desenvolto de um colecionador diante do cristal de um aquário.

— De fato, senhor naturalista — ele me respondeu —, vamos combatê-los corpo a corpo.

Encarei o capitão. Pensava não ter entendido direito.

— Corpo a corpo? — repeti.

— Sim, professor. A hélice foi parada. Penso que as mandíbulas córneas de um desses calamares ficaram presas entre suas pás, o que nos impede de avançar.

— E o que vai fazer?

— Voltar à superfície e massacrar todos esses parasitas.

— Tarefa difícil.

— Verdade. As balas elétricas são impotentes contra essas carnes moles, onde não encontram resistência suficiente para estourar. Mas nós os atacaremos a machadadas.

— E a arpoadas, capitão — disse o canadense —, se aceitar minha ajuda.

— Aceito, mestre Land.

— Nós o acompanharemos — eu disse, e, seguindo o capitão Nemo, fomos para a escadaria central.

464 JULES VERNE

Ali, uma dezena de homens, armados de machados de abordagem, estavam prontos para o ataque. Conseil e eu pegamos dois machados. Ned Land agarrou um arpão.

O *Nautilus* voltara para a superfície. Um dos marujos, posicionados nos últimos degraus, soltava os rebites da escotilha. Mas assim que os parafusos afrouxaram, a escotilha se ergueu com extrema violência, evidentemente puxada pela ventosa de um braço de polvo.

Um daqueles longos braços deslizou como uma serpente pela abertura, e vinte outros se agitaram acima dele. Com um golpe de machado o capitão Nemo cortou aquele formidável tentáculo, que desabou pelos degraus contorcendo-se.

Enquanto nos espremíamos uns sobre os outros para chegar à plataforma, dois outros braços, cortando o ar, se abateram sobre o marujo posicionado à frente do capitão Nemo e o levantaram com uma força irresistível.

O capitão Nemo deu um grito e precipitou-se para fora. Corremos atrás dele.

Que cena! O infeliz, envolto pelo tentáculo e colado a suas ventosas, era balançado no ar ao capricho da imensa tromba. Ele estertorava, sufocava, gritava: "Socorro! Socorro!". Essas palavras, *pronunciadas em francês*, causaram-me profundo estupor! Então eu tinha um compatriota a bordo, talvez vários! Ouvirei aquele apelo dilacerante pelo resto de minha vida.

O coitado estava perdido. Quem poderia libertá-lo daquele poderoso abraço? Enquanto isso, o capitão Nemo havia se lançado sobre o polvo, e, com um golpe de machado, cortara outro braço. Seu imediato lutava com raiva contra outros monstros que subiam pelos flancos do *Nautilus*. A tripulação se defendia a machadadas. O canadense, Conseil e eu enfiávamos nossas armas naquelas massas carnudas. Um fortíssimo cheiro de almíscar se alastrava pela atmosfera. Era horrível.

Por um instante, pensei que o infeliz, enlaçado pelo pol-

VINTE MIL LÉGUAS SUBMARINAS 465

vo, seria arrancado de sua poderosa sucção. Sete braços de oito haviam sido cortados. Um único, brandindo a vítima como uma pluma, se retorcia no ar. Mas no momento em que o capitão Nemo e seu imediato se precipitaram sobre ele, o animal lançou um jato de um líquido negro, secretado por uma bolsa situada em seu abdômen. Fomos cegados. Quando a nuvem se dissipou, o calamar havia desaparecido, e com ele meu infortunado compatriota!

Que raiva nos impeliu então contra os outros monstros! Não nos contínhamos mais. Dez ou doze polvos tinham invadido a plataforma e os flancos do *Nautilus*. Rolávamos numa confusão por entre aqueles pedaços de serpentes que estremeciam na plataforma em poças de sangue e tinta negra. Os viscosos tentáculos pareciam renascer como as cabeças da hidra. O arpão de Ned Land, a cada golpe, mergulhava nos olhos glaucos dos calamares e os furava. Entretanto, meu audacioso companheiro foi subitamente derrubado pelos tentáculos de um monstro que ele não conseguira evitar.

Ah! Meu coração se partiu de comoção e horror! O pavoroso bico do calamar se abrira sobre Ned Land. O infeliz seria cortado em dois. Precipitei-me a seu socorro. Mas o capitão Nemo havia se antecipado. Seu machado desapareceu entre as duas enormes mandíbulas e, milagrosamente salvo, o canadense, reerguendo-se, mergulhou seu arpão por inteiro até o triplo coração do polvo.

— Devia a mim mesmo essa revanche! — disse o capitão Nemo ao canadense.

Ned inclinou-se, sem responder.

O combate havia durado quinze minutos. Os monstros vencidos, mutilados, mortalmente atingidos, finalmente nos deixaram e desapareceram sob as águas.

O capitão Nemo, vermelho de sangue, imóvel perto do fanal, olhava para o mar que engolira um de seus companheiros, enquanto grossas lágrimas corriam de seus olhos.

19. A corrente do Golfo

Nenhum de nós jamais esquecerá a terrível cena do dia 20 de abril. Escrevi-a movido por uma violenta emoção. Depois, revisei o relato. Li-o a Conseil e ao canadense. Eles o acharam exato nos fatos, mas insuficiente na força emocional. Para pintar um quadro como aquele, seria preciso a pluma do mais ilustre dos poetas, o autor de *Os trabalhadores do mar.*

Eu disse que o capitão Nemo chorou ao contemplar as ondas. Sua dor foi imensa. Era o segundo companheiro que perdia desde nossa chegada a bordo. E que morte! Aquele amigo, esmagado, sufocado, triturado pelo formidável braço de um polvo, triturado sob suas mandíbulas de ferro, não poderia repousar junto com seus companheiros nas pacatas águas do cemitério de coral!

Naquela luta, havia sido o grito de desespero lançado pelo infeliz que me partira o coração. Aquele pobre francês, esquecendo sua língua de bordo, tinha voltado a falar a língua de seu país e de sua mãe, para fazer seu último apelo! Na tripulação do *Nautilus*, ligada de corpo e alma ao capitão Nemo, fugindo como ele do contato com os homens, eu tinha portanto um compatriota! Seria o único a representar a França naquela misteriosa associação, evidentemente composta por indivíduos de nacionalidades diferentes? Esse era mais um dos problemas insolúveis que a toda hora se apresentavam a meu espírito!

VINTE MIL LÉGUAS SUBMARINAS

O capitão Nemo voltou a seu quarto, e não o vi por um bom tempo. Mas devia estar triste, desesperado, ambíguo, a julgar por aquele navio do qual era a alma e que refletia todos os seus humores! O *Nautilus* não mantinha mais um rumo fixo. Ia e vinha, flutuava como um cadáver ao sabor das ondas. Sua hélice havia sido liberada, mas era pouco utilizada. Ele navegava ao acaso. Não podia arrancar-se do palco de sua última luta, daquele mar que havia devorado um dos seus!

Dez dias se passaram assim. Foi somente em 1º de maio que o *Nautilus* retomou seu rumo norte sem hesitação, após avistar as Lucaias na abertura do canal das Bahamas. Seguíamos então a corrente do maior rio do mar, que tem margens, peixes e temperatura próprios. Já falei dela, a corrente do Golfo.

É um rio, de fato, que corre livremente no meio do Atlântico, e cujas águas não se misturam às águas oceânicas. Um rio salgado, mais salgado que o mar que o contém. Sua profundidade média é de novecentos metros, sua largura média, cem quilômetros. Em certos pontos, sua corrente avança com uma velocidade de quatro quilômetros por hora. O invariável volume de suas águas é maior do que o de todos os rios do globo.

A verdadeira fonte da corrente do Golfo, descoberta pelo comandante Maury, seu ponto de partida, se preferirmos, está localizado no golfo da Gasconha. Lá, suas águas, de temperatura e cor ainda suaves, começam a tomar corpo. Ela desce para o sul, contorna a África equatorial, aquece suas águas nos raios da zona tórrida, atravessa o Atlântico, atinge o cabo de São Roque na costa brasileira e se bifurca em dois ramos, dos quais um ainda vai se saturar das quentes moléculas do mar das Antilhas. Então a corrente do Golfo, encarregada de restabelecer o equilíbrio entre as temperaturas e misturar as águas dos trópicos às águas boreais, assume seu papel de moderadora. Aquecida no golfo do México, ela segue para o norte pelas costas americanas, chega à Terra Nova, desvia sob o impacto da corrente fria do estreito de Davis, retorna ao oceano seguindo sobre um dos grandes círculos do globo a linha loxodrômica, divide-se em dois braços nas cercanias do quadragésimo terceiro grau, dos quais um, empurrado pelos alíseos do nordeste, retorna ao golfo da Gasconha e aos Açores, e o outro, após amornar as praias da Irlanda e da Noruega, vai além do Spitsbergen, onde sua temperatura cai a quatro graus, para formar o mar aberto do polo.

Era nesse rio do oceano que o *Nautilus* navegava naquele momento. Ao sair do canal das Bahamas, com catorze léguas de largura e trezentos e cinquenta metros de profundidade, a corrente do Golfo flui à razão de oito quilômetros por hora. Essa velocidade decresce com regularidade à medida que ela avança para o norte, e devemos desejar que essa regularidade se mantenha, pois, como já foi observado, se sua velocidade e sua direção vierem a se modificar, os climas europeus sofrerão perturbações de consequências incalculáveis.

Por volta do meio-dia, eu estava na plataforma com Conseil, expondo-lhe as particularidades da corrente do Golfo. Ao fim de minha explicação, convidei-o a mergulhar as mãos na corrente.

Conseil obedeceu e ficou muito espantado de não sentir nenhuma sensação de calor ou frio.

— Isso ocorre — esclareci — porque a temperatura das águas da corrente do Golfo, ao sair do golfo do México, é pouco diferente da do sangue. A corrente do Golfo é um grande calorífero que permite às costas da Europa se ornarem de uma perene vegetação. E, a crer em Maury, o calor dessa corrente, se totalmente aproveitado, forneceria energia suficiente para manter em fusão um rio de ferro fundido tão grande quanto o Amazonas ou o Missouri.

Naquele ponto, a velocidade da corrente do Golfo era de dois metros e vinte e cinco centímetros por segundo.

VINTE MIL LÉGUAS SUBMARINAS 469

Sua corrente é tão distinta do mar circundante que suas águas comprimidas sobressaem no oceano e pode-se perceber um desnivelamento entre elas e as águas frias. Além disso, suas águas são escuras e riquíssimas em matérias salinas, contrastando seu puro índigo das águas verdes que as cercam. Tal é a nitidez da linha divisória entre as duas, que o *Nautilus*, na altura das Carolinas, rompeu com seu aríete as águas da corrente do Golfo enquanto sua hélice ainda batia as do oceano.

A corrente carregava consigo um verdadeiro mundo de seres vivos. Os argonautas, tão comuns no Mediterrâneo, viajavam em bandos numerosos. Entre os cartilaginosos, os mais notáveis eram raias com rabos muito finos que constituíam cerca de um terço do corpo, e que formavam amplos losangos de sete metros e meio de comprimento; e pequenos esqualos de um metro, cabeça grande, focinho curto e arredondado, dentes pontiagudos dispostos em várias fileiras, e cujo corpo parecia coberto de escamas.

Entre os peixes ósseos, vi labros acinzentados típicos daqueles mares, vermelhos-henriques cuja íris brilhava como fogo, cienas de um metro de comprimento e grandes bocas cheias de pequenos dentes, que emitiam um leve guincho, centronotos-negros de que já falei, corifenos azuis com manchas douradas e prateadas, peixes-papagaio, verdadeiros arco-íris do oceano, que podem rivalizar em cor com os mais belos pássaros dos trópicos, blênios-bosquianus de cabeça triangular, rodovalhos azulados desprovidos de escamas, batracoides recobertos por uma faixa amarela e transversal que forma um *t* grego, proliferações de pequenos *Gobius bosc* pontilhados de marrom, dipterodontes de cabeça prateada e cauda amarela, vários espécimes de salmões, *mugilomorus* finos e de brilho suave, que Lacépède nomeou em homenagem à amável companheira de sua vida, e por fim um belo peixe, o cavaleiro-americano, que, condecorado com todas as ordens e agaloado com todas as condecorações, frequenta as costas dessa grande nação em que as condecorações e as ordens são tão pouco estimadas.

Acrescento que, durante a noite, as águas fosforescentes da corrente do Golfo rivalizavam com o brilho elétrico de nosso fanal, sobretudo nos dias tempestuosos que frequentemente nos ameaçavam.

No dia 8 de maio, ainda estávamos ao largo do cabo Hatteras, na altura da Carolina do Norte. Ali, a largura da corrente do Golfo é de cento e vinte quilômetros, e sua profundidade, duzentos e dez metros. O *Nautilus* continuava vagando ao acaso. Todas as observações pareciam ter sido banidas de bordo. Admito que, nessas condições, uma fuga poderia dar certo. De fato, as costas habitadas ofereciam fáceis refúgios em qualquer ponto. O mar era constantemente sulcado por numerosos vapores, que fazem a linha entre Nova York ou Boston e o golfo do México, e era percorrido noite e dia por pequenas escunas encarregadas da cabotagem em diversos pontos da costa americana. Poderíamos ter esperança de ser resgatados. Era uma ocasião favorável, portanto, apesar das trinta milhas que separavam o *Nautilus* das costas da União.

Porém, uma circunstância desagradável gorou totalmente os planos do canadense. O tempo estava péssimo. Estávamos perto das paragens em que as tempestades são frequentes, da região das trombas e ciclones, gerados justamente pela corrente do Golfo. Enfrentar um mar encapelado num frágil bote era expor-se à morte certa. O próprio Ned Land concordava. Assim, continha-se a custo, tomado por uma furiosa nostalgia que somente a fuga poderia curar.

— Professor — ele me disse naquele dia —, isso precisa acabar. Preciso ter certeza de uma coisa. Seu Nemo se afasta das terras e ruma para o norte. Mas fartei-me do polo Sul, e não o seguirei ao polo Norte.

— O que fazer, Ned, visto que uma evasão é impraticável nesse momento?

VINTE MIL LÉGUAS SUBMARINAS

— Volto à minha ideia. É preciso conversar com o capitão. O senhor nada disse quando estávamos nos mares de seu país. Eu quero falar, agora que estamos nos mares do meu. Quando penso que em poucos dias o *Nautilus* estará na altura da Nova Escócia, e que ali, perto da Terra Nova, abre-se uma ampla baía, que nessa baía deságua o Saint Lawrence, e que o Saint Lawrence é meu rio, o rio do Québec, minha cidade natal! Quando penso nisso, o sangue me sobe à cabeça, fico todo eriçado. Saiba, professor, que prefiro me atirar ao mar! Não aguento mais! Estou sufocando!

O canadense visivelmente estava chegando a seu limite. Sua natureza vigorosa não podia adaptar-se àquele confinamento prolongado. Sua fisionomia se alterava a cada dia. Seu caráter tornava-se cada vez mais sombrio. Eu sabia o que deveria estar sofrendo, pois eu também era invadido pela nostalgia. Quase sete meses se haviam passado sem que tivéssemos notícia de terra firme. Além disso, o isolamento do capitão Nemo, seu humor alterado, principalmente depois do combate com os polvos, sua taciturnidade, tudo me fazia ver as coisas sob um aspecto diferente. Eu não sentia mais o entusiasmo dos primeiros dias. Só um flamengo como Conseil para aceitar aquela situação, naquele meio reservado aos cetáceos e demais habitantes do mar. Realmente, se aquele bravo rapaz tivesse brânquias em vez de pulmões, creio que daria um belíssimo peixe!

— Então, professor? — repetiu Ned Land, vendo que eu não respondia.

— Muito bem, Ned, quer que eu pergunte ao capitão Nemo quais são suas intenções a nosso respeito?

— Sim, professor.

— Mesmo que já as tenha revelado?

— Sim. Quero ter certeza disso. Se quiser, fale em meu nome e apenas por mim.

— Mas raramente o vejo. Ele está me evitando, inclusive.

— Razão a mais para ir até ele.

— Perguntarei, Ned.

— Quando? — perguntou o canadense, insistente.

— Quando o encontrar.

— Professor Aronnax, prefere que eu o procure?

— Não, deixe comigo. Amanhã...

— Hoje — disse Ned Land.

— Está bem. Vou procurá-lo hoje — respondi ao canadense, que, se fosse por conta própria, com certeza poria tudo a perder.

Fiquei sozinho. Aceito o pedido, decidi acabar com aquilo imediatamente. Prefiro coisas feitas a coisas por fazer.

Voltei a meu quarto. Dali, ouvi passos no do capitão Nemo. Não podia perder aquela ocasião de encontrá-lo. Bati em sua porta. Não obtive resposta. Bati novamente, depois girei a maçaneta. A porta se abriu.

Entrei. O capitão estava ali. Debruçado sobre a mesa de trabalho, não me ouvira. Decidido a não sair sem tê-lo interrogado, aproximei-me. Ele levantou a cabeça bruscamente, franziu as sobrancelhas e disse num tom bastante rude:

— O senhor por aqui! O que deseja?

— Conversar, capitão.

— Mas estou ocupado, professor, estou trabalhando. A liberdade que lhe concedo de isolar-se, não posso tê-la para mim?

A recepção era pouco encorajadora. Mas eu estava decidido a ouvir tudo para responder a tudo.

— Capitão — eu disse com frieza —, preciso conversar sobre um assunto que não posso mais adiar.

— Qual seria, professor? — ele perguntou, cheio de ironia. — Teria feito alguma descoberta que me escapou? O mar revelou-lhe novos segredos?

Estávamos muito longe do assunto. Mas antes que eu pudesse responder, ele me disse num tom mais grave, mostrando-me um manuscrito aberto em cima de sua mesa:

VINTE MIL LÉGUAS SUBMARINAS

— Este, professor Aronnax, é um manuscrito em várias línguas. Contém o resumo de meus estudos sobre o mar e, se Deus quiser, não morrerá comigo. Esse manuscrito, assinado com meu nome, seguido da história de minha vida, será colocado num pequeno aparelho insubmersível. O último sobrevivente a bordo do *Nautilus* jogará esse aparelho ao mar, e ele irá aonde as ondas o levarem.

O nome daquele homem! Sua história escrita por ele mesmo! Seu mistério seria um dia revelado? Naquele momento, vi naquela informação apenas um motivo para entrar no tema.

— Capitão — respondi —, não posso senão aprovar o que o faz agir assim. O fruto de seus estudos não pode se perder. Mas o meio empregado me parece primitivo. Quem sabe para onde os ventos soprarão esse aparelho, em que mãos ele cairá? Não poderia encontrar algo melhor? O senhor, ou um dos seus não poderia...?

— Jamais, professor — interrompeu-me o capitão, veemente.

— Mas eu, meus companheiros, estamos dispostos a manter esse manuscrito em segredo, e se devolver nossa liberdade...

— A liberdade! — exclamou o capitão Nemo, erguendo-se.

— Sim, capitão, e é a esse respeito que desejo interrogá-lo. Faz sete meses que estamos a bordo, e só lhe pergunto hoje, em nome de meus companheiros e no meu, se sua intenção é manter-nos aqui para sempre.

— Professor Aronnax — disse o capitão Nemo —, respondo-lhe hoje o mesmo que respondi há sete meses: quem entra no *Nautilus* nunca mais sairá.

— Está nos reduzindo à escravidão!

— Use o nome que quiser.

— Mas em toda parte o escravo conserva o direito de recuperar sua liberdade! Quaisquer que sejam os meios que se apresentem!

— Quem está lhe negando esse direito? Alguma vez pensei em prendê-lo a um juramento?

O capitão me encarou, cruzando os braços.

— Capitão — eu disse —, voltar mais uma vez a esse assunto não será do seu agrado nem do meu. Mas como foi iniciado, deve ser encerrado. Repito que não se trata apenas de minha pessoa. Para mim, o estudo é um socorro, uma poderosa diversão, um passatempo, uma paixão que pode me fazer esquecer todo o resto. Como o senhor, sou homem de viver ignorado, obscuro, na frágil esperança de um dia legar ao futuro o resultado de meus trabalhos, por meio de um hipotético aparelho entregue ao sabor das ondas e dos ventos. Em suma, posso admirá-lo, segui-lo com prazer num papel que compreendo até certo ponto; mas existem outros aspectos de sua vida que me fazem considerá-la cercada de complicações e mistérios em que meus companheiros e eu somos os únicos a não tomar parte. E mesmo quando nosso coração bateu pelo senhor, comovido por algumas de suas dores ou tocado por suas manifestações de gênio ou de coragem, precisamos conter até o mais ínfimo testemunho dessa simpatia despertada pela visão daquilo que é belo e bom, quer venha do amigo ou do inimigo. Pois bem, é essa sensação de sermos alheios a tudo o que lhe diz respeito que faz de nossa posição uma coisa inaceitável, impossível, inclusive para mim, mas sobretudo para Ned Land. Todo homem, pelo simples fato de ser um homem, merece ser respeitado. O senhor já se perguntou a que ponto o amor pela liberdade, o ódio pela escravidão podem fazer nascer planos de vingança numa natureza como a do canadense, o que ele pode pensar, tentar, arriscar...?

Calei-me. O capitão Nemo se levantou.

— Que Ned Land pense, tente, arrisque tudo o que quiser, que me importa? Não fui eu quem o procurou! Não é por prazer que o mantenho a bordo! Já o senhor, professor Aronnax, é daqueles que pode tudo compreender, mesmo

VINTE MIL LÉGUAS SUBMARINAS

475

o silêncio. Não tenho mais nada a dizer. Que esta primeira vez em que vem tratar desse assunto também seja a última, pois da segunda não poderei sequer ouvi-lo.

Retirei-me. A partir daquele dia, nossa relação tornou-se muito tensa. Relatei a conversa a meus dois companheiros.

— Agora sabemos — disse Ned — que não devemos esperar nada desse homem. O *Nautilus* se aproxima de Long Island. Fugiremos, sob qualquer tempo.

Mas o céu tornava-se cada vez mais ameaçador. Sinais de um furacão se aproximavam. A atmosfera se fazia esbranquiçada e leitosa. Aos cirros de feixes delgados sucediam-se no horizonte camadas de cúmulos-nimbos. Outras nuvens baixas fugiam rapidamente. O mar engrossava e subia em grandes ondas. As aves desapareciam, à exceção dos petréis, amigos das tempestades. O barômetro caía consideravelmente e indicava uma extrema quantidade de vapores no ar. A mistura do *storm glass* se decompunha sob influência da eletricidade que saturava a atmosfera. A luta dos elementos era iminente.

A tempestade desabou na manhã do dia 18 de maio, no exato momento em que o *Nautilus* passava na altura de Long Island, a algumas milhas dos canais de Nova York. Sou capaz de descrever essa luta dos elementos porque, em vez de fugir dela até as profundezas do mar, o capitão Nemo, por algum inexplicável capricho, decidiu enfrentá-la na superfície.

O vento soprava do sudoeste, primeiro com grande força, isto é, com uma velocidade quinze metros por segundo, que subiu para vinte e cinco metros por segundo por volta das três horas da tarde. A velocidade das tempestades.

O capitão Nemo, inabalável sob as rajadas, estava na plataforma. Amarrara-se pela cintura para resistir às ondas monstruosas que ali quebravam. Também subi e me amarrei, dividindo minha admiração entre a tempestade e o homem incomparável que lhe fazia frente.

O mar encapelado era varrido por grandes amontoados de nuvens que tocavam suas águas. Eu não via nenhuma das pequenas ondas intermediárias que se formam na base das grandes vagas. Apenas longas ondulações fuliginosas, cuja crista não rebenta, tanto são compactas. Sua altura aumentava, e elas se somavam umas às outras. O *Nautilus*, ora deitado de lado, ora ereto como um mastro, rolava e oscilava assustadoramente.

Por volta das cinco horas, caiu uma chuva torrencial, que não aplacou nem o vento nem o mar. O furacão se desencadeou a uma velocidade de quarenta e cinco metros por segundo, ou cerca de quarenta léguas por hora. É nessas condições que derruba casas, empurra as telhas dos telhados até as portas, rompe grades de ferro, desloca canhões de calibre 24. E mesmo assim o *Nautilus*, no meio da tormenta, justificava as palavras de um sábio engenheiro: "Não há casco bem construído que não possa desafiar o mar!". Não era uma rocha resistente, que aquelas ondas teriam demolido, era um fusoide de aço, obediente e móvel, sem cordames, sem mastreação, que enfrentava impunemente sua fúria.

Eu examinava com atenção aquelas ondas desenfreadas. Elas chegavam a quinze metros de altura por cerca de cento e cinquenta a cento e setenta e cinco metros de comprimento, e sua velocidade de propagação, metade da do vento, era de quinze metros por segundo. Seu volume e sua potência aumentavam com a profundidade das águas. Compreendi então o papel das ondas que aprisionam o ar em seus ventres e o levam para o fundo dos mares, transportando o oxigênio da vida. Calculou-se que sua pressão extrema pode elevar-se até três mil quilogramas para cada décimo de metro quadrado da superfície que atingem. Foram essas ondas como aquelas que, nas Hébridas, deslocaram um bloco de trinta e oito toneladas. Foram elas que, na tempestade de 23 de dezembro de 1864, depois de terem arrasado uma parte da cidade de Edo, no

VINTE MIL LÉGUAS SUBMARINAS

Japão, a setecentos quilômetros por hora, rebentaram no mesmo dia nas costas da América.

A intensidade da tormenta aumentou com o anoitecer. O barômetro, como em 1860, na ilha Reunião, durante um ciclone, caiu para setecentos e dez milímetros. Ao cair do dia, vi passar no horizonte um grande navio que lutava com grande dificuldade. Ele capeava sob pequeno vapor para manter-se direito ao vento. Devia ser um dos vapores das linhas de Nova York a Liverpool ou ao Havre. Logo desapareceu na escuridão.

Às dez horas da noite, o céu estava em fogo. A atmosfera foi riscada por raios violentos. Eu não conseguia suportar seu brilho, enquanto o capitão Nemo, olhando-os de frente, parecia aspirar a alma da tempestade. Um barulho terrível enchia os ares, ruído complexo que mesclava o rugido das ondas esmagadas, o zunido do vento, o estrépito do trovão. O vento girava para todos os quadrantes, e o ciclone, partindo do leste, a ele voltava passando pelo norte, pelo oeste e pelo sul, no sentido inverso das tempestades circulares do hemisfério austral.

Ah, a corrente do Golfo! Justificava o título de rainha das tempestades! É ela que cria esses ciclones gigantescos, pela diferença de temperatura das camadas de ar superpostas a suas correntes.

À chuva sucedeu-se uma tempestade de fogo. As gotículas de água se transformavam em setas fulminantes. Era como se o capitão Nemo, querendo uma morte digna de si, tentasse ser fulminado. Com um assustador balanço longitudinal, o *Nautilus* ergueu nos ares seu rostro de aço, como a ponta de um para-raios, e pude ver longas centelhas jorrarem dele.

Alquebrado, sem forças, rastejei até a escotilha. Abri-a e desci ao salão. A tempestade chegava a seu máximo de intensidade. Era impossível manter-se de pé no interior do *Nautilus*.

O capitão Nemo entrou por volta da meia-noite. Ouvi

os reservatórios se encherem aos poucos, e o *Nautilus* mergulhou suavemente abaixo da superfície das ondas.

Pelos vidros abertos do salão, vi grandes peixes assustados passando como fantasmas pelas águas ardentes. Alguns foram fulminados diante de meus olhos!

O *Nautilus* continuou a descer. Pensei que encontraria águas mais calmas a quinze metros de profundidade. Não. As camadas superiores estavam excessivamente agitadas. Foi preciso buscar o repouso a cinquenta metros, nas entranhas do mar.

Mas ali, quanta tranquilidade, quanto silêncio, quanta paz! Quem diria que naquele momento um furacão terrível castigava a superfície do oceano?

20. A 47° 24' de latitude
e 17° 28' de longitude

Em decorrência dessa tempestade, fomos empurrados para leste. Todas as esperanças de fuga para as imediações de Nova York ou do Saint Lawrence se desvaneciam. O pobre Ned, desesperado, isolou-se como o capitão Nemo. Conseil e eu não nos separávamos mais.

Eu disse que o *Nautilus* se afastou para o leste. Devia ter dito, para ser mais exato, para o nordeste. Por alguns dias ele vagou ora na superfície das ondas, ora abaixo delas, em meio às brumas tão temidas pelos navegadores. Estas são causadas pelo derretimento do gelo, que leva a uma extrema umidade da atmosfera. Quantos navios se perderam naquelas paragens, quando estavam a ponto de avistar as luzes incertas da costa! Quantos naufrágios causados por aqueles nevoeiros opacos! Quantos choques contra aqueles escolhos em que o marulho das ondas era apagado pelo barulho do vento! Quantas colisões entre embarcações, apesar de seus faróis sinalizadores, das advertências de seus apitos e seus sinos de alarme!

Assim, o fundo daqueles mares apresentava o aspecto de um campo de batalha, onde ainda jaziam todos aqueles vencidos do oceano; alguns velhos e intumescidos; outros, jovens e refletindo o brilho de nosso fanal com suas ferragens e suas carenas de cobre. Entre eles, quantas embarcações afundadas com bens e equipagens, com suas tripulações, seu mundo de imigrantes, naqueles pontos perigosos assinalados nas estatísticas, o cabo Race, a ilha Saint Paul, o estreito de Belle Isle, o estuário do Saint Lawrence! E nos últimos anos, quantas vítimas entraram nesses fúnebres anais saídas das linhas Royal Mail, Inmann e Montreal, o *Solway*, o *Isis*, o *Paramatta*, o *Hungarian*, o *Canadian*, o *Anglo-Saxon*, o *Humboldt*, o *United States*, naufragados, o *Artic*, o *Lyonnais*, afundados por colisão, o *Président*, o *Pacific*, o *City of Glasgow*, desaparecidos por causas ignoradas, escuros fragmentos por entre os quais o *Nautilus* navegava, como se passasse os mortos em revista!

Em 15 de maio, estávamos no extremo meridional do banco da Terra Nova. Esse banco é um produto das aluviões marinhas, um aglomerado considerável de detritos orgânicos, trazidos seja do Equador pela corrente do Golfo, seja do polo Boreal pela contracorrente de água fria que acompanha a costa americana. Ali se amontoavam erráticos blocos carregados pelo degelo, e também se formara um vasto ossuário de peixes, moluscos ou zoófitos, que pereciam aos milhares.

A profundidade do mar não é significativa no banco da Terra Nova. No máximo algumas centenas de braças. Mas rumo ao sul se abre subitamente uma profunda depressão, um buraco de três mil metros. Ali a corrente do Golfo se alargava. Há um espalhamento de suas águas. Ela perde velocidade e temperatura, mas torna-se um mar.

Entre os peixes que o *Nautilus* assustou ao passar, citarei o cicióptero de um metro, dorso enegrecido, ventre alaranjado, que dá a seus congêneres um exemplo pouco seguido de fidelidade conjugal, um unernak de grande porte, espécie de moreia esmeralda de gosto excelente, karraks de olhos grandes, cuja cabeça tem certa semelhança com a do cão, blênios, ovíparos como as serpentes, cadozes-negros de vinte centímetros, macruros de caudas longas com brilho argênteo, peixes rápidos que se aventuravam longe dos mares hiperbóreos.

As redes também recolheram um peixe ousado, auda-

VINTE MIL LÉGUAS SUBMARINAS 481

cioso, vigoroso, bastante forte, armado de espinhos na cabeça e agulhões nas nadadeiras, verdadeiro escorpião de dois a três metros, inimigo encarniçado dos blênios, dos gadídeos e dos salmões; era o cotídeo dos mares setentrionais, de corpo tuberculoso, de cor marrom, vermelho nas nadadeiras. Os pescadores do *Nautilus* tiveram certa dificuldade para capturar esse animal, que, graças à conformação de seus opérculos, preserva seus órgãos respiratórios do contato ressecante da atmosfera e pode viver algum tempo fora d'água.

Cito agora — de memória — os bosquianos, pequenos peixes que acompanham os navios por longo tempo nos mares boreais, tainhas-oxirrincos, exclusivas do Atlântico setentrional, escorpenídeos, e por fim gadídeos, principalmente bacalhaus, que surpreendi em suas águas preferidas, no inesgotável banco da Terra Nova.

Podemos dizer que esses bacalhaus são peixes da montanha, pois a Terra Nova não passa de uma montanha submarina. Quando o *Nautilus* abriu caminho por seus cerrados batalhões, Conseil não conteve esta observação:

— Isso? Um bacalhau? Mas pensei que o bacalhau era chato como um linguado ou uma solha!

— Seu tolo! — exclamei. — O bacalhau só é chato na peixaria, onde é vendido aberto e estendido. Mas na água, são peixes fusiformes como as tainhas, e perfeitamente adaptados ao nado.

— Posso acreditar no doutor — respondeu Conseil. — Que enxame, que formigueiro!

— É, meu amigo, haveria muito mais sem seus inimigos, os escorpeonídeos e os homens! Sabe quantos ovos já foram contados em uma única fêmea?

— Não economizemos — respondeu Conseil. — Quinhentos mil.

— Onze milhões, meu amigo.

— Onze milhões. Aí está algo em que nunca acreditarei, a menos que os conte por mim mesmo.

482   JULES VERNE

— Conte-os, Conseil. Mas seria mais fácil acreditar em mim. Aliás, franceses, ingleses, americanos, dinamarqueses e noruegueses pescam o bacalhau aos milhares. Ele é consumido em quantidades prodigiosas, e sem essa espantosa fecundidade, os mares logo estariam despovoados desses peixes. Apenas na Inglaterra e na América, cinco mil navios tripulados por setenta e cinco mil marujos são empregados na pesca do bacalhau. Cada um pesca aproximadamente quarenta mil, o que faz vinte milhões. Nas costas da Noruega, mesmo número.

— Bom — admitiu Conseil —, confio no doutor. Não os contarei.

— Contar o quê?

— Os onze milhões de ovos. Mas farei uma observação.

— Sim?

— Se todos os ovos vingassem, bastariam quatro bacalhaus para alimentar toda a Inglaterra, a América e a Noruega.

Enquanto roçávamos o fundo do banco da Terra Nova, vi com perfeição as longas linhas, equipadas com duzentos anzóis, que cada barco lançava às dúzias. Cada linha, imobilizada por uma das pontas por meio de uma pequena âncora, era presa na superfície por um cabo fixado a uma boia de cortiça. O *Nautilus* precisou manobrar com cuidado por entre aquele emaranhado submarino.

Em todo caso, não permaneceu por muito tempo naquelas paragens frequentadas. Subiu até o quadragésimo segundo grau de latitude, entre St. John's e Heart's Content, na Terra Nova, onde termina o cabo transatlântico.

O *Nautilus*, em vez de continuar para o norte, rumou para o leste, como se quisesse o platô telegráfico sobre o qual repousa o cabo, e cujo relevo foi mapeado com extrema precisão por múltiplas sondagens.

Foi no dia 17 de maio, a cerca de cinco milhas de Heart's Content, a dois mil e oitocentos metros de profundidade, que avistei o cabo estendido no solo. Conseil,

VINTE MIL LÉGUAS SUBMARINAS 483

que não tinha sido avisado por mim, tomou-o por uma gigantesca serpente marinha e se preparava para classificá-lo segundo seu método habitual. Mas esclareci o rapaz a seu respeito, e para consolá-lo de seu desapontamento contei-lhe diversas particularidades da colocação do cabo.

O primeiro cabo foi instalado durante os anos de 1857 e 1858; porém, depois de transmitir cerca de quatrocentos telegramas, parou de funcionar. Em 1863, os engenheiros construíram um novo cabo, medindo três mil e quatrocentos quilômetros e pesando quatro mil e quinhentas toneladas, que foi embarcado do *Great Eastern*. Essa tentativa também fracassou.

Ora, no dia 25 de maio, o *Nautilus*, submerso a três mil oitocentos e trinta e seis metros de profundidade, encontrava-se justamente no ponto em que ocorrera o rompimento que arruinou a iniciativa, a mil e cem quilômetros da costa da Irlanda. Às duas horas da tarde, percebeu-se que as comunicações com a Europa haviam sido interrompidas. Os eletricistas de bordo resolveram cortar o cabo antes de repescá-lo, e às onze da noite recolheram a parte avariada. Fizeram uma emenda e um entrelaçamento; a seguir, o cabo foi submerso novamente. Alguns dias depois, no entanto, ele se rompeu e não pôde ser recuperado das profundezas do oceano.

Os americanos não desanimaram. O audacioso Cyrus Field, promotor do empreendimento, que nele arriscava toda a sua fortuna, lançou uma nova subscrição. Esta foi imediatamente coberta. Outro cabo foi instalado, em melhores condições. O feixe de fios condutores, isolados num envoltório de guta-percha, era protegido por um colchão de matérias têxteis dentro de uma armação metálica. O *Great Eastern* foi ao mar no dia 13 de julho de 1866.

A operação funcionou bem. Mas houve um incidente. Enquanto desenrolavam o cabo, os eletricistas perceberam que vários pregos tinham sido recentemente inseridos nele, com o objetivo de deteriorá-lo. O capitão Anderson, seus oficiais, seus engenheiros se reuniram, deliberaram e divulgaram que, se o culpado fosse surpreendido a bordo, seria lançado ao mar sem julgamento. Depois disso, a tentativa criminosa não se repetiu.

Em 23 de julho, o *Great Eastern* estava há apenas oitocentos quilômetros da Terra Nova, quando recebeu um telegrama da Irlanda com a notícia do armistício entre a Prússia e a Áustria depois de Sadowa. No dia 27, ele avistou o porto de Heart's Content por entre a neblina. A iniciativa fora bem-sucedida, e em sua primeira mensagem a jovem América dirigia à velha Europa essas sábias palavras tão raramente compreendidas: "Glória a Deus nas alturas, e paz na terra aos homens de boa vontade".

Eu não esperava encontrar o cabo elétrico em seu estado original, tal qual ao sair da fábrica. A longa serpente, coberta por fragmentos de conchas, ouriçada de foraminíferos, estava incrustada numa saliência rochosa que a protegia dos moluscos perfurantes. Repousava tranquilamente, ao abrigo dos movimentos do mar, e sob uma pressão favorável à transmissão da centelha elétrica que passa da América à Europa em trinta e dois centésimos de segundo. A durabilidade desse cabo será infinita, sem dúvida, pois se viu que o envoltório de guta-percha é mais eficiente imerso em água do mar.

Além disso, sobre aquele platô tão bem escolhido, o cabo nunca chega a profundidades em que possa romper-se. O *Nautilus* seguiu-o até sua profundidade máxima, situada a quatro mil quatrocentos e trinta e um metros, e ali ainda repousava sem nenhum esforço de tração. Depois nos aproximamos do local do acidente de 1863.

O fundo oceânico formava então um largo vale de cento e vinte quilômetros, no qual caberia o Mont Blanc sem que seu topo emergisse na superfície. O vale é fechado a leste por uma muralha vertical de dois mil metros. Chegamos no dia 28 de maio, e o *Nautilus* estava a apenas cento e cinquenta quilômetros da Irlanda.

VINTE MIL LÉGUAS SUBMARINAS 485

O capitão Nemo subiria para acostar as Ilhas Britânicas? Não. Para minha grande surpresa, desceu para o sul e voltou para os mares europeus. Ao contornar a ilha Esmeralda, avistei por um instante Cape Clear e os fogos de Fastnet, que iluminam os milhares de navios que saem de Glasgow ou Liverpool.

Uma importante pergunta me ocorreu. O *Nautilus* ousaria aventurar-se na Mancha? Ned Land reaparecera desde que nos aproximamos de terra firme, e não cessava de me interrogar. O que responder? O capitão Nemo mantinha-se invisível. Depois de deixar o canadense vislumbrar as costas da América, iria então me mostrar o litoral da França?

Enquanto isso, o *Nautilus* continuava descendo para o sul. Em 30 de maio, passou à vista do Land's End, entre a ponta extrema da Inglaterra e as Sorlingas, que deixou a estibordo.

Se quisesse entrar na Mancha, deveria virar marcadamente a leste. Não o fez.

Durante todo o dia 31 de maio, o *Nautilus* descreveu no mar uma série de círculos que me deixaram muito intrigado. Parecia buscar um local difícil de encontrar. Ao meio-dia, o capitão Nemo foi em pessoa medir nossa posição. Não me dirigiu a palavra. Pareceu-me mais sombrio do que nunca. O que poderia entristecê-lo assim? Seria a proximidade das costas europeias? Teria alguma nostalgia por seu país abandonado? O que sentia, então? Remorso ou mágoa? Esse pensamento ocupou minha mente por bastante tempo, e tive como que um pressentimento de que o acaso em breve revelaria os segredos do capitão.

No dia seguinte, 1º de junho, o *Nautilus* apresentou o mesmo comportamento. Era evidente que procurava um ponto específico do oceano. O capitão Nemo veio medir a altura do sol, como havia feito na véspera. O mar estava bom, o céu, claro. Oito milhas a leste, um grande navio a vapor se desenhava na linha do horizonte. Nenhuma bandeira ondulava em seu mastro, e não pude reconhecer sua nacionalidade.

O capitão Nemo, alguns minutos antes que o sol passasse do meridiano, abriu seu sextante e observou com extrema precisão. A calma absoluta das águas facilitava sua operação. O *Nautilus*, imóvel, não balançava nem oscilava.

Eu estava na plataforma naquele momento. Quando a medição foi concluída, o capitão pronunciou duas únicas palavras:

— É aqui!

E desceu pela escotilha. Teria visto a embarcação que modificava sua marcha e parecia aproximar-se de nós? Não soube dizer.

Voltei ao salão. O painel foi fechado e ouvi os assobios da água nos reservatórios. O *Nautilus* começou a mergulhar, seguindo uma linha vertical, pois sua hélice parada não lhe transmitia mais nenhum movimento.

Alguns minutos depois, deteve-se a uma profundidade de oitocentos e trinta e três metros e repousou sobre o solo.

O teto luminoso do salão apagou-se e os painéis se abriram, e pelos vidros pude ver o mar intensamente iluminado pelos raios do fanal num raio de meia milha.

Olhei para bombordo e não vi nada além da imensidão das águas serenas.

A estibordo, no fundo, surgia uma grande excrescência que chamou minha atenção. Pareciam ruínas soterradas por uma cobertura de conchas esbranquiçadas como um manto de neve. Examinando atentamente aquela massa, pensei reconhecer as formas inchadas de um navio, privado de seus mastros, que devia ter afundado pela proa. Aquele desastre certamente datava de uma época remota. Aqueles destroços, para estarem assim incrustados no calcário das águas, deviam estar há muitos anos no fundo do oceano.

Que navio era aquele? Por que o *Nautilus* vinha visitar

VINTE MIL LÉGUAS SUBMARINAS   487

sua tumba? Não teria sido um naufrágio que levara aquele navio para o fundo das águas?

Eu não sabia o que pensar quando, perto de mim, ouvi o capitão Nemo dizer pausadamente:

— Antigamente, esse navio se chamada *Marseillais*. Carregava setenta e quatro canhões e foi lançado em 1762. Em 1778, em 13 de agosto, comandado por La Poype-Vertrieux, combateu audaciosamente contra o *Preston*. Em 1779, em 4 de julho, assistiu a esquadra do almirante D'Estaing da tomada de Grenade. Em 1781, em 5 de setembro, participou do combate do conde de Grasse na baía de Chesapeak. Em 1794, a república francesa mudava seu nome. No dia 16 de abril do mesmo ano, juntava-se em Brest à esquadra de Villaret de Joyeuse, encarregada de escoltar um comboio de trigo que vinha da América sob o comando do almirante Van Stabel. Em 11 e 12 prairial, ano II, essa esquadra se encontrava com os navios ingleses. Professor, hoje é 13 prairial, 10 de junho de 1868. Há exatos setenta e quatro anos, neste mesmo local, a 47° 24' de latitude e 17° 28' de longitude, esse navio, após um combate heroico, sem os seus três mastros, com água nos paióis e um terço de sua tripulação fora de combate, preferiu afundar com seus trezentos e cinquenta e seis marinheiros a ter que se render, e pregando seu pavilhão na popa, desapareceu sob as ondas aos gritos de "Viva a República!".

— O *Vingador*! — exclamei.

— Sim, professor! O *Vingador*! Um belo nome! — murmurou o capitão Nemo, cruzando os braços.

21. Hecatombe

Aquele jeito de falar, o inesperado da cena, a história do navio patriota a princípio relatada com frieza, seguida pela emoção com que o estranho personagem pronunciou as últimas palavras, o nome *Vingador*, cujo significado não podia me escapar, tudo se juntava para deixar uma marca profunda em meu espírito. Meus olhos não desgrudavam do capitão. Ele, com os braços estendidos para o mar, contemplava com um olhar ardente o glorioso destroço. Talvez eu nunca viesse a saber quem ele era, de onde vinha, para onde ia, mas cada vez mais percebia o homem se sobrepondo ao cientista. Não fora uma misantropia qualquer que encerrara o capitão Nemo e seus companheiros nos flancos do *Nautilus*, mas um ódio monstruoso ou sublime que o tempo era incapaz de serenar.

Esse ódio ainda buscava vingança? O futuro logo me diria.

Enquanto isso, o *Nautilus* subia lentamente para a superfície, e aos poucos vi as formas difusas do *Vingador* se apagarem. Uma leve oscilação logo me indicou que flutuávamos ao ar livre.

Foi quando uma surda detonação se fez ouvir. Olhei para o capitão, que não se movia.

— Capitão? — chamei.

Ele não respondeu.

VINTE MIL LÉGUAS SUBMARINAS 489

Deixei-o e subi à plataforma. Conseil e o canadense já estavam lá.

— De onde veio essa detonação? — indaguei.

— De um tiro de canhão — respondeu Ned Land.

Olhei na direção do navio que havia avistado. Aproximara-se do *Nautilus* e víamos que forçava seu vapor. Seis milhas o separavam de nós.

— Que tipo de embarcação é essa, Ned?

— Por sua aparelhagem e mastros baixos — respondeu o canadense —, eu apostaria que é um navio de guerra. Espero que venha até nós e afunde, se preciso, esse maldito *Nautilus*!

— Amigo Ned — interveio Conseil —, que mal ele pode fazer ao *Nautilus*? Irá atacá-lo sob as águas? Disparar seus canhões no fundo dos mares?

— Diga-me, Ned — perguntei —, consegue reconhecer a nacionalidade desse navio?

O canadense franziu as sobrancelhas, semicerrou as pálpebras, apertou os olhos nos cantos, mirando o navio por alguns instantes com toda a agudeza de seu olhar.

— Não, professor. Não saberia dizer a que nação pertence. Seu pavilhão não foi içado. Mas posso afirmar que se trata de um navio de guerra, pois uma longa flâmula se desdobra na extremidade de seu mastro principal.

Por um quarto de hora observamos o navio vindo na nossa direção. Eu não podia admitir, porém, que tivesse avistado o *Nautilus* àquela distância, muito menos que soubesse ser uma máquina submarina.

O canadense logo anunciou que se tratava de um grande navio de guerra com esporão, um encouraçado de dois conveses. Uma espessa fumaça negra subia das duas chaminés. As velas estreitadas se confundiam com a linha das vergas. O ovém não portava nenhum pavilhão. A distância impedia de distinguir as cores de sua flâmula, que ondulava como uma fita delgada.

Ele avançava rapidamente. Se o capitão Nemo o deixasse aproximar-se, uma chance de salvação se apresentaria.

— Professor — disse-me Ned Land —, se esse navio passar a uma milha de distância, jogo-me ao mar e convido-o a fazer o mesmo.

Não respondi à proposta do canadense, e continuei olhando para o navio que crescia a olhos vistos. Inglês, francês, americano ou russo, era certo que nos acolheria, se conseguíssemos chegar a bordo.

— O doutor queira se lembrar — disse então Conseil — que temos certa experiência de natação. Ele pode depositar em mim o cuidado de puxá-lo até esse navio, se lhe for conveniente seguir o amigo Ned.

Estava prestes a responder, quando um vapor branco subiu da proa do navio de guerra. Alguns segundos depois, as águas perturbadas pela queda de um corpo pesado respingaram na popa do *Nautilus*. A seguir, uma detonação feriu meus ouvidos.

— Como? Estão atirando em nós! — exclamei.

— Homens valorosos! — murmurou o canadense.

— Então não nos consideraram náufragos agarrados a um destroço!

— Que o doutor me perdoe... mas! — disse Conseil, limpando a água que um novo tiro havia feito respingar sobre ele. — Que o doutor me perdoe, mas reconheceram o narval, e estão atirando no narval.

— Mas devem estar vendo muito bem que estão lidando com homens — exclamei.

— Talvez por isso mesmo! — respondeu Ned Land, encarando-me.

Tive uma súbita revelação. Agora deviam saber o que pensar a respeito da existência do suposto monstro. Durante a abordagem da *Abraham Lincoln*, quando o canadense o atingiu com o arpão, o comandante teria percebido que o narval era um barco submarino, mais perigoso que um cetáceo sobrenatural?

VINTE MIL LÉGUAS SUBMARINAS   491

Sim, devia ser isso, e decerto em todos os mares aquela terrível máquina de destruição devia estar sendo perseguida!

Terrível de fato, se, como deviam supor, o capitão Nemo utilizasse o *Nautilus* por motivo de vingança! Naquela noite em que nos confinou na cela, no meio do oceano Índico, não teria atacado algum navio? O homem enterrado no cemitério de coral não teria sido vítima do choque provocado pelo *Nautilus*? Sim, repito, deve ter sido isso. Uma parte da misteriosa existência do capitão Nemo se desvelava. E apesar de sua identidade não ser conhecida, as nações coalizadas contra ele ao menos perseguiam, agora, não mais uma criatura quimérica, mas um homem que lhes dedicava um ódio implacável!

Todo esse passado aterrador se descortinou diante de meus olhos. Em vez de encontrarmos amigos naquele navio que se aproximava, só podíamos encontrar inimigos impiedosos.

Enquanto isso, os tiros se multiplicavam a nosso redor. Alguns, encontrando a superfície líquida, ricocheteavam até se perderem de vista a distâncias consideráveis. Mas nenhum atingiu o *Nautilus*.

O navio couraçado estava a apenas três milhas de distância. Apesar da violenta canhonada, o capitão Nemo não veio à plataforma. No entanto, se uma daquelas balas cônicas atingisse o casco do *Nautilus*, teria sido fatal.

O canadense me disse então:

— Professor, precisamos tentar sair dessa situação adversa. Façamos sinais! Mil diabos! Talvez entendam que somos homens honestos!

Ned Land pegou seu lenço para agitá-lo no ar. Mas mal o havia desdobrado quando, derrubado por uma mão de ferro, apesar de sua força prodigiosa, caiu no convés.

— Miserável — gritou o capitão —, quer ser amarrado ao aríete do *Nautilus* antes que ele se precipite contra esse navio?

O capitão Nemo, terrível de ouvir, era mais terrível ainda de ver. Seu rosto empalidecera sob os espasmos de seu coração, que devia ter cessado de bater por um instante. Suas pupilas estavam assustadoramente contraídas. Sua voz não falava mais, rugia. Com o corpo inclinado para a frente, torcia com as mãos os ombros do canadense.

Depois, soltando-o e virando-se para o navio de guerra, cujos tiros choviam à sua volta, bradou com sua voz possante:

— Ah! Sabe quem eu sou, navio de uma nação maldita! Não precisei das suas cores para reconhecê-lo! Preste bem atenção, vou mostrar-lhe as minhas!

E o capitão Nemo desfraldou na proa da plataforma uma bandeira preta, semelhante à que havia fincado no polo Sul.

Naquele momento, uma bala tocou obliquamente o casco do *Nautilus*, sem perfurá-lo e, ricocheteando perto do capitão, foi perder-se no mar.

O capitão Nemo deu de ombros. Então, dirigindo-se a mim, disse secamente:

— Desça. Desça com seus companheiros.

— Capitão, vai atacar esse navio?

— Professor, vou afundá-lo.

— Não faria isso!

— Farei — respondeu friamente o capitão Nemo. — Nem pense em me julgar, professor. Uma fatalidade lhe mostrou o que não devia ter visto. Fui atacado. Minha resposta será terrível. Entre.

— Que navio é esse?

— Então não sabe? Muito bem, melhor assim! Ao menos sua nacionalidade continuará sendo um segredo. Desça.

O canadense, Conseil e eu podíamos apenas obedecer. Cerca de quinze marujos do *Nautilus* cercavam o capitão e olhavam com um implacável sentimento de ódio para aquele navio que avançava na nossa direção. Percebia-se que o mesmo sopro de vingança animava todas aquelas almas.

VINTE MIL LÉGUAS SUBMARINAS

Desci no momento em que um novo projétil arranhava o casco do *Nautilus*, e ouvi o capitão gritar:

— Atire, insano navio! Desperdice seus inúteis projéteis! Não escapará ao esporão do *Nautilus*. Mas não será aqui que perecerá! Não quero que suas ruínas se confundam com as do *Vingador*!

Voltei para o meu quarto. O capitão e seu imediato ficaram na plataforma. A hélice foi posta em movimento. O *Nautilus*, afastando-se com velocidade, pôs-se fora do alcance dos tiros do navio. Mas a perseguição continuou, e o capitão Nemo contentou-se em manter a distância.

Por volta das quatro horas da tarde, não conseguindo conter a impaciência e a inquietude que me devoravam, retornei à escadaria central. A escotilha estava aberta. Ousei subir à plataforma. O capitão caminhava, num passo agitado. Olhava para o navio que continuava a cinco ou seis milhas a sota-vento. Rodeava-o como um animal feroz, e, atraindo-o para o leste, deixava-se perseguir. No entanto, não atacava. Talvez ainda hesitasse?

Decidi tentar uma última intervenção. Mas assim que interpelei o capitão Nemo, este me fez calar:

— Sou o direito, sou a justiça! — ele disse. — Sou o oprimido, e aquele é o opressor! Foi por causa dele que vi perecer tudo o que amei, prezei, venerei, pátria, mulher, filhos, pai, mãe! Tudo o que odeio está ali! Cale-se!

Dirigi um último olhar para o navio de guerra, que forçava seu vapor. Depois, fui até Ned e Conseil.

— Fujamos! — exclamei.

— Ótimo — disse Ned. — Que navio é aquele?

— Não sei. Mas seja o que for, será afundado antes do anoitecer. Em todo caso, melhor perecer com ele do que nos fazermos cúmplices de represálias cuja equidade não podemos avaliar.

— É o que penso — respondeu com frieza Ned Land.

— Esperemos a noite.

A noite chegou. Um profundo silêncio reinava a bordo. A bússola indicava que o *Nautilus* não tinha mudado de direção. Eu ouvia o barulho da hélice batendo as águas com rápida regularidade. Ele se mantinha na superfície das águas, e uma leve oscilação o levava ora para um lado, ora para o outro.

Meus companheiros e eu havíamos decidido fugir no momento em que o navio se aproximasse, fosse para sermos ouvidos, fosse para sermos vistos, pois a lua, que ficaria cheia em três dias, brilhava. Uma vez a bordo daquele navio, se não pudéssemos prevenir o golpe que o ameaçava, ao menos faríamos tudo o que as circunstâncias nos permitissem tentar. Em vários momentos pensei que o *Nautilus* se preparava para o ataque. Mas contentava-se em deixar-se aproximar pelo adversário e, pouco depois, retomava a velocidade de fuga.

Parte da noite transcorreu sem incidentes. Espreitávamos a ocasião de agir. Falávamos pouco, estando muito agitados. Ned Land teria preferido se precipitar ao mar. Forcei-o a esperar. A meu ver, o *Nautilus* atacaria o couraçado na superfície, e então seria, além de possível, fácil escapar.

Às três horas da manhã, inquieto, subi à plataforma. O capitão Nemo continuava ali. Estava de pé, na proa, perto de sua bandeira, que uma leve brisa desfraldava acima de sua cabeça. Não perdia o navio dos olhos. Seu olhar, de extraordinária intensidade, parecia atraí-lo, enfeitiçá-lo, arrastá-lo com mais firmeza do que se o rebocasse!

A lua passava então no meridiano. Júpiter surgia a leste. Em meio àquela serena natureza, o céu e o mar rivalizavam em tranquilidade, e o oceano oferecia ao astro das noites o mais belo espelho que jamais refletiu sua imagem.

E quando pensei naquela calma profunda dos elementos, comparada a toda a raiva que fermentava nos flancos do imperceptível *Nautilus*, senti o meu ser inteiro estremecer.

O navio se mantinha a duas milhas. Estava mais próximo, sempre avançando na direção do brilho fosforescente que assinalava a presença do *Nautilus*. Vi seus fogos sina-

VINTE MIL LÉGUAS SUBMARINAS 495

lizadores, verde e vermelho, e seu fanal branco suspenso
no grande estai da mezena. Uma leve reverberação iluminava seu aparelho e indicava que as caldeiras estavam no
máximo. Uma chuva de fagulhas e escórias de carvões
incandescentes escapavam de suas chaminés, estrelando
a atmosfera.

Fiquei ali até as seis horas da amanhã, sem que o capitão Nemo tivesse dado sinal de me ver. O navio estava
a uma milha e meia, e com as primeiras luzes do dia sua
canhonada recomeçou. Não devia estar longe o momento
em que, quando o *Nautilus* atacasse seu adversário, meus
companheiros e eu deixaríamos para sempre aquele homem que eu não ousava julgar.

Estava prestes a descer, a fim de avisá-los, quando o
imediato subiu à plataforma. Vários marinheiros o acompanhavam. O capitão Nemo não os viu, ou não quis vê-
-los. Foram tomadas certas providências que poderíamos
chamar de "preparativos de combate" do *Nautilus*. Eram
muito simples. O cabo que formava uma balaustrada em
torno da plataforma foi abaixado. Da mesma forma, as
cabines do fanal e do timoneiro entraram no casco de
maneira a apenas assomar. A superfície do longo charuto
de metal não apresentava mais nenhuma saliência que pudesse atrapalhar suas manobras.

Retornei ao salão. O *Nautilus* continuava emerso. Algumas luzes matinais se infiltravam pela camada líquida.
Sob certos movimentos das ondas, os vidros se tingiam
do avermelhado do sol nascente. O terrível dia 2 de junho
raiava.

Às cinco horas, a barquilha informou-me que a velocidade do *Nautilus* diminuía. Compreendi que ele se deixava aproximar. Enquanto isso, as detonações ficavam cada
vez mais fortes. Os projéteis sulcavam a água ambiente e
nela penetravam com um assobio singular.

— Meus amigos — eu disse —, é chegada a hora. Um
aperto de mão, e que Deus nos proteja!

Ned Land estava decidido, Conseil estava calmo e eu, nervoso, mal conseguia me conter.

Passamos pela biblioteca. No momento em que empurrei a porta que se abria para o vão da escadaria central, ouvi a escotilha superior se fechar bruscamente.

O canadense subiu correndo os degraus, mas segurei-o. Um assobio conhecido informou-me que a água entrava nos reservatórios de bordo. De fato, em poucos instantes o *Nautilus* submergiu a alguns metros abaixo da superfície.

Compreendi sua manobra. Era tarde demais para agir. O *Nautilus* não iria atingir o encouraçado em sua armadura impenetrável, mas abaixo de sua linha de flutuação, ali onde a carapaça metálica não protege mais o costado.

Éramos novamente prisioneiros, testemunhas forçadas do sinistro drama que se preparava. Aliás, mal tivemos tempo de refletir. Refugiados em meu quarto, nos encarávamos sem dizer palavra. Um estupor profundo se apoderara de meu espírito. O movimento do pensamento cessara dentro de mim. Encontrava-me no penoso estado que precede a expectativa de uma tenebrosa detonação. Eu esperava, ouvia, vivia apenas pelo sentido da audição!

A velocidade do *Nautilus* aumentou sensivelmente. Tomava impulso. O casco todo vibrava.

De repente, soltei um grito. Um choque ocorrera, mas relativamente leve. Senti a força penetrante do rostro. Ouvi rangidos, fricções. Mas o *Nautilus*, levado por sua potente propulsão, passava pela massa do navio como a agulha do marinheiro pelo tecido da vela!

Não pude me conter. Desvairado, desesperado, precipitei-me para fora de meu quarto e corri até o salão.

O capitão Nemo estava lá. Mudo, sombrio, implacável, olhava pelo painel de bombordo.

Uma massa enorme afundava nas águas, e para não perder nada de sua agonia, o *Nautilus* descia com ela para o abismo. A dez metros de mim, vi aquele casco en-

VINTE MIL LÉGUAS SUBMARINAS   497

treaberto, por onde a água entrava com um ruído de trovão, e depois a dupla linha de canhões e as amuradas. O convés estava coberto de sombras negras que se agitavam.

A água subia. Os infelizes corriam para os ovéns, se penduravam aos mastros, se contorciam sob as águas. Era um formigueiro humano surpreendido pela invasão de um mar!

Paralisado, hirto de angústia, cabelos em pé, olhos desmesuradamente abertos, respiração incompleta, sem fôlego, sem voz, eu também olhava! Uma irresistível atração me colava ao vidro!

O enorme navio soçobrava lentamente. O *Nautilus*, seguindo-o, acompanhava todos os seus movimentos. De repente, houve uma explosão. O ar comprimido estilhaçou o convés da embarcação como se o fogo tivesse chegado aos paióis. A força das águas foi tal que o *Nautilus* desviou.

Então o desgraçado navio afundou mais rápido. Vi suas gáveas, repletas de vítimas, e seus vaus, vergando sob pilhas de homens, por fim o topo de seu mastro principal. Depois, a massa escura desapareceu, e com ela aquela tripulação de cadáveres arrastados por um formidável redemoinho...

Voltei-me para o capitão Nemo. Aquele terrível justiceiro, verdadeiro arcanjo do ódio, continuava olhando. Quando tudo acabou, o capitão Nemo, dirigindo-se à porta de seu quarto, abriu-a e entrou. Segui-o com os olhos.

No painel do fundo, abaixo dos retratos de seus heróis, vi o retrato de uma mulher ainda jovem com duas crianças pequenas. O capitão Nemo contemplou-os por alguns instantes, estendeu-lhes os braços e, ajoelhando-se, começou a chorar.

22. As últimas palavras
do capitão Nemo

Os painéis tinham sido fechados após essa visão assustadora, mas a luz não retornara ao salão. Dentro do *Nautilus* havia apenas trevas e silêncio. Ele deixava aquele local de desolação, a cem pés da superfície, com uma velocidade prodigiosa. Para onde ia? Norte ou sul? Para onde fugia aquele homem depois daquela horrível represália?

Eu havia voltado para o meu quarto, onde Ned e Conseil se mantinham em silêncio. Senti um invencível horror pelo capitão Nemo. Não importa o que tivesse sofrido na mão dos homens, ele não tinha o direito de punir daquela forma. Ele havia feito de mim, se não o cúmplice, no mínimo o testemunho de suas vinganças! Isso já era demais.

Às onze horas, a claridade elétrica voltou. Passei ao salão. Estava deserto. Consultei os diversos instrumentos. O *Nautilus* fugia para o norte a uma velocidade de vinte e cinco milhas por hora, ora na superfície, ora a dez metros de profundidade.

Feita a marcação no mapa, vi que passávamos ao largo da Mancha, e que nossa direção nos levava para os mares boreais com incomparável velocidade.

Eu mal conseguia vislumbrar, logo deixados para trás, os esqualos de nariz comprido, os tubarões-martelos, os patas-roxas que frequentam aquelas águas, grandes raias águia-do-ar, cardumes de hipocampos parecidos com os cavalos dos jogos de xadrez, enguias se agitando como o

VINTE MIL LÉGUAS SUBMARINAS

serpeado de fogos de artifício, exércitos de caranguejos que fugiam obliquamente cruzando as pinças sobre a carapaça, e bandos de marsuínos que competiam em velocidade com o *Nautilus*. Mas observar, estudar e classificar era impossível.

Ao anoitecer, havíamos percorrido duzentas léguas do Atlântico. A noite se fez, e o mar foi invadido pelas trevas até o nascer da lua.

Voltei a meu quarto. Não pude dormir, assaltado por pesadelos. A horrível cena de destruição se repetia em minha mente.

A partir daquele dia, quem poderá dizer até onde nos levou o *Nautilus* na bacia do Atlântico Norte? Sempre com velocidade inigualável! Sempre em meio às brumas hiperbóreas! Terá tocado as pontas do Spitsbergen, as escarpas da Nova Zembla? Terá percorrido aqueles mares ignorados, o mar Branco, o mar de Kara, o golfo de Ob, o arquipélago de Lyakhovsky e as praias desconhecidas da costa asiática? Eu não saberia dizer. O tempo passava sem que eu pudesse estimá-lo. Os relógios de bordo haviam parado. A noite e o dia, como nas regiões polares, não pareciam mais seguir seu curso regular. Sentia-me arrastado para o reino do estranho, onde se movimentava à vontade a imoderada imaginação de Edgar Poe. A cada instante esperava encontrar, como o fabuloso Gordon Pym, "aquela figura humana velada, de proporções muito maiores que a de qualquer habitante da terra, lançada através da catarata que proíbe o acesso ao polo!".

Calculo — mas talvez me engane — que a trajetória aleatória do *Nautilus* tenha se prolongado por quinze ou vinte dias, e não sei quanto teria durado sem a catástrofe que encerrou nossa viagem. Do capitão Nemo, nem sinal. De seu imediato, tampouco. Nenhum homem da tripulação foi visto por um único instante. O *Nautilus* navegava submerso quase que o tempo todo. Quando subia à superfície para renovar o ar, as escotilhas se abriam e fechavam automaticamente. Nenhum ponto foi marcado no planisfério. Eu não sabia onde estávamos.

Preciso dizer que o canadense, no limite de suas forças e paciência, não aparecia mais. Conseil não conseguia fazê-lo dizer uma única palavra e temia que, num acesso de loucura ou dominado por uma nostalgia invencível, ele se matasse. Vigiava-o com devoção, o tempo todo.

Compreende-se que, nessas condições, a situação era intolerável.

Certa manhã — de que dia, eu não saberia dizer —, eu dormitava desde as primeiras horas do dia, em meio a uma sonolência pesada e enfermiça. Quando despertei, vi Ned Land debruçando-se sobre mim, e ouvi-o dizer a meia-voz:

— Vamos fugir!

Levantei-me.

— Quando? — perguntei.

— À noite. Não há mais vigilância no *Nautilus*. O estupor parece reinar a bordo. Estará a postos, professor?

— Sim. Onde estamos?

— Ao largo de terras que avistei esta manhã por entre as brumas, vinte milhas a leste.

— Que terras?

— Não sei, mas, seja onde for, encontraremos refúgio.

— Sim, Ned! Fugiremos hoje à noite, mesmo que para sermos tragados pelo mar!

— O mar está turbulento, o vento, impetuoso, mas fazer vinte milhas no leve bote do *Nautilus* não me assusta. Consegui abastecê-lo com alguns víveres e algumas garrafas de água sem que a tripulação percebesse.

— Estarei lá.

— De todo modo — acrescentou o canadense —, se eu for surpreendido, me defenderei até a morte.

— Morreremos juntos, amigo Ned.

Eu estava disposto a tudo. O canadense saiu. Fui à plataforma, sobre a qual mal conseguia equilibrar-me devido

VINTE MIL LÉGUAS SUBMARINAS 501

ao choque das ondas. O céu estava ameaçador, mas como a terra estava atrás daquelas brumas espessas, era preciso fugir. Não podíamos perder nenhum dia, nenhuma hora.

Retornei ao salão, ao mesmo tempo temendo e desejando encontrar o capitão Nemo, querendo e não querendo mais vê-lo. O que lhe teria dito? Conseguiria esconder o involuntário horror que ele me inspirava? Não! Melhor não encontrá-lo frente a frente! Melhor esquecê-lo! Mas ainda assim!

Como foi longo aquele dia, o último que eu passaria a bordo do *Nautilus*! Fiquei sozinho. Ned Land e Conseil evitavam falar comigo, com medo de se traírem.

Às seis horas, jantei, mas não estava com fome. Forcei--me a comer, apesar de minha inapetência, para conservar minhas forças.

Às seis e meia, Ned Land entrou em meu quarto. Disse-me:

— Não nos veremos mais até a partida. Às dez horas, a lua ainda não terá nascido. A escuridão nos beneficiará. Dirija-se ao bote. Conseil e eu o esperaremos lá.

Depois o canadense saiu, sem me dar tempo de responder.

Decidi verificar a direção do *Nautilus*. Segui para o salão. Corríamos para nor-nordeste com uma velocidade assustadora, a cinquenta metros de profundidade.

Lancei um último olhar para as maravilhas da natureza e para as riquezas da arte acumuladas naquele museu, para aquela coleção sem igual destinada a perecer um dia no fundo dos mares com aquele que a havia constituído. Quis gravar na memória uma impressão suprema. Fiquei assim por uma hora, banhado nos eflúvios do teto luminoso, passando em revista os tesouros resplandecentes sob as vitrines. Então, voltei a meu quarto.

Ali, vesti resistentes roupas marinhas. Reuni minhas anotações e guardei-as cuidadosamente contra o corpo. Meu coração batia com força. Impossível acalmar suas pulsações. Minha inquietude e minha agitação com certeza teriam me traído aos olhos do capitão Nemo.

O que ele fazia naquele momento? Escutei à porta de seu quarto. Ouvi um som de passos. O capitão Nemo estava lá dentro. Não estava deitado. A cada movimento, eu pensava que apareceria à minha frente e me perguntaria por que eu queria fugir! Eu levava sustos constantes. Minha imaginação os ampliava. Essa impressão tornou-se tão lancinante que me perguntei se não seria melhor entrar no quarto do capitão, encará-lo e enfrentá-lo com um gesto e um olhar!

Era uma ideia de louco. Felizmente contive-me, e deitei-me na cama para apaziguar as agitações do corpo. Meus nervos se acalmaram um pouco, mas minha mente, superexcitada, revisitou em rápidas rememorações toda a minha vida a bordo do *Nautilus*, todos os incidentes bons ou ruins que a marcaram desde meu desaparecimento da *Abraham Lincoln*: as caçadas submarinas, o estreito de Torres, os selvagens da Papuásia, o encalhe, o cemitério de coral, a passagem de Suez, a ilha de Santorini, o mergulhador cretense, a baía de Vigo, a Atlântida, a banquisa, o polo Sul, o aprisionamento no gelo, o combate com os polvos, a tempestade da corrente do Golfo, o *Vingador*, e a horrível cena do navio afundado com sua tripulação...! Todos esses acontecimentos passaram diante de meus olhos, como o desenrolar de panoramas de um fundo teatral. O capitão Nemo crescia desmesuradamente naquele cenário estranho. Seu tipo se acentuava e adquiria proporções sobre-humanas. Ele não era mais meu semelhante, era o homem das águas, o gênio dos mares.

Eram nove e meia. Eu segurava minha cabeça entre as duas mãos para impedi-la de explodir. Fechava os olhos. Não queria mais pensar. Mais meia hora de espera! Meia hora de um pesadelo que poderia me enlouquecer!

Naquele momento, ouvi os distantes acordes do órgão, uma harmonia triste sob uma melodia indefinível, verdadeiros lamentos de uma alma que deseja romper seus laços terrestres. Eu ouvi com todos os meus sentidos ao mesmo tempo, mal respirando, mergulhado como o capitão Nemo em êxtases musicais que nos levavam para além dos limites desse mundo.

Então um pensamento terrível me ocorreu. O capitão Nemo havia deixado seu quarto. Estava no salão que eu precisaria atravessar para fugir. Ali, eu o encontraria uma última vez. Ele me veria, talvez me dirigisse a palavra! Um gesto poderia me aniquilar, uma única palavra, acorrentar-me a bordo!

Entretanto, as dez horas estavam a ponto de soar. Chegara o momento de deixar meu quarto e unir-me a meus companheiros.

Não havia lugar para hesitações, ainda que o capitão Nemo se colocasse à minha frente. Abri a porta com precaução, mas mesmo assim suas dobradiças me pareceram fazer um ruído aterrador. Ruído que talvez só existisse na minha imaginação!

Avancei rente às paredes das coxias escuras do *Nautilus*, detendo-me a cada passo para desacelerar os batimentos de meu coração.

Cheguei à porta angular do salão. Abri-a suavemente. O salão estava mergulhado numa profunda escuridão. Os acordes do órgão soavam levemente. O capitão Nemo estava ali, mas não me via. Creio que nem mesmo em plena luz teria me visto, tanto seu êxtase o absorvia por inteiro.

Arrastei-me pelo tapete, evitando o mínimo choque, cujo barulho poderia denunciar minha presença. Levei cinco minutos para chegar à porta do fundo, que levava à biblioteca.

Estava prestes a abri-la, quando um suspiro do capitão Nemo me pregou no chão. Percebi que se levantava. Cheguei a vislumbrá-lo, pois alguns raios da biblioteca iluminada chegavam até o salão. Ele veio na minha direção, braços cruzados, silencioso, antes deslizando do que caminhando, como um espectro. Seu peito oprimido se enchia de soluços. E ouvi-o murmurar as seguintes palavras, as últimas que chegaram até mim:

— Deus Todo-Poderoso! Basta! Basta!

Seria uma confissão de remorso que assim escapava da consciência daquele homem...?

Ensandecido, precipitei-me para a biblioteca. Subi a escada central e, seguindo a coxia superior, cheguei ao bote. Entrei pela abertura que já havia sido utilizada por meus dois companheiros.

— Vamos! Vamos! — gritei.

— Agora mesmo! — respondeu o canadense.

A cavidade aberta no casco do *Nautilus* foi fechada e aparafusada com uma chave inglesa que Ned Land havia trazido. A abertura do bote também foi vedada, e o canadense começou a desatarraxar os parafusos que ainda nos prendiam ao barco submarino.

De repente, um ruído interno fez-se ouvir. Vozes interpelavam-se com vivacidade. O que acontecera? Teriam descoberto nossa fuga? Senti Ned Land colocando um punhal em minhas mãos.

— Sim! — murmurei. — Saberemos morrer!

O canadense havia interrompido seu trabalho. Mas uma palavra vinte vezes repetida, uma palavra terrível me revelou a causa da agitação que se propagava a bordo do *Nautilus*. Não era por nossa causa que a tripulação se alarmava!

— Maelstrom! Maelstrom! — gritavam.

O Maelstrom! Poderia um nome mais aterrorizante ter ecoado em nossos ouvidos, em situação mais aterrorizante? Estaríamos então nas perigosas paragens da costa norueguesa? O *Nautilus* estaria sendo tragado para dentro desse sorvedouro no momento em que nosso bote se soltava de seus flancos?

Sabe-se que na época da maré cheia, as águas estreitadas entre as ilhas Féroe e Lofoten se movem com uma

VINTE MIL LÉGUAS SUBMARINAS

violência irresistível. Elas formam um turbilhão do qual navio algum jamais conseguiu sair. Ondas monstruosas convergem de todos os pontos do horizonte. Elas formam esse sorvedouro justamente chamado de "Umbigo do Oceano", cuja força de atração se estende por uma distância de quinze quilômetros. Ele aspira não apenas os navios, mas também as baleias e até mesmo os ursos--brancos das regiões boreais.

Fora até ali que o *Nautilus* havia sido involuntariamente — ou talvez voluntariamente — levado por seu capitão. Ele descrevia uma espiral cujo raio diminuía cada vez mais. Como ele, o bote, ainda preso a seu flanco, era carregado a uma velocidade prodigiosa. Eu o sentia. Experimentava a vertigem doentia que sucede a um movimento giratório prolongado demais. Vivíamos o pânico, o horror levado ao ponto máximo, com a circulação suspensa, o sistema nervoso aniquilado, atravessados por suores frios como os da agonia! E que barulho em torno de nosso frágil bote! Que estrondo o eco repetia a uma distância de várias milhas! Que fragor o das águas rebentando nos rochedos pontiagudos das profundezas, onde os corpos mais duros se estilhaçam, onde os troncos das árvores se esfacelam e se transformam em "casacos de peles", segundo a expressão norueguesa!

Que situação! Éramos assustadoramente sacudidos. O *Nautilus* se defendia como um ser humano. Seus músculos de aço estalavam. Às vezes empinava, e nós junto com ele!

— Precisamos aguentar firme — disse Ned —, e reapertar os parafusos! Se continuarmos presos ao *Nautilus*, ainda poderemos nos salvar...!

Ele não terminara de falar quando um estalo se produziu. Os parafusos caíram, e o bote, arrancado de sua cavidade, foi lançado como a pedra de uma funda no meio do turbilhão.

Minha cabeça bateu numa armação de ferro e, com o choque violento, perdi os sentidos.

23. Conclusão

Chegamos ao fim de nossa viagem submarina. O que aconteceu naquela noite, como o bote escapou do gigantesco redemoinho do Maelstrom, como Ned Land, Conseil e eu saímos do sorvedouro, eu não saberia dizer. Mas quando voltei a mim, estava deitado na cabana de um pescador das ilhas Lofoten. Meus dois companheiros, sãos e salvos, estavam a meu lado e me seguravam as mãos. Nós nos abraçamos com efusão.

Por enquanto, não podemos cogitar em voltar à França. Os meios de transporte entre a Noruega setentrional e o sul são raros. Somos obrigados a esperar a passagem do barco a vapor que faz o serviço bimensal do cabo Norte.

É aqui, portanto, em meio aos bons homens que nos recolheram, que reviso o relato dessas aventuras. Ele é acurado. Nenhum fato foi omitido, nenhum detalhe foi exagerado. É a fiel narrativa dessa inverossímil expedição dentro de um elemento inacessível ao homem, cujas rotas o progresso um dia expandirá.

Acreditarão em mim? Não sei. Pouco importa, no fim das contas. O que posso afirmar, agora, é meu direito de falar desses mares sob os quais, em menos de dez meses, percorri vinte mil léguas, numa volta ao mundo submarino que me revelou tantas maravilhas do Pacífico, do oceano Índico, do mar Vermelho, do Mediterrâneo, do Atlântico, dos mares austrais e boreais!

VINTE MIL LÉGUAS SUBMARINAS

Mas o que foi feito do *Nautilus*? Terá resistido ao abraço do Maelstrom? O capitão Nemo ainda viverá? Continuará suas terríveis represálias sob o oceano, ou terá parado diante dessa última hecatombe? As ondas um dia trarão o manuscrito que contém toda a história de sua vida? Conhecerei finalmente o nome desse homem? O navio naufragado nos revelará, com sua nacionalidade, a nacionalidade do capitão Nemo?

Espero que sim. Também espero que seu potente aparelho tenha vencido o mar em seu sorvedouro mais terrível, e que o *Nautilus* tenha sobrevivido onde tantos navios pereceram! Se assim for, se o capitão Nemo continuar habitando esse oceano, sua pátria de adoção, que o ódio possa ser aplacado dentro de seu coração feroz! Que a contemplação de tantas maravilhas apague seu espírito de vingança! Que o justiceiro desapareça, que o cientista continue a pacífica exploração dos mares! Se seu destino é estranho, também é sublime. Não compreendi isso pessoalmente? Não vivi dez meses dessa existência extranatural? Assim, à pergunta feita há seis mil anos pelo Eclesiastes, "Quem jamais pôde sondar as profundezas do abismo?", dois homens, entre todos os outros, têm agora o direito de respondê-la. O capitão Nemo e eu.

LEIA MAIS PENGUIN-COMPANHIA
CLÁSSICOS

D. H. Lawrence

O amante de Lady Chatterley

Tradução de
SERGIO FLAKSMAN
Introdução de
DORIS LESSING

Poucos meses depois de seu casamento, Constance Chatterley, uma garota criada numa família burguesa e liberal, vê seu marido partir rumo à guerra. O homem que ela recebe de volta está "em frangalhos", paralisado da cintura para baixo, e eles se recolhem na vasta propriedade rural dos Chatterley, nas Midlands inglesas. Inteiramente devotado à sua carreira literária e depois aos negócios da família, Clifford vai aos poucos se distanciando da mulher e dos amigos. Isolada, Constance encontra companhia no guarda-caças Oliver Mellors, um ex-soldado que resolveu viver no isolamento após sucessivos fracassos amorosos.

Último romance escrito por D. H. Lawrence, *O amante de lady Chatterley* foi banido em seu lançamento, em 1928, e só ganhou sua primeira edição oficial na Inglaterra em 1960, quando a editora Penguin enfrentou um processo de obscenidade para defender o livro. Àquela altura, já não espantava mais os leitores o uso de "palavras inapropriadas" e as descrições vivas e detalhadas dos encontros sexuais de Constance Chatterley e Oliver Mellors. O que sobressaía era a força literária de Lawrence, e a capacidade de capturar uma sociedade em transição, com suas novas regras e valores.

WWW.PENGUINCOMPANHIA.COM.BR

LEIA MAIS PENGUIN-COMPANHIA
CLÁSSICOS

Montaigne

Os ensaios

Tradução de
ROSA FREIRE D'AGUIAR
Introdução de
ERICH AUERBACH

Personagem de vida curiosa, Michel Eyquem, Seigneur de Montaigne (1533-92), é considerado o inventor do gênero ensaio. Esta edição oferece ao leitor brasileiro a possibilidade de ter uma visão abrangente do pensamento de Montaigne, sem que precise recorrer aos três volumes de suas obras completas. Selecionados para a edição internacional da Penguin por M.A. Screech, especialista no Renascimento, os ensaios passam por temas como o medo, a covardia, a preparação para a morte, a educação dos filhos, a embriaguez, a ociosidade.

De particular interesse para nossos leitores é o ensaio "Sobre os canibais", que foi inspirado no encontro que Montaigne teve, em Ruão, em 1562, com os índios da tribo Tupinambá, levados para serem exibidos na corte francesa. Além disso, trata-se da primeira edição brasileira que utiliza a monumental reedição dos ensaios lançada pela Bibliothèque de la Pléiade, que, por sua vez, se valeu da edição póstuma dos ensaios de 1595.

WWW.PENGUINCOMPANHIA.COM.BR

LEIA MAIS PENGUIN-COMPANHIA
CLÁSSICOS

Daniel Defoe
Robinson Crusoé

Tradução de
SERGIO FLAKSMAN
Introdução e notas de
JOHN RICHETTI

O argumento básico de Robinson Crusoé é universalmente conhecido. Isolado em sua "Ilha do Desespero" após um trágico naufrágio, o marujo inglês luta pela sobrevivência valendo-se dos escassos meios a seu alcance. Com o tempo, ele se torna um competente marceneiro e agricultor, além de pastor de cabras e profundo conhecedor da Bíblia — a única leitura disponível.

Sem contato com qualquer ser humano por mais de duas décadas, certo dia Crusoé salva um nativo do assassinato por canibais e logo o faz seu criado, dando-lhe o nome de Sexta-Feira. Alguns anos mais tarde, o acaso leva um navio inglês às proximidades da ilha, e depois de diversos combates com a tripulação amotinada Crusoé toma o controle da embarcação, retornando à Inglaterra na companhia de Sexta-Feira.

Arquétipo do empreendedor capitalista, asceta puritano, antropólogo *avant la lettre*: as múltiplas leituras proporcionadas pelo engenho narrativo de Daniel Defoe fazem deste clássico da literatura inglesa — que inclui uma significativa passagem do protagonista pelo Brasil — um dos livros mais discutidos e influentes de todos os tempos.

WWW.PENGUINCOMPANHIA.COM.BR

LEIA MAIS PENGUIN-COMPANHIA
CLÁSSICOS

Jane Austen

Razão e sensibilidade

Tradução de
ALEXANDRE BARBOSA DE SOUZA
Prefácio e notas de
ROS BALLASTER
Introdução de
TONY TANNER

Originalmente publicado em 1811 sob o singelo pseudônimo "A Lady", *Razão e sensibilidade* começou a ser escrito na década de 1790, quando Jane Austen (1775-1817) mal havia completado vinte anos.

O romance concentra sua narrativa nas idílicas tramas de amor e desilusão em que duas belas irmãs inglesas se envolvem — Elinor e Marianne Dashwood — quando chega a idade do casamento. À procura do amor verdadeiro, as filhas órfãs de uma família pertencente à pequena nobreza enfrentam o mundo repleto de interesses e intrigas da alta aristocracia. Marianne e Elinor representam polos opostos do universo ético de Austen: enquanto Marianne é romântica, musical e dada a rompantes de espontaneidade, Elinor é a encarnação da prudência e do decoro.

Ambientado nos cenários campestres do sudoeste da Inglaterra e nas casas senhoriais de Londres, o livro já foi adaptado inúmeras vezes para o teatro e o cinema. É o primeiro da série de quatro romances que Austen publicou como edição do autor em seus últimos anos de vida. Todos se tornaram clássicos da literatura inglesa do século XIX.

WWW.PENGUINCOMPANHIA.COM.BR

1ª EDIÇÃO [2014] 2 reimpressões

Esta obra foi composta em Sabon por warrakloureiro
e impressa em ofsete pela Geográfica sobre papel Pólen Soft
da Suzano S.A. para a Editora Schwarcz
em julho de 2021

A marca FSC® é a garantia de que a madeira utilizada na fabricação do papel deste livro provém de florestas que foram gerenciadas de maneira ambientalmente correta, socialmente justa e economicamente viável, além de outras fontes de origem controlada.